Rosemary Rogers wurde 1933 in Cylon geboren. Nach ihrer Studienzeit im College und einer gescheiterten Ehe zog sie mit ihren zwei Töchtern nach London, wo sie ihren zweiten Mann kennenlernte. Die Familie wurde dann nach Kalifornien versetzt. 1964 ließ sie sich wieder scheiden und arbeitete als Sekretärin; dabei mußte sie ihre inzwischen vier Kinder alleine erziehen. Sie fand dennoch Zeit, an ihrem ersten Roman »Mexiko-Rhapsodie« zu schreiben. Aber erst 1973 hatte sie den Mut, diesen Roman einem Verleger anzubieten. Er wurde in den USA auf Anhieb ein Bestseller. Es folgten weitere erfolgreiche Romane, die eine Gesamtauflage von über 16 Millionen erreichten.
Rosemary Rogers lebt heute in Carmel, Kalifornien.

Vollständige Taschenbuchausgabe
Droemersche Verlagsanstalt Th. Knaur Nachf.
München/Zürich
Lizenzausgabe mit freundlicher Genehmigung der
Schweizer Verlagshaus AG, Zürich
Titel der amerikanischen Originalausgabe: »Dark Fires«,
erschienen bei Avon Books, New York
Aus dem Amerikanischen übersetzt von Liliane Vindret-Meier
Umschlaggestaltung Klaus Dempel, Stuttgart
Umschlagfoto Three Lions
Gesamtherstellung Hanseatische Druckanstalt GmbH, Hamburg
Printed in Germany · 1 · 15 · 1081
ISBN 3-426-00784-3

1. Auflage

Rosemary Rogers: Die Unbesiegbare

Ein Lied von Liebe

Roman

Droemer Knaur

Erstes Buch
Ginny

Erster Teil

Der Prinz

Erstes Kapitel

Die große Armee von Porfirio Díaz lag vor den Mauern der alten Stadt Puebla, und obwohl heftige Kämpfe stattgefunden hatten, waren fast alle gut gestimmt. Ein oder zwei Tage noch und Puebla würde sich ergeben und dann – auf nach Mexico! Viva Díaz! Viva la Revolución!

Während die Wachen auf und ab schritten und Ausschau hielten, ruhte die Mehrheit der großen Armee, man schlief oder unterhielt sich, letzteres allerdings nur in gedämpfter Lautstärke, denn General Díaz hielt streng auf Disziplin.

Im Hintergrund des Lagerplatzes, den der General als Hauptquartier gewählt hatte, drängten sich Karren und Pferdewagen der Marketender zusammen, als ob sie sich vor der Kälte der Nacht schützen wollten. In improvisierten Gehegen gackerten Hühner; manchmal bewegte sich eine Kuh oder eine Ziege auf wackligen Beinen; hie und da schrie ein Baby und wurde schnell getröstet.

Die Frauen plauderten leise, während sie sich für die Nacht vorbereiteten, und ihre kleinen Lagerfeuer wurden dabei allmählich zu rotglühender Asche.

«Es heißt, General Marquez sei auf dem Weg von Mexico-City hieher um die Garnison zu ersetzen.»

«Pah! der alte Feigling! Der wäre in Mexico geblieben, wenn er nicht rausgeschmissen worden wäre! Bevor er Puebla erreicht, wird unser General im Besitze der Stadt sein.»

Am Boden sitzend, mit dem Rücken gegen ein Wagenrad lehnend, hörte Ginny müßig und mit wenig Interesse diesem Lagerfeuergeplauder, wie sie es nannte, zu. Denn sie lauschte auf einen bestimmten Schritt; ihre Augen suchten die ferne Gestalt eines bestimmten Mannes, der mit einer für ihn so typischen, geschmeidigen, pantherhaften Grazie auf sie zugehen würde. Ihr Mann. Ihr Gatte. Warum nur dauerte die Konferenz mit General Díaz so lange?

Das schwache Licht der glühenden Kohlen zu ihren Füßen hob die Gesichtszüge der jungen Frau scharf hervor, doch ihr Haar war diskret mit einem schwarzen Schal bedeckt, einem sogenannten Rebozo. Sie trug wie die andern Frauen einen weiten, rotgemusterten knöchellangen Rock und eine tiefausgeschnittene weiße Bluse, die kaum ihre Schultern bedeckte, aber ihre goldbraune Haut war um einiges heller als die der andern Frauen, sogar im Lichte des Feuers. Betrachtete man ihre leicht schräg stehenden Augen aus der Nähe,

so entdeckte man ein tiefes geheimnisvolles Grün. Sie hatte ziemlich hohe Wangenknochen, ein zierliches Kinn mit einem Grübchen, das sie recht entschlossen und eigensinnig aussehen ließ, und einen Mund, der die Männer immer zum Küssen reizte. «Der Mund einer Kurtisane», so hatte ihn einst Vetter Pierre beschrieben, als Ginny erst sechzehnjährig halb Kind, halb heranreifende Frau war, und sich ihre Gedanken ausschließlich um ihren ersten Ball drehten, an dem sie dem Kaiser und der Kaiserin von Frankreich vorgestellt werden würde. So viel war seither geschehen! Trotz ihrer ungestümen jugendlichen Phantasie hätte sie sich nie träumen lassen, daß sie – die nur tanzen und flirten und schöne Kleider tragen wollte – einmal hier sitzen würde, gekleidet wie eine mexikanische Bäuerin, und barfüßig hingekauert wie diese, auf ihren Mann warten würde.
Leicht müde lehnte Ginny ihren Kopf gegen das Wagenrad und der Rebozo rutschte nach hinten, so daß einige kupfergoldene Locken hervorquollen und sich sanft um ihr Gesicht ringelten. – Wenn Steve nur kommen würde! Hatte es eine besondere Bedeutung, daß General Díaz seine Offiziere länger als gewöhnlich beim nächtlichen Treffen aufhielt? Bis jetzt hatten sie abgewartet, und die Garnison, die Puebla noch hielt, ausgehungert; aber jetzt, wo anscheinend Marquez' Anmarsch von Westen bevorstand, könnte der General vielleicht die Zeit für günstig erachten, das Katz- und Maus-Spiel zu beenden und seine Armee endlich zuschlagen lassen. Es war auch höchste Zeit! Eine Armee war zum Kämpfen da und sollte nicht allzu lange an einem Ort bleiben. Von hier würden sie nach Mexico-City gehen und danach ...
Ja, dachte Ginny plötzlich, seltsam, sich vorzustellen, daß danach alles vorbei sein würde. Wohin würden sie dann wohl gehen? Was würde sie tun? Etwas konnte sie mit Bestimmtheit sagen – was auch immer Steve beschließen würde, er würde sie nie wieder allein zurücklassen. Sie hatten beide zu sehr gelitten – füreinander und umeinander –, als daß sie eine weitere Trennung durchstehen könnten.
«Du grünäugige Hexe, du hast es fertiggebracht, daß ich vollkommen verrückt nach dir bin. Du bist die einzige Frau, die ich je brauchte», hatte er in jener Nacht gestammelt, als er nach Vera Cruz gekommen war, um sie zu sich zurückzuholen – es war die Nacht vor dem Tage, an dem das Schiff hätte ablegen sollen. Sie erschauerte jetzt noch bei dem Gedanken, das Schiff hätte einen Tag früher segeln können.
«Was hättest du getan, wenn ich schon fort gewesen wäre?»
«Glaubst du, ich hätte dich einfach so entwischen lassen? Ich wäre Pirat geworden und hätte dein Schiff wahrscheinlich noch vor

Monterey abgefangen – ertränken hätte ich dich lassen, du kleines Biest, als Strafe fürs Weglaufen.»
Der Gedanke, daß er sie trotzdem liebte, ließ Ginny vor Freude beben. Sie hatten einander die ganze Zeit geliebt, von Anfang an, aber keiner hatte es zugeben wollen. Wieviel Zeit hatten sie doch verschwendet! Sie hatte ihre Augen geschlossen, und über ihre Lippen huschte ein Lächeln. Als sie plötzlich die Stimme ihres Mannes hörte, riß sie die Augen weit auf und schaute zu ihm empor.
«Wie hexenhaft kannst du aussehen, sogar wenn du schläfst, Querida mia!» Er ließ sich an ihrer Seite nieder, seine Lippen streiften ihre Schläfe. «Mein Gott – ich könnte was zu trinken brauchen. Der General besteht auf einem großen Feuer, sogar in einer Nacht wie dieser. Und dabei müssen wir unseren Waffenrock noch bis oben zugeknöpft tragen, kein Knopf soll offen sein.» Er sprach's und riß dabei ungeduldig die lästigen Knöpfe auf.
«Wenn du stillhältst, tu ich das für dich – dann muß ich die Knöpfe wenigstens nicht wieder annähen! Und ich hole dir auch etwas zu trinken – du kannst dich wirklich glücklich schätzen, daß ich eine erfahrene Soldadera bin!»
Ginny lehnte sich an ihn, ihr Haar streifte sein Gesicht, während er seinen Arm um sie legte.
«Du bist so verführerisch – und viel zu schön um Soldadera zu bleiben. Sogar der General sagt das.»
«Der General! O Steve . . .» Ginny sperrte ihre großen, grünen Augen auf, senkte aber dann unverzüglich, halb schuldbewußt, halb empört, ihren Blick.
«Ja, der General! Schau mich ruhig an, sonst kommt mir am Ende noch der Gedanke, daß du nicht bloß einen kleinen Flirt mit ihm auf dem Gewissen hast.»
«Aber ich – ich habe nicht geflirtet! Der Wind blies nur meinen Rebozo weg, gerade als er vorbeiritt, und er starrte mich gebannt an! Was hätte ich tun sollen? Er lächelte mir zu und ich lächelte zurück; ich dachte, er wüßte, wer ich bin.»
Immer noch in Steves Arm gefangen, der sie an sich drückte, sah Ginny, wie er sie mit jenem halb spöttischen, halb zärtlichen Lächeln beobachtete, das ihr so vertraut war.
«Du bist mir ein Frauenzimmer, Grünauge», murmelte er sanft. «Ich hatte gehofft, du würdest Don Porfirio nicht über den Weg laufen. Aber wie die Dinge jetzt stehen . . .» Er hielt spielerisch inne und schüttelte mit einem erleichterten Seufzer den Waffenrock von seinen Schultern.
«Um Himmels willen, Steve! Was hat er gesagt?»
«Du hast eine recht schwierige Lage geschaffen, weißt du. Er wußte nicht, wer du bist – glaubst du, ich hätte mir die Mühe genommen,

dich ihm zu beschreiben? Er befahl Felix, dich zu suchen und zu bitten, ihm heute abend ein wenig Gesellschaft zu leisten. Du hast ihn anscheinend beeindruckt.»

«Oh – o nein!»

«O doch! Und dann hatte der arme Oberst Felix die schwierige Aufgabe, ihm sehr taktvoll zu erklären, du seist keine kleine französische Hure, die irgendein Soldat aufgelesen hatte. Natürlich wußte ich nichts davon bis nach der Konferenz; ich fragte mich nur, weshalb er mir solch finstere Blicke zuwarf.»

«Er war nicht richtig wütend, oder Steve, ich glaube du hältst mich zum Besten.»

«Ganz und gar nicht, Liebling. Ich kam später zurück, weil er mich noch bat zu bleiben, nachdem er die andern entlassen hatte. Und er gab mir unmißverständlich zu verstehen, daß er es nicht schätze, wenn meine Frau der Armee wie eine gewöhnliche Soldadera folge. Schließlich, meinte er streng, sei ich ein Gachupin, und du die Tochter eines Senators der Vereinigten Staaten. Wie macht sich das, wenn wir triumphierend in Puebla und später in Mexico-City selbst einmarschieren? Was geschieht, wenn ausländische Zeitungen diese Geschichte erfahren?» Seine schleppende, sarkastische Stimme ließ sie vor Schrecken erschauern. War er wirklich böse mit ihr? War der General wirklich sehr wütend gewesen?

Sie hatte Steves Waffenrock genommen, faltete ihn automatisch und glättete ihn mit ihren Händen. Nur so brachte sie es fertig, ihm unbeirrt in die harten blauen Augen zu sehen.

«Na? Und, wenn sie es tun?»

«Der General will nicht, daß die Welt denkt, Mexico sei ein Land von Barbaren. Und in andern Ländern folgen die Frauen gewöhnlich nicht der Armee!»

«Du wirst mich doch nicht wegschicken! Er kann nicht . . .»

Steves Stimme verlor ihren sarkastischen Unterton, als er mit seinem langen, braunen Finger ihr Kinn etwas anhob. «Ich schicke dich nirgends hin, meine Liebe. Aber ich fürchte, daß du, wenn wir Puebla eingenommen haben, eine neue Aufgabe bekommen wirst.»

«Ich will nicht . . .»

«Wenn du den Mund hältst, kann ich es dir erklären. Der General braucht eine Sekretärin, sagt er. Jemand, der seine Papiere in Ordnung halten, anständig schreiben und übersetzen kann. Mit andern Worten, du wirst offiziell zu seinem Stab gehören – und deine hübsche Erscheinung wird von jetzt an General Díaz' Hauptquartier verschönern. Du weißt, unsere Gefangenen sprechen oft kein Wort Spanisch – du kannst ja etwas Deutsch und Italienisch, oder? Und dein Französisch, Chérie, war schon immer ausgezeichnet. Vielleicht denkt Don Porfirio, eine hübsche Frau habe eine besänfti-

gende Wirkung; die Zeitungsleute werden jedenfalls sehr beeindruckt sein.»
«Und wir – wann werden wir Zeit füreinander haben?»
Diesmal lachte er und beugte sich über sie, um sie leicht zu küssen.
«Ich habe Befehl, dafür zu sorgen, daß Sie, Madame, wo auch immer, ein anständiges Quartier haben. Und glücklicherweise, da ich bekanntlich Ihr Ehemann bin, werde ich die Ehre haben, dieses Quartier mit Ihnen zu teilen – nachts wenigstens! Du hast also keine Ausrede, deine Pflichten mir gegenüber zu vernachlässigen.»
«Du bist doch nicht böse?»
«Was würdest du tun, wenn ich es wäre?»
Ihre Augen blitzten. «Dann würde ich dir die Zähne zeigen! Um so mehr, als es ja eigentlich meine Schuld ist.»
Er wand ihr Haar um sein Handgelenk wie ein Seil und zog sie an sich. «Du bist eine kleine feuerspeiende Katze. Weiß der Teufel, weshalb ich mich mit dir herumschlage. Ich bitte dich übrigens, sowohl dein Temperament, als auch deine Ausdrucksweise in Gegenwart des Generals zu mäßigen. Trotz seines harten, stolzen Auftretens hängt er an Traditionen. Er erwartet eine Dame.»
«Ich kann mich wie eine Dame benehmen, wenn ich muß!» Ginny verzog das Gesicht, schmiegte sich dichter an ihn und legte die Arme um seinen Hals.
«Aber nicht heute abend – und nicht mit dir», wisperte sie schnell, bevor er seine Lippen auf die ihren preßte.
Ein seltsames Band bestand zwischen ihnen, Leidenschaft, aber auch etwas, das viel tiefer ging als Leidenschaft – etwas, das in jenen anderthalb Jahren entstanden war, als sie sich gegenseitig bekämpft und mißtraut hatten, und bei alledem noch unfähig gewesen waren, dem andern zu widerstehen.
Steve Morgan war Ginnys erster Liebhaber gewesen; er hatte dabei eine Zärtlichkeit und Rücksicht an den Tag gelegt, die um so erstaunlicher waren, wenn man bedachte, wie selbstsüchtig er für gewöhnlich mit Frauen umging. Sie war damals schon recht verliebt in ihn gewesen, aber sein schroffes Benehmen und seine Grausamkeit hatten ihre erste mädchenhafte Zuneigung bald in Haß verwandelt. Und dann hatte er sie entführt, und sie hatte gelernt, ihn zu fürchten – sein unnachgiebiges, arrogantes Wesen, seine Grausamkeit, wenn sie sich ihm widersetzte. Aber sogar dann war er nicht nur ihr Meister, sondern auch ihr Liebhaber gewesen, und ihr Körper war für seine Liebe empfänglich, auch wenn ihr Geist sich gegen die herzlose Art, mit der er mit ihr umsprang, auflehnte. Erst viel später – nach ihrem Schock, als sie erfahren hatte, daß Steve Morgan in Mexico unter dem Namen Esteban Alvarado bekannt war und der reichen und angesehenen Familie der Alvarado ange-

hörte, und nachdem sie wußte, daß sein Großvater ihre Hochzeit vorangetrieben hatte – war Ginny sich bewußt geworden, daß sie ihn liebte.
Jetzt lag sie schläfrig und zufrieden in den Armen ihres Mannes auf der Notbettstelle im Wagen und legte ihr Gesicht an seine Schulter. Sie liebte ihn. Da waren noch andere Männer gewesen, während der langen, schrecklichen Monate, in denen sie ihn totgeglaubt hatte – von einem französischen Schießkommando hingerichtet. Sie hatte keinen von ihnen geliebt, auch wenn ihr Körper hie und da dem rein körperlichen Verlangen nachgegeben hatte. Aber dann hatte sie Steve wiedergefunden, und Steve hatte, ohne es zu wollen und trotz seiner unvernünftigen Eifersucht, als er von ihren andern Liebhabern erfuhr, endlich zugegeben, daß auch er sie liebte.
Nichts wird uns je wieder trennen – gar nichts, dachte Ginny plötzlich bei sich. Sie wußte nicht, wie sie gerade jetzt darauf kam und woher dieses unbestimmte Angstgefühl rührte, das sie beim Einschlafen befiel. Unter der Decke schmiegte Ginny sich näher an Steve, während er seine Arme unwillkürlich fester um sie legte. Endlich waren sie wieder beisammen, und obwohl es morgen vor Puebla wieder zu Kämpfen kommen würde, wußte sie doch, daß Steve ihr zuliebe sein draufgängerisches Temperament in der Schlacht zügeln würde.
Puebla mit seinen vielen Türmen und Kathedralen lag da und wartete darauf, eingenommen zu werden, wie eine Frau, die die Nutzlosigkeit ihrer Abwehr einsehend, ihrer Vergewaltigung entgegensieht. Während mehr als einem Monat hatte Porfirio Díaz seine Armee in Schach gehalten; er umlagerte den kaiserlichen Außenposten und wartete einfach. Die paar blutigen Scharmützel, die es gegeben hatte, konnte man nicht Schlachten nennen, aber jetzt war Díaz' Geduld endlich am Ende. General Marquez hatte an der Spitze einer von ihm ausgesuchten Kavalleriekompanie den «stählernen Ring» durchbrochen, den Escobedo um die belagerte Stadt von Queretaro gelegt hatte. In Mexico-City hatte Marquez versucht, für die verlorene Sache von Kaiser Maximilian noch mehr Männer und Geld zusammenzutrommeln. Nach seinen Mißerfolgen in Mexico hieß es jetzt, Marquez marschiere mit seinen Männern nach Puebla. Ginny, die zusammen mit General Díaz' Staboffizieren in einem kleinen ziegelbedeckten Gebäude, das er zu seinem Hauptquartier erklärt hatte, wartete, kam dieser kühle, klare Tag irgendwie unwirklich vor. Trotz der angespannten Lage fanden die Männer Zeit mit ihr zu scherzen und sie zu necken; wenn der General außer Hörweite war, nannten sie sie «la teniente», die Marketenderin. Mit ihrem der Gelegenheit angepaßten, einfachen weißen Musselinkleid und mit ihrem streng nach

hinten gekämmten Haar, das sie im Nacken zu einem Knoten gebunden hatte, schritt Ginny im kleinen Vorraum zwischen Fenster und Tür auf und ab, oder sie versuchte, Dokumente in schwarze Lackschachteln zu packen. Der General war darauf gefaßt, sehr rasch weiterziehen zu müssen – das war klar. Aber würde die Eroberung Pueblas wirklich so einfach sein, wie er glaubte? Während des ganzen Morgens trafen Boten auf schäumenden Pferden mit persönlichen Rapporten für den General über den Verlauf der Schlacht ein. Um Mittag betrat Oberst Felix, nicht ohne Ginny mit einem aufmunternden Lächeln zu bedenken, das Hauptquartier.
«Bei Einbruch der Nacht sind wir dort», flüsterte er ihr zu, bevor er im Büro des Generals verschwand, und seine zuversichtlichen Worte und sein freundliches Lächeln ließen sie vor Erleichterung aufatmen.
Wenig später rief sie der General selbst in sein Büro. Mit einem angedeuteten Lächeln diktierte er ihr einen Brief an El Presidente Juarez, mit welchem er ihm mitteilte, daß die Verhandlungen über die Bedingungen der Übergabe von Puebla zur Stunde im Gange seien, und daß sie noch am selben Tag – dem 4. April 1867 die Stadt im Namen des Präsidenten einnehmen würden.
Nachdem der Brief sorgfältig versiegelt und in einer Kuriermappe einem jungen Offizier anvertraut worden war, lehnte sich General Díaz in seinem Stuhl zurück. Er zündete sich eine Zigarre an und betrachtete mit der unverhohlenen Neugierde eines Südländers die junge Frau, die ihm gegenüber saß.
Der jetzt etwa dreißigjährige General Porfirio Díaz war ein starker, aber trotz seiner rauhen Gesichtszüge gutaussehender Mann, mit der geraden Nase und der hellen Hautfarbe der Kreolen, obwohl er auch indianisches Blut in den Adern hatte. «Sie sind also Esteban Alvarados Frau; ich muß gestehen, Señora, daß ich mir sie anders vorgestellt hatte. Und vor allem seit Felix, dieser Schuft, mir sagte, Sie seien die Braut, die Don Francisco Alvarado persönlich für Esteban gewählt hätte.» Er lachte aus vollem Hals, während Ginny heftig errötete. «Aber ich hätte annehmen müssen, daß Sie eine Schönheit sind, als Hauptmann Alvarado so darauf bestand, eigens nach Vera Cruz und zurück zu eilen – ein Streit zwischen Verliebten, ja? Und jetzt könnt ihr zwei es nicht ertragen, wieder getrennt zu werden, nehme ich an. Nun, nachdem ich Sie gesehen habe, kann ich das wohl verstehen.»
Seine braunen Augen verrieten unverhohlene Bewunderung und Ginny wußte nicht recht, wie sie darauf reagieren sollte.
«Sie sind sehr freundlich, General», sagte sie ernst, und seine Zähne blitzten weiß unter seinem herabhängenden Schnurrbart, auf den er so stolz war.

«Sie werden mich mit den Umgangsformen und Artigkeiten der feinen Gesellschaft bekannt machen müssen, Señora. Ich war fast mein ganzes Leben lang Soldat, aber habe im Sinn, mehr aus mir zu machen – später vielleicht, ja? Esteban hat mir gesagt, Sie seien in Frankreich aufgewachsen und in Europa herumgereist – ein andermal, wenn wir mehr Zeit haben, müssen Sie mir etwas über Europa erzählen; mit der Erlaubnis Ihres Mannes natürlich», fügte er mit einem schelmischen Augenzwinkern hinzu.
Ginny lächelte ihm jetzt offen zu. Díaz, der Tiger des Südens, Díaz, der Krieger, konnte also auch Díaz, der Galante sein, wenn er wollte! Sie fand, daß er recht charmant sein konnte, wenn er sich die Mühe nahm, und da der Ausgang der Schlacht, die immer noch vor den Toren von Puebla ausgetragen wurde, ihn anscheinend wenig interessierte, ließ auch ihre Spannung nach, und sie verbrachten mindestens eine Stunde mit freundschaftlichen Plaudereien; der General fragte sie neugierig über europäische Frauen und Sitten aus.
Viel später in jener Nacht, in einem kleinen Raum über einer der besten Posadas von Puebla, bei einem kalten Nachtessen sitzend, schilderte Ginny Steve den angenehmen Nachmittag, den sie mit dem General verbracht hatte. Durch die halboffenen Fenster drang der Lärm von einem Gelage und Geschrei zu ihnen. Diaz' Soldaten feierten ihren Sieg wie alle siegreichen Armeen der Welt.
«Bist du sicher, daß du nicht lieber bei ihnen wärest?» fragte Ginny schelmisch und nippte an einem Glas ausgezeichnetem, französischem Champagner, den Steve bei der Plünderung erstanden hatte. Sie stand vor dem Kamin.
«Ich glaube, der General hat bezüglich seiner Offiziere andere Ansichten», sagte er langsam und zwinkerte ihr zu. «Außerdem mache ich mir in letzter Zeit nichts mehr aus Vergewaltigungen.» Sie schaute ihm zu, wie er sein Glas leerte und es auf den Tisch stellte. Sie stand da in ihrem Hemd und bemerkte, daß er ihren Körper, der sich im Scheine des Feuers deutlich abzeichnete, mit immer dunkler werdenden Augen musterte.
Hier in diesem kleinen Raum schienen sie weit weg von allem zu sein.
Ginny verspürte plötzlich den Drang, ihre Pose aufzugeben und barfüßig zu ihrem Mann zu laufen und sich ihm an die Brust zu werfen, ihm die Arme um den Hals zu legen und sich fest an ihn zu pressen. «Steve . . .», aber sie konnte ihre unbestimmte Furcht nicht in Worte fassen; wie sollte sie auch, wenn sie nicht einmal wußte, wovor sie sich fürchtete und warum? Sie verspürte eine seltsame Vorahnung, als hätte ein Flügelschlag ihre Wange gestreift. Sie fühlte nur ein tiefverwurzeltes, instinktives Verlangen in seiner

Nähe zu sein und sich dem festen Druck seiner Umarmung hinzugeben – für immer.
«Liebste, was ist los? Du machst dir doch keine Sorgen, oder?»
Jetzt würde er ihr gleich sagen, sie solle vielleicht doch nicht der Armee nach Mexico folgen und das würde sie niemals aushalten!
«Es ist nichts, gar nichts», flüsterte sie und ihre Lippen berührten sich.
Dann zwang sie sich, verschmitzt zu ihm aufzuschauen, und seinem fragenden Blick zu begegnen. «Vielleicht wollte ich mich nur vergewissern, ob du auch wirklich *mich* vergewaltigen willst.»
Er trug sie zum Bett, und als sie einschliefen war das Feuer nur noch ein schwach glühendes Aschehäufchen.
Als der Morgen kam, machten Ginnys unbestimmte nächtliche Befürchtungen der Wirklichkeit des bevorstehenden Tages Platz. Steve hatte früh fortgehen müssen, um nach einem eiligen Frühstück die Soldaten seiner Kompanie, die noch feierten, zusammenzutrommeln; aber Ginny hatte ausgiebig Zeit, sich herzurichten, bevor sie zum General und dem restlichen Stab hinunterging.
Auf nach Mexico sollte es an diesem Tag gehen, so erfuhr sie. Es hieß, General Marquez verstecke sich bei San Lorenzo, und habe noch nicht entschieden, was er jetzt, da Puebla gefallen war, tun solle. Steve würde wieder kämpfen, aber an diesem Morgen vermochte sogar dieser Gedanke sie nicht mehr zu erschrecken. Wie lächerlich hatte sie sich benommen! Es war nur das Warten vor Puebla, welches sie nervös gemacht hatte – die Furcht, nur einige flüchtige Augenblicke zusammen verbringen zu können, während sie sich doch Zeit und Muße wünschten.
Aber jetzt würden sie endlich vorwärtskommen; Mexico-City würde zweifellos einmal fallen, genau wie Puebla und dann . . .
Sie hatten noch nicht oft über die Zukunft gesprochen, Steve und sie, aber eine Zukunft würde es geben. Was er auch tun wollte, was er auch beschloß. Ginny erinnerte sich, daß er hie und da eine Ranch bei Monterey erwähnt hatte und hoffte, er würde sie dorthin führen. Ich bin eine verheiratete Frau, dachte sie plötzlich, aber ich fühle mich eher wie eine Geliebte. Und so sollte es auch sein zwischen ihnen. Die Ehe war ihr immer als etwas Fades und Langweiliges erschienen, eine Art Gefängnis und Fronarbeit für die Frauen. In der Ehe war man sich der Gefühle des Partners zu sicher. Nach ein paar Jahren fragte man sich, ob man je verliebt gewesen sei oder warum man sich ewige Liebe geschworen hatte. Für sie beide würde es anders sein – Ginny würde sich niemals mit Steve langweilen, denn er war seinerseits so unberechenbar! Sie würde dafür besorgt sein müssen, daß er sich nie mit ihr langweilte!
Ginny war ganz in diese Gedanken versunken, während sie flink

die kostbaren Papiere des Generals ordnete. Teniente, der frühere Angestellte, hatte mit offensichtlicher Erleichterung alles Señora Alvarado übergeben. Im Laufe des Morgens konnte Ginny feststellen, daß in General Díaz' Hauptquartier ein emsiges Treiben herrschte, besonders nach einer Schlacht. Als schlauer Anführer gestand er seinen Männern einige Stunden zu, um den Sieg zu feiern – und dann noch einige, um sich davon zu erholen. In der Zwischenzeit konnten die Gefangenen, die einer Festnahme wert waren, in ihren Zellen auf und ab gehen, den Lärm der Siegesfeiern wahrnehmen und sich fragen, was aus ihnen werden würde. Bis sie dann schließlich vor den General oder einen seiner Offiziere geführt wurden, waren sie gewöhnlich ganz zahm und ängstlich.

Um zehn Uhr war der kleine Raum vor des Generals Büro überfüllt. Boten kamen und gingen. Ein Guerilla-Anführer, der persönlich gekommen war, um den General über den Aufenthalt der kaiserlichen Truppen zu informieren, lehnte sich schmeichlerisch über das Pult, hinter welchem sich Ginny verschanzte, bis sie ihm unmißverständlich zu verstehen gab, er solle das nächste Mal ein Bad nehmen, bevor er einer Frau so nahe käme. Da sie ihn in seinem eigenen Dialekt ansprach, entfernte er sich kopfschüttelnd und grinste dabei gutmütig.

Das schwerste für Ginny an diesem Tag waren die Übersetzungen, die man von ihr verlangte. Unter den Verteidigern von Puebla waren einige Franzosen gewesen, Männer, die mexikanische Frauen geheiratet hatten und in Mexico geblieben waren, um für den Kaiser zu kämpfen. Wenn sie ihr fließendes Französisch hörten, hielten sie sie natürlich für eine Verräterin, und sie mußte sich zwingen, bei den Verhören, die von Oberst Felix Díaz selbst geführt wurden, unbeteiligt zu erscheinen.

«Du wirst dich daran gewöhnen», redete sie sich ein und so war es auch. Sie fühlte Mitleid mit einigen dieser Franzosen und mit den eleganten jungen österreichischen Offizieren: wenigstens war Díaz gnädig gestimmt – man würde sie nicht hinrichten, sondern nur solange gefangen halten, bis über ihre Zukunft entschieden war.

Sie blieb in Puebla, mit dem Stab des Generals, während der Rest seiner Armee am späten Nachmittag nach San Lorenzo aufbrach, um Marquez aus seinem Versteck zu jagen. Und Steve ging mit ihnen.

Zweites Kapitel

Die Zeit schien Ginny noch nie so langsam zu verrinnen. Es war Mitte Mai und General Díaz hatte sein Hauptquartier in einer kleinen Stadt errichtet, die um den Altar der Jungfrau von Guadelupe entstanden war; die Türme der mächtigen Kathedrale nahmen sich vor dem Hintergrund der Hügel von Tepeyac winzig aus. Zwischen der kleinen Stadt Guadelupe und der schönen Stadt Mexico lagerten Díaz' rastlose Soldaten und warteten.

Don Porfirio ließ bei allem, was er anpackte, Vorsicht walten. Um seine Soldaten zu beschäftigen, ließ er sie kleinere Dörfer und Städte nach versprengten kaiserlichen Soldaten absuchen. Die führenden Bürger von Mexico-City stritten sich mit General Marquez und den anderen Generälen der zusammengeschrumpften kaiserlichen Armeen herum, die inzwischen den Weg nach dem verhältnismäßig sicheren Mexico-City zurück gefunden hatten.

«Mexico-City ist unsere Hauptstadt. Warum sie zerstören? Früher oder später werden sie einsehen, daß es zwecklos ist und sich ergeben. In der Zwischenzeit, Señora warten wir – und Sie bringen mir Französisch und besseres Englisch bei, sí?»

Der General besaß sowohl den Fatalismus seiner indianischen Vorfahren, als auch die Galanterie der Spanier. Es war klar, daß ihn die Gegenwart einer schönen Frau in seinem sonst eher schmucklosen Hauptquartier erfreute; und er war stolz auf Ginnys Anpassungsfähigkeit und auf ihre Sprachkenntnisse. Ja, sie war wirklich Gold wert, und dazu war sie auch stark und mutig, ganz anders als die sogenannten Damen der Gesellschaft, die Don Porfirio vor ihr gekannt hatte. Mit ihr konnte er sogar über Politik und militärische Strategien diskutieren, und er bemerkte, daß sie auf beiden Gebieten überraschend viel Erfahrung hatte. Der Mann hatte Glück, der eine so bewundernswerte und dazu noch schöne Frau zur Gemahlin hatte! Don Porfirio hatte es auch nicht unterlassen, dies Steve wiederholt zu sagen.

«Ich glaube fast, der General wünschte, er hätte dich als Erster entdeckt, mein Liebling», bemerkte Steve eines Abends lässig. «Noch nie war er so zuvorkommend gegenüber einer Frau. Er hat mich zum Major befördert und setzt mich jetzt als Kurier ein, was mich ziemlich oft von dir trennen wird. Das gibt mir zu denken . . .!»

«Steve! Das meinst du doch nicht ernst?»

Sie stützte sich auf den Ellbogen und schaute ihm fragend ins Gesicht. Erleichtert stellte sie fest, daß er lächelte. «Es ist mir ernst mit der Beförderung und meiner Ernennung zum Kurier – aber verdammt –, ich muß zugeben, daß ich daran nicht unschuldig bin. Ich werde viel zu ungeduldig, wenn ich mit der restlichen Armee hier

herumsitze und mich frage, wie die Zeit vertreiben, vor allem seit du, mein Liebling, den ganzen Tag so beschäftigt bist.»
«Aber das bedeutet ja, daß du tagelang fort sein wirst!» jammerte sie. «Das wird sterbenslangweilig sein.»
«Du kannst ja all den jungen Offizieren und auch Don Porfirio selbst den Kopf verdrehen, sowie den amerikanischen Legionären, die eben in Texcoco einquartiert worden sind.»
«Du sagtest, du würdest mich schlagen, wenn du entdecken würdest, daß ich einen anderen Mann anschaue!»
«Das werde ich auch, wenn ich dich erwische. Sei also lieber diskret.»
Sie biß sich auf die Lippen, denn sie wußte wirklich nicht, ob er sie neckte oder nicht. War das vielleicht eine indirekte Warnung, daß er, wenn er auf einer seiner Reisen einem hübschen Gesicht begegnete, ein Angebot annehmen würde? Ich kenne ihn wirklich noch nicht gut genug, um sicher zu sein, dachte Ginny, während sie ihm weiterhin fragend in die Augen schaute.
Wie schön sie ist, dachte Steve. Diese grünen Augen, geheimnisvoll schrägstehend wie bei einer Zigeunerin; ihr pfirsichfarbener Körper, der rosig im Feuerschein leuchtete; das prachtvolle, kupfergoldene Haar, das wie ein Vorhang auf beiden Seiten ihres Gesichtes niederfiel, wenn sie ihn so ernst von oben her betrachtete. Der Gedanke, daß sie sanft und unmerklich sein Herz erobert hatte, war nahezu erschreckend.
Wenn man sich vorstellte, daß von all den Frauen, die er gekannt hatte, ausgerechnet sie die Macht hatte, in ihm zum ersten Mal in seinem Leben eine primitive, wilde Eifersucht aufsteigen zu lassen; die Macht auch, ihn zu zwingen, sogar sich selbst zuzugeben, daß er ohne sie nicht leben konnte! Seit ihrer ersten Begegnung hatte sie sich sachte in sein Herz eingeschlichen, bis es ihm blitzartig bewußt geworden war, daß er sie wirklich liebte.
Während seine früheren Beziehungen zu Frauen von dem ihm eigenen Egoismus geprägt waren, hatte Steve Morgan versucht, diese Frau zu verstehen und sich in ihre Stimmungen einzufühlen. Etwas macht ihr Sorgen. Was? Sanft zog er ihren Körper an sich und begann, sie ohne ein Wort zu liebkosen; er fühlte das leise Erschauern ihres Körpers unter seinen Händen, als sie plötzlich den Kopf senkte und sich mit einem leisen Seufzer ergeben an seine Schulter schmiegte. Woran sie wohl dachte?
Sie dachte an das starke, unzertrennbare Band zwischen ihnen; nicht nur ein Band des Fleisches, sondern auch des Geistes. Wenn sie, so wie jetzt, nahe beieinander lagen, und sich ihre nackten Körper berührten, so war das Verlangen immer da; aber da war noch etwas darüber hinaus, etwas Tiefgründigeres – ein Bedürfnis nach

dem anderen und eine von beiden empfundene, tiefe Freude, wieder zusammen zu sein. Wenn sie ihn nur besser verstünde! Sie hatte seine schlimmsten Launen über sich ergehen lassen – seine sarkastischen Bemerkungen über ihr früheres Leben und ihre Liebhaber und sogar seine Grausamkeit –, denn sie war sich bewußt geworden, daß sie ihn liebte. Jetzt war er fast immer gleich nett und sanft mit ihr, obwohl seine Stimme manchmal einen scharfen Unterton haben konnte, wenn er schlecht gelaunt war. Aber sie liebte ihn. Was auch zwischen ihnen geschehen war, wie sehr er sie einst auch verletzt hatte, sie liebte ihn, und ihre einzige Furcht war, ihn zu verlieren, zu erleben, wie er sich wieder in jenen groben, Angst einflößenden Fremden zurückverwandelte, der sie durch ein Heraufziehen der Brauen oder einen scharfen Blick zusammenzucken lassen konnte.

Seit er zugegeben hatte, daß er sie liebte, war eine der Schranken zwischen ihnen gefallen. Jetzt brauchten sie nur Zeit. Zeit, sich aneinander zu gewöhnen, einander besser zu verstehen; Zeit um alle Barrieren abzubauen.

Mit der Zärtlichkeit, die er ihr jetzt entgegenbrachte, strich Steve ihr das Haar aus der Stirn, drehte seinen Kopf und hauchte ihr leichte Küsse auf den Hals und auf die Wange.

Mit einem Schlag war ihr bewußt, daß er ihr Unbehagen gefühlt hatte, ohne jedoch Fragen zu stellen. Er begann, ihr persönliches Innenleben zu achten.

«Ich liebe dich, Steve, nur dich.»

«Ich weiß, Liebling. Und ich liebe dich.»

Es brauchte keine weiteren Worte. In solchen Augenblicken, auch wenn die Worte, die sie gebrauchten, jene banalen Worte aller Liebenden auf der ganzen Welt waren, konnte sie kaum glauben, daß es ihr wirklich gelungen war, diesen Mann soweit zu bringen, sie zu lieben. Er hatte sich scheinbar immer so einfach von ihr lösen, sie mit einem spöttischen Lächeln betrachten können, als interessiere sie ihn nur wenig und als spiele er nur mit ihr. Wie oft hatte er ihr früher gesagt, wie sehr er seine Freiheit und seine Unabhängigkeit schätze. Hatte er ihr doch einmal gesagt: «Frauen machen gerne aus der Ehe eine Falle für die Männer, mit ihren allesumklammernden Armen und ihren Tränen . . .» Aber sie würde nicht so sein; sie war überhaupt nicht diese Art Frau. Hatte er das wohl gemerkt?

Die Umarmung ihres Mannes und die sanften Liebesworte, die er ihr ins Ohr flüsterte, ließen Ginny ihre ungewisse Furcht vergessen, und sie gab sich uneingeschränkt der Leidenschaft hin, die die leiseste Berührung Steves in ihr weckte. Wie oft und wie weit er auch immer weggehen mußte, Steve würde immer zu ihr zurückkehren,

und Ginny würde immer auf ihn warten. Das Schicksal hatte sie vereint, und die Liebe würde sie zusammenhalten.
Am Morgen ging Steve sehr früh weg, und als der staubbedeckte Bote aus Queretaro eintraf, saß Ginny bereits im Vorzimmer zu General Díaz' Büro an dem kleinen Holztisch, der ihr als Schreibpult diente. Queretaro war gefallen, und der Kaiser hatte General Escobedo sein Schwert überreicht. Es war Verrat, so flüsterte man, und der Verräter war kein geringerer als Oberst Miguel Lopez, einer der engsten Vertrauten des ehemaligen Kaisers – Miguel, der sich immer damit gebrüstet hatte, ein Opportunist zu sein; der Mann, der auf beiden Seiten ein Eisen im Feuer hatte. Miguel, der auf eine Art ihr Freund gewesen war, und der nicht unbeteiligt daran gewesen war, daß Steve und sie sich wieder gefunden hatten. Ob er seit je her ein Doppelagent gewesen war, der im geheimen für die Revolution tätig war? Die Nachricht machte Ginny, ohne daß sie es wollte, nachdenklich und niedergeschlagen, obwohl sie doch wußte, daß damit der Krieg schneller zu Ende war.
Eine Stimme mit unverkennbar amerikanischem Akzent riß sie unvermittelt wieder in die Gegenwart zurück. «Verzeihung, Ma'am, aber ein Soldat sagte mir, sie sprächen Französisch.»
Der Mann, der vor ihr stand war groß gewachsen und trug einen Bart. Seine blaue Uniform, die ihr vertraut war, und die Mütze, die er in der Hand trug, wiesen ihn als Hauptmann aus.
Ginny hatte gedankenverloren auf die sich auf ihrem Schreibtisch bereits anhäufenden Papiere gestarrt, aber als sie den Blick hob, weiteten sich ihre grünen Augen und sie fühlte, wie das Blut aus ihrem Gesicht wich.
Bevor sie etwas sagen konnte, rief der blondbärtige Hauptmann überrascht aus: «Ginny! Ginny Brandon!»
Der Raum begann sich um sie zu drehen, und nur mit einer großen Willensanstrengung gelang es ihr, gelassen zu erscheinen.
«Sie sind doch Carl Hoskins, oder? Das nenne ich eine Überraschung, Sie hier zu sehen! Als ich Sie zum letzten Mal sah . . .»
Er hatte beide Hände auf ihren Schreibtisch aufgestützt und lehnte zu ihr herüber. Seine Augen musterten ihr Gesicht und ihre Gestalt aufs genaueste, als könne er nicht glauben, daß sie es wirklich war. «Ich verließ die Stelle bei ihrem Vater, als wir nach Kalifornien kamen. Ich hatte ein Aufgebot als US-Marshal, als wir hörten . . . ich meine . . .» Er stolperte über die Worte und machte ein verlegenes Gesicht, während sie gelassen feststellte, daß sein Bart seinem attraktiven, nordischen Aussehen nicht abträglich war. Waren erst zwei Jahre vergangen, seit sie sich zu Carl Hoskins hingezogen gefühlt hatte? Sein plötzliches Auftauchen hier war unerklärlich . . . ein wirklicher Zufall!

Ihre Wangen hatten inzwischen wieder Farbe angenommen, und das stand ihr gut; ihr Erstaunen war allerdings noch zu groß. «Sie hier? Und in Uniform?»
Entgegen allen guten Manieren starrte sie Carl weiterhin unverhohlen an, ohne die Blicke der anwesenden mexikanischen Offiziere zu beachten, die sich alle als «La Tenientes» inoffizielle Beschützer fühlten.
«Ginny Brandon – ich kann es nicht glauben ...»
«Sie sollten mich lieber nicht derart anstarren, Herr Hauptmann», sagte sie mit einer Schroffheit, die ihn an ihre ungeduldige Art von früher erinnerte. «Sie haben mir noch immer nicht erklärt, was Sie hier wollen, und weshalb die Uniform! Sind Sie vielleicht geschäftlich hier?»
Er richtete sich auf und versuchte offensichtlich, sich zusammenzunehmen, aber seine Augen schienen sich nicht von ihrem Gesicht lösen zu können.
«Ich – ich gehöre zu der amerikanischen Ehrenlegion, die unter Oberst Green dem Präsidenten Juarez helfen soll. Wir sind eben nach Excoco beordert worden. Aber Sie hier zu finden, ausgerechnet hier – als Ihr Vater hörte, Sie seien aus Mexico-City verschwunden, meinte er, Sie seien vielleicht gefangen genommen worden oder Sie seien nach Frankreich zurückgekehrt ... Mein Gott, Ginny», so brach es plötzlich aus ihm heraus, «kannst du dir denn nicht vorstellen, wie besorgt wir deinetwegen alle waren? Als Mrs. Brandon halb verrückt vor Kummer und Sorgen zurückkam und deinem Vater mitteilte, du seiest entführt worden, ließ er mich als Marshal vereidigen. Ich gesellte mich zu ein paar Texas Rangers, die sich freiwillig gemeldet hatten, um dich ausfindig zu machen. Wir waren ein paarmal nahe daran, aber ...»
Gegen ihren Willen errötete Ginny jetzt wieder, denn sie erinnerte sich nur zu gut an jene lange, unglückliche Reise durch die Wüste und über Berge – eine Reise, auf der sie Steves Gefangene gewesen war und gemeint hatte, sie hasse ihn, und während welcher sie nur an Flucht und Rettung gedacht hatte. Es war klar, daß Carl einer der wenigen war, denen ihr Vater sich anvertraut hatte, und sie fragte sich plötzlich, ob seine Anwesenheit hier tatsächlich so zufällig war, wie sie zuerst angenommen hatte. Er war ein Mann des Gesetzes gewesen! Aber sicherlich konnte er jetzt und hier als Angehöriger der Armee keine Rechtsprechung üben ... Sie war auf einmal froh, daß Steve weg war, und daß er hier, in Mexico, unter dem Namen Esteban Alvarado bekannt war.
Ihre grünen Augen wurden etwas schmäler, als sie sich zurücklehnte und Carl betrachtete.
«Weshalb über die Vergangenheit sprechen, jetzt, wo alles schon so

lange her ist? Wie du siehst, bin ich jetzt in Sicherheit, und was ich hier tue, gefällt mir. Hier bin ich endlich zu etwas nütze.»
Carl runzelte die Stirne. Ginny Brandon!
Ginny mit den neckischen grünen Augen und dem verführerischen Mund, die gleichzeitig Dame und Kokotte gewesen war.
Er war halb verrückt gewesen vor Eifersucht und Enttäuschung, als sie den Wagenzug in El Paso mit diesem Franzosen verlassen hatte. Und als er dann erfahren hatte, daß sie mit Gewalt von dem Manne entführt worden war, den er immer gehaßt und dem er stets mißtraut hatte, waren seine Wut und seine Eifersucht ins Grenzenlose gewachsen. Er war fest entschlossen, Steve Morgan zu finden und ihn zu töten. Er wollte ihn wie einen Verbrecher – denn das war er ja – jagen und die reizende Tochter des Senators retten. Was war mit ihr während der letzten zwei Jahre geschehen? Was hatte sie durchstehen müssen? Und während er ihr ins Gesicht starrte – sie war so schön und so gelassen wie eh und je! –, plagte ihn im geheimen die Frage, wie vielen Männern sie sich wohl hingegeben hatte.
«Ich kann es kaum glauben, daß du es wirklich bist», murmelte er jetzt. «Du mußt der weibliche Leutnant sein, von dem mir einer meiner Soldaten gesprochen hat. Er sagte, die neueste Errungenschaft in General Díaz' Stab sei eine goldblonde Frau, die europäisch aussehe und Spanierin sei, eine Kreolin – wie konnte er dich nur für eine Mexikanerin halten?»
Voller Wut über die unverhüllte Verachtung, die seinen letzten Worten zu entnehmen war, preßte Ginny ihre Lippen zusammen. Carl hatte es schon immer verstanden, sie zu ärgern – er hatte sich kein bißchen verändert, außer dem Bart! Und jetzt erinnerte sie sich, daß sie seine Küsse kaum hatte ertragen können.
«Du kamst also nur aus Neugierde hierher? In diesem Falle, Hauptmann Hoskins, will ich Ihre Neugierde befriedigen, damit Sie Ihren Männern meine Stellung hier erklären können. Ich gehöre zum Stab des Generals, aber ich habe keinen militärischen Grad. Und du sollst auch das erfahren . . .», einen Augenblick lang verschleierten sich ihre grünen Augen, dann schaute sie ihn wieder direkt an, «ich bin mit Major Esteban Alvarado verheiratet, einem der Offiziere des Generals.
Carl warf ihr einen Blick zu, der ungläubiges Erstaunen und Wut zugleich ausdrückte.
«Das kann nicht dein Ernst sein! Als ich vor wenigen Monaten noch mit deinem Vater sprach, erwähnte er nicht . . .»
«Er erwähnte meine Hochzeit nicht, weil er noch nichts davon wußte! Es ist Krieg hier. Ich kam erst vor kurzem dazu, einen privaten Brief zu schreiben. Gingst du zur Ehrenlegion, um *mich* zu finden, oder waren es patriotische Überlegungen?»

Er hatte den Anstand, zu erröten.
«Ich war schon in die Armee eingetreten, als sich mir diese Gelegenheit bot», sagte er steif. «Aber ich muß zugeben, daß dein Vater seiner Sorge um dich Ausdruck gab, als ich mit ihm sprach, bevor ich Kalifornien verließ. Kann man ihm das übelnehmen? Er hatte seit Monaten nichts mehr von dir gehört! Und jetzt teilst du mir mit, daß du verheiratet bist, und daß dein Vater nichts davon weiß. Um Gottes willen, Ginny, was ist in dich gefahren?»
Mit einem harten Ausdruck in ihren Augen blickte sie ihn an, und ihre Stimme klang wütend, als sie sagte: «Ich glaube kaum, daß dich das etwas angeht, oder? Ich bin verheiratet und Mexico ist meine Wahlheimat.» Carls Gesicht nahm einen seltsam unnahbaren und eigensinnigen Ausdruck an, als würde er ihr nicht glauben, was ihre Wut verstärkte, obwohl sie sich alle Mühe gab, mit ruhiger, gleichmäßiger Stimme zu sprechen. «Wirklich Carl, du scheinst zu vergessen, daß ich nicht mehr das unerfahrene Mädchen bin, das du vor zwei Jahren gekannt hattest! Ich bin hier, weil ich es so will, und ich bin glücklich dabei!»
Bei diesen letzten Worten wurde ihr Stimme unmerklich sanfter und das Grün ihrer Augen schien dunkler zu werden. Carl Hoskins fühlte, wie sich seine Gesichtsmuskeln anspannten, als er auf sie herunterblickte. Gott, wie schön sie war, trotz ihrer strengen Frisur und der einfachen Kleidung! Und der Ausdruck auf ihrem Gesicht, als sie sagte, sie sei glücklich – wie war das nur möglich? Was hatte sie dazu gebracht, einen Mexikaner zu heiraten? Es fiel Carl Hoskins schwer, sich zusammenzunehmen und sich zu einem Lächeln zu zwingen.
«Na – ich glaube, eine Entschuldigung meinerseits und meine Glückwünsche wären jetzt am Platze. Es tut mir leid, Ginny, aber dich hier anzutreffen, war irgendwie ein Schock für mich.»
Sie entschloß sich zu einem schwachen Lächeln.
«Dich hier auftauchen zu sehen, war ebenfalls ziemlich überraschend! Was willst du nun wirklich hier, Carl? Du bist sicher nicht den ganzen Weg hierher geritten, nur um die Frau zu sehen, über die deine Männer klatschen?»
Er errötete unter seiner leichten Sonnenbräune.
«Ich hätte das nicht sagen sollen. Ich bin geschäftlich hier. Oberst Green schickt mich mit einer Botschaft an General Díaz. Weißt du, von uns spricht keiner gut Französisch, und wir erwarten in Bälde einen vornehmen Besucher hier – einen russischen Prinzen.»
«Einen russischen Prinzen?» Diesmal hoben sich ihre Brauen überrascht. «Weshalb sollte ein russischer Prinz hier in diese Gegend kommen und noch dazu in einer so bewegten Zeit?»
«Prinz Sahrkanov war in den vergangenen Monaten in Washing-

ton, um über den Verkauf von Alaska an die Vereinigten Staaten zu verhandeln. Die Sache wurde die ganze Zeit geheim gehalten, aber jetzt hat Staatssekretär Seward die Presse orientiert. Ich enthülle also nichts, was ich nicht sollte.»
«Alaska, ich dachte, dort gäbe es nichts als Schnee und Eis.»
«Das meinen viele, aber Mr. Seward ist der Meinung, daß ein Gebiet, das so nahe bei den Vereinigten Staaten liegt, besser in unseren Händen ist, als in den Händen einer fremden Macht.»
«Und warum kommt der Prinz hierher?»
«Oh . . .», Carl Hoskins zuckte gleichgültig die Achseln, obwohl es ihn insgeheim freute, endlich Ginnys ungeteilte Aufmerksamkeit erregt zu haben. «Ich glaube, er liebt Kriege. Er ist als Beobachter hier, natürlich mit dem Einverständnis von Präsident Juarez. Ich glaube, Oberst Green hat Angst, der Prinz könnte sich entschließen, an ein paar Kämpfen als Freiwilliger teilzunehmen – sein Ruf als Scharfschütze soll weitherum bekannt sein.»
«Er wird sicher bald feststellen, daß der richtige Krieg etwas ganz anderes ist als ein Duell», erwiderte Ginny etwas verärgert. Dann erinnerte sie sich an ihre Pflicht und sagte nachdenklich: «Ich teile dem General lieber mit, daß du hier bist. Er ist zwar sehr beschäftigt heute morgen – du hast sicher gehört, daß Queretaro endlich gefallen ist? – Aber in Anbetracht dessen, was du mir eben gesagt hast . . .»
Carl Hoskins half Ginny galant aus ihrem Stuhl und beobachtete, wie sie mit einem der Offiziere sprach, die im Raume herumlungerten und ihn streng überwachten. Er fragte sich nicht ohne Bitterkeit, ob wohl einer von ihnen ihr Mann war. Was wohl in sie gefahren sein mochte? Sie, die eine französische Gräfin hätte sein können, hatte es vorgezogen, irgendeinen mexikanischen Bauern zu heiraten – es war einfach unfaßbar!
Ginny war jetzt im Büro des Generals verschwunden, und Carl blieb nichts anderes übrig, als auszuharren, bis sie wieder auftauchte. Der junge mexikanische Hauptmann, mit dem Ginny gesprochen hatte, kam herüber und bot ihm einen Stuhl an. Als er lächelte, konnte man das Weiß seiner Zähne blitzen sehen. «Sie sind also ein alter Freund von Señora Alvarado, ja? Ich nehme an, Sie waren überrascht, sie hier anzutreffen? General Díaz schwört auf sie und wüßte nicht, was er ohne sie tun würde. Es ist ein Glück, daß sie so viele Sprachen spricht.»
«Ich bin sicher, daß sich ihr Mann auch glücklich schätzt», wagte Carl zu bemerken, und das Lächeln des Mexikaners wurde breiter. «Ja, Esteban Alvarado ist der beneidenswerteste der Offiziere unter General Díaz! Besonders weil er eine Frau hat, die sich nicht scheut, ihm in den Krieg zu folgen. Leider ist er jetzt gerade nicht hier.»

Ihr Mann war also nicht da? Carls Neugierde war erst recht angestachelt. Ohne dies allzusehr zu zeigen, gelang es ihm, aus dem freundlichen, jungen Offizier herauszubekommen, daß Ginnys Mann als Kurier unterwegs war und daß er ein enger Freund von Oberst Felix Díaz, dem Bruder des Generals, war.
Als Hauptmann Hoskins eine halbe Stunde später das Büro des Generals, der ihm eine Unterredung gewährt hatte, verließ, machte er einen selbstzufriedenen Eindruck. Da Ginny General Díaz' offizielle Dolmetscherin war, mußte dieser, schon aus Höflichkeitsgründen, dem alliierten Oberst Green ihre Dienste anbieten. Allein die Tatsache, daß El Presidente persönlich die Zustimmung zum Besuch des Prinzen gegeben hatte, bewies, wie wichtig der Mann war. Ginny war nicht entgangen, daß der General verärgert die Lippen aufeinanderpreßte. Aber er behielt für sich, was er über die Tatsache dachte, daß der Präsident der Anwesenheit eines Ausländers zustimmte, ohne den befehlshabenden General um Rat zu fragen.
Ginny hatte ihre eigenen Probleme, denn Carl Hoskins schien entschlossen, ihr Gesellschaft zu leisten, und die Höflichkeit verlangte, daß sie sich wenigstens mit ihm unterhielt.
Sie war einerseits froh, daß Steve weg war, anderseits aber gleichzeitig verärgert und zornig. Ausgerechnet Carl Hoskins! Warum mußte gerade er hier aufkreuzen? Dieses Gefühl des Unbehagens, von dem sie sich befreit geglaubt hatte, plagte sie von neuem, jetzt, wo sie nicht einmal mehr Steves Anwesenheit oder seine Umarmungen darüber hinweg trösten konnten. Es war unangenehm, besonders weil sie einige Zeit in Carls Gesellschaft würde verbringen müssen, Carl, auf den Steve immer eifersüchtig gewesen war, und von dem er behauptete, er sei einmal ihr Liebhaber gewesen. Ob Steve bei seiner Rückkehr immer noch so dachte? Sie konnte nicht umhin – und der Gedanke erschreckte sie ein wenig – festzustellen, wie jung und wie zerbrechlich ihre Ehe noch war. Sicher, sie liebten einander, aber waren noch nicht lange genug zusammen gewesen, um einander voll und ganz zu vertrauen. Zu lieben konnte auch heißen, zu verletzen . . .

Liebe! Noch bevor die Woche um war, konnte Ginny dieses Wort nicht mehr hören. Seit sie mit Carl an einem Nachtessen mit Oberst Green und seinen Generälen teilgenommen hatte, überschüttete man sie mit Liebeserklärungen. Das halbe Regiment war in sie verliebt, so konnte man wenigstens vermuten, in Anbetracht der vielen Blumen und Briefchen, die ständig in der Posada eintrafen, wo sie wohnte.
Als sie sich bei Oberst Díaz darüber beklagte, lachte dieser bloß und zeigte keinerlei Anteilnahme.
«Ach, ich glaube, Sie sind durchaus fähig, auf sich selbst aufzupassen, sollte sich einmal einer Ihrer Verehrer vergessen, oder etwa nicht, Chica? Darüber sollten wir jedoch unsere Gastgeberpflichten gegenüber unseren tapferen amerikanischen Alliierten nicht vernachlässigen. Sie werden sie an die Mädchen erinnern, die sie zu Hause ließen, oder?»
«Was, glauben Sie, wird mein Mann sagen, wenn er zurückkommt und sieht, was hier vorgeht? Ich kann es Ihnen ja sagen, er hat diesen Hauptmann Hoskins immer verdächtigt, und wenn er jetzt zurückkommt und sieht, daß mir Carl dauernd zu Füßen liegt . . .»
«Dann wird Esteban einmal mehr Gelegenheit haben festzustellen, welch attraktive Frau zu heiraten er das Glück hatte.» Oberst Díaz zwinkerte Ginny zu. «Um welchen der beiden machen Sie sich denn mehr Sorgen, meine Kleine?»
«Wie können Sie nur so etwas fragen!» Sie blickte ihn wütend und vorwurfsvoll an, aber er lachte nur und klopfte ihr auf die Schulter.
«Ach, betrachten Sie die Sache doch mit Humor. Diese armen Americanos brauchen ganz einfach eine Frau, mit der sie flirten und die sie bewundern können. Und wenn der Russe kommt, werden wir stolz darauf sein, daß wir hier in Mexico so schöne und gebildete Frauen wie Sie haben.»
«Ich fürchte mich langsam vor seiner Ankunft, das können Sie mir glauben», erwiderte Ginny wegwerfend.
Ginny verbrachte wieder mehr Zeit mit den Soldaderas, denn einerseits war ihr Carl Hoskins viel zu zudringlich und frech, und andererseits war sie auch der unverhohlenen Verehrung der Americanos überdrüssig. In Gesellschaft dieser erdgebundenen, freundlichen Frauen fühlte sie sich heimischer als mit ihren amerikanischen Landsleuten, deren höfliche Manieren kaum zu verhüllen vermochten, daß sie sie begehrten. Durch ihre Ehe mit einem mexikanischen Offizier betrachteten sie die Soldaderas als eine der ihren.
Der kleine Raum, den sie mit Steve geteilt hatte, schien Ginny

plötzlich unerträglich einsam, um so mehr als einige Americanos regelmäßig die kleine Kneipe unten besuchten, nur um eine Gelegenheit zu haben, einen Blick von ihr zu erhaschen. Auch Carls Fragerei konnte sie kaum mehr ertragen, seine Ungläubigkeit, wenn sie ihm beteuerte, ihre Ehe sei glücklich und sie sei sie ohne jeden Zwang eingegangen.

«Aber um Himmels willen, Ginny, hast du je daran gedacht, was du nachher tun willst? Wie und wovon wirst du leben? Deinen Vater wird es jedenfalls wenig freuen, wenn er erfährt . . .»

«Daß ich mit einem Mexikaner verheiratet bin? Das bin ich nun einmal und daran kann weder er, noch sonst irgendwer etwas ändern. Sei so gut, Carl, und reite nicht auf meinen persönlichen Angelegenheiten herum, sonst müßte ich unseren Gesprächen ein Ende setzen!»

Wenn er merkte, daß sie wirklich verärgert war, entschuldigte er sich bei ihr und versicherte ihr, daß ihm einzig und allein ihr Wohlbefinden am Herzen läge.

«Ich bin noch immer in dich verliebt, Ginny! Ich kann nichts dagegen tun. Du gingst mir von Anfang an nicht mehr aus dem Kopf, und eine Zeitlang, da bin ich sicher, begannst du ebenfalls, mich lieb zu gewinnen.»

Sie mußte sich selbst eingestehen, daß sie ihn tatsächlich ermutigt hatte, und nur ihre eigenen Schuldgefühle zwangen sie, ihn weiterhin zu sehen. Außerdem, auch das mußte sie zugeben, war es angenehm und beruhigend, manchmal in Begleitung zu sein. Und wenn sie mit Carl nett war, würde er vielleicht ihrem Vater ausrichten, daß sie hier glücklich sei, vielleicht würde er auch den geächteten Steve Morgan vergessen, den er gehaßt hatte und noch immer bitter haßte. Sie mußte dafür sorgen, daß Carl nicht herausfand, daß Steve und ihr Mann ein und dieselbe Person waren, obwohl sie sich von Zeit zu Zeit gereizt fragte, ob Steve damit überhaupt einverstanden wäre.

Der einzige Mensch, den sie in ihre Probleme eingeweiht hatte, war der General selbst, und dieser hatte nichts als ein belustigtes Grinsen für sie übrig gehabt.

«Sie haben also Angst, daß Ihr heißblütiger Ehemann sich mit dem beharrlichen Hauptmann Hoskins schlagen und unsere guten Beziehungen zu Oberst Green gefährden könnte? Seien Sie unbesorgt, Señora, ich werde ihm das alles selbst erklären – und in der Zwischenzeit finde ich vielleicht noch andere Orte, wo ich ihn hinschicken kann.»

Sie errötete.

«O nein! Ich meine damit nicht, daß Sie ihn von hier fernhalten sollten! Er wäre erbost, wenn er erführe, daß ich . . .»

«Wir wollen doch keine Unannehmlichkeiten, oder? Wenn erst dieser Russe wieder weg ist, finden wir vielleicht eine Möglichkeit, daß sich Esteban und Hauptmann Hoskins' Wege nicht kreuzen, sí?»
Ob es dem General gelingt, Steve das verständlich zu machen? Und ob Steve glauben wird, daß sie Carl wirklich nicht ermutigt hatte?
Ginny mied jetzt immer öfter ihr Zimmer und ging zu den Wagen und Lagerfeuern. Dort saß sie dann wieder in ihren ältesten, bequemsten Kleidern, das Haar unter einem Rebozo versteckt, mit den anderen Frauen und sprach über den Krieg, über die Männer und manchmal über die Kinder. Die Frauen neckten sie und sprachen davon, wann auch sie ein Kind haben würde. Schließlich war sie ja verheiratet – es war höchste Zeit!
«Du solltest zur Kirche der Jungfrau von Guadelupe gehen», sagte eine der Frauen ernsthaft zu Ginny. «Schau dir Consuelo an – wie dick sie ist. Manuel fragte sich langsam, ob sie wohl unfruchtbar sei, dann machte sie eine Novena, das Resultat sieht man ja!»
«Aber ich will noch kein Kind – Esteban ist ein rastloser Mann, er reist gerne und ich will mit ihm gehen.»
«Aber du willst dich doch sicher irgendwo niederlassen wollen, wenn der Krieg vorüber ist, oder? Es gibt nichts Besseres als die Verantwortung für ein Kind, damit ein Mann seßhaft wird – sieh mich an!»
Carmencita hatte acht Kinder und hatte eben den vierten Mann geheiratet, deshalb rief ihre Bemerkung allgemeines Gelächter hervor, auf das sie nur mit einem Zurückwerfen des Kopfes reagierte.
Aber das Gespräch hatte Ginny nachdenklich gemacht. Angenommen, sie würde schwanger werden? Würde das etwas ändern? Der Gedanke war ziemlich erschreckend für sie – durch ein Kind gebunden zu sein, niemals mehr wirklich frei sein zu können. Und Steve – wie würde er reagieren?
Nun, sie würde einfach nicht mehr daran denken, bis es wirklich einmal soweit wäre, sagte sich Ginny entschlossen und verscheuchte den Gedanken.
Dennoch ging sie am nächsten Morgen mit ein paar Frauen zu der riesigen Kathedrale der dunklen Jungfrau, die sich am Fuße des Tepeyac befand, wo einem armen Bauern die Jungfrau auf dem Berg erschienen war.
Es war der Namenstag von Dolores Bautista, mit der Ginny besonders eng befreundet war. Sie war die ungetraute Frau von niemand anderem als dem schurkisch dreinsehenden Ex-Guerilla Manolo, der jetzt Feldwebel bei der Armee war.
«Nach dem Kirchgang kommst du mit uns zur Fiesta, nicht, Doña Genia?»

Ginny schüttelte verärgert den Kopf, weil Dolores immer noch darauf bestand, vor ihren Namen das «Doña» zu setzen.
«Nur wenn du endlich zur Kenntnis nimmst, daß ich niemand anders bin als die Soldadera, die ich war, bevor dies Don Porfirio störte!» sagte Ginny schroff. Aber im nächsten Augenblick lächelte sie, umarmte die kleine, dunkelhäutige Dolores und schob ihr das Geschenk in die Hand, das sie für das Mädchen gefunden hatte – ein feines Goldhalsband mit einem winzigen, mit Zuchtperlen eingefaßten Medaillon, das die Heilige Jungfrau von Guadelupe darstellte. Sie hatte es noch in Vera Cruz gekauft, in der Absicht, es bei ihrer Rückkehr nach Kalifornien Sonja, ihrer Stiefmutter, zu schenken; glücklicherweise hatte sie ja dann aber Steve zu sich zurückgeholt.
«Heute abend werde ich mir für einmal keine Sorgen machen – ich werde zufrieden sein», sagte sich Ginny, als sie mit den anderen Frauen loszog – ein barfüßiges, kicherndes Grüppchen, in dem sie unterging.
Sie lächelte bei dem Gedanken, was Carl sagen würde, wenn er sie jetzt sähe! Armer Carl, er konnte manchmal schrecklich anstregend sein! Sie hatte ihn am frühen Abend kurz gesehen und dann Kopfschmerzen vorgetäuscht, um in ihr Zimmer flüchten zu können. Er wäre entsetzt, wenn er wüßte, daß sie sich umgezogen hatte und durch die Hintertür weggegangen war, ohne daß ihr jemand besondere Beachtung geschenkt hätte. Auch der General würde dies kaum gutheißen, aber von den Soldaten und deren Frauen würde sie niemand verraten. Die kühle, sternenglänzende Nacht war so schön und der Spaziergang so erfrischend, daß Ginny sich eigentlich auf das nachfolgende Fest freute. Sie hatte schon so lange nicht mehr tanzen und sich gehenlassen können!
Sie gingen den Hügel hinauf zur Kathedrale. Gutgelaunt antworteten sie auf die frechen Neckereien der Soldaten, an denen sie vorbeigingen. Eine kleine Patrouille von Amerikanern hielt an und erkundigte sich, ob die Señoritas eine Eskorte brauchten. Und Ginny, die sich in ihrer Gruppe gut getarnt fühlte, schrie mit den anderen spöttisch: «Haut ab, Gringos, wir kämpfen so gut wie ihr!»
Wie immer war die Kirche auch an diesem Abend voll mit Gläubigen. Wie die anderen bekreuzigte sich Ginny, als sie zum Altar emporblickte, wo ein Lichtermeer von Kerzen den wunderbaren Mantel der Mutter von ganz Mexico beleuchtete. Ginny war von Jugend an nie besonders gläubig gewesen – auch in Frankreich war sie nur aus Gewohnheit zur Kirche gegangen, aber dieses hohe Kirchengewölbe und die Masse von frommen Gläubigen, die glaubten, ohne Fragen zu stellen, ließen sie nicht ganz unberührt.
Es war eine späte Abendmesse, und die Frauen verstummten, als

sie in das Innere der Kirche schlüpften und ihre Rebozos noch enger ums Gesicht schlangen.
Die Messe war noch nicht zur Hälfte vorbei, als Ginny plötzlich ein seltsames Gefühl packte – das Gefühl, es starre sie jemand an. Sie senkte den Kopf und spähte zwischen den gefaltenen Händen hindurch, obwohl sie sich immer wieder sagte, daß das Ganze dumm und töricht war. Bestimmt hatte irgendein Mann die niederkauernden Frauen als Soldaderas erkannt und starrte sie nun frech an. Wieso sollte sie plötzlich das Gefühl haben, ein kalter Wind wehe durch die Kathedrale und ließe sie erschauern?
Es war nicht möglich, einzelne Gesichter zu erkennen, denn außer dem hell beleuchteten Altar war die Kirche ziemlich dunkel. Dennoch war ihr das Gefühl, beobachtet zu werden, so unangenehm, daß sie sich wünschte, die Messe wäre vorbei. In diesem Augenblick beugte sich Manuela, die neben ihr kniete, zu ihr herüber und flüsterte: «Ich glaube, eine von uns hat einen Verehrer, schau, jene zwei Hidalgos beim rechten Pfeiler – ich könnte schwören, daß zumindest einer von ihnen uns schon die ganze Zeit anstarrt!»
Manuela hatte eine unglaubliche Fülle von schwarzem Haar, auf das sie auch fast übermäßig stolz war. Sie trug nur eine weiße Spitzenmantilla und nicht den warmen Rebozo, den Ginny und die anderen trugen, und jetzt warf sie stolz ihren Kopf zurück.
«Schüttle sie lieber ab, bevor wir ins Lager zurückkommen, sonst schlägt dein Mann drein», warnte Carmencita das Mädchen, das jedoch nur lächelte.
«Du kannst Gift darauf nehmen, daß sie die Männer bemerkt; sogar in der Kirche!» sagte Carmencita verächtlich. Ginny antwortete nicht, obwohl sie die beiden gesehen hatte, die Manuela meinte, und sie starrten tatsächlich herüber.
Wenigstens war es niemand, den sie kannte. Ginny nahm sich vor, nicht mehr in ihre Richtung zu blicken. Sie hielt die Augen gesenkt und verbarg das Gesicht in den Händen.
Sie war erleichtert, als sie mit den anderen die Kirche verlassen konnte. Sie hielten inne, um sich von neuem mit dem heiligen Wasser zu bekreuzigen, als Dolores plötzlich in den Sinn kam, sie wolle noch eine Kerze anzünden. Sie eilte in die Kirche zurück und ließ die anderen warten.
«Schau, da kommen sie – sie schauen wieder her.»
Die unbändige Manuela stieß Ginny mit dem Ellbogen an. Tatsächlich waren die beiden aus der Kirche getreten und beobachteten die Frauen. In ihren dunklen Anzügen hoben sie sich deutlich von der Masse ab, die größtenteils aus Bauern und Soldaten bestand, und ihre Gesichter waren unter den breitrandigen Hüten nicht zu erkennen.

«Ach», murrte Carmencita, «das sind wahrscheinlich Norteamericanos oder irgendwelche Hacendados, die aus der Stadt herkamen, um sich hier umzusehen! Ich sage einem unserer Jungen, er solle sie sich ansehen und sie ausfragen!»
«So laßt sie doch in Ruhe, sie tun uns ja nichts, sie starren bloß herüber!» Manuela riß ihre Mantilla vom Haar und warf sie, ein leichtes Schauern vorgebend, lässig über die Schultern.
«Sie werden bald meinen, wir seien ein Haufen Huren», murrte Maria Torres. «Kommt, wir gehen.»
Ginny tat so, als zeichnete sie mit ihren nackten Zehen Figuren in den Staub, aber es war ihr nicht entgangen, daß sie die Männer tatsächlich anstarrten.
Sie wünschte plötzlich, daß Dolores sich beeilen würde. Wer waren die beiden Männer? Sie hätte schwören können, daß sie unter der Hutkrempe helle Augen gesehen hatte, und der Gedanke daran ließ sie unversehens erschauern, obwohl sie sich sagte, daß sie wohl eine zu lebhafte Phantasie hatte. Wer die Männer auch immer waren, es ging sie nichts an, und sie wollte ihre Nerven schonen und sich den Abend nicht durch ein paar aufdringliche Blicke verderben lassen.
Jetzt trat einer der Männer hervor und schritt auf sie zu, was die Frauen zu einem nervösen Gekicher veranlaßte. Unwillkürlich machte Ginny einen Schritt zurück, um sich im Hintergrund der kleinen Gruppe zu halten, und senkte vorsorglich den Kopf.
«Verzeihung, Señoritas.»
Das Kichern nahm zu, aber Carmencita, die älter und mutiger war als die andern, stützte ihre Hände in die Hüften und trat dem Herrn gegenüber.
«Woraus schließen Sie, daß wir nicht alle verheiratete Frauen sind, die zur Kirche gehen, um etwas Ruhe und Frieden zu finden?»
«Wenn das so ist, dann bitte ich um Verzeihung, ich wollte nicht unhöflich sein, meine Damen. Mein Freund und ich ...»
«Ach ja, Ihr Freund! Weshalb ist er so schüchtern? Schickt er immer Sie vor, um die schmutzige Arbeit für ihn zu tun?»
«Glauben Sie mir, Señoritas», der Mann zog plötzlich den Hut und verbeugte sich mit einer etwas altmodisch anmutenden Galanterie, die sogar Carmencita, ob sie wollte oder nicht, beeindruckte, «mein Freund wäre gern hier mit mir, um seine Komplimente den meinen hinzuzufügen, aber er vesteht unsere Sprache nicht. Er ist zu Besuch hier und sehr begierig, einige unserer schönen mexikanischen Señoritas kennenzulernen.»
«So. Was Sie und Ihr Freund mit den höflichen Floskeln ausdrücken wollen, ist doch, daß Sie meinen, wir seien lauter Huren, die ihren freien Tag haben, oder etwa nicht?»

Carmencita hatte einen aggressiven Ton angeschlagen, und Manuela, deren rote Lippen leicht aufgeworfen waren, drängte sie beiseite.
«Gib dem Señor mindestens die Gelegenheit, alles zu erklären, bevor du irgendwelche Schlüsse ziehst, Carmen! Ich bin sicher, daß er uns brave Soldaderas nicht für Huren halten konnte.»
«Manuela will in Wirklichkeit nur herausfinden, welche von uns die beiden Señors für sich ausgewählt haben», flüsterte eine der Frauen Ginny lachend ins Ohr. «Es gibt kein eitleres Weibsbild als sie!»
Der Señor, der noch immer den Hut in der Hand hielt, war, soviel man im schwachen Licht erkennen konnte, ein gutangezogener, recht schlanker Mann mittleren Alters – mit seinem hellbraunen, in der Mitte gescheitelten Haar sah er etwas stutzerhaft aus. Trotz der unflätigen Bemerkungen der Frauen drückte er sich weiterhin fast unpassend gewählt und würdig aus.
«Meine Damen, ich wiederhole, daß weder mein Freund noch ich Sie beleidigen wollten! Wir fragten uns nur, ob zwei von Ihnen vielleicht zwei einsamen Männern Gesellschaft leisten würden, um etwas zu trinken oder zu essen, wenn es Ihnen passen würde. Wir suchen nur ein wenig Gesellschaft, nicht mehr!»
«O ja, natürlich! Das ist alles, was so feine Herren wie Sie von Frauen wie uns wollen!» erwiderte Carmencita grob und lachte dabei heiser.
«Offensichtlich meinten die Herren nicht *dich*», sagte Manuela scharf. Mit sanfter Stimme fügte sie hinzu: «Wirklich, Señor, Ihre Güte schmeichelt uns, aber ich weiß nicht, welche von uns Sie für Ihre Einladung ins Auge gefaßt haben.»
«Señorita, wer könnte Ihnen und Ihrem prachtvollen, nachtschwarzen Haar widerstehen? Aber mein Freund – ihn hat die Schüchternheit Ihrer Freundin dort drüben anscheinend sehr neugierig gemacht.»
Ginny schnappte wütend nach Luft und blickte auf; alle schauten sie an. Die Frauen übermütig, und der Mann mit einem seltsam durchdringenden Blick, als hätte er erkannt, daß der enganliegende Rebozo zur Tarnung diente.
Sie wählte den Dialekt der Mestizen, als sie kühl erwiderte: «Ich kann nur für mich allein sprechen, aber das Interesse Ihres Freundes schmeichelt mir nicht. Ich bin eine verheiratete Frau, Señor, und mich interessiert nur die Aufmerksamkeit meines Gatten!»
«Das stimmt. Genia und ihr Mann sind schrecklich verliebt. Immer verschwinden sie zusammen.»
Zu Ginnys großer Erleichterung kam in diesem Augenblick Dolores zurück und gesellte sich zu ihnen; sie war außer Atem und

schaute den Mann neugierig an, der etwas verlegen vor ihnen stand.
«Dann gehen wir jetzt zurück ins Lager. Manuela kann ja bleiben, wenn sie will. Ich wünsche Ihnen eine angenehme Nacht, Señor, und mehr Glück anderswo.»
Carmencita machte eine spöttische Kopfbewegung und ging den Hügel hinunter; Ginny warf dem Herrn noch einen kalten Blick zu und folgte Arm in Arm mit Dolores. Auch Manuela schloß sich – zwar schmollend – der Gruppe an.
«Wir hätten doch ein wenig bleiben können», reklamierte sie. «Ich hätte gern gesehen, wie dieser fremde ‹Freund› aussieht.»
«Glaub mir, du wirst dich heute abend im Lager mehr vergnügen. Ich traue den beiden nicht. Wie sie uns anstarrten, sogar während der Messe!»
Ginny nahm an der lebhaften Diskussion nicht teil, obwohl sie im Grunde Marias Meinung teilte. Die beiden Männer hatten etwas Unheilvolles an sich, etwas, was ihr Angst machte. Und warum ausgerechnet sie? Erst als sie das Lager erreicht hatten – aus der Ferne sahen die flackernden Lagerfeuer wie Leuchtkäfer aus – gelang es ihr, diese plötzliche Niedergeschlagenheit wieder loszuwerden. Hier war sie in Sicherheit, und sie wollte einen vergnüglichen Abend verbringen.
Es wurde schließlich ein richtiges Festessen. Die mit Chilli gewürzten Speisen wurden mit Tequila hinuntergespült, der bei der Plünderung von Puebla ergattert worden war. Und als die Gitarren und Geigen zum Tanz aufspielten, hatte Ginnys Unbehagen einer fröhlichen Ausgelassenheit Platz gemacht.
Sie schien die mexikanischen Tänze im Blut zu haben. Beim Tanzen konnte sie alles vergessen und sich leidenschaftlich den wilden Rhythmen der Musik hingeben. Wie gewöhnlich fehlte es Ginny auch diesmal nicht an Partnern. Obwohl die Nacht kühl war, mußte sie bald ihren Rebozo ablegen, und ihr Haar hing frei auf ihre Schultern herab, wie das der anderen Frauen auch. Sie war völlig in den Tanz vertieft und ahnte nicht, wie aufreizend sie aussah mit ihren rotgoldenen flammenden Haaren und dem Rock, der ihr um die Beine wirbelte und dabei ihre schlanken Waden und Knöchel freigab.
Die spontane, wilde Freude am Tanz – der Klang der Musik und des Festes – hatte Zuschauer angezogen. Soldaten, die nicht gerade Wache hatten, kamen aus dem ganzen Lager herbei um zuzuschauen und wenn möglich mitzufeiern.
Einige amerikanische Soldaten, die soeben von der Patrouille kamen, beobachteten die Szene in Gedanken versunken. Ihre Augen weiteten sich jedoch plötzlich, als die Tänzer auseinander gingen,

und sie die Frau mit den kupferfarbenen Haaren erkannten, die sich nicht nur in der Haarfarbe, sondern auch in ihrer wilden Art zu tanzen, von den anderen abhob.
Auch andere hatten sie erkannt. Carl Hoskins, der Oberst Green begleitete, konnte sich vor Wut und Ekel kaum zurückhalten; General Díaz strich sich über den buschigen Schnurrbart und unterdrückte ein leichtes Lächeln; sein Bruder, der Oberst, hob nur etwas die Brauen, um Erstaunen vorzutäuschen.
«Sie kann dem Tanz nicht widerstehen, unsere kleine Genia. Man könnte fast meinen, sie sei eine echte Mexikanerin.»
«Sie ist eine Zigeunerin. Ich nehme an Russin oder Ungarin. Und bei Gott die schönste Frau, die ich je hier oder sonst irgendwo auf der Welt gesehen habe.»
Der Mann, der mit solch feuriger Überzeugung gesprochen hatte, sprach Französisch. Er neigte seinen Kopf etwas gegen seine Gefährten hin, ohne die Tänzer aus den Augen zu lassen. Jetzt fügte er hinzu: «Was meinen Sie, Señor? Habe ich nicht von Anfang an richtig gewählt? Wir Russen erkennen wahre Anmut und Schönheit immer, sogar wenn man versucht, sie zu verbergen!»
«Wie mir die Dame vor der Kirche so kaltschnäuzig mitteilte, ist sie eine verheiratete Frau, Eure Hoheit! Und mexikanische Ehemänner sind bekanntlich eifersüchtig!»
«Ach – aber ihr Mann ist abwesend, nicht? Und sie ist eine wirkliche Dame – das macht sie noch viel interessanter. Sie sagen, sie wird meine Dolmetscherin sein, wenn Sie weg müssen? Ich habe wirklich alles Glück der Welt, nicht wahr?»
«Seien Sie vorsichtig, Prinz. Es heißt, mexikanische Frauen trügen immer kleine Dolche bei sich, um ihre Ehre zu verteidigen.»
Der Prinz warf nur lachend den Kopf zurück und in seinen geheimnisvollen, blaugrünen Augen spiegelte sich der Widerschein des Feuers.
«Das tun auch unsere russischen Zigeunerinnen. Seien Sie unbesorgt, Señor Lerdo. Das ist mir erst recht Anlaß zur Diskretion. Glauben Sie mir, der Dame werde ich mit Respekt begegnen.»

Viertes Kapitel

Ginnys erste Begegnung mit dem Prinzen Nikolai Iwan Wassilyvitch Sahrkanov hätte wohl kaum unter ungünstigeren Bedingungen stattfinden können, meinte General Díaz am nächsten Morgen, wobei er eine strenge Miene aufsetzte.
«Weshalb mußte er auch früher auftauchen als angemeldet? Und

wie hätte ich wissen sollen, daß der Herr, der bei ihm war, Señor Sebastian Lerdo persönlich war?»

«Die Tatsache, daß El Presidente das Kabinettsmitglied, dem er am meisten traut, delegiert hat, beweist doch, wie wichtig dieser Mann ist! Wirklich, Señora, Sie hätten kaum einen ungünstigeren Moment auswählen können, um an einer Fiesta mit den Soldaderas teilzunehmen! Sie haben Glück, daß der Prinz jetzt nicht schlecht über Sie denkt.»

«Wahrscheinlich», murmelte sie etwas widerspenstig, worauf sie der General mit jenem plötzlichen, gewinnenden und für ihn so typischen Lächeln bedachte.

«Na, na Señora, ich bin nicht wirklich böse auf Sie, obwohl ich zugeben muß, daß ich gestern ein wenig verärgert war. Unglücklicherweise hatte der Prinz ein zahlreiches Geleit, unter dem sich ausgerechnet Ihr hartnäckiger Hauptmann Hoskins befinden mußte.»

«Ich hätte nichts dagegen, wenn sich Hauptmann Hoskins entschließen würde, nicht mehr mit mir zu sprechen!» sagte Ginny ein wenig giftig.

Ein wenig später mußte sie jedoch seufzend zugeben, daß sie sich tatsächlich ein bißchen zu auffällig benommen hatte. Der Prinz war die Höflichkeit selbst gewesen, aber sie hatte den Blick seiner blassen Augen zu deuten gewußt – Augen, die mit dem respektvollen Ausdruck seines zugegebenermaßen gutaussehenden Gesichtes im Widerspruch standen.

Es war schlimm genug gewesen, daß sie Oberst Felix Díaz am Handgelenk ergriffen und praktisch von ihren Freunden weggezogen hatte, während er ihr mit einem gekünstelten Lächeln ins Ohr flüsterte, daß sie diesmal wirklich in Ungnade gefallen wäre. Noch viel schlimmer war es gewesen, als sie erkannt hatte, daß der Mann, der sie vor der Kirche angesprochen hatte, ein Kabinettsmitglied von Präsident Juarez war, und daß sein «geheimnisumwitterter» Freund niemand anderes gewesen war, als der russische Prinz persönlich, dessen Ankunft sie alle erst erwarteten.

Wohl oder übel mußte sich Ginny so wie sie war – barfüßig, mit über die Schultern hängenden, offenen Haaren und in bäuerlicher Kleidung, über die sie sich erst jetzt richtig klar wurde – dem Prinzen vorstellen lassen, und zum ersten Mal begegnete sie seinem forschenden Blick. Oberst Green war offensichtlich verlegen, Carl Hoskins wütend und Señor Lerdo belustigt.

All das war aber das geringste ihrer Probleme. Señor Lerdo war bereits auf dem Rückweg nach St. Luis, und von jetzt an würde es Ginnys Hauptaufgabe sein, dem Prinzen als Führer und Dolmetscher zu dienen. Und um die Sache noch schlimmer zu machen,

hatte sie beschlossen, daß sie ihn nicht mochte. Trotz seiner ausgezeichneten Manieren und seiner fast übertriebenen Höflichkeit war irgend etwas Bedrohliches an ihm.
Der Prinz war ein großer, gutaussehender Mann mit dunkelbraunem Haar und einem bis auf den modischen Backenbart glattrasierten Gesicht. Er war es zweifellos gewohnt, daß er den Frauen mit seinen Schmeicheleien und seinem arroganten, überheblichen Auftreten den Kopf verdrehte. Er war es offensichtlich auch gewohnt, daß alles nach seinem Willen geschehen müsse, und so war er es auch, der bestimmte, daß sie an jenem ersten Nachmittag mit ihm ausreiten müsse.
«Ich glaube, Sie werden so großartig reiten wie sie tanzen, Madame», sagte er, und dabei blickte er sie auf eine Weise an, die die Höflichkeit seines Komplimentes Lügen strafte. Sie bemerkte etwas irritiert, daß er seinen Blick nie von ihr abwandte, selbst wenn sie auf diesen oder jenen interessanten Ort hindeutete, und obwohl sie dabei eine äußerst kühle Tonart anschlug.
Der Prinz tat so, als bemerke er ihre Kälte und die absichtlich gewählte Strenge in Kleidung und Haartracht nicht. Er wandte sich an sie mit einer lässigen Höflichkeit und Vornehmheit in der Stimme; nur hie und da klang ein spöttischer Unterton mit, als wolle er sie wissen lassen, daß er ihr kleines Spiel durchschaute.
Dieser Schuft, dachte Ginny wütend in jener Nacht. Er denkt wahrscheinlich, ich spiele ein raffiniertes Spiel, um sein Interesse zu wecken. Sie war froh, daß er, nachdem sie eine Einladung zum Abendessen abgelehnt hatte, nicht weiterhin darauf bestanden hatte. Und obwohl Carl Hoskins in unmittelbarer Nähe war, wünschte sie, Steve würde zurückkommen. Warum mußte er denn so lange fortbleiben? Es war nicht leicht, Geduld zu üben, da sie ihn doch so sehr vermißte. Besonders jetzt, da sie allein war und Angst und ungewisse Vorahnungen ihr Herz schneller pochen ließen.
Ginny verspürte eine fast unwiderstehliche Lust, einfach wegzulaufen, irgendwohin zu gehen, nur um dem Netz von Intrigen, das sich – sie fühlte das – immer enger um sie legte, zu entkommen. Nein, es war wirklich lächerlich! Der Prinz war schließlich auch nur ein Mensch, und er konnte ihr nichts Böses antun, denn sie war ja von Freunden umgeben. Sie mußte jetzt vor allem herausfinden, weshalb der Prinz wirklich hier war und warum ihn der Präsident so sehr begünstigte. Das war alles – und schon bald würde der Prinz nach Rußland zurückkehren, und wenn Mexico-City erobert war würden auch die Amerikaner wieder abziehen. Und außerdem würde Steve dann wieder hier sein, und sie sich wieder sicherer fühlen.
Leider lagen die Dinge jedoch weitaus komplizierter, als sie sich in

jener Nacht weiszumachen versuchte. Denn der Prinz war schlau und recht unbequem, und es war nicht einfach, mit ihm umzugehen, geschweige denn, ihn zu täuschen. Die Probleme mit Carl Hoskins waren anders gelagert.
Carl war zu böse auf sie und zu verliebt, um lange wegzubleiben. Wenn Ginny sich nicht gerade in Gesellschaft des Prinzen befand, konnte sie sicher sein, daß Carl irgendwo auftauchte; manchmal lehnte er sogar gegen die Türe des Hauptquartiers des Generals und warf ihr finstere und enttäuschte Blicke zu.
«Mein Gott, Ginny, was für eine Frau bist du geworden? Wie konntest du dich mit jenen Frauen zusammentun und so tanzen, wie du jene Nacht getanzt hast? Und jetzt hast du einen Prinzen, der dir den Hof macht!»
«Im Gegenteil, ich muß dem Prinzen den Hof machen», antwortete Ginny scharf und errötete dabei vor Ärger. Carl war zu mühsam! Seit sie ihn als Liebhaber zurückgewiesen hatte, hatte er auf linkische Art versucht, die Rolle ihres Bruders zu spielen, aber die unverhüllte Lüsternheit, mit der er sie anschaute, verriet ihn.
«Mit was für einem Mann bist du überhaupt verheiratet?» fragte er jetzt. «Warum bleibt er so lange fort?»
«Carl, er ist Soldat. Er muß Befehlen gehorchen. Und fang jetzt bitte nicht schon *wieder* mit diesem Thema an. Wie oft habe ich dir schon gesagt, daß ich zufällig meinen Mann liebe? Ich bin verheiratet und will es bleiben, und zwar hier in Mexico.»
«Das ist doch blanker Unsinn! Dein Vater – um Himmels willen, schuldest du ihm denn gar nichts? Wie kannst du dich lebendigen Leibes begraben lassen, in einem unzivilisierten Land und mit einem Mann ...»
«Jetzt ist es genug, Carl. Bis du nicht bessere Manieren zeigst, liegt mir nichts mehr daran, mit dir zu sprechen!»
Diesmal war es der Prinz, der ihr zu Hilfe kam, als er ohne seine übliche Eskorte in das Hauptquartier des Generals trat; seine Augen wurden plötzlich stahlhart, als sein Blick auf Carl Hoskins fiel.
«Hat der Hauptmann Sie wieder belästigt? Soll ich Oberst Green bitten, ihn anderswohin zu versetzen?»
«Sind Sie sicher, daß der Oberst so weit gehen würde, nur um Ihnen einen Gefallen zu tun?»
Sie konnte nicht umhin, ihm die Krallen zu zeigen, und er würdigte dies mit einem spöttischen Lächeln.
«Vielleicht habe ich mehr Einfluß als Sie denken, Madame! Kommen Sie ...», er ergriff in seiner gebieterischen Art ihr Handgelenk und führte sie hinaus. «Ich glaube, es ist Zeit für eine kleine Überraschung», sagte er geheimnisvoll. Er half ihr galant in die kleine,

offene Kutsche, die Oberst Green seinem vornehmen Besucher zur Verfügung gestellt hatte.

Zu Prinz Sahrkanovs «Überraschung» gehörte ein Ausflug nach Cuernevaca, wo Ginny schon einmal gewesen war, als der Kaiser dort residierte. La Borda, sein «Sommerpalast», war jetzt das Hauptquartier von Oberst Luis Adiego, der von dem Besuch des Prinzen bereits Kunde hatte.

«Ihr Gepäck ist aus Acapulco eingetroffen.» Beim dolmetschen warf Ginny ihrem Begleiter einen überraschten und verärgerten Blick zu. Beabsichtigte er wirklich, lange in Mexico zu bleiben? Was hatte er im Sinn?

Sie hatte sich ziemlich geärgert, als sie erfahren hatte, wie weit die Reise gehen sollte, und sie war froh über die kleine Eskorte, die ihnen General Díaz zur Verfügung gestellt hatte. In der Nähe der vertrauten Uniformen und Gesichter fühlte sie sich sicherer. Sie begann mehr und mehr dem Prinzen zu mißtrauen.

Es war schon spät am Nachmittag, und er hatte im Sinn, hier, als Gast von Oberst Adiego, zu Abend zu essen. Nach ihren Wünschen hatte niemand gefragt, und es erboste Ginny immer mehr, daß man sie behandelte wie einen Soldat, der Befehle auszuführen hatte.

Der Prinz wollte ihr zweifellos beweisen, daß er ihre Dienste als Dolmetscherin dringend benötigte. Er hielt sie dauernd in Trab, als sie durch die frühere Residenz des Kaisers geführt wurden. Als ob er jedes Wort, das der schwatzhafte Oberst Adiego von sich gab, verstehen müßte.

Die Füße taten ihr weh, als man sie schließlich aufforderte, sich im bequemen Patio auszuruhen, während der persönliche Stab des Obersten kalte Getränke brachte.

«Übrigens, könnten Sie den Oberst fragen, ob Landsleute von mir ebenfalls heute nachmittag eingetroffen sind?»

Zähneknirschend übersetzte Ginny die Frage, und der Oberst teilte ihr in einem Ausbruch von Beredsamkeit mit, daß tatsächlich vier russische Matrosen des Prinzen Habe gebracht hätten, und daß sein persönlicher Arzt, Graf Tschernikov, ebenfalls eingetroffen wäre und sich in seinem Zimmer ausruhe.

«Sie sehen heute nicht eben glücklich aus, meine Kleine», bemerkte der Prinz und hob die Brauen leicht an. «Vielleicht wird Sie die Begegnung mit dem Grafen aufheitern – Sie werden sehen, er ist ein äußerst interessanter und weitgereister Mann! Vielleicht werden Sie gemeinsame Bekannte entdecken!»

Es war ihr, als wollte er zwischen den Zeilen etwas sagen, das ihn insgeheim belustigte, aber was es auch war, sie wollte nicht nach dem Köder schnappen.

Er war also entschlossen, sie mit diesem anderen Russen bekannt zu machen. Es schien ihr jedoch wenig wahrscheinlich, daß sie gemeinsame Bekannte hatten, denn wenn sie sich recht erinnerte, war Prinz Sahrkanov der erste Russe, dem Ginny begegnet war.
«Mein Freund, der Graf, fängt langsam an, das Alter zu spüren, fürchte ich», sagte der Prinz mit seiner schleppenden, halb belustigten Stimme. «Er wird Ihnen aber gefallen. Er ist ein ausgezeichneter Gesprächspartner. Er wird sicher bald hier sein.»
Ginny hatte einen altmodischen Mann mit gekrümmtem Rücken erwartet – einen Greis. Der Graf war aber ganz im Gegenteil groß und gut gebaut und hatte, trotz seinem Schnurrbart und seinem eisengrauen Haar, ein seltsam glattes Gesicht. Er trat mit schnellen, fast kecken Schritten aus dem Haus und seine eigenartigen, stahlgrauen Augen fixierten Ginny so lange, bis sie errötete.
Graf Tschernikov entschuldigte sich sofort und recht galant für seine Ungeschliffenheit, während er sich über ihre Hand neigte.
«Sie müssen mir verzeihen, Mademoiselle! Aber einen Augenblick lang konnte ich es kaum glauben . . . ja wirklich, die Ähnlichkeit ist erstaunlich!»
Ginny war baß erstaunt und ihre Augen weiteten sich, als sie zuerst das lächelnde Gesicht des Grafen und darauf die ironischen Züge von Prinz Sahrkanov bemerkte.
«Ich soll jemandem gleichen, Monsieur le Comte? Jemandem, den Sie kannten?»
«Aber natürlich! Hat Ihnen der Prinz denn nichts gesagt? Nur um Ihr frisches, junges Gesicht zu sehen, bin ich so viele Meilen auf schrecklichen Straßen gereist, Mademoiselle! Aber es hat sich gelohnt – viel mehr als ich sagen kann, nicht wahr, Iwan? Meine Liebe, Sie sind das genaue Ebenbild Ihrer Mutter, als sie in Ihrem Alter war.»
«Meiner – meiner Mutter?» hauchte Ginny und ihre Augen hingen an den Lippen des älteren Mannes. Auch ihm schien die Distanz zwischen ihnen zu groß zu sein, denn er rückte einen Stuhl heran und entschuldigte sich dabei beim Prinzen.
«Ja, Ihre Mutter – mein Kind! Sie erlauben mir doch, daß ich Sie so nenne? Ich habe Ihre Mutter gekannt, und Ihre Tante Céline – eine bemerkenswert gütige und kluge Frau. Ich hatte die Ehre, sie zu besuchen, kurz bevor ich den Prinzen nach Amerika begleitete.»
«Vielleicht erweisen Sie mir die Ehre, Oberst, mir die Waffensammlung vorzuführen, die Sie vorhin erwähnten? Ich glaube, wir sollten diese beiden in ihren – na sagen wir – Erinnerungen wühlen lassen.
Prinz Sahrkanovs Englisch hatte einen schleppenden Akzent, aber es reichte aus, um sich dem Oberst verständlich zu machen, der

ebenfalls ein bißchen Englisch sprach. Ginny warf ihm einen verärgerten Blick zu, den er mit einem Lächeln und einem leichten Augenzwinkern erwiderte. Warum hatte er so getan, als spreche er nicht Englisch? Warum hat er auf einem Dolmetscher bestanden? Bevor Ginny zu einem Schluß kam, verbeugte sich der Prinz vor ihr und ging mit dem Oberst in die Estancia zurück.
«Sie dürfen Iwan nicht böse sein. Ich war es, Mademoiselle, der auf diesem Treffen bestand.»
Beim Klang von Graf Tschernikovs sanfter Stimme wandte sich ihm Ginny wieder zu und runzelte die Stirn.
«Bitte verzeihen Sie mir, aber ich verstehe das wirklich nicht. Ich muß zugeben, daß ich sogar äußerst verwirrt bin! Sie wollen also sagen, daß Sie und der Prinz – daß meine heutige Anwesenheit hier ein abgekartetes Spiel war?» Ein ärgerlicher Ton schwang jetzt in ihrer Stimme mit, und der Graf streckte seine Hand aus und legte sie verständnisvoll auf die ihre.
«Meine Liebe, hören Sie mir jetzt geduldig zu, ich will es Ihnen erklären. Ich verstehe Ihre Verblüffung, ja sogar Ihren Ärger. Aber wenn ich Sie um eines bitten darf – hören Sie mir zuerst zu, ehe Sie Fragen stellen. Lassen Sie einem alten Mann seinen Willen, noch dazu einem der Ihre Mutter gekannt und bewundert hat. Obwohl Sie sich nicht an mich erinnern werden, sah ich Sie sogar einmal, als Sie noch ganz klein waren.»
Wiederum schauten sie seine Augen prüfend an, und sie fuhr unwillkürlich zusammen. Seine Stimme war zwar sanft, aber in seinem Blick war etwas, was sie beunruhigte. Warum blickte er sie so seltsam an? Was würde er ihr sagen?
«Sie müssen versuchen, mir Ihr Vertrauen zu schenken. Sie müssen mir genau zuhören und, glauben Sie mir, mein Kind, so verrückt und unglaublich es auch tönen mag, so ist doch jedes Wort meiner Geschichte absolut wahr. Ich wollte Ihre Volljährigkeit abwarten, bevor ich Ihnen die Wahrheit enthüllen wollte, und dann teilte mir Ihre Tante in Paris mit, daß Sie nach Amerika gegangen seien. Eine freundliche und wohlmeinende Frau, Ihre Tante, aber sie hätte nicht – na, macht nichts, geschehen ist geschehen, aber meine Pflicht bleibt.»
Sie preßte ihre kalten Hände gegen ihr glühendes Gesicht und hörte zu, zunächst voller Erstaunen und dann immer ungläubiger. Wäre da nicht das ernste Gesicht des alten Mannes und dessen feste Stimme gewesen, sie hätte es kaum für wirklich gehalten, eher für eine von einem Schriftsteller erfundene Geschichte. Immer wieder wollte sie unterbrechen, wollte ausrufen, daß das alles doch gar nicht möglich sei – es konnte sich nicht um ihre Mutter handeln –, aber da war die stählerne Unbeugsamkeit in den Augen des Grafen

und seine Stimme, die sie daran hinderten, und so hörte sie ihm fast gegen ihren Willen zu.

«Ihre Mutter war Geneviève de la Croix ...»

So begann er. Und plötzlich, während der Graf bedächtig seine Worte wählend weitersprach, tauchte vor Ginny das Bild ihrer eigenen Mutter auf, so jung und temperamentvoll, so voller Leben wie sie jetzt selbst war. Und das alles, obwohl sie sich eigentlich nur ganz schwach an sie erinnern konnte, wie sie als kränklicher Schatten im Bette lag, mit dem Gesicht vom Licht abgewandt.

Die schöne Geneviève – so jung und so halsstarrig. Sie war entschlossen gewesen, den Geboten ihres Herzens und ihres jungen Körpers zu folgen, genau so wie Ginny, ihre Tochter, es jetzt, soviele Jahre später tat.

«Sie trafen sich ganz zufällig, in der Kathedrale von Notre Dame – und er konnte seinen Blick nicht mehr von ihr lösen ... Sie war natürlich noch sehr jung, erst sechzehn, und immer noch unter der Obhut der Nonnen in der Klosterschule; aber wer jung ist und verliebt und weiß was er will ... Sie fanden Mittel und Wege, sich zu treffen. Sie hatte eine Freundin, eine junge, verheiratete Frau mit Sinn für Romantik, die einen Ort ausfindig machte, wo sie sich treffen konnten. Und so begann es. Ich war zu seinem Gefährten bestimmt worden, aber ich war damals leider auch noch jung und leichtsinnig, und, obwohl ich wußte, daß sich das Ganze nicht gehörte und daß die Sache niemals Zukunft haben konnte, muß ich zu meiner Schande eingestehen, daß ich nichts tun konnte, um zu verhindern, was geschah.»

Er würde ihr etwas Aufsehenerregendes sagen, etwas, was sie erschrecken würde – oder hatte sie bereits insgeheim erraten, worauf der alte Mann hinaus wollte? Unbewußt hatte sich Ginny nach vorn gelehnt, ihre Hände waren ineinander verkrampft und ihre Augen schienen größer, geheimnisvoller und mehr schrägstehend als gewöhnlich. Warum kam er nicht zur Sache?

Genau das wollte Graf Tschernikov tun, auf seine eigene Weise und so taktvoll als immer möglich. Er war sich bewußt, wie erschütternd es für diese junge Frau sein mußte, derartige Dinge über ihre Mutter zu erfahren, und vor allem, gesagt zu bekommen, daß der Mann, den sie während all dieser Jahre als ihren Vater betrachtet hatte, gar nicht ihr wirklicher Vater war ...

«Mein Kind, jung, wie Sie sind, werden Sie sicherlich begreifen, was zwischen diesen beiden jungen, unsterblich verliebten Leuten geschehen ist! Und vergessen Sie nicht, daß dies alles schon viele Jahre zurückliegt – damals war es für die Jugend noch schwieriger, den Geboten des Herzens zu folgen! Was ich zu sagen versuche – es kam schließlich unweigerlich alles aus, was ich von jeher gewußt

und befürchtet hatte. Die Familie Ihrer Mutter fand es heraus und sie wurde eiligst mit einem jungen Amerikaner verheiratet, der sie schon immer angebetet hatte, der aber unter anderen Umständen als nicht standesgemäß gegolten hätte. Sie ging natürlich mit ihm nach Amerika, und dort, in New Orleans, kamen Sie zur Welt.»
Wie unter Zwang sagte Ginny mit verkrampften Lippen: «Und – und er – mein . . .»
«Ihr Vater, Ihr *richtiger* Vater, mein liebes Kind, war der damalige Zarewitsch. Er ist heute Zar von Rußland.»
Ginny richtete sich auf. Die pedantische, fast selbstzufriedene Art, mit der ihr der Graf dies eröffnet hatte, gab Ginny ein Gefühl der Ungläubigkeit, der Unwirklichkeit.
«O nein! Nein! Ich habe Ihnen zugehört. Ich habe versucht, Sie nicht zu unterbrechen, aber das ist nun wirklich zu viel, als daß ich oder sonst irgendwer es begreifen könnte! Sie können nicht einfach in meinem Leben auftauchen, nach all diesen Jahren, und mir einfach ins Gesicht sagen, mein Vater sei nicht mein Vater, daß ich unehelich sei und daß mein wirklicher Vater . . . das ist doch ganz einfach unmöglich! Und weshalb auch immer Sie mich so verrückte Geschichten glauben machen wollen, Graf Tschernikov, ich kann mir höchstens vorstellen, daß . . .»
«Seien Sie still, mein Kind!»
Mit einer Kraft, die überraschend war für einen älteren Mann, der sich eben noch über die Strapazen der Reise von der Küste hierher beklagt hatte, lehnte sich der Graf vorwärts, nahm Ginnys zitternde Hände in die seinen und hielt sie fest, denn sie wollte sich losreißen und aufspringen. Jetzt fuhr er mit seiner ernsten, sonoren Stimme fort. «Sie müssen zuhören – bis ans Ende! Ihr Vater konnte unmöglich den Regungen seines Herzens folgen und Geneviève heiraten, obwohl er das gerne getan hätte, denn er war ja so verliebt! Sein Vater aber hätte es nie erlaubt – und auch Ihre Familie nicht. Was für ein Skandal wäre das gewesen, was für ein Unglück für Rußland! Nein – Alexander ging nach Rußland zurück, nachdem er praktisch dazu gezwungen worden war, und heiratete schließlich die Prinzessin, mit der er schon damals verlobt war. Aber er vergaß seine erste Liebe nie. Wissen Sie, daß er heute noch eine kleine Miniatur von ihr hat, die er immer auf sich trägt? Man hatte ihn glauben lassen, Geneviève sei zufrieden und sogar glücklich in Amerika – alle Versuche, durch Ihre Tante Céline etwas über sie zu erfahren, stießen immer auf die selbe Auskunft: ‹Geneviève ist glücklich, lassen Sie sie in Ruhe, zu ihrem eigenen Wohl.› Was sollten wir tun? Rein zufällig erfuhr ich dann, daß Ihre Mutter mit Ihnen nach Frankreich geflüchtet war – und daß sie so jung starb.»
«Aber – o Gott – schon als Kind habe ich mich immer gewundert,

weshalb Mama so bleich und so unglücklich war! Ich erfand ganze Geschichten über ein Geheimnis in ihrem Leben und fragte mich, weshalb sie Papa verlassen hatte. Alles was man mir sagte, war, ich hätte eine überbordende Phantasie.»
Der Graf tat einen tiefen Seufzer, und der Griff um Ginnys Hände lockerte sich, er wurde beinahe zur tröstenden Geste.
«Sie taten, was sie für das Beste hielten, mein Kind! Genauso wie ich tat, was ich für das Beste für meinen Freund, den jetzigen Kaiser, hielt. Verstehen Sie, ich sagte ihm erst viel später, was ich, als Arzt, sogleich entdeckt hatte – daß Geneviève schwanger war. Mit Ihnen. Ich sagte es Ihrer Tante Céline – denn ich hatte damals schon den Befehl, den Zarewitsch nach Rußland zurückzubringen, andernfalls wäre ich mein Leben lang nach Sibirien ins Exil verbannt worden. Sie wußte, was zu geschehen hatte, und es geschah. Erst viel später gestand ich Alexander, daß Geneviève ihm eine Tochter geschenkt hatte. Und etwas muß ich Ihnen sagen, mein Kind», fügte er lächelnd hinzu, «es war ziemlich schwierig, sie aufzufinden! Die Geheimpolizei zweier Länder – sogar die Pinkertons in Amerika –; und endlich hörten wir, Sie wären ein Mitglied des Hofstaates des unseligen Maximilian. Sie begreifen also . . .»
Diesmal gelang es ihr, ihre Hände seinem Griff zu entziehen, und jetzt starrte ihn Ginny mit den Augen eines gehetzten Tieres an.
«Nein – ich begreife überhaupt nichts! Es war ein Schock – ja, ich habe mich noch nicht ganz von dem erholt, was Sie mir eben erzählt haben; ich verstehe gar nichts von all dem –, aber was bedeutet das alles für mich *jetzt*? Hätten Sie mich doch in Ruhe gelassen. Warum sind Sie eigentlich hergekommen? Was erwarten Sie von mir?»
Es schien, als hätte der Graf ihre atemlos hervorgebrachten Worte gar nicht gehört, er schaute Ginny mit dem gleichen durchdringenden Blick von vorher an.
«Sie sind Ihr so ähnlich. Es ist fast unheimlich, diese Ähnlichkeit! Und doch – ja, ich kann auch etwas von Ihrem Vater an Ihnen erkennen! Das Kinn Ihrer Mutter war klein und spitz – Ihres ist voller Entschlossenheit, und Sie haben ein kleines Grübchen. Und Ihre Wangenknochen sind russisch, auch Ihre schrägstehenden Augen.»
«Aber ich begreife noch immer nicht, was mein Aussehen damit zu tun haben soll! Ich gleiche meiner Mutter, das sagen alle, aber wozu all das? Warum haben Sie mir all dies erzählt?»
Sie schluchzte fast vor Erregung und eine unheimliche Angst bemächtigte sich ihrer. Sie wollte nichts mehr hören; sie würde nicht mehr zuhören, sie durfte es nicht!
«Es ist Ihnen sicherlich bewußt, warum?» Die Stimme des alten Grafen war unerbittlich, seine Augen waren härter geworden und

er blickte sie finster an. «Warum meinen Sie bin ich hier? Warum meinen Sie, wurde mir befohlen, den Prinzen Sahrkanov auf seiner Amerikamission zu begleiten? Ihr Vater will Sie sehen.»

Fünftes Kapitel

«Ihr Vater will Sie sehen . . .»
Die Worte widerhallten in Ginnys Ohren und wiederholten sich immer und immer wieder, den ganzen, seltsamen Abend lang.
«Mein liebes Kind», so nannte der Graf sie mit Beharrlichkeit, und trotz ihres heftigen Aufbegehrens und trotz der Brüskheit und der Wut, mit der sie gegen alles, was er erzählte, protestierte, lächelte er ihr noch immer gütig und fast väterlich zu und nannte sie weiterhin «Kind».
Sie sollte mit ihm nach Rußland zurückgehen – er war offensichtlich verrückt! Er sprach von Aufgaben, von Verpflichtungen, von ihrer königlichen Abstammung; und was noch schlimmer war, ihre stetige Feststellung, daß sie doch verheiratet sei, löste bei ihm ein bloßes Zucken der Brauen aus.
«Aber, mein Kind, wie konnten Sie heiraten, ohne die Einwilligung Ihres Vaters zu haben? Ihr rechtlicher Vormund ist *natürlich* Senator William Brandon. Wissen Sie überhaupt, wie wütend er war, als ihm ein gewisser französischer Oberst von Ihrer Heirat berichtete, Ihrer Heirat, mit einer – wenn ich ehrlich sein darf – gänzlich unpassenden Person, einem *Mexikaner*, und daß er Ihre Ehe selbstverständlich ungültig erklären ließ?»
«Aber . . .», es war ihr, als ertränke sie in einem Meer von weicher Watte, und ihre Stimme tönte verzweifelt, «ich habe ihm doch geschrieben, ich sagte ihm . . .»
«Ach ja, Sie sagten ihm, dieser Señor Alvarado stamme aus einer guten Familie. Er hat die Ehe trotzdem ungültig erklären lassen.»
«Das kann er nicht tun! Ich bin einundzwanzig und volljährig!»
«Aber offensichtlich, mein Kind, waren Sie noch nicht einundzwanzig, als Sie die jetzige Ehe eingingen. Begreifen Sie denn nicht, was man Ihnen anbieten will? Sie sind eine Prinzessin. Wenn auch Ihr Vater Sie nicht offiziell als seine Tochter anerkennen kann, so können doch andere Vorkehrungen getroffen werden. Er will für Sie sorgen, dazu sehen, daß Sie alles haben. Durch seinen eigenen Erlaß sind Sie jetzt berechtigt, den Titel Prinzessin Xenia Alexandrowna Romanov zu tragen. Warten Sie nur, bis Sie das prachtvolle Landgut sehen, das jetzt Ihnen gehört! Es liegt nicht weit vom Sommerpalast des Zaren entfernt. Und natürlich werden Sie Ihr eige-

nes, großzügig bemessenes Einkommen haben! Unnötig zu sagen», fügte er schnell hinzu, so daß Ginny nichts einwenden konnte, «daß Senator Brandon die wahren Begebenheiten nicht zu kennen braucht. Wir sind zum Schluß gekommen, es sei besser für ihn, wenn er nichts wisse. Er weiß nur, daß Prinz Sahrkanov den Wunsch ausgesprochen hat, Sie zur Frau zu nehmen und hat dazu seine Einwilligung gegeben.»

«O nein!» Ginny sprang auf, ohne daß er sie daran hindern konnte. «Graf Tschernikov, was ich vorhin sagte, war ernst gemeint. Ich bin kein dummes, geistloses europäisches Fräulein, das sich herumkommandieren läßt und das sich ihren Lebensweg von anderen vorschreiben läßt; dafür ist es zu spät! Es ist mir vollkommen egal, was der eine oder der andere von meinen Vätern dazu sagen mag. Ich bin verheiratet und habe im Sinn, verheiratet zu bleiben. Ich glaube kaum, daß irgendeine willkürliche Ungültigkeitserklärung von einem Gericht hier anerkannt würde. Und wenn ich für Ihre Gesetzgebung nicht legal verheiratet bin, so bin ich lieber die Geliebte eines Mannes, den ich liebe, als eine Prinzessin und die Frau eines Mannes, der mir jetzt schon verhaßt ist!»

«Überlegen Sie es sich, mein Kind. Sie werden Ihre Meinung ändern, dessen bin ich sicher. Und niemand – das verspreche ich Ihnen – wird Sie zu einer Heirat zwingen, die Sie nicht wollen! Angenommen Ihr – eh – Ehemann beschlösse, daß Sie gehen sollten? Angenommen, *er* könnte sich überzeugen lassen und Sie aus Ihrer Ehe entlassen?»

«Meinen Mann überzeugt man nicht leicht, Dinge zu tun, die er nicht will!»

«Ach so? Na, wie ich schon sagte, denken Sie darüber nach, Prinzessin.»

Sie weigerte sich, darüber nachzudenken und sagte es auch, aber der Graf lächelte nur und meinte, sie leide natürlich noch unter dem Schock. Sie solle sich das Abendessen und den Rest des Abends nicht verderben lassen.

«Und was das übrige betrifft, werden wir schon sehen – es wird sich geben», sagte er beruhigend. Er sprach immer noch mit ihr, als hätte er ein widerspenstiges, undankbares Kind vor sich.

«Aber ich muß heute abend nach Hause. Ich habe nicht die geringste Lust, und auch nicht die Absicht, die Nacht hier zu verbringen», sagte sie scharf, und er schaute sie vorwurfsvoll an.

«Meine liebe Prinzessin, Sie haben doch nicht etwa auch nur einen Augenblick lang gedacht, ich hätte einen verrückten Plan ausgeheckt, um Sie entführen zu lassen? Bitte denken Sie das nicht! Wenn Ihnen nur das Geringste zustoßen würde, würde mich der Zar sofort nach Sibirien verbannen, obwohl wir alte Freunde sind!»

Graf Tschernikov erhob sich etwas steif und hielt ihr die Hand hin. «Kommen Sie, verzeihen Sie mir mein etwas selbstherrliches Benehmen. Ich bin an die Sitten und Gebräuche der neuen Welt nicht gewöhnt – auch nicht an die Unabhängigkeit, die die jungen Damen hier genießen! Sie sind auf jeden Fall eine russische Prinzessin, ob Sie es wollen oder nicht, und wollen Sie als solche nicht den Arm eines alten Mannes annehmen? Wir werden beim Essen zusammen plaudern und ich werde mehr über Rußland erzählen. Vielleicht werden Sie sich von selbst dazu entschließen uns einmal zu besuchen.»

Weil ihr nichts Besseres einfiel und sie wirklich noch recht erschüttert und sprachlos war, nahm Ginny schließlich seinen Arm und ging mit ihm ins Haus.

Wie versprochen beschränkte sich Graf Tschernikov bei seinem Tischgespräch auf Alltägliches und auf Schilderungen des Lebens in Rußland. Ginny aber wäre es wohler gewesen, hätte man sie nicht gerade neben den Prinzen gesetzt, der seinen grüblerischen Blick während des ganzen Mahls auf sie gerichtet hielt. Sie verspürte für ihn nur Verachtung und Ärger. Was war er für ein Mann? Zuerst, als er sie für eine Soldadera hielt, hatte er versucht, sie vor der Kirche von Guadelupe aufzulesen. Und der Grund, weshalb er überhaupt hierhergekommen war, war, daß er die uneheliche Tochter des Zaren treffen wollte. Er hatte sogar die Frechheit gehabt, bei Senator Brandon um ihre Hand anzuhalten, ohne sie je gesehen zu haben!

Um Oberst Adiegos Gefühle nicht zu verletzen, willigte Ginny nach dem Abendessen ein, den Männern noch ein bißchen Gesellschaft auf dem Patio zu leisten. Sie bereute dies aber bald, denn Graf Tschernikov verwickelte den Oberst absichtlich in ein Gespräch, das dessen ganze Aufmerksamkeit erforderte und gab damit dem Prinzen die Gelegenheit, ganz nahe an Ginny heran zu rücken und sie lächelnd mit seinen seltsamen Augen anzublicken.

«Er hat es Ihnen also gesagt, und jetzt sind Sie mir böse!»

«Natürlich bin ich das, hatten Sie denn etwas anderes erwartet? Wie konnten Sie nur so hinterlistig sein? Ich glaube, Sie brauchten überhaupt keinen Dolmetscher, Sie wollten nur . . .»

«Aber doch, ich brauche *wirklich* einen Dolmetscher. Hier sprechen nur wenige Leute Englisch. Und, verstehen Sie doch, ich verliebte mich in Ihr Bild, bevor ich Sie gesehen hatte. Ich erkannte Sie sogar, ohne Sie zu erkennen – so widersinnig das klingen mag, in der Kirche, erinnern Sie sich?»

Ihre Augen blitzten ihn böse an. «Ich erinnere mich nur zu gut! Und dann mußten Sie mich hierher bringen, damit ich mir diese Geschichte anhöre, die ich lieber *nie* gehört hätte.» Sie fuhr mit lei-

ser, erboster Stimme fort: «Warum kann man mich nicht in Ruhe lassen? Warum glaubt mir denn keiner, daß ich hier glücklich bin, und daß ich meinen Mann liebe?»
«Wenn das so ist, ma petite, dann wird es Ihrer Ehe doch nichts anhaben können, wenn Sie Rußland besuchen? Ich will mich Ihnen nicht aufdrängen, aber eines Tages vielleicht, in einer Umgebung, die Ihrer Schönheit und Ihrer Herkunft besser entspricht, werden Sie sich bewußt werden . . .»
«Wessen bewußt werden?»
Sein Grinsen war spöttisch und zugleich vielversprechend. «Wer weiß? Aber findet nicht in allen Märchen die Prinzessin am Ende ihren Prinzen? Meine hübsche Prinzessin, nicht nur Bürgerliche haben stramme Rücken und starke Lenden.»
Es dauerte eine Weile, bis Ginny die wahre Bedeutung seiner Worte erfaßte und sie fühlte ihre Wangen brennen.
«Aber Sie – Sie sind ja unausstehlich!»
«Weshalb sagen Sie das? Weil ich offen mit Ihnen bin, und weil ich direkt, ohne schmeichlerische Umwege, zu Ihnen spreche? Enttäuschen Sie mich nicht! Ich hielt Sie für eine Femme du monde! Bestreiten Sie etwa, daß Ihr Mann nicht der erste Mann in Ihrem Leben war? Man nannte Sie die hübscheste Kurtisane von ganz Mexico-City, oder nicht? Und mit Recht, o ja, mit Recht!»
Seine Augen schienen sich glühend in ihre Haut zu bohren, und sie erinnerte sich an die Blicke von anderen Männern, die sie angeschaut hatten, als wollten sie sie verschlingen. Er hatte endlich seine Maske fallen gelassen, der russische Prinz; seine Worte sollten sie zwar ärgern und beleidigen, aber seine Augen verrieten ihn. Er begehrte sie – und in seiner Begierde nach ihr war er ein Mann wie jeder andere. Weshalb auch sollten seine Worte die gewünschte Wirkung haben? Sie war schon mit anderen Männern und deren Gelüsten fertig geworden.
Ginnys Augen waren kalt und hart geworden, als sie Prinz Iwans Blick erwiderte. Sie wurden schmäler, und mit wütend zusammengepreßten Lippen erinnerte sie in ihrer Haltung an einen sprungbereiten Panther.
Der Prinz war ein Mann, der Herausforderungen über alles liebte, deshalb frohlockte er, und ein Lächeln huschte über seine Lippen. Welch ein liebliches Wesen sie doch war! Ganz besonders, wenn sie wütend war . . . nein, das Bild, das er im Hause ihrer Tante von ihr gesehen hatte, und das ihr Vetter von ihr gemalt hatte, als sie erst sechzehn war, entsprach keineswegs der Wirklichkeit. Sie hätte als Zigeunerin gemalt werden sollen, mit bis auf den Rücken wild flatternden Haaren, wie in jener Nacht, als er sie beim Tanzen beobachtet hatte.

Ginnys vor Wut erhitzte Wangen kühlten langsam ab, und jetzt nahm sie, ohne dem Blick des Prinzen auszuweichen, langsam einen Schluck von dem süßen Likör, den der Graf aus seinem Gepäck geholt hatte.
«Sie scheinen nicht wenig über mich zu wissen! Warum geben Sie sich so viel Mühe? Wenn man schließlich bedenkt, was für ein Leben ich führte, wird es sicher nicht schwer sein, meinen – Ihren Kaiser davon zu überzeugen, daß seine uneheliche Tochter wenig geeignet ist, eine Prinzessin zu sein oder auch nur, ihm vorgestellt zu werden! Wozu so viele Leute enttäuschen?»
Er lachte kurz auf, und es schien, als freue er sich.
«Jetzt wollen Sie also die Schlacht in mein Gebiet verlegen, nicht wahr? Nein, ich habe mich wirklich nicht getäuscht in Ihnen! Sie sind eine echte Frau und schämen sich nicht, es zuzugeben. Eigentlich gefallen Sie mir immer besser.»
Sie schaute ihn kühl und spöttisch an. «Leider berührt mich das in keiner Weise. Und da Sie schon Wert auf Ehrlichkeit legen, muß ich Ihnen auch sagen, daß mir an *Ihnen* wirklich überhaupt nichts gefällt!»
Obwohl er noch immer lächelte, bemerkte sie, daß seine Augen kaum merklich härter wurden.
«Vielleicht werden Sie eines Tages Ihre Meinung ändern! Was Ihre – sagen wir – Gleichgültigkeit betrifft, so sind Sie dadurch in meinen Augen höchstens noch reizvoller! Ein zu erobernder Elfenbeinturm.»
«Es braucht keine Eroberung, Prinz Sahrkanov, denn ich habe mich bereits freiwillig ergeben, und zwar dem Manne, den ich liebe.»
«Ach, Frauen mit ihrem Geschwätz über Liebe! Was ist Liebe schon anderes als getarnte Begierde? Frauen müssen, glaube ich, immer klug daherreden, da sind die Männer schon direkter.»
Plötzlich beugte er sich vor und seine Augen blickten feurig in die ihren. «Ich begehre Sie mehr, als ich je eine Frau begehrt habe. Wenn es das ist, was Sie Liebe nennen, dann bin ich in Sie verliebt. Und ich werde Sie bekommen.»
Bei seinen letzten Worten, die unheilvoll und bedrohlich geklungen hatten, war Ginny aufgesprungen und hatte sich, voll eiskalter Verachtung, davongemacht. Aber einer gewissen Angst, die in ihr aufstieg, konnte sie sich nicht erwehren.
«Ich werde Sie bekommen!» Warum? Warum wollte er sie? Hatte er etwa erwartet, die Nachricht, daß sie eine Prinzessin sei, würde sie überglücklich machen, und sie würde ihm nur deshalb aus lauter Dankbarkeit in die Arme fallen, weil er irgendwie für diese verblüffende Enthüllung mitverantwortlich war? Oder war es nur, weil er sie wollte und zu jenen Männern gehörte, die keine Niederlage

einstecken können? Erschreckend war, daß sie an diesem Mann etwas Bedrohliches, fast Böses, wahrnahm. Oder bildete sie sich das nur ein?
Ginny war zum Grafen und zum Oberst Adiego hinübergegangen, und die Achtung, mit der ihr die beiden begegneten, machte sie irgendwie stärker und sie begann fast, sich ihres blinden Angstgefühls zu schämen. Sie war albern! Was konnte Prinz Sahrkanov schon tun? Sie mußte bloß General Díaz sagen, daß sie nicht mehr die Dolmetscherin des Prinzen sein könne, weil er ihr unmißverständlich zu verstehen gegeben habe, daß seine Absichten ihr gegenüber wenig ehrenvoll waren . . . Das war alles, was sie tun mußte.
«Verzeihung, daß ich Sie unterbreche, meine Herren», sagte sie charmant, «aber es ist schon recht spät, nicht?»
«Zu spät, als daß Sie jetzt noch nach Guadelupe zurückreisen könnten, Señora!» Der Oberst sah ehrlich besorgt aus. Ich bitte Sie, Sie werden sicher eine angenehme Nacht bei mir als Gast verbringen. Ich habe ein Zimmer für Sie vorbereiten lassen; eine Frau steht Ihnen für die Bedienung zur Verfügung.»
«Und natürlich werden wir morgen sehr früh aufbrechen, das verspreche ich Ihnen.» Der Prinz war hinter Ginny aufgetaucht. «Sicher fürchten Sie nicht, daß ich so etwas Unfeines wie einen Vergewaltigungsversuch unternehmen werde?» meinte er mit sanfter Stimme auf französisch, obwohl ihn Graf Tschernikov vorwurfsvoll anblickte.
«Ich hasse es auch, hintergangen zu werden!» sagte Ginny scharf in derselben Sprache. Nur aus Rücksicht auf Oberst Adiego, der besorgt aussah, zwang sie sich zu einem Lächeln.
«Sie sind sehr nett, Oberst. Ich bin in der Tat recht müde. Wenn mich die Herren also entschuldigen wollen . . .»
«Und während sich unser Gastgeber um Ihre Unterbringung kümmert, werden Sie mit mir einen kleinen Spaziergang in diesem schönen Garten machen?» Prinz Sahrkanovs Stimme war sanft und höflich. «Es hat einige spanische Inschriften auf der Sonnenuhr, die mich neugierig machen, und das Mondlicht ist so hell, daß Sie sicher keine Schwierigkeiten beim Entziffern haben werden. Bitte, ja?»
Der Oberst und Graf Tschernikov hatten sich bereits erhoben und bevor Ginny bewußt wurde, was vorging, hatte sich des Prinzen Hand bereits um ihren Ellbogen geschlossen. Wenn sie jetzt keine Szene machen wollte, mußte sie sich wohl oder übel von ihm wegführen lassen. Sie war atemlos vor unterdrückter Wut und brachte kein Wort über ihre Lippen bis sie außer Hörweite der beiden waren.

«Wie alles verändert und weicher aussieht im Mondlicht! Man kann sich schwer vorstellen, daß nur wenige Meilen entfernt ein Krieg wütet, nicht wahr, Mademoiselle?»

Ginny war nicht im geringsten zu Scherzen aufgelegt, besonders nicht, wenn die Konversation mit jener falschen Höflichkeit stattfand, die ihr an diesem Mann schon immer verdächtig vorgekommen war.

«Ich bin nicht Mademoiselle, und Sie haben kein Recht, mich so einfach hierher zu schleppen! Muß ich Sie daran erinnern, Sir, daß ich . . .»

Sie fühlte, daß der Griff an ihrem Ellbogen stärker wurde.

«Sie werden gleich wieder sagen, daß Sie eine verheiratete Frau sind, und ich werde Sie wieder daran erinnern müssen, daß Sie sich nicht mehr als solche betrachten dürfen. Aber keine Sorge, die Tatsache, daß Sie nicht die Frau, sondern die Geliebte jenes Mannes waren, den zu lieben Sie vorgeben, ist für mich nicht von Bedeutung. Im Gegenteil, ich bewundere Ihre – Treue. Sie sind wirklich in jeder Beziehung bewundernswert, Mademoiselle!»

Bei der ironischen Betonung des letzten Wortes hielt Ginny den Atem an. Die Wut machte sie beinahe sprachlos. Aber eine innere, warnende Stimme gebot ihr, Ruhe zu bewahren. Dieser Mann versuchte absichtlich, sie zu provozieren; er wollte sie zwingen, ihre wahren Gefühle zu zeigen, und sie damit in eine unvorteilhafte Lage bringen.

Das orange Fackellicht, das den Patio beleuchtet hatte, verschwand jetzt aus ihrer Sicht, und der Mond schien alles in ein opalisierendes, milchweißes Licht zu tauchen; er löschte die leuchtenden Farben der Blumen am Tag und schuf eine Illusion von Schatten und Licht. Die weißen Steine auf dem holprigen Pfad glänzten unter ihren Füßen, und der Duft des Jasmin und der Gardenien schien schwer in der stillen Luft zu hängen. Eine romantische Nacht, unter anderen Bedingungen, aber Ginny war durchaus nicht in romantischer Stimmung. Ihr Verstand sagte ihr, daß ihr der Prinz nichts antun konnte, aber trotzdem hatte sie eine unbegründete Angst – und das wollte sie auf keinen Fall zeigen!

«Sie wollten, daß ich eine Inschrift auf einer Sonnenuhr übersetze», sagte sie mit kalter Stimme. «Wäre es nicht besser, wenn Sie mir zeigten, wo sie ist? Es wird ziemlich frisch hier draußen.»

«Soll ich Ihnen vielleicht warm geben?» fragte er mit einem lachenden Unterton. «Oder haben Sie etwa doch Angst vor mir?» sagte er listig.

Mit zusammengepreßten Lippen stand ihm Ginny auf dem schmalen Pfad gegenüber und sie entriß ihren Ellbogen seinem Griff. «Habe ich Grund, Angst zu haben?»

Der Mond stand hinter ihm und sein Gesicht war in Schatten getaucht und fast düster, als er seinen Kopf neigte, Ginny am Kinn faßte und ihren Kopf leicht anhob.
«Überhaupt nicht. Habe ich das vorhin nicht deutlich gemacht? Ich will Sie zu meiner Frau machen.»
Erbost stieß Ginny seine Hand weg, wobei er ihr Handgelenk ergriff.
«Welches Spiel Sie auch spielen, Sie gehen zu weit. Warum ausgerechnet mich auswählen? Es gibt sicher viele andere Frauen, die sich nur zu gerne zur Verfügung stellen würden, wenn Sie wirklich eine Ehefrau suchen! Und würden Sie mich jetzt bitte ins Haus zurückbegleiten?»
Sie schaute ihn böse an; was sie nicht wissen konnte, war, daß das Mondlicht auf ihrem Gesicht ihre schräg gestellten Zigeuneraugen und ihre leichten Wangenhöhlen mehr als sonst betonte und sich in ihrem Haar das Licht spiegelte. Prinz Sahrkanov, ein Mann mit viel Erfahrung und etwas müdem Appetit, fühlte wie sein Puls schneller zu schlagen begann, obwohl er die übliche Unbeteiligtheit, auf die er so stolz war, zur Schau trug. Sie sah wirklich reizend aus! Und mehr als das – sie war eine Herausforderung. Er hatte nicht soviel Widerstand von ihr erwartet. Nach den Gesprächen mit ihrer Tante in Paris und mit Senator Brandon und dessen Frau, hatte er ein fügsames Mädchen erwartet – etwas starrköpfig vielleicht, oder sogar, nach dem, was sie durchgemacht hatte, etwas verbittert. Eine Frau, die eine Kurtisane gewesen war. Aber er hatte erwartet, daß sie, nach einem symbolischen Widerstand, die sich bietende Gelegenheit ergreifen würde. Statt dessen leistete sie weiterhin Widerstand und gab eine Kälte vor, die, dessen war er sicher, nur oberflächlich war. Es war Iwan Sahrkanovs Stolz, ein großer Kenner von Pferden und Frauen zu sein, und er begann langsam zu glauben, daß diese Frau nur einem Mann nachgeben würde, der ihr Meister war.
Seine Finger schlossen sich enger und fast grausam um ihr Handgelenk, als wolle er ihre Kraft prüfen. Gut! Er konnte sie fast unmerklich zusammenzucken sehen, aber sie schrie nicht. Sie wurde statt dessen ganz steif und ihre Stimme war voller Verachtung.
«Lassen Sie mich los!»
«Sofort, und mit Bedauern. Aber ich glaube, wir sollten uns etwas besser kennenlernen, Sie und ich. Es ist eine solch schöne Nacht – wie geschaffen für Verliebte und für köstliche Intrigen. Sicher sind Sie nicht so kalt und unbeteiligt, wie Sie vorgeben.» Während er sprach, zog er sie an sich und seine Stimme war nur noch ein Murmeln. «Wie sehr Sie sich bemühen, von mir loszukommen! Könnte es Ihr eigenes, leidenschaftliches Temperament sein, vor dem Sie

Angst haben? Ein Kuß im Mondenschein, was ist da schon dabei – besonders da wir ja verlobt sind?»
«Sie sind verrückt!»
Er hielt sie noch immer am Handgelenk fest und hatte seinen Arm um ihre Taille gelegt. Jetzt, da er sie zu küssen begann, war Ginnys erste Regung, wild dagegen anzukämpfen. Aber ein sechster Sinn sagte ihr, daß er genau das erhoffte, um sie zur Unterwerfung zwingen zu können und ihr damit seine Kraft zu beweisen. Deshalb blieb ihr Körper steif und unnachgiebig in seiner Umarmung. Sie ertrug einfach den Druck seiner Lippen auf ihrem Mund, behielt die Augen weit offen und starrte voller Verachtung in die seinen, bis er sie endlich wieder losließ.
Absichtlich wischte sie sich mit dem Handrücken über die Lippen. Sie spürte, daß er sich darüber ärgerte und hatte plötzlich keine Angst mehr vor ihm.
«Jetzt, da Sie Ihren gestohlenen Kuß im Mondenschein haben, wollen Sie mich bitte entschuldigen, Hoheit? Der Tag war ermüdend, und ich möchte mich zurückziehen.»

Sechstes Kapitel

Trotz des großen, luxuriös eingerichteten Zimmers, das man ihr zugewiesen hatte und trotz des riesigen, weichen Bettes, verbrachte Ginny eine ruhelose, schlechte Nacht. Sie konnte den Ausdruck nicht vergessen, der auf Iwan Sahrkanovs Gesicht stand, als sie ihn verlassen hatte. Obschon sie versuchte, vernünftig zu sein, wurde sie das Angstgefühl, das in ihr aufgestiegen war, nicht mehr los.
Rückblickend schien der Abend, den sie soeben hinter sich gebracht hatte, unwirklich. Ihre Anwesenheit hier, Graf Tschernikovs unheilvolle, haarsträubende Enthüllungen und, was noch schlimmer war, die selbstsichere Miene dieses abscheulichen Prinzen, als er so überzeugt davon gesprochen hatte, daß sie seine Frau werden würde. Wie hatte ihr das nur zustoßen können? Sie war mit Steve verheiratet – mit Steve! Sie liebten sich, aber Graf Tschernikov hatte ihr erklärt, daß ihre Ehe ungültig erklärt worden sei. Und sie hatte erfahren, daß der Prinz nicht nur einflußreich, sondern auch energisch war, und daß er es gewohnt war, daß alles nach seinem Willen geschah. Und wo *war* Steve? Weshalb blieb er so lange weg?
Dunkle Schatten lagen am nächsten Morgen unter Ginnys Augen. Sie war froh, daß die Rückreise nach Guadelupe in fast vollständigem Schweigen stattfand. Graf Tschernikov befand sich mit ihr in der kleinen Kutsche, während der Prinz nebenher ritt.

Taktvoll begnügte sich der Graf mit gelegentlichen Bemerkungen von wenig Bedeutung. Er hatte seinen Kopf zurückgelehnt, und seine Augen blieben meistens geschlossen. Zuvor hatte er sich bei Ginny dafür entschuldigt, daß er nicht gerade ein guter Gesellschafter war.

«Es wird sein, weil ich langsam alt werde. Reisen ermüdet mich. Sie verzeihen mir doch, mein Kind?»

Heute war des Prinzen Gesicht unergründlich; sein Benehmen ihr gegenüber blieb unverändert. Aber Ginny war sich zu sehr bewußt, daß seine Blicke auf ihr ruhten, um unbeteiligt bleiben zu können. Wenn die Reise nur schnell vorüberginge! Sie konnte es kaum erwarten, wieder in ihrem kleinen Zimmer zu sein – und General Díaz so schnell wie möglich zu finden und mit ihm über ihre gegenwärtige unmögliche Situation zu sprechen. Er würde es verstehen – sie würde ihn dazu bringen, zu verstehen! Und sie würde ihn flehentlich darum bitten, Steve zurückzurufen . . .

Aber als Ginny schließlich wieder in ihrem Zimmer war, schien sich alles gegen sie gewendet zu haben.

Sie hatte die Hand, die der Prinz ihr zum Aussteigen gereicht hatte, verschmäht und wäre beinahe aus der Kutsche gestolpert, so eilig hatte sie es, wieder allein zu sein. Von Graf Tschernikov hatte sie sich rasch, aber höflich verabschiedet und ihm dabei versprochen, ihn bald zu besuchen – am nächsten Tag schon, wenn der General ihr Urlaub gäbe. Sie war fest entschlossen, all dem Unsinn über ihre Pflichten und Verbindlichkeiten als des Zaren Tochter ein Ende zu setzen. Es war einfach nicht wahr – es war ein Märchen, und sie weigerte sich, daran zu glauben. Sie würde ihm zu verstehen geben, daß sie überhaupt nicht im Sinn hatte, Mexico zu verlassen, was immer er sagen mochte. Wenn sie einmal begriffen hätten, daß sie unerbittlich war, würden sie gezwungen sein, sie in Ruhe zu lassen.

Da Ginny den Leuten, die gewöhnlich in der Schenke unten saßen, aus dem Wege gehen wollte, benutzte sie die Hintertreppe. Sie seufzte erleichtert auf, als sie die grob gezimmerte Holztür aufstieß und eintrat.

Und dann, als sie sich umschaute, überkam sie ein Gefühl der Betäubung und sie mußte nach Luft schnappen. Sie lehnte sich gegen die Tür, um Halt zu haben. Steves Kleider, seine Satteltasche, alles was ihm gehört hatte, war weg. Das Zimmer sah leer und kahl aus.

«Aber das ist nicht möglich – das ist nicht möglich!» murmelte sie wie im Fieber. «Nicht letzte Nacht – ausgerechnet letzte Nacht –, und er wäre nie weggegangen, ohne auf mich zu warten, ohne eine Nachricht für mich zu hinterlassen!»

Ihre Augen suchten das Zimmer nach etwas ab, nach einem Zeichen, und sie redete sich ein, daß ein Dieb eingebrochen hatte – das mußte es sein, natürlich!

Aber alles, was ihr gehörte, war noch da, und das einzige Anzeichen dafür, daß während ihrer Abwesenheit jemand hier gewesen war, war ein zerknittertes Stück Papier, das auf ihrem Kopfkissen lag.

Langsam, wie in Trance, ging Ginny hinüber, um es aufzuheben. Sie strich das engbeschriebene Papier zwischen ihren Fingern glatt. O Gott – ausgerechnet ein an sie adressierter Brief von Carl Hoskins war es – voller Anklagen, voll Eifersucht; er beschuldigte sie, daß sie ihn wegen des Prinzen verschmähe.

Es tönt, als hätte ich ihm Hoffnungen gemacht, dachte Ginny mutlos, als ob wir Geliebte wären. Und Steve – Steve hatte dies gelesen und hatte es hier liegen lassen, damit sie es fände. O nein! Sie wollte laut schreien und drückte ihre Fäuste gegen die Lippen, wie ein Kind, das ein Schluchzen unterdrückt.

Innerlich pendelte sie jetzt zwischen Schock und Verzweiflung, zwischen Entschlossenheit und Verzagtheit hin und her. Während einiger Zeit konnte sie kaum glauben, daß alles Wirklichkeit war. Steve liebte sie. Sie hatten soeben ein neues Vertrauen ineinander gefunden. Er hatte geschworen, er könne ohne sie nicht leben. Es war doch nicht möglich, daß er sie so herzlos verlassen konnte, sie allein und gestrandet hier zurückließ! Und doch, die Tage gingen vorüber und Ginny konnte nirgends Trost finden, und so schien es, als sei genau das geschehen.

Sogar jene, die sie als ihre Freunde betrachtet hatte, schienen sie zu meiden und boten ihr keine Hilfe an. Carl Hoskins war im Spital, nach einer Schlägerei mit Steve, und jedermann schien sich plötzlich einig zu sein, daß sie Mexico zu verlassen und zu ihrem Vater zurückzukehren hätte.

Oberst Felix Díaz, der Bruder des Generals, war noch am aufrichtigsten mit der verzweifelten jungen Frau.

«Hören Sie, Niña, warum wollen Sie nicht zunächst einmal einfach abwarten? Ich bin zum Glück nicht verheiratet, ich glaube, ich könnte diese Anspannung nicht aushalten! Wie kann ich Ihnen sagen, was im Inneren eines eifersüchtigen Mannes vorgeht? Alles was ich weiß, ist daß Esteban hier war, und zwar ohne daß er dazu die Erlaubnis hatte. Als ich schließlich mit ihm sprach, war er zu wütend, um Vernunft walten zu lassen. Und das war, nachdem er unvorsichtigerweise zu Oberst Green gegangen war. Ich versuchte, ihm alles zu erklären, aber er schien gar nicht richtig zuzuhören: ‹Wenn ich richtig verstanden habe, sind wir vor dem Gesetz nicht verheiratet›, sagte er, und ‹wünschen Sie ihr mehr Glück mit ihrem neuen Verlobten.› Und glauben Sie mir, meine Kleine, ich weiß, daß Sie stark und intelligent genug sind, um nicht hysterisch zu werden, sonst würde ich Ihnen seine Worte nicht wiederholen.» Tröstend fügte er hinzu: «Natürlich sagte er das in einem Eifersuchtsanfall. Früher oder später, wenn er sich etwas beruhigt hat, wird er sicher seine ungestüme Art bereuen. Aber in der Zwischenzeit . . .» Oberst Díaz streichelte nachdenklich sein Kinn. «Ich muß zugeben, daß wir alle froh sind, wenn wir diesen russischen Prinzen los sind. Seit er hier ist, hat er nur Unruhe gestiftet.»

Auch Oberst Díaz versuchte ihr – natürlich so freundlich wie möglich – beizubringen, daß sie in die Vereinigten Staaten zurückgehen sollte, wie die verlorene Tochter. Prinz Sahrkanov hatte Oberst Green darüber informiert, daß Senator Brandon ihre Ehe für nichtig hatte erklären lassen – er hatte sogar an den Präsidenten persönlich geschrieben. Und wie einer von Shakespeares lächelnden Bösewichtern, wartete Iwan nur darauf, daß Ginny den Umständen erlag und nachgab.

Als sei alles nicht schon schlimm genug, hatte Carl Hoskins in jener Nacht Steve gesehen und erkannt. Sie hatten sogar Streit gehabt in einer der Schenken.

Es war Dolores Bautista, die Ginny dies zuflüsterte. Ihre großen, dunklen Augen schauten sie dabei voller Mitleid und Teilnahme an.

«Sagen Sie das bitte niemandem, ja? Manolo würde mich schlagen, wenn er wüßte, daß ich hergekommen bin, um mit Ihnen zu reden. Als er mir sagte, was geschehen war – er war zufällig an Ort und Stelle –, mußte ich ihm versprechen, es für mich zu behalten. Aber, Doña Genia, ich weiß, wie sehr Sie Esteban lieben! Ich glaube, gewisse Leute versuchen Ihnen Unannehmlichkeiten zu bereiten und wollen Sie voneinander trennen.»

Zu diesem Schluß war Ginny auch schon gekommen, aber sie biß sich nur auf die Lippen und nickte schweigend. Dolores schaute sie wieder mitleidig an und fuhr in ihrer Geschichte fort.

«Esteban war natürlich sehr wütend, als er herkam und sah, daß Sie weg waren. Er kam ins Lager herunter, sein Gesicht war ganz finster! Ich glaube, er hatte den amerikanischen Oberst getroffen und – ich hätte nicht zuhören sollen, nehme ich an, aber ich hörte, wie er meinem Mann sagte –, er habe erfahren, daß er nicht mehr verheiratet sei. Man hatte ihm aufgetragen, dafür zu sorgen, daß Sie Ihrem Vater heil zurückgegeben werden. Ich weiß nicht, was er noch sagte, denn in diesem Augenblick schrie Manolo, ich solle ihm den Krug bringen, und dann schlug Esteban vor, sie wollten zusammen in die Cantina etwas trinken gehen.»

Die Cantina, von der Dolores sprach, war natürlich dieselbe, über der Ginny ihr Zimmer hatte, ein in letzter Zeit von den amerikani-

schen Legionären viel besuchter Ort, erinnerte sich Ginny bitter. Carl hatte zweifellos auf ihre Rückkehr gewartet und nach ihr Ausschau gehalten; oder wußte er bereits, was sie selber als Letzte erfahren hatte – daß alles geplant gewesen war, auch daß sie und der Prinz die Nacht in Cuernavaca verbrachten?
Während der vergangenen Tage war Ginny vor Elend halb betäubt gewesen, aber jetzt brachte Dolores' Stimme den ganzen Schmerz zurück, den sie aus ihrem Bewußtsein hatte verdrängen wollen. Ja – fatalerweise konnte sie sich sehr genau vorstellen, wie alles vonstatten gegangen war, obwohl es Dolores widerstrebte, Carl Hoskins' unschöne Kommentare wörtlich wiederzugeben.
Er war schon wütend gewesen, als er jenen langen, verlogenen Brief geschrieben hatte und als Steve schließlich eintrat, hatte er schon ziemlich viel getrunken. Ausgerechnet dem Mann zu begegnen, den er am meisten haßte, und sich bewußt zu werden, daß Ginny ihn irregeführt hatte, das hatte Carl Hoskins gerade noch gefehlt.
Es hatte ein Wortwechsel stattgefunden, sagte Dolores. Der amerikanische Hauptmann sei ganz rot geworden und hätte sofort begonnen, mit seinen anwesenden Freunden laute, herausfordende Bemerkungen auszutauschen. Und – Dolores mußte das mit unglücklicher Miene zugeben – diese häßlichen Kommentare hatten sich auf Ginny bezogen. Der Mann hatte tatsächlich durchblicken lassen, daß er einer ihrer Liebhaber gewesen sei und daß der russische Prinz ihre neueste «Errungenschaft» sei.
«Bist du sicher, daß er es dabei hat bewenden lassen?» unterbrach sie Ginny bitter. «Ich glaube, Hauptmann Hoskins' Temperament gut genug zu kennen, um zu wissen, daß er viel weiter geht! Versuch nicht, meine Gefühle zu schonen, Dolores. Begreifst du nicht, daß ich wissen muß, was er sagte, was Esteban so wütend gemacht hat, daß er fortging, ohne auch nur die kleinste Nachricht für mich zu hinterlassen?»
Das war alles, was sie tun konnte, um die Ruhe zu bewahren. Warum mußte Steve auch gerade jene Nacht auswählen, um nach Hause zu kommen? Und warum mußte er ausgerechnet auf Carl stoßen?
Dolores Bautista senkte den Kopf und zupfte an einer Ecke ihres zerschlissenen Hemdes. Sie wollte offensichtlich in ihrer Erzählung nicht weiterfahren, gab aber schließlich mit leiser Stimme zu, daß der Amerikaner beleidigend gewesen war. Nicht nur hatte er unfreundliche und beleidigende Dinge über Doña Genia gesagt; als Steve seinen lautstark vorgebrachten Kommentaren keine Beachtung schenkte, wurde er immer dreister und begann, ihn zu verhöhnen, während Carls Freunde laut lachten und selbst unflätige Bemerkungen hinzufügten.

«Und dann? Was geschah dann?»
«Esteban versetzte ihm einen Schlag. Manolo sagte mir, er hätte alles getan, um zu verhindern, daß er den Gringo mit den bloßen Händen umbrachte. Er sagte, es hätte in jenem Augenblick leicht ein kleiner Krieg zwischen den Gringos und unseren eigenen Männern ausbrechen können, hätte nicht einer der amerikanischen Offiziere, der weniger betrunken war als die anderen, eingegriffen.»
Dolores hob ihren Blick zu Ginny, ihre Augen waren voll Tränen. «Oh, Doña Genia, was werden Sie jetzt tun?»
Diese Frage stellte sich Ginny immer aufs neue. Was sollte sie tun? Was *konnte* sie tun? Noch nie hatte sie sich so einsam, von allen Freunden und jeglicher Unterstützung abgeschnitten gefühlt wie jetzt. Wenn sie allein in dem Bette lag, das sie mit Steve geteilt hatte, starrte sie zur Decke hinauf, und ein Gefühl der Unwirklichkeit erstickte sie beinahe. Wie war es möglich, daß innerhalb weniger Stunden sich ihr Leben so drastisch verändert hatte, daß sie von den Höhen des Glücks und verträumter Zufriedenheit plötzlich in die Tiefen des Schmerzes und der Verzweiflung heruntergerissen wurde? Aber vergeblich versuchte sie sich einzureden, daß dies alles nur ein Alptraum war, aus dem sie bald erwachen würde, und es wäre alles wieder wie früher. Und sie hatte fast die Hoffnung aufgegeben, daß Steve sich doch noch besinnen und mit ihr Kontakt aufnehmen würde.
«Er liebte mich, da bin ich ganz sicher! Wie kann er solche Gefühle auf einmal beiseite schieben? Ist er denn kein Mensch?»
Am meisten schmerzte sie das Bewußtsein, daß Steve ihr nicht vertraute. Vielleicht hatte er das nie getan?
Ginny kam sich wie eine Schlafwandlerin vor und zwang sich, diese Tage durchzustehen. Sie hatte keine Aufgaben mehr in General Díaz' geschäftigem Hauptquartier, obwohl sie erfahren hatte, daß jeden Tag mehr Gefangene gemacht wurden; die meisten waren Deserteure der kaiserlichen Armee. Sie ging nicht mehr ins Lager hinunter. Welches Recht hatte sie, *jetzt* noch dorthin zu gehen? Außerdem hatte ihr Dolores gesagt, daß die ewig eifersüchtige Manuela hocherhobenen Hauptes den anderen Frauen hinterbracht habe, sie hätte schon immer gewußt, daß Genia eine Hure sei, obwohl sie immer so tugendhaft täte.
Ein Großteil ihrer Zeit, über die Ginny zu ihrem Leidwesen jetzt plötzlich verfügte, verbrachte sie in Gesellschaft von Graf Tschernikov. Wenn sie ihn über ihre Mutter sprechen hörte, fragte sich Ginny voller Schmerz, ob über ihnen beiden wohl ein Fluch läge – beide hatten die Liebe gefunden, um sie sogleich wieder zu verlieren. Arme Geneviève, hatte man damals immer gesagt, und jetzt hieß es, arme Ginny.

Ein oder zwei Tage lang nach ihrer Rückkehr aus Cuernavaca war Ginny außer sich gewesen; in ihrem Kummer hatte sie mit hysterischer Heftigkeit gegen den Prinzen getobt, der ja die Ursache all dieser Ereignisse war.
Er hatte diesem Wortschwall mit angehobenen Brauen und mit jenem wissenden, überheblichen Lächeln, das sie jetzt so gut kannte, zugehört.
«Mademoiselle! Sie sind zwar ausgesprochen hübsch, wenn Sie wütend sind, aber ich muß Sie trotzdem bitten, Vernunft anzunehmen. Wie hätte ich wissen sollen, daß Ihr – eh – Geliebter ausgerechnet an dem Abend zurückkommen würde, den ich für das Treffen mit Graf Tschernikov ausgewählt hatte? Sie können ebensogut Präsident Juarez persönlich die Schuld zuschieben!» Und in einem Ton, der ihr Herz schneller schlagen ließ, fügte er hinzu: «Soll ich dem Präsidenten sagen, wie verärgert Sie sind? Ich gehe übermorgen im Auftrag meines Kaisers nach San Luis. Wissen Sie, daß man munkelt, der unglückliche Prinz Maximilian werde hingerichtet? Die europäischen Königshäuser sollen zum Teil sehr betroffen sein.»
«Ich – ich will nicht, daß Sie dem Präsidenten etwas sagen!» platzte Ginny heraus. War das eine indirekte Drohung? «Weshalb meinen Namen vor ihm erwähnen?»
«Aber er wird mich sicher fragen, ob ich Sie gefunden habe. Wie ich hörte, hat Ihr ehrenwerter Vater und mein guter Freund überallhin Telegramme verschickt, um Sie aufzufinden. Präsident Juarez wird sicher erfreut sein, wenn er erfährt, daß Sie in Sicherheit sind.» Er hielt bewußt inne und sagte dann sanft: «Soll ich versuchen, diesen Hitzkopf, der Ihnen soviel Kummer bereitete, zu finden, meine Hübsche? Das dürfte nicht allzu schwierig sein. Oberst Díaz, der übrigens ziemlich verärgert ist, denn er schätzt Major Alvarado hoch ein, teilte Oberst Green mit, daß der Major jetzt zum Präsidentenstab gehöre und daß er zur Grenze geschickt wurde, um die dortige Patrouille zu unterstützen. Ein gefährlicher Auftrag. Diese Yaqui-Indianer sind anscheinend sehr wild, und wenn es stimmt, daß er ein amerikanischer Verbrecher ist, auf dessen Kopf eine Prämie steht, dann könnte er auch Schwierigkeiten mit den Prämienjägern bekommen. Zu dumm – aber Sie wollen doch sicher nicht mehr von ihm belästigt werden? Von einem Mann, der schändlichen Verleumdungen Glauben schenkt, die über seine treue, ergebene Frau – und als das haben Sie sich ja erwiesen – erzählt werden.»
Ginny konnte diese versteckten Anspielungen nicht länger ertragen und machte sich auf und davon in ihr Zimmer; sie hörte ein leises, spöttisches Lachen hinter sich.

«Ich werde ihn nie heiraten!» tobte sie später vor Graf Tschernikov. «Auch wenn man mich zwingt, zu meinem Vater zurückzukehren, so ist Prinz Sahrkanov der letzte Mann auf Erden, den ich in Erwägung ziehen würde. Ich wünschte mir von ganzem Herzen, ihr beide hättet mich in Ruhe gelassen!»
Aber der Graf behandelte sie weiterhin wie ein widerspenstiges Kind, das nicht weiß, was es will. Seine Mission war, sie zu überreden, nach Rußland zu gehen, der Rest war Sache des Prinzen.
Als sie sich wieder begegneten, war Prinz Sahrkanovs Benehmen undurchsichtig wie immer, als sei überhaupt nichts geschehen. Ginny, die sich über ihre eigene Unkontrolliertheit schämte, tat so, als berührten sie seine Drohungen nicht.
Die Tage vergingen jetzt viel zu langsam, und ein offener Angriff auf Mexico wurde immer wahrscheinlicher und rückte immer näher, und Ginny begann, sich sehnlichst zu wünschen, es würde etwas geschehen, das sie retten könnte. Seltsam, daß das Wort «retten» ihr in den Sinn kam. Alle betrachteten es als selbstverständlich, daß sie Mexico verlassen würde, sobald der Prinz zurückkam – sogar der General, der jetzt den Kopf schüttelte und sie fast mitleidig anblickte.
«Ich werde Sie nur mit Bedauern gehen lassen, und ich entschuldige mich dafür, daß ich – ohne es zu wollen – die Ursache der – eh – Schwierigkeiten mit Esteban bin. Aber ich bin sicher, er wird Sie finden, sobald die Kämpfe vorüber sind, er wäre verrückt, wenn er es nicht versuchte. Ich werde es jedoch nicht bedauern, wenn der Russe uns verläßt. Dieser Mann ist ein geborener Intrigant!»
Ein verärgerter Unterton ließ des Generals Stimme härter klingen. «Er soll El Presidente hinterbracht haben, ich würde meine europäischen Gefangenen zu nachsichtig behandeln.»
Carl Hoskins und dieser verdammte Prinz haben mein Leben ruiniert, dachte Ginny trübe. Plötzlich, wie ein Echo aus einer Vergangenheit, die sie längst überwunden glaubte, kam der Gedanke: Es macht nichts ... Ich habe schon Schlimmeres ausgehalten und überlebt. Der Schmerz wird mit der Zeit vergehen.
Aber konnte sie vergessen? Sie hatte zuviel Zeit zum Nachdenken und sich mit Mutmaßungen zu quälen. Dies war mit ein Grund, weshalb Ginny soviel Zeit mit dem alten Grafen verbrachte, der – in seiner Art – ein charmanter und interessanter Mann war mit seinen etwas altmodischen Manieren und den spannenden Schilderungen seiner ausgedehnten Reisen. Er erzählte ihr viel über Zar Alexander – Ginny gelang es irgendwie nicht, sich eine so ferne Persönlichkeit als ihren Vater vorzustellen. Und doch war sie sich über ihre Gefühle gegenüber Senator Brandon nicht im klaren. Sie kannte ihn natürlich kaum, und ihre mädchenhafte Bewunderung,

die sie für ihn als starken und intelligenten Mann gehegt hatte, war in den vergangenen Monaten, in denen sie ihn nicht mehr gesehen hatte, ziemlich abgeklungen. Welches war seine Beziehung zu Iwan Sahrkanov? Warum hatte er eine Eheschließung mit diesem Mann gebilligt, den sie doch damals noch nicht einmal kannte? Obwohl er angeblich um ihr Wohlergehen besorgt war, schien es, als hätte er es allzu eilig, sie loszuwerden.
«Kommen Sie mit mir nach Rußland!» sagte Graf Tschernikov immer wieder. «Wir werden zuerst San Francisco besichtigen, und Sie können dort soviel Zeit verbringen, wie Sie nur wollen. Ich glaube, Prinz Sahrkanov muß dort Geschäften nachgehen; und er will in den Vereinigten Staaten bleiben, bis Ihr Senat den Kauf von Alaska ratifiziert hat. Aber wenn das alles erledigt ist – es wird Ihnen sicher gut tun, etwas andere Luft einzuatmen. Besuchen Sie Europa wieder, Ihren Onkel und Ihre Tante in Paris. Und dann, wenn Sie Rußland einmal gesehen haben – wer weiß? Vielleicht werden Sie den Wunsch haben, sich doch dort niederzulassen.»
Er ließ diskret durchblicken, wie erstaunt er gewesen war, als er gesehen habe, welche Art Leben sie gewählt hätte. Einer mexikanischen Truppe zu folgen! Wie eine Bäuerin zu leben, mitten unter Bauern! Unvorstellbar! Sie gehörte in eine glitzernde, vornehme Welt mit den schönsten Schmuckstücken und Gewändern. Und – so deutete er an – zu ihr gehöre ein Ehemann, der ihrem gehobenen Rang entspreche und aus einem reichen, untadeligen Haus stamme.
Vermutlich hatte er recht. Nachdem das erste schmerzliche Gefühl von Elend und Verzweiflung abgeklungen war, blieb nur ein dumpfer Schmerz, und sie entschloß sich, zumindest ihren Stolz nicht aufzugeben. Welcher Trost blieb ihr sonst übrig? Da Steve sie ohne auch im geringsten zu zögern fallen gelassen hatte, würde sie sich zwingen, ihn zu vergessen. Sein Benehmen war wirklich nicht mit Eifersucht zu entschuldigen, und wenn er das Gefühl hatte, seine Ehre stünde auf dem Spiel, warum hatte er nicht einmal an *ihre* Gefühle gedacht?
So wartete Ginny schließlich fast resigniert auf die Rückkehr des Prinzen aus San Luis. Wenn er einmal da war, konnte sie gehen. Ja, sie hatte beschlossen, jedermann glücklich zu machen, indem sie widerstandslos das Feld räumte.
Als sie eines Abends im frühen Juni mit Graf Tschernikov beim Abendessen saß, erfuhr sie, daß der Prinz jederzeit zurück erwartet werde.
«Ich hatte fast gehofft, er würde rechtzeitig eintreffen, um mit uns zu essen», hatte der alte Mann gesagt. «Vielleicht hat ihn der Regen aufgehalten.»
Ginny blickte in die Richtung, die er andeutete und bemerkte, daß

sich dunkle Wolken übereinander auftürmten, die – während sie aus dem Fenster blickten – immer schwärzer wurden. Sie erschauerte leicht. Sie bemerkte darauf, daß es dem Grafen wirklich ausgezeichnet gelungen war, den einst kahlen Raum hübsch einzurichten. Das kleine Haus hatte einem Kaufmann aus Mexico-City gehört.
«Ach ja, wenn man an gewisse Bequemlichkeiten gewöhnt ist, und wenn man so viel reist wie ich, dann weiß man genau, was man einpacken muß. Mein Diener ist ein wahres Wunder.» Unter seinen buschigen Augenbrauen sah er sie scharf und durchdringend an und fügte hinzu: «Er hat schon angefangen, wieder einzupacken. In ein oder zwei Tagen sollten wir zur Abreise bereit sein; ich muß gestehen, daß ich recht erleichtert bin.»
Sie zwang sich zu fragen: «Gibt es Neuigkeiten vom – vom Kaiser?»
«Sie meinen Maximilian von Habsburg? Ach – eine traurige Angelegenheit. Der arme Mann war schlecht beraten. Er hätte wissen müssen, was am Ende geschehen würde, als Louis Napoleon, dieser Emporkömmling, das Abkommen von Miramar widerrief.» Als er ihren Gesichtsausdruck sah, fügte er mit freundlicher Stimme hinzu: «Es tut mir leid, mein Kind. Sie kannten ihn – nicht wahr? Na – wer weiß, wie der Präsident dieses barbarischen Landes schließlich entscheiden wird. Vielleicht wird er ihn laufen lassen. Auf jeden Fall werden wir näheres erfahren, wenn Iwan zurückkommt. Und genießen Sie jetzt ihr Abendessen. Es ist nicht viel – aber mein Küchenchef ist vom Kaiser persönlich gelobt worden. Er wäre sehr enttäuscht, wenn Sie dem Mahl, das er zubereitet hat, nicht die Ehre antun würden.»

Siebtes Kapitel

Ginny zwang sich zu essen und sogar auf die Scherze des Grafen einzugehen. Aber obwohl sie sich alle Mühe gab, blieb sie niedergeschlagen, und die schwarzen Gewitterwolken, die sich über ihnen zusammengezogen hatten, machten das Ganze noch schlimmer.
Regen. Sie kannte die heftigen Regenschauer dieses Erdteils und hatte deren zerstörerische Heftigkeit kennen gelernt. Es goß in Strömen, die staubige Erde verwandelte sich in Schlamm, und dann schien die Sonne wieder und trocknete alles. Das war Mexico. Sie würde es bald verlassen und damit einen Teil ihres Lebens hinter sich lassen.
Graf Tschernikov hatte wegen des bevorstehenden Sturmes nicht

weiter darauf bestanden, daß sie ihm noch länger Gesellschaft leistete und hatte sie in seiner eigenen Mietkutsche zurückbringen lassen in das Zimmer, das sie inzwischen haßte, weil es so unpersönlich und einsam war.
Ein Wind war aufgekommen, und Ginny zog ihren Schal enger um die Schultern. In der Ferne zerrissen Blitze die dunklen Wolken, gefolgt von leisem Donnerrollen. Es würde also ein Gewitter geben – im Juni. Wie unvorhersehbar das Wetter doch hier war! So unvorhersehbar wie die Wende, die ihr eigenes Leben genommen hatte!
Ginny ließ sich vom Kutscher zur Hintertür der Cantina fahren, wo sie, trotz des Grafen Protesten, noch immer wohnte. Die alte, recht wackelige Kutsche hatte kaum angehalten als sie schon hinuntersprang.
«Schon gut. Sie brauchen nicht abzusteigen. Wenigstens sind wir nicht in den Regen gekommen. Gracias», fügte sie schnell hinzu und zog den Schal über ihren Kopf, als sie die Türe mühsam aufmachte.
Musik und rauhes Gelächter drangen an ihr Ohr. Die Cantina machte wie üblich ein Bombengeschäft, und der Lärm würde sie die halbe Nacht am Schlafen hindern. Ginny wußte eigentlich gar nicht recht, warum sie darauf bestand, hier wohnen zu bleiben – vielleicht hatte sie so irgendwie das Gefühl, ihre Unabhängigkeit zu wahren. Plötzlich fühlte sie sich sehr müde. Warum machte sie sich Sorgen? In ein paar Tagen würde sie nach Amerika zurückkehren, in der Gesellschaft zweier Männer, die sie kaum kannte – einem von ihnen mißtraute sie sogar ausgesprochen. Sie hatte inzwischen jede Hoffnung aufgegeben, daß Steve seine Meinung ändern und zurückkehren könnte. Hatte ihr Iwan Sahrkanov nicht voller Freude mitgeteilt, daß er eine neue Aufgabe hätte? Eine gefährliche ... Dies hatte für sie nichts mehr zu bedeuten. Steve war an Gefahren gewohnt, er konnte schon auf sich aufpassen. Und sie durfte nicht mehr an ihn denken!
«Señorita, psst! Señorita!» Ein zerlumpter Bengel, kaum mehr als zehn Jahre alt, sprang auf und zupfte sie am Kleid.
«Señorita, bitte schreien Sie nicht. Ich dürfte nicht hier sein, aber ich habe eine Nachricht für Sie. Der Mann sagte mir, ich solle nach der Señorita mit den feuerfarbenen Haaren Ausschau halten. Und er gab mir zwei ganze Pesos. Señorita? Hören Sie zu?»
Ginny versuchte, ihr wild schlagendes Herz zu beruhigen. Eine Nachricht? Vielleicht war es das, worauf sie unbewußt gewartet hatte. Vielleicht ...
«Komm lieber in mein Zimmer hinauf, muchacho», sagte sie leise. «Komm, vielleicht gebe ich dir noch einen Peso für deine Mühe.»

Sein Name, so teilte er ihr mit, sei Bernardo. Und da sein Vater im Krieg umgekommen war, mußte er jetzt seine Mutter und seine Schwestern ernähren.
«Ich mache es gut», sagte er und schaute sich neugierig im Zimmer um. «Ich bin groß für mein Alter, sí? Der Señor sagte mir, sie würden mexikanisch sprechen – so gut wie ich, sagte er. Und die Nachricht sei sehr dringend. Warum hätte er mich sonst auf meinem Weg zur Kirche aufgehalten?»
Bernardo blähte sich wichtigtuerisch auf, und er war stolz darauf, daß die Señorita seinen Worten aufmerksam zuhörte. Ihre seltsam farbenen Augen standen weit offen und er las darin etwas, was er nicht verstehen konnte. «Er sagte – also zuerst beschrieb er Sie, und wo ich Sie finden könnte. Er sagte, ich sollte auf Sie warten, wie spät Sie auch zurückkämen. Und ich solle Ihnen ausrichten, Sie sollten zur Kirche kommen. Allein, sagte er. Und mit einem Rebozo auf Ihrem Haar, damit Sie in der Menschenmenge untergehen. ‹Sag ihr, es sei wichtig›, sagte er. ‹Ich habe Nachrichten von Esteban, sag ihr das.›»
Draußen rollte der Donner noch lauter als zuvor. Er schien in Ginnys dröhnendem Puls, in ihren pochenden Schläfen widerzuhallen.
«Dieser Señor – wie sah er aus? Was sagte er noch?»
Der Junge runzelte die Stirn und schüttelte den Kopf, als versuchte er, nachzudenken.
«Ich konnte sein Gesicht nicht gut sehen. Es war dunkel, wissen Sie, und er trug einen großen Hut und einen Serape. Aber ich dachte, er könnte vielleicht Americano sein. Er war sehr groß und sprach mit einem Akzent. Es tönte sehr besorgt, Señorita. Er sagte, es gehe um Leben und Tod – daß Sie verstehen würden. Sie müßten zur Kirche kommen – sagte er – zu der kleinen Tür auf der Ostseite. Es sei gefährlich für ihn, zu versuchen, bis hierher zu kommen.» Die großen, glänzenden Augen, die ihr Gesicht erforschten, schienen plötzlich zu glänzen. «Ist diese Nachricht noch einen Peso wert, was meinen Sie? Wir sind arme Leute, Señorita. Meine Mutter, meine Schwestern . . .»
Mit einer brüsken Handbewegung setzte sie seinen linkischen Betteleien ein Ende und gab ihm einen Peso aus ihrem Täschchen, das sie am Handgelenk trug.
«Ja, sie ist es wert. Gracias, muchacho. Und lauf jetzt nach Hause, bevor dich das Gewitter überrascht. Lauf!»
Aber er zögerte und schaute sie immer noch neugierig an.
«Für einen weiteren Peso, führe ich sie zur Kirche. Sie sollten nicht allein hingehen. Es hat zu viele Soldaten hier auf der Straße und diese Americanos – pah! – denen traue ich nicht. Sie machen mir Angebote für meine Schwester, dabei ist Rosita erst dreizehn Jahre

alt. Sie sprechen nicht wie eine Gringa. Sie sind nett. Soll ich mit Ihnen gehen? Es liegt mir am Weg.»
Trotz ihrer fast fiebrigen Verwirrung strich Ginny ihm über das Haar.
«Das ist nett von dir, aber ich kenne den Weg zur Kirche, und es ist schon spät.»
Aber sein stolzer, beleidigter Blick ließ sie ihre Meinung ändern. Der Stolz der Spanier! Trotz seines zarten Alters hielt der Junge sich für einen Mann, und er behandelte sie mit der angeborenen Galanterie eines Mannes aus dem Süden. Und vielleicht konnte sie ein bißchen Gesellschaft brauchen!
Als hätte sie nur eine Überlegungspause eingeschaltet, lächelte Ginny ihm zu und sagte nachdenklich: «Es ist eigentlich zu weit, um, allein hinzugehen, und wenn es dir ganz bestimmt nichts ausmacht, so will ich deine Begleitung gerne annehmen. Sei jetzt bitte so höflich und wende dich ab, ich möchte mir passendere Kleider anziehen, die nicht zuviel Aufmerksamkeit erregen. Es wird nicht lange dauern.»
Ginny hatte ihr Kleid abgelegt und achtlos aufs Bett geworfen. Jetzt befand sie sich wieder auf der Straße, mit Bernardo, der in strammer Haltung eng an ihrer Seite ging.
Sie trug ihren ältesten Rock, eine abgetragene Bluse und einen schwarzen Rebozo, den sie eng um Kopf und Schultern geschlungen hielt. So gekleidet konnte man sie kaum von den wenigen anderen Frauen unterscheiden, die ihnen begegneten.
«Bleiben Sie nahe bei mir», riet ihr Bernardo flüsternd. «Man wird Sie nicht belästigen, wenn man sieht, daß sie zu *mir* gehören. Wenn uns jemand aufhält, sagen wir, Sie seien meine Schwester. Das stört Sie doch nicht etwa?»
«Nein, ich bin froh, daß du bei mir bist», sagte Ginny und sie war tatsächlich froh über seine Gesellschaft. Es war dunkel und windig, und der Geruch von Feuchtigkeit und Regen hing in der Luft.
Sie wurden tatsächlich mehrmals von betrunkenen, rüpelhaften Männern aufgehalten, die eine Frau suchten, um sich während einer so kalten Nacht warmzuhalten.
Bernardo übernahm das und schaute sie streitlustig an. «Nein, nein! Nicht heute abend, Señores. Meine Schwester ist krank, und der Doktor hat gesagt, es sei vielleicht ansteckend. Ich führe sie nach Hause zu unserer Madre.»
Murrend oder fluchend ließen sie sie vorüber. Ginny hielt ihren Kopf stets gesenkt und hatte die Arme bescheiden unter ihrem Rebozo gekreuzt, als wäre sie tatsächlich krank oder ungewöhnlich sittsam.
«Sehen Sie», flüsterte Bernardo, «es war gut, nicht allein zu gehen.»

Sie pflichtete ihm bei. Sie mußte verrückt gewesen sein, sich so hinauszuwagen und nur auf die Möglichkeit hin, vielleicht etwas von Steve zu hören. Es war ziemlich weit, und der Weg führte bergauf; während des ganzen Weges mußte sie sich zurückhalten, um nicht zu laufen, obwohl ihr Herz rasend schlug.
Sie hoffte, es sei nichts Schlimmes geschehen! Daß Steve ihr eine Botschaft gesandt, weil er Zeit gehabt hatte, die Sache zu überdenken und zu begreifen, wie lächerlich er sich benommen hatte.
Wie hatte sie sich einbilden können, sie könne Steve einfach aus ihren Gedanken verdrängen? Was immer sie sich einredete, sie konnte nicht aufhören, ihn zu lieben.
Als die dunkle Silhouette der Kirche sich endlich vor ihnen abzeichnete, setzte der Regen ein. Große, träge Regentropfen, Vorläufer des vernichtenden Platzregens, der folgen würde. Keine Menschenseele war zu sehen; und obwohl man durch die engen Fenster Kerzenschein erkennen konnte, schien die Kirche fast leer.
«Bist du ganz sicher, daß er gesagt hat, er würde warten?» flüsterte Ginny.
«Sí, Señorita! Er sagte, er werde hier sein, wie spät es auch werden möge.» Und dann sagte Bernardo mit einem leichten Zögern in der Stimme: «Vielleicht sollte ich hier warten, im Schatten dieser Bäume. Er sagte, sie sollten allein kommen. Vielleicht will er sich nicht zeigen, solange wir zusammen sind. Aber ich werde hier warten, um sicher zu sein, daß alles in Ordnung ist, bevor ich weggehe.»
«Bernardo, du bist wirklich sehr aufmerksam», murmelte Ginny. Sie war so angespannt, daß ihre Stimme fast brach. «Da – du verdienst mehr als zwei Pesos für deine Höflichkeit, aber das ist alles, was ich mitgenommen habe. Habt ein gutes Essen, du und deine Familie. Und richte deiner Madre aus, daß sie einen Sohn hat, auf den sie stolz sein kann.»
Obwohl sie sich nach außen hin mutig stellte, war sie, so lächerlich das klingen mag, sehr froh zu wissen, daß der Junge dableiben würde. Ein Americano, hatte er gesagt. Ein Freund Steves oder – Steve selbst?
Ohne den Regen zu beachten, der ihr ins Gesicht peitschte und ihr Kleid und ihren Schal durchnäßte, ging Ginny schnellen Schrittes auf die Kirche zu. Wie dunkel und einsam es hier war! Auf dieser Seite der Kirche wuchsen dicht beieinander viele Bäume und jenseits der Bäume lag, wie sie wußte, nichts als ein offenes Stück Land, das auf der anderen Seite wiederum nur von ein paar einsamen Häusern begrenzt war. Ein guter Ort für ein geheimes Stelldichein. Niemand benutzte diesen Eingang, der einst den Nonnen diente, die im nahegelegenen, halb verfallenen Kloster gelebt hat-

ten. Der Krieg und die feindlichen Armeen, die kreuz und quer durchs Land zogen, hatte diesem Teil der Kirche sein trostlos verlassenes Aussehen gegeben. Die Nonnen waren schon lange in ein weniger gefährliches Kloster gezogen, und zurückgeblieben waren nur Ratten und ein paar herumstreunende Katzen, um ihr «Ave» zu singen.

Ginny stand schon fast vor der Kirche, als eine große, düstere Gestalt aus dem Torbogen hervortrat. Starke Finger umfaßten ihr Handgelenk.

«Ich muß sagen, du hast dir Zeit genommen, um zu kommen!»

«Steve!» Sie hatte bereits den Mund geöffnet, um seinen Namen zu sagen, aber jetzt keuchte sie nur vor Entsetzen und Enttäuschung.

«Überrascht?» Ein drohender Unterton schwang mit, obwohl seine Stimme trügerisch sanft klang. «Das solltest du nicht sein. Du und ich, wir haben noch Dinge zu erledigen, Ginny Brandon. Hast du wirklich gedacht, ich würde dich so einfach ziehen lassen, nachdem du mich so reingelegt hast?»

«Carl», ihre Stimme brach, bevor sie die Kraft zum Sprechen fand. «Carl, was soll das bedeuten? Hast du mein Leben nicht schon genügend kaputt gemacht? Laß mich sofort los!»

«O nein!» Sein Griff wurde fester, und als sie instinktiv die Hand hob, um ihn zu schlagen, erfaßte er diese mit einem rauhen Lachen. «Du dachtest, es sei er, nicht wahr? Steve Morgan! Du hast sicher gelacht beim Gedanken, wie du mich irregeführt hast mit deinem Gerede über deine Ehe mit einem mexikanischen Offizier – über dein Glück, die Liebe. Na, Morgan lachte nicht, als ich ihm endlich erzählen konnte, welch eine betrügerische, hinterlistige kleine Hure du bist.»

Keuchend versuchte Ginny, sich loszureißen, aber mit einem gemeinen Trick brachte er sie aus dem Gleichgewicht und stieß sie in den Türeingang gegen die schwere Holztür.

«Diesmal wirst du dich nicht so einfach und raffiniert herausreden können wie schon einmal. Hörst du mich?»

Er schüttelte sie grob, um das Gesagte zu betonen, und ihre Zähne klapperten dabei. «Siehst du, ich weiß genau, was du jetzt bist und was du immer gewesen bist. Eine Hure! Ja, genau! Glaubst du, du könntest es immer verbergen? Nachdem Morgan und ich unseren kleinen Wortwechsel hatten, sprach ich mit einigen Gefangenen, die wir gemacht hatten – Männer, die von Tomas Mejias Armee desertiert waren. Sagt dir das etwas, du Schlampe?»

Irgendwie fand sie die Sprache wieder.

«Carl, hör auf! Ich weiß nicht, warum du mich hierher gelockt und was du dir dabei gedacht hast, aber es wird dir nichts nützen. Du – du mußt verrückt sein! Was hast du im Sinn?»

Er schüttelte sie wieder und stieß sie mit dem Rücken so lange gegen die Türe, bis sie das Gefühl hatte, ihr Kopf sei vom Körper losgelöst, ihre Schultern und ihr Rücken grün und blau geschlagen.
«Willst du das wirklich wissen? Ich hatte reichlich Zeit, es mir zu überlegen, alles zu planen, als ich in jenem Spitalbett lag, in das mich dein verdammter Halbblut-Geliebter gebracht hatte. Du schuldest mir viel, Ginny Brandon, für die vielen Male, die du mich an der Nase herumgeführt und die Unschuldige gespielt hast, während du mit *ihm* schliefst und mit diesem verdammten Franzosen und Gott weiß, mit wem noch – mit jedem stinkenden mexikanischen Soldaten, der einen Peso ausgeben konnte – stimmt das etwa nicht? Du Hure, das wirst du mir jetzt bezahlen, und du wirst es so lange bezahlen, bis ich genug bekomme. Ich werde dich benützen, wie ich es schon lange hätte tun sollen – so, wie du es verdienst – wie eine billige, stinkige Hure!»
Er zischte dies zwischen zusammengepreßten Zähnen hervor, schüttelte sie die ganze Zeit und hielt sie dabei schmerzhaft an den Handgelenken fest. Der Rebozo glitt ihr vom Kopf, und ihr Haar breitete sich aus, während sie versuchte, gegen ihn anzukommen; ihr vor Nässe schwerer Rock hinderte sie jedoch daran.
«Nein, Carl, nein!»
«Oh, bald wird das heißen: ‹Ja, bitte Carl, tu alles, was du willst mit mir›, wenn ich einmal mit dir fertig bin, verstehst du? Du wirst keinen Narren mehr aus mir machen. Habe ich dir nicht gesagt, daß ich mit dir etwas vorhabe? Niemand wird wissen, wo du bist und was mit dir geschehen ist – sie werden denken, du seist zu Morgan geflüchtet. Und er – ja, wer zuletzt lacht, lacht am besten – denn bevor ich die Prämie kassiere, die dein Papa ausgesetzt hat, um zu wissen, wo er sich versteckt hält, werde ich ihn wissen lassen, daß ich dich habe – ich werde ihm einen Handel vorschlagen. Was hältst du davon?»
Mit einer Bewegung, die zu schnell war, als daß sie sie hätte voraussehen können, verdrehte er ihr plötzlich grausam die Handgelenke und zwang sie in die Knie.
«Jetzt bist du einen Moment ruhig», hörte Ginny ihn murmeln, und plötzlich fand sie die Kraft zu schreien.
Wenn nur Bernardo nicht schon weggerannt war! Wenn er sich nur noch unter den Bäumen versteckt hielt und sie jetzt hörte!
«Hilfe, zu Hilfe, schnell!» Sie schrie die Worte in spanisch, doch dann brachte sie Carl mit einem brutalen Schlag auf den Mund zum Schweigen.
«Verdammte Hure. Denk doch an den Donner – und den Regen! Glaubst du, es kann dich jemand hören?»
Er schlug sie immer wieder auf das Gesicht und auf die Brüste, bis

es ihr schwarz wurde vor den Augen und alles zu flimmern begann. Vollkommen betäubt, mit rasenden Schmerzen im Kopf und halb bewußtlos fühlte Ginny, wie er ihr die Arme nach hinten zerrte und die Handgelenke fesselte. Er stieß sie auf die nasse, schlammige Erde, fesselte ihre Fußgelenke und zog mit besonderem Vergnügen das Seil so fest zu, daß Ginny, obwohl halb betäubt, das Gefühl hatte, das Blut werde ihr abgeschnitten. Als letztes und als schlimmste Erniedrigung stieß er ihr einen Knebel zwischen die Lippen, um ihre Schreie zu ersticken.

Stöhnend und um Atem ringend fühlte Ginny, wie er sie grob mit seinen Armen hochhob und forttrug; der Regen peitschte auf sie herunter, und sie hatte ein Gefühl, als ertränke sie.

Nachträglich konnte sie sich nicht mehr entsinnen, wie lange er so mit ihr gelaufen war und welche Richtung er eingeschlagen hatte. Der Lärm des Sturms dröhnte in ihren Ohren, und sie spürte den kalten Regen – dann plötzlich ließ der Lärm nach, und im Lichte eines Blitzstrahls vermeinte sie Mauern zu erkennen, die stellenweise gegen oben offen waren, und sie hörte das Geräusch von zerbröckeltem Mauerwerk unter seinen Stiefeln. Dann war es wieder dunkel, es roch modrig, und sie wurde eine Treppe hinuntergetragen. Sie hörte Carls keuchenden, rasselnden Atem und konnte kaum glauben, was mit ihr geschah.

Plötzlich fühlte Ginny, wie er sie auf den Boden gleiten ließ, der zwar trocken, aber kalt und hart war, und sie hörte ihn murmeln: «Jetzt wirst du brav da liegen bleiben, bis ich die Kerze finde, die ich hier ließ, dann wirst du das nette, kleine Versteck sehen, das ich für dich ausfindig gemacht habe. Ich habe hier einmal mit ein paar Kameraden gekundschaftet. Ein interessanter Ort, wie du gleich sehen wirst!»

Sie hörte ihn ein Streichholz anzünden. Das aufflackernde, gelbe Licht tat ihr in den Augen weh. Schmerz durchzuckte ihren ganzen Körper, als sie versuchte, sich zu bewegen. Im nächsten Augenblick wurde sie wieder hochgehoben, er schulterte sie und trug sie eine steile Steintreppe hinunter, in ein schwarzes, gähnendes Loch hinein – das sich auftat, als er eine schwere, hölzerne Falltür im Boden aufgemacht hatte.

«Das war früher ein Weinkeller. Die Nonnen machten ihren Wein gewöhnlich selbst, wie man mir sagte. Aber ich nehme an, sie haben alles mitgenommen, als sie gingen. Hier unten hat es jetzt nichts als Ratten, Spinnen und Schaben. Aber daran bist du sicher gewöhnt, du hast ja in Mexico gelebt; und wenn man bedenkt, in was für einer Gesellschaft!»

Ginny fühlte wie sie schauderte, und er lachte. Er ließ sie recht unsanft auf den Boden hinunter, diesmal auf einen Haufen alter

Säcke, so schien es, die in einer Ecke der kleinen, kalten Kammer lagen.
Als Carl sich umdrehte, um die Kerze in den Hals einer leeren Weinflasche zu stecken, wurde er sich seines keuchenden Atems bewußt. Einesteils war es die Anstrengung, Ginny getragen zu haben, andernteils aber auch eine Mischung aus Wut und Erregung. Er hatte es geschafft! Seine Geduld und seine sorgfältige Planung hatten sich gelohnt, und sie war hier, wie er es geplant hatte.
Er bewegte sich absichtlich langsam, denn er wußte, daß sie ihn angstvoll mit jenen schrägen, grünen Augen beobachtete, die er gehaßt und geliebt hatte. Ja, es hatte eine Zeit gegeben, da er kindisch verliebt in sie gewesen war; da ihr kaltes, unnahbares Wesen ihn eingenommen hatte. Jetzt aber verachtete er sie – und gleichzeitig begehrte er sie. Er wollte sie für alles bestrafen – und vor allem dafür, daß sie ihn sich vom Leibe gehalten hatte, während sie sich allen anderen hingab. Jetzt würde das alles anders sein, und er würde sie mit Vergnügen sich krümmen und winden und ihn um Mitleid bitten sehen. Und wenn er dann ins Hauptquartier zurückgehen würde, konnte er jeweils mit Vergnügen daran denken, daß sie immer hier sein würde für ihn, wann immer er wollte, und sie würde warten . . .
Er war naß bis auf die Knochen. Mit den Fingern durchkämmte er sein Haar, um es notdürftig zu trocknen und um zu verhindern, daß es ihm andauernd in den Kragen tropfte. Er vermied es absichtlich, Ginny anzuschauen, als er seinen improvisierten Kerzenständer auf die Kiste stellte, die er zuvor hergebracht hatte. Er zog hinter der Kiste eine Flasche Wein hervor, aus der nur ein paar Schlucke fehlten, und führte sie an die Lippen. Eine leicht säuerliche, warme Flüssigkeit rann seine Kehle hinunter. Dann, immer noch mit demonstrativ langsamen Bewegungen, zog er seine Jacke aus und wandte sich schließlich Ginny zu, um sie anzuschauen.
Der untere Teil ihres Gesichtes war fast ganz hinter dem Taschentuch verborgen, das er als improvisierten Knebel benutzt hatte, aber ihre Augen, die jetzt nicht mehr glasig waren, starrten ihn an. Er stellte mit sadistischer Befriedigung fest, daß seine Schläge häßliche, blaue Flecken hinterlassen hatten, die die klassische Schönheit ihrer Züge verdarben.
Ihre Bluse war zerrissen und gab ihre Schulter und ihre Brüste frei; der durchnäßte Rock war aufgegangen und man konnte ihre Beine sehen. Sie sah aus wie eine Hure und war über und über mit Schlamm bedeckt; und als er so dastand und seinen Blick bewußt langsam über ihren Körper wandern ließ, fühlte Carl eine unbezähmbare Begierde in sich aufsteigen.
Ginnys Augen, die im flackernden Kerzenlicht wirkten wie grünes

Glas, ließen sein Gesicht nicht los. Sie hatte Angst – bei Gott, und er wollte, daß sie Angst hatte und sich fragte, was er mit ihr tun würde.
Er hatte eigentlich im Sinn gehabt, sich mehr Zeit zu nehmen, sie zu quälen, aber seine Begierde und die kurze Zeit, die ihm noch zur Verfügung stand, bis man ihn zurückerwartete, zwangen ihn, zu ihr hinüberzugehen.
Sein Gesicht war entstellt von der häßlichen Wunde auf der Stirn, die er sich bei der Schlägerei mit Steve zugezogen hatte, und sein Gesichtsausdruck war unmißverständlich. Ginnys kalter Körper erzitterte. Als er sich über sie neigte, biß sie auf den nassen Stoff, der ihren Mund ganz ausfüllte und nach Blut schmeckte. Sie war fast froh, daß er sie geknebelt hatte. So konnte sie die Demütigung nicht noch größer machen, indem sie schrie und ihn anflehte, er solle sie schonen . . .
Und dann fühlte sie seine Hände auf ihrem Körper, und sie schloß die Augen. Sie hörte das Zerreißen von nassem Stoff, als er ihr mit berechnender Grausamkeit ihre Kleider Stück für Stück vom Leibe riß.

Achtes Kapitel

Noch nie in ihrem Leben hatte Ginny eine so starke, blinde Angst empfunden, noch nie hatte sie so undurchdringbare Dunkelheit umgeben wie jetzt; sie hatte das Gefühl, sie würde ganz langsam ersticken.
Als Carl schließlich weggegangen war und die Kerze mitgenommen hatte, war Ginny zunächst zu betäubt und zu erniedrigt gewesen, als daß ihr die Einsamkeit etwas ausgemacht hätte. Ihre Hände und Füße waren jetzt etwas loser gefesselt. Die Falltüre hatte sich dröhnend hinter ihm geschlossen, und sie war allein; gefangen in dieser dämmerig-rußigen Dunkelheit. Da konnte kein Gefühl der Erleichterung aufkommen. Er hatte auf den Knebel verzichtet und achtlos eine Decke über ihren nackten, schmerzgepeinigten Körper geworfen. Noch lange Zeit nachdem er gegangen war, hatte Ginny so dagelegen, von trockenen Schluchzern geschüttelt. In jenem Moment war sie sich nur der körperlichen Schmerzen bewußt; die seelischen Qualen, die mit ihnen einhergingen, sollten jedoch noch viel schlimmer werden.
Erst viel später, als die Dunkelheit von überall her auf sie eindrang, und sie leise, raschelnde Geräusche wahrnahm, begann die wirkliche Pein. Sie wagte nicht, sich zu bewegen, mußte aber auf der

Seite liegen, da der Schmerz in ihren gefesselten Gelenken jeden Nerv zu durchdringen schien, bis sie schließlich vollkommen gefühllos wurden. Das Schlimmste war der Gedanke, ganz allein und absolut hilflos in diesem schmutzigen Loch zu liegen. Von Ratten und Spinnen hatte Carl gesprochen. Aber sie hatte es kaum beachtet, so beschäftigt war sie damit, sich zu fragen, was er mit ihr im Sinn hatte. Jetzt brach sie in kalten Schweiß aus, und der Schweiß brannte sie in jeder Wunde, die er in ihr nacktes, gepeinigtes Fleisch geschlagen hatte. Es war schlimmer gewesen als alles, was sie seit Tom Beal erlebt hatte.

Er kann doch nicht wirklich im Sinn haben, mich hier zu lassen, dachte Ginny fieberhaft und versuchte, gegen den Brechreiz anzukämpfen, der sie jetzt überkam. Schuld daran war der Wein, den zu trinken er sie gezwungen hatte, indem er den Flaschenhals zwischen ihre aufgeschlagenen und geschwollenen Lippen gesteckt hatte.

«Da, trink etwas! Vielleicht bringt das Leben in dich!» und er hatte leise gelacht, als sie an dem billigen, übelschmeckenden Zeug fast erstickt war.

Plötzlich überkam Ginny ein Gedanke, der sie vor Schreck ganz steif werden ließ. Vielleicht beabsichtigte er, sie hier zu lassen, sie lebendigen Leibes zu begraben und den Ratten zum Fraß zu überlassen. Es rannte ihr etwas über ihren nackten Fuß und sie schrie auf. Es war, als hätte dieser Schrei die ganze Angst, die sie in sich aufgestaut hatte, freigegeben, denn jetzt konnte sie nicht mehr aufhören, zu schreien.

Eine tiefe, primitive Panik überkam sie, und sie verlor beinahe den Verstand. Ein paar Minuten lang hatte sie wirklich das Gefühl, sie sei verrückt geworden; dann war ihr Mund zu wund und zu ausgetrocknet, um weiter Laute von sich zu geben. Die Dunkelheit drückte sich wie ein schwarzes Samtkissen gegen ihr Gesicht und schien sie zu ersticken. Und jetzt, da sie still war, konnte sie wieder deutlich die leisen Geräusche hören, von etwas, das vorüberhuschte. Ratten? Oder – o Gott – wenn es hier unten auch Schlangen gab? Sie begann zu wimmern und fragte sich, weshalb ihre Stimme, wenn man sie noch so nennen konnte, so seltsam klang. Sie hatte ein Gefühl, als ob Millionen von Tierchen auf winzigen Füßen über ihren Körper kröchen. Sie schlug um sich und stieß damit die Decke, die über ihr lag, halb weg und war nun erst recht ungeschützt.

Sie rang nach Luft und hörte das Geräusch ihres eigenen Atems über dem dumpfen Pochen ihrer Schläfe. Schließlich tauchte sie in dieser erstickenden Dunkelheit, die ihr die Kehle zuschnürte, unter und alles wurde ausgelöscht.

Als Carl im Laufe des nächsten Morgens zurückkam, pfiff er leise vor sich hin. Er lächelte und sah frisch aus. Er hatte seine Haare geschnitten und den Bart gestutzt, was sein gutes Aussehen noch betonte. Tatsächlich hatten ihn einige Frauen verstohlen angeschaut, als er in seiner frisch gewaschenen, makellos blauen Uniform den Hügel hinaufgegangen war.

Er war an diesem Morgen äußerst zufrieden mit sich, obwohl er letzte Nacht kaum geschlafen hatte. Das, was geschehen war und der Gedanke an sie – und an den Plan, der so reibungslos geklappt hatte, hatte ihn wachgehalten. Ginny – war es möglich, daß sie jetzt endlich ihm gehörte, nach all den Monaten, in denen er von ihr geträumt hatte, sie begehrt und sich gefragt hatte, was wohl aus ihr geworden war? Und er konnte mit ihr alles tun, was er nur wollte. Bilder zogen vor seinem inneren Auge vorbei. Ihr Körper – feingliedrig und weich. Der ängstlich gequälte Ausdruck in ihren Augen, die wimmernden Laute, die sie durch den Knebel hindurch ausgestoßen hatte, als er sie liebkoste. Nie zuvor hatte er eine Frau vergewaltigt, aber es war ein Vergnügen gewesen. Mehr als das. Der bloße Gedanke daran, daß ihr Körper jetzt ihm gehörte, und er damit tun konnte, was er wollte, hatte in ihm eine fast krankhafte Erregung ausgelöst, wie er sie noch nie empfunden hatte. Und mit einem Sadismus, der in ihm schlummerte, ohne daß er es gewußt hatte, hatte er ihr das immer und immer wieder klargemacht, bis sie es aufgegeben hatte, gegen ihn anzukämpfen und gefügig unter ihm gelegen hatte. Einzig das langandauernde Zittern, das von Zeit zu Zeit über ihren Körper lief, zeugte von ihrer inneren Auflehnung.

Jetzt, nachdem sie die ganze Nacht lang Zeit gehabt hatte, nachzudenken und sich über ihre Lage klar zu werden, meinte er, würde sie fügsamer sein. Seltsam – er wollte, daß sie willig und gefügig war für ihn, er wollte, daß sie die Hure für ihn spielte. Gleichzeitig aber hoffte er, daß ihr noch ein wenig Kampfbereitschaft erhalten geblieben war, so daß er ihr wieder beweisen könnte, wer der Meister war.

Er war ein junger, gutaussehender, amerikanischer Offizier, der in seiner Freizeit einen Spaziergang unternommen hatte, bevor die Sonne dafür zu heiß wurde. Außer einigen Frauen, die ihn anschauten und hofften, seine Aufmerksamkeit zu erregen, wurde Carl Hoskins nicht besonders bemerkt, als er um den Hügel von Tepeyac herum ging. Er hatte diesen Weg gewählt, um die Menschenmenge zu meiden, die, trotz der frühen Stunde, bereits zur Kirche strömte.

Es hieß, im alten Kloster, dessen Wände aus Lehm dem zerfallenen Gebäude ein fast geheimnisvolles Aussehen gaben, spuke es. Dies

hielt die mexikanischen Jungen fern, die sonst überall anzutreffen waren. Das Dach war nur teilweise vorhanden, und in den Wänden waren große Löcher, die nur notdürftig mit bereits wieder halb zerkrümeltem Mörtel geflickt waren. Wie gewöhnlich lag das Kloster auch an diesem Morgen verlassen da.
Ohne jegliche Hast wählte Carl Hoskins seinen Weg sorgfältig aus, hie und da warf er schnell einen Blick zurück, um sich zu vergewissern, daß ihn niemand sah. Er ging über den Schutt und trat in den ehemaligen Speisesaal des Konvents ein. Überall zeugten Wasserlachen von dem Gewitter am Vortag, und die Luft war im Schatten des dicken, alten Gemäuers merklich kühler. Jetzt hatte er es plötzlich eilig. Es ging eine flache Steintreppe hinunter – hier waren noch Teile des Ziegeldaches erhalten. Er hatte die Falltüre mit einem Haufen loser Ziegel zugedeckt; jetzt stieß er sie ungeduldig beiseite und hob die Kerze auf, die er hier gelassen hatte. Es war dämmerig hier, und im Keller würde es dunkel sein. Er grinste. Vielleicht würde sie froh sein, ihn zu sehen und vielleicht würde sie ihm das sogar zeigen.
Aber Ginny lag bewegungslos da, auch als Carl die Falltüre absichtlich laut schloß. Das Kerzenlicht flackerte, und der gelbe Schein beleuchtete ihren nackten, weißschimmernden Körper.
Irgendwann in der Nacht hatte sie die Decke ganz verloren und hatte sie nicht mehr zu sich her ziehen können. Jetzt lag sie mit angezogenen Knien da, um sich zu wärmen; ihr Haar bedeckte ihre Schultern und fast das ganze Gesicht, das sie von ihm abgewendet hielt und gegen die schmutzigen Säcke drückte.
«Hoffentlich hast du dich gut und lange ausgeruht», sagte Carl äußerst sarkastisch, als er auf sie zuging. Sie bewegte sich noch immer nicht und sprach auch nicht, obwohl er die leichte Bewegung ihrer Atemzüge wahrnehmen konnte. Stirnrunzelnd blickte er auf sie herab. Ihr weißer Körper war mit häßlichen Flecken übersät, die er ihr gemacht hatte. Irgendwie fand er das schade, aber er hatte es ihr zeigen müssen.
«Verdammt!» Er stellte die Kerze auf den Boden und schüttelte sie grob an den Schultern. «Versuch nicht, dich tot zu stellen, ich kann dich atmen sehen. Und wenn es dir nicht ums Sprechen ist, dann kann ich dich ja wieder knebeln.»
Sie schüttelte leicht den Kopf, als er sie umdrehte, wozu er seine ganze Kraft brauchte, weil sie so schwach war. Einen Augenblick lang, als er ihr Gesicht sah, war er beinahe überrascht. Es war voller blauer Flecken, ganz aufgeschwollen und gar nicht mehr hübsch. Sogar die Augen schienen ihren Glanz verloren zu haben. Sie starrten ihn stumpf und verständnislos an.
Er kniete sich hin und fluchte. Vielleicht war er zu grob mit ihr ge-

wesen. Was war mit ihr los? Sie heuchelte ihm etwas vor, um sein Mitleid zu erregen – das war es.
Er schüttelte sie aufs neue, und ihre Haut fühlte sich eisig an. Seine Hand strich über ihren gekrümmten Körper; er wartete auf eine Reaktion, selbst wenn es Abscheu war. Aber ihr Gesicht blieb unbeteiligt, und sie versuchte nicht, sich zu winden, wie sie es letzte Nacht getan hatte. Verdammt, warum sagte sie nichts? Er schlug sie und schaute ihr dabei prüfend ins Gesicht. Ihr Kopf wandte sich schwach auf die Seite. Er meinte einen schwachen Protestlaut in ihrer Kehle zu hören, aber das war alles. «Verdammte Hure, was ist mit dir los?» Es war etwas Seltsames an ihrer plötzlichen Starrheit. Hatte sie sich vielleicht erkältet ohne Decke? Aber das war ja ihr Fehler, sie hatte nicht still genug dagelegen.
Fluchend und keuchend hob Carl die Decke auf und begann, ihre kalte Haut damit warmzureiben, und zwar absichtlich gröber als es erforderlich war. Zur Hölle mit ihr. Sie hatte es verdient, und sie hatte noch nicht genug gelitten. Sie würde ihm um keinen Preis schon jetzt entrinnen können. Plötzlich kam ihm der Gedanke, daß er sie zu fest gefesselt haben könnte. Nun – es lag auf der Hand, daß sie nicht in der Lage war, gegen ihn anzukämpfen; und sollte sie es doch tun, so hatte er sie schnell wieder unter Gewalt.
Noch immer fluchend schnitt Carl die Fesseln durch, und sobald das Blut in ihre verkrampften, gefühllosen Glieder zurückfloß, begann Ginny vor Schmerz zu stöhnen.
«Da – um Himmels willen – geben wir dir etwas Feuer ein.» Er hob ihren Kopf hoch und hielt eine Weinflasche an ihre Lippen. Sie trank gehorsam und verzog das Gesicht vor Schmerz, als die Flüßigkeit auf ihren aufgesprungenen Lippen brannte. Es war schlechter Wein, aber er war stark genug, um ihr auf den Magen zu schlagen. Und Carl zwang sie, viel zuviel zu trinken.
Plötzlich stieß er sie zurück. Schon ganz schlaff und benommen streckte sie ihre Glieder unter ihm aus.
«Was zum Teufel ist denn los mit dir? So legtest du dich doch gewiß nicht hin, wenn ein Mann dafür bezahlte, oder? Hör mal . . .», er packte sie an einem Haarbüschel und zog boshaft daran, «wozu glaubst du, bist du hier? Es sieht nicht eben danach aus, als verlangte ich etwas von dir, was du früher nicht schon gegen Geld oder sogar ohne gemacht hättest. Lagst du so da, als Morgan, dieser Hurensohn, dich nahm? Hör mir zu . . .», sein Gesicht war ganz dicht an dem ihren, «wenn du mir nicht zeigen kannst, daß es dich freut, mich zu sehen, dann werde ich dich ganz einfach wieder fesseln, und diesmal noch fester. Dann lasse ich dich während ein oder zwei Tagen hier liegen.»
Endlich zeigte sie eine Reaktion. Sie schüttelte den Kopf mit fest

zugedrückten Augen und versuchte, zu sprechen. Ihre Stimme war nur ein heiseres Flüstern.

«Nein! Nicht . . .»

«Was, du Hure? Sag es! Sag: ‹Verlaß mich nicht Carl, ich will dich, ich will daß du . . .›»

«Verlaß . . . mich nicht . . .», ihr Atem ging flach und schnell, ihre Augen blieben geschlossen. Er lachte und ließ sich mit seinem ganzen Gewicht auf ihren Körper fallen; seine Hände waren überall, als könnte er nicht genug von ihrer Haut spüren – all die verborgenen Stellen, die sie ihn zuvor nie hatte berühren lassen.

«Sag es! Ich will, daß du dieses Wort aussprichst, und ich nehme nicht an, daß du nicht weißt, wovon ich spreche. Hure!» Sein nach Wein stinkender Atem schlug ihr bitter entgegen. Er begann zu keuchen, denn er konnte seine eigene Begierde nicht mehr zurückhalten.

Die ganze Zeit über, seit den Schrecken der Nacht, war Ginny wie betäubt gewesen – in einem Schockzustand, bei dem weder ihr Körper noch ihr Geist zu irgend etwas fähig gewesen waren. Sogar als sie Carl hatte hereinkommen hören, war sie unfähig gewesen, einen Laut von sich zu geben oder eine Bewegung zu machen.

Aber jetzt, da das Leben in ihre Arme und Beine zurückfloß und der Wein sie im Magen brannte, wurde ihr wieder bewußt, was geschah. Sie spürte den Schmerz und die Erniedrigung, die er ihr einmal mehr auferlegen wollte. Ihr Körper bewegte sich unter dem seinen, ihre Augen öffneten sich und sahen sein rot angelaufenes Gesicht. Er tat ihr weh, er vergewaltigte sie. Tom Beal war zurückgekommen, um sich zu rächen . . .

Als er hörte, wie sie unter ihm keuchte und sich heftig bewegte, dachte Carl, es sei ihm endlich gelungen, sie zu bezähmen. Die kleine Hure, er hatte erreicht, daß sie Lust auf ihn bekam, und zwar gegen ihren eigenen Willen! Dieser Gedanke brachte ihn außer sich. Schwer atmend zerrte er an seinen Kleidern herum; er wollte sie jetzt nehmen; er mußte es tun. Sie wölbte sich unter ihm auf und flüsterte mit heiserer Stimme etwas Unverständliches auf spanisch. Und dann plötzlich barst alles mit einem splitternden Geräusch auseinander. Da war ein Schrei – sein eigener? Ein stechender, blinder Schmerz und dann – nichts mehr.

Mit dem einzigen Gegenstand in ihrer Reichweite – der Weinflasche – hatte ihm Ginny einen Schlag gegen den Kopf versetzt, mit der ganzen Kraft und Verzweiflung, die ihr blieb. Sie war immer noch ein wenig wirr, sie dachte immer noch, ihr Angreifer sei Tom. Aber Tom Beal hatte sie doch umgebracht – oder nicht? Mit einem Messer in der Kehle. Wer war dieser Mann?

Irgendwie gelang es ihr, sich unter Carls schwerem Körper hervor-

zuwinden; fast sachlich schaute sie zu, wie das Blut aus seinem Kopf und aus der Schläfe rann. Wieviel Blut er in so kurzer Zeit verloren hatte! Auch sie war blutbefleckt, kleine Glassplitter hatten ihr Brust und Finger zerschnitten, aber sie spürte noch keinen Schmerz. Es war seltsam, wie wenig sie spürte. Ihr Geist war so betäubt wie ihr Körper.
Das nächste, an das Ginny sich noch erinneren konnte, war eine schier endlose Treppe, die sie heraufkroch – und dann, die Wärme des Sonnenscheins. Danach war wieder eine leere Stelle in ihrem Gedächtnis, bis sie plötzlich in einem Bett lag. Jemand beugte sich über sie und sprach mit ruhiger, überzeugender Stimme.

«Kommen Sie, Kleine. Sie dürfen jetzt ruhig aufwachen. Sie haben lange genug geschlafen und sind gut ausgeruht. Wachen Sie jetzt auf, Sie sind in Sicherheit.» Wie schwer ihre Augenlider waren! Sie hörte, wie die selbe Stimme sagte: «Ich glaube, sie kommt wieder zu sich – sie war in einem Schockzustand.»
«Wird sie die Kraft haben, jetzt schon zu sprechen?» Eine andere Stimme, stärker, härter, mit einem seltsamen Akzent.
«Ich weiß nicht. Es hängt davon ab – wie sehr das Erinnerungsvermögen in Mitleidenschaft gezogen ist. Hab Geduld mit ihr, Iwan.»
Ginny zwang sich, die Augen zu öffnen, sie blinzelte beim Versuch, etwas schärfer zu sehen. Sie fühlte sich so lächerlich schwach. Was war mit ihr geschehen? Und warum war es ausgerechnet Prinz Iwan Sahrkanov, der sich über sie beugte?
«Virginie!» Er hatte bemerkt, daß sie die Augen geöffnet hatte und neigte sich noch näher zu ihr; seine Hände hielten die ihren umschlossen. Mit dringlicher Stimme sagte er: «Sagen Sie mir, was geschah? Sie müssen es mir sagen. Sie erinnern sich doch sicher?»
«Iwan!» Diese strenge, mahnende Stimme gehörte Graf Tschernikov. Ginnys Augen, die jetzt weit offen standen, flogen zu seinem Gesicht hinüber. Er sah besorgt und müde aus.
«Was . . .?» Ihre Stimme klang heiser, es war kaum mehr als ein Flüstern. Und dann kam plötzlich das Erinnerungsvermögen zurück, und sie zuckte zusammen. Sie merkte, daß sie überall Verbände trug, sogar an den Händen.
«Ginny», Graf Tschernikovs Stimme war leise aber klangvoll. «Versuchen Sie nicht, Ihr Gedächtnis zu überfordern. Wenn Sie keine Lust haben, zu sprechen, dann ruhen Sie sich ruhig noch etwas aus. Sie waren furchtbar angespannt. Sicher haben Sie etwas Schreckliches durchgemacht.»
«Virginie – Sie müssen es mir sagen.» Warum sprach sie Prinz Sahrkanov beständig mit ihrem französischen Namen an? Erst jetzt bemerkte sie, daß er ihre Hände hielt und daß seine Augen im her-

einflutenden Sonnenlicht fast durchsichtig aussahen. «Wer war es?» wiederholte er. «Was ist geschehen? Wir waren außer uns vor Sorge. Ein kleiner Junge, der vor dieser miesen Cantina herumlungerte, fragte mich, ob ich ein Freund von Ihnen sei.»
Sie versuchte, sich aufzurichten und fiel in die aufgebauschten Kissen zurück. «Sie haben ihm doch nichts getan? Bernardo wollte mir nur helfen.»
«Laß mich mit ihr sprechen, Iwan.»
Graf Tschernikov beugte sich über sie, seine trockene Hand, die eines alten Mannes, berührte leicht ihre Stirne. «Gut, Sie haben kein Fieber. Aber als wir Sie fanden, waren Sie so verwirrt, daß wir um Ihren Verstand bangten, mein Kind.»
Langsam wurde ihr alles klar. Sie war, instinktiv vielleicht, zum Haus des Padre gegangen, der gewöhnlich in der Kirche der Heiligen Jungfrau von Guadelupe die Messe las. Die Haushälterin des guten Padre hatte sie hereingelassen. Sie war nur in eine Decke gehüllt gewesen und hatte Unverständliches auf spanisch und englisch gelallt. Da die Frau nicht wußte, was zu tun war, hatte sie mit dem Padre gesprochen, und der hatte dem General eine diskrete Botschaft zukommen lassen. Er meinte, einige seiner Soldaten hätten sie – eine Gefangene – angegriffen.
«Und dort fanden wir Sie endlich», sagte Graf Tschernikov mit sanfter Stimme. «Wie ich schon sagte, waren Sie in einem Schockzustand. Sie merkten kaum, wo Sie waren und wer wir waren. Sie sprachen immer von einem Mann – einem Mann, der sie mißhandelt und mißbraucht hatte –, einen Mann, den Sie getötet haben sollten.»
Sie flüsterte: «Es war doch nicht Tom Beal. Ich dachte – ich dachte, er sei zurückgekommen! Aber es war Carl. Er . . .»
«Sind Sie sicher? Sind Sie ganz sicher, daß es nicht jener Mann war, den Sie Ihren Ehemann nennen? Eifersucht – eine Art, sich zu rächen vielleicht? Virginie, ich bestehe darauf, daß Sie es mir sagen.»
Graf Tschernikov murmelte warnend etwas auf russisch; voller Wut setzte sich Ginny auf, trotz der Schmerzen in ihrem Körper; ihre Augen schauten den Prinzen feindselig an.
«Es war nicht Steve! Wie können Sie es nur wagen, so etwas anzudeuten? Es war Carl Hoskins. Er war so eifersüchtig. Ich glaube . . .», mit einem Seufzer legte sie sich wieder hin, «ich glaube, er hat angefangen, mich zu hassen, wissen Sie? Er warf mir vor, ich hätte ihn hintergangen. Ich hätte ihn an der Nase herum geführt. Er verleitete mich dazu, zu der Kirche zu kommen, um ihn zu treffen und dann . . .» Sie erblaßte bei der Erinnerung an die schrecklichen Erlebnisse jener Nacht, die sie an Händen und Füßen

gefesselt im Keller verbracht hatte, während Ratten über sie rannten. «Ich – ich glaube, ich habe ihn getötet», sagte sie schließlich leise aber bestimmt. «Ich schlug ihn mit der Weinflasche auf den Kopf und dann, ich glaube dann kroch ich hinaus an die frische Luft. Ich wollte ja nur hinauskommen, verstehen Sie? Wieder atmen. Es war so dunkel in jenem Keller, und es hatte Ratten . . .»
Mit erstaunlicher Kraft stützte sie der Graf mit dem Arm und gab ihr etwas Süßliches zu trinken, worüber sie das Gesicht verzog.
«Es ist ein milder Arzneitrank, der Ihnen helfen wird, sich auszuruhen; wir wollen nicht, daß Sie wieder in Ihren alten Schockzustand verfallen, wissen Sie?»
Seine besänftigende Stimme wurde schroff von Iwan Sahrkanov unterbrochen: «Und dieser Weinkeller, wo ist er? Sie müssen es mir sagen, Virginie. Ich werde persönlich hingehen und nachschauen. Sie müssen beschützt werden, Ihr guter Ruf . . .» Und nachdem sie ihm alles erzählt hatte und vor Müdigkeit fast stammelte, hörte sie ihn leise sagen: «Machen Sie sich keine Sorgen, Prinzessin, niemand wird es erfahren.»
Darauf war sie in einen tiefen, traumlosen Schlaf gefallen, und als sie erwachte, befand sie sich in einer Kutsche oder sonst einem Wagen, und der Graf saß neben ihr.
«Wir sind auf dem Weg zur Küste. Bleiben Sie ruhig liegen. Ein Glück, daß Sie eine kräftige und gesunde junge Frau sind. Ihre Wunden heilen schon, und wenn Sie das nächste Mal in einen Spiegel blicken, werden Sie gar nichts mehr bemerken.»
Ein seltsam stumpfes Gefühl zwang sie, den Kopf müde zu schütteln. Was machte es schon aus, wie sie aussah?
Die Mattigkeit, die sich anscheinend ihrer bemächtigt hatte, blieb, sogar als sie anhielten, um die Pferde ausruhen zu lassen und sich Iwan zu ihr setzte.
«Sie sehen bereits besser aus», sagte er sanft. Und dann, mit leiserer Stimme: «Ich habe ihn gefunden. Sie haben ihn tatsächlich getötet! Ich bin stolz auf Sie, Chérie. Solches Ungeziefer, jemand der das tun konnte, was er Ihnen antat – verdient einen noch schlimmeren Tod. So glimpflich wäre er nicht davongekommen, wenn ich der Glückliche gewesen wäre, der Sie hätte befreien können. Machen Sie sich keine Sorgen», fuhr er fort. «Es wird keine Untersuchungen, keine Ermittlungen geben. Ich habe ihn dort gelassen – man wird denken, er sei seines Geldes, oder seiner Uniform wegen ermordet worden. Sie müssen General Porfirio Díaz ziemlich beeindruckt haben, denn, obwohl die Vorbereitungen für den endgültigen Angriff auf Mexico-City in vollem Gange waren, hat er sich die Zeit genommen, mir zu versichern, daß von *seiner* Seite her keine weiteren Fragen mehr zu befürchten seien. Sie sehen also, wir

müssen keinen Skandal befürchten. Und bald schon werden wir auf unserem Schiff sein und Sie werden sich ganz erholen.»
Seine ungewöhnliche Freundlichkeit und seine liebenswürdige Rücksichtnahme entwaffneten sie. Oder war es vielleicht ihre eigene Gleichgültigkeit und Schwäche; vielleicht auch der «heilende Arzneitrank», den sie auf Anordnung des guten Doktors weiterhin schlucken mußte?
Auf jeden Fall wußte Ginny kaum, daß sie von Mexico Abschied genommen hatte, bis sie weit draußen auf dem Meer waren und das Schiff unter ihren Füßen schaukelte; selbst dann blieb sie weiterhin apathisch.
«Und so lassen Sie einen Teil Ihres Lebens hinter sich», sagte der Graf zu ihr, «aber nur, um etwas Anderes zu beginnen. So ist es immer, mein Kind. Und von jetzt an dürfen Sie nur noch vorwärts schauen, in die wunderbare Zukunft, die Ihnen gehört. Das Schicksal», seufzte er, «ist manchmal etwas, was schwer hinzunehmen ist. Besonders wenn man jung und eigensinnig ist. Aber der Verantwortung, die es einem auferlegt, kann man sich nicht entziehen; sowenig wie dem Blut, das in Ihren Adern fließt. Das ist das Schicksal, mein Kind. Und wenn Sie sich einfach darauf einstellen und es so wollen, dann können Sie glücklich sein.»
Welches aber war ihr Schicksal? Am dritten Tag auf See ertappte sich Ginny dabei, wie sie in den Spiegel schaute, in ihrer luxuriös ausgestatteten Kabine. Sie schaute ihr Spiegelbild an, als sähe sie eine fremde Frau. Zögernd berührte sie mit ihren Fingern das Gesicht; es war glatt und ohne Flecken, wie es immer gewesen war.
War dies das Schicksal, das ihr bestimmt war? Einst hatte sie gedacht, sie hätte es gefunden, mit Steve. Sie versuchte, sein Bild heraufzubeschwören; statt dessen aber sah sie Iwan Sahrkanovs rätselhaftes Lächeln und sein wohlgeformtes, glattrasiertes Gesicht vor sich.
Und Steve – hatte er auch zu einem Traum gehört? Sie war viel zu glücklich gewesen, sie hatte der Zukunft zu sehr vertraut, als daß es hätte dauern können. Und jetzt, da Steve sie freiwillig verlassen hatte – sie aus seinem Leben verdrängt hatte – mußte sie versuchen, das selbe zu tun.
Es *war* ein Traum, dachte Ginny, und es schien, als würden ihre Augen eine Spur dunkler. Steve war nicht ein Mann, der seßhaft werden konnte – vielleicht war er sogar froh gewesen, einen Grund zu haben, diese unbequeme Verantwortung loszuwerden. Hätte er sie wirklich geliebt, dann hätte er an sie geglaubt. Und dann dachte Ginny fast wütend, daß sie wirklich nicht immerfort an ihn denken sollte! Daß Graf Tschernikov recht hatte. Sie mußte versuchen, das Vergangene hinter sich zu lassen und wieder neu anzufangen.

«Mir scheint, daß dieser – dieser Schurke, den Sie, wie Sie sagen, liebten, für all Ihren Kummer und Ihr Elend verantwortlich ist, mein Kind», hatte der Graf gesagt. «Bitte versuchen Sie doch, ihn zu vergessen! Ich glaube, Sie haben sowohl den Stolz der Romanov als auch den Mut, für den das Kaiserhaus von Rußland bekannt ist.»

Natürlich sprach er auch in Andeutungen von ihrer Mutter, die ihr Leben ruiniert hatte und schließlich an ihrer ersten Liebe, die sie nie überwunden hatte, zu Grunde ging. Ihr sollte es Ginny nicht gleichtun.

«Arme Geneviève!» Das längst verhallte Echo der mitleidigen Stimme eines Freundes schien in der Stille zu schweben. Wie oft und wie ungeduldig sie früher an ihre arme Mutter dachte – und wie sie böse war, weil Geneviève sich nicht um sie kümmerte.

Ihr früherer Mut zum Leben war nicht ganz ausgelöscht; irgend etwas richtete sie innerlich auf, und Ginnys Kinn hob sich wieder trotzig. Na, man wird mich nie die arme Ginny nennen müssen – oder mich bemitleiden! Das will ich nicht. Ich werde mich zwingen, zu vergessen – ich werde mir ein neues Leben aufbauen! dachte sie mit plötzlicher Entschlossenheit.

Jedermann an Bord des russischen Schiffes war äußerst zuvorkommend. Offensichtlich war es ein Kriegsschiff, aber es war für vornehme Passagiere hergerichtet worden. Es hatte Stewards und Kabinenpersonal. Der Kapitän, ein bärtiger, gutaussehender Mann sprach nur wenig Englisch. Er stand immer auf, schlug die Hacken zusammen und verbeugte sich tief, wenn Ginny erschien. Sie lernte sogar ein paar Worte Russisch.

«Prinzessin Romanov» nannten sie alle, obwohl dies in San Francisco geheimgehalten werden mußte.

«Sie sind zur Prinzessin geboren. Sie haben so etwas an sich, Chérie.» Prinz Sahrkanov sprach immer Französisch mit ihr, eine, wie er sagte, zivilisiertere Sprache als Englisch.

Gleichgültig zuckte Ginny die Achseln. «Es ist mir gleich. Was macht es schon aus, wie man mich nennt? Ich bin schon Schlimmeres gerufen worden . . .»

Unwillkürlich dachte sie an Carl Hoskins' lüsternes Gesicht, das sich über sie beugte. Sein blutiger Kopf. Und zuvor Tom Beal, dessen Leben durch die klaffende Wunde in seiner Kehle davonfloß.

Ich habe zwei Männer getötet, und es scheint mir überhaupt nichts auszumachen. Vielleicht habe ich überhaupt kein Gewissen mehr, dachte sie.

Graf Tschernikov pflegte seinen Tag vor allem mit Ausruhen zu verbringen, aber Iwan Sahrkanov erschien stets an ihrer Seite, sobald sie ihre Kabine verließ. Er hatte früher einmal ein Kriegsschiff

unter seinem Befehl gehabt und erzählte ihr kleine Anekdoten; er wies sie auch auf dieses oder jenes hin.
Ginnys Gleichgültigkeit hielt an, und sie hatte begonnen, seine Anwesenheit hinzunehmen. Über die Reling gelehnt schaute sie, wie das Meer seine Farbe wechselte; sie sah die Küstenlinie von Mexico verschwinden, als sie das Meer von Cortez verließen.
Das Wetter war wechselhaft. An einem Tag war es wolkenlos und windstill, und am nächsten Tag trieben sie vor einem starken Wind und beobachteten die Nebelbänke, die die ferne Küstenlinie verhüllten.
«Das ist Kalifornien – endlich. Man sieht es kaum hinter diesem lästigen, feuchten Nebel. In ein oder zwei Tagen sollten wir in San Francisco sein.»
Auch das ließ sie vollkommen unberührt. Es war ihr sogar einerlei, als sich der Prinz so nahe zu ihr herüberneigte, daß sich ihre Schultern berührten.
«Ja – San Francisco. Wir werden eine Weile dort bleiben. Eine sehr kosmopolitische Stadt. Die Leute dort sind wirklich zivilisiert; der europäische Einfluß natürlich. Ich glaube, es wird Ihnen auch gefallen.»
Seit sie auf See waren, hatte Iwan nicht mehr versucht, sie irgendwie zu bedrängen, oder auf den früheren Anmaßungen zu beharren, die sie so erbost hatten. Aber er hatte gesagt «wir». Was er wohl damit gemeint hatte?
«Der Graf und ich werden einige Monate in San Francisco bleiben – bis der Alaskakauf abgeklärt ist. Natürlich gibt es einen gewissen Widerstand, aber das ist jetzt Sache des amerikanischen Senates. Ich bin ein unbedeutender Diplomat und kein Politiker, deshalb werde ich mich in der Zwischenzeit damit beschäftigen, Ihnen San Francisco vorzustellen – und umgekehrt.»
«Welch hübsche Reden Sie halten können» sagte sie mechanisch. Der Kopf begann ihr weh zu tun, wie immer an strahlenden Nachmittagen, und sie fühlte sich müde. War es möglich, daß sie noch vor wenigen Wochen meilenweit hinter einem Wagen drein hatte gehen können, oder in der prallen Sonne ohne Sattel reiten? Aber vor einigen Wochen noch hatte sie vieles, auf das sie sich freuen konnte, besonders die Nächte ...
Jäh wandte sich Ginny von der Reling ab und runzelte die Stirne.
«Ich – ich glaube, ich muß mich ein wenig ausruhen, es ist so heiß. Entschuldigen Sie mich.»
«Ich sehe Sie beim Abendessen wieder. Und vergessen Sie nicht, eines der Pulver einzunehmen, das unser guter Doktor für Sie zubereitet hat. Damit werden Sie besser ausruhen können.»
Sie fühlte sich wie eine Kranke behandelt, aber trotzdem folgte sie

seinem Rat. Sie verzog das Gesicht. Der Schlaf kam leicht, wie immer, wenn sie ihr magisches Pulver einnahm. Augenblickliches Vergessen – und sie hatte so viel zu vergessen.

Neuntes Kapitel

«Leider wird Graf Tschernikov sich heute abend nicht zu uns gesellen. Er ist ein bißchen unpäßlich. Nichts Ernstes – wahrscheinlich etwas zu viel Sonne. Es macht Ihnen doch nichts aus, mit mir allein zu speisen?»

Noch leicht benebelt vom langen Schlaf und von den Arzneimitteln, die sie eingenommen hatte, machte es Ginny nichts aus. Auch nicht, als sie bemerkte, daß der Tisch nur für zwei gedeckt war.

Es würde also ein intimes Nachtessen zu zweit werden. Vielleicht würde sie endlich herausfinden, was Iwan von ihr wollte.

Wäre nicht das sanfte Schaukeln des Schiffes gewesen, hätten sie sehr wohl im Privatraum eines teuren und diskreten kleinen Restaurants sein können. Alles war genau so, wie es sein sollte, von den Lampen mit rosafarbenen Schirmen über den hübsch gedeckten Tisch bis zum goldenen Gedeck und den mit Diamanten besetzten Serviettenhaltern.

Die Stewards gingen leise und diskret hin und her und verließen die kleine Kabine immer zwischen den Gängen. Der Prinz hatte sich vorgenommen, charmant zu sein. Und Ginny hörte seinen Geschichten zu aus den verschiedenen Gegenden der Welt, die er besucht hatte, den Abenteuern, die er dort erlebt hatte. Während einer gewissen Zeit hatte er sogar die russische Provinz Alaska verwaltet, und das war mit ein Grund, weshalb er in die Delegation des Zars ernannt wurde, als die Sache des Kaufs aufkam.

Bis jetzt hatte er nicht versucht, die Tatsache auszunützen, daß sie allein aßen und in so intimer Umgebung, aber trotz seiner übertrieben höflichen Manieren traute Ginny dem Prinzen Sahrkanov noch immer nicht. Manchmal, wenn sein Blick auf ihr ruhte, war da ein gewisser Ausdruck in seinen Augen, den sogar das rosige Licht, in das die Kabine getaucht war, nicht zu verhüllen vermochte. Während sie auf seine belanglose Konversation einging, konnte Ginny nicht umhin, sich zu fragen, wann er seine Maske fallen lassen würde.

Er wartete, bis der Steward einen dampfenden Samowar mit dem starken, von den Russen so geliebten Tee hereingebracht hatte und, die Türe hinter sich schließend, wieder gegangen war.

Dann lehnte Iwan sich nach vorn, reichte ihr eine kleine, vergoldete

Tasse und sagte leise: «Ich habe einen Tropfen von Graf Tschernikovs besonderem Likör hinzugefügt. Stoßen wir auf die Zukunft an – auf russische Art?»
Sie nippte sehr langsam daran und versuchte ihre unfreiwillige Grimasse wegen der übermäßigen Süße des Getränks so zu überspielen.
«Aber, was heißt ‹auf russische Art›?»
Er lächelte und zeigte dabei seine starken, weißen Zähne. «Wir Russen stoßen auf alles an, mit Tee oder Wodka. Es braucht Zeit, sich an letzteren zu gewöhnen.» Er lehnte sich in seinen Stuhl zurück und betrachtete sie jetzt unverhohlen. «Ich habe bemerkt, daß Sie nicht mit mir angestoßen haben. Hat der Gedanke an das, was vor Ihnen liegt, nichts Aufregendes für Sie?»
Ginny fühlte, daß er Sie herausfordern wollte, aber die selbe Gleichgültigkeit, mit der sie hingenommen hatte, mit ihm allein zu speisen, ließ sie die Achseln zucken.
«Nicht besonders. Weshalb sollte es auch? Ich habe in meinem Leben schon genug Aufregungen, wie Sie das nennen, gehabt, als daß ich auf noch mehr erpicht wäre.»
«So? Und doch gehören Sie zu jener Art Frau, die selbst etwas Aufregendes ist. Ob Sie darauf erpicht sind oder nicht, ich glaube nicht, daß Ihr Leben je langweilig oder gewöhnlich sein kann. Warum nehmen Sie Ihr Schicksal nicht hin? Gehen Sie ihm entgegen. Nach all dem, was Sie erlebt und überstanden haben, wollen Sie doch jetzt nicht davonlaufen?»
Ihre Augen weiteten sich bei der unvermuteten Heftigkeit in seiner Stimme. Er beugte sich jetzt vor, und seine seltsamen, blaugrünen Augen schienen sich in die ihren zu bohren.
«Weglaufen? Ich weiß ja nicht, was das für ein Schicksal ist, vor dem ich weglaufen sollte.»
«Das wissen Sie nicht? Ich glaube, ich habe Ihnen meine Absichten klar dargelegt, vor noch nicht langer Zeit, als wir in einem mondbeschienenen Garten spazierten und Sie – mit mir ein Wortgefecht hatten.»
«Ich glaube, ich habe damals keinen Zweifel darüber offengelassen, daß . . .»
«Das waren nichts als Ausflüchte. Aber all die Gründe, die Sie damals anführten, haben heute keine Gültigkeit mehr. Und anstatt in Mexico zu bleiben, wie Sie im Sinn hatten, sind Sie jetzt hier, auf dem Weg nach den Vereinigten Staaten. Hören Sie mich an!»
Er beugte sich plötzlich über den Tisch und erfaßte mit starken Fingern ihr Handgelenk.
«Wollen Sie den Kopf hochtragen, wenn Sie zurückgehen, wie es einer Prinzessin geziemt? Oder wollen Sie wie eine scheue, kleine

Feldmaus davonlaufen, wie eine Gouvernante, die in Ungnade gefallen ist? Vielleicht haben Sie vergessen, wie grausam die Gesellschaft sein kann. Es gehen Gerüchte um. Es wird allerlei Klatsch herumgeboten über Ihre – eh – verschiedenen Tätigkeiten, seit Leute, die einst zu Maximilians Hof gehörten, allmählich zurückkehren. Und . . .», seine Augen wurden schmaler, «gerade bevor ich nach Mexico ging, lernte ich eine dicke, geschwätzige alte Dame kennen, die Witwe eines Mannes namens Baxter. Ach, ich sehe, Sie erinnern sich! Sie sagte, sie hätte Sie in Vera Cruz getroffen . . .»
Ginny war zunächst erbleicht, jetzt aber fühlte sie, wie ihr Gesicht brannte. Vera Cruz. Diese Erinnerung weckte in ihr noch immer das Gefühl, als wühle jemand mit einem Messer in ihrem Herz.
«Man hat schon vorher über mich geklatscht! Glauben Sie, es liege mir wirklich daran, meinen Platz in Ihrer sogenannten Gesellschaft einzunehmen?»
«Sie könnten Ihren Platz überall einnehmen, in welcher Gesellschaft es auch sei, das sage ich Ihnen. Sie können sie alle verachten, wenn Sie wollen. Als meine Frau, meine Prinzessin.»
Als sie nervös ihre Lippen befeuchtete, spürte sie den süßlichen Geschmack des Tees, den sie viel zu schnell heruntergestürzt hatte, um ihn loszuwerden.
«Ich dachte – und besonders, nach dem, was geschah –, ich dachte, Sie hätten diesen Unsinn aufgegeben!»
Sahrkanov zog Ginny zu sich, und der ganze Raum war in rosiges Licht getaucht und spiegelte sich in den prächtigen, rubinroten Orden, die er auf der Brust trug.
«Warum nennen Sie das Unsinn? Haben Sie nicht von Anfang an gespürt, daß ich ein Mann bin, der es gewohnt ist, daß alles nach seinem Willen geschieht? Seien Sie vernünftig, Virginie – wunderschöne, grünäugige, russische Zigeunerin! Denken Sie an Ihren Stolz! Wollen Sie etwa, daß man denkt, daß Sie sich nach dem Manne verzehren, der Sie entführt und geraubt hat, und der Sie dann verlassen hat, als seien Sie eine ganz gewöhnliche Marketenderin?»
Während er sprach, zog er sie an sich, und sie schien gegen seine Kraft nicht aufkommen zu können. «Ich bin kein brutaler, roher Amerikaner, der Sie gegen Ihren Willen nehmen würde. Ich glaube, daß Sie mit der Zeit wünschen werden, daß ich Sie umarme. Ich glaube, daß Sie in diesem Augenblick wünschen, daß ich Sie küsse . . .»
War sie wirklich darauf gefaßt gewesen, als sie heute abend hergekommen war, um mit ihm zu essen, daß das geschehen würde? War es möglich, daß sie, obwohl sich ihr Geist empört dagegen auflehnte, tatsächlich auf diese Lippen reagierte, die sich auf die

ihren legten, die ihre Lippen auseinanderzwangen? Küsse, die die Erinnerung an andere Küsse verwischten. Warme, starke Arme, die sie umschlungen hielten, um die Erinnerung an andere Umarmungen auszulöschen? Ja, was hatte er eben gesagt? Sie müßte vernünftig sein.
Ginny lieferte sich aus, seufzend und mit geschlossenen Augen. Sie fühlte, wie seine Hand sanft ihren Rücken zu streicheln begann; und – es war seltsam – ihre Haut begann plötzlich empfindlich zu werden. Sie drückte sich keuchend enger an ihn und machte keine abwehrende Bewegung, als seine Hand um ihre Schultern herumglitt und seine Finger ihre Brüste leicht berührten und ihre Brustwarzen erregten. Ihr Atem ging schneller und schneller, während seine Hände sie immer mehr erregten. Sogar seine fordernden Küsse, die sie einst so erbost hatten, riefen in ihr eine Leidenschaft wach, die sie nicht mehr unterdrücken konnte.
Ich weiß wirklich nicht, was mit mir los ist, dachte sie verwirrt. Vielleicht bin ich wirklich eine Hure! Es kam ihr in den Sinn, wie willig sie sich Michel hingegeben hatte, und nachher Miguel Lopez. Und jetzt schien sie unfähig zu sein, diesem russischen Prinzen Einhalt zu gebieten, den sie doch vom ersten Augenblick an gehaßt hatte, weil er sich ihr gegenüber zu viele Freiheiten herausnahm. Was noch schlimmer war, sie konnte nicht leugnen, daß ihr Körper auf seine Liebkosungen ansprach. Es stimmt, ich bin nichts als eine Hure... Aber mit welchen Namen sie sich auch innerlich schimpfte, so konnte Ginny doch die kribbelnde Empfindsamkeit ihrer Haut nicht unterdrücken, die bewirkte, daß sie sich nach rauhen Händen auf ihrem Körper sehnte.
Iwan hatte ihr Kleid von ihren Schultern gleiten lassen und beugte seinen Kopf, um ihre Brüste zu küssen. Ginny klammerte sich an seine Schultern wie eine Ertrinkende. Sie hatte den Kopf zurückgeworfen. Ein träges, rein sinnliches Gefühl erfüllte sie und ließ sie alles vergessen, außer der Wollust.
Wie schön dieser kleine Raum war! Die Wände waren mit üppigem Samt behangen, und das schwache, rosafarbene Licht brachte alles zum Erglühen. Es schien ihr, als befände sie sich inmitten eines mit rosafarbenem Wein gefüllten Glases und sähe, wie alles in glatten, durchsichtigen Farben um sie herumwallte.
Plötzlich legte Iwan seinen Arm um ihre Taille und begrub seine Lippen in ihrem Haar.
«Schau durch das offene Bullauge, Chérie», flüsterte er. «Siehst du, wie schön der Ozean im verblassenden Licht ist?»
Und er hatte recht. Nie zuvor hatte sie solche Farben gesehen. Der Ozean hob sich dunkelblau gegen einen glühenden Himmel mit intensiv roten Streifen ab – aber dann schien seine Farbe plötzlich

türkisblau zu werden, dann aquamarinfarben oder von einem durchsichtigen Hellgrün, wenn eine große, weißschäumende Welle von der Schiffswand zurückprallte.

«Du – du bist wie das Meer. Schön – wechselhaft, ein Wesen aus verschiedenen Stimmungen. Und dein Frauenkörper hat seine eigenen Gezeiten, nicht wahr?» Seine Hände streichelten sie, und ihre Haut bebte unter seinen Fingern. «O ja – ich habe mich wirklich nicht getäuscht, in jener ersten Nacht, als ich dich tanzen sah. Du hast die Seele einer Zigeunerin, voll Leidenschaft und Feuer; du gibst nur nach, wenn du bereit bist. Und jetzt bist du bereit, nicht wahr?»

Ihr Atem stockte. Leise lachend hob Iwan sie in seine Arme.

Sie befand sich im Herzen einer karmesinroten Rose und schaute zu, wie sich die Blütenblätter um sie her entfalteten. Da war ein Gedicht, geschrieben von einem Engländer, William Blake, das sie immer fasziniert hatte. Sie hörte sich es laut aufsagen, während sie sich an Iwan anlehnte.

«O Rose, du leidest!
Der Wurm, der unsichtbare,
der durch die Nacht fliegt
im heulenden Sturm,
hat dein Bett aufgespürt,
die karmesinrote Lust;
seine geheim-dunkle Liebe
zerstört jetzt dein Leben.»

Iwan lachte und umschlang ihre Taille.

«Ah, Virginie! ich wußte nicht, daß du eine Dichterin bist. Du bist also die Rose? Und wer ist der geheime Liebhaber, der sie zerstört? Ich werde dich nicht im geheimen lieben, du liebliches Wesen. Du wirst meine Frau, meine Prinzessin sein, vor aller Welt!»

Sie begann zu lachen.

«Aber das ist doch nicht ein Märchen, wo die Prinzessin immer ihren Prinzen findet. Haben Sie das nicht einmal gesagt?»

«Dein Gedächtnis ist so wunderbar wie alles an dir. Aber ein Prinz kann auch menschlich sein.»

Später war ein bärtiger Mann da, so erinnerte sie sich. Der Kapitän. Er rezitierte etwas auf russisch. Von Zeit zu Zeit sagte ihr jemand, was sie zu sagen hatte, und sie ahmte die russischen Worte nach. Sie war sich nur allzu bewußt, daß Iwans blaugrüne Augen sie fast zu lähmen schienen, und sie fühlte seinen Arm um sich. Und dann, nach all diesem dummen Geplapper, hob sie Iwan in seinen Armen hoch und küßte sie.

«Und jetzt habe ich endlich das Recht, dich so zu halten. Dich zu nehmen.»
Irgendwie gelangten sie in ihre Kabine, und seine Finger brannten wie Feuer auf ihrer Haut, als er sie auszog.
«Heute abend bin ich Zimmermädchen und Kammerdiener in einem. Heute nacht gehörst du nur mir.»
Er hielt ein Glas mit einer wunderbar kühlen Flüssigkeit an ihre Lippen, und sie trank gehorsam. Und dann sättigten seine Berührungen den seltsamen Hunger in ihrem Blut, den prickelnden Schmerz in ihren Lenden. Es war, als wäre sie aus Feuer, ihre ganze Haut sehnte sich nach seiner Berührung. Tiefe, karmesinrote Blütenblätter öffneten sich, und sie versank in ihre Tiefe, als sie sich um sie schlossen.
Als sie aufwachte, dachte sie eine kurze Zeit, sie läge neben Steve. Ihre «geheim-dunkle» Liebe – wie nahe hatte er sie doch immer an sich gehalten, sogar im Schlaf!
Als sie jedoch die Augen öffnete, erinnerte sie das Schaukeln unter ihr daran, wo sie war; aber die Erinnerung an die vergangene Nacht mußte ein Traum sein, denn sie lag allein im Bett. Die weichen Laken umschmeichelten ihre Haut wie Seide.
«Es tut mir leid, daß ich dich aus einem so tiefen Schlaf reißen muß, meine Liebste, aber wir sind schon fast in San Francisco. Wir sind bereits an den Farallones-Inseln vorbeigesegelt. Solltest du dich nicht anziehen, um den guten Senator und seine Frau zu treffen?»
Unwillkürlich zog Ginny das Leintuch bis zum Hals hoch.
«Was tun Sie hier?»
Der Prinz war schon ganz angezogen und frisch rasiert. Er hob jetzt scheinbar überrascht eine Augenbraue.
«Meine Liebe! Ich bin sicher, daß du gestern nicht zuviel Wein getrunken hast. Wenn du also damit sagen willst, daß du vergessen hast, daß wir gestern abend geheiratet haben, dann betrübt mich das sehr.»
«Ge . . . geheiratet?»
Ihre Augen folgten seinem Blick, und sie sah schwere Ringe an ihren Fingern: ein in Gold gefaßter Taubenblut-Rubin, und darunter ein zweiter Goldring mit verschlungener Gravur.
«Sie sind beide ein bißchen weit, aber wir werden sie enger machen lassen, damit sie besser an deine Finger passen. Du wirst noch viel mehr Juwelen tragen können, später.»
Er kam näher und sie starrte zu ihm hinauf.
«Virginie, meine karmesinrote Rose, die sich für mich geöffnet hat. Du machst einem vergessen, daß ein Mann nicht in seine Frau verliebt sein sollte. Ich wünschte, wir wären noch auf See und ganz al-

lein. Ich würde mit dir um die Welt und zurück segeln, ohne zu merken, daß die Zeit vergeht.»
«Sie wollen also sagen, daß wir wirklich verheiratet sind? Ich erinnere mich nicht . . . doch ich erinnere mich an etwas, aber ich war mir nicht bewußt . . .»
Er setzte sich neben sie aufs Bett und strich ihr das Haar aus den Schläfen.
«Du hast ohne zu zögern geantwortet, in tadellosem Russisch. Es wird dir nicht schwerfallen, diese Sprache richtig zu erlernen, da bin ich sicher. Aber in der Sprache der Liebe braucht man dir nichts vorzusagen. Virginie», sagte er, und seine Stimme klang tiefer, «nur zu gern möchte ich dich daran erinnern, wie wir den größten Teil der letzten Nacht verbracht haben, du und ich. Leider hat es nicht einmal eine Nebelbank, die unsere Einfahrt in den Hafen hinauszögern könnte. Soll ich dir beim Anziehen behilflich sein?»
Später, als sie am Arm des Prinzen die schaukelnde Laufplanke hinunterging, mit Graf Tschernikov, der ihnen dicht folgte, hatte Ginny das Gefühl, sich in einem seltsamen Traum zu befinden. Sie erinnerte sich. Und doch, auch die Erinnerung war wie ein Traum. Sie hatte sich von Iwan küssen lassen . . . sie hatte ihm ein Gedicht aufgesagt. Und dann hatte der Kapitän sie verheiratet; Iwan hatte dessen Worte übersetzt, und sie hatte mit leiser Stimme geantwortet.
Zwei der Schiffsoffiziere waren bei der Zeremonie Zeuge gewesen und nachher . . . nachher hatte sie Iwan über die Schwelle ihrer Kabine getragen, und sie hatte feurig und schamlos auf seine Liebkosungen reagiert.
«Warum seid ihr jungen Leute auch so ungestüm?» Graf Tschernikovs Stimme hatte gereizt geklungen. «Ihr hättet noch zuwarten und anständig heiraten können, in der Kirche. Warum einen Abend auswählen, an dem ich unpäßlich war?»
«Ach, es gibt Dinge, mit denen man nicht zuwarten kann.» Iwan drückte seinen Arm eng um ihre Taille, knapp unter ihrer Brust und Ginny, die ohne Widerstand ein «beruhigendes Pulver» geschluckt hatte, sagte kein Wort, denn das vertraute, wunderbare Gefühl von Mattigkeit überkam sie. Sie war mit Iwan verheiratet. Was machte es schon aus? Ein Teil ihrer Seele war ohnehin tot.
«Prinzessin» nannte man sie.
«Ah, Senator! Darf ich Ihnen Prinzessin Sahrkanova vorstellen? Sie haben an Bord geheiratet, erst gestern.»
Sonja, mit tränenüberströmtem Gesicht, sah aus wie immer. Und ihr Vater – aber er war ja in Wirklichkeit gar nicht ihr Vater; was sollte sie von ihm halten? Der Senator hatte nichts von seinem

Charme eingebüßt; mit leicht ergrauten Schläfen sah er nur noch vornehmer aus.
«Ginny! Kind!»
Er umarmte sie. Er roch leicht nach Tabak und Kölnischwasser. Und dann legte Sonja ihre parfümierte, noch tränenfeuchte Wange einen Augenblick lang gegen ihre.
«O Ginny! Wenn du wüßtest . . . aber, meine Liebste, wir sind ja so glücklich für dich!»
Wenigstens beschützte sie Iwan vor den Reportern, die sich um sie drängten, sie anstarrten und ausfragten.
«Prinzessin, man sagt doch Prinzessin, nicht? Wie kommt es Ihnen vor, wieder in den Vereinigten Staaten zu sein?»
«Was ist Ihre Meinung zur Revolution in Mexico?»
«Sie wissen von der Hinrichtung Kaiser Maximilians. Welches war Ihr Eindruck von ihm?»
«Ich bitte Sie, meine Herren, meine Frau ist sehr müde. Und sie sieht nach einer langen Trennung ihre Eltern zum ersten Mal wieder. Gewähren Sie uns doch etwas Ruhe. Ja, sie wird Ihre Fragen später beantworten, das versichere ich Ihnen. Ja, wir werden eine Weile hierbleiben. Sie werden dazu noch oft Gelegenheit haben.»
«Später, später, meine Freunde! Es wird mich freuen, später eine Erklärung abzugeben, wenn ich meine Tochter nach Hause geführt habe.»
Das Stadthaus des Senators lag auf dem vornehmen Rincon Hill. Aber Ginny war zu müde, um sich über dessen Pracht oder über die Fahrt durch die gewundenen, auf- und abgehenden Straßen von San Francisco auszulassen. Sie war fast erleichtert, daß Iwan an ihrer Seite war und daß er die neugierigen Fragen für sie beantwortet hatte.
«Hoffentlich gefällt dir dein Zimmer», plauderte Sonja. Ihre blauen Augen sahen sie dabei seltsam besorgt an, mit einem Ausdruck in der Tiefe, den man sonst an ihr nicht kannte. «Eigentlich ist es eine Suite. Hier werdet ihr die nötige Ruhe haben . . .»
Ihre Worte verhallten, und impulsiv nahm sie Ginnys kalte Hand in ihre. «Ginny, was ist los mit dir? Du – bist du glücklich? Du *bist* verheiratet . . . o meine Liebe!»
Ginny wandte sich vom Fenster ab und runzelte leicht die Stirn. «Warum sagst du das in diesem Ton? Ich dachte, das war, was du und . . . mein Vater wolltet.»
Sonja sprach eine Spur zu schnell und biß sich auf die Lippen. «Ja, natürlich! Wir wünschten so sehr, daß du – daß du glücklich bist! Aber Ginny, so schnell, so plötzlich? Bist du sicher, daß . . .»
«Es war ja nicht nötig, länger zuzuwarten, oder?» Ginnys Stimme klang kalt. «Und Iwan dachte, es wäre am besten, mich den Leuten

als seine Frau vorzustellen. Schließlich», jetzt tönte ihre Stimme etwas spröde, «wollte ich euch nicht mit einem *Skandal* in Verlegenheit bringen. Glaubst du, daß meine Hochzeit dem Klatsch ein Ende setzen wird?»
«Ginny!» Ihr schockierter Unterton war unmißverständlich. «Du hast dich so verändert!»
«Natürlich habe ich mich verändert! Meine Güte, Sonja, wir wollen uns doch nicht vormachen, daß nichts geschehen ist, seit wir uns das letzte Mal gesehen haben? Soll ich dir all die Ereignisse aufzählen, die die Veränderung in mir bewirkt haben, die du entdeckt hast?»
Ginny brach plötzlich ab, als sie den Ausdruck auf Sonjas Gesicht sah.
«Es tut mir leid. Wie Iwan sagte, bin ich übermüdet. Ich nehme an, ich sollte mich ausruhen.»
Sonjas große, porzellanblaue Augen schauten sie an. «Ich schicke dir Tilly. Erinnerst du dich an Tilly? Sie hatte sich so gefreut, dich wiederzusehen. Und später – na, ich nehme an, du wirst ein eigenes Zimmermädchen anstellen wollen. Aber das können wir ja später besprechen, nicht wahr?» Wenn der leichte Ton, in dem Sonja sprach, gekünstelt klang, so gaben beide vor, es nicht zu bemerken. Ginny nahm den leichten Kuß ihrer Stiefmutter hin und zwang sich zu einem Lächeln. «Ja, wenn ich einmal ausgeruht bin, wird sicher alles anders aussehen. Danke für alles, und vor allem für deine Geduld mit mir.»
Vom Fenster aus sah man in der Ferne die Rundung der Bucht. Unter ihr breitete sich die Stadt aus, als böte sie sich zur Besichtigung an. Obwohl Ginny befürchten mußte, undankbar zu erscheinen, war sie doch froh, einige Augenblicke für sich allein zu haben.
Warum schien ihr alles, auch ihre unlängst eingegangene Ehe, noch immer so unwirklich? Und dabei erinnerte sie doch das ungewohnte Gewicht der Ringe an ihrem Finger immer wieder daran, daß sie jetzt Prinzessin Sahrkanova war. Iwans Frau, nicht Steves. Wenigstens war das eine Ehe, die ihr «Vater» nicht für nichtig erklären lassen würde!
«Miß Ginny, Miß Ginny!»
Sie hatte kaum wahrgenommen, daß die Türe geöffnet wurde, und plötzlich stand Tilly da und schaute sie mit großen Augen an.
«O Miß! Ich meine Madam – ich kann es noch kaum glauben! Sie sind hier, nach so langer Zeit, und erst noch verheiratet! Er ist so ein gutaussehender Herr! Und aristokratisch dazu! Sie wissen nicht, wie glücklich wir alle für Sie sind, Ma'am.»
Ihre Augen begegneten sich durch das Zimmer hindurch, und plötzlich ahnte und fühlte Ginny, daß sie in diesem Augenblick

beide an das selbe dachten. Nicht an Iwan, sondern an einen anderen Mann. An einen dunkelhaarigen, blauäugigen Banditen, mit auf der Brust gekreuzten Patronengurten, der Ginny auf sein Pferd hinaufzog und sie entführte. An den Mann, den sie bekämpft, gehaßt und dennoch geliebt hatte – durch einen halben Kontinent hindurch.
O Steve! Wo war er jetzt? Was würde er denken, wenn er von all dem erführe?

Zehntes Kapitel

Er war wütend. Und in seiner Wut spürte er doch, daß man ihm einen tödlichen Schlag versetzt hatte.
Sie hatte wirklich keine Zeit verloren. Ginny mit einem anderen Mann verheiratet. Warum war dies schwerer hinzunehmen, als die Vorstellung, daß Ginny neben Carl Hoskins lag und ihre alte Liebesaffäre mit ihm wieder aufleben ließ? Und warum konnte er sie nicht so leicht aus seinem Gedächtnis verbannen, wie er es mit hundert anderen Frauen gekonnt hatte?
Weil er sie geliebt hatte. Gott verdamme ihre verräterische, heuchlerische kleine Seele – er hatte sie wirklich geliebt! Und vergebens sagte sich Steve Morgan, daß es nur verletzter Stolz war, der ihn zwang, wie ein tolles Tier auf und ab zu gehen, anstatt zu schlafen; er war unfähig, die Bilder, die auf ihn einstürmten, wann immer er an sie dachte, zu verjagen.
Ginny. Weiche, liebende, lügnerische Lippen. «Ich liebe dich Steve. Nur dich.»
Warum hatte sie das gesagt? Warum war er so dumm gewesen, sie allein zu lassen? Der größte Fehler, den er in seinem Leben je gemacht hatte, war gewesen, nach Vera Cruz zu eilen und sie sich zurückzuholen. Aber da er das schon getan hatte, hätte er sich wenigstens vergewissern sollen, daß es nichts mehr gab, was sie in Versuchung hätte führen können. Er hätte sie zur kleinen Hacienda zurückschicken oder sie hierher bringen sollen, in seines Großvaters Haus. Und genau das hatte er sich auch vorgenommen für jene Nacht, als er in Guadelupe angekommen war und erwartet hatte, seine heißblütige, leidenschaftliche kleine Frau auf ihn wartend in ihrem Bette vorzufinden, wo sie auch hingehörte.
Statt dessen aber lag ein Zettel von einem anderen Mann auf ihrem Kopfkissen. Und Ginny selbst hatte die Nacht in einem anderen Bett in Cuernavaca verbracht. All das, und die Tatsache, daß er fast achtzehn Stunden lang geritten war, ohne zu schlafen und alle Be-

fehle mißachtend, war genug gewesen, um das Faß zum Überlaufen zu bringen.
Schon vorher gereizt, war er dann in Gewalt ausgebrochen. Wäre ihm damals Ginny selbst über den Weg gelaufen, wäre es leicht möglich gewesen, daß er sie mit den bloßen Händen erwürgt hätte. Drei Monate waren seither vergangen. Der Krieg war vorüber und damit auch seine Arbeit bei der Armee; die letzten Wochen hatte er damit zugebracht, den Kugeln der Prämienjäger aus dem Wege zu gehen, die irgendwie von seiner Anwesenheit an der Grenze erfahren hatten. Auch das hatte dazu beigetragen, daß er wütend und entschlossen war, seine ehemalige Frau endgültig zu vergessen. Er hatte keine Lust, sich töten zu lassen, nur weil ihr Vater noch immer hinter ihm her war. Er hatte sich sogar gefragt, ob Ginny etwas damit zu tun habe. War sie, weil er sie verstoßen hatte, so böse, daß sie seinen Tod wollte? Oder wollte sie, da sie jetzt mit einem russischen Adligen verheiratet war, nicht an ihre schäbige Vergangenheit erinnert werden, durch die Tatsache, daß er noch lebte, und zwar ganz nahe bei der Grenze?
Dieser verdammte Bishop, der ihm die Nachricht auf so geheimnisvolle Weise hatte zukommen lassen! Steve hörte auf, im Zimmer auf und ab zu wandern und ging zum Schreibtisch beim Fenster hinüber, auf dem ein Stoß Papiere angehäuft lag. Gereizt schob er einige beiseite und suchte den langen, gelblichen Umschlag aus Manilapapier, der ihm an diesem Morgen überreicht worden war. Er enthielt die Botschaft, daß Mr. James, ein Viehhändler aus den Vereinigten Staaten, ihn in ein oder zwei Tagen aufsuchen würde für eine geschäftliche Besprechung. Es gab nur eine Art Geschäfte, die Bishop mit ihm besprechen konnte, und dabei handelte es sich bestimmt nicht um Vieh. Mit einem Gefühl von Ekel starrte Steve auf den Umschlag, den er gesucht hatte. Er hätte ihn gleich zerreißen sollen. Manchmal hatte Bishop einen makabren Humor! Na, Bishop *und* der Dienst waren für ihn erledigt. Er hatte dem Großvater ein Versprechen abgelegt und sein Rücktrittsgesuch abgeschickt. Von jetzt an würde sein Leben nur ihm gehören, und die Reisen, die er unternehmen würde, würden nach seinem Belieben und zu seinem eigenen Vergnügen sein.
Ich sollte das verdammte Ding jetzt gerade zerreißen, dachte Steve verärgert. Er ließ sich auf den Stuhl fallen, den er vom Schreibtisch weggestoßen hatte, streckte seine langen Beine aus und starrte gehässig auf den gelben, rechteckigen Umschlag. Aber noch während er das dachte, hatte er den Umschlag bereits geöffnet und zog den Zeitungsausschnitt heraus, den er enthielt.
Die helle Lampe ließ die schwarzen Buchstaben unter der recht unscharfen Fotografie stark hervortreten: Prinz und Prinzessin Sahr-

kanov in der Oper. Die Jungvermählten sind in Begleitung der Brauteltern, Senator und Mrs. William Brandon.
Sie standen alle reichlich steif vor dem Fotografen, aber diese steife Pose und das grelle Schwarz und Weiß des Druckes konnte Ginnys biegsame, anmutige Haltung nicht verbergen – auch nicht den sinnlichen Ausdruck auf ihrem Gesicht. Ihr Haar war auf dem Kopf hochgesteckt, und nur eine einzige, dicke Locke fiel ihr auf die Schulter; sie trug eine Tiara, sowie ein Halsband aus irgendwelchen riesigen Edelsteinen, vierkantig geschnitten. Wahrscheinlich Smaragde, überlegte Steve nüchtern und starrte immer noch auf das Bild. Sie hatte kein Recht, so lieblich auszusehen. So – unverändert. Sie lächelte nicht; ihre behandschuhte Hand ruhte auf dem Arm ihres Mannes. Hure! dachte Steve plötzlich und heftig.
Er zerknüllte den Zeitungsausschnitt zwischen seinen Fingern, als wäre es ihre Kehle, die er drückte, stand auf, ging zum Kamin hinüber und warf ihn in die Flammen. Das winzige Stück Papier flammte einen Augenblick lang hell auf, bevor es in Asche zerfiel. Wie die Leidenschaft, die zwischen ihnen gewesen war. Wie konnte eine Frau nur so falsch sein? Sie hatte jede Gelegenheit gehabt, um von ihm frei zu sein, und doch war sie ihm gefolgt, hatte um ihn gekämpft, hatte sich hartnäckig und beharrlich an ihn geklammert, hatte viele Tränen vergossen; und dann hatte sie sich wie eine routinierte Kokotte aus dem Staube gemacht. Wie dumm er doch gewesen war, als er ihr folgte und sich herabließ, ihr zu erklären, daß er sie liebe!
«Mein Gott», fluchte Steve leise und heftig. Er hätte es besser wissen sollen, daß er nicht zulassen durfte, daß sie seiner allzu sicher war; er hätte sie bewachen sollen. Wäre er weiterhin kurz angebunden und schroff mit ihr gewesen, hätte er sie vielleicht halten können.
Er war so in diese bitteren Gedanken versunken, daß er nicht hörte, daß die Türe geöffnet wurde. Er schreckte aus seiner zornigen Betrachtung des Feuers auf und hörte die Stimme seines Großvaters hinter sich.
«Ich weiß nicht recht, Esteban, ob es mich freuen soll, daß du dich so stur deiner Arbeit widmest. Findest du denn die jungen Frauen hier nicht mehr anziehend?»
Don Francisco stützte sich auf einen Stock und zog ein Bein leicht nach. Seit dem Schlaganfall, den er vor einigen Monaten gehabt hatte, begann man ihm sein Alter anzusehen, obwohl er dies nie zugeben würde. Es war ein Schock gewesen für Steve, als er ihn zum ersten Mal so gesehen hatte, aber es war ihm gelungen, seine Reaktion zu verbergen, als er den jähzornigen Funken in den blauen Augen sah, die ihn anstarrten.

Jetzt, als er dem Blick seines Großvaters wieder begegnete, und er in sein runzliges Gesicht sah – eine Seite seines Mundes hing unter dem dichten, weißen Schnurrbart etwas herunter – zwang sich Steve zu einem unbekümmerten Achselzucken.
«Die Frauen hier sind so schön wie immer, Großvater. Aber ich muß gestehen, daß mich dies hier mehr beschäftigt.» Er deutete mit seinem Arm zum Schreibtisch hinüber und grinste. «Wie viele Eisen haben Sie im Feuer? Ich habe den Eindruck, es hat Ihnen Spaß gemacht, mit all diesen Wertpapieren und Anteilen umzugehen, die Sie nun einmal besitzen. Wenn man all diese Stücke Papier in Geld umsetzt, mit dem man Leute manipulieren kann . . .»
«Ah!» der alte Mann nickte fast unmerklich. «Du hast also diese Herausforderung entdeckt, nicht wahr? Es kann recht faszinierend sein, solange man ein richtiges Verhältnis dazu hat und solange diese Manipulation, wie du es nennst, nur ein Spiel des Geistes bleibt.»
Er hinkte in das Zimmer und ließ sich steif in den Lehnstuhl nieder, den Steve ihm anbot.
«Da heute abend anscheinend keiner von uns Lust hat, schlafen zu gehen, können wir uns ja vielleicht miteinander unterhalten.»
Das unerwartete Auftauchen seines Enkels hatte bei Don Francisco, der seine Freude hinter seinem gewohnt grimmigen Blick versteckte, nichts als einige sarkastische Bemerkungen ausgelöst. Er hatte nur wenig Fragen gestellt. Er hatte gewartet, bis Esteban bereit sein würde, ihm etwas anzuvertrauen. Was er selbst schon in den letzten Monaten erfahren hatte, und zwar vor allem von seinem Neffen Renaldo Ortega, behielt der alte Mann für sich. Aber er hatte die Veränderungen in seinem sorglosen und ruhelosen Enkel wahrgenommen und kannte einige der Ursachen. Deshalb hatte er das Thema von Steves Frau – oder ehemaligen Frau, wenn es stimmte, was man ihm erzählt hatte – nicht aufgebracht.
Steve schaute seinen Großvater ein wenig argwöhnisch an und, ohne zu fragen, ging er zum Schrank hinüber und kam mit zwei Gläsern Wein zurück.
«Was wollten Sie mit mir besprechen, Sir?»
«Verdammt, für *mich* brauchst du diese leere, höfliche Miene nicht aufzusetzen! Daß du dich mit deinen Büchern und Papieren hier einschließt! Dafür hast du später noch genug Zeit! Wie kommt es, daß du nicht wie sonst mit Diego Sandoval in der Gegend herumstreifst, und du nicht öfters diese Zigeunerdirne aufsuchst?» Don Franciscos Stimme war voller Sarkasmus. «Ich möchte nicht dafür verantwortlich sein, daß du zum Einsiedler wirst, nur weil ich dir ein bißchen Verantwortung auferlegt habe, die für einen alten Mann zu schwer wurde. Was sagst du zu deiner Verteidigung?»

Im Grunde war es die gleiche Frage, mit der ihn Concepción am nächsten Tag empfing.
«Der Teufel soll dich holen, Esteban! Du hast also endlich den Weg zu mir gefunden. Was hast du die ganze Zeit getan? Wer ist sie?» Barfüßig stampfte Concepción auf den staubigen Boden und hob eine Hand, um ihm das Gesicht zu zerkratzen. Sie spuckte voller Wut, als er schnell zur Seite auswich und sie so am Handgelenk faßte, daß sie das Gleichgewicht verlor.
Er ließ sie fallen und schaute grinsend auf sie hinab.
«Du – du Bestie! Du . . .», sie stieß einige Flüche aus, bis er sie wieder an den Haaren hochgezogen hatte.
«Ich habe gemeint, Renaldo versuche aus dir eine Dame zu machen. Statt dessen bist du mehr denn je eine Gassenhure. Ist denn das die Art, einen Mann zu begrüßen, der von so weit hergeritten kommt, um dich zu sehen?»
«Du kommst nur, wenn es *dir* paßt. Ich hätte nie hierher zurückkommen sollen – ich hätte mit meinem Padre nach Texas gehen und mir dort einen richtigen Mann suchen sollen. Ich glaube, sie hat dich verweichlicht, diese milchgesichtige Ramera, diese nichtsnutzige Puta, die damit prahlte, daß du gezwungen seist, sie zu heiraten.»
«Halt 's Maul, Concepción!» Ein verärgerter, drohender Ton in Steves Stimme warnte sie, und sie setzte sich hin und glotzte ihn an.
«Also dann», sagte sie mit mürrischer Stimme, «was hast du die ganze Zeit getan? Wo warst du?» Sie wußte genau, daß es besser war, nicht über dieses Gringaweib zu sprechen, das sich seine Frau nannte. Sie waren schließlich nicht richtig verheiratet gewesen, und Esteban war jetzt wieder frei. Aber er hatte sich verändert, und sie fühlte, daß diese Veränderung etwas mit Ginny zu tun hatte, aber sie fürchtete sich vor seiner blanken Wut und trieb es deshalb nicht zu weit.
«Ich hatte zu tun», schnauzte er sie an, als sie ihn ausfragte. «Verdammtes Weib, warum mußt du mich auch immer sofort belästigen, sobald ich dich besuche?»
Er hatte noch nicht ausgesprochen, da warf sie sich gegen ihn und drückte ihren Körper gierig gegen den seinen, bis er fühlte, wie er sich entspannte und seinen Arm um ihre Taille legte.
«Du mußt lernen, nicht mehr so verdammt viele Fragen zu stellen», sagte er schroff und begann sie zu küssen. Wilde, warme Concepción. Genau die Art Frau, mit der ein Mann immer wußte, woran er war. Er verscheuchte die Erinnerung an Ginny und den üblen Nachgeschmack, den das Zeitungsbild bei ihm hinterlassen hatte. Er ließ sich von der reinen, urtümlichen Flamme der Leidenschaft mitreißen. Sein Großvater hatte recht. Er hätte öfter hier herunter-

kommen sollen, in das Haus, das er Concepción gegeben hatte. Er hatte es ihr zwar noch nicht gesagt, aber er hatte im Sinn, die Nacht mit ihr zu verbringen.
Obwohl – unvermutet fiel ihm etwas ein, was ihn ironisch lächeln ließ. Es wäre ja möglich, daß *sie* andere Pläne hatte. Denn trotz der heftigen Eifersuchtsdramen, die sie in Szene setzen konnte, war Concepción im Grunde wie er. Wenn ihr jeweiliger Liebhaber öfters nicht auftauchte, wenn sie ihn erwartete, dann holte sie anderswo, was sie brauchte.
Später, als sie beieinander lagen und die Sonne durch das Fenster heiß auf ihre schwitzenden Körper schien, sagte er beiläufig: «Erwartest du einen Freund heute abend? Vielleicht sollte ich gehen, bevor es zu spät ist.»
Sie gab das tiefe, glucksende, kehlige Lachen einer befriedigten Frau von sich und wand ihren Körper um seinen.
«Wärest du eifersüchtig?»
Dunkelblaue Augen blinzelten sie faul an.
«Was meinst du?» fragte er.
«Ich glaube, es wäre dir gleich – so oder so. Aber ich sage dir, Esteban, eine Frau muß für sich sorgen.»
«Sí», sagte er feierlich. Und dann, «wer ist es?»
«Ach!» Sie zuckte verärgert die Achseln, und ihr Haar strich über sein Gesicht, als sie sich über ihn beugte. «Was macht das schon aus? Vielleicht ist es Diego Sandoval. Vielleicht sogar dein Vetter – auch er ist ein Mann, wenn er auch seine Nase meistens in seinen Büchern hat. Warum tust du so, als mache es dir etwas aus? Du und ich, wir kennen uns schon lange und *dies* ist immer gut . . .», sie verrenkte sich so, daß sein Atem wieder schneller ging, während er ihr unverschämtes Grinsen erwiderte, «aber ich bin die Art Frau, die nicht gern allein ist. Ich bin keine Hure, Esteban. Aber ich will nicht Nacht für Nacht hiersitzen und mich fragen, wann du kommst oder *ob* du überhaupt kommst. Aber jetzt, wo du da bist, kann ich dir genug bieten, um dich auch da zu behalten.» Leise fügte sie hinzu: «Keine Sorge, heute nacht kommt niemand. Ich will nicht, daß du mich verläßt.»
Es kam der Augenblick, in den frühen Morgenstunden, als die Dämmerung noch kaum den Himmel erhellte, da begannen sie miteinander zu sprechen, wie Freunde, die einander schon lange kannten.
«Ich hasse sie», sagte Concepción leise. «Aber ich glaube, du liebst sie wirklich. Und das hat dich verändert. Warum bist du nicht ehrlich mit mir? Glaubst du, es macht etwas aus? Das Komische ist», fügte sie gedankenvoll hinzu und wandte den Kopf gegen seine Schulter, «ich hätte schwören können, daß sie dich auch liebte.»

Als er schwieg, fügte sie herausfordernd bei: «Warum warst du ihretwegen so eifersüchtig und bist es nicht wegen mir?»
Steve war müde und gleichzeitig gereizt genug, um ehrlich zu sein. «Verdammt! Wie soll ich das wissen? Ich dachte, sie sei meine Frau, und es gibt nichts Lächerlicheres als einen Hahnrei! Ich wurde wütend, als ich erfuhr, daß sie mit diesem verdammten Russen weggegangen war, der schon lange um sie herumscharwenzelte. Und da war Hauptmann Hoskins und sein sentimentaler Brief, der wie der eines Geliebten tönte. Ganz zu schweigen von der Art, wie er mir die Bemerkungen über seine Beziehungen zu ihr an den Kopf warf. Was hätte ich tun sollen? Warten bis sie zurückkäme – wenn überhaupt – und Gefahr laufen, vor ein Kriegsgericht zu kommen?»
«Vielleicht hättest du das tun sollen und dir anhören, was sie zu sagen hatte. Auf jeden Fall, wenn sie so einsam war, wie ich manchmal bin, warum hätte sie sich nicht trösten sollen? Schau mich an – verheiratet oder nicht –, glaubst du, ich würde es aushalten? Und du – wie steht es bei dir? Wenn du eine Frau begehrst, und sie ist willig, zögerst du dann?»
«Ich dachte, du haßtest sie?» murmelte Steve sarkastisch.
«Ja, das tue ich! Und wenn ich ihr je wieder begegnen sollte, so habe ich mit dieser Gringa-Hure noch eine Rechnung zu begleichen, täusche dich ja nicht! Aber worin unterscheidet sie sich denn eigentlich so sehr von anderen Frauen?»
«In gar nichts», sagte er mit harter Stimme.
Es war alles andere als einfach, Bishop herumzukriegen, den «Mr. James» aus Texas, der «Vieh zum Kaufen suchte», weil der Markt gut war.
Wie gewöhnlich schien es ihm auf dem Rücken eines Pferdes nicht zu behagen. Seine schmalrandige Melone schützte ihn auch kaum vor der Sonne, die auf die beiden niederprallte. Aber trotz der Hitze waren Bishops Argumente so kalt und logisch wie immer.
«Sie haben mit dem Bauch gedacht, Morgan, statt mit dem Verstand. Das ist schade. Sie waren früher ein guter Mann. Ich glaube, was ich am meisten an Ihnen bewunderte, war, daß sie anscheinend kein Gewissen hatten, wie auch einige andere. Aber seit Ihrer Hochzeit . . .»
«Diesmal wird es nicht klappen, Jim. Ich bin fertig damit. Ich habe Ihnen ein formelles Rücktrittsschreiben geschickt. Und wenn Sie die Wahrheit interessiert, so habe ich einfach die Nase voll von all diesen Intrigen; ich habe es satt, daß man auf mich schießt, und daß ich die eine Hälfte meiner Zeit damit zubringe, mich zu verstecken und die andere Hälfte mit Jagen. Verdammt, ich trete zurück! Vergessen Sie also, was Sie im Sinn hatten, als Sie die Reise hierher antraten.»

Bishop seufzte.
«Genau wie ich mir dachte. Sie haben nicht gut zugehört. Und haben anscheinend auch nicht überlegt.» Jetzt warf er Steve eine Frage an den Kopf, die diesen einen Augenblick lang stutzig machte. «Haben Sie zufällig Carl Hoskins getötet?»
«Verdammt! Hören Sie jetzt ...»
«Als man ihn im Weinkeller eines verlassenen Klosters am Boden liegend fand, stellte man fest, daß er mit einer Flasche einen Schlag auf den Kopf bekommen hatte. Die tatsächliche Todesursache war jedoch eine Stichwunde. Genau durch die Halsschlagader.»
Bishop zuckte die Achseln und Steve schwieg.
«Man hatte natürlich nach ihm gesucht. Und leider waren Sie der Hauptverdächtige, vor allem da Ihre – eh – Miß Brandon – am Tag zuvor geheimnisvoll verschwunden war. Aber dann tauchte sie wieder auf. In einem Schockzustand, wie man mir sagte. Aber Hoskins nicht. So ...», Bishops Stimme wurde leiser, «wurde also der eifersüchtige Hauptmann Hoskins, mit dem Sie einige Tage zuvor dummerweise eine Schlägerei hatten, tot aufgefunden. Der kleine Junge, der anscheinend am meisten über die leidige Sache wußte, erzählte Oberst Díaz, er hätte in der Kirche von Guadelupe einen Mann getroffen – einen Gringo – und dieser Mann hätte ihn mit einer Botschaft zu Miß Brandon geschickt. Die Botschaft enthielt *Ihren* Namen. ‹Für Nachrichten von Esteban treffen Sie mich an der Osttüre der Kirche›, oder so ähnlich. Sie eilt hin, der Junge begleitet sie. Er versteckt sich in einem Gehölz, um sich zu vergewissern, daß sie in Sicherheit ist. Er sieht, wie sie einen Mann trifft. Einen großgewachsenen Mann, dessen Gesicht unter einem Hut verborgen ist. Es kommt zu einem Kampf – er kann es nicht genau erkennen, denn inwzischen hat es stark zu regnen begonnen. Aber er hört sie um Hilfe schreien. Und dann – er ist schließlich ein kleiner Junge, der Angst hat, läuft er weg, um Hilfe zu holen. Aber zu wem sollte er gehen? Man würde ihn auslachen, oder versuchen, ihn loszuwerden.»
«Die Geschichte ist wirklich gut», sagte Steve und biß die Zähne zusammen.
«Sicher.» Bishops Stimme tönte gelassen. Die Zigarre, die er sich angezündet hatte, ragte frech und in einem ungewöhnlichen Winkel zwischen seinen Zähnen heraus.
«Wie Sie sich vielleicht erinnern, stelle ich immer zuerst Nachforschungen an. Nachdem Miß Brandon über Nacht verschwunden war, wird sie vom dortigen Padre auf geheimnisvolle Weise ihren besorgten Freunden zurückgebracht. Seine Haushälterin war leider erstaunlich verschwiegen. Das einzige, was sie zugeben wollte, war, daß eine spärlich bekleidete, junge Dame durch die Türe hereinge-

kommen sei, nachdem sie von amerikanischen Söldnern angegriffen worden war. Vielleicht fangen Sie nun an, zu verstehen?»
«Anscheinend habe ich die Fähigkeit verloren, logisch denken zu können», murrte Steve schroff. «Warum ersparen Sie denn uns beiden nicht die Mühe und erzählen den Rest auch noch?»
«Na . . .», Bishop zuckte mißbilligend die Achseln, «ich glaube, den Rest kennen Sie. Prinz Sahrkanov scheint seltsamerweise sehr viel Einfluß auf hoher Ebene zu haben. Seit er in Mexico weilte, waren gewisse Dinge ins Rollen gekommen, oder haben Sie etwa nichts gemerkt? Sie werden versetzt für einen weit entfernten und äußerst gefährlichen Auftrag. Ihre – Ginny wird zur offiziellen Dolmetscherin des Prinzen, mit freundlicher Genehmigung von Señor Lerdo de Tejada persönlich. Und nachdem das «Unglück» mit Hoskins passierte, tritt der Prinz selbst als Retter auf. Er scheint ein guter Freund von Senator Brandon zu sein. Sie sind Partner in gewissen Geschäftsunternehmungen. Senator Brandon willigt ein, daß der Prinz seiner Tochter den Hof macht und teilt dem Prinzen mit, daß er ihre Ehe mit Ihnen hat ungültig erklären lassen. Der Prinz gibt diese Information an verschiedene Personen weiter – Oberst Green hat es Ihnen doch gesagt, oder nicht? – und am Ende verlassen der Prinz und sein Arzt, Graf Tschernikov, zufrieden Mexico. Ich glaube, sie nahmen mit, weswegen sie gekommen waren. Und wie sie in San Francisco ankommen, ist Miß Brandon mit dem Prinzen bereits verheiratet und heißt jetzt Prinzessin Sahrkanova.»
Schweigen herrschte zwischen ihnen. Unter seiner breiten Hutkrempe hervor blickte Bishop Steve an und sah, daß dessen Gesicht starr und ausdruckslos geworden war.
«Und damit ist Ginny eine Prinzessin. Und ich wette, daß dies den Senator auch freut. Sie sieht auf jeden Fall nicht unglücklich aus. Was zum Teufel aber habe ich damit zu tun?»
Fast unmerklich lockerte Bishop seine steife Haltung.
«Na, es gibt da eine Menge erstaunlicher Dinge, über die wir uns Fragen gestellt haben», sagte er ruhig. «Die Beziehungen Prinz Sahrkanovs zu der Russisch-Amerikanischen Gesellschaft zum Beispiel. Die Gesellschaft hat plötzlich begonnen, mit Verlust zu arbeiten, nachdem sie jahrelang sagenhaft große Gewinne abgeworfen hatte. Und es heißt, der Prinz sei ein Spieler. Er soll Rußland verlassen haben, um sein Vermögen wieder einzubringen – Graf Tschernikov traf er in Turkestan. Von dort aus ging der Prinz nach Alaska, und ganz plötzlich taucht er in den Vereinigten Staaten auf, als Mitglied einer diplomatischen Delegation, deren Aufgabe es ist, mit uns über den Verkauf von Alaska zu verhandeln. Aber ich frage Sie, warum hat er plötzlich so viel Opposition im Senat? Im April weigerten sie sich, den Vertrag zu ratifizieren. Sie streiten

sich immer noch über die Frage, und unser gemeinsamer Freund Brandon ist eine der Schlüsselfiguren *gegen* die Ratifizierung. Und Sahrkanov, der nach Alaska ging, um Geld zu verdienen, ist plötzlich ein reicher Mann. Er hat die Tochter des Senators geheiratet und kann es sich leisten, ihr teuren Schmuck zu kaufen. Er ist sehr eng mit dem Leibarzt des Zaren befreundet, der zufällig gleichzeitig auch ein enger Vertrauter des Zaren ist. Würden Sie das alles einfach Zufall nennen?»

«Sie waren schon immer gut beim Lösen eines Zusammensetzspieles. Und beim Pokern auch, wie ich mich erinnere.»

Steves Stimme war kalt. «Aber diesmal, verdammt, steige ich darauf nicht ein. Ginny ist nicht mehr meine Frau. Und nichts in der Welt kann mich glauben machen, daß Ginny zu der Heirat mit Sahrkanov gezwungen wurde. Dafür kenne ich sie zu gut – vergessen Sie das nicht. Da war auch der Zeitungsausschnitt, den Sie mir geschickt haben . . . Tut mir wirklich leid, Jim. Wenn Sahrkanov und Brandon in irgendwelche unsauberen Geschäfte verwickelt sind, dann ist Ginny höchstwahrscheinlich auch mit von der Partie. Ich erinnere mich, daß sie einmal die Idee, Gold nach Mexico zu schmuggeln, sehr aufregend fand. Mein Gott – sie hielt ihren Vater wirklich für einen klugen und einfallsreichen Mann! Nein – mit mir dürfen Sie nicht rechnen. Ich habe keinerlei Absicht, mich wieder in Ginnys Leben einzumischen – und auch nicht, weiterhin meine Zeit damit zu verbringen, den Prämienjägern ihres Vaters zu entwischen.»

«Ja.» Bishops Stimme war jetzt leise. «Ich habe davon gehört. Und ich kann Ihnen auch nicht verübeln, daß Sie es satt haben, für geringe Belohnung große Risiken einzugehen. Offen gesagt, hat mir Ihr Freund Diego Sandoval zu verstehen gegeben, daß Sie die Verwaltung der Hacienda übernommen haben, seit Sie wieder hier sind, und seit Ihr Großvater durch den Hirnschlag halbinvalid ist. Na, ich nehme an, Sie werden jetzt seßhaft werden.»

Steve warf ihm einen argwöhnischen Blick zu.

«Eigentlich», sagte er vorsichtig, «ist mein Großvater nicht invalid. Und ich hatte im Sinn, in einigen Monaten eine Reise nach Europa zu unternehmen.»

«Ach so?» Bishops Miene schien sich etwas aufzuhellen. «Na, wenn Sie in Paris und London sind, können Sie mir ein paar kleine Gefallen erweisen. Oder der Dienststelle, besser gesagt. Keine Sorge, nicht in bezug auf ihre Exfrau oder den Prinzen. Ich glaube, darauf kann ich einen anderen meiner Männer ansetzen. Was meinen Sie zu Parker?»

«Verdammt, Parker hat den Finger schnell am Abzug! Das haben Sie selbst gesagt. Wenn Sie ihn auf Ginny ansetzen . . .»

Steve platzte fast vor unterdrückter Wut, als er Bishops höflichen, grünäugigen Blick erhaschte und fluchte: «Gott verdamme Sie zur Hölle und zurück, Sie kalt berechnender Schuft!»
Bishop lächelte.

Zweiter Teil
Der Millionär

Elftes Kapitel

In San Francisco, dem lebhaften, halbwüchsigen Kind des Goldrausches, war jedermann geldgierig. In unglaublich kurzer Zeit baute man sich ein Vermögen auf – um es in ebenso kurzer Zeit auch wieder loszuwerden. Der gesellschaftliche Rang hing nicht davon ab, wer man war, sondern wie reich man war.

Protzerei war, wie Ginny entdeckte, alles. War man reich, dann zeigte man es, und man war sogar stolz auf das, was in Europa als vulgäre Zurschaustellung gegolten hätte.

«Hier, meine Liebe, kleiden sich große Damen wie Huren, und vornehmere Huren ahmen große Damen nach», verkündete Iwan Sahrkanov eines abends lässig seiner Frau, als sie sich eben ankleidete, um auszugehen. Arrogant schob er ihr Zimmermädchen beiseite, nahm das prachtvolle Smaragdhalsband, das er ihr geschenkt hatte, und beugte sich vor, um es um ihren Hals zu legen. Ihre Blicke trafen sich in dem Spiegel, vor dem sie saß – der ihre offen und fragend, der seine voller Vorfreude.

«Wenn mein Glück heute abend anhält, wirst du bald Diamanten tragen können.» Er trat zurück, legte den Kopf leicht zur Seite und prüfte ihr etwas blasses Gesicht. «Juwelen stehen dir außerordentlich gut, Virginie. Wenn wir erst zurück in Rußland sind, werden alle ganz wild nach dir sein.»

«Wegen meines Schmucks, oder weil jedermann einen Blick auf die uneheliche Tochter des Zaren werfen will?»

Iwans Augen verengten sich ein bißchen, aber er lächelte weiterhin. «Was ich an dir am meisten bewundere, meine Liebe, ist deine Offenheit. Komm – bist du bereit?»

Bevor Iwan in eines der eleganten Spielhäuser ging, die er regelmäßig besuchte, würden sie heute abend mit dem Senator und einigen Gästen zu Abend essen. Als Ginny die geschwungene Treppe hinunterschritt – mit der einen Hand hielt sie die Schleppe ihres Kleides hoch, und die andere ruhte auf Iwans Arm – wurde sie sich voller Zynismus bewußt, welch reizendes Bild sie für all diese ihnen lächelnd zugewandten Gesichter abgeben mußten. «Ein schönes Paar» – sie hatte diese Bemerkung schon so oft gehört, daß sie sie von Herzen satt hatte. Wo immer sie auftauchten, drehte man sich nach ihnen um. Frauen flüsterten neidisch, daß sie Glück gehabt habe, einen so guten Fang zu machen; Männer klopften dem Prinzen auf die Schulter und beglückwünschten ihn zu dem großen Los, das er mit ihr gezogen hatte. In den Zeitungen sprach man immer noch von ihnen als die «Neuvermählten», obwohl sie schon seit fast drei Monaten in San Francisco waren.

«Ginny, mein Liebes ... Iwan ...» Ihr Vater – es war einfacher für sie, ihn als das anzusehen – eilte ihnen entgegen, um sie zu begrüßen. Er lächelte zwar, aber Ginny bemerkte die kleinen Furchen in seinem angespannten Gesicht und die Falten, die jetzt ständig auf seiner hohen Stirn zu sehen waren. Auch der kurze Blick, den er über ihren Kopf mit Iwan gewechselt hatte, war ihr nicht entgangen. Wieder die Geschäfte, dachte sie und lächelte mechanisch. Und nach dem Essen würden sich die beiden sofort in die Bibliothek zurückziehen, um «eine Zigarre zu rauchen, oder zwei», bevor Iwan wegging ...

Im Augenblick aber spielte Senator William Brandon den höflichen Gastgeber. Er stellte seine Tochter und seinen Schwiegersohn dem kleinen Kreis von vornehmen Geschäftsleuten und deren Ehefrauen vor.

«Mrs. William Ralston. Mr. Ralston kennt ihr natürlich schon.»

Ginny lächelte und streckte ihre Hand aus. «Natürlich. In der Bank. Mrs. Ralston, es freut mich sehr, Sie kennenzulernen.»

«Mr. und Mrs. Crocker – meine Tochter Virginia und ihr Gemahl, Prinz Iwan Sahrkanov. Und Virginia, darf ich dich mit Sir Eric Fotheringay, unserem Konsul aus England bekanntmachen.»

«Es ist mir ein Vergnügen, meine liebe Prinzessin. Prinz Sahrkanov ...»

Die Gedanken, die Ginny hinter ihrem strahlenden, aber gekünstelten Lächeln und ihren schrägen grünen, zu den Smaragden passenden Augen verbarg, hätten bestimmt alle verblüfft: O Gott! Noch so ein endlos langer, langweiliger Abend. Nimmt mich wunder, wie lange ich dieses gezierte Lächeln noch aufsetzen muß. Und wenn jemand vorschlagen sollte, die Damen würden vielleicht Lust auf ein Piquetspiel haben, werde ich – werde ich unverzüglich rasende Kopfschmerzen bekommen. Warum meint er nur, er müsse so oft Besuch haben, wo mir Sonja doch gesagt hat, daß seine Geschäfte rückläufig seien?

Natürlich waren alle Männer hier reich an Geld und Einfluß. Sir Eric, der einzige Junggeselle unter den Anwesenden, solle sich in Indien ein riesiges Vermögen angeschafft haben, so hieß es. Und den Gesprächsfetzen nach zu schließen, die sie aufschnappte, als sie durch den Raum schritt, war im Moment alles an Eisenbahnen interessiert.

Als sie sich zu Tische setzten, spielten eigens engagierte Musiker von einem versteckten Alkoven aus leise Musik. Ginny kam neben Sir Eric zu sitzen – einen langweiligen, aufgeblasenen Mann, der das mittlere Alter bereits überschritten hatte, und der einen borsti-

gen Schnurrbart sein eigen nannte und ebenso die Angewohnheit, in kurzen, abgehackten Sätzen zu sprechen.
Es brauchte einige Zeit, bis sie merkte, daß er in einer gutmütig-derben, fast kurz angebundenen Art mit ihr flirtete.
«Gefiel mir schon immer, neben einem hübschen Mädchen zu sitzen. Hmm! Schönes Halsband, das Sie tragen – nette Steine.» Seine leicht vorstehenden Augen verschlangen beim Sprechen ihren Busen.
«Danke», sagte sie trocken, und er lehnte sich näher zu ihr hin.
«Halb Französin, nicht wahr? Dachte, ich hätte das irgendwo sagen hören. Gefielen mir schon immer, französische Frauen. Da weiß man, wie man Kleider trägt. Und sie sind nicht so steif und zimperlich wie die Damen aus meinem Land – oder aus Deutschland zum Beispiel Hmm! Haben mir nie recht gefallen, die deutschen Frauen!»
«Aber was halten Sie von Amerikanerinnen, Sir Eric?»
Ginny schlug absichtlich einen naiven Ton an, während sie ihn gleichzeitig schräg und herausfordernd unter den langen Wimpern hervor anblickte. Wie vorauszusehen war, errötete Sir Eric.
«Na – ahem! Sie sind hübsch, natürlich. Aber Sie betrachten sich doch nicht als Amerikanerin, oder, meine Liebe?» Seine vorstehenden Augen wanderten von ihrem Gesicht zu ihren nackten Schultern. «Ich glaube – na – ich glaube, ich bin für heute abend vorgesehen als Ihr Begleiter, ins Theater. Schade, daß der Prinz nicht mit uns kommen kann, natürlich, aber . . . Sie haben doch nichts gegen die Gesellschaft eines alten Mannes einzuwenden, hoffe ich?» Sie senkte mit geheuchelter Schüchternheit die Wimpern und schenkte ihm ein Lächeln. Dabei dachte sie: ich habe meine wahre Berufung verpaßt. Welch eine gute Kurtisane hätte ich abgegeben.
Laut sagte sie, was er von ihr erwartete: «Aber wie können Sie sich als *alt* bezeichnen? Ein Mann in der Blüte seines Lebens – ein reifer Mann!»
Sie erhaschte schnell einen Blick von Sonja. Sie schien es zu schätzen – oder gar darum zu bitten? Dieses kleine «zwanglose» Abendessen war also wichtig. Sonja hatte es schon vorher angedeutet, und Iwan hatte sie gebeten, zu diesen wichtigen Gästen charmant zu sein. Wie weit sollte und mußte ihr Charme gehen?
Glücklicherweise sprachen die Männer jetzt wieder über Eisenbahnen und Ginny zwang sich, zuzuhören, nur um Sir Erics Blicken auszuweichen. Central Pacific . . . Union Pacific – Charles Crocker prahlte mit billigen und tüchtigen chinesischen Arbeitskräften. Und man sprach auch über Landabgaben der Bundesregierung an die Eisenbahnen und über die Bedeutung der Unterstützung von Washington.

Von den Eisenbahnen ging man zu den Minen über, und Mr. Ralston lobte den Scharfsinn seines Bankdirektors in Virginia City, einem Mr. Sharon. Die anwesenden Frauen, die es offenbar gewohnt waren, daß während des Essens über Geschäfte gesprochen wurde, hörten entweder uninteressiert zu oder sprachen leise unter sich.
Geld! dachte Ginny bitter, das ist alles, woran sie denken können – oder woran ihnen etwas liegt. Mehr Geld zu verdienen und neue Methoden herauszufinden, es auszugeben.
Während sich das Essen hinschleppte und endlos verschiedene Gänge aufgetragen wurden, zu denen man stets einen dazu ausgewählten, importierten Wein kredenzte, hörte Ginny zum ersten Mal einen Namen, den sie von nun an noch oft und immer wieder hören sollte.
«. . . Murdock», sagte der Senator. «Was weiß man von ihm schon, außer seinen Namen?»
«Ich kenne auch nur seinen Namen. Aber er wird von einem recht großen Bankkonto unterstützt.» William Ralston räusperte sich. «Scheint aber ein gerissener Mann zu sein, mit den verschiedensten Interessen.»
Ginny konnte dem Gespräch nur wenig Aufmerksamkeit widmen, denn sie war zu sehr damit beschäftigt, ihren Fuß so weit und so taktvoll als möglich unter ihren Stuhl zu ziehen, um den heimlichen Druck von Sir Erics glänzendem Lederschuh zu vermeiden.
«Ich weiß natürlich, daß du es sicher elegant schaffst, den Mann auf Distanz zu halten», flüsterte Iwan ihr später zu, bevor er in das Casino «Colonel Gamble's Gaming House» ging, das etwa vierzehn Meilen außerhalb von San Francisco lag. «Aber sei nett zu ihm, Virginie, es ist wichtig; sowohl für mich, als auch für deinen Vater. Sir Eric hat Geld, das er in das richtige Unternehmen investieren kann, verstehst du?»
«Ich habe mein Bestes getan, um charmant zu sein, wie du mir auftrugst. Jetzt soll ich nett sein. Wie weit willst du, daß ich gehe, Iwan?»
Seine Augen wurden glashart, aber er lächelte und strich ihr mit einem Finger über das Gesicht.
«Wie lieblich du bist! Genau der Typ Frau, den ich immer gesucht habe. Ich bin überzeugt davon, daß du genau weißt, wie man mit jeder beliebigen Situation fertig wird, oder nicht, Liebste?» Er beugte sich zu ihr herunter und küßte ihre kalten, teilnahmslosen Lippen. «Bleib nicht meinetwegen auf. Ich werde mich bemühen, dich nicht zu stören, wenn ich heimkomme. Verbring einen schönen Abend.»
Nachdenklich ging Ginny mit den anderen ins Theater. «Verbring

einen schönen Abend.» Immer die gleichen Worte, wenn er sie verließ. Worte, die einen Doppelsinn bekommen hatten. Er sagte dies immer, und besonders, wenn sie ohne ihn ausging – gewöhnlich in der Begleitung eines anderen Mannes. Natürlich nie allein mit dem Mann, denn es durfte ja keinerlei heimlichen Klatsch über die Prinzessin Sahrkanova geben. Aber das letzte Mal . . . ja, das letzte Mal, als er freundlich lächelnd diese Worte gesagt hatte, war Frank Julius ihr Begleiter gewesen.

Der gutaussehende, charmante Südstaatler, den sie von Vera Cruz her kannte, hatte ihr damals versprochen, ein Vermögen zu machen. Inzwischen war ihm das zum Teil schon gelungen. Er war gut angezogen und höflich, und es war Iwan selbst gewesen, der sie miteinander bekanntgemacht hatte, anläßlich eines Empfanges, an dem sie beide teilnahmen. Er wußte natürlich nicht, daß sich die beiden schon von früher kannten.

Und von da an schien es, als sei Mr. Julius ständig auf dem Plan; er tauchte bei allen Veranstaltungen, bei denen sie zugegen war, auf. Zunächst war sie ihm dankbar gewesen, daß er so getan hatte, als hätten sie sich nie zuvor gesehen, aber dann . . .

«Sie sind so hübsch wie immer», hatte er ihr zugeflüstert, als sie miteinander tanzten. «Aber – verzeihen Sie meine Neugierde – was geschah mit Ihrem früheren Mann? Als Sie Vera Cruz so plötzlich verließen, vermißten wir Sie alle.»

Sie brauste auf und ihre grünen Augen wurden glänzend. «Ich bin jetzt mit Prinz Sahrkanov verheiratet. Ich . . .», sie zögerte und sagte dann schroff, «ich verlor meinen früheren Mann. Befriedigt das Ihre Neugierde?»

Natürlich tat es das nicht. Wie früher stellte er ihr wieder auf raffinierte Weise nach. Er schickte ihr Blumen; er schien genau zu wissen, in welchen Nächten Iwan anderswo beschäftigt war. Und anscheinend war er auch über das auf dem Laufenden, was sie am Tage tat, denn eines Nachmittags, als sie die berühmte Kunstgalerie von Mr. R. B. Woodward besuchte, tauchte er auf und schnitt ihr den Weg ab.

«Kommen Sie mit mir im Park spazieren. Was ist da schon dabei? Ich erinnere mich an eine Zeit, wo es Ihnen Spaß machte, unkonventionell zu sein.»

«Sie erinnern sich an vieles, Mr. Julius!»

Sein dunkles, lächelndes Gesicht schaute auf sie herab; der Ausdruck seiner Augen war unmißverständlich. «Sie haben doch sicher nicht Angst vor mir, Prinzessin? Ihr Mann und ich, wir haben gemeinsame Geschäftsinteressen; hat er Ihnen nichts davon gesagt? Er hätte bestimmt nichts gegen einen harmlosen und unschuldigen Spaziergang einzuwenden.»

Oder was auch immer darauf folgen mochte, sagten ihr seine Augen; und obwohl sie nicht mit ihm ging, bedrängte er sie weiterhin, so daß sie schließlich Iwan mit der Angelegenheit konfrontierte.
«Du hast mir Frank Julius empfohlen und mich gebeten, mit ihm höflich zu sein. Soll ich ihm erlauben, mein Geliebter zu werden?»
Eine Woche später stand in der Police Gazette eine reichlich ausgeschlachtete Geschichte über den gemeinen Angriff von Gangstern der Barbary Coast auf einen gewissen Mr. Julius, der, wie es hieß, verschiedene Häuser von schlechtem Ruf besaß, und der mit dem Schmuggel junger Frauen aus der ganzen Welt nach San Francisco zu tun hatte. Mr. Julius starb nicht, aber sein hübsches Gesicht war so furchtbar zerschnitten und zusammengeschlagen worden, daß er sein ganzes Leben lang entstellt und häßlich sein würde.
Und zuvor, dachte Ginny plötzlich besorgt, war da kürzlich dieser naive junge Mann aus Boston gewesen, der geschworen hatte, er würde sich umbringen, wenn sie nicht mit ihm durchbrannte. Dieser Sprößling einer reichen und sozial hochstehenden Familie war *ebenfalls* das Opfer von Banditen geworden, als er eines abends Freunde auf der Halbinsel besuchen wollte.
Und nun war es also Sir Eric Fotheringay, der immer aufdringlicher wurde. Iwans «Freunde» benahmen sich alle, als hätten sie das Recht, sie auch gegen ihren Willen, mit Aufmerksamkeiten zu überschütten. Und Iwan lag mehr daran, an den Spieltischen zu sitzen, als mit ihr das Bett zu teilen. *Dagegen* hatte sie nun allerdings nichts einzuwenden; das hatte sie Sonja auch recht offen gesagt, als diese mit besorgtem Stirnrunzeln erwähnte, daß der Senator vielleicht den Prinzen auf seine häufig auswärts verbrachten Abende ansprechen sollte.
«Meine Güte! Tut nur das nicht, Sonja. Wie die meisten Europäer ist es Iwan gewohnt, seine eigenen Wege zu gehen, und *ich* habe nicht das geringste dagegen, wenn er seine Nächte mit Freunden verbringt.»
Gegen seine sogenannten Freunde selbst habe ich aber etwas, dachte Ginny bei sich, als sie sich von Sir Eric höflich aus der Kutsche helfen ließ und mit ihm ins Theater ging, wo sie sich eine Vorstellung jenes schockierenden Schauspieles «Camille» ansehen wollten.
Da der Engländer in der Loge viel zu nahe neben Ginny saß, war sie nicht in der Lage, das Drama, das auf der Bühne gespielt wurde, zu genießen. Sobald die Lichter im Theater ausgingen, legte Sir Eric seinen Arm auf die Rücklehne ihres Stuhles, so daß seine plumpen Finger ihre nackten Schultern berührten; gelegentlich tätschelte er mit der anderen Hand sogar ihr Knie. Dabei flüsterte er, daß fran-

zösische Frauen sehr viel mondäner seien, als ihre Schwestern in anderen Ländern, und daß er sie schon immer bewundert hätte.
In der Pause bestand er darauf, ihr Champagner zu holen, und noch bevor das Schauspiel zu Ende war, hatte er sie gebeten, mit ihm in seiner prächtigen Junggesellenwohnung im Baldwin Hotel zu speisen.
«Wie nett von Ihnen! Ich werde meinen Mann fragen, wann er frei ist», sagte sie leichthin, und er sah verblüfft und recht verwirrt aus. Was hatte er erwartet, daß sie sagen würde?
«Sir Eric scheint sehr von dir eingenommen zu sein», bemerkte Sonja beiläufig, nachdem sie in das Haus am Rincon Hill zurückgekehrt waren. «Er hat eine Menge Fragen über dich gestellt; es war direkt peinlich! Ginny ...» Sonja bemerkte den verschlossenen und plötzlich harten Ausdruck ihrer Stieftochter und biß sich auf die Lippen. «Ginny, warum finde ich es jetzt plötzlich so schwierig, mit dir zu reden? Es ist, als wären wir einander auf einmal fremd, und früher dachte ich – ja, eine Zeitlang meinte ich, wir wären Freunde geworden. Ginny, du bist doch glücklich, oder? Dein Vater und ich ...»
«... wolltet mich so schnell wie möglich ehrbar verheiraten; jetzt, da ich es bin, sollte euch dies doch glücklich machen, oder nicht?»
Ginny war müde und hatte Kopfschmerzen von der vorgerückten Stunde und dem vielen Champagner, und sie war deshalb übermäßig gereizt. Den ganzen Abend über hatte sie sich gefragt, was sie eigentlich hier mache; sie spielte eine Rolle und tat so, als wäre das Leben, das sie führte, genau das, was sie sich immer gewünscht hatte. Sie tat so, als wäre es das glückliche Ende eines Märchens.
«Ginny!» Sonjas weit geöffnete blaue Augen drückten Betroffenheit und Schmerz aus. «Ich verstehe dich wirklich nicht mehr! Alles was wir wollten, war dein Glück, das weißt du doch! Ich fand es so romantisch, als Iwan sich in dein Bild verliebte; und als du hierher kamst, bereits mit ihm verheiratet, nachdem er so überraschend schnell um deine Hand angehalten hatte, dachten wir alle ...»
«Und warum überkommen euch denn jetzt Zweifel?»
«Ich ...», Sonja rang hilflos die Hände, «ich weiß nicht. Es ist nur ... Iwan läßt dich so oft allein, und du bist auch nicht mehr das Mädchen, das ich kannte! Manchmal habe ich das Gefühl, du hättest absichtlich eine Mauer zwischen uns errichtet, und doch fühle ich ...»
Ginny zwang sich zu einem Lächeln.
«Es ist schon spät, und wir sind beide so müde, daß ich fürchte, wir könnten uns streiten. Champagner macht mich immer ungeduldig und reizbar, vestehst du; und ich bin – ich bin es nicht gewohnt, daß man mir Fragen stellt.»

Sonja errötete und sagte kein Wort mehr. Sie trat zurück und sah Ginny nach, wie sie den teppichbelegten Gang entlang auf ihre Suite zuschritt. Die Tür schloß sich hart hinter der jungen Frau; seufzend und mit hängenden Schultern ging Sonja in ihr eigenes Zimmer zurück, wo ihr Mann auf sie wartete.
«Na?» sagte William Brandon, obwohl ihm ein einziger Blick auf das Gesicht seiner Frau bereits genügt hatte, um zu wissen, daß ihre Bemühungen, aus Ginny etwas herauszubringen, erfolglos verlaufen waren.
«Leider ist es genau so, wie du befürchtet hast. Sie will nicht mit mir reden. Sie hat mich sogar schroff abgefertigt, William!»
Brandon runzelte die Stirn. «Verdammt noch mal, wenn ich nur wüßte, wie aus dem Mädchen klug werden!» sagte er mürrisch. «Anstatt uns dankbar zu sein, daß wir sie aus dieser unangenehmen Situation in Mexico befreit haben, verwandelt sie sich in einen Eisberg. Und Sahrkanov . . .», er seufzte, und Sonja sah die Linien um seinen Mund tiefer werden, «auch aus ihm werde ich nicht klug. Oberflächlich gesehen ist er voller Charme, aber darunter – ich muß gestehen, er beginnt mir Sorgen zu machen.»

Zwölftes Kapitel

Senator Brandon war nicht der einzige, der begann, sich wegen dieser verborgenen Charakterzüge des Prinzen, die mehr und mehr an den Tag traten, Sorgen zu machen. Graf Tschernikov, der erst vor zwei Tagen von einem Besuch in New York und Washington zurückgekommen war, sorgte sich mehr, denn er kannte den Prinzen besser als sonst jemand.
Der Graf war etwas mehr als zwei Monate weg gewesen, und kaum hatte er sich im Baldwin Hotel eingerichtet, vernahm er schon, daß man sich gewisse Dinge zuflüsterte. Noch waren es keine Gerüchte, denn Sahrkanov war als gefährlicher Gegner bekannt und zwang damit die Leute zu einer gewissen Vorsicht. Aber, überlegte der Graf, da war die Spielerei – wie lange konnte dies verborgen bleiben? Das Spiel und gewisse andere Gewohnheiten hatten schon einmal Iwans Untergang bewirkt. Und jetzt war es trotz aller Diskretion unvermeidlich, daß gewisse Dinge an den Tag kommen würden – wie dies immer der Fall ist. Aber was konnte er dagegen tun?
Es gab nur eine Lösung, dessen war sich der alte Mann bewußt. Er mußte den Prinzen überreden, nach Rußland zurückzukehren. Weil er dieses Geneviève so ähnlich sehende Mädchen als seine

Frau vorstellen konnte, würde der Zar bestimmt weich werden. Und Iwan war lange fort gewesen, er war älter geworden und hatte seine Stimmungen besser unter Kontrolle.
Der Graf beschloß, noch am selben Nachmittag bei Senator Brandon vorzusprechen, um selbst zu sehen, wie die Dinge standen. Seltsam, daß Iwan, der doch sicher von seiner Ankunft erfahren haben mußte, ihn nicht aufgesucht hatte. Dieser Gedanke beunruhigte den alten Mann etwas, obwohl er sich nichts anmerken ließ, als er sich mit altmodischer Galanterie über die Hand seiner Gastgeberin beugte.
«Hoffentlich vergeben Sie mir, daß ich sie so unangemeldet besuche, Madame.»
Seine scharfen Augen hatten sofort entdeckt, daß Mrs. Brandon einen etwas abwesenden Ausdruck hatte, und daß ihr für gewöhnlich ruhiges Gesicht bleicher und müder aussah als sonst. War sie gestern nur zu lange aufgeblieben? Oder machte sie sich, wie ihr Mann, Sorgen wegen der neuesten Nachrichten aus der einstmals so blühenden Region Comstock. Sogar in New York war darüber geflüstert worden, und der Wert der Anteilscheine, der einst in schwindelerregender Höhe gewesen war, sank ständig. Es hieß, die Gold- und Silberadern, die man für unerschöpflich gehalten hatte, gingen zu Ende, und die neureichen Millionäre begannen sich Sorgen zu machen. Wer von Anfang an weitsichtig genug gewesen war, hatte in Eisenbahnen investiert, die den großen amerikanischen Kontinent erschlossen, oder in Flußdampfer, Schiffslinien oder in Land. Aber gehörte Brandon zu diesen?
Während diese Gedanken Graf Tschernikov durch den Kopf gingen, beteuerte Sonja Brandon, sein Besuch sei willkommen, und daß sie sich alle gefragt hatten, wann er wohl zurück sein werde.
«Sie scheinen ausgehen zu wollen. Ich will nicht stören.»
«Ja, ich wollte zu Freunden gehen, aber Ginny ist hier. Sie schläft heute länger, denn wir waren gestern alle im Theater. Es wird sie sicher freuen, Sie zu sehen. Bitte nehmen Sie doch Platz. Ich habe bereits jemandem aufgetragen, ihr zu sagen, daß Sie hier sind.»
Der Graf wartete in Gedanken versunken, während Ginny stirnrunzelnd ihr Spiegelbild betrachtete. Ihr Kammermädchen, eine Mulattin, kämmte mit flinken Fingern ihr Haar.
Graf Tschernikov war also zurück. Sie fragte sich, ob er schon mit Iwan gesprochen hatte. Der Gedanke an Iwan bereitete ihr leichte Kopfschmerzen, die jedoch nicht halb so schlimm waren, wie am Vorabend, als sie mit Sonja gesprochen hatte.
Vielleicht sollte sie den Grafen bitten, ihr noch etwas von diesem Zauberpulver zu geben, das ihr so gut tat und ihre Kopfschmerzen zu verjagen schien. Iwan hatte ihr zwar welches gegeben, aber der

Vorrat nahm stetig ab, und sie brauchte doch etwas, damit sie schlafen konnte, und damit sie die endlos langen und leeren Tage, die vor ihr lagen, überstehen konnte. Ja, sie würde ein Pulver nehmen bevor sie hinunterging, dachte Ginny. Es würde ihr helfen, seinen durchdringenden Blick zu ertragen und die Fragen hinzunehmen, die er zweifellos stellen würde.
Er würde natürlich fragen, wo Iwan war, und sie konnte es ihm nicht sagen. Nicht, daß ihr das etwas ausmachte. Sie war glücklicher und entspannter, wenn Iwan weg war.
Als sie heute morgen aufgewacht war, nach einer Nacht voller seltsamer, bunter Träume mit sich krümmenden Figuren, hatte sie ihn am Fußende ihres Bettes stehen und sie anstarren sehen. Er war ganz angezogen, seine Kleidung war wie immer tadellos, und sie hatte sich träge gefragt, ob er soeben zurückgekommen sei.
«Guten Morgen, meine Liebe! Soll ich dir das Frühstück heraufbringen lassen?» Er hatte sie prüfend angeschaut. «Du siehst ein wenig müde aus. Bist du spät vom Theater zurückgekommen?»
«Ja, es war ein wunderbar langweiliger Abend, wie immer. Und du? War deine Nacht erfolgreich?» Sie erinnerte sich, gedacht zu haben, wie blasiert sie töne, und dann hatte sich Iwan neben sie auf das Bett gesetzt; er hatte sorgfältig die Kissen hinter ihr aufgeschüttelt, so daß sie sich aufsetzen konnte. Die Decken fielen zurück und entblößten ihre nackten, weißen Schultern. Seine Augen bekamen einen neuen Ausdruck, worauf sie rasch sagte: «Ich glaube, ich möchte eine Tasse Kaffee. Würdest du bitte läuten?»
«Sogleich. Weißt du, wie entzückend du am Morgen aussiehst? Seine Finger streichelten ihre Schultern und sie mußte sich zwingen, unter seiner Berührung nicht zusammenzuzucken. «Du siehst aus wie eine erschreckte Gazelle», sagte er leise. «Hattest du Angst, ich würde mich dir aufdrängen?» Seine Augen schienen sie anzulachen, aber in der Tiefe lag ein seltsames Leuchten, das sie jetzt kannte. Sie wartete auf seine nächsten Worte, die auch prompt kamen.
«War Sir Eric ein angenehmer Begleiter? Er bewundert dich. Er hat mich sogar gefragt, ob ich etwas dagegen hätte, wenn du als Gastgeberin auftreten würdest bei einem kleinen Abendessen, das er für einige Geschäftsleute geben will – alles wichtige Leute, unter ihnen auch dieser geheimnisvolle Mr. Murdock, von dem alles spricht. Du müßtest nur schön aussehen und – zuhören.» Sie schwieg angespannt, und er lehnte sich vor und drückte seine Lippen gegen ihre Kehle, wo ihr Puls aufgeregt schlug. «Dein Vater ist recht besorgt, weil die Comstock-Aktien in letzter Zeit so gefallen sind. Wer weiß, welche interessanten Informationen eine intelligente Frau aufschnappen kann? Sir Erics Gäste sind sehr bedeu-

tende Männer, ja, die eigentlichen Drahtzieher in diesem Geschäft. Ich bin sicher, daß jene Leute, wie die meisten Männer, glauben, eine hübsche Frau habe nicht genügend Intelligenz, um zu einer möglichen Gefahr zu werden. Möchtest du ihnen nicht das Gegenteil beweisen, ma petite?»
«Und du? Wirst du auch dort sein?»
Ginny gab sich Mühe, diese Frage mit gleichmütiger Stimme zu stellen. Ihr Körper war ganz steif, während sie fühlte, wie die Decken hinunterglitten und seine Finger ihre halbentblößte Brust streichelten.
«Hast du mich vermißt? Aber du bist ja in Europa erzogen worden; ich weiß, du verstehst das. Die Geschäfte, die mich nachts so oft von dir fernhalten, sind nichts als – Geschäfte, meine Liebe. In diesem Land und in dieser Stadt kann ein Mann ein Vermögen machen, besonders wenn er von einer intelligenten und verständnisvollen Frau unterstützt wird. Wenn wir nach Rußland zurückkehren, will ich nicht, daß es heißt, Prinz Sahrkanov begnüge sich damit, von dem Geld und den Ländereien seiner Frau zu leben.» Seine Stimme klang härter. «Ich stamme aus einer sehr alten und stolzen Familie, Virginie. Verstehst du? Nein, ich hatte nicht im Sinn, bei diesem Abendessen anwesend zu sein. Vielleicht würde meine Anwesenheit das Gespräch hemmen, das sonst ganz frei stattfinden könnte. Aber ich vertraue dir natürlich. Und deiner Diskretion. Habe ich dir nicht versprochen, daß ich mich als verständnisvoller Ehemann erweisen werde? Du wirst also diese kleine Bitte unseres guten Freundes nicht abschlagen, nicht wahr? Ich versichere dir, daß alles ganz anständig ablaufen wird. Sir Eric ist kein grober amerikanischer Hauptmann.»
«Nein!» sagte sie heftig und richtete sich auf. «Nein, Iwan. Ich will nicht so benutzt werden. Zufällig finde ich Sir Eric abscheulich und langweilig, und außerdem kann er seine Hände nicht von mir lassen. Aber so sehr er mir auch mißfällt, ich möchte nicht in einigen Wochen hören müssen, daß auch er einen unglücklichen und schweren ‹Unfall› gehabt hat! Verstehst du das?»
Sie bemühte sich, vor dem jähen, gewalttätigen Ausdruck, der einen Augenblick lang in Iwans hellen, grünblauen Augen aufblitzte, nicht zusammenzufahren. Sie blickten einander in die Augen und es fand ein stillschweigender Kampf statt. Dann stand er auf. Das einzige Zeichen seiner Wut war ein leichtes Erröten unter seiner hellen Haut. Ohne ein weiteres Wort, als könne er sich in ihrer Anwesenheit nicht länger beherrschen, machte er kehrt und ging. Kurz darauf läutete sie nach ihrem Frühstück.
Mit dem Kaffee und den Brötchen, die sie bestellt hatte, brachte ihr Delia, ihre persönliche Zofe, ein längliches Schmucketui.

«Der Prinz sagte, ich solle Ihnen das geben, Ma'am . . . Eure Hoheit.» Delia hatte noch nicht ausgelernt, und ihre großen, dunklen Augen konnten ihre Neugierde nicht verbergen. «Er sagte, er gehe zum Mittagessen in die Börse, er komme aber später zurück, am Abend. Und Sie sollten dies heute abend mit Ihrem neuen Kleid tragen . . . Ma'am, es muß wunderbar sein – ich habe zwar nicht geschaut.»

Smaragdohrringe glänzten auf einem weißen Samthintergrund. Er hatte letzte Nacht also Glück gehabt. Aber die glitzernden Steine vermochten ihr keine Freude zu bereiten. Noch mehr Tand, damit sie ihre Prinzessinnenrolle noch besser spielen konnte.

Delia war endlich fertig. Mit einem Ausruf der Zufriedenheit strich sie über Ginnys glänzende Locken und machte dann die schweren Vorhänge auf, um das Sonnenlicht hereinzulassen.

«Sie sehen wirklich bezaubernd aus, Ma'am . . . Prinzessin.» Sie kicherte. «Reine Verschwendung für den alten Herrn, der unten wartet.» Dann besann sie sich ihrer Aufgabe und sagte: «Brauchen Sie noch etwas?»

«Nein – nichts mehr, Danke, Delia.»

An diesem Nachmittag trug sie Perlen, die zu ihrem cremefarbenen und braun eingefaßten Kleid paßten. Durch das Fenster sah der Himmel draußen sehr blau aus; die scharfe Brise, die über die Bucht blies, hatte den Morgennebel verjagt. Ohne daß sie es wollte, kam ihr plötzlich Vera Cruz in den Sinn, das scheinbar endlose Warten; und am Ende Steve. Namen, an die zu denken sie sich verboten hatte; Gefühle, die zu vergessen sie sich gezwungen hatte.

Er wollte mich, weil er dachte, er hätte mich verloren . . . aber jetzt hat er vergessen. Und durch eine seltsame Wendung des Schicksals war sie jetzt mit Iwan Sahrkanov verheiratet; der Gedanke an die Vergangenheit war zu schmerzhaft und auch zwecklos. Es war vorbei. Sie würde nicht mehr daran denken! Sie nahm ein wenig von dem Pulver und verließ das Zimmer.

«Mein liebes Kind!» Warum bestand er darauf, sie so zu nennen? Lebhaft wie immer war Graf Tschernikov aufgesprungen und beugte sich über Ginnys ausgestreckte Hand. Sie zwang sich zu einem Lächeln, als seine durchdringenden Augen ihr Gesicht prüfend anblickten.

«Es freut mich, Sie wiederzusehen.» Freundlich ausgetauschte Banalitäten. Ginny war auf der Hut und innerlich sehr angespannt. Aber bald würde das Pulver wirken, und sie würde allem gewachsen sein.

Des Grafen Augen schienen hinter ihre sorgfältig aufgebaute Abwehr zu sehen.

«Aber, Sie sind ja viel zu dünn.» Seine Stimme klang mißbilligend.

«Haben Sie nicht gut gegessen?» Sie sah, wie seine Augen über ihren schlanken Körper wanderten und hatte Lust, hysterisch loszukichern. Vielleicht stellte er sich vor, sie sei schwanger! Wie würde er reagieren, wenn sie darauf anspielte?
«Kommen Sie, setzen Sie sich. Und erzählen Sie mir, wie es Ihnen ergangen ist. Sind Sie glücklich?» Wieder ein scharfer Blick aus seinen durchdringenden Augen. «Und Iwan, wie geht es ihm? Ich hatte noch keine Gelegenheit, ihn zu sehen, seit ich zurück bin, und deshalb, sehen Sie, bin ich hier, um es aus erster Hand zu erfahren, wie man so zu sagen pflegt.»
Er hatte also noch gar nicht mit Iwan gesprochen. Was machte es schon aus? Ginnys Gefühle gegenüber dem Grafen waren gemischt, obwohl er immer sehr freundlich mit ihr umging. War es wirklich Zufall gewesen, daß er sich in jener Nacht nicht wohlgefühlt hatte, als sie viel zuviel getrunken hatte und in die Ehe mit Iwan hineinmanövriert worden war? Nein, sie traute ihm nicht; nicht mehr als sie Iwan selbst traute. Alle benutzten sie auf diese oder jene Art. Aber auch das, was machte es schon aus? Seit sie Mexico verlassen hatte, schien ihr alles einerlei; sie wollte vergessen, sonst nichts.
Sie hörte sich selbst sagen: «Es ging mir gut. Und Iwan hatte viel zu tun. Er hat so viele Geschäftsfreunde! Haben Sie nicht bemerkt, daß ein jeder, der nach San Francisco kommt, ein Vermögen machen will? Die Stadt ist voller Millionäre, die übereinander herfallen, um neue Wege zu finden, ihr Geld loszuwerden.»
Eigentlich hatte sie das nicht sagen wollen, aber es war einerlei. Der Graf konnte seine eigenen Schlüsse ziehen. Es überkam sie jetzt ein wunderbares, besänftigendes Gefühl von Kraft, sie spürte die Wirkung des Pulvers und ihre Augen belebten sich.
«Erzählen Sie mir von New York. Ich war nur kurze Zeit dort, wissen Sie, kurz nach dem Krieg. Ist es eine lebenslustige Stadt?»
«Sicher nicht so lebenslustig wie San Francisco, obwohl auch dort die Straßen mit den neuen Gaslaternen beleuchtet werden. So . . .», die Stimme des Grafen klang nachdenklich. «Sind Sie glücklich hier?» fragte er dann.
Warum fragte sie das jedermann? Glück war für sie, nichts zu fühlen, nichts zu denken und besonders, sich an nichts zu erinnern. Ginny zuckte die Achseln.
«Warum sollte ich es nicht sein? San Francisco finde ich interessant.»
Sie fochten miteinander. Der Graf stellte Fragen und sie parierte. Und als er schließlich aufstand, um sich zu verabschieden, hatte keiner von ihnen einen Sieg errungen, so dachte Ginny wenigstens. Beiläufig fragte sie, als sie ihn zur Tür begleitete: «Wären Sie wohl so nett, und würden mir etwas von Ihrem Pulver zubereiten? Ich

habe manchmal Schwierigkeiten beim Einschlafen und gelegentlich Kopfschmerzen, wogegen nichts anderes hilft als Ihr Pulver.»
«Natürlich.» War es nur Einbildung, oder war sein Blick plötzlich härter geworden? «Ich komme wieder, wenn ich darf. Oder vielleicht können Sie Ihren Mann dazu bringen, einen alten Freund zu besuchen?»
«Ich werde es ihm sagen. Sicher will er all Ihre Neuigkeiten hören.» Ihre Stimme klang plötzlich ganz leicht, und sie fühlte sich voller Energie, bereit allem ins Auge zu blicken. Warum schaute der Graf sie beständig an?
«Mein Kind, sind Sie sicher, daß Sie – sich wohlfühlen? Ist alles in Ordnung?»
Sie lachte.
«Natürlich fühle ich mich wohl! Ich fühle mich wunderbar. Können Sie den Geruch des Meeres riechen, den die Brise von der Bucht her heraufweht? San Francisco ist eine wirklich aufregende Stadt, finden Sie nicht?»
«Vielleicht», sagte er, «vielleicht.» Als er in seine Kutsche stieg und davonfuhr, war sein Ausdruck immer noch nachdenklich. Er war kalt und ein bißchen finster, als er wenig später Iwan Sahrkanov gegenüber stand.
«Sie haben sich also doch entschlossen, mich zu besuchen. Sie waren also doch lange genug zu Hause, um von meinem Besuch zu erfahren?»
«Ich war tatsächlich sehr beschäftigt; aber ja, ich habe von Ihrem Besuch erfahren. Hätte ich früher gewußt, daß Sie zurück in San Francisco sind, so wäre ich schon früher gekommen.»
«Ihre Informanten sind sicher so gut wie die meinen», sagte der Graf trocken. «Na, Iwan?»
«Na? Wollen Sie einen Bericht über meine Aktivitäten? Sie wissen sicher, wie die Dinge gelaufen sind. Die Comstock-Aktien fallen. Es ist ein offenes Geheimnis, daß die Adern mit dem kostbaren Metall fast erschöpft sind. Leider ist mein Schwiegervater ein übervorsichtiger Mann. Diese Landgeschäfte im Süden sind nicht allzu erfolgreich. Ich mußte also meine eigenen Methoden finden, um unsere Geldanlagen zu schützen.»
«Darunter verstehen Sie auch, sich nächtelang in Spielhäusern herumzutreiben? Und sich mit Leuten von zweifelhaftem Ruf abzugeben? Haben Sie vergessen, daß Sie jetzt verheiratet sind?» Der Graf begann im Zimmer auf und ab zu gehen; die Hände hatte er hinter dem Rücken gefaltet. «Hätte ich gewußt, wie weit es kommen würde damals, als Sie dieses arme Kind zur Ehe überlisteten, indem Sie ihr von dem Getränk gaben, das ich aus jenen Kakteen, die die Einheimischen Peyote nennen, gewonnen habe ... Aber Gott ver-

zeih mir. Ich dachte mir, daß es schlußendlich vielleicht das Beste war. Sie schien ruhig danach, und ich dachte – ja, ich dachte, daß *Sie* sich vielleicht vorgenommen hätten, Sie würden sich ändern. Ich habe Sie nie zuvor so gefesselt und so angetan von einer Frau gesehen. Wenn Sie ihr aber das geringste zu Leide getan haben ...»

«Mein lieber Dimitri! Oder sollte ich Sie Onkel nennen? Wofür halten Sie mich? Für ein grobes Wesen ohne Verstand? Die wunderschöne Virginie ist alles, was ich mir von einer Ehefrau erhofft hatte. Und selbst wenn es nicht so wäre; Sie meinen doch nicht im Ernst, daß ich es wagen würde, mich an der Tochter des Zaren zu vergreifen? Nein – wirklich – Sie verkennen mich!»

Als Iwan Sahrkanov das Apartment des Grafen verließ, hatte er noch immer ein ironisches Lächeln auf den Lippen. Als er aber die Zügel des Pferdepaars ergriff, das seine Kutsche zog, war sein Lächeln verschwunden.

Diese Einmischung in sein Leben, als wäre er ein Kind, war wirklich unerträglich! Sowie auch der als Vorschlag getarnte Befehl, die Rückreise nach Rußland nicht mehr länger hinauszuschieben.

Der alte Mann war beim Sprechen auf und ab geschritten, und Iwan hatte zugehört. Ein leichtes, verächtliches Lachen hatte seine Lippen verzogen. Na ja, alte Männer hören sich selber gerne sprechen. Und Graf Tschernikov war trotz seines tyrannischen Auftretens immerhin sein Onkel, und die Blutbande waren stark.

Prinz Sahrkanov fuhr zu einem Haus an der Washington Street, warf die Zügel einem zerzausten Bengel zu, der scheinbar aus dem Nichts aufgetaucht war, öffnete die Tür mit einem Schlüssel und eilte ins Haus.

Grelle Gaslichter flackerten bereits auf der Straße; zweifellos war das Abendessen im Hause des Senators auf dem Rincon Hill bereits im Gange. Angeblich sollte er an diesem Abend mit dem Grafen essen – es würde also keine Fragen geben. Seine charmante Frau stellte ja sowieso nie Fragen. Heute abend würde sie sicher die Smaragdohrringe an ihren kleinen Ohren tragen und mit den üblichen Gästen des Senators, darunter auch Sir Eric Fotheringay, Konversation machen.

Iwan Sahrkanovs Miene verdüsterte sich beim Gedanken an die kleine Szene vom Morgen. «Nein!» hatte sie ihm ins Gesicht geschleudert, und ihre grünen Augen hatten herausfordernd geglänzt. Sie hatte sogar gewagt, ihn zu beschuldigen. Aber sie würde ihren Ton schon ändern. Er stellte sie sich vor, wie er sie hatte tanzen sehen, jenes erste Mal, ganz feurige Zigeunerin; und dann später, mit den blauen Flecken auf ihrem weiß schimmernden Körper, der so vielen Männern gehört hatte; jetzt gehörte er nur ihm allein.

An diesem Morgen – ja, an diesem Morgen hatte es seine ganze

Willenskraft gebraucht, um sich umzudrehen und von ihr wegzugehen. Gerade rechtzeitig hatte er sich erinnert, wer sie war und wo er war.
Oben angelangt, im rot ausgeschlagenen Zimmer, wo die Frau auf ihn wartete, die ihm gehörte, konnte Iwan Sahrkanov wieder er selbst sein. Sie war eine halbe Chinesin, in ihrem Volk unerwünscht, weil ihr Vater auch ein fremder Teufel gewesen war wie er selbst, und ihre Füße ungebunden gelassen hatte. Sie war schön. Dunkelbraunes Haar floß lang und gerade wie Seide über ihre Schultern bis zur Taille. Er befahl ihr, es hoch oben auf ihrem kleinen, gebeugten Kopf aufzustecken, bevor er sich auf seine eigene Art mit ihr vergnügte.
Unter seiner hellen Haut errötete er, und atmete schwer und keuchend. Eine braune Haarlocke, auf der Oberseite von der Sonne gebleicht, fiel ihm auf die Stirne, als er ihren stillen, sich windenden Körper von oben betrachtete; ihre elfenbeinfarbene Haut war von den Schultern bis zu den Hüften mit Flecken übersät; Zeichen seiner Aufmerksamkeit. An einigen Stellen flossen winzige Tröpfchen Blut und beschmutzten die Leintücher.
Sie war seine – Sklavin, sein Besitz. Und sie verehrte ihn. Sie betete ihn an, weil er sie aus einer Hütte in Chinatown geholt hatte und ihr ein Leben erspart hatte, in dem sie einen Mann nach dem anderen hätte bedienen müssen, bis ihr Körper dann nach einigen Jahren den Haien in der Bucht zum Frasse vorgeworfen worden wäre. Er hatte sie gekauft, vor drei Wochen erst, und sie war noch Jungfrau gewesen. Sie war größer als die meisten Chinesinnen, und nackt wirkte sie wie eine exquisite Porzellanfigur, wenn nicht die bläulichen Striemen auf ihrer nackten Haut gewesen wären. Streifen, die davon zeugten, daß er sie besaß – daß er sie brauchte.
«Steh auf!» Er ließ die Peitsche fallen; sie hob sie auf und kauerte zu seinen Füßen nieder, in der jahrhundertealten Demutshaltung. Sie war eine eroberte Frau, eine Frau die beherrscht wurde, und deren Leben man bestimmen konnte.
Er atmete noch immer schnell, das Ungeheuer in ihm war noch nicht gesättigt, Iwan schaute auf ihren geneigten Kopf hinunter, auf ihren zitternden Körper.
«Hure! Aufstehen habe ich gesagt! Nein!» stieß er wütend hervor, als sie erfolglos nach dem dünnen Seidenmantel griff, den sie auf seinen Befehl hin ausgezogen hatte. «Habe ich gesagt, du solltest dich wieder anziehen? Geh jetzt, und hol deinen Bruder. Und das parfümierte Öl . . .»
Lächelnd begann er sich auszuziehen, ohne die Tränen zu beachten, die still über ihr Gesicht flossen.

Dreizehntes Kapitel

Zum ersten Mal seit Wochen kehrte Prinz Sahrkanov kurz vor Mitternacht in sein Schlafzimmer zurück. Er hatte zuvor in der Bibliothek unten noch ein Glas Portwein mit seinem Schwiegervater getrunken, und dabei kurz einige Geschäfte diskutiert. Dabei hatte er belustigt festgestellt, daß ihn Brandon auf seine zahlreichen, auswärtig verbrachten Nächte hin ansprechen wollte, es aber nicht über sich brachte.

Ginny, so wurde dem Prinzen gesagt, hätte sich früh zurückgezogen, mit dem Vorwand, sie hätte Kopfschmerzen. «Vielleicht braucht sie eine kleine Luftveränderung», hatte der Prinz leichthin gesagt, während er sein Zigarrenende abbiß. «Sir Eric sprach davon, uns in sein Landhaus auf der Halbinsel unten einzuladen – nicht weit von Ralstons Besitz in Belmont. Ich will sehen, was sie von dieser Idee hält.»

Darauf schritt er lässig die Treppe hinauf, und der Senator blickte ihm mit einem leichten Stirnrunzeln zwischen den Augenbrauen nach.

Die Sahrkanovs hatten getrennte Schlafzimmer bekommen, die durch ein Ankleidezimmer miteinander verbunden waren. Ohne anzuklopfen schritt der Prinz schnell durch das Ankleidezimmer und schlang dabei den Gürtel seines brokatenen Morgenmantels um die Taille. Ginnys Tür war nicht abgeschlossen – weshalb sollte sie es auch sein! Sie hatte keinen Grund, sie vor ihm abzuschließen.

Sanft hob Iwan die Decken von ihrem schlafenden Körper, der beinahe so schlank war, wie derjenige eines Jungen, wären da nicht die runden Kurven ihrer Hüften und die kleinen, perfekt geformten Brüste gewesen. Sie lag da und drückte ihr Gesicht gegen ein Kissen, so daß es halb verborgen war, als umarmte sie einen Geliebten. Ihr kupferfarbenes Haar war über Gesicht und Schultern ausgebreitet, und sie schlief so tief, daß er annahm, sie habe wieder ein Pulver eingenommen. Sie versuchte also immer noch zu vergessen – aber mit der Zeit würde sie sich immer mehr und endgültiger an ihn binden.

Nach einer Weile zog Iwan seinen Morgenmantel aus, warf ihn achtlos beiseite und legte sich neben sie. Er zog die Decken über beide und, obwohl Ginny sich im Schlaf bewegte und seufzte, wachte sie nicht auf. Er versuchte nicht, sie zu berühren, sondern lag auf dem Rücken, die Hände hinter dem Nacken gekreuzt und starrte zur Decke. Seine Gedanken ließen ihn leicht lächeln.

Sein lächelndes Gesicht, das sich über sie beugte, war das erste, was Ginny sah, als sie am Morgen die Augen aufschlug.

«Wann . . .»

«Gestern nacht, meine Liebe. Ich habe mich bemüht, besonders früh zu Hause zu sein, aber leider warst du schon mit deinen üblichen Kopfschmerzen zu Bett gegangen. Da beschloß ich, zu dir zu kommen.»
Sie blinzelte ihn wütend an, aber als sie sich bewegen wollte, waren ihre Haare unter seiner Schulter gefangen.
«Das hättest du nicht . . .»
«Was hätte ich nicht? Zu meiner schlafenden Frau ins Bett schlüpfen, meinst du? Aber warum nicht? Und man hat mich daran erinnert, daß ich dich sträflich vernachlässigt habe. Und in der Tat, als ich dich in deinem reizenden Négligé sah, hatte ich das Gefühl, ich hätte tatsächlich etwas verpaßt.»
Ginny blickte in sein höflich lächelndes Gesicht, und seine Augen erinnerten sie an Fensterscheiben, an denen der Regen herunter rann. Es war unmöglich zu erraten, was er wirklich dachte, wenn man in die seltsam undurchsichtigen Augen schaute. Und sie dachte verzweifelt, daß es nur lächerlich wirken würde, wenn sie sich jetzt gegen ihn auflehnen wollte. Aber warum hatte sie jetzt das Gefühl, er wolle sie auf eine raffinierte Art für irgend etwas bestrafen?
«Mein Liebling, wie perfekt dein Körper ist: So schlank, und diese glatte warme Haut – welcher Mann könnte dich nicht begehren?»
Trotz der schmeichlerischen Glut seiner Worte hatte Iwans Art zu Lieben etwas Mechanisches an sich, das Ginny immer ein wenig anwiderte. Sie hatte das Gefühl, er pflege immer einen Teil seines Geistes loszulösen, um ihre Reaktionen prüfen zu können. Und, obwohl er ein rücksichtsvoller Liebhaber war, und sich bemühte, sie mit Liebkosungen zu erregen, konnte sie nicht umhin, sich zurückzuhalten oder – voller Scham das vorzutäuschen, was er ihrem widerstrebenden Körper mit Gewalt abzwingen wollte, damit er möglichst schnell befriedigt war und sie in Ruhe ließ.
Auch an diesem Morgen war das Ganze nur eine Wiederholung einer oft durchgespielten Szene, und nachdem sich ihr Körper zunächst versteift hatte, als er ihr das durchsichtige Batisthemd über den Kopf streifte, schloß sie die Augen und überließ sich seinen Händen und seinen Lippen.
Gott sei Dank war Iwan wenigstens nicht allzu erfinderisch. Sie hätte es nicht ausgehalten, wenn er es gewesen wäre. Und eben als sie dies dachte, faßte er sie bei den Schultern und drehte sie um.
«Iwan, nein!» Ginny versuchte, sich freizuwinden, aber sein Gewicht drückte sie gegen die Bettlaken; seine Hände schlüpften unter ihren Körper, um ihre Brüste zu erfassen.
«Ja, warum denn nicht? Sicher hast du auch schon so geliebt, du bist doch kein unschuldiges Kind, das leicht erschrickt, oder?

Komm, Virginie, ich will dir nicht weh tun – also widersetze dich nicht.»
Ein seltsamer, neuer Klang war in seiner Stimme, den sie nie zuvor gehört hatte, eine rasselnde Atemlosigkeit. Sie konnte ihn schnaufen hören, sein Atem war heiß in ihrem Nacken. Sie versuchte sich zu wehren, aber seine Kraft war unerbittlich. Sie hatte das Gefühl, das Gewicht seines Körpers breche ihren Rücken, wie er sie so auf dem Bett niedergedrückt hielt. Er hielt sie fest und liebkoste sie roh, bis ihr gedämpfter, wütender Widerstand aufhörte und sie, halb schluchzend, fügsam wurde.
«Siehst du, ich will nachholen, was ich an deinem wunderbaren Körper versäumt habe», flüsterte er, als er sie auf perverse und schmerzhafte Weise nahm. Sie drückte ihr Gesicht gegen das Kissen, um nicht laut aufzuschreien vor Schmerz und vor der Demütigung, die er ihr zufügte.
Nachher war Iwan zart und rücksichtsvoll; er setzte sich hin und streichelte ihren Körper.
«Weshalb sollte ein Mann in der Liebe nicht – einfallsreich sein, nicht, meine Liebe? Weißt du, ich hatte das Gefühl, die Sache habe dich gelangweilt! Immer diese Kopfschmerzen – was soll ein Ehemann davon halten? Ich weiß, es ist auch meine Schuld, weil ich nachts oft wegbleibe, aber es ist ja für dich – für uns – all diese Geschäfte. Ich dachte, da du ja eine halbe Amerikanerin bist, würdest du das verstehen; aber wenn du es lieber hättest, wenn ich jede Nacht zu Hause wäre, um die – eh – angenehmen Pflichten eines Ehemanns und Liebhabers auszuüben, dann wird es mir ein Vergnügen sein, dir diesen Gefallen zu tun.»
Ginny wußte, was er von ihr erwartete und sagte steif: «Es ist nicht nötig, daß du die Geschäfte vernachlässigst. Bitte – handle so, wie du es für deine Geschäfte für richtig erachtest. Ich – ich war so beschäftigt, daß mir kaum Zeit blieb, mich vernachlässigt zu fühlen.»
«Aha!» seine Hand hielt inne und ruhte einen Augenblick lang auf ihrer Hüfte. «Du verstehst es also. Ich dachte es mir doch. Von nun an werden wir unser Leben so leben, wie es uns paßt, ja? Und die Übereifrigen sollen sich um ihre eigenen Angelegenheiten kümmern.»
«Ich bin natürlich mit dir einverstanden.»
Ihre Blicke trafen sich, und mit einem leichten zynischen Lächeln beugte sich Iwan über sie und küßte sie leicht auf die Stirn.
«Danke, meine Liebe. Und jetzt verlasse ich dich, damit du noch ein wenig ausruhen kannst, falls du das wünschest. Du hast doch nicht wieder Kopfweh, hoffe ich?»
Ginny schüttelte schweigend den Kopf und wartete nur, bis er das Zimmer verlassen hatte. Dann sprang sie auf und ging zu dem Ma-

hagoni-Waschtisch hinüber, der diskret hinter einem Vorhang in einer Ecke des Zimmers verborgen war.
Sie begann, auf fast krankhafte Weise, ihren Körper abzuschrubben, bis ihre Haut ganz wundgerieben und gerötet war.
Wie sie sich selber verachtete! Und wie sie den Mann, der ihr Ehemann war, immer mehr haßte und ihm mißtraute! Diese Gedanken kreisten in Ginnys Kopf, bis sie schließlich beide Hände gegen ihre Schläfen drückte, damit dieses Pochen aufhören solle. Wie unwirklich doch alles schien! Es war doch einfach nicht möglich, daß sich ihr Leben innerhalb weniger Monate so drastisch hatte verändern können – daß sie mit einem so seltsamen Mann verheiratet war, den sie kaum kannte, und der das Recht hatte, ihren Körper so zu gebrauchen, wie es ihm gerade einfiel; was er auch tat. Und doch – so vermutete sie – hätte sie Steve nie gekannt –, wäre nichts von all jenem geschehen, wäre sie mit ihrem jetzigen Leben vielleicht zufrieden gewesen . . .
Frisch gebadet und angezogen, das Haar mit einem breiten, grünen Band, das zu ihren Augen paßte, nach hinten gebunden, ging sie in das kleine Morgenzimmer, um mit ihrer Stiefmutter zu frühstücken. Der Senator hatte das Haus bereits verlassen, um zur Montgomery Street hinunter zu gehen.
«Er macht sich Sorgen, weißt du?» sagte Sonja schroff. Und dann, als ob ihr die Worte aufgezwungen würden, «oder merkst du gar nicht mehr, was um dich herum vorgeht?»
Aus ihrer Lethargie aufgerüttelt schaute Ginny auf und begegnete der kaum verhüllten Feindseligkeit in Sonjas blauen Augen; ihre Brauen waren leicht zusammengezogen.
«Was nützt es überhaupt, sich Sorgen zu machen? Wenn es geschehen soll, dann wird es ohnehin geschehen. Und manchmal ist es viel angenehmer, der Wirklichkeit aus dem Wege zu gehen.» Ihre Stimme war ruhig und farblos, und der gleichgültige Ausdruck, den sie normalerweise zur Schau trug, ärgerte Sonja jetzt über alle Massen.
«Der Wirklichkeit entfliehen! Ist das der Grund für deine ewigen Kopfschmerzen? Und für deine Gleichgültigkeit gegenüber allem und jedermann? Um Himmels willen, Ginny! Ich könnte dich schütteln. Warum bestehst du darauf, eine solche Distanz zwischen uns zu wahren?»
Sonjas sonst so gelassene Stimme war scharf; ihr Gesicht war vor Erregung gerötet.
«Aber diesmal *wirst* du mich anhören, ob gern oder ungern! Ich habe dir keine Fragen gestellt über die Monate, die du in Mexico zugebracht hast, nachdem du . . . nach jenem schrecklichen, gräßlichen Nachmittag, den ich nicht mehr vergessen werde, solange ich

lebe! Dein Vater und ich haben dir nie vorgeworfen, daß du nie geschrieben hast. Nichts wußten wir von dir, bis auf eine kalte gefühllose Notiz, und dabei waren wir außer uns vor Kummmer und Sorgen. Und sogar darin mußtest du uns anlügen! Weißt du eigentlich, wieviel Geld und Zeit dein Vater investiert hat, nur um dich zu finden? Und um sich zu vergewissern, daß du heil zurückkehren wirst? Und jetzt bist du mit einem Prinzen verheiratet, der dich offensichtlich anbetet, und der dir jeden Wunsch von den Augen abliest, und doch ... Hast du dich je gefragt, warum Iwan wohl so viele Nächte auswärts verbringt? Macht es dir etwas aus?»

Ginny hatte die ganze Zeit mit zusammengepreßten Lippen geschwiegen. Jetzt, da ihre Stiefmutter eine Atempause einschalten mußte, schaute sie auf und ihre Augen blitzten vor Wut.

«Ob es mir etwas ausmacht? Nein! Eigentlich ist es mir sogar lieber so, wenn du die Wahrheit wissen willst. Und mir wäre es viel lieber gewesen, ich hätte in Mexico bleiben können. Dort war ich glücklich – wenigstens so lange, bis sich andere Leute in mein Leben einmischten. Und jetzt, wie du mir in Erinnerung gerufen hast, bin ich mit einem Prinzen verheiratet! Aber wir sind nicht in einem Märchen, Sonja, und du mußt mir verzeihen, wenn ich mir meine eigenen Wege suche, um der unvermeidlichen Langeweile zu entfliehen.»

Sonja lehnte sich über den Tisch; zwei farbige Flecken glänzten auf ihren Wangen.

«Wenn du auch sprichst wie eine erfahrene Frau, so bist du doch noch ein Kind, Ginny. Du bist kaum einundzwanzig und hast leider schon gewisse häßliche Seiten des Lebens kennengelernt. Glaubst du, dein Vater habe sich das je verziehen? Aber es war auch *deine* Schuld. Ich warnte dich vor diesem frechen Flirt, vor allem mit einem so abscheulich hinterhältigen Mann. Schade, daß er nicht umgekommen ist; aber du kannst sicher sein, daß er gnadenlos niedergeschossen werden wird, wie er es verdient, oder gefangen genommen und gehängt, sobald er zu nahe an der Grenze auftauchen sollte. O Ginny, wie konntest du dich so billig verkaufen? Wie konntest du je denken ... Iwan hat uns erzählt, wie schnell Steve entschlossen war, dich zu verlassen. Glaubst du im Ernst, ein Mann wie er, der im Grunde nur ein Tier ist, würde nicht nach einer Weile einer Frau überdrüssig werden? Und zum Dank dafür, daß wir dir weitere Erniedrigungen – oder sogar noch Schlimmeres – ersparen, wendest du dich von den Leuten ab, die dich wirklich gern haben? Dein Vater ...»

«Hör doch auf!» Ginny sprang auf, ihre Augen verengten sich und glänzten vor Wut. «Weder du noch mein Vater kennen mich lange genug, um zu wissen, wie ich wirklich bin, oder welche Art Frau ich

bin. Wäre ich häßlich oder schlampig gewesen, dann hättet ihr wohl kaum gezögert, mich nach Frankreich zurückzuschicken, oder mich so bald als möglich zu verheiraten. Was dies anbetrifft, so ist es euch ja wirklich gelungen, mich standesgemäß zu verheiraten, nicht wahr? Prinz Sahrkanov – was für ein guter Fang! Aber ich heiratete Iwan nur, weil ich unter einem Schock stand, weil ich Angst hatte und unglücklich war ... O Gott! Ich weiß ja selbst nicht einmal, weshalb ich ihn geheiratet habe; ich weiß nur, daß ich zu dem Zeitpunkt entweder betrunken oder voll Drogen oder gar beides war. Aber kommt es jetzt darauf an? Es ist geschehen. Aber wenn mein Vater mich mit Steve verheiratet gelassen hätte ...»
Bei seinem Namen versagte ihr Atem; sie keuchte, und Sonja stand auf.
«Nach allem, was er dir zugefügt hat, nach allem was er verbrochen hat – oh – ich hoffe wirklich, sie finden ihn und bringen ihn um! Und das werden sie sicher – für eine Prämie von fünfzigtausend Dollar gibt es Männer, die genauso böse und gefährlich sind wie er, und die zu allem bereit sind!»
Ginny war so bleich geworden, daß ihre Augen in ihrem weißen Gesicht riesig und ungewöhnlich glänzend schienen.
Einen Augenblick lang vergaß sie, wie böse sie eben noch auf Sonja gewesen war.
«Aber warum denn?» flüsterte sie. «Warum wollt ihr ihn tot haben? Ist es aus Rache? Wegen mir? Stellt euch vor ...» Sie begann leise und hysterisch zu lachen. «O nein! Haben sie Angst, er sei hinter mir her, und wolle allen das Spiel verderben? Wenn ich sicher wäre, daß er mich will, würde ich von allein weglaufen – zu ihm, auch wenn ich lügen, betrügen oder töten müßte, um zu ihm zu gelangen! Warum bist du so erschreckt? Hat man dir noch nicht gesagt, daß ich bereits zwei Männer umgebracht habe?»
Gebannt und voller Entsetzen starrte Sonja sie an. Sie bereute bereits, daß sie die Beherrschung verloren hatte und die nötige Vorsicht nicht hatte walten lassen; aber Ginny, die Veränderung in diesem Mädchen war unglaublich. Sie war so hart, so kalt und so gefühllos geworden, daß es geradezu erleichternd war, festzustellen, daß sie auch noch menschliche Gefühle hatte.
«O Ginny, wie kannst du ...»
Ein diskretes Klopfen an der Tür zwang die beiden Frauen zu einem stillschweigenden, vorübergehenden Waffenstillstand. Es war der englische Butler, den der Senator kürzlich eingestellt hatte.
«Verzeihung Ma'am. Aber es ist Sir Eric Fotheringay, der die Prinzessin besuchen kommt. Darf ich ihm sagen, Sie seien da?»
So aufgewühlt Ginny innerlich war, und obwohl ihre Nerven zum Zerreißen gespannt waren, schien sie äußerlich ruhiger als sonst,

was Sir Eric zu dem Schluß verleitete, sie sei trotz allem ein ruhiges, scheues, kleines Wesen, und nicht so frivol und raffiniert, wie er angenommen hatte. Vielleicht war der heimliche Klatsch, den er über ihre bewegte Vergangenheit vernommen hatte, doch übertrieben gewesen. Er wollte es selber herausfinden – und ihrem Ehemann, diesem Prinzen, schien es gar nichts auszumachen, wenn andere Männer seine Frau attraktiv fanden und ihr Beachtung schenkten. Seltsamer Kerl, Sahrkanov! Aber diese Europäer waren ja oft nicht halb so prüde in ihrer Betrachtungsweise wie die Leute in England. Vielleicht hatten diese beiden eine stillschweigende Vereinbarung ...

Ginny blieb nichts anderes übrig, als still dazusitzen und Sir Erics Strom von höflichen Banalitäten über sich ergehen zu lassen. Diese kurze, häßliche Szene mit Sonja hatte Gefühle, die sie tief in ihrem Inneren gefangen gehalten hatte, freigemacht: die qualvolle Erkenntnis, verletzt und ausgestoßen worden zu sein. Es war ihr, als würde sie entzwei gerissen. O Gott, sie brauchte noch mehr von dem Pulver. Medizin für süße Träume. Irgend etwas, was ihrem Denken, ihrem Fühlen Einhalt gebieten konnte. Sie fragte sich, ob er bemerkt hatte, daß ihre Hände zitterten und versteckte sie in den Falten ihres Kleides. Sie drückte sie so fest aneinander, daß die Ringe ihre Gelenke verletzten.

«Wollte persönlich herkommen, um zu sagen, wie dankbar ich Ihnen bin. Schwierig für einen eingefleischten Junggesellen wie mich, diese Dinge richtig an die Hand zu nehmen, wissen Sie? Es geht nichts über den letzten Schliff einer Frau; macht, daß jeder gesellige Anlaß gelingt. Und es werden noch zwei, drei andere Damen anwesend sein. Es ist wirklich nett vom Prinzen, daß er gesagt hat, das gehe in Ordnung. Sagen Sie ihm, er solle auch kommen, wenn er auf seiner Reise nach Sacramento abkömmlich ist. Es würde mich freuen, ihn dabei zu haben.»

Worüber sprach er denn überhaupt? Ginnys Nägel gruben sich in ihre Handflächen. Sie lächelte. «Das ist sehr nett von Ihnen. Ich werde es ihm natürlich ausrichten», sagte sie mechanisch.

Warum wollten sie Steves Tod? Warum konnten ihre Gefühle für ihn nicht absterben? Sie mußte diesen Leuten Einhalt gebieten. Sie mußte ihrem Vater klarmachen, wie zwecklos das war. Denn wenn Steve sie wirklich noch geliebt hätte, wenn er sie nur *gewollt* hätte, hätte ihn nichts aufhalten können ...

«Sehr gut, sehr gut!» Sir Eric schien nichts von ihrer Erregung bemerkt zu haben. Mit einem Ausdruck der Befriedigung rieb er sich seine plumpen Hände. «Sie wissen nicht, wie glücklich mich das macht; wie sehr ich Ihre – hm – Freundlichkeit schätze. Wir machen ein ganzes Wochenende daraus, ja? Schließlich, wenn Mrs.

Brandon später auch kommt und Ihr Vater – wer weiß – vielleicht wird auch Ihr Mann sich zu uns gesellen können; diese Flußdampfer fahren gute Zeiten, habe ich gehört.» Er lachte glucksend, denn er hielt ihren plötzlich leeren Blick für Bestürzung. «Höchste Zeit, daß Sie etwas von der Halbinsel sehen, meine Liebe. Und wenn Sie wegen der Schicklichkeit Bedenken haben, so habe ich es schon Ihrem Mann gesagt. Es geht alles ehrlich und sauber zu. Meine Haushälterin wird dort sein – eine gute, achtbare Frau, gute Familie, Opfer schlechter Zeiten, wissen Sie? Na ...»
Er stand auf, nahm ihre kalten Hände in die seinen und hielt sie einen Augenblick länger als nötig fest.
«Wie ich sehe, sehen Sie heute reichlich kränklich aus – nicht genug Sonne, ja? Will Sie jetzt nicht länger aufhalten, kenne die Frauen und ihre Einkäufe! Aber ich werde Sie wieder besuchen, wenn ich darf. Der Senator hatte die Freundlichkeit, mich für nächsten Donnerstag zum Abendessen einzuladen. Wir werden dann über die Weine und die Speisefolge sprechen – Ihre Ratschläge wären mir willkommen.»
Wie er sprach! Sie hatte kaum ein Wort gesagt, und es war ihrer Unaufmerksamkeit zuzuschreiben, daß sie jetzt genau das tun mußte, was sie eigentlich nicht wollte. Dies und Iwans raffinierte und gemeine Art sie zu erpressen.
Sie würde also die Gastgeberin an einer Wochenend-Party irgendwo auf dem Land spielen müssen. Dieser Gedanke kam ihr plötzlich überaus komisch vor. Ich frage mich, worin meine *anderen* Pflichten bestehen werden? dachte Ginny teilnahmslos – und es war ihr einerlei.

Vierzehntes Kapitel

Als sie später Rückschau hielt, konnte sich Ginny kaum mehr an die Woche erinnern, die ihrer Auseinandersetzung mit Sonja im Morgenzimmer – und Sir Erics Besuch folgte. Es war, als beobachtete sie ihre Umwelt aus der Ferne, durch einen goldgetüpfelten, feinen Schleier.
Es waren alle plötzlich so freundlich zu ihr! Sogar Sonja, die sich bei ihr für ihren Wutausbruch entschuldigt hatte. Und Iwan schenkte ihr einen Smaragdring, der so groß war, daß er ihren Finger beinahe erdrückte sowie eine Flasche mit einem Stärkungsmittel, das, wie er sagte, der Graf für ihre Nerven verschrieben hatte.
«Er meint, du seist viel zu dünn geworden, meine Liebe. Und diese Kopfschmerzen ...»

«Aber die gehen doch weg, sobald ich dieses Pulver genommen habe!»
«Na, das kannst du natürlich weiterhin nehmen, aber nur, wenn du es wirklich brauchst. Das Stärkungsmittel soll dir helfen, besser zu schlafen und etwas Farbe in dein Gesicht bringen.»
Seine teilnahmsvolle Fürsorge hätte sie rühren können, wäre sie sich nicht – sogar in ihrem schlafwandlerischen Zustand – bewußt gewesen, daß er bestimmte Gründe dafür hatte. Aber schließlich hatte sie versprochen, ein liebes, hilfreiches Mädchen zu sein.
Alle waren sie glücklich und dankbar. Sogar ihr Vater – *war* er ihr Vater? Hatten Iwan und der Graf die ganze Geschichte nur erfunden, die sie ihr erzählt hatten? – O ja, der Senator war auch stolz auf sie. Hatte er es ihr nicht selbst gesagt? Es sah nicht gut aus für die Aktieninhaber im Comstock; die Informationen, die sie während ihres Besuchs in Sir Erics Landhaus würde aufschnappen können, könnten sich als wichtig herausstellen.
«Iwan und ich, wir sind – na, man kann sagen irgendwie Partner. Er hatte Geld zum Anlegen, als er hierher kam, und ich konnte ihm einige Ratschläge geben. Aber jetzt . . .» Zum ersten Mal hatte der Senator ein wenig gequält ausgesehen, und Ginny bemerkte, wie er begann, geistesabwesend mit den Fingern auf das Pult zu trommeln. Es ist für mich wichtig geworden, Ginny, herauszufinden, was genau in den Minen-Geschäften geschieht», sagte er schroff, «in welche Aktien die Männer, die auf dem laufenden sind, investieren. Da ich ein Politiker bin, kann ich es mir nicht leisten, offiziell damit zu tun zu haben, oder zu viel Interesse zu zeigen. Und deshalb gehe ich nicht an diese Party. Die Männer, die eingeladen sind, kennen sich alle untereinander, sie werden in deiner Anwesenheit sicherlich freier sprechen, als in meiner.»
«Ach ja, ich erinnere mich, was Iwan sagte. Ich soll eine hübsche Dekoration sein mit nichts als frivolen Gedanken im Kopf!»
Trotz ihrer scharfen Worte, tönte Ginnys Stimme fast apathisch. Es war am Ende einfacher, nicht denken zu müssen. Oder sich erinnern zu müssen.
Ihr Vater war auffallend geduldig gewesen, als sie mit ihm über Steve gesprochen hatte – zum ersten Mal hatte sie es über sich gebracht, mit ihm über dieses Thema offen zu sprechen.
Sie sollte sich wegen dieses Halunken keine Sorgen machen, meinte er in besänftigendem Ton. Er sei es nicht Wert. Und was die Prämie von fünfzigtausend Dollar betraf, na – Sonja hatte vielleicht etwas übertrieben! Es war schließlich nur als Warnung gemeint. Ein Wink an Steve Morgan, daß er in Mexico bleiben sollte, wo er hingehörte.
Weiter zu protestieren, gegen sie alle anzukämpfen, war wie ein

Kampf gegen die dichtgewobenen, alles umhüllenden Fäden eines Seidenkokons – der Kampf war zu mühsam.
Ein- oder zweimal, besonders wenn sie nicht eines ihrer Pulver eingenommen hatte, und jeder Nerv in ihrem Körper zu schreien schien, hatte Ginny gedacht: ich könnte weglaufen; ich bin keine Gefangene. Aber wohin sollte sie gehen? Und was am Erniedrigendsten war, sie hatte kein eigenes Geld; oder jedenfalls nicht genug, um sehr weit zu kommen. Sie war also doch eine Gefangene – Gefangene des Prunks und des Komforts, der sie umgab, sowie von allen möglichen Leuten, die beteuerten, sie wollten nichts als ihr Glück. Wenn sie daran dachte, wie sie vor einem Jahr, oder sogar noch vor Monaten, gewesen war, so schien sie jetzt ein ganz anderer Mensch zu sein. Eine Fremde, die sich so stark von der Frau unterschied, die sie *jetzt* war, daß sie sich selbst kaum wiedererkennen konnte.
Sie war – losgelöst. Ja, das war das Wort dafür. Wie angenehm es doch war, sich von allem loszulösen, was unangenehm war – sich selber in seine Gedankenwelt zurückzuziehen, während der Körper mechanisch weiterlebte, sich bewegte, lächelte und im rechten Moment die passenden Banalitäten von sich gab.
«Die Prinzessin Sahrkanova?» sagten alle Freunde Sir Erics, «ein wunderhübsches, junges Wesen, natürlich, aber reichlich langweilig. Sie hat nicht viel zu sagen. Recht überraschend, wenn man an all diese Geschichten denkt . . .»
«Offensichtlich alles Übertreibungen!» winkte Sir Eric ab. «Und was den Verstand angeht – wer braucht denn schon eine Frau mit Verstand? Gebt mir eine schöne Frau mit einer guten Figur, die weiß, wie man die richtigen Kleider trägt und nicht versucht, selbst zu denken. *So* soll für mich eine Frau sein!»
Sir Eric war, trotz seines langweiligen und schwerfällig scheinenden Benehmens, ein erstaunlich habgieriger und schlauer Geschäftsmann. Er hatte, so hieß es, damit geprahlt, daß er am Ende alles erreichen würde, was er sich in den Kopf gesetzt hatte. Unter den wenigen Freunden in seinem engsten Kreise wurde schnell bekannt, daß der Engländer Prinzessin Sahrkanova als sein nächstes Opfer ausersehen hatte.
Und war es nicht auch allgemein bekannt, daß der Prinz, ein weltoffener Europäer, ein erstaunlich toleranter und verständnisvoller Ehemann war? Er war ein Mann, der gerne und viel herumreiste – es hieß, er suche in Kalifornien Land zu kaufen; es wurde auch geflüstert, er habe eine Vorliebe für Spieltische. Aber wenigstens war er nicht der selbstsüchtige Typ Mann, der von einer jungen und hübschen Ehefrau erwartete, daß sie während seiner Abwesenheit zu Hause sitzt und Trübsal bläst. Sir Eric nannte den Prinzen einen

«feinen Kerl», und die Amerikaner, die – obwohl Demokraten – von seinem Titel beeindruckt waren, nannten ihn einen «prächtigen Burschen».

Sehr wenige wußten über den wahren Mann Bescheid, der hinter des Prinzen glattem, lächelndem Äußeren lauerte – Ginny am allerwenigsten.

Sie versuchte, nicht an Iwan zu denken, wenn er fort war und war grenzenlos erleichtert, wenn er, als Folge ihrer Kapitulation, auch seine Verpflichtungen aus ihrem widerlichen Vertrag einhielt und ihrem Bette fernblieb.

In ihrem eigenen Elfenbeinturm eingeschlossen fand Ginny, daß sie den Vorbereitungen für die Reise auf die Halbinsel mit etwas wie Gleichmut entgegensehen konnte. Sie hatte einen neuen Vorrat an Pulver gegen ihre Kopfschmerzen und gegen gelegentliche Nervenanspannungen; und das Stärkungsmittel, das Iwan ihr gebracht hatte, schien wirklich zu helfen. Sie schlief besser und fühlte sich allgemein wohler. Nicht einmal mehr Sir Erics plumpe Annäherungsversuche oder der heimliche Druck seines Knies gegen das ihre, an jenem Abend als er zum Nachtessen eingeladen war, vermochten sie zu ärgern.

Während sie starker Gefühle unfähig war, spürte Ginny ein neues Wohlbefinden, eine neue Kraft. Sie war nicht mehr dauernd müde, und sogar Sonja machte diesbezüglich eine Bemerkung.

«Na, Ginny, ich glaube, es beginnt dir in San Francisco doch zu gefallen! Gib es zu – freust du dich nicht ein ganz klein wenig auf das Wochenende?»

Sie verließen San Francisco sehr früh am Freitagmorgen, in Begleitung von Sir Eric persönlich. Iwan war am Tag zuvor nach Sacramento verreist; das Haus würde bis am darauffolgenden Mittwoch geschlossen und den Bediensteten anvertraut werden.

Ginny mußte an einen prachtvollen Umzug denken, als die Reise begann. Es schien, als gingen sie auf eine monatelange Reise. So viele Koffer voller Kleider! Und die Schmuckkassetten. Und ihre persönlichen Zofen, die in einer getrennten Kutsche mit dem Butler des Senators reisten – und dazu kam Sir Erics eigene Gefolgschaft.

Es war kaum zu glauben, daß sie und Sonja einst auf eine lange Reise gegangen waren, und nichts mitgenommen hatten, außer ein paar Baumwoll- und zwei Abendkleidern; und daß sie gezwungen waren, die Zügel ihrer eigenen Kutsche zu führen. Sie waren sogar von Indianern angegriffen worden . . . aber *das* gehörte zu den Dingen, die sie sich zu vergessen angewöhnt hatte.

Senator und Mrs. Brandon waren eingeladen worden, einen Tag und eine Nacht in dem herrschaftlichen Gut von Mr. William Ralston in Belmont zu verbringen. Nach einer leichten Mahlzeit und

einer kurzen Ruhepause würde Ginny mit Sir Eric zu dessen Landhaus fahren, das er bescheiden ein Landhäuschen nannte. Da aber das Landhaus mit seinem Umschwung an Gouverneur Leland Stanfords «Gut» angrenzte, das nicht weniger als 1700 Morgen Land umfaßte, wußte Ginny, auf was sie gefaßt sein konnte.
Sie schwieg während des größten Teils der Reise, die sie nach Belmont führen sollte, und gab vor, zu schlafen, um Sir Erics Gesprächsfluß zu vermeiden. Von Zeit zu Zeit hörte sie einen Ausruf Sonjas, wie schön die Landschaft sei, und wie ländlich, verglichen mit der Stadt.
«Sicher wirst du dich vergnügen, Ginny, wenn du es nur willst», flüsterte Sonja ihr zu, bevor sie sich trennten. «Und denk daran, daß dein Vater und ich uns bald zu euch gesellen werden. Und vielleicht auch Iwan, wenn er sich freimachen kann.»
«Ich erwarte von dir, daß du mir über all deine Eindrücke von Sam Murdock berichtest», bat ihr Vater sie mit etwas gezwungener Herzlichkeit. «Vergiß nicht, meine Tochter, daß ich auf deinen Bericht zählen muß.»
Und wirklich – während ihres kurzen Aufenthaltes in Mr. Ralstons palastartigem Haus schien es, als spräche jedermann von Kaliforniens neuestem und exzentrischstem Millionär. «Murdock!» flüsterte man, und Leute die, wie Sir Eric, den Mann schon einmal gesehen hatten, lächelten nur und schwiegen.
«Er war einer der wenigen, die weitsichtig genug waren, um Aktien beider Eisenbahngesellschaften, der Union Pacific, und der Central Pacific zu kaufen, als sie noch kaum mehr als ein Traum waren ... Es heißt, er habe die maßgebende Beteiligung an der Lady Line ... Er hat die Hälfte der alten, spanischen Landbewilligungen in Südkalifornien aufgekauft ... Er hat eine der ergiebigsten Silberminen im Gebiet von Neumexico entdeckt ... Er hat seine Aktien im Comstock verschleudert ...»
Ginny schenkte den Gesprächen um sie herum wenig Beachtung. Sie hatte bereits eine kleine Dosis ihres neuen Stärkungsmittels eingenommen, und das Gefühl von Euphorie, das es ihr unweigerlich verursachte, ließ sie lächeln, sogar auf Sir Erics derbe Scherze. Den letzten Teil der Reise legte sie in Gesellschaft des Baronet zurück, in dessen Londoner Brougham. Pflichtbewußt trug sie eine interessierte Miene zur Schau, als er ihr die verschiedenen Sehenswürdigkeiten zeigte.
«Jedermann kauft jetzt Land auf der Halbinsel. Die Mexikaner, denen früher das meiste gehörte, verkaufen alles. Sie können sich an den schnelleren Lebensrhythmus nicht gewöhnen, wissen Sie, meine Liebe. Dieser Murdock nun – niemand weiß, wieviel Land er tatsächlich besitzt, aber es heißt, er habe das halbe Tal von Portola

aufgekauft. Wunderschönes Land – so urtümlich. Hat gerade eine Villa fertig erstellt, eine wahre Sehenswürdigkeit, wie ich hörte. Und er hat diese halbfertige Parzelle auf dem Nob Hill gekauft, die der arme Griffith angefangen hatte zu bebauen, bevor er sein ganzes Geld beim Spiel und bei unklugen Investitionen verlor und Selbstmord beging.»

Träge, und weil sie vom Zuhören ermüdet war, fragte Ginny: «Warum spricht jedermann von diesem Mr. Murdock, als wäre er ein geheimnisvoller Mann. Kennen Sie ihn?»

Sir Eric kicherte erfreut, weil er ihr Interesse erregt hatte.

«Natürlich! Ich traf ihn zum ersten Mal in Virginia City. Er ist einer von der alten Schule, wie ihr das zu nennen pflegt. Er hat den schweren Weg gewählt, um sich hinaufzuschaffen. Ist auch immer von Leibwächtern umgeben – es heißt, er traue keinem. Aber er ist ein schlauer Geldanleger und ein kluger Mann, trotz seiner grobschlächtigen Manieren. Nun, Sie werden ihn bald selbst sehen! Kann Ihnen nicht sagen, wie froh und glücklich ich bin, daß Sie mir behilflich sind.» Er tätschelte ihre Hand und warf ihr einen verschlagenen Blick zu. «Er wirft auch gerne ein Auge auf schöne Frauen. Ein Junggeselle, wie ich, aber ich habe von einem kleinen spanischen Mädchen gehört, das er sein Mündel nennt . . .»

Er brach ab, als hätte er sich hinreißen lassen, zuviel zu erzählen; und Ginny, die sich langweilte, stellte keine weiteren Fragen mehr. Sie würde es bald selbst sehen. Im Augenblick . . . Sie lehnte mit einem Seufzer zurück und schloß die Augen. Hatte sie nicht gelernt, jeden Augenblick so hinzunehmen, wie er kam? Da blieben keine Überraschungen offen, und wenn, waren sie ihr einerlei.

Einmal mehr konnte sie sich – und dies war ihr schon zur Gewohnheit geworden – in ihren goldgetüpfelten Schleier der Gleichgültigkeit einhüllen. Und oft, wenn sie andere Leute anschaute, hatte sie Lust, laut loszulachen, denn sie fragte sich, was sie wohl tun würden, wenn sie ihre tatsächlichen Gedanken lesen könnten. Wenn nur das Denken sie nicht so sehr anstrengen würde . . . So konnte sie also Sir Erics «Landhäuschen», eine grandiose Version eines englischen Herrensitzes, mit ihren ausdruckslosen, grünen Augen ansehen; mit kalter und höflicher Stimme versicherte sie ihm, daß es schön sei, und daß sie es natürlich kaum erwarten könne, das Innere zu sehen mit den importierten Möbeln und Einrichtungsgegenständen.

«Sie sind sicher müde», murmelte Sir Eric fürsorglich und drückte ihre Finger. «Meine Haushälterin wird Ihnen Ihr Zimmer zeigen, und dann können Sie sich so lange ausruhen, wie Sie mögen. Sie wird Ihnen zwei Dienstmädchen schicken, die Ihnen beim Auspacken helfen.»

Der Brougham fuhr die runde, mit Kies bestreute Einfahrt hinauf und hielt vor dem mit Backsteinpfeilern gesäumten Eingangstor an. Standesgemäß, wie es sich für einen Baronet ziemte.
«Hinten ließ ich einige Häuschen für die Gäste erstellen, haben Sie gesehen? Und wenn Sie ausgeruht sind, müssen Sie die Ställe sehen. Ich habe zwei indische Reitknechte – können großartig mit Pferden umgehen, diese Eingeborenen von dort drüben. Habe sie mitgebracht. Vielleicht möchten Sie morgen einen kleinen Ausritt machen. Sie reiten doch sicher? Gut! Hab da eine lebhafte, kleine arabische Stute, die Sie vielleicht ausprobieren möchten. Kommen Sie, ich stelle Ihnen die Haushälterin vor.»
Die schwarzgekleidete Haushälterin, eine dünne, bläßliche Frau, deren Lippen immer geschürzt schienen, war außerordentlich freundlich, als sie Ginny auf ihr Zimmer führte.
«Sie haben die Römische Suite, Euer Hoheit», sagte sie, und wies auf die schweren, goldbelegten Glockenkordeln und auf den kleinen, angrenzenden Raum, wo Delia schlafen würde. In dem erstaunlich komfortablen Badezimmer stand das Bad schon bereit.
Ginny ließ ihren Körper in die Wanne sinken, die die Kopie eines im Boden versenkten römischen Bades war, und wünschte, ihr Besuch wäre bereits zu Ende.
Warum war sie hier? Was erwartete man von ihr? Verbotene Gedanken. Sie konzentrierte sich statt dessen auf die Einrichtung des Badezimmers – die Ausmaße der Wanne, die Stufen, die dazu führten und die Schönheit des Marmors.
Delia empfing sie mit einem riesigen, flauschigen Badetuch, als Ginny mit tropfnassem Haar aus der Wanne stieg.
«O Ma'am! Das ist alles so prächtig hier! Sie sollten den Hof hinten sehen. Man hat mir gesagt, die Steine stammen alle von einem Schloß, das in England abgerissen wurde. Sir Eric hat sie mit einem Schiff hierhergebracht. Hören Sie Ma'am! Hören Sie die Musik, die gespielt wird? Einer der Herren hat spanische Cowboys mitgebracht. Das tönt hübsch, nicht wahr?»
«Mach doch bitte das Fenster zu, Delia! Die Musik ist – sehr hübsch, aber ich bin müde und möchte nicht die ganze Nacht wachbleiben.»
Es hatte keinen Sinn, dem Mädchen zu erklären, diese Musik sei gar nicht spanisch, sondern mexikanisch, und daß sie viel zu viele Erinnerungen in ihr wachrief. Wie viele Monate waren vergangen, seit sie zum letzten Mal zu den Klängen eines Mariachi-Orchesters getanzt hatte, mit dem Rock, der ihr um die Fersen wirbelte und mit aufgelöstem Haar. Aber die Frau, die so unbeschwert getanzt hatte, war jemand anderes gewesen; ihre Stelle nahm jetzt die gelangweilte und unglückliche Prinzessin Sahrkanova ein, die Stär-

kungsmittelchen und Kopfwehpulver brauchte, um von einem Tag auf den anderen zu überleben. Wann hatte sie den Kampf aufgegeben?
Delia brachte ihr ihre Arznei in einem kleinen, wertvollen Likörglas. Sie leuchtete tiefrot, wie Wein, als sie sie mit einem stillen, zynischen Toast auf sich selbst gegen das Licht hielt. «Mein Lebenselixir. Ein besonderer Saft, der vergessen macht.»
Und nach einer kleinen Weile, als das angenehm vertraute, schläfrige Gefühl sie überkam, und jeder Muskel, jedes Glied sich entspannte, schien sie zu fliegen, zu schweben; eine herrliche Mattigkeit, die ihren ganzen Körper schwerelos erscheinen ließ. Ginnys letzter Gedanke, bevor sie einschlief, galt zwei dunkelblauen Augen, von dunklen, langen Wimpern halb beschattet, die, mit einem Schimmer spöttischen Übermutes auf sie herabschauten – genau so hatte Steve sie angeschaut, als sie einander zum ersten Mal begegnet waren. Die Gedanken lösten sich in Träume auf, in denen all ihre sorgfältig aufgebauten Schutzwälle dahinschmolzen und sie den Erinnerungen preisgaben, vor denen sie sich zu verstecken versucht hatte.

Fünfzehntes Kapitel

Die alte, unbeschwerte Ginny hätte sich in irgendeine, wahrscheinlich unverantwortliche Eskapade gestürzt, um ihren verwirrten und bitteren Gefühlen Luft zu machen, und den Schmerz zu fliehen, den sie immer noch verspürte, wenn sie an Steve dachte. Die Prinzessin Sahrkanova aber erwachte mit Kopfschmerzen, nahm mit einem Glas eisgekühlter Limonade ihr Pulver ein und ritt dann mit Sir Eric Fotheringay aus, den die Rätsel, die sie ihm aufgab, immer mehr verwirrten. War es möglich, daß eine Frau, die den Ruf hatte, im vergangenen Jahr ein recht bewegtes Leben in Mexico geführt zu haben, jetzt so ruhig und so spröde sein konnte, wie sie es schien? Oder war ihre scheue, zurückhaltende Art als Herausforderung für ihn gedacht? Sicher war sie nicht so naiv, anzunehmen, daß sein Interesse an ihr rein platonischer Art war; und die Tatsache, daß ihr Mann ihrem Besuch hier ohne die Begleitung einer Anstandsdame bereitwilligst zugestimmt hatte, sollte doch ausreichen, um eventuelle, unnötige Skrupel zu beseitigen.
Sir Erics Augen verweilten auf der Gestalt der jungen Frau, die leicht und anmutig neben ihm herritt. Sie ritt im Damensattel, die Falten ihres enganliegenden Reitkleides öffneten sich über den hochgeschnürten Reitstiefeln aus feinem bronzefarbenem Leder.

Ihr Reitkleid war in einem etwas dunkleren Bronzeton gehalten, der ihr kupferschimmerndes Haar wunderbar hervorhob; die Strenge des Schnitts betonte die herrlich weiblichen Kurven ihrer Brüste und Hüften. Und ihr Mund – Sir Eric blieb nichts anderes übrig, als sich in Geduld zu üben. Ihr Mund deutete auf eine heimlich schwelende Leidenschaft hin, die auf den richtigen Mann wartete, um dann glühend heiß entfacht zu werden. Ja, er meinte ahnen zu können, wie sich ihre Lippen unter den seinen anfühlen – und sich sinnlich öffnen müßten. Und ihre geheimnisvoll schrägen, grünen Augen würden sich in Ekstase schließen, und die Wimpern würden wie Fächer auf ihren geröteten Wangen liegen. Er mußte sie nur ihre anfängliche Zurückhaltung ablegen lassen, dann würde sie ihm gehören. Nicht nur einmal, sondern immer wieder. Er würde ihr zu verstehen geben, daß er diskret war. Es würde später lustig sein, wenn er seinen Kumpanen erzählen konnte, er hätte eine Prinzessin als Geliebte gehabt. Und das wunderbare an verheirateten Frauen war, daß sie später weder sich beklagen, noch Szenen machen konnten, wenn die Sache abzuflauen begann.
Während Sir Eric Pläne für ihre Verführung schmiedete, genoß Ginny die frische Waldluft auf ihrem Gesicht. Was für ein schönes, unverdorbenes Land! Und dort drüben, westwärts, hinter der Bergkette, die sich gegen den Horizont abhob, lag der Ozean.
Ein klarer, warmer Tag kündigte sich an. Kein schleichender, feuchter Nebel trübte den Blick auf alle Seiten. Wäre da nicht Sir Eric neben ihr hergeritten, der sie andauernd mit seinen kleinen Schweinsaugen anglotzte, hätte sich Ginny fast ein bißchen beschwingt fühlen können. Dem war jedoch nicht so. Da ihre Augen funkelten, wie sie es für gewöhnlich nicht taten, gab sie sich alle Mühe, die Lider zu senken, um die Freude zu verbergen, die sie an diesem Morgen empfand, angesichts der grünen, üppigen Landschaft mit den bewaldeten Hügeln, auf denen bunte Blumen Flecken bildeten; die Endlosigkeit des blauen Himmels, auf dem sich milchigweiße, fast durchsichtige Wölkchen abzeichneten.
«Erinnert mich an gewisse Gebiete in England, dieser Teil des Landes», sagte Sir Eric und brach mit seiner wichtigtuerischen Stimme in ihr vorübergehendes Gefühl von Wohlbefinden ein.
«Ja, es ist recht schön», antwortete sie pflichtbewußt und mit absichtlich farbloser Stimme.
Das war die Rolle, die zu spielen sich Ginny für heute abend vorgenommen hatte. Farblos. Unauffällig. Den Männern das Gefühl geben, daß sie frei reden konnten – vielleicht würde auch Sir Eric sich nicht so bemühen, sie zu bemerken und sie mit den Augen auszuziehen.
Ginny stand ruhig vor dem Spiegel, während Delia unter Bewunde-

rungsrufen ihr das Diamantdiadem im Haar befestigte. Sie trug keinen anderen Schmuck. Ihr Kleid, aus dunklem, mattgrünem Brokat war mit feinen Silberfäden durchwirkt; der Stoff war so dunkel, daß er fast schwarz aussah bis das Licht darauf fiel. Das in seiner Einfachheit fast strenge Kleid hatte keinen tiefen Ausschnitt, wie sonst die meisten Abendkleider jener Zeit. Dünne, silberne Träger ließen aber ihre Schultern frei. Ihre Handschuhe waren aus Silberlamé, und die winzigen Abendschuhe, die beim Gehen hervorblitzten, waren auch silbern und bis zu den Knöcheln hinauf mit kleinen diamantenen Knöpfen besetzt.

«O Ma'am», seufzte Delia, «Sie sehen aus – Sie sehen aus wie aus dem *Ladies' Book*! Oder wie das Porträt einer Prinzessin!» Und dann, sachlicher: «Soll ich Ihnen jetzt eines Ihrer Pulver holen? Sie werden sich damit sicher besser fühlen. Mrs. Crawford meinte, ich solle nicht aufbleiben, es würde sicher spät werden – und sie geben auch ein Fest für die Bediensteten. Wenn Sie sicher sind, daß es geht . . .»

«Es ist mir recht, daß du dich vergnügst, Delia. Es wäre dumm auf mich zu warten. Ich kann mich auch gut allein ausziehen!»

Wie oft hatte sie es schon getan? Oder waren ihr die Kleider vom Leibe gerissen worden? Aber heute abend war nicht die Zeit für Erinnerungen. Heute abend mußte sie nicht nur die Rolle der Prinzessin spielen, sondern auch diejenige der Gastgeberin für Sir Eric Fotheringay – die charmante Frau seines vornehmen Freundes; sie sollte die sonst zu strenge Tafel mit ihrer Anwesenheit verschönern.

Das von Sir Eric entworfene Tudorhaus hatte einen riesigen, mit Kristallüstern und Wandleuchtern erhellten Eßsaal. Es konnte kaum das ruhige, intime Abendessen im engsten Freundeskreis sein, von dem er zuvor gesprochen hatte. Auf jedem Gedeck waren Gold- und Silbergeschirr und venezianische Kelchgläser, deren reiche Farben das Licht einfingen, und in denen mit jedem Gang erlesene Weine hervorragender Jahrgänge kredenzt wurden.

Ginny hatte noch keine Gelegenheit gehabt, die Gäste von Sir Eric, die erst später eingetroffen waren, kennenzulernen; besonders neugierig war sie auf diesen Sam Murdock, von dem alles sprach.

Sie hatte beinahe den ganzen Nachmittag tief geschlafen und trat mit Verspätung in den Eßsaal. Sie tat, als bemerke sie nicht, daß das Gespräch stockte, und aller Augen sich auf sie richteten. Die Frauen waren unwichtig, wie sie gleich zu Anfang feststellte. Keiner dieser Männer hatte seine Frau mitgebracht; die elegant gekleideten Begleiterinnen waren zweifellos ihre gegenwärtigen Mätressen. Ginny versuchte, sich die Namen zu merken, als sie den Gästen vorgestellt wurde.

Dr. Thomas Durant der Union Pacific, Gründer des berühmten Credit Mobilier. Das Kongreßmitglied Oakes Ames und sein Bruder Oliver. Grenville Dodge; Silas Seymour. Sie waren alle von der Ostküste. Aus Kalifornien selbst waren der lautstarke Charly Crocker, Collis Huntington, den sie bereits kannte und Mark Sharon, Präsident der Bank of California in Virginia City, anwesend. Und die Goldkönige, wie man sie jetzt nannte, Mackay, Flood, Fair und O'Brien. Es war unmöglich, sich alle Namen zu merken. Der Vizepräsident der mächtigen Wells Fargo Gesellschaft, Alvina Hayward, war von seinem Landhaus in San Mateo hergereist, und Mr. Reese war den ganzen Weg von Südkalifornien gekommen.
Am meisten Beachtung schenkte Ginny Sam Murdock, der zufällig neben ihr saß. Er war am wenigsten gesprächig von allen, aber wenn er etwas sagte, stellte sich heraus, daß er zu jedem Thema am meisten zu sagen hatte. Er war nur halb so elegant angezogen wie die anderen Männer, alles Millionäre wie er; und er trug weder Diamantmanschettenknöpfe noch einen Goldklumpen an der Uhrkette zur Schau. Und er war Junggeselle, obwohl sich Ginny an die heimlichen Kommentare über sein schönes, spanisches Mündel erinnerte, von der man behauptete, sie sei seine Geliebte.
Seltsamerweise schien Murdock ziemlich von ihr eingenommen zu sein, und auch ihr gefiel er nicht schlecht. Er machte ihr weder extravagante Komplimente noch sprach er herablassend mit ihr. Er war freundlich, ohne zu übertreiben und einige Male fragte er sie sogar um ihre Meinung. Wenn er mit seiner fast schüchtern klingenden Stimme sprach, hatte er einen kaum wahrnehmbaren, sympathischen schottischen Akzent.
Ginny beobachtete Sam Murdock kritisch, wenn er es nicht sah. Er war groß und breitschultrig. Er war mindestens fünfundfünfzig Jahre alt und hatte noch keinen Bauch angesetzt wie sonst die meisten Männer seines Alters. Sein Haar, das einmal rot gewesen sein mußte, war jetzt graumeliert. Er war bis auf einen großen Backenbart glattrasiert; seine Augenbrauen waren in der Mitte seines kräftigen Gesichtes fast zusammengewachsen.
Die Männer sprachen ungezwungen, und die Frauen hatten zu kichern begonnen, als der fünfte Gang abgetragen wurde. Einzig Murdock, der nur gelegentlich an seinem Weinglas nippte, blieb lakonisch und unverbindlich. Aber nichtsdestotrotz war ihm ihre Anwesenheit nicht gleichgültig. Ginny war erfahren genug, um das zu spüren; und es erstaunte sie. Sie hatte das Gefühl, er würde sie heimlich beobachten, genauso wie sie das getan hatte, wobei sein Benehmen aber unverändert einwandfrei war.
Aber warum beobachtete er sie? Warum lenkte er sie mit belanglosen Plaudereien ab, wo sie doch der Konversation zuhören sollte

– jetzt, wo es hauptsächlich um geschäftliche Angelegenheiten ging?
Murdock war der einzige unter Sir Erics Gästen, der ehrlich genug war, sie geradeheraus zu fragen, ob es ihr in Mexico gefallen habe. Keineswegs überrascht hörte sie ihn sagen, daß er auch dort einige Interessen habe.
«Ich bin in der glücklichen Lage, Prinzessin, dort einen alten Freund zu haben – eine Art Partner. Früher einmal – es ist schon so lange her, daß ich mich kaum mehr erinnere – waren wir Feinde. Aber ich will Sie nicht mit Geschichten von den Kriegen langweilen, in denen ich gekämpft habe. Sagen Sie mir, gefällt Ihnen Kalifornien?»
«Natürlich gefällt mir Kalifornien, obwohl ich gestehen muß, daß ich noch nicht viel davon gesehen habe. Aber, oh . . .», und unwillkürlich klang ihre Stimme sehnsüchtig, «Mexico habe ich geliebt! Ich . . .», plötzlich besann sie sich auf sich selbst und trank viel zu hastig aus dem Champagnerkelch, der neben ihrem Teller stand.
Als habe er ihr plötzliches Zögern nicht bemerkt, sagte Mr. Murdock mit seiner trockenen Stimme: «Dann müssen Sie mehr von Kalifornien sehen. Ich hoffe, Ihr Mann entführt sie nicht zu bald nach Rußland!»
Allein, das Pulver, das Ginny geschluckt hatte, machte sie beinahe fröhlich; dazu kam der viele Wein, den sie jetzt getrunken hatte, und sie fühlte, daß ihr Kopf ganz leicht war.
Sie erschrak fast, als sie sich kichern hörte.
«Oh, ich glaube, auch Iwan hat sich in Kalifornien verliebt. Er ist nach Sacramento gegangen, um Land zum Kauf zu suchen.»
«Ach ja? Da bin ich sicher, daß er gut beraten ist. Die Landpreise schießen gegenwärtig in die Höhe.»
Ginny hatte Sir Eric fast vergessen; und er blickte sie vom anderen Tischende her böse an. Pah, was machte das schon? Sie sollte seine anmutige Gastgeberin sein, und Sam Murdock war schließlich einer der wichtigsten Gäste. Sam Murdock war auch der einzige, der nicht sterbenslangweilig war, und der sie wie ein Mensch, und nicht wie ein Dekorationsstück behandelte.
Seine Anwesenheit neben ihr und seine ruhige Stimme, die sie zu Gesprächen ermunterte, trugen dazu bei, daß der Abend schneller vorbei ging. Und Ginny bedauerte es beinahe, daß sie, als gute Gastgeberin, die Pflicht hatte, die anderen Frauen auf die gedeckte Terrasse zu begleiten, während die Männer bei Zigarren und Portwein zusammensaßen.
Ich komme mir vor, wie eine Bordellmutter, die ihre Mädchen für den Kampf aufstellt, dachte Ginny zynisch. Dann brachte einer der chinesischen Kellner mehrere Riesenflaschen Champagner für die

Damen, «mit besten Empfehlungen von den Herren», und sie dachte an nichts mehr, als sie ihr Glas unbekümmert leer trank und es wieder auffüllen ließ.
Das Geschnatter der leicht beschwipsten «Damen» und ihr schrilles Gelächter machten Ginny ihre eigene, ziemlich unhaltbare Stellung hier bewußt. Wenn der Abend vorbei war, und die Gäste in ihren verschiedenen Zimmern verschwanden, würde dann Sir Eric erwarten, daß sie ihn begleitete? Und hatte Iwan die ganze Zeit gewußt, um was für eine Art «Hausparty» es sich hier handelte?
«Trink Champagner . . . und denk nicht dran», ermahnte sie sich streng; sie wünschte, sie könnte in ihr Zimmer verschwinden und etwas von ihrem rubinroten Stärkungsmittel einnehmen.
Aber der Abend schleppte sich mühsam dahin. Man würde tanzen, im englischen Wintergarten, der sich zur Terrasse hin öffnete und in den stufenweise angeordneten Rasen und die rund ums Haus angelegten Ziergärten überging. Zu dieser späten Stunde sprach man nicht mehr von Geschäften; die Männer drückten lachende Mädchen mit geröteten Gesichtern in ihre Arme. Es wurde noch mehr Champagner aufgetischt, diesmal Krugs Private Cuvée, ein Tropfen für Kenner – er wurde getrunken und verschwendet. An diskret hinter Topfpflanzen versteckten Tischen flüsterten Paare und steckten die Köpfe zusammen. Andere schlenderten auf die Terrasse hinaus oder verschwanden im Garten, während die Musiker ihre langsamen, sentimentalen Melodien weiter spielten.
Ginny war gezwungen, mit Sir Eric zu tanzen, der sie viel zu nahe an sich gedrückt hielt, so daß sie seinen heißen Atem auf ihrer Wange spürte. Sie war atemlos. Der Druck seiner Leisten gegen ihre Hüften ließ keinen Zweifel über die Absichten, die er ihr gegenüber hegte.
Fast ohne es zu merken, spähte Ginny nach Sam Murdock, Wohin war er verschwunden? Mit wem tanzte er? Sir Eric hatte schärfere Augen als sie vermutete. Er drückte seine mit Diamanten verzierte Hemdbrust gegen ihren Busen und lachte plötzlich derb auf.
«Sie kleine Dirne! Sie sind ja noch schärfer als ich dachte! Ich habe gesehen, wie Sie mit dem alten Sam liebäugelten. Er ist tatsächlich auch ein scharfer Typ, aber nicht so leicht zu kriegen wie ich. Und Sie wissen doch, daß Sie mich geangelt haben, oder nicht? Ich hatte Sie von Anfang an im Auge, das wissen Sie. Spielen Sie nicht die Unnahbare!»
Seine plumpen Finger drückten die ihren vielsagend, und seine Hand wanderte ihren steifen Rücken hinunter bis zur Turnüre ihres Kleides, und wieder hinauf bis ins Kreuz, um sie fest an sich zu drücken, so daß ihre Hüften gegen die seinen stießen.
Ginny versuchte, sich aus seiner Umarmung herauszuwinden und

stolperte dabei; sie hörte ein unflätiges Lachen, als ihr Körper gegen den seinen fiel.

«So ist es recht! Ich wußte ja, daß Sie vernünftig genug sind, keine Zeit mit geheuchelter Schüchternheit zu verlieren. Und ich habe ja keinen Hehl daraus gemacht, was ich für Sie empfinde, nicht? Es ist Zeit für einen Spaziergang – niemand wird uns vermissen. Niemand wird etwas erfahren, wenn es das ist, was Sie stört.»

Der Geruch von reifem Käse in seinem Atem war überwältigend, und Ginny dachte verzweifelt: noch eine Minute und mir wird übel! In ihren Schläfen war ein stumpfer Schmerz und sie fühlte, wie ihr Körper ganz kalt wurde.

Sie sagte, was ihr zufällig gerade in den Sinn kam, und das war ausgerechnet die Wahrheit.

«Ich – ich habe fürchterliche Kopfschmerzen! Ich leide oft darunter – die Ärzte nennen es Migräne. Bitte! Ich möchte in mein Zimmer gehen und mich hinlegen!»

Sie riß sich beinahe aus seinen Armen los und fühlte, daß die schwüle Luft im Wintergarten ihr den kalten Schweiß aus den Poren trieb. Ach, wenn sie nur in ihrem Zimmer in Sicherheit wäre, bevor sie sich blamierte! Sogar ihre Sicht war getrübt, und sie mußte ihre Röcke mit beiden Händen hochhalten, damit sie sich nicht darin verfing.

Ganz instinktiv fand sie ihren Weg durch die langen, teppichbelegten Korridore, in denen das Licht der Lampen schon gedämpft war. Aber dann, o Gott, stand Sir Eric vor ihr und versperrte ihr den Zugang zu ihren Zimmern.

«So eilig, sich hinzulegen? Nun, mir ist's recht. Das hatte ich eigentlich auch im Sinn!»

Er riß sie in seine Arme und drückte seine dicken, nassen Lippen auf ihren Mund. Brechreiz schnürte ihr die Kehle zu und ihr wurde schwindlig.

Sie lehnte sich an den Türpfosten, sein Körper lehnte sich schwer an den ihren.

«Keine Sorge wegen Ihrer Zofe heute nacht! Mrs. Crawford hat sich um sie gekümmert. Sie wird sicher tief schlafen, und wir wollen sie doch nicht wecken, oder? Will dich selber ausziehen, habe das immer gewünscht, seit ich dich zum ersten Mal sah. Hübsches, kleines Ding . . .»

Ginny hörte sich selbst wimmern wie ein gefangenes Tier und dann – fast zu schön um wahr zu sein – fühlte sie, wie er sie losließ. Sie drückte die Hände gegen ihren Mund, um das erstickende Gefühl von Übelkeit zu unterdrücken, das sie zu überwältigen drohte.

Wie aus weiter Ferne vernahm sie Sam Murdocks trockene, ruhige Stimme: «Da sind Sie ja, Sir Eric. Ich habe Sie gesucht, um Ihnen zu

sagen, daß ich zu Bett gehen werde.» Und dann klang seine Stimme eine Spur härter: «Der Prinzessin scheint es nicht besonders gut zu gehen. Sind Sie wohlauf, Ma'am?»
Ginny wagte nicht zu sprechen und schüttelte stumm den Kopf. Sogar diese leichte Bewegung verursachte ihr stechende Schmerzen in den Schläfen und im Nacken.
«Ich wollte mich nur vergewissern, daß sie ihr Zimmer findet und sicher ins Bett gelangt.»
Sir Erics Stimme klang heiser vor Wut: «Die Bediensteten sind alle auswärts, beim Feiern, wissen Sie. Wollte nicht, daß jemand aus Versehen hereinplatzt und die Prinzessin stört.»
«Ach so, wenn das alles ist, was Ihnen Sorgen macht, so kann ich einen meiner Leibwächter vor ihrer Türe aufstellen. Sie haben nicht mit den anderen gefeiert.»
«Das wird nicht nötig sein! Verdammt noch mal, Sam!»
«Na, eigentlich sollte ich ja auch noch ein paar Kleinigkeiten mit Ihnen besprechen. Ich hatte noch keine Gelegenheit dazu, wenn Sie jetzt frei sind?»
Sam Murdock verneigte sich höflich in Ginnys Richtung und seine blauen Augen prüften ihr bleiches Gesicht besonders aufmerksam.
«Darf ich Ihnen eine angenehme Nacht wünschen, Ma'am? Sie scheinen die Ruhe nötig zu haben. Sind Sie sicher, daß Ihnen jetzt wohl ist?»
Irgendwie fand sie die Kraft zu nicken. Unter Sir Erics gehässigem Blick hantierte sie am Türknauf; es gelang ihr gerade eben, hinter sich zuzuschließen, bevor sie durch das Zimmer eilen und sich erbärmlich und heftig in das verschnörkelte Kupferwaschbecken übergeben mußte.
Ginny fand, es gäbe kein ekelhafteres Gefühl auf der ganzen Welt. «Nie mehr rühre ich einen Tropfen Champagner an, nie mehr!» Ihre Haut fühlte sich eisig und feucht an, und jedesmal, wenn sie die Augen schloß, war es, als wirbelte der ganze Raum um sie herum. Sie dachte, sie könne nicht mehr aufhören, sich zu übergeben, daß sich ihr Inneres nach außen stülpen würde. Schwach hielt sie sich am Rande des marmorbedeckten Waschtisches fest und wünschte, lieber zu sterben, als sich weiterhin so erbärmlich zu fühlen.
Nach einer Weile – Ginny hatte keine Ahnung, wie lange sie dazu gebraucht hatte – gelangte sie zu ihrem Bett. Sie war schwach und zitterte. Jeder Muskel tat ihr weh von den Magenkrämpfen während des Erbrechens. Sich jetzt, wo sie sich so elend fühlte, auszuziehen, daran war nicht zu denken. Aber wie sie sich auf das Bett fallen ließ, wurde ihr wieder schwindlig, und ihr war, als läge sie auf einer Schaukel.

Stöhnend richtete sie sich auf. Vielleicht würde sie sich an der frischen Luft besser fühlen. Die Luft im Zimmer roch säuerlich und abgestanden.
Mühsam zwang sie sich, aufzustehen. Sie streifte ihre Schuhe ab und ging barfuß und etwas schwankend zur breiten Terrassentüre, die sich nach außen öffnete. Sie zerrte an den Fenstergriffen, und irgendwie gelang es ihr, sie zu öffnen; die etwas kühlere Nachtluft war für Ginny, als hätte man ihr ein Glas frisches kaltes Wasser ins Gesicht geleert. Dankbar lehnte sie sich an eine breite Backsteinbrüstung, von wo aus ganz in der Nähe eine Treppenflucht zu einem tiefergelegenen Balkon führte.
Sie fühlte sich schon ein bißchen besser – es ging ihr wirklich besser! Und jetzt fröstelte sie, zum Teil vor Kälte und zum Teil, weil ihr vor sich selbst ekelte.
Worauf hatte sie sich da eingelassen? Sie dachte an Sam Murdocks scharfe, blaue Augen, denen nichts entging – auch nicht die häßliche Szene mit Sir Eric und ihr eigener betrunkener, hilfloser Zustand. Widerlich, schäbig. Das mußte er gedacht haben. Was mußte er von ihr halten? Man sagte Sam Murdock nach, er sei in Geschäften rücksichtslos, er war aber trotz allem ein Gentleman. Er hatte sie gerettet, und die altmodische Höflichkeit in seinem Benehmen war unverändert gewesen. Aber wie konnte er sie nicht als das angesehen haben, was sie schien, was sie ja *war*? Warum nur hatte sie sich hinreißen lassen, soviel zu trinken? Um es Sir Eric leichter zu machen, sie zu verführen? Und das hätte er zweifellos getan, wenn nicht, wie von der Vorsehung gesandt, Sam Murdock aufgetaucht wäre.
Ginny schloß die Augen und atmete tief durch. «Versuch, nicht daran zu denken», sagte sie sich. Es gab zu viele unangenehme Dinge, an die sie noch nicht denken wollte; unter anderem daran, Sir Eric am nächsten Morgen zu begegnen. Denk lieber daran, wie sauber und süß die Nacht riecht. Da war der schwache, würzige Geruch der Tannen und des Salbeis, der schwere süße Duft des Jasmins und des Geißblatts von der unteren Terrasse her. Sogar – sie hätte fast schwören können – der unverwechselbare Duft einer Zigarre. Noch ein Gast, der frische Luft brauchte? Vielleicht war es Zeit, wieder hinein zu gehen.
Ginny vernahm ein schwaches kratzendes Geräusch hinter sich und drehte sich um. Ihre Augen weiteten sich vor Schrecken und Ekel. Sir Eric Fotheringay stand da, leicht schwankend, im Türrahmen des offenen Fensters, das von ihrem Schlafzimmer auf die Terrasse führte. Er tat einen Schritt nach vorn, und sie sah, daß er einen Hausmantel im Militärstil angezogen hatte. Er grinste sie an.
«Du hast auf mich gewartet, nicht wahr? Dachte mir, daß du weißt,

daß ich kommen würde – unfertige Arbeit, nicht? Aber du hättest dich ausziehen sollen – oder hast du dieses Amt für mich aufgespart?»
Sie wäre zurückgewichen, wäre da nicht die Backsteinmauer gewesen, die in ihr Kreuz drückte und sie gefangen hielt.
Ginny blickte wild um sich und sah keinen Fluchtweg, außer der Treppe. Aber sie war nicht sicher, ob sie ihre Füße tragen würden.
«Was ist denn los, kleine Lady? Du bist doch nicht etwa schüchtern? Dafür ist das Spiel schon zu weit fortgeschritten – und warum sich etwas vormachen? Wir wissen beide genau, weshalb du hier bist. Komm jetzt», wiederholte er. «Du willst dich doch nicht erkälten, oder? Im Bett wird uns schön warm werden.»
«Hören Sie auf!» stieß Ginny plötzlich und heftig aus. «Wenn Sie nur wüßten, wie lächerlich Sie aussehen, und wie widerlich Sie sind! Ich denke nicht daran, mit Ihnen ins Bett zu gehen, und ich liebe es nicht, vergewaltigt zu werden. Wollen Sie jetzt bitte gehen?»
Seine kleinen, vorstehenden Augen blitzten sie böse an, als er seinen Kopf zwischen den Schultern vorwärtsschob.
«Plötzlich hochnäsig, was? Nachdem du mich so gereizt hast – und tu jetzt nicht so, als hättest du es nicht getan, meine Liebe! Du hast dich nicht allzu sehr gewehrt, als ich dich küßte, oder? Du bist ein heißes, kleines Stück, trotz deines grämlichen Gesichtsausdruckes, und glaube ja nicht, ich hätte das nicht von Anfang an gespürt. Komm jetzt, und laß das Theaterspielen. Dafür haben wir später Zeit.»
Unversehens griff er nach ihr. Sie versuchte zwar, auszuweichen, hörte aber trotzdem das Geräusch von zerreißendem Stoff, als er ihr Kleid aufriß und eine Schulter entblößte.
Er gluckste – ein gieriger Laut. Und seine Hände griffen wieder nach ihr, zerrten grob an ihrem Kleid herum und betätschelten ihre Brüste. Er war eine Bestie in Menschengestalt – er verkörperte all die anderen brünstigen Tiere, die sie zuvor, wie er jetzt, unterworfen und ihren Körper ohne Rücksicht auf ihre Gefühle mißbraucht hatten.
Voll leidenschaftlicher Wut und Abscheu schrie Ginny auf. Sie stieß mit beiden Händen gegen seinen plumpen Körper und gab ihm einen heftigen Schubs, mit aller Kraft, die sie aufbringen konnte. Mit einem überraschten Brummen taumelte Sir Eric, der darauf nicht gefaßt gewesen war, rückwärts.
Seine Arme flogen wild herum und sein Mund öffnete sich – und dann fiel er hin – mit einem Krachen, das wie Donner in Ginnys Ohren dröhnte. Er lag halb im Schlafzimmer und halb auf der Terrasse, inmitten von großen, zackigen Glasscherben. Mit der Wucht

ihres heftigen Stoßes hatte sie ihn in eine der Terrassentüren gestoßen.
O Gott! Ich habe ihn umgebracht! dachte Ginny elend. Von einer blinden Panik getrieben, wirbelte sie herum und begann zu laufen. Die Treppe ... sie mußte fliehen ... Sie rannte die Treppe hinunter und lief direkt in jemanden hinein, der heraufgeschritten kam. Ein paar starke Arme umfaßten sie. Vor Schrecken und Angst wollte sie laut aufschreien, aber dann erkannte sie die Stimme von Sam Murdock – sie klang ruhig und besänftigend.
«Meine Erfahrung hat mich gelehrt, daß es klüger ist, den Tatsachen ins Auge zu blicken, als vor ihnen wegzulaufen. Sir Eric?»
Sie konnte das schwache, weiße Schimmern seiner Hemdbrust erkennen; sie nickte wortlos. Und die Art, wie er sie weiterhin festhielt, tröstend und ohne Leidenschaft, half ihr, ihre Gedanken wieder zu sammeln.
«Bei diesem Lärm werden alle hergelaufen kommen, zumindest diejenigen, die noch nicht außer Gefecht sind oder zu beschäftigt, um sich darüber aufzuhalten», sagte Sam Murdock. Dann ließ er sie los und klopfte ihr fast geistesabwesend auf die Schulter. Der ruhige, sichere Klang seiner Stimme und seine bedächtige Art zu Sprechen trösteten Ginny.
«Jetzt kommen Sie mit – und überlassen das Sprechen mir. Keine Angst, keiner der anwesenden Herren ist auf einen Skandal erpicht – am allerwenigsten Sir Eric.»
«Aber ich – ich glaube, ich habe ihn getötet! Er sah so – so tot aus!»
Murdock gab ein kurzes, sarkastisches Lachen von sich.
«Ich glaube kaum! Und wenn es so ist, dann ist er selbst schuld daran, oder nicht? Und merken Sie sich folgendes – Sie überlassen die Sache mir. Sie sind aufgeregt, und niemand wird Ihnen deswegen Vorwürfe machen. Weinen Sie, wenn Sie Lust dazu haben. Das soll Frauen scheint's helfen. Aber denken Sie daran, daß Sie sich keine Sorgen zu machen brauchen.»
Das Seltsamste war, daß sie diesem Mann, der ein Fremder war für sie, vertraute. Sein überlegenes Durchsetzungsvermögen und sein selbstsicheres Auftreten ließen sie ohne Widerrede gehorchen.
Kaltblütig, nüchtern und voller Selbstbeherrschung kümmerte sich Murdock, wie versprochen, um alles. Sein rechtzeitiges Erscheinen hatte sie vor einem Zusammenbruch bewahrt, und während Ginny seinen lakonischen, sachlichen Erklärungen zuhörte, versuchte sie, das Zittern ihrer Hände zu verbergen. Von irgendwoher tauchte Delia auf, ihre Augen waren vom Schlaf verschwollen. Wiederum war es Sam Murdock, der mit scharfer, gebieterischer Stimme einen hysterischen Anfall des Mädchens im Keim erstickte. Er befahl ihr, ihrer Herrin etwas zu trinken zu besorgen.

«Wasser reicht. Und etwas für die Nerven.»
Gestärkt von einem ihrer Kopfwehpulver, konnte Ginny jetzt den Rest durchstehen – das Geflüster, die schrägen Blicke, die spitzen, verängstigten Schreie der Frauen. Wie Murdock ihr mit einem ironischen Unterton versichert hatte, waren die anwesenden Männer viel mehr um ihren eigenen Ruf besorgt, als um den Zustand des «verunfallten» Gastgebers. Denn so würde man es nennen. Ein unglücklicher Unfall.
Thomas Durant, der Arzt gewesen war, bevor er zum Finanzmann wurde, untersuchte den unglücklichen Sir Eric und bezeichnete seinen Zustand als nicht ernst, obwohl er an verschiedenen Stellen böse Schnittwunden von Glassplittern hatte. Glücklicherweise war sein Kopf beim Fall auf den Teppichboden aufgeschlagen.
Immer noch bewußtlos, aber schwer atmend, wurde Sir Eric in sein Schlafzimmer getragen; seine tiefen Schnittwunden waren desinfiziert und verbunden worden.
«Ich werde selbst mit ihm sprechen», versprach Collis Huntington. «Man wird nichts mehr über diesen unglücklichen, kleinen Zwischenfall hören.»
«Aber ich kann unmöglich hier bleiben!» sagte Ginny, und es klang trotz des Beruhigungsmittels ziemlich aufgeregt. «Das sehen Sie doch ein? Ich kann ihm nicht mehr gegenübertreten. Es wäre unerträglich.»
Sie war wieder mit Sam Murdock allein, und, obwohl die Morgendämmerung den Himmel im Osten bereits mit blassen Lichtstreifen erhellte, war sie nicht schläfrig.
«Das ist nicht nötig.» Er war immer noch der, der Befehle gab, und zwar auch ihr, wie es schien. «Ich habe meinen Leuten gesagt, daß wir in einer Stunde abreisen. Und Ihre Zofe packt für Sie.»
«Aber . . .»
Sie bemerkte in dem schwachen Licht, daß er einen Mundwinkel zu einem andeutungsweisen Lächeln verzog. «Ich habe von Ihnen den Eindruck, daß Sie eine unabhängige, junge Frau sind. Ich entführe Sie also nicht in mein eigenes Haus, obwohl es weniger als zwanzig Meilen von hier entfernt ist. Ich dachte, Sie würden es vorziehen, zunächst einmal zu Ihrem Vater und Ihrer Stiefmutter nach Belmont zu gehen. Sagen Sie ihnen, Ihre Pläne hätten sich geändert. Ich werde Sie alle natürlich heute noch formell einladen. Ich wäre sehr geehrt, wenn Sie heute abend meine Gäste wären – nennen wir es eine Hauseinweihung, wenn Sie wollen. Mein Haus wurde nämlich erst vor wenigen Wochen fertiggestellt, und ich habe bereits einige Freunde und Bekannte für heute eingeladen. Werden Sie kommen?» In seinen hellen, blauen Augen lag ein freundlicher Ausdruck. «Einige Gesichter werden Sie von gestern abend her na-

türlich kennen, aber Sie brauchen sich keine Sorgen zu machen deswegen. Und wenn Ihr Mann frühzeitig zurückkommt, wird er sich vielleicht ebenfalls zu uns gesellen.»
Iwan – sie hatte ihn fast vergessen. Und diese plötzliche Erinnerung war nicht angenehm. Ob er wußte – natürlich wußte er das! Vielleicht wäre Sir Eric später ein unglückseliger Unfall zugestoßen, aber zuvor noch sollte sie sich von diesem Manne verführen lassen, was auch geschehen wäre, wenn nicht Sam Murdock aufgetaucht wäre.
Ginny wurde gewahr, daß sie der Mann weiterhin fast unmerklich beobachtete – und sie stellte fest, daß sie ihm trotz allem noch immer vertraute.
«Also dann», sagte Murdock unvermittelt, als hätte sie bereits eingewilligt, «glauben Sie, daß Sie in einer Stunde reisefertig sein können, Prinzessin?»

Sechzehntes Kapitel

Bis zu dem Augenblick, als die Kutsche den runden, von Bäumen beschatteten Zufahrtsweg hinauffuhr und vor dem Haus hielt, war es Ginny gelungen, ihre Gedanken in Schach zu halten. Es war ihr fast gelungen, sich einzureden, es wäre in den letzten vierundzwanzig Stunden nichts Unangenehmes geschehen. Dort eine Lücke lassen, wo Sir Eric gewesen war. Ihn ersetzen durch den Mann der Geheimnisse, Sam Murdock, der noch immer ein Mann der Geheimnisse war, so hatte man ihr zu verstehen gegeben. Sie hatte anscheinend richtig gehandelt. Ihr Vater war zufrieden mit ihr und Sonja freute sich darauf, endlich Mr. Murdock kennenzulernen. Sir Eric war nicht mehr wichtig... es war überhaupt auffallend, wie wenig Fragen ihr über die übereilte Abreise von Redbrick Grange gestellt wurden und über die Gründe, die dazu führten. Sam Murdocks Name und die Eskorte, die er ihr auf ihren Weg nach Belmont mitgegeben hatte, hatten ihr Tür und Tor geöffnet. Sie war eine gute Tochter, ein liebes Kind. Und Graf Tschernikovs Arznei half ihr, auch äußerlich gelassen zu bleiben.
Es war dunkel, bis auf den schrägstehenden Mond, der ihnen während der langen Reise Gesellschaft geleistet, und der die Oberfläche des Flüßchens versilbert hatte, dem die Straße die letzten Meilen folgte. Corte Madrea Creek hatte es Ginny jemand nennen hören. Dies war Land, das vor langer Zeit den Spaniern gehört hatte, und sie hatten jedem Bach, jedem Berg und jedem Tal einen Namen gegeben.

In die Dunkelheit der Nacht brachen plötzlich die Lichter ein, die aus allen Fenstern des weitläufigen, zweistöckigen Gebäudes fluteten, das plötzlich nach einer Krümmung des Einfahrtsweges vor ihnen stand. Es war im vertrauten spanischen und mexikanischen Stil erbaut, nur bestand es aus Backsteinen und Steinen, und nicht aus Lehmziegeln. Sam Murdock hatte die importierten Architekturstile verschmäht, die Mode waren und von seinen Zeitgenossen so sehr geschätzt wurden und hatte sich statt dessen auf die Ursprünge des Landes besonnen, das er für diesen Bau ausgewählt hatte.

Statt uniformierter Lakaien kamen schnurrbärtige Vaqueros herbeigeeilt, um die Pferde zu halten und den späten Gästen ihres Señor beim Aussteigen behilflich zu sein.

Ginny schritt eine breite Treppe hinauf in eine riesige, gewölbte Eingangshalle; die massiven Holztüren standen einladend offen und führten in einen Raum voller Lichter, Musik und lustigem Geplauder.

Die meisten Gäste waren Mexikaner und Spanier, aber es hatte unter ihnen auch, wie Sam Murdock angekündigt hatte, viele vertraute Gesichter, Leute, die man kannte. Es waren einige der Herren hier, die zuvor in Sir Erics Haus zu Gast gewesen waren und andere, einfacher gekleidete Männer, die, wie Ginny später herausfand, Bergleute aus Nevada waren. Unter den Männern befanden sich auch, in nüchternes Schwarz-Weiß gekleidet, Mr. Murdocks berühmte Leibwächter; unter den langen Jacken konnte man die Waffen ahnen.

Sam Murdock, der wie immer sehr einfach gekleidet war, kam ihnen persönlich entgegen und begrüßte sie. Sein Benehmen war genau so, wie Ginny es in Erinnerung hatte. Höflich, freundlich und von einer selbstverständlichen Sicherheit untermauert.

«Senator – Mrs. Brandon? Es freut mich, daß Sie kommen konnten. Ich möchte mich für die späte Einladung entschuldigen. Dieses Einweihungsfest war eine etwas verspätete Idee. Eigentlich war es die Idee meiner Pflegetochter. Es gibt da einen jungen Engländer, um den zu sehen sie einen Vorwand brauchte.»

Ginny erinnerte sich an die Mutmaßungen um Mr. Murdocks hübsches Mündel und sie war neugierig. Seine Geliebte? Sicher nicht, denn er hatte liebevoll, fast väterlich von ihr gesprochen. Was für ein Mann war er wirklich? Hatte er auch Schwächen? Auf jeden Fall war er intelligent, ohne daß er dies allzusehr hervorhob; und ein guter Gastgeber war er auch.

Den Senator und Sonja ließ man mit Mark Hopkins und dessen junger Frau plaudern, während Ginny einigen der hier anwesenden Leute vorgestellt wurde.

Die Azevedos und die Serranos – Señor und Señora Rivera, die nur spanisch sprachen. Lonnie O'Hara, ein typischer Ire, der Minenaufseher war, und Angus McLeish, Besitzer einer Rinderfarm. Seltsam, dachte Ginny, dies sind die ersten wirklichen Menschen, die ich kennenlerne, seit ich in Kalifornien bin. Außer Mr. Murdock selbst natürlich, der ein Rätsel blieb. Warum hatte er beschlossen, sie besonders hervorzuheben? Warum war er auch so auffallend freundlich gewesen?
Er stellte sie dem jungen, gutaussehenden Vicomte Marwood vor, einem blonden, elegant gekleideten jungen Mann, der ständig die Doppeltreppe im Auge behielt, die von beiden Seiten der langen Galerie über der großen Empfangshalle hinunterführte.
«Er wartet auf mein Mündel.» Sam Murdock lachte in sich hinein und führte sie weiterhin herum. «Ich habe noch nie einen derart verliebten jungen Mann gesehen, und natürlich führt sie ihn an der Nase herum. Es hat mich einige Mühe gekostet, sie zu zähmen. Aber das werden Sie ja selbst sehen, wenn sie geruht, ihren Auftritt zu machen.»
Ginny konnte die neugierigen und mutmaßenden Blicke, die ihnen folgten, nicht übersehen und fragte sich immer wieder: Warum schenkte ihr Sam Murdock so viel Aufmerksamkeit?
Das Kleid, das sie an diesem Abend trug, war herausfordernd tief ausgeschnitten; die Falten hellgemusterter, blau-grüner Seide schmiegten sich eng an ihre Taille und ihre Hüften; Volants aus Seide und Spitze flossen von der Turnüre sanft nach unten und endeten in einer kleinen Schleppe. Irgendwie hatte sie heute abend besonders gut aussehen wollen, und die Blicke der Männer, die sich auf sie richteten, bestätigten, daß ihr das auch gelungen war.
Das sagte auch Sam Murdock, als er sie um einen Tanz bat. Sie befanden sich in einem Raum, der halb Ballsaal, halb eine von Steinpfeilern gestützte Terrasse war und in einen sanft beleuchteten Garten führte.
«Sie erlauben mir, daß ich Ihnen sage, daß Sie heute abend außergewöhnlich hübsch aussehen.» Während Sam Murdock ihr dieses nette Kompliment machte, blieb seine trockene, leicht schleppende Stimme die selbe, und der Druck seiner Hand an ihrer Taille verstärkte sich nicht. Ein wirklich ungewöhnlicher Mann – und schwer zu durchschauen.
Er tanzte ziemlich steif, aber recht gut für sein Alter; er verzichtete auch auf den üblichen Austausch von Banalitäten, während sie sich im Kreise drehten, so daß sie ihren Gedanken freien Lauf lassen konnte.
Der herrliche Wiener Walzer war zu Ende und riß Ginny aus ihren Gedanken. Ihr Partner verneigte sich höflich vor ihr; und in der

kleinen Pause, die die Musiker vor der nächsten Melodie einschalteten, fiel Ginny das Stimmengewirr auf, das aus dem Salon kam, den sie eben verlassen hatten.

«Ach, ich glaube, mein Mündel hat sich endlich entschlossen, sich zu den Gästen zu gesellen. Sie hat leider eine dramatische Ader. Kommen Sie mit? Ich möchte sie Ihnen vorstellen.»

Sie hielten unter der gewölbten Tür inne, und wie vom Blitz getroffen starrte Ginny die junge Frau an, die soeben die Treppe heruntergekommen war und jetzt inmitten der kleinen Schar ihrer jungen Bewunderer stand.

Der Schock war so groß, daß sie schwankte und der leichte Druck von Mr. Murdocks Fingern an ihrem Ellbogen stärker wurde. Es war unmöglich – sie sah Gespenster! Dieses lachende, lebhafte Geschöpf mit kokett zurückgeworfenem Kopf, mit Rubinen um den Hals, die zu ihren Ohrgehängen paßten – das konnte niemals Concepción sein. In einem Kleid aus weinrotem Samt, das genauso raffiniert geschneidert war wie Ginnys Abendkleid, das schwarze Haar königlich auf dem Kopf hochgesteckt, mit einigen Locken, die auf den Rücken hinunterhingen – das konnte doch nicht dieselbe Zigeunerdirne sein, gegen die sie an einem heißen, staubigen Nachmittag gekämpft hatte? Solche Zufälle gab es nicht. Wie konnte *jene* Concepción plötzlich das Mündel eines Millionärs sein?

Sam Murdock, der ihren inneren Aufruhr nicht zu bemerken schien, zog sie mit sich, und die Leute gingen auseinander, um die beiden durchzulassen.

«Ach, da bist du ja endlich, meine Liebe.» Mühelos wechselte er zu Spanisch über, dem Mädchen zuliebe, denn dessen Englisch tönte noch recht ungeübt. «Prinzessin, ich möchte Ihnen mein Mündel vorstellen, Señorita Concepción Sanchez. Sie ist die Tochter eines alten Freundes. Concepción, denk an die Manieren, die ich dir beigebracht habe. Das ist Prinzessin Sahrkanova.»

Trotz ihrer ganz neuen Eleganz und Vornehmheit war ihr zweifellos das tigerhafte unter dem glänzenden Äußeren aus Rubinen und Samt geblieben. Braungelbe und grüne Augen trafen sich und Concepción richtete sich hochmütig auf; ihre roten Lippen verzogen sich zu einem leichten Lächeln, das aber im Grunde weniger ein Lächeln war, als eine Grimasse der Wut. Sie sprach im mexikanischen Dialekt, der Ginny nur allzu vertraut war.

«Wir kennen uns schon, leider. Tragen Sie noch immer ein Messer mit sich herum?»

«Da ich keinen Grund mehr habe, Sie zu bekämpfen, habe ich keines mehr. Und Sie? Haben Sie die Narbe noch, die ich Ihnen versetzte?»

Unwillkürlich verengten sich Ginnys Augen und ließen sie noch schräger erscheinen als sonst; sie war sich der erstaunten Blicke nicht bewußt, die sich abwechslungsweise auf sie und auf Concepción richteten.

Das Zigeunermädchen hatte bei Ginnys höhnischen Worten ein wütendes Zischen von sich gegeben und ihre Finger gruben sich wie Krallen in ihre Hüften. Aber Sam Murdock trat schnell und geschickt dazwischen; in seiner sonst so sanften Stimme war ein stählerner Unterton.

«Geh doch bitte und schau, ob unsere Gäste es alle bequem haben, meine Liebe. Jetzt, wo du dich entschieden hast, herunterzukommen, könnten wir vielleicht auch mit dem Essen beginnen?»

Der gefährliche Augenblick war überstanden; allerdings versprach Concepcións giftiger Blick eine weitere Auseinandersetzung für später. Sie holte tief Luft und brachte ein kurzes, falsches Lächeln zustande.

«Darf ich nicht vorher noch tanzen? Ich habe es Eddie bereits versprochen, nicht wahr?»

Daraufhin leuchtete das Gesicht des so angesprochenen Vicomtes auf, der bisher recht finster dabeigestanden hatte. Es war offensichtlich, daß ihm der schwerfällige Akzent des Mädchens außerordentlich gefiel.

«Oh – o ja, natürlich. Als ob ich so etwas vergessen könnte. Darf ich, Sir?»

«Na gut», Murdock zuckte gutmütig die Achseln. Er schaute auf Ginny hinunter, die steif wie eine Statue neben ihm stand. «Bitte entschuldigen Sie. Concepcións Manieren lassen noch immer sehr zu wünschen übrig, aber sie wird es noch lernen.»

«Haben Sie verstanden, was gesprochen wurde?» Sie konnte nicht vermeiden, daß ihre Worte recht brüsk tönten. Sie war viel zu bestürzt – sie fragte sich immer noch, welch seltsame Laune des Schicksals Concepción ausgerechnet hierher verschlagen hatte.

«Ich – ich habe verstanden, daß ihr beide euch bereits getroffen habt», sagte Sam Murdock trocken. Für die umherstehenden Gäste sagte er darauf etwas lauter: «Möchten Sie die Galerie sehen? Dieses Haus ist um einen zentralen, großen Hof herum gebaut, einen Patio, wie man es in Spanien nennt. Die Fenster auf der Westseite der Galerie gehen auf den Hof hinaus.»

«Aber Ihre Gäste ...» Ginny wußte, daß man ihr ihre Verwirrung noch anhörte, aber sie konnte nichts dagegen tun. Ihr Herz pochte heftig, und zwar nicht nur wegen Concepcións unerwartetem Auftauchen. Die Gegenwart Concepcións hatte sie plötzlich schmerzhaft an Steve erinnert.

«Meine Gäste werden denken, daß ich von der Prinzessin Sahrkanova sehr eingenommen bin. Und es wird viel Getratsche und Mut-

maßungen geben. Aber das bin ich gewohnt. Macht es *Ihnen* etwas aus?»
Sie gingen die Treppe hinauf. Ginny hielt ihre Schleppe mit einer Hand hoch. Trotz ihrer großen Verwirrung, warf sie ihrem Begleiter einen fragenden Blick zu.
«Ich bin es ziemlich gewohnt, daß man über mich klatscht, aber es fällt mir sehr schwer, Sie zu verstehen, Mr. Murdock . . . Sie sind außerordentlich nett zu mir gewesen, aber ich frage mich, weshalb?»
Sie hatten die Galerie erreicht; die Klänge der Musik und lebhaftes Geplauder drang zu ihnen herauf.
Ohne ihr zu antworten, führte sie Sam Murdock zu reich verzierten Wandbehängen, die die ganze Wand zu bedecken schienen. Er zog an einer versteckten Schnur und die bestickten Teppiche glitten wie von Geisterhand gezogen beiseite und gaben Fenster frei, die von feinen, schmiedeisernen Gittern geschützt waren.
«Da – was halten Sie davon? Verzeihen Sie, wenn ich das so ungewöhnlich stolz sage, aber ich habe selbst beim Planen dieses Hauses mitgearbeitet. Ich liebe den praktischen und doch bequemen Wohnstil der Spanier. Kennen Sie die Alhambra in Spanien? Dies wurde nach einem der dortigen Innenhöfe entworfen.»
«Es ist wunderschön», murmelte Ginny aufrichtig. Im Mondlicht sah der Patio mit seinem Fliesenboden und seinen hellen Springbrunnen, die in ein ovales Becken flossen, fast verschlafen aus, wie eine Illustration aus einem alten Buch. Ein friedlicher Ort. Aber in Ginnys Kopf schwirrten zu viele unbeantwortete Fragen herum. Es war, als hätte Sam Murdock ihre Gedanken erraten, denn Ginny hörte ihn hinter sich leise in sich hineinlachen.
«Sie fragen sich immer noch, welches meine Beweggründe sind, nicht wahr? Und Sie wundern sich über mein Mündel. In der Tat bin ich ein Mann, der stolz darauf ist, die Dinge so zu sehen und zu beurteilen, wie sie sind. Ich gebe nichts auf Gerüchte und Hörensagen – ich bilde mir meine Meinung selbst. Und ich bewundere eine Frau, die intelligent und geistreich, aber zugleich auch ehrlich ist. Ich glaube, Sie haben alle diese Vorzüge. Genauso wie ich vom ersten Moment an, als ich Sie kennenlernte, das Gefühl hatte, Sie bräuchten einen Freund.»
«Einen – Freund?» Sie konnte nicht umhin, seine Worte zu wiederholen und war verwirrter denn je.
«Ein Mann, der keinerlei andere Absichten Ihnen gegenüber verfolgt, wenn Sie mir meine Offenheit verzeihen wollen. Sie sind von Enttäuschungen gezeichnet, man sieht Ihnen an, daß Sie gelernt haben, niemandem zu trauen. Nun – in all den Jahren, die ich hinter mir habe, habe ich dasselbe gelernt. Außerdem erinnern Sie mich

an eine Frau, die ich einmal gekannt habe. An die Tochter, die ich vielleicht hätte haben können. Genügt das für den Anfang, Prinzessin?»

Sie wagte ihm kaum zu glauben. Wie viele Männer hatten sie um ihr Vertrauen gebeten und dann ... und doch, was konnte sie denn noch verlieren? Nichtsdestotrotz war etwas an Sam Murdocks gütiger und starker Ausstrahlung, das Ginny versöhnlich stimmte. Sie *wollte* ihm trauen – trotz Concepción ...

«Ich kannte ihren Vater», sagte Sam. «Ein sehr heftiger Mann, ein Comanchero. Und das Mädchen selbst ist sehr eigensinnig und halsstarrig; aber sie ist hübsch und verdient etwas Besseres, als ein Nomadenleben. Ich versprach einem Freund von mir, daß ich sie unter meine Fittiche nehmen und in die Gesellschaft einführen würde. Und ich muß sagen, sie ist ein Erfolg. Sie tanzt – ich hörte, daß man sie mit Lola Montez vergleicht. Und sie ist vom jungen Marwood hingerissen.»

Irgendwie, und ohne eigentlich zu wissen wie und warum, ließ sich Ginny von ihrem Gastgeber das übrige Haus zeigen, allein mit ihm und ohne weitere Begleitung. Zweifellos würden sich da unten alle darüber wundern – aber was machte das schon aus? Sie verdrängte den Gedanken an Iwan gänzlich. Er war nicht hier, und wenn er es wäre, so würde er sie wahrscheinlich höchstens noch ermutigen. Und Sam Murdock hatte seine Leibwächter, die ihn vor unangenehmen und unvorhersehbaren «Unfällen» schützen würden.

Das Haus war viel größer, als es zunächst den Anschein hatte. Fast so groß wie ein Schloß. Oben war ein weiterer Empfangsraum, sowie Suiten für wichtige Gäste; in einem anderen Flügel waren die Räume für die «Familienmitglieder» von Murdock, zu denen, wie es schien, auch die unauffälligen Leibwächter gehörten.

Concepcións Zimmer war groß und unaufgeräumt; helle Kleider lagen am Fußende des Bettes herum. Daneben lag das Apartment des Hausherrn, das im Vergleich zu einigen der Gästezimmer recht streng und karg aussah. Die Möbel waren aus schwerem, geschnitztem Mahagoni- und Teakholz mit eingelegten Rosenholzverzierungen. Beim Anblick des den ganzen Raum beherrschenden Bettes hielt Ginny den Atem an. Irgendwie konnte sie sich nicht vorstellen, daß Sam Murdock einen solchen Raum bewohnte. Die großen Fenster öffneten sich auf eine kleine Terrasse, deren Stufen in einen kleinen, von hohen Mauern umgebenen, privaten Patio führten. Das angrenzende Ankleidezimmer mit einer Spiegelwand war halb so groß wie das Schlafzimmer.

Es war ein Raum, in dem eine Frau ihr Spiegelbild von allen Seiten her betrachten konnte; auf dem eingebauten Frisiertisch lagen Toilettenaccessoirs aus Silber und Schildpatt, die jedes Frauenherz höher schlagen ließen; Bürsten, Kämme und Schmuckschatullen, die zarte Melodien spielten, wenn man sie öffnete.

Wer war die Frau? All diese Schmuckstücke, die achtlos herumlagen, gehörten einer Frau, die geliebt wurde, ebenso die Toilettenaccessoirs. Und das Badezimmer mit seinen aquamarinfarbenen Fliesen und mit Spiegeln an Wänden und Decke . . .

Warum zeigte er ihr dies alles? Was bedeutete es? Die achtlos herumliegenden Schmuckstücke – schimmernd und buntschillernd. Und die Spiegel, besonders die Spiegel. Etwas schockiert stellte Ginny fest, daß ein großer Spiegel sogar über dem Bett angebracht war. Was für ein Mann war Sam Murdock?

Er schien ihr Unbehagen zu bemerken, denn er hielt sich nicht mehr länger in seinen Gemächern auf, sondern führte sie hinaus und wieder nach unten; sein Benehmen blieb unverändert.

Fast den ganzen Rest des Abends, nachdem er sie zu ihrem Vater und Sonja zurückgeführt hatte, spielte Sam Murdock den perfekten Gastgeber und gab sich mit allen seinen Gästen ab.

«Du scheinst ihm wirklich Eindruck gemacht zu haben!» flüsterte Sonja. War da nicht ein leichter Anflug von Bosheit in ihrer Stimme? Der Senator aber war erfreut und nickte leise lächelnd, wenn ein Gast Ginny um einen Tanz bat.

Sie war sich der Kommentare bewußt, die ihre langdauernde Abwesenheit hervorgerufen hatte, aber irgendwie war ihr das einerlei. Schließlich war sie es gewohnt, Gegenstand von Klatsch und Mutmaßungen zu sein – hatte sie nicht Murdocks subtile Herausforderung angenommen? Aber sie fühlte sich trotzdem irgendwie beunruhigt. Vielleicht war es das Bewußtsein von Concepcións nicht zu übersehender Gegenwart, und deren sicheren Stellung als Murdocks Mündel. Vielleicht hatte es etwas mit den versteckten, boshaften Blicken zu tun, die das Mädchen ihr von Zeit zu Zeit zuwarf. Vor allem aber war es Sam Murdock selbst. Er hatte ihr seine Freundschaft angeboten, hatte ihr gegenüber nichts als Respekt walten lassen, obwohl die Umstände, unter denen sie sich kennengelernt hatten, eher peinlich waren. Aber warum hat er ihr soviel Aufmerksamkeit geschenkt? Warum hat er die Anstandsregeln mißachtet, indem er sie in seinen persönlichen Privaträumen herumführte?

Um ruhiger zu werden schluckte Ginny vor dem Essen noch ein Pulver; sie war dankbar, daß man sie zwischen ihren Vater und einen älteren Herrn spanischer Herkunft gesetzt hatte, der in Kalifornien geboren und aufgewachsen war, und der ebenfalls eine Ranch im Portolatal besaß.

Ginny aß und trank wenig und hielt tapfer durch, als die Damen sich zurückzogen um die Männer bei Wein und Zigarren zurück zu

lassen. Concepción tat alles, um ihr aus dem Wege zu gehen, was Sonja zu der Bemerkung veranlaßte: «Ich glaube, dieses Mädchen hat nicht viel für dich übrig, Liebling! Glaubst du, sie ist eifersüchtig?»
«Sie hat keinen Grund, es zu sein», erwiderte Ginny kurzangebunden. Sie hatte keine Lust, sich von Sonja ausfragen zu lassen, noch wollte sie mit den anderen Damen plaudern, die offensichtlich begierig waren, mehr über sie zu erfahren. Sie hatte die arglistigen Fragen über sich selbst, über ihren Gatten, den Prinzen, und über ihre Zukunftspläne satt. Warum konnte man sie nicht in Ruhe lassen? Sie wollte sich hinter ihrem vertrauten Schleier von Euphorie verstecken, durch den hindurch sie alles was um sie vorging wie aus weiter Ferne beobachten konnte. Es war spät geworden, und sie wünschte sich, daß sie sich zurückziehen könnte.
Concepción aber hatte andere Ideen. Nach einer Weile fragte sie die Damen mit ihrem schwerfälligen, spanischen Akzent, ob man nicht auf den Patio hinausgehen wolle, wo es spanische Musik und Tanz zur Unterhaltung geben würde.
«Und ich glaube, daß wenn die Männer die Musik und das Händeklatschen hören, es nicht lange dauern wird, bis sie sich zu uns gesellen . . . kommen Sie?»
Nein, dachte Ginny, das würde sie nicht aushalten, das nicht. Vielleicht konnte sie sagen, sie habe Kopfschmerzen.
Aber dann fing sie Concepcións funkelnden Blick auf; und die Verachtung, die aus diesen lohfarbenen Augen sprach, ließ ihren Rükken steif werden. Wenn heute abend ein Drama gespielt würde, dann wollte sie es sich bis zu Ende ansehen. Sie würde herausfinden, was all dies zu bedeuten hatte!

Siebzehntes Kapitel

Der schöne, mit Fliesen und Mosaik belegte Hof war jetzt von Fackeln beleuchtet, die in Wandhaltern steckten. Ihr orangefarbenes Licht ließ das ovale Wasserbecken wie endlos schimmerndes, flüssiges Gold erscheinen, gespeist vom Wasser, das aus den Springbrunnen rieselte. Die hohen Wände waren beinahe ganz mit blühenden Kletterpflanzen bedeckt, und der ganze Hof sah wie ein sehr alter Garten aus.
Ginny hörte zahlreiche Ausrufe des Entzückens und der Bewunderung von seiten der Damen, welche Concepción zu den geschnitzten, spanischen Stühlen hinausführte, die auf der einen Seite unter der überhängenden Galerie aufgestellt worden waren.

«Welch eine schöne, ruhige Nacht. Man könnte fast meinen, unser Gastgeber hätte sie eigens für uns bestellt.»
Am anderen Ende des Hofs hatten die Musiker bereits zu spielen begonnen; man hörte die klagenden Klänge einer Gitarre. Eine schluchzende Frauenstimme sang einen traurigen Flamenco – ein uraltes Lied von Leidenschaft und Herzensleid.
Wenn sie die Augen schloß, konnte sie sich beinahe einbilden, sie sei wieder in Mexico. Ginny fühlte, wie sich ihre Kehle zusammenschnürte. Wo hatte sie zuletzt Flamencomusik gehört? Ja, es war in der Nacht von Don Juan Sandovals Fiesta gewesen – in jener Nacht, als sie hastig und heimlich mit Steve verheiratet worden war, und er dann mit Concepción weggegangen war. Warum brachte alles, was heute abend geschah, Erinnerungen zurück? Würde sie denn nie der Vergangenheit entfliehen können?
Ginny saß still da, die Hände fest in ihrem Schoß gefaltet. Die Nacht war warm, nicht heiß, und trotzdem spürte sie, wie ihr Schweißtropfen zwischen den Brüsten und den Hüften entlang hinunterrieselten.
Auf die spanische Musik folgte mexikanische. Die Männer hatten sich zu ihnen gesellt und der Hof war plötzlich voller Leben und Fröhlichkeit, als Tänzer im traditionellen Kostüm von Mexico die Gäste unterhielten. Mit Mühe hielt sich Ginny steif und aufrecht. Nein, die Musik durfte sie nicht rühren! Vielleicht war es genau das, was Concepción beabsichtigte – sie an jene Nacht, an andere Nächte zu erinnern. Concepción selbst lehnte in ihrem Sessel zurück; die Art, wie sie lachte, ließ ihre strahlende Schönheit noch feuriger erscheinen. Der junge, englische Vicomte, der hinter ihr stand, beugte seinen blonden Schopf zu ihr herab und flüsterte ihr etwas zu. Und wenn Concepción wirklich Sam Murdocks Mündel war, wer war dann die Frau, die seine privaten Gemächer mit ihm teilte? Die Frau, für die all diese kostbaren, leuchtenden Juwelen und diese auserlesenen Toilettenaccessoirs waren – die Spiegelwände, um ihren Körper widerzuspiegeln? Alles scheint gar nicht zusammen zu passen, bis sich Ginny in Erinnerung rief, daß sie eigentlich gar nichts über Sam Murdocks Charakter wußte.
Sie hatte bemerkt, daß ihr Vater erst etwas später und in Begleitung seines Gastgebers herausgeschlendert kam. Im flackernden Lichte der Fackeln sah sein Gesicht plötzlich alt aus – alt und besorgt. Sie beobachtete die beiden weiterhin, vor allem auch, um nicht den Tänzern zuschauen zu müssen. Sam Murdock lächelte gelassen. Ihr Vater rieb sich zerstreut das glattrasierte Kinn, ein Zeichen, daß er über etwas bestürzt war. Die zwei Männer sprachen noch eine Weile miteinander, bis dann Mr. Rosario, einer der reichen spanischen Gutsbesitzer, laut eine Frage ausrief.

«Wird die schöne Señorita Sanchez uns heute abend mit einem Tanz beehren?»
Sam Murdock warf Concepción einen fragenden Blick zu; sie schüttelte aber leicht den Kopf.
«Sie ist heute abend etwas müde. Morgen vielleicht. Möchten mittlerweile einige der Damen und Herren mittanzen?»
Prompt standen einige der spanischen und mexikanischen Paare auf, und, vom Tanzrhythmus mitgerissen, begannen viele der anderen Gäste im Takt mitzuklatschen.
Ich kann das wirklich nicht mehr aushalten, dachte Ginny gequält. Ihre Finger schmerzten sie, so fest hatte sie sie zusammengedrückt, und ihre Hände fühlten sich feuchtkalt an. Sie hatte das seltsame Gefühl, daß Concepción im Sinn hatte, sie irgendwie zu demütigen. Und Ginny wollte die ihr von Sam Murdock versprochene Freundschaft nicht durch eine Auseinandersetzung mit Concepción auf die Probe stellen.
Ginny erhob sich so unauffällig wie möglich und flüsterte Sonja zu, sie habe wieder eine ihrer Migränen; sie wolle in ihr Zimmer hinaufgehen und sich hinlegen.
«O Ginny, das ist zu schade. Bist du sicher, daß ich nicht mit dir kommen sollte?» aber Sonjas Stimme tönte mechanisch, und sie beobachtete ihren Gatten mit einer Kummerfalte zwischen den Augenbrauen.
«Nein, das würde sehr unhöflich erscheinen, und Mr. Murdock würde meinen, die Unterhaltung, die er uns bietet, gefalle uns nicht, Sonja. Ich kann den Weg zu meinem Zimmer ganz sicher finden.»
Sie schlängelte sich zwischen den Leuten hindurch, die jetzt alle ziemlich gedrängt auf dieser Seite des Hofes standen. Ginny hielt nach Mr. Murdock Ausschau, aber er schien verschwunden. Sie sah ihren Vater, eine Zigarre in der Hand, bei einer kleinen Gruppe von Männern stehen, unter denen sie einige der wichtigsten Aktieninhaber der neu eröffneten Con Virginia Mine erkannte. Sie waren in ein ernstes Gespräch vertieft und schenkten der Musik gar keine Aufmerksamkeit.
Na, es machte nichts. Je weniger Leute ihr Weggehen bemerkten, desto besser. Und Sonja konnte sich bei Mr. Murdock für sie entschuldigen.
Ginny war froh, eben die weit offenstehenden, massiven Falttüren erreicht zu haben, die den Zugang zum Patio erleichterten, als Concepcións zuckersüße Stimme sie aufhielt.
«Ach Prinzessin – Sie verlassen uns doch nicht schon? Es ist hier ein Herr, der sagt, er habe den ganzen Abend darauf gewartet, mit Ihnen tanzen zu dürfen.»

Ginny fuhr herum und sah einen großen, eher dunkelhäutigen Mann mit einem auffallend weißen Lächeln – einen Mann, den sie schon vorher bemerkt hatte, da er sie mehrmals am Abend angestarrt hatte.
Jetzt sagte er schnell: «Verzeihen Sie mir, wenn ich Sie belästige, aber sehen Sie, ich bin ein Freund von diesem armen Frank Julius; Armand Petruccio ist mein Name, vielleicht hat er mich erwähnt? Frank erzählte mir, welch wunderbare Tänzerin Sie sind, und daß Sie sogar für den verstorbenen Erzherzog Maximilian persönlich getanzt hätten.»
Concepción stand dabei und lächelte ihr herablassendes, triumphierendes Lächeln; Ginny bemerkte, daß verschiedene Leute sich umgedreht hatten, um ihnen zuzuhören.
«Aber ich vergesse meine guten Manieren, nicht wahr?» sagte Concepción mit süßer Heuchelei. «Diese Dame ist jetzt die Prinzessin Sahrkanova – spreche ich den Namen richtig aus? Wir hatten früher gemeinsame Freunde in Mexico, nicht wahr?»
Ginny holte tief Atem, damit ihre Stimme ruhig blieb und sagte höflich, daß sie soeben ihr Zimmer hatte aufsuchen wollen. «Ich habe etwas Kopfschmerzen ... die lange Reise hierher ...»
«Ach ja, und heute in der Morgenfrühe sind Sie ja auch schon von San Mateo, oder irgendwo in der Nähe dort, nach Belmont gereist, nicht wahr?» Wiederum blitzte Concepcións Lächeln auf. «Aber ich habe *so* gehofft, Sie würden mit uns mittanzen, sozusagen als Anspornung für die anderen Damen. Man könnte sie dann überzeugen, daß wenn Sie die Tänze Mexicos haben erlernen können, es auch ihnen keine große Mühe bereiten sollte.»
«Prinzessin, hoffentlich werden Sie nicht uns alle enttäuschen!» bat jetzt noch ein anderer Herr, «Señorita Sanchez ist bereit, ihre Meinung über das Tanzen zu ändern, wenn Sie mitmachen.»
«Können Sie wirklich zu dieser wilden, schönen Musik tanzen?»
«Sicherlich werden Sie uns allen die Freude machen – Senator, könnten nicht Sie Ihre Tochter überreden, noch ein wenig bei uns zu bleiben?»
Immer mehr meldeten sich zu Wort, und auch Mr. Petruccio fügte sein dringendes Bitten hinzu, wobei seine dunklen Augen auf Ginnys Gesicht verweilten.
«Ich bitte Sie. Mein Freund hat mir erzählt, er könne nie vergessen, wie Sie getanzt hätten.»
Jetzt hatte sogar ihr Vater seine Freunde verlassen und versuchte, sie mit den anderen zusammen zu überzeugen, obwohl die besorgte Falte, die sie vorhin bemerkt hatte, immer noch auf seiner Stirn stand.
«Du wirst sicher nicht unsere charmante, junge Gastgeberin ent-

täuschen wollen, und so viele weitere Gäste, meine Tocher? Ich wußte ja selbst gar nicht, daß du eine so ausgezeichnete Tänzerin bist.»
«Ah!» Immer noch lächelnd warf Concepción mit ihren goldgelben Augen Ginny einen giftigen Blick zu. «Es ist sogar bis zu *mir* durchgedrungen, daß Ihre Tochter oft für den Kaiser Maximiliano und seine Gäste getanzt hat. Und wie gut und gefühlvoll sie zur mexikanischen Musik tanzt.» Sie gab ihrer Stimme absichtlich einen zweideutigen Tonfall. «Vielleicht erinnern Sie sich nicht, aber ich habe Sie einmal tanzen sehen.»
Senator Brandon sah überrascht aus.
«Stimmt das, Ginny? Du hast nicht erwähnt . . .»
«Nein, das habe ich nicht. Ich habe es wirklich fast vergessen. Es waren so viele Leute dabei, damals.»
Ginny fühlte sich in die Enge getrieben und war plötzlich ins Zentrum der Aufmerksamkeit aller Anwesenden gerückt. Das war – so nahm sie an – genau die Absicht Concepcións gewesen.
«Ja», sagte das Mädchen, und auf ihren roten Lippen stand noch immer ein Lächeln. «Es war eine Art Hochzeitsfeier. Eine – wie nennt man das hier? Eine Vernunftehe? Und es gab einen großen Skandal, weil der Bräutigam gleich nach der Zeremonie wegging. Erinnern Sie sich?»
Wiederum trafen sich die Augen der beiden, die lohfarbenen und die grünen; und Ginnys Kopf brummte vor Wut, als sie sich stolz und bolzengerade aufrichtete. Was immer Concepción im Schilde führte, sie würde verhindern, daß es gelang. Und wenn ihr nur ihr Stolz blieb, an den sie sich klammern konnte.
«Oh, mein Erinnerungsvermögen ist sicherlich nicht schlechter als das Ihre. Jedenfalls für Dinge, die ich als wichtig erachte», sagte Ginny gleichgültig, aber ihre Lippen fühlten sich steif und gefühllos an, und in ihren Schläfen pochte es. Sogar die Musik schien sich jetzt in den Hintergrund zurückgezogen zu haben; sie sah nur Armand Petruccios blitzend weiße Zähne und Concepcións Lächeln. Die interessierten Kommentare der Umstehenden nagelten sie fest.
«Gut, dann werden Sie also tanzen! Ich kann gar nicht zum Ausdruck bringen, wie sehr mich das ehrt.» Der Italiener mit dem französischen Vornamen verbeugte sich tief und streckte seine Hand aus.
Mechanisch lächelnd ergriff Ginny sie.
Sie bemerkte kaum, daß er sie in die Mitte des Hofes führte. Die anderen Tänzer wichen mit neugierigen Blicken beiseite. O Gott! dachte sie plötzlich voller Panik. Ich kann nicht. Wie soll ich tanzen, wenn ich nichts in mir fühle, und dazu Kopfschmerzen und zitternde Hände habe? Sie will, daß ich mich blamiere . . . Irgend-

wie verhalf dieser Gedanke Ginny zu neuen Kräften. Nein, und noch einmal nein! Wie oft hatte sie sich früher den Tänzen Mexicos überlassen? Einmal waren sie ihre einzige Fluchtmöglichkeit gewesen vor einer Wirklichkeit, die zu schmerzlich und zu erniedrigend war.
Concepción schnalzte mit den Fingern und gab den Musikern ein Zeichen. Sie warf den Kopf zurück.
«El Jarabe Tapatio, muchachos!» und dann sagte sie zu ihrem Partner: «Kommen Sie Señor – sind Sie bereit?»
Die Musik war plötzlich sehr laut, jetzt, wo man die Gitarren kaum mehr hörte und die lauteren Instrumente des traditionellen Mariachi-Orchesters ertönten. Dieser Tanz, mit seinem stets wechselnden Tempo, war vielleicht der populärste Volkstanz Mexicos.
Ginny hob den Kopf und blickte ihren Partner an. Seine Zähne blitzten wieder auf.
«Ich habe mehrere Jahre in Neu-Mexico gelebt, ich bin damit vertraut.»
Seltsam, wie ihre Füße, ohne daß sie bewußt daran dachte, den Rhythmus aufnahmen und behielten. Und ihre Arme, die eben noch ganz steif gewesen waren, fühlten sich plötzlich locker und geschmeidig an, während ihre Finger im Takt schnalzten.
Spontan begannen die Musiker und die anderen Tänzer in die Hände zu klatschen und die üblichen jubelnden Freudenschreie auszustoßen. Auch dies war ein Teil von Mexico – das Tanzen zum Vergnügen, um das trostlose, elende Leben, das sonst das Los der Bauern war, zu vergessen.
Die Bewegungen, die koketten Gebärden und das Hochheben der wirbelnden Röcke – an all dies erinnerte sich Ginny während des Tanzes. Und sie vergaß sich selbst, ganz wie früher. Sie schenkte Concepción keine Beachtung mehr, nicht einmal mehr ihrem Partner, sondern überließ sich ganz den Rhythmen der Musik.
Trotz der späten Stunde waren noch andere da, die mitmachen wollten. Der Hof war voller lachender, heiterer Paare. Ginny bemerkte sie kaum mehr, als sie von einem Partner zum anderen ging und Melodie und Tempo wechselten. Einige waren langsam, andere schnell. Manchmal drückte ein Mann sie in seine Arme und dann wieder tanzte sie von ihm getrennt, aufreizend und herausfordernd. Und als Concepción ihre Schuhe abstreifte, tat Ginny dasselbe. Es war ihr jetzt einerlei, wer zuschaute und was sie dachten.
«Ich wußte ja gar nicht, daß Ginny so tanzen kann! William, sie sieht so selbstvergessen aus!» rief Sonja.
Der Senator stand jetzt neben seiner Frau, und obwohl seine Stirne immer noch Sorgenfalten aufwies, flüsterte er seiner Frau tröstend zu, sie brauche nichts dagegen zu haben.

«Ich habe bemerkt, daß die kleine Freundin unseres Gastgebers genauso dem Tanz hingegeben ist. Keine Sorge, Liebling. Nach diesem Abend werden die mexikanischen Tänze Furore machen.»

«Aber . . .», Sonja schluckte ihre Einwände hinunter, als sie sah, daß immer mehr Leute, die sie für gesetzt und konservativ hielt, auf die Füße sprangen, als könnten sie der Fröhlichkeit nicht mehr widerstehen. Und es schien tatsächlich, als würden sich alle großartig amüsieren. Man klatschte in die Hände, man schrie «olé!», und die Tänzer lachten. Kellner, die sich unauffällig zwischen den Tänzern bewegten, brachten Wein und andere Erfrischungen. Zu ihrer eigenen Überraschung ertappte sich Sonja bei dem Wunsch, selber mittun zu dürfen.

Und da war Ginny, die über Kopfschmerzen und Müdigkeit geklagt hatte, inmitten der Tänzerschar. Ihr Gesicht war gerötet, ihre sorgfältig gelegten Locken lösten sich und das Haar fiel ihr über die Schultern. Sie schien nicht müde zu werden und hatte sogar zu lächeln begonnen.

Aber wo, dachte Sonja verdrossen, war Mr. Murdock? Der anfänglich so perfekte Gastgeber blieb wie vom Erdboden verschluckt, seit einer seiner Diener herausgekommen war, um ihm etwas zuzuflüstern.

«William», begann sie. Und ihr Mann, der seinen Blick nicht von den Tänzern abwandte, flüsterte zurück, er werde ihr alles später erklären; dies sei kaum der Moment und der Ort dafür.

«Ich habe natürlich mit Murdock gesprochen. Ein seltsamer Mann – und ich glaube, er kann gefährlich sein. Er scheint viel zu viel zu wissen. Aber zumindest halte ich ihn für gerecht. Und er ist Ginny sehr zugetan. Ich hoffe nur, sie wird nicht alles verderben mit ihren Migräneanfällen und den Kopfschmerzen, über die sie ständig klagt . . .»

«William!»

Er sagte ziemlich gereizt: «Na, du weißt schon, was ich meine! Manchmal wünsche ich mir – Sahrkanov hätte warten sollen. Er wurde so –, aber sprechen wir später darüber, ja? Die Tänze werden immer wilder. Wir behalten die Szene lieber im Auge.»

Die Tänze wurden tatsächlich wild, und Concepción und Ginny waren zu Rivalinnen geworden. Sam Murdock, der jetzt von der Galerie aus zusah und immer noch von seinen Leibwächtern umgeben war, runzelte die Stirn.

«Verdammt! Ich hätte wissen sollen, daß Concepción so etwas Ähnliches im Sinn hat und nur gewartet hat, bis ich außer Sichtweite war!»

«Es scheint, als könne die Prinzessin mithalten.» Die Stimme seines Begleiters klang trocken, aber Murdock runzelte die Stirn.

«Um die Wahrheit zu sagen, ich mache mir langsam Sorgen um dieses Mädchen. Es gibt Zeiten, da scheint sie – na, viel zu losgelöst von allem. Und ich weiß zufällig, daß sie von einem Kopfschmerzpulver zum nächsten lebt. Oder von einer Dosis Stärkungsmittel. Aber sogar ihr Vater scheint das als selbstverständlich anzusehen. Er sagte mir, ihre Nerven seien sehr angespannt.»

«Vielleicht bitten Sie sie lieber um einen Tanz. Es gibt doch ein Tor, das in den kleinen Patio führt?»

«Ich glaube, Sie vergessen, daß ich ein alter Mann bin, der solchen Intrigen kaum mehr gewachsen ist.»

«Aber Sie sind der Gastgeber.»

Sam Murdock fluchte leise vor sich hin, als er die Treppe hinunterging. Vielleicht würden sie etwas Langsameres spielen bis er unten ankam. Er brauchte einige Zeit, um durch die Menge zu kommen. Er entschuldigte sich und lächelte nach allen Seiten. Absichtlich hielt er bei Senator Brandon und seiner Frau an.

«Es tut mir leid, daß ich meine Gäste vernachlässigte. Ein Geschäftsfreund von mir ist zu dieser unüblichen Zeit aufgetaucht. Würde es Ihnen etwas ausmachen, wenn ich die Prinzessin um einen Tanz bäte? Ich bin zwar nicht mehr allzu beweglich in meinem Alter, aber ein paar meiner Leibwächter, die jetzt keinen Dienst haben, möchten mittanzen.»

«Wir wollten uns eben zurückziehen», sagte Sonja Brandon impulsiv.

«In diesem Falle werde ich dafür sorgen, daß Concepción – mein Mündel – die Prinzessin auf ihr Zimmer zurückbegleitet. Wenn ich jetzt . . .»

Sam Murdock legte seine gewohnte Gelassenheit an den Tag, als er durch die Menge der Tänzer schritt.

Aber Concepción biß sich auf die Lippen, und fast unmerklich schien die Musik langsamer zu werden. Ginny blickte auf und sah plötzlich Sam Murdock vor sich stehen.

«Es ist schon lange her, seit ich versucht habe, zu dieser Musik zu tanzen. Und es scheint, als wären weitere Entschuldigungen nötig. Ich spreche später mit Concepción.»

«Nein!» sagte Ginny atemlos. «Nein – das ist nicht nötig. Ich brauche nicht – beschützt zu werden, wissen Sie. Ich kann auf mich selbst aufpassen.»

«Na, ich bin froh, das zu hören. Aber ich bin leider meiner selbst nicht so sicher – ich komme leicht außer Atem und bin diese recht kräfteraubende Art zu tanzen nicht gewohnt.»

«Und dennoch sind Sie hier», es klang beinahe kokett. «Warum, Mr. Murdock? Sind Sie wirklich so geheimnisvoll wie Sie den Anschein machen?»

Sie erhaschte sein schwaches Lächeln – ein leichtes Nachobenziehen der Lippen.
«Ich bin keineswegs geheimnisvoll. Nur ein Mann, der langsam alt wird. Ein erfolgreicher Spieler, wenn Sie so wollen. Und Sie – ich brauche Ihnen nicht zu sagen, wie wunderbar Sie tanzen. Oder daß ich in Ihnen eine gewisse Lebhaftigkeit und eine Teilnahme entdecke, die vorher zu fehlen schien. Verzeihen Sie mir wiederum, wenn ich offen spreche? Sehen Sie, ich muß Sie um einen Gefallen bitten.»
Irgendwie waren sie am anderen Ende des Hofes angelangt, etwas von den übrigen Tänzern entfernt. Nach dieser recht rätselhaften Bitte blickte Ginny zufällig in die Richtung, wo ihr Vater und Sonja gesessen und ihr zugeschaut hatten; sie sah, wie sie aufstanden und sich höflich von den anderen Leuten verabschiedeten.
«Ich habe Ihren Vater um Erlaubnis gebeten, mit Ihnen tanzen zu dürfen, und ihm versprochen, daß mein Mündel Sie nachher sicher in Ihr Zimmer bringen wird.»
Wie war es möglich, daß er ihre Gedanken lesen konnte? Ginny stolperte leicht und Sam Murdocks starke Hände hielten sie einen Augenblick fest. Schnell sagte sie: «Nein! Das heißt, ich bin sicher, daß ich von allein in mein Zimmer zurückfinden kann.»
«Sie sehen, daß jedermann sich dem Vergnügen hingibt. Ich werde selbst dafür sorgen, daß man Sie zu Ihrem Zimmer zurückbringt. Meine schweigsamen, taktvollen Leibwächter sind immer zur Stelle. Na? Geben Sie den Launen eines alten Mannes nach oder möchten Sie lieber mit den jüngeren unter meinen Gästen weitertanzen, die – eh – beweglicher sind?»
«Ich komme mit Ihnen», sagte Ginny plötzlich. Sie wußte nicht, warum sie das tat. Ob es war, um den mißliebigen, verärgerten Ausdruck auf Concepcións Gesicht zu sehen, oder um sich selbst und jenen, die ihr Verhalten mißbilligten, zu beweisen, wie wenig sie auf Anstandsregeln gab?
Es spielte keine Rolle. Mit einer für sein Alter überraschenden Behendigkeit tanzte Sam Murdock mit ihr an den Musikern vorbei in den Schatten. Und sie dachte, daß nur wenige der Anwesenden ihr Verschwinden bemerkt haben konnten. Hier war das Tor, das er erwähnt hatte. Es war geschlossen. Mit den in dicken Mauern befestigten Eisenstangen bemerkte man es kaum.
«Einen Moment nur.» Murdock pochte hart an die Tür, und sie öffnete sich lautlos von der anderen Seite. Aladins Höhle, dachte Ginny etwas verwirrt.
Sie hörte, wie das Tor leise hinter ihnen ins Schloß fiel. Hier, in diesem winzigen, privaten Innenhof war es fast dunkel und die Musik klang nur schwach über die hohen Mauern herüber.

In einer Ecke rieselte ein Springbrunnen; sein Wasser wurde in einem anderen Becken aufgefangen. Bäume wuchsen gegen die Mauer, an der blühende Kletterpflanzen emporwuchsen.
Wie auf einen Wink war die Musik vom schnellen, frenetischen Tempo zu einer sanfteren, melancholischen Melodie übergegangen. Fast wie ein Walzer. Eine Melodie voller Sehnsucht, voller unerfüllter Träume.
«Möchten Sie tanzen?»
«Werden nicht Sie mit mir tanzen?»
Sie gab ihrer Stimme einen leichten Tonfall, um die plötzliche Schwere in ihrem Herzen zu verdrängen. Vielleicht war auch Mr. Murdock genauso wie alle anderen – nur ein wenig raffinierter. Warum war sie mit ihm hierhergekommen?
Und dann entdeckte sie die Leibwächter, zwei schwarzgekleidete Männer, die mit verschränkten Armen gegen die Wand lehnten. Traute er niemandem? Oder diente deren rätselhafte Gegenwart dazu, zu verhindern, daß sie ähnlich heftig reagierte wie auf Sir Erics Umarmungen?
Sam Murdocks Stimme klang voller Bedauern, als er ihr ein Glas Wein einschenkte aus einer Karaffe, die auf dem Steintisch stand.
«Ich wollte ich wäre ein guter Tänzer – oder ich wäre jünger. Aber diese Musik ist nichts für ungelenke Beine wie meine.»
Über den Rand ihres Glases hinweg, das sie auf seine wortlose Geste hin automatisch gehoben hatte, warf Ginny ihm einen verständnislosen Blick zu.
«Aber Sie sagten . . .»
«Ich sagte, es wäre eine Ehre, wenn Sie für mich tanzen würden. Hier, weg von den Leuten. Und das meinte ich auch. Wollen Sie trinken?»
Immer noch voller Verwirrung beobachtete Ginny sein Gesicht im Dunkeln, hob ihr Glas und trank daraus. Trockener, weißer Wein. Ein guter Riesling.
«Dann soll ich allein tanzen?»
«Nein, das wäre ungerecht. Schließlich sind Sie keine bezahlte Schautänzerin. Aber wenn ich Ihnen einen Ersatzmann anbieten darf . . .»
Sie glaubte, ihn murmeln zu hören «Verzeihen Sie mir» bevor er wegging; dann trat einer der bärtigen Männer, die gegen die Mauer gelehnt gestanden hatten hervor. Oder vielleicht hatte es «Entschuldigen Sie» geheißen. Nachträglich konnte sie sich nicht mehr entsinnen.
Denn der Mann, der sie plötzlich in seine Arme schloß, war Steve.

Achtzehntes Kapitel

Die Sterne, die sich wie Silberstaub gegen den dunkelpurpurnen Himmel abhoben, drehten sich schwindelerregend um sie.
Ich glaube, ich bilde mir das alles nur ein, dachte sie verwirrt. Vielleicht war etwas im Wein. Sie schloß die Augen und in ihrem Kopf schossen unzusammenhängende, verwirrende Gedanken durcheinander. Es war doch einfach nicht möglich! Und Steves Arme hielten sie so steif und distanziert fest, als hätten sie sich eben erst kennengelernt. Es war nicht möglich . . .
Fast furchtsam öffnete sie die Augen wieder und jetzt fühlte sie, wie seine Arme sich strafften, als sie stolperte und ihre Füße plötzlich unfähig schienen, noch eine Bewegung zu machen. Ihr Atem ging so unregelmäßig und ihr war derart schwindlig, daß sie kein Wort hervorbrachte, als sie ihm in die Augen schaute.
«Fühlen Sie sich wohl, Prinzessin?» Beim letzten Wort tönte seine Stimme spöttisch; sonst war sie kalt und leidenschaftslos. «Möchten Sie sich lieber setzen?»
«Steve!» Ihre Lippen formten seinen Namen, aber es kam kein Ton heraus.
Bis auf den Glanz ihres Haares und ihrer Augen schien alle Farbe von ihr gewichen zu sein. Sie war bleich und kalt wie Marmor. Allein das Atmen machte ihr mehr und mehr Mühe, während sie ihre starren, weit aufgerissenen Augen nicht mehr von seinem Gesicht lösen konnte.
Er trug einen kurzgestutzten Bart, der den eher verwegenen Schwung seiner Lippen nicht ganz verbergen konnte. Und diese mitleidlosen, zusammengekniffenen blauen Augen, sie waren so dunkel, daß sie fast schwarz wirkten im schwachen Licht – eine Augenbraue hob er leicht an, als er mit übertrieben betonter Geduld die Frage noch einmal stellte.
«Möchtest du dich setzen? Tut mir leid, wenn mein Auftauchen hier dich so aus der Fassung gebracht hat; aber ich konnte mich schwerlich zu den anderen gesellen. Sonst hätte es deinem Vater in den Sinn kommen können, die Prämie, die er zu meiner – Vernichtung ausgesetzt hat, zu sparen.»
Ginny starrte ihn weiterhin an und war sich der Bedeutung seiner Worte kaum bewußt. Sie nahm bloß wahr, daß sie plötzlich allein waren, und daß Steves Stimme den alten sarkastischen Tonfall hatte, den sie einmal so gehaßt hatte. Warum konnte sie nicht sprechen – oder sich bewegen?
Statt dessen dröhnte es in ihrem Kopf, «er ist da, er ist da!» und alles andere war ausgewischt. Sie schwankte und Steve fing sie auf, indem er ihr den Arm um die Taille legte. Sie fand sich plötzlich an

ihn gelehnt und fragte sich, warum er sie wohl nicht näher an sich zog, und warum er noch nicht daran gedacht hatte, sie zu küssen. Aber es schien, als hätte er dies überhaupt nicht im Sinn, und als hätte er sie nicht in seine Arme genommen, weil er dies so wollte, sondern nur, weil er fürchtete, sie könnte ohnmächtig werden.

Immer noch betäubt fühlte Ginny, wie er ihr auf reichlich distanzierte Weise half, sich auf eine äußerst harte Steinbank zu setzen. Steve hielt ihr ein Glas mit etwas Kaltem an die zitternden Lippen.

«Hier – leider ist das alles, was ich finden kann, es muß also genügen. Mein Gott, ist es wirklich so ein Schock für dich, mich lebendig zu sehen?»

Sie würgte an dem Wein, schluckte ihn aber hinunter, bevor er ihr ihn einfach in die Kehle goß. Ja, dazu wäre er fähig, wie sie sich jetzt nur allzu gut erinnerte. Und jetzt beherrschte sie ihre verräterischen Sinne auch wieder gut genug, um sich ihrer allzu augenscheinlichen Reaktionen zu schämen.

Langsam wurde ihr die Tatsache bewußt, daß sie ja gar nicht mehr mit Steve verheiratet war, sondern mit Iwan, Prinz Sahrkanov, für den sie eine einträgliche Geldanlage darstellte. Aber was bedeutete sie denn Steve noch? Weshalb war er hergekommen?

Als Ginny das Glas von den Lippen nahm, hatte ihr sonst so zarter Mund einen ungewohnt harten Ausdruck angenommen. Einen recht zynischen Ausdruck. Als ihre Augen denen von Steve wieder begegneten, hatten sie etwas von der Starrheit verloren, obwohl sie noch ungewöhnlich groß und glänzend waren.

Er konnte fühlen, wie sie sich von ihm zurückzog, während sie noch vor Sekunden sanft nachgegeben hatte und ihren zitternden Körper hilflos gegen den seinen gelehnt hatte. Und es hatte ihn seine ganze Selbstbeherrschung gekostet, ihre Schwäche nicht auszunutzen und ihren Körper nicht an sich zu ziehen, um zu sehen, wie sie wimmernd den Kopf zurücklegte und sich ihre Lippen in Erwartung seiner Küsse öffneten. Statt dessen ließ er sie sich niedersetzen, und als er ihr den Wein zu trinken gab, hatte er die Gelegenheit benützt, selber ein Glas hinunterzustürzen. Und jetzt, als er in ihr kaltes, herausforderndes Gesicht schaute, zogen sich seine schwarzen Augenbrauen unwillkürlich zusammen. Er fühlte wie Wut und Bitterkeit, Gefühle die er zu beherrschen geglaubt hatte, sich in ihm breitmachten.

Dies ließ seine Stimme heiser klingen, obwohl sie nicht wissen sollte, weshalb; sie reckte ihr Kinn mit jener störrischen Gebärde, die er an ihr nur allzu gut kannte.

«Fühlst du dich jetzt besser?» Und dann, noch bevor sie antworten konnte: «Macht es dir etwas aus, wenn ich mich eine Weile neben dich setze?» Er ließ sich neben ihr nieder und streckte seine langen

Beine aus. Ginny mußte sich zurückhalten, um nicht die Hand nach ihm auszustrecken, ihn nicht zu berühren. Wie brachte er es fertig, sich zu benehmen, als seien sie Fremde? Wie konnte sie es?
«Was tust du hier? Warum bist du gekommen. Und Mr. Murdock . . .»
«Ist das die Art, einen alten Bekannten zu behandeln, Prinzessin?» sagte er mit schleppender Stimme und hob haßerfüllt eine Braue an, während seine kalten Augen auf ihr ruhten.
«Oh!» Je empörter ihre Stimme klang, um so versöhnlicher wurde seine, und irgendwie machte sie das noch wütender.
«Schau, ich kam nicht hierher, um mit dir zu streiten, wozu auch? Und ich entschuldige mich für meine Grobheit. Ob du es glaubst oder nicht, ich kam nicht hierher, um dir alles zu verderben, oder um mich in dein neues Leben einzumischen.» Er blickte ihr gerade in die Augen und zuckte die Achseln. Sein Ausdruck war deutbar, und bei seinen gelassenen, gleichgültigen Worten fühlte Ginny, wie sich ein Kälteschauer ihrer Seele und ihres Herzens bemächtigte.
«Zugegeben, ich war wütend, und sogar eifersüchtig – zumindest am Anfang. Aber dann, als ich Zeit hatte darüber nachzudenken – zum Teufel Ginny, wir haben uns eben getäuscht, als wir meinten, die Sache wäre von Dauer. Kriege und Kämpfe verschaffen einem eine verzerrte Perspektive, besonders wenn man von einem Tag auf den anderen leben muß. Und was konnte ich dir eigentlich bieten? Ein Bett und einen Wagen, ewiges Herumziehen – ich kann es dir nicht übelnehmen, daß du die Gelegenheit beim Schopf packtest und dein Los verbessertest. Ich hätte es wahrscheinlich auch getan. Und wenn ich dich jetzt so sehe, in den passenden Kleidern vor dem passenden Hintergrund, so muß ich einsehen, daß es eine verrückte Idee war, dich aus deiner angestammten Umgebung zu reißen.» Sie schwieg und wollte weinen, wollte schreien, um sich gegen den farblosen, unbeteiligten Klang seiner Stimme aufzulehnen, als er weiterfuhr.
«Was ich eigentlich sagen wollte – ich mache mir Vorwürfe, weil ich dir dein Leben verpfuschte und wegen all der Widerwärtigkeiten, die du durchgemacht hast. Und irgendwie fühle ich mich verpflichtet, mich zu vergewissern, daß für dich jetzt alles wieder in Ordnung ist, so verrückt es auch klingen mag.»
Sie konnte kaum mehr hinhören. Es schien ihr fast unglaublich, daß dieser unbeteiligte Fremde, der sagte, er mache sich Vorwürfe, ja er fühle sich für sie verantwortlich, Steve sein sollte. Nicht der Steve, den sie gekannt hatte – unbekümmert, arrogant, selbstsüchtig, sogar grausam. Und doch, verdammt, trotz allem ihr Mann. Ihr Mann, der sie geliebt und es schließlich auch zugegeben hatte. Böse

und zärtlich, rauh und sanft. Aber vor allem nie im Leben gleichgültig.
Er hätte sie nie lieben sollen – hatte er das nicht eben zugegeben? Und jetzt sprach er von Verantwortungsbewußtsein, als wollte er sein Gewissen beruhigen, und sonst von nichts. Aber seit wann hatte Steve ein Gewissen?
Von neuem atemlos schrie sie wütend: «Ach! Hör doch auf! Sprich nicht weiter. Es ist doch überflüssig, wie du eben sagtest. Und was – was – nun, du kannst ja selber sehen, wie es mir geht, nicht? Du hast mir einen solchen Schock versetzt . . .» Und dann sagte sie das erstbeste, was ihr durch den Kopf ging: «Seit wann bist du einer von Mr. Murdocks Leibwächtern? Wie hast du . . .»
Er lachte kurz auf.
«Es freut mich zu sehen, daß du dich so schnell von deinem Schockzustand erholen kannst, Prinzessin. Und was meine Anwesenheit hier angeht, so muß ich zugeben, daß es zum Teil Neugierde war, zum Teil aber, ehrlich gesagt, auch weil ich irgendeine Beschäftigung brauchte, jetzt, da der Krieg ja vorbei ist. Ich kenne Sam Murdock seit langem und er zahlt gut. Das ist die Art Arbeit, die für mich am geeignesten ist, wie du sicher selbst zugeben mußt.»
«Du verdingst also dein Gewehr, ohne daß du es nötig hättest – ganz einfach, weil es dir gefällt, dein Leben zu riskieren, nicht wahr, Steve Morgan? Oder hast du nicht gehört, daß gut die Hälfte der Prämienjäger des Landes hinter dir her sind?» Ihre Augen blitzten wütend auf und ihre Wangen waren leicht gerötet. «Ich möchte nur wissen, was du wirklich im Schilde führst. Was ist es denn, was dich immer absichtlich Scherereien suchen läßt?»
Plötzlich, als die Musik jenseits der Mauer lauter wurde und man Schreie und vergnügte, anspornende Olé-Rufe hörte, kam Ginny Concepción in den Sinn und sie begann schwer zu atmen.
«Concepción! Warum kam mir das nicht schon früher in den Sinn? Sie ist deine Geliebte, nicht wahr? Du bist mit ihr hier – mit dieser . . . dieser . . .»
«Meine liebe Prinzessin, du wolltest doch nicht etwa einen jener wenig damenhaften Ausdrücke benutzen, die du einst so liebtest, oder?»
Er besaß die Frechheit, sie spöttisch anzugrinsen, während er seine langen Beine übereinanderschlug.
Einen Augenblick lang waren sie in die Vergangenheit zurückversetzt, als sich in Ginny eine blanke Wut breitmachte und sie Lust hatte, sein dunkles undurchsichtiges Gesicht mit ihren Nägeln zu zerkratzen. Sie hatte bereits mit gekrümmten Fingern die Hand gehoben, als er ihr Handgelenk ergriff.

«Vorsicht, Prinzessin. Oder hast du vergessen, daß du jetzt einen anderen Ehemann hast?»
Seine sarkastischen Worte wirkten wie eine Ohrfeige. Ginny spürte, wie die ganze Wut, das ganze Feuer von ihr wich, und sie starrte ihn beinahe ungläubig an. Wie hatte sie das vergessen können? All die Monate, all die Mißverständnisse zwischen ihnen – und jetzt benahm er sich, als sei er froh, sie los zu sein.
«Lassen wir doch Concepción aus dem Spiel. Wie du mir soeben in Erinnerung gerufen hast, sind wir seit langem befreundet, sie und ich. Aber leider bin ich noch nicht lange genug hier, als daß ich alle meine ehemaligen Bekanntschaften wieder hätte anknüpfen können. Ich bin gereist. Ich komme eben erst aus Virginia City zurück und bin verdammt müde. Aber als ich erfuhr, daß du hier bist, rein zufällig . . .»
Er beendete seinen Satz absichtlich nicht, und er beobachtete sie weiterhin durch seine Wimpern hindurch, von denen sie immer behauptet hatte, sie seien viel zu lang für einen Mann. Sie konnten seinen Augen manchmal einen finsteren, fast bedrohlichen Ausdruck verleihen, und in diesem Moment fröstelte Ginny vor Elend und Angst. Er wollte *sie* nicht. Er hatte sich bemüht, ihr das von Anfang an klarzumachen. Aber was wollte er denn tatsächlich?
Ob ihr der Gedanke paßte oder nicht, Tatsache war, daß sie Steve kannte. Gekannt *hatte.* Seine Art zu überlegen, seine absolute Skrupellosigkeit, wenn er ein bestimmtes Ziel verfolgte. Und sie glaubte nicht, daß seine Anwesenheit hier ein bloßer Zufall war.
Aber inzwischen war Ginny fast zu müde geworden, um zu denken. Sie war den ganzen Abend über angespannt gewesen, und in den letzten zwei Stunden hatten nur die Wut und der Schock sie auf den Beinen gehalten. Jetzt hatte sie plötzlich das Gefühl, alles sei von ihr gewichen. Die Leidenschaft – Gefühle – sogar der Kummer.
«Welches auch immer der Grund für dein Hiersein ist, Steve, früher oder später werde ich draufkommen. Im Moment mußt du mich entschuldigen, aber ich bin wirklich sehr müde. Mein Kopf schmerzt so.»
Es war ihr, als lösten sich ihre Knochen auf, als wäre sie eine Stoffpuppe. Ohne es zu merken, hatte sie beim Sprechen ihre Hände gegen die Schläfen gedrückt. Nur so konnte sie verhindern, daß sie mit den Zähnen klapperte, obwohl es nicht kalt war. Nichts spielte mehr eine Rolle; sie wollte nur irgendwie in ihr Zimmer gelangen, um etwas von dem Stärkungsmittel zu nehmen, das ihr bald Linderung verschaffen würde, das ihre angespannten Nerven beruhigen und jeden Muskel ihres Körpers entspannen würde. So konnte sie vor der grausamen Wirklichkeit fliehen, in farbenfrohe, funkelnde

Träume. O Gott, wie müde und krank sie sich fühlte! Sie mußte versuchen, sich aufrecht zu halten, sich bemühen, normal auszusehen ... Ohne sich dessen bewußt zu sein, hatte Ginny die Augen geschlossen. Einen Augenblick später spürte sie grobe, ungeduldige Hände auf ihren Schultern.

«Ginny! Um Himmels willen, was ist mit dir los?»

Obwohl er innerlich verbittert und verärgert war, konnte Steve nicht umhin, sich wegen ihrer plötzlichen Blässe zu ängstigen; weil sie so ganz anders aussah und sich benahm, als noch vor einem Augenblick. Er schüttelte sie leicht und wollte sie ins Leben zurückbringen; dabei mußte er sich immer noch beherrschen, ihr nicht weh zu tun, sie zu verfluchen, sie dafür zu bestrafen, daß sie eine launische, hohlköpfige Hure geworden war.

«Ginny! Verdammt ...»

Warum schrie er sie an? Warum war seine Stimme so voller Haß? Sie versuchte, sich seinem groben Griff zu entwinden.

«Nein! Warum läßt du mich nicht in Ruhe? Warum mußtest du zurückkommen? Du hast keine Verantwortung mehr mir gegenüber. Ich bin nicht deine – ich bin dir gar nichts. Ich will zu Bett gehen. Wenn ich nur etwas von meiner Arznei gegen das Kopfweh hätte ...»

Sie hörte ihn leise und heftig fluchen und fragte sich, weshalb er so wütend auf sie war. Im nächsten Augenblick fühlte sie, wie sie hochgehoben wurde. Er trug sie in seinen Armen, und ihr Kopf ruhte wohl oder übel an seiner Schulter.

«Nein, ich will nicht ...»

«Du hast nicht einmal mehr die Kraft, dich zu wehren. Aber mach dir keine Sorgen, Prinzessin. Ich habe wirklich nicht die Absicht, dich zu vergewaltigen, wenn es vielleicht das ist, wovor du Angst hast.»

Sie wollte erwidern, daß sie keine Angst hätte, daß es ihr einerlei war, was mit ihr geschah, aber ihre Zunge war zu schwer, genauso wie ihre Augenlider. Und irgendwie, so seltsam und widersprüchlich dies auch schien, war es angenehm, von starken, vertrauten Armen gehalten zu werden, selbst wenn ihr Steve böse war. Sie erinnerte sich, wie er sie die teppichbelegte Treppe in Lilas vornehmem Haus in El Paso hochgetragen hatte, und wie sie damals gegen ihn angekämpft und ihn gehaßt hatte. Jetzt war sie zu müde für alles – um Angst zu haben, um unglücklich zu sein, und sogar um zu hassen.

Delia stieß einen kleinen Angstschrei aus, als die Türe unsanft aufgestoßen wurde, und ein großer, bärtiger, schwarzgekleideter Mann mit einer unter seiner Jacke gut sichtbaren Waffe ihre Herrin ins Zimmer trug.

Sie unterdrückte einen weiteren Angstschrei, als sie ein paar harte, unbeugsame, blaue Augen anstarrten.
«Decken Sie das Bett ab – und tun Sie nicht so, als hätte sie eine Schlange gebissen. Sie – die Prinzessin fühlt sich nicht wohl. Wissen Sie, was zu tun ist?»
«Aber . . .» Die blauen Augen schienen dunkler zu werden, und Delia schluckte. «Ja, Sir. Sie braucht etwas von ihrem Stärkungsmittel. Damit fühlt sie sich immer sehr viel besser, und es ist eine Weile her, seit sie eines ihrer Pulver nahm. Ich kann mich um sie kümmern, Sir.»
Er ließ sie überraschend sanft auf das Bett gleiten; Ginny öffnete die Augen und blinzelte gegen das Licht.
«Steve . . .?» fing sie an, aber ihre Stimme war undeutlich und fast unverständlich. Und er schaute immer noch Delia an.
«Ich glaube, Sie holen am besten die Medizin, von der sie sprachen, sofort. Und sollte jemand Fragen stellen – ich arbeite für Mr. Murdock. Er hat mich raufgeschickt.»
«O nein, Sir. Ich werde keiner Seele etwas sagen, Miß Ginny würde das nicht schätzen, aber ich täte es auch sonst nicht.»
«Schlafen Sie gut, Prinzessin.»
Seine Stimme war farblos und sachlich – ganz Sam Murdocks angeheuerter Leibwächter, der einem der Gäste gegenüber seine Pflicht erfüllte.

Neunzehntes Kapitel

Ginny wachte spät auf, sie rang mit den Erinnerungen an den vergangenen Abend. Irgendwie schien alles zu unwirklich um wahr zu sein, und sie versuchte sich einzureden, sie hätte alles nur geträumt. Natürlich hatte sie das! Jede andere Möglichkeit war undenkbar. Und doch . . .
«Sie sind alle ausgeritten, Ma'am», sagte Delia, als sie Ginny beim Ankleiden half. «Gingen vor etwa einer halben Stunde weg und sagten, ich solle Sie ausschlafen lassen, solange Sie wollten. Und Sie sollen auch das Frühstück hier im Bett einnehmen, wenn Sie mögen.»
«Wer ordnete das an?» fragte Ginny mit scharfer Stimme, und das Mädchen sah überrascht aus.
«Na – der Senator. Und Mr. Murdock selbst. Sie wollten alle, daß Sie sich ausruhten. Mr. Murdock sagte, wenn Sie aufstehen, sollen Sie sich ganz wie zu Hause fühlen, und alles tun, worauf Sie Lust haben.»

Ohne geheißen zu werden brachte Delia ein Kopfwehpulver, sorgfältig in Reispapier eingewickelt, und ein großes Glas eiskalten Zitronensaft. Als Ginny automatisch die Hand danach ausstreckte, stellte sie fest, daß das Gesicht des Mädchen einen etwas listigen Ausdruck angenommen hatte, was sie unwillkürlich an Tilly erinnerte.

«Mr. Murdock ist ein einflußreicher, vermögender Mann, nicht? Hab ich gemerkt, an der Art, wie die Leute über ihn sprechen. Und er hält viel von Ihnen. Das konnte jedermann sehen, so besorgt sah er aus, als er sich nach Ihnen erkundigte.»

Das Pulver rutschte hinunter. Und der Zitronensaft war so kühl in der Kehle.

«Sind sie alle ausgeritten?»

Benimm dich ungezwungen, sagte sie sich selbst, tu unbeteiligt. Wenn es letzte Nacht wirklich Steve gewesen ist, so ist er jetzt schon weg. Er würde nicht wagen, hier zu bleiben. Und wieviel wußte Sam Murdock? Welches Spiel spielte er?

«Es sind alle weg», sagte Delia selbstzufrieden. «Sogar die junge, spanische Dame. Das ganze Haus gehört Ihnen, Ma'am. Was Sie auch tun wollen – das sagte Mr. Murdock. Und er sagte es auch zu den anderen Bediensteten.»

Ginny zog ihr bevorzugtes, bronzefarbenes Reitkleid an. Das Frühstück mit Kaffee und Brötchen wurde ihr in den kleinen, privaten Patio gebracht. Ohne Kommentare, ohne Erklärungen hatte man sie dorthin geführt. In dieser luxuriösen Abgeschiedenheit begann sie, sich ein bißchen wie eine richtige Prinzessin zu fühlen ... aber warum dachte sie an so etwas?

«Nein, ich will nicht denken», sagte Ginny zu sich. Sie zwang sich, ihren Kaffee zu trinken und ein halbes Brötchen zu essen, obwohl sie nicht im geringsten hungrig war. Wie still es hier war. Die Steinbank und der Steintisch, die Miniaturbrunnen und das Becken. Die verwittert aussehende Steintreppe, die zu Sam Murdocks Suite führte. Kam er oft hier herunter, um allein zu sein? Oder war dieses Haus nur die vorübergehende Laune eines viel zu reichen Mannes?

Delia hatte sie weggeschickt und die schweigsamen, lächelnden Diener, die sie bedient hatten, waren verschwunden. Sie spürte das Blut in ihren Adern fließen und die Sonne schien warm auf sie herab. Sie fühlte sich voller Leben, angenehm wohl und bereit, allem entgegenzutreten; sogar der Vergangenheit. Sie hatte im Sinn gehabt, reiten zu gehen – vielleicht die anderen einzuholen. Aber wollte sie wirklich andere Leute um sich haben?

Erst als sie ihn die Treppe herunterkommen sah, gestand sich Ginny ein, daß sie gewartet hatte.

Er trug ein weißes Leinenhemd mit offenem Kragen und schwarze Hosen. Er war ungekämmt und sah verärgert und müde aus, als hätte er nicht gut geschlafen. Ihr Herz begann schneller zu schlagen, aber sie sagte sich unbarmherzig, daß er zweifellos, nachdem er sein Gewissen ihr gegenüber besänftigt hatte, die Nacht mit Concepción verbracht hatte. Weshalb erzürnte sie dieser Gedanke?
«Was tust du hier?»
Er rieb sich nachdenklich das Kinn, das kratzende Geräusch seiner Finger in den Barthaaren ging ihr auf die Nerven.
«So genau weiß ich das auch nicht. Außer daß ich im Augenblick zufällig hier wohne. Und Sam mich gebeten hat, nach dir zu schauen. Mich zu vergewissern, daß es dir an nichts fehlt. Stört es dich, wenn ich dir Gesellschaft leiste? Es wäre doch schade, das schöne Frühstück verderben zu lassen.»
Ohne ihre Antwort abzuwarten, ließ sich Steve auf den gegenüberstehenden Stuhl fallen und griff nach einem Brötchen. Ginnys Haltung wurde steif, denn sie war sich nur allzu sehr bewußt, wie kritisch sie seine Augen musterten.
«Du bist dünner geworden. Und du hast nicht mehr die pfirsichgoldene Sonnenbräune, die dir so gut stand. Wahrscheinlich gehst du häufig spät ins Bett. Hast du vergessen, wie man Kaffee einschenkt, oder überläßt du das jetzt den Bediensteten?»
«In Anbetracht der Tatsache, daß du selbst ja auch fast zu diesen zählst, dünkt es mich, dein Ton sei ein wenig zu vertraulich.»
Ihre Stimme war kalt, und er quittierte es mit einem leichten Anheben der Braue.
«Ich sehe, daß du heute morgen schon eher wieder wie früher bist. Gut, ich kann meinen Kaffee auch selbst eingießen. Verzeihung, daß ich es wagte, Prinzessin.»
Er streckte seine Hand nach der silbernen Kaffeekanne aus, als sie ihm zuvorkam und sie ihm fast wegriß.
«Ich tu es – für dieses eine Mal. Und ich möchte jetzt genau wissen, was du hier tust, Steve Morgan. Was hast du im Sinn? Vergiß nicht, daß ich dich kenne – nur zu gut!»
«Ich habe es nicht vergessen, danke», sagte er forsch, als er die Tasse aus ihren zitternden Händen nahm. Sie wünschte sich, seine Augen würden nicht in der altgewohnten Art auf ihr ruhen, hellblau im Sonnenlicht, spöttisch und fragend. So fuhr sie schroff weiter: «Warum bist du hier? Willst du mir zur Abwechslung einmal die Wahrheit sagen, oder muß ich Mr. Murdock fragen?»
«Sam weiß nicht viel. Früher kannten wir uns recht gut. Er hat altmodische Anschauungen über Frauen. Er machte sich gestern abend Sorgen um dich. Vielleicht solltest du ihm sagen, daß ich Distanz gewahrt habe, ich möchte nicht meine Stellung verlieren.»

Er machte sich auf seine sarkastische Art über sie lustig, als er sich im Stuhl zurücklehnte und sie über den silbernen Rand seiner Kaffeetasse hinweg anschaute.
«Ich glaube, ihr kennt einander besser als du zugeben willst. Du – du kamst doch eben aus seinem Schlafzimmer, oder nicht?»
Wiederum zwinkerte er sie an; die Fältchen in seinem Gesicht wurden tiefer.
«Nein so was. Das hätte ich vom alten Sam nie gedacht. Du warst also schon in seinem Schlafzimmer oben? Pfui, schäm dich, Prinzessin! Oder ist dein Gatte so verständnisvoll, daß ihm das nichts ausmacht?»
Ginnys Gesicht nahm Farbe an.
«Du hast dich wohl überhaupt nicht geändert», sagte sie scharf. «Du würdest sogar dem Mann in den Rücken fallen, der dir geholfen hat . . .»
«Aber das war doch keine Beleidigung. Ich finde, Sam hat Glück. Und dein Mann, natürlich. Wirklich schade, daß er nicht hier ist.»
Ginny hatte den Mund bereits halb geöffnet um scharf zu antworten, als sie ihn plötzlich wieder schloß und ihre Lippen zusammenpreßte. Mit einem Schlag hatte sie erkannt, daß Steve betrunken war. Furchtbar betrunken. Und sie hatte Steve nie zuvor betrunken gesehen. Er zeigte es kaum, aber sie wußte es.
«Ich glaube, ich lasse dich jetzt besser allein», sagte sie mit eiskalter Höflichkeit. «Du hast mich daran erinnert, daß ich einen Gatten habe und mir im selben Atemzug vorgeworfen, ich hätte einen Geliebten. In deinem jetzigen Zustand lohnt es wohl kaum, dich daran zu erinnern, daß dich das Ganze überhaupt nichts angeht. Das hast du doch gestern abend klar gemacht, oder?»
Sie stand auf. Das Sonnenlicht flimmerte ihr vor den Augen. Sie mußte weg von hier – er war gekommen, um sie zu quälen, um sie zu bestrafen. Und selbst das Pulver, das sie eingenommen hatte, reichte nicht aus, um sie gegen diese Art Verletzung zu wappnen.
«Mir scheint, wir hätten unsere Positionen jetzt klar abgegrenzt», sagte er schleppend. «Du brauchst also nicht wegzulaufen, als hättest du Angst, ich würde dich vergewaltigen. *Jene* Tage sind endgültig vorbei, Prinzessin.»
Aber weshalb war denn seine Hand hervorgeschnellt und hatte ihr Handgelenk festgehalten? Ginny stand bewegungslos und voller Wut da; ein einziger Versuch, sich loszureißen, hatte sie daran erinnert, wie stahlhart der Griff seiner Finger sein konnte. Mehr denn je hatte sie das Gefühl, er sei mit der Absicht hierhergekommen, ein grausames Spiel mit ihr zu treiben.
Ginny biß sich auf die Lippen und es gelang ihr, ihre Stimme unter Kontrolle zu halten.

«Na gut, Steve. Vielleicht läßt du mich los, wenn du mir gesagt hast, was du mir noch zu sagen hast.»
Steve war sich in seiner entrückten Klarheit bewußt, daß er betrunken war. Er wußte auch, daß er sie hätte weggehen lassen sollen. Seit sie am Vorabend auseinandergegangen waren, verfolgten ihn die verzweifelten, wütenden Worte, die sie ihm ins Gesicht geschleudert hatte.
«Warum läßt du mich nicht in Ruhe? Warum mußtest du zurückkommen?»
Er war beinahe bereit gewesen, der ganzen Sache den Rücken zu drehen – und Bishop zu sagen, er solle sich einen anderen Mann suchen. Auch jetzt, obwohl er gestern abend mit Sam Murdock gesprochen hatte, hatte sie etwas an sich, das ihn dazu verleiten könnte, sie zu schütteln und zu würgen. War es möglich, daß sie tatsächlich in Sahrkanov verliebt war? Wieviel wagte er ihr zu erzählen?
Sie musterten einander argwöhnisch und hielten ihre Gedanken sorgfältig voreinander verborgen.
«Du bist zum Ausreiten angezogen», sagte Steve plötzlich. «Sam möchte nicht, daß du enttäuscht bist. Wenn du dich nochmals hinsetztest und mir Zeit gibst, meinen Kaffee auszutrinken, begleite ich dich. Er möchte nicht, daß du verlorengehst.»
Ginny hatte immer noch Lust wegzulaufen. Aber das wollte sie sich unter keinen Umständen anmerken lassen. Er sollte glauben, daß sie seine Nähe genauso wenig berührte wie umgekehrt.
«Ich nehme an, ich habe keine andere Wahl. Aber es überrascht mich wirklich, wie frech du hier aufzutreten wagst. Wenn dich mein Vater sähe, oder Sonja . . .», sie rieb sich das Handgelenk, das er inzwischen losgelassen hatte. Zu ihrer Überraschung stand er höflich auf, um ihren Stuhl zurechtzurücken.
«Meine Güte», sagte sie mit absichtlich honigsüßer Stimme, «es scheint so, als hättest du doch noch ein wenig Manieren gelernt.»
«Und als hätte deine Zunge nichts von ihrer Schärfe eingebüßt, wenn ich mich recht erinnere. Aber falls du dir Sorgen machst, Prinzessin, so kann ich dich beruhigen – ich habe im Sinn, heute abend abzureisen. Niemand weiß, ob wir uns jemals wiedersehen. Wir können also versuchen, unseren Ausritt so angenehm als möglich zu gestalten. Keine Vorhaltungen mehr. Ich werde versuchen, meine Zunge im Zaum zu halten, wenn du es auch tust.»
Durch seine von Müdigkeit schweren Augenlider hindurch beobachtete er sie beim Sprechen; sein plötzlicher Stimmungsumschwung und seine Taktikänderung verwirrten sie. War er dazu nicht schon immer fähig gewesen? Zum Glück hatte sie gelernt, ihr Gesicht hinter einer Maske zu verbergen.

Ginny nickte leicht mit dem Kopf, ohne jedoch zu antworten; ihre Gedanken waren bitter. Jetzt, da er der Verantwortung, von der er gesprochen hatte, nachgekommen war, würde er fortgehen. Aber was sollte ihr das schon ausmachen? Nicht nur liebte er sie nicht mehr, er begehrte sie auch nicht mehr. Vor einigen Monaten noch hätte er ihr am liebsten die Kleider vom Leibe gerissen, wenn sie sich nicht schnell genug auszog. Und jetzt hatte er sie, obwohl sie ganz allein hier waren, nur angeschaut, mit jenem neuen, halb verächtlichen Verhalten, das er ihr gegenüber offenbar angenommen hatte; und er sprach mit ihr, als wäre sie irgendeine Fremde, für die er nicht viel übrig hatte.

«Wenn es dir nichts ausmacht», sagte Steve höflich, «reiten wir in eine andere Richtung als die anderen. Und ich bring dich ins Haus zurück, bevor die anderen eintreffen, falls es dich nervös macht. Sie haben ein Picknick mitgenommen und werden also nicht vor dem Nachmittag zurück sein.»

War es wirklich möglich, daß sie wieder neben Steve einherritt? Und daß sie kühl wie zwei Fremde miteinander sprachen und beide befangen waren? Was war da noch zu sagen?

Steve schien sich in der sanften, bewaldeten Hügellandschaft, durch die sie kamen, auszukennen. Ginny war es einerlei, in welcher Richtung sie ritten oder wohin er sie führte. Wie er ihr versicherte, hatte sie von ihm nichts zu befürchten. Wie sehr er sich verändert hatte! Er schien kaum zu bemerken, daß sie neben ihm herritt.

Eine leichte Brise war aufgekommen und Strähnen von kupferfarbenem Haar fielen in Ginnys bleiches und nachdenkliches Gesicht. Ob sie glücklich war? fragte sich Steve. Gefiel ihr das Leben, das sie gewählt hatte? Ein Gatte, dem sie einen Titel und einen beachtlichen Rang in der Gesellschaft verdankte, und den es, wie geflüstert wurde, nicht besonders störte, wenn seine junge, schöne Ehefrau andere Liebhaber neben ihm hatte. Aber was, zum Teufel, war mit dem alten Wüstling, Sir Eric Fotheringay, gewesen? Auch wenn sie schlußendlich ihre Meinung über ihn geändert hatte – mein Gott, was hatte sie denn erwartet? Sie war zu einer gewöhnlichen, kaum wählerischen kleinen Hure geworden, aber auch er war daran nicht unschuldig. Trotz allem gelang es ihr immer noch, einen ziemlich unschuldigen Ausdruck zu behalten. Wie ihr das wohl gelang?

Steve hatte absichtlich einen Weg gewählt, der eigentlich gar keiner war – eher eine kaum zu erkennende Spur, der er schon zuvor gefolgt war, und die zu einer kleinen Lichtung beim Bach führte. Aber es war dicht bewaldet hier und er mußte seinen Weg sorgfältig aussuchen. Innerlich verfluchte er die Auswirkungen des Alkohols, die ihn immer noch am klaren Denken hinderten. Er mußte

verrückt gewesen sein, als er sich von Bishop hatte überreden lassen, hierher zu kommen. Wenn Ginny tatsächlich unglücklich gewesen wäre, oder wenn sie sogar bei den Machenschaften Sahrkanovs und ihres Vaters überlistet worden wäre, dann hätte sie das doch sicher gesagt. Was für ein Narr war er gewesen!
Sie hatten die Lichtung endlich erreicht. Und was jetzt? Ginny saß auf ihrem Pferd und starrte ins Wasser. Sie wurde sich plötzlich der Ruhe bewußt, die hier herrschte. Man hörte nichts als das unaufhörliche Zwitschern der Vögel und das kühle Plätschern des fließenden Wassers. Ein liegender Baumstrunk, halb im hohen Gras und halb im Wasser, wirbelte die Strömung auf. Nichts deutete darauf hin, daß hier jemals schon jemand gewesen war.
Sie wandte den Kopf. Steve starrte mürrisch ins Wasser, als bedaure er bereits, sie hierhergebracht zu haben. Die Sonne brannte heiß, jetzt, wo sie den Schutz des Waldes verlassen hatten. Es erinnerte Ginny daran, daß es bereits gegen Mittag ging, beinahe Zeit, um umzukehren und zum Haus zurück zu reiten.
«Möchtest du hier eine Weile ausruhen? Die Pferde hätten es nötig.»
Mit einem Anflug seiner alten Arroganz war Steve bereits von seinem Pferd abgestiegen und ließ die Zügel am Boden schleifen. Ohne eine Antwort abzuwarten, legte er seine Hände um ihre Taille und hob sie aus dem Sattel.
Automatisch hatte sie ihre Hände auf seine Schultern gestützt, um das Gleichgewicht zu halten. Und als er sie auf den Boden setzte, schien es genau so natürlich, daß seine Hände von ihrer Taille den Rücken hinaufglitten. Warum nicht? Er begehrte sie. Warum hatte er sich zurückgehalten?
Ginny gab einen leisen, keuchenden Laut von sich. Vor Schreck? Vor Angst? Dafür war es zu spät. Steve war der einzige Mann, der ihr das Gefühl gab, er besitze sie, er dringe in sie ein, allein mit seinen Küssen. Ihre Finger klammerten sich an seinen Schultern fest, berührten sein Haar; dann schloß sie die Augen und gab sich dem altvertrauten Gefühl von Mattigkeit, von Verzückung und von Begierde hin. Er küßte ihren Mund, seine Lippen ruhten kurz auf den ihren, dann ihre Wangen, ihre geschlossenen Augenlider, ihr Haar – ungeduldig riß er ihr den Hut ab, den sie mit soviel Sorgfalt befestigt hatte, und damit auch einige Haarnadeln. Und als ihre Haare niederwallten, zerdrückte er sie zwischen seinen Fingern bevor er diese in die seidige Masse grub und ihren Kopf daran zurückzog; seine Lippen brannten auf ihrer Kehle, und als die Knöpfe, die ihr Mieder zusammenhielten, seinen ungeduldigen Fingern nachgaben, auf ihren Brüsten. Sie war ganz Feuer, und er die Flamme. Sie fühlte, wie sie sich verzehrte, sich auflöste und fiel; und dann war

die Hitze, die heiße Sonne über ihnen, der Geruch von zerdrücktem Gras und Salbei unter ihrem Körper als er sie ruhig, wortlos, ohne eine unnötige Bewegung, auszog und nahm.
Es war Ginny, als sei sie gestorben und käme langsam ins Leben zurück. *Le petit mort.* Der kleine Tod. Die kaleidoskopisch herumwirbelnde Umgebung ordnete sich langsam wieder zu einem Ganzen, als ihr Atem regelmäßiger wurde. Wie lange hatte sie hier gelegen? Und wo war Steve? Allein den Arm zu heben, um die Augen vor der Sonne zu schützen, war eine Anstrengung. Eine fast zu große Anstrengung, genauso wie das Wenden des Kopfes.
Er tauchte naß und triefend aus dem Fluß auf und fuhr sich mit den Fingern durch das Haar. Sie sah, wie er sie anblickte, mit harten Augen wie kleine dunkelblaue Saphire; dann begann er, immer noch wortlos, sich anzukleiden.
Ginny fühlte, wie ihr Herz heftig pochte – es war, als würde sie der Puls in ihrem Hals ersticken. Bestimmt würde er, nach dem was geschehen war, etwas sagen?
Sie stützte sich auf die Ellbogen hoch und wunderte sich, wie schwach sie war. Neben sich sah sie ihr zerknittertes Reitkleid liegen, so wie er es fallen gelassen hatte. Wie würde sie, so gekleidet, nach Hause zurückkehren können? Die anderen mochten schon zurück sein – die Diener würden es alle wissen . . . aber seit wann kümmerte es Steve, was die Leute dachten?
Er schlenderte zu ihr herüber, schnallte derweil seinen Gürtel zu und warf sich das Hemd wie ein Cape über die Schultern.
«Du siehst äußerst verführerisch aus, wenn du so daliegst, meine Süße. Aber möchtest du dich nicht lieber wieder ankleiden? Du willst doch nicht etwa, daß dein Mann zur Begrüßung unerfreulichen Klatsch zu Ohren bekommt, wenn er auftaucht, oder?»
Seine zwanglos ausgesprochenen Worte und die Art, wie er ungezwungen von *ihrem Mann* sprach, gaben Ginny das Gefühl, als wäre sie geschlagen worden. Zunächst war sie so bestürzt, daß sie nichts anderes tat, als ihn anzustarren – dieses harte, bärtige Gesicht, das keinerlei Gefühle verriet.
«Na? Los Ginny – wenn du noch ein Bad im Fluß nehmen willst, mußt du dich beeilen.»
Er zog sie mühelos auf die Füße. Einen Augenblick lang, als sie nahe beieinander standen, meinte sie, sie hätte in seinen Augen einen Funken Gefühl entdeckt. Verachtung? Bedauern? Was immer es gewesen war, jetzt war es verschwunden. Er trieb sie ungeduldig vorwärts, als läge ihm nur daran, eine angenehme aber unbedeutende Episode so schnell als möglich hinter sich zu bringen. Ein Abenteuer mit einer verheirateten Frau, deren Mann nichts davon wissen sollte.

Erniedrigt und mit wachsendem Ärger riß sich Ginny von ihm los. «Glaubst du, ich komme nicht allein zurecht? Wenn du so in Eile bist, warum gehst du dann nicht ohne mich?»
Mit verräterisch zitternden Fingern schlang sie die Haare auf ihrem Kopf zu einem Knoten zusammen. Sie drehte ihm den Rücken zu und trat behutsam in den Fluß – die Kälte des Wassers ließ sie nach Luft schnappen.
Er saß rittlings auf dem Baumstamm, der ins Wasser hing und beobachtete sie. Zu wissen, daß seine Augen auf ihr ruhten und sie offen musterten, machte sie nervös. O Gott, nach allem, was passiert war, nach der oberflächlichen Art, wie er sie genommen hatte und dann von ihr weggegangen war, wie war es da möglich, daß sein prüfender und kritischer Blick sie immer noch so bewegte?
Ginny tat so, als bemerke sie ihn nicht und ging weiter gegen die Flußmitte zu. Sie fühlte den wachsenden Druck der Strömung, die sie wegzureißen drohte.
«Paß auf!» rief er ihr mit immer noch leicht sarkastischer Stimme zu. «Oder willst du die Rolle von Ophelia spielen?»
Sie klapperte mit den Zähnen, als sie sich ins Wasser kauerte und sich bespritzte; kalte Rinnsale rannen ihr über Schultern und Rücken.
«Ich bin überrascht, daß du Shakespeare gelesen hast! Und du – fühlst du dich als Hamlet, der nicht fähig ist, sich zu entschließen?»
Er beachtete ihren Sarkasmus nicht.
«Du wirst ganz blau vor Kälte, Ginny. Warum kommst du jetzt nicht raus?» Die Ungeduld in seiner Stimme ließ sie erstarren und machte sie wütender als je.
O ja, wie konnte sie das vergessen haben? Es hatte eine Zeit gegeben, als sie Steve Morgan glühend gehaßt hatte, und nun machte er ihr es leicht, wieder dieselben Gefühle zu hegen.
Sie beachtete ihn nicht und schöpfte mit ihren Händen Wasser, um ihr glühendes Gesicht zu kühlen.
«Ginny!» Wie wagte er es, mit ihr in diesem gebieterischen, tyrannischen Tonfall zu sprechen?
«So geh doch, wenn du es so eilig hast!»
Halb blind vom Wasser hatte sie bei ihrer Erwiderung den Kopf in den Nacken zurückgelegt und durch diese plötzliche, abrupte Bewegung hatte sie das Gleichgewicht verloren. Als sie wieder auftauchte und nach Luft schnappte, schlug sie wild mit den Armen um sich. Das erste was sie vernahm, war sein Hohngelächter.
«Oh – du gefühlloses Scheusal – du Schuft! Du . . .», sie fluchte auf mexikanisch drauflos und gebrauchte die wüstesten Ausdrücke, an die sie sich erinnern konnte, während sie sich ihre schweren Haarsträhnen aus dem Gesicht strich.

«Das tönt eher nach einer Hure als nach einer Prinzessin, Ginny. Und bei Gott, ich hätte die beste Lust, dich wieder unter Wasser zu drücken und zu ersäufen!»

«Versuch es doch! Versuch es nur, Steve Morgan!»

Von einem kindischen, fast unerträglichen Haßgefühl erfüllt watete sie unbeholfen zu ihm hinüber, und als sie nahe genug war, spritzte sie ihn mit Wasser an. Als er sich instinktiv bückte und das Gesicht abwendete, griff sie nach seinem Bein und zog mit wilder Kraft daran. Beim Versuch, ihn unter die Wasseroberfläche zu drücken, gingen sie beinahe beide unter. Und als er sie schließlich ans Ufer gezogen hatte, hätte er die beste Lust gehabt, sie wieder hineinzustoßen.

Beide waren tropfnaß, aber sie hatte wenigstens trockene Kleider zum Anziehen. Von dem Kampf im Wasser und von seiner Wut angestachelt, war sie es jetzt, die loslachte. Steve schaute voller Abscheu an sich hinunter. Wenigstens hatte er seine Waffe nicht getragen. Bei ihrer Rückkehr würde sie das einzige sein, was an ihm noch trocken war.

Ginny hatte sich von ihm entfernt, als fühlte sie seine Wut, und hatte begonnen, sich Körper und Haar mit dem zerrissenen Hemd abzutrocknen.

«Warum hüllst du dich nicht einfach in eine Wolldecke? Wie in eine römische Toga. Ich würde dir gern mein Höschen leihen, aber ich befürchte, es würde dir nicht sitzen. Soll ich nach Hause gehen und dir einen Diener mit trockenen Kleidern schicken? Falls Concepción bereits zurück ist, würde sie sicher gerne selbst kommen.»

«Zieh dich endlich an und steig aufs Pferd. Sonst kriegst du ein paar schwarzblaue Flecken auf deinen hübschen Körper verpaßt, die du dann vor deinem Mann – oder vor deinem gegenwärtigen Liebhaber rechtfertigen mußt!»

Er sprach zwischen den Zähnen hindurch und Ginny griff unwillkürlich nach ihrem Kleid.

«Das wirst du nicht wagen! Du hast kein Recht . . .»

Er warf ihr einen langen, abwägenden Blick zu, der ihr Angst machte.

«Dessen bin ich nicht so sicher. Ich bin am Ende meiner Geduld. Ich glaube, du bist die Art Frau, die man regelmäßig schlagen muß. Und genau das werde ich tun, wenn du dich jetzt nicht beeilst.»

Sie zitterte vor Kälte und zog ihre Kleider an; sie war wütend auf sich, weil sie nachgab; noch viel mehr aber auf Steve, weil er ihr drohte. Sie spielte mit dem Gedanken, es ihrem Vater zu erzählen, und Sam Murdock darauf aufmerksam zu machen, was für einen Leibwächter er eingestellt hatte.

Schließlich ritten sie schweigend zurück. Steve ritt mit nacktem

Oberkörper, er hatte sein Hemd am Sattelknauf befestigt. Und jetzt wurde Ginny ihr aufgelöster Zustand erst so recht bewußt. Ihre Haare waren noch tropfnaß und das herabrieselnde Wasser machte ihr Reitkleid auf den Schultern und am Rücken unangenehm naß. Ein Frösteln durchlief sie, als sie durch die dicht bewaldete Gegend ritten, die von der Sonnenhitze abgeschirmt war. Warum sagte Steve nichts? Er hatte kein Recht, sie zu benutzen, als sei sie eine Hure, die er in der Nacht zuvor aufgelesen hatte, um einige lustvolle Augenblicke mit ihr zu genießen. Sie begann sich nach einem heißen Bad und nach warmen Kleidern zu sehnen. Und nach einem Pulver, um die Kopfschmerzen zu bekämpfen, die sie jetzt kommen spürte.

In seiner Wut war Steve doch noch vorsichtig genug, sich dem Haus von hinten zu nähern.

Er war vor ihr hergeritten, und Ginny zügelte ihr Pferd, als sie ihn erbittert fluchen hörte.

«Verdammt! Eigentlich sollte ich dich vorangehen und deinen Zustand erklären lassen. Vielleicht hat dein Mann beschlossen, uns hier mit seiner Gegenwart zu beehren. Hoffentlich hast du dir eine glaubwürdige Ausrede zurechtgelegt.»

«Warum sollte ich Ausreden erfinden? Das überlasse ich dir – du bist doch solch ein erfahrener Lügner!»

Er wandte seinen Kopf und kalte, blaue Augen glitten über sie.

«Bereite lieber deine Lügengeschichten vor, Kleine. Ich habe keinen guten Ruf zu verlieren. Und *ich* bin nicht verheiratet, gottlob!»

In den Ställen herrschte Hochbetrieb. Pferde wurden abgesattelt, kleine Wagen abgeladen, und überall waren Reitknechte und Vaqueros.

Ihr Mut von eben war vergessen, jetzt schreckte Ginny zurück.

«Oh!» Ihre Stimme klang schüchtern und besorgt.

Er warf ihr einen strafenden Blick zu, aber er war schon dabei, das Pferd abzuzäumen.

«Sieht aus, als wären sie eben zurückgekommen. Sie werden in ihren Zimmern sein, um sich frisch zu machen.»

Sie wurde an frühere Zeiten erinnert. Steves wütende, schleppende Stimme: «Du bist der Trumpf in meiner Hand, Kleine. Vielleicht, wenn mir diese Meute nicht mehr auf den Fersen ist, brauch ich dich nicht mehr, laß ich dich laufen. Aber mach dir keine übertriebenen Hoffnungen . . .» – «Paco sitzt hier im Gefängnis und ich will ihn herausholen . . .» – «. . . ich bringe dich diesmal in ein Haus, Freunde von mir . . .»

Warum mußten diese Erinnerungen in ihr aufsteigen?

Sie folgte ihm. Ohne Fragen zu stellen. Es war zu spät, sich Sorgen zu machen.

Sie traten zur Vordertüre ein; das Gesicht des ältlichen Butlers blieb unbewegt.
«Kein Anlaß, eine Bemerkung zu machen.» Steves Stimme war barsch.
«Nein, Sir.»
Seine Finger umklammerten schmerzhaft ihren Arm.
«Wo willst du hin? Hier geht's durch.»
Um die große, leere Eingangshalle zu meiden, wählte Steve einen verborgenen, seitlichen Treppenaufgang. Ginny war außer Atem und stolperte über ihre am Boden schleifenden Röcke, als sie am Treppenabsatz ankamen.
Am anderen Ende des teppichbelegten Korridors konnte man leise Stimmen und Gelächter hören.
«Zum Teufel!» fluchte Steve leise und klopfte dann an eine Tür; gleichzeitig drehte er am Türknopf.
Einen Augenblick lang widerstand die Tür, dann aber öffnete sie sich, und Ginny wurde hineingerissen; die Tür schlug hinter ihnen zu.
Sie blickte in Concepcións erstauntes, verärgertes Gesicht.
«Por Dios! Seid ihr verrückt? Was willst du hier mit *ihr*? Esteban, ich sage dir . . .»
«Nein, ich will es nicht hören. Nicht einmal von dir, Querida.»
Er ließ Ginnys Arm fahren, als sei sie plötzlich aussätzig geworden und brachte Concepcións offenen Mund durch einen Kuß zum Schweigen. Ginny stand wie erstarrt da und sah, wie sich der Arm des Mädchens einen Augenblick später um seinen Hals legte, so daß er sich schließlich freimachen mußte.
«Wir hatten einen kleinen Unfall . . .»
«Du bist ins Wasser gefallen, das kann ich sehen. Sie auch?»
«Na . . .»
«Ich war zuerst im Wasser. Und dann – wollte er mir Gesellschaft leisten. Mußt du dich wirklich bei ihr entschuldigen, Steve? Warum sagst du ihr nicht einfach . . .»
«Ginny, halt 's Maul!»
«Aber warum denn? Ich möchte wirklich gerne die ganze Geschichte hören!»
«Ihr widert mich beide an!» sagte Ginny heftig und drehte sich um, um wegzulaufen.
Er hielt sie zurück, indem er ihr den Arm um die Taille legte, so daß sie gezwungen war, sich gegen ihn fallen zu lassen.
«Meinst du, ich habe all das vergebens auf mich genommen? Du bleibst ruhig, Prinzessin, bis ich einen Weg gefunden habe, dich in dein Zimmer zurückzubringen, ohne daß halb San Francisco erfährt, was du getan hast.»

«Was *ich* getan habe? Aber du . . .»
Concepción lachte kurz auf. «Es ist offensichtlich, was ihr beide getan habt. Aber ich, Prinzessin, bin wenigstens nicht mit einem anderen Mann verheiratet. Wollen Sie, daß alle wissen, was Sie wirklich sind? Eine Ehebrecherin! Warum verlierst du deine Zeit mit ihr, Esteban? Sie geht mit jedem ins Bett, der ihr Gelegenheit dazu gibt.»
Hätte Steve sie nicht festgehalten, so hätte Ginny der anderen das Gesicht zerkratzt. Er sagte schroff: «Ihr beide könnt später darüber streiten, welche von euch die schlimmere Hure ist. Ich bin nicht für einen Streit aufgelegt. Wo ist Sam?»
Erst jetzt bemerkte Ginny, daß Concepción, völlig ungeniert, mit abgestreiften Schuhen, in Sam Murdocks Schlafzimmer gewartet hatte.

Zwanzigstes Kapitel

Ekel und Enttäuschung. Dies waren die Gefühle, an die sich Ginny später am meisten erinnerte.
Sie hatte die relative Sicherheit ihrer Zimmer erreicht, und es war ihr gelungen, die erschreckte Delia irgendwie zu beruhigen, indem sie ihr erzählte, sie sei im Wald geritten und dabei abgeworfen worden.
«Oh, Ma'am – Prinzessin. Ich traute mich nicht, den anderen etwas zu sagen, ich hatte Angst, sie seien dann böse auf mich. Ich hoffte so, daß sie zurückkommen. Daß sie nicht verletzt seien und keinen Unfall hatten. Sie sind doch nicht verletzt?»
Äußerlich nicht, dachte Ginny bitter. Sie schüttelte nur leicht den Kopf und das Mädchen plauderte erleichtert weiter.
«Oh, wie schade. Wie furchtbar schade!» rief sie aus, als Ginny das Reitkleid hinwarf, das sie früher so geliebt hatte. «Es ist ganz zerrissen – sehen Sie – hier an der Schulter und wo der Rock auf der Seite zugeknöpft wird. Vielleicht kann ich es flicken.»
«Bitte tu das nicht!» sagte Ginny scharf. Ich – ich kann dieses Kleid nicht mehr sehen. Wirf es weg.»
Nachdem Delia die Vorhänge gezogen hatte, legte sie sich aufs Bett; im verdunkelten Zimmer schloß sie die Augen und versuchte, an nichts mehr zu denken. Sie wartete auf das köstliche, schläfrige Gefühl, das sie bald überkommen würde. Eine kleine Dosis ihres Mittelchens – und schon kam das Vergessen.
«Ich werde sagen, Sie seien zu lange an der Sonne gewesen und hätten jetzt Kopfschmerzen – die andern waren erst seit zehn Mi-

nuten hier, als Sie kamen, Ma'am.» Die leise Stimme Delias kam von weit her, und in Ginnys Kopf jagten sich die Bilder.
Steve – der sie mit diesem neuen, kalten, abschätzigen Blick musterte. Und die Art, wie er sie an diesem Nachmittag genommen hatte, ohne ein Wort, ohne Zärtlichkeit ... und sie hatte ihn gewähren lassen!
Und Concepción, deren rote Lippen sich spöttisch verzogen, und deren Hände besitzergreifend Steves Arm umfaßten, hatte gesagt: «Du bist überrascht, mich hier anzutreffen? Aber warum denn nicht? Ich darf Sams Räume benutzen wann immer ich will, und ich liebe all diese Spiegel – du nicht, Querido?» Und ihre Augen hatten Steve zweideutig angeschaut; einen Moment lang hatte es geschienen, als hätten sie Ginnys Anwesenheit vergessen! Also doch kein Zufall, daß sie hier war, und daß Steve so plötzlich aufgetaucht war. Zu viele Zufälle, die eigentlich gar keine waren.
Aber das Schlimmste war Sam Murdock. – Oh, sie hätte vorsichtiger sein sollen, sie hätte alles glauben sollen, was sie über den Mann gehört hatte. Wie rücksichtslos er war, wie er sich seinen Weg nach oben erkämpft und freigemacht hatte. Und warum auch sollte ein Mann, der ein untadeliges, mönchisches Leben führte, Leibwächter brauchen? Sie hätte ahnen sollen, welche Art Mann Murdock wirklich war, als sie sein Schlafzimmer sah – ein Zimmer, das er kaum je selber benutzte, wenn sie Concepción richtig verstanden hatte. Ein Raum für Verführungen. Hatte es Sam Murdock auf *sie* abgesehen? Aber wenn es so wäre, warum hätte er sie dann Steve überlassen, der doch schließlich nur sein Leibwächter war – laut Steve wenigstens?
Oh – ich weiß nicht, was sie alle im Schilde führen! Und es macht mir auch nichts mehr aus. Ich will in keine Intrigen mehr verwickelt werden, ich will nicht denken ...
Und dann hörte sie für eine Weile auf zu denken und ließ sich auf einem rosafarbenen Wolkenmeer dahintreiben, das mit einer sanften Leichtigkeit aufwärts strebte, die sie noch nie erlebt hatte. Dort wollte sie bleiben und sanft schweben, für immer.
Jemand schüttelte sie an der Schulter und sie fiel über den Rand ihrer Wolkenwelt hinaus.
Mit pochendem Herzen erwachte sie plötzlich über der eigenen Stimme, die in ihren Ohren widerhallte.
«Nein! Ich will nicht ...»
«Virginie! Was ist es denn, was du nicht willst, Chérie? Ein böser Traum?»
Sie blinzelte und einen Augenblick lang dachte sie, sie träume noch immer.
Ausgerechnet Iwan – hier? Jetzt? Sie versuchte, sich zusammen-

zunehmen und murmelte automatisch: «Ich – ich träumte, ich würde fallen.»
«Ach natürlich – von einem Pferd vielleicht? Ich habe von deinem kleinen Unfall heute nachmittag gehört und war natürlich sehr in Sorge.» Er setzte sich auf den Bettrand, tätschelte ihre eiskalte Hand und lächelte sie an. «Du bist doch nicht mehr in einem Schockzustand, oder? Bist du verletzt? Ich sagte deinem dummen, kleinen Dienstmädchen schon, daß es deine Eltern sofort hätte benachrichtigen sollen. Du hättest von einem Arzt untersucht werden sollen.» Iwan lächelte noch immer; und als sie ihm ihre Hände instinktiv entziehen wollte, hielt er sie noch fester, lehnte sich vor und küßte sie absichtlich auf den Mund. Unwillkürlich, ohne darüber nachzudenken, schreckte Ginny vor seinem Kuß zurück.
Er hob den Kopf und schaute vorwurfsvoll auf sie herab; seine blaugrünen Augen schimmerten wie undurchsichtige Steine.
«Mein Liebling! Was ist denn mit dir los? Ich dachte, daß du nach dieser viel zu langen Trennung froh sein würdest, mich zu sehen. Oder ist deine Kälte dem Schock zuzuschreiben, den du heute nachmittag erlitten hast? Du bist noch immer so blaß; ich mache mir wirklich Sorgen!»
«Iwan, bitte – ich – mir ist wohl, ich sagte es doch. Es war bloß ein kleiner Zwischenfall und ich bin nicht verletzt. Nur etwas durchgeschüttelt.»
«Zu sehr, um deinen Gatten richtig zu küssen? Du zitterst wie Espenlaub, meine Liebe. Ich glaube, ich sollte unseren charmanten Gastgeber bitten, für dich nach einem Arzt zu schicken.»
«Nein!» rief Ginny viel zu schnell und zu schroff aus. Und weiter: «Das ist nicht nötig, sicher nicht, Iwan.»
«Natürlich. Du wolltest bestimmt niemanden beunruhigen, nicht wahr? Aber ich muß gestehen, als ich *dies* sah, war ich sehr beunruhigt!» Plötzlich holte Iwan ihr zerknittertes und zerschlissenes Reitkleid hinter seinem Rücken hervor, hielt es eine Weile hoch und warf es dann beiseite. «All diese Risse – und die Gras- und Wasserflecken. Da muß ein Ehemann sich ja Sorgen machen! Du hast sicher auch blaue Flecken. Sind sie behandelt worden?»
«Iwan . . .» Ihre Stimme tönte angespannt und ihre Gedanken überstürzten sich. Er spielte mit ihr wie eine Raubkatze; seine Augen verengten sich leicht, als er sie musterte und dabei immer noch lächelte. Was sollte sie ihm sagen? Was durfte sie ihm sagen? Ginny schluckte leer. «Ich – ich hatte wahrscheinlich Glück! Ich fiel ins Gras – deshalb bin ich kaum verletzt, ich war nur kurz betäubt. Glaube mir, ich bin jetzt wohlauf!»
«Dann ist dein Kleid bestimmt in den Büschen zerrissen. Ma pauvre petite! Welch ein erschreckendes Erlebnis für dich. Ist deine

schöne, weiße Haut zerkratzt? Das wäre zu schade – laß mich sehen, Liebling.»
Mit einer plötzlichen, schnellen Bewegung streifte er ihr das dünne Batistnachthemd von der Schulter. Ginny versuchte, sich ihm zu entwinden.
«Aber ich bin doch dein Mann! Oder war ich so lange von dir weg, daß du das vergessen hast? Ich bin erleichtert – kein einziger Kratzer. Du hattest wirklich Glück!»
«Oh – bitte!»
Seine Hände packten sie an den Schultern und drückten sie in die Kissen.
«Vielleicht habe ich dich vernachlässigt.» Er beugte sich vor und preßte seine Lippen auf ihre Kehle und auf ihre halbentblößte Brust. Sie empfand jeden Kuß wie einen Schlag. Dann gruben sich seine Finger in die weiche Haut ihres Gesichts; er küßte sie und zwang ihren Mund auf, indem er mit seinen Zähnen ihre Lippen quetschte. Endlich hob er den Kopf und sagte:
«Ist es das, was dir fehlte, meine kleine Virginie? Ein Mann zum Lieben? Du antwortest nicht – zwischen Mann und Frau darf es doch keine Geheimnisse geben, nicht wahr? Oder muß ich dich von einem Arzt untersuchen lassen, um genau herauszufinden, was dir heute nachmittag zugestoßen ist? Du kannst offen mit mir sprechen, mein Kleines – bin ich nicht der verständnisvollste aller Gatten?»
Er lehnte sich über sie, drückte sie mit dem Gewicht seines Körpers nieder und lächelte in ihr blasses Gesicht.
«Bist du sicher, daß du dich wohl fühlst? Als ich auf dem Weg hierher bei Sir Eric Halt machte, erfuhr ich – wie stark du sein kannst, wenn du deine Ehre verteidigst. Und *meine* Ehre natürlich auch. Der arme Mann war höchst aufgeregt. Aber ich habe auch vernommen, daß dein Retter niemand Geringerer war als der reiche und mächtige Mr. Sam Murdock. Welch ein Glück, nicht wahr? Und jetzt bist du hier, in der Höhle des Löwen – so sagt man doch? Er soll sehr von dir eingenommen sein, so sagte man mir; er schenkte dir seine ganze Aufmerksamkeit. Aber es war doch sicherlich nicht Mr. Murdocks Aufmerksamkeit, die deinen unglücklichen Unfall heute nachmittag bewirkte? Mr. Murdock gab sich mit seinen anderen Gästen ab, wenn ich das richtig verstanden habe. Was hat dich bewogen, in der heißen Sonne auszureiten?»
«Ich sagte es ja schon! Ich wollte ausreiten. Ich dachte, ich würde die anderen einholen können. Aber ich verirrte mich und . . . mein Pferd schreckte auf.»
Er strich ihr über das Haar, was sie erschauern ließ.
«Mein armer Liebling! Wie nervös du geworden bist! Vielleicht

hast du dich am Kopf verletzt. Ich glaube wirklich, ich sollte dich von einem Arzt untersuchen lassen. Du scheinst ungewöhnlich gereizt.»

Ginny war in die Enge getrieben; unvergossene Tränen der Angst und der Demütigung ließen ihre Augen glänzen, und ihr Körper war ganz steif.

«Was willst du mir antun? Du weckst mich auf, um mich zu beschuldigen ... Ich weiß nicht einmal, weswegen du mich beschuldigst. Ich sage dir, ich ging reiten und hatte einen Sturz. Aber wenn du darauf bestehst, einen Arzt zu rufen, dann tu es. Ich kann dich nicht daran hindern.»

Als Iwan merkte, daß er sie nur noch widerspenstiger machte, änderte er seine Stimme und sprach mit dem leisen, schnurrenden Ton, den sie zu fürchten gelernt hatte.

«Wie gedankenlos von mir! Aber du verstehst sicher meine Sorge? Gut, Virginie, lassen wir das für den Moment – ich glaube, Mr. Murdock wartet sehnlichst darauf, daß du heute abend zum Essen erscheinst, und anschließend wird getanzt werden. Wenn du sicher bist, daß du dich wohl genug fühlst, können wir vielleicht später darüber sprechen. Und ich erkundige mich, ob es in der Nähe einen Arzt gibt.»

Es gelang ihr zwar, starr in seine Augen zu blicken, aber Ginny wußte genau, daß Iwan nicht nachgegeben hatte. Er gab ihr nur ein wenig Zeit, um sich Sorgen zu machen und um ihre Angst noch größer werden zu lassen. Er würde mit Vergnügen zusehen, wie sie sich den ganzen Abend lang quälte; wie sie sich fragte, was er als nächstes tun oder sagen würde, und er *würde* hinterlistige und raffinierte Fragen stellen. Und wieviel wußte er bereits? Wieviel konnte er erraten?

«Was wirst du heute abend tragen? Darf ich für dich auswählen?» Iwan ging zu dem nach Zedernholz duftenden Schrank, wo reihenweise Kleider hingen, die Delia sorgfältig ausgepackt und gebügelt hatte.

«Ach ja – dieses hier würde ich sagen. Weiß mit Gold. Gold ist das Symbol für Kalifornien – und Weiß für Reinheit. Ich habe dieses Kleid noch nie an dir gesehen; ich glaube, du wirst gut darin aussehen.»

Als Ginny am Arm ihres Mannes die Treppe hinunterschritt, kam sie sich vor wie eine zu Eis erstarrte Statue; sie versuchte in ihrem Innern die selbe Leere zu erreichen, die sie auf ihren Gesichtszügen an den Tag legte. Eine Leere – diesen Nachmittag hatte es nie gegeben. Der schwarzbärtige Fremde mit den harten Gesichtszügen, der ihren Körper wortlos genommen hatte, um seine eigene Begierde zu befriedigen, und der sie später voller Verachtung angegrinst hatte, als er seinen Arm um Concepcións Taille gelegt hatte, war nicht Steve gewesen ...

Der Abend ging wie ein schlimmer Traum vorüber. Sam Murdock war höflich und lächelte, aber er war distanziert. Senator Brandon, an den sie nur als ihren Vater denken konnte, schien gedankenverloren. Und das selbe galt auch für Sonja, obwohl sie um Ginny besorgt schien und fragte, ob sie sich wohl fühle.

«Ich hörte, du seist ausgeritten und vom Pferd gestürzt. Ach, Ginny, warum hast du uns nicht gesagt, was geschehen ist? Iwan war ganz außer sich.»

Aber Sonja zu überzeugen war leicht, viel leichter, als es mit Iwan gewesen war, denn sie schien sich an diesem Abend um etwas anderes Sorgen zu machen. Man sah es daran, daß sie ständig nervös die Finger bewegte und ihren Gatten beobachtete.

Ginny fühlte sich krank, elend und betäubt. An diesem Abend vermochte nicht einmal mehr das Pulver, das sie heimlich eingenommen hatte, die Wirklichkeit erträglich zu machen. Und da war der lächelnde Iwan in ihrem Zimmer gewesen, seine frostigen Augen, die ihr abwägend beim Ankleiden zugesehen hatten; sogar Delia war ganz nervös und ihre Finger unbeholfen geworden. Die schwere, gewundene Goldkette, die sie auf sein Geheiß tragen mußte, weil sie zu ihrem Kleid paßte, fühlte sich um ihren Hals wie ein Strick an, der sie beinahe erdrosselte. Unwillkürlich berührte sie Ginny immer wieder mit den Fingern und zog daran.

Ich hätte heute abend zwei Pulver nehmen müssen. O Gott – wann ist dieser Abend endlich zu Ende? dachte sie.

Zuerst das Essen, bei dem die Gänge viel zu schnell nacheinander aufgetragen wurden. Sie hatte nur in den Speisen herumgestochert und kaum einen Bissen hinuntergebracht. Sie fühlte sich krank. Und Iwans besorgtes Flüstern: «Mein Liebling, ich glaube wirklich, daß du dich nicht so wohl fühlst, wie du mir vorhin weismachen wolltest. Du bist weniger lebhaft als sonst. Ich muß darauf bestehen, daß sich ein Arzt vergewissert, ob du dich beim Sturz auch wirklich nicht verletzt hast.»

Warum machte ihr Iwan plötzlich Angst? Er konnte ihr nichts tun – zumindest nicht hier. Daran mußte sie denken. Und sie mußte Concepcións wütenden, verächtlichen Tonfall vergessen, als jene sagte, «sie ist eine Ehebrecherin und geht mit jedem Mann ins Bett, der ihr die Möglichkeit dazu gibt. Warum verlierst du deine Zeit mit ihr, Esteban?» Ihre besitzergreifenden Hände, die Steves Arm umfaßten ...

An diesem Abend war Concepción in schimmernde Seide und Brokat gekleidet – dunkelgold und grün gesprenkelt. Und Concepción hatte gelächelt, lohfarbene, glitzernde Katzenaugen mit schweren

Lidern. Ihr Blick hatte Ginny nur kurz gestreift, aber die selben Augen hatten einen Augenblick lang auf Prinz Sahrkanov geruht, auf dessen Brust juwelenbesetzte Orden funkelten.
Ginnys große, grüne Augen hatten einen gequälten Ausdruck, als sie sich im Saal umschaute. Verstohlen, und ohne es eigentlich zu wollen, hatte sie den ganzen Abend nach Steve Ausschau gehalten, aber er befand sich nicht unter jenen dunkel gekleideten Männern, die, wie jedermann wußte, Sam Murdocks Leibwächter waren. Er war nicht so kühn gewesen, sich unter die Gäste zu mischen. War er schon nach San Francisco abgereist?
Es war heiß unter dem blendenden Licht der Kristallüster. Von der Galerie her klang leise Musik, und Iwan sorgte dafür, daß Ginnys Glas stets gefüllt war. Dunkle Gedanken streiften ihren Geist wie Fledermausflügel. Iwan, Prinz Sahrkanov. Ihr Gatte. Warum hatte sie ihn geheiratet? Warum hatte er sie geheiratet? Warum die Tochter des Zaren – aber nein, dieser Teil der Geschichte war immer noch unglaubwürdig. Wie alles, was geschehen war, seit Iwan beschlossen hatte, nach Mexico zu kommen und sie zu suchen.
«Komm, meine Liebe, gehen wir tanzen.»
Wie eine Marionette erhob sie sich und ging, von Iwans Hand geführt, in den Patio hinaus. Wie eine Porzellanpuppe mit einem aufgemalten Lächeln tanzte sie; die erfrischende, wohlriechende Nachtbrise auf ihrem Gesicht nahm sie kaum wahr.
«Du bist so steif heute abend, meine Prinzessin. Dieser unglückselige Sturz, nicht wahr? Und dabei habe ich doch gehört, daß du noch letzte Nacht wie eine kleine Zigeunerin getanzt hast. Nie vergesse ich, wie ich dich zum ersten Mal tanzen sah.» Spielerische, scherzende Worte, aber mit einer versteckten Bedeutung dahinter. Wie konnte Iwan das alles erfahren haben, wo er doch erst so kurze Zeit hier war? Wie lange würde er sein Spiel mit ihr treiben?
Der böse Traum ging weiter und Ginnys halb leerer Magen krampfte sich vor Angst und Übelkeit zusammen. Sie hatte eine Vorahnung, daß etwas geschehen würde. Trotz des fröhlichen Gelächters und des belanglosen Geplauders um sie herum fühlte sie eine unbestimmte Spannung. Oder war das nur in ihrem Inneren?
Sie wurde von Arm zu Arm weiter gereicht. Iwan tanzte ausgerechnet mit Concepción; er beugte sich zu ihr hinunter, und sie lachten über irgendeinen Scherz. Iwan war schlau – was wollte er aus Concepción herausbringen?
Ginny konnte sich nicht mehr erinnern, wer ihre Tanzpartner gewesen waren und was sie mit ihnen gesprochen hatte. Ihr Kopf hatte unerträglich zu schmerzen begonnen, und sogar Iwan war über ihre ungewöhnliche Blässe und den Glanz in ihren Augen beunruhigt.

«Geh nach oben und nimm ein wenig von deiner Medizin. Du siehst den ganzen Abend schon wie ein kleines Gespenst aus!» Sie standen abseits im Dunkeln und seine Finger gruben sich grausam in ihren Arm, so daß sie mit den blassen Lippen unwillkürlich vor Schmerz wimmerte.

«Du bist doch nicht so schlau, wie ich einmal dachte, oder? Du bringst Sam Murdock soweit, daß er dir aus der Hand frißt, und dann gehst du hin und verdirbst alles, wegen eines Stelldicheins im Wald mit einem seiner Diener! O ja!» Seine Zähne blitzen weiß auf, während sich seine Lippen zu einem grimassenhaften Lächeln verzerrten. «Dachtest du, ich würde es nicht herausfinden? Ich habe meine Mittel – und meine Spione. Es wäre gut, wenn du das nächste Mal daran denken würdest, Virginie, wenn du einen Mann brauchst, um dein heißes Blut abzukühlen! Ein Diener! Wenn wir in Rußland wären – nun ja, ich habe meine eigenen Methoden, um mit solchen Dingen fertig zu werden. Das weißt du ja schon, oder nicht?»

«Oh!» Sie keuchte und sein Griff wurde fester. Er drückte sie an sich, so daß es einem Beobachter vorkommen mochte, als gäben sie sich einen Gutenachtkuß.

«Dann machen wir jetzt sauberen Tisch zwischen uns, meine Liebe. Jetzt und für immer. Ich habe nichts dagegen, wenn du dir Liebhaber nimmst, vorausgesetzt, du bist diskret; aber es werden Männer sein, die ich auswähle. *Dein* Geschmack ist erbärmlich. Mexikanische Soldaten, gemeine Diebe und Mörder ... Nein, in Zukunft werde ich die Wahl für dich treffen. Männer eines gewissen Standes. Männer, die reich und einflußreich genug sind, uns beiden zu nützen. Verstehst du, was ich meine? Denn wenn du das nicht tust ...»

Ginny versuchte sich auf das zu konzentrieren, was er sagte, aber die Anstrengung war fast zu groß für sie. Er hielt sie mit einem Arm um die Taille fest, so daß ihr Handgelenk zwischen ihnen eingeklemmt war und beugte den Kopf vor, bis seine Lippen ihr Ohr streiften.

«Wenn du nicht aufpaßt, was ich sage, meine liebste Prinzessin, werde ich zu anderen Mitteln greifen müssen, damit du verstehst. Ist dir bewußt, daß ich jedes Recht habe, dich zu bestrafen, als untreue Ehefrau? Oder – da sind diese Kopfschmerzen, die du immer hast. Vielleicht sind sie das Anzeichen für ein beginnendes Hirnfieber? Ein kurzer Aufenthalt in einem Sanatorium könnte dir vielleicht gut tun, ganz ohne Pulver und Arzneien, die deine Symptome überdecken. Es würde mir natürlich leid tun, die Papiere zu unterschreiben, und es würde leider auch unsere Reise nach Rußland verzögern, aber ...»

«Bitte, bitte!»
Er hob den Kopf und schaute in ihr weißes, von ihm abgewandtes Gesicht und hatte dabei einen Ausdruck der Befriedigung in den Augen. Er hatte sie also endlich doch gebrochen. Was Frauen betraf, so hatte er das im Gefühl; er konnte es beinahe riechen. Endlich hatte er sie so weit, daß sie Angst hatte – und er würde ihr Zeit geben, noch mehr Angst zu bekommen. Es war seltsam, wie diese Erkenntnis bewirkte, daß er sie begehrte. Aber das konnte warten. Er hatte Zeit – und dieser alte Narr Tschernikov mußte zuerst mit Ausreden abgespeist und fortgeschickt werden. Er würde selbst Ginny nach Rußland mitnehmen – später. Wenn er sicher sein konnte, daß sie endgültig kapituliert hatte.
«Schon gut, meine Liebe. Jetzt, da wir uns verstanden haben, warum gehst du nicht hinauf ins Bett? Bei mir könnte es spät werden, unser liebenswürdiger Gastgeber hat mich mit ein paar seiner Freunde zu einem Kartenspiel eingeladen. Wer weiß, vielleicht kann ich ihn überzeugen, daß dein kleiner Ausflug in den Wald durchaus unschuldig war – oder daß du vergewaltigt wurdest!» Sein Lächeln war grausam. «Es wäre ja nicht das erste Mal gewesen, nicht? Ich habe gehört, es solle Frauen geben, denen das gefällt.»
Die Bilder, die Iwans höhnische Worte in Ginnys verwirrtem Geist wachgerufen hatten, jagten jetzt durch ihren Kopf. Sie tastete sich die Treppe hoch zu ihrem Zimmer und mußte sich dabei am Geländer festhalten. In ihrem Kopf pochte es, daß sie meinte, er würde auseinanderbersten; ihre Füße waren so schwer, daß sie sie kaum heben konnte. Was war mit ihr los? So klar konnte sie noch denken, daß sie sich über sich selbst und diese seltsame Schwäche, die sich ihrer bemächtigt hatte, wundern konnte.
«Bitte – bitte!» War es wirklich sie gewesen, die so erbärmlich gefleht hatte? Hätte sie nicht aus Erfahrung wissen müssen, daß es überhaupt nichts nützte, einen Mann anzuflehen, der die Lage beherrschte; der *sie* beherrschte? Sie war wie betäubt – fast unfähig, zusammenhängend zu denken. Was war geschehen? Irgendwie hatte Iwan Oberhand gewonnen, und noch vor wenigen Augenblicken war sie so von ihm eingeschüchtert gewesen, daß sie wie eine geprügelte Hure vor ihm zu Kreuze gekrochen war.
«Ein Diener! Na, ich habe meine eigenen Methoden, mit solchen Dingen fertig zu werden ...»
O nein – sie durfte nicht mehr daran denken, sie mußte diesen Gedanken verdrängen. Aber es waren zu viele Bilder, eines über dem anderen. Sie sah sich selbst, mit losem Haar, beim Tanzen. Das Messer, das bis zum Heft in Tom Beals Kehle drang. Michel, der sie mit seiner Güte und seiner Zärtlichkeit zur Vernunft und zum

Leben zurückbrachte; Miguel; und, o Gott, vor allem Steve, der mit seinen blauen, glänzenden Augen in ihre blickte; lässig überlegen, oder mit listigen Fältchen, oder hart und wütend blitzend, wie Saphire unter den langen Wimpern oder weit offen, mit teuflischen Lichtern, die darin tanzten.

«Für wen tanzt du, Grünauge?» hatte er sie gefragt. Und später, «verdammt, Ginny! Noch nie habe ich eine Frau gekannt, die mich gleichzeitig so befriedigen und so quälen kann wie du ... um Himmels willen, Weib, genügt es dir denn noch nicht?» Er hatte sie geliebt, ja, das sagte ihr ihr weiblicher Instinkt. Und für eine kurze Zeit waren sie einander sehr nahe gewesen; sie war seiner sicher gewesen. Jetzt war nichts mehr sicher.

«Oh, Ma'am!» Delias Augen waren verschwollen und gerötet, als hätte sie geweint. «Ma'am, es tut mir leid, wirklich! Aber er – Prinz Sahrkanov – es war als hätte er schon gewußt, daß etwas passiert ist. Er fragte mich alles mögliche, er wollte das Kleid sehen, das sie getragen hatten – und er sagte ... er sagte, er würde mich schlagen und wegschicken, wenn ich nicht die Wahrheit sagte; er sagte, er wisse, daß Sie nicht allein ausgeritten seien. Ich wußte nicht was tun, ich hatte solche Angst ...»

Jetzt wußte also sogar Delia, daß die Prinzessin eine untreue Ehefrau war, die Art Frau, die sogar zu einem Schäferstündchen im Wald bereit war mit einem – wie nannte ihn Iwan? – einem Diener ...

«Das macht nichts», sagte Ginny tonlos. Alles was sie im Augenblick ersehnte war Vergessen. Morgen würde sie Zeit genug haben, um nachzudenken und Entschlüsse zu fassen ... Aber was hatte sie schon zu beschließen? Sie war Iwans Frau.

Die Flasche mit dem kostbaren, kirschroten Stärkungsmittel, die noch halbvoll gewesen war, enthielt jetzt nur noch etwa zwei Finger hoch Flüssigkeit.

«Delia!»

«Ma'am, ich konnte nichts dagegen tun!» Delia hatte wieder zu weinen begonnen. «Er hat es genommen. Und Ihr Pulver auch. Er sagte, es sei schlecht für Sie und in Zukunft würde er es Ihnen geben, wenn sie es brauchten. O Ma'am! Was werden wir tun?»

«Gib mir jetzt etwas von dem Stärkungsmittel. Und – und ich werde später über alles nachdenken. Verstehst du, Delia? Es ist nicht deine Schuld; du kannst nichts dafür.»

Ginny mußte sich zusammennehmen, damit ihre Stimme nicht zitterte. Es war nun offensichtlich, worauf Iwan hinaus wollte. Er wollte sie gefügig machen, daß sie vor ihm kriechen mußte für die Medikamente, von denen sie jetzt abhängig war. Aber heute abend durfte und wollte sie nicht daran denken.

Ginny schämte sich, weil ihre Finger zitterten, als sie Delia das kleine Glas mit dem Stärkungsmittel fast aus den Händen riß und es rasch leerte.
Delia, immer noch heulend, half ihr beim Ausziehen und zog ihr ein dünnes, seidenes Nachthemd über den Kopf. Ginny legte sich ins Bett und zwang sich, an nichts zu denken. Allmählich spürte sie, wie das wunderbare, schläfrige Gefühl, auf das sie gewartet hatte, sich ihrer bemächtigte und ihre angespannten Muskeln entspannte. Sie hörte, wie die Türe leise hinter Delia ins Schloß fiel und hielt die Augen geschlossen; sie wartete darauf, daß sie der Schlaf überkam und ihr schöne Träume voller stets wechselnder, angenehmer Farben bringen würde. Nichts war mehr wichtig, außer dem tröstlichen Gefühl von Wärme, das ihre Adern durchdrang. Wie schön war es, die widerliche Wirklichkeit zurückzulassen, zu fühlen, wie man weggetragen wurde und alles hinter sich lassen konnte . . .
Und als Ginny grob an der Schulter gepackt und geschüttelt wurde, *wollte* sie eigentlich gar nicht zurückkommen. Es war ungerecht – sie hatte Anrecht auf diese wenigen Fluchtmomente. Sie sträubte sich dagegen, aufzuwachen.
«Nein – nein!» hauchte sie tonlos und drückte ihr Gesicht gegen die Kissen; ein Fluchtversuch vor demjenigen, wer immer es war, der versuchte, sie aus ihrem traumhaften Zustand zu reißen.
«Ginny! Verdammt, was ist denn mit dir los? Was hast du genommen, daß du so tief schläfst?»
«Laß mich in Ruhe!» murmelte sie verschlafen und undeutlich und hielt die Augen fest geschlossen. «Vielleicht werde ich nie mehr so tief schlafen können. Geh weg!»
Sie versuchte, noch tiefer unter die Decken zu schlüpfen. Warum waren ihre Träume plötzlich so seltsam und unruhig geworden, anstatt ihr wie gewohnt Frieden zu bringen? Natürlich träumte sie noch. Wie oft hatte sie geträumt, sie würde fliegen, sie würde weit oben über der Erde hinwegschweben und alle und alles aus einer großen, sicheren Entfernung sehen. Wie wunderbar war es doch, zwischen großen, flauschigen Wolkengebilden behaglich einherzugleiten.
Aber jetzt hatte sie das Gefühl, sie würde direkt auf das Zentrum eines Wirbelsturmes zusteuern. Warum war Steve immer so erbost mit ihr? Steve! Erst jetzt begann Ginny, sich zu wehren; die schweren Augenlider zu öffnen. Aber seine Arme hielten sie nur noch fester umklammert, so daß sie sich wie Eisenarme anfühlten, die ihr die Luft abschnitten.
«Warum bist du zurückgekommen? Er wird dich zusammenschlagen oder töten lassen, wie die anderen – weißt du.»

Er hatte sie losgelassen. Zuerst dachte sie, er hätte es aus Wut getan. Mit einem erschreckten Keuchen zwang sie sich, die Augen zu öffnen, und das erste, das sie sah, und zwar durch eine Art Schleier, der ihr Gefühl von Unwirklichkeit noch vergrößerte, war sie selbst. Ihr eigener Körper, der schlaff auf weißen Leintüchern ausgestreckt dalag. Wären da nicht ihre Augen gewesen, die wie stumpfe, grüne Steine unter Wasser glänzten, so hätte man sie für eine Leiche halten können. Vielleicht war sie tatsächlich tot und konnte sich selbst aus diesem Grunde so unbeteiligt beobachten!

Und dann zeichnete sich Steves vor Wut dunkles Gesicht über ihr ab und ließ sie alles andere vergessen.

«Welche anderen? Bist du jetzt wach, oder bist du noch immer in diesem trunkenen Rauschzustand?» Seine Augen verengten sich gefährlich, und seine Stimme hatte jenen sarkastischen, schleppenden Ton angenommen, an den sie sich so gut erinnerte und den sie so haßte. «Ich weiß, daß es für verschiedene Leute weit bequemer gewesen wäre, wenn die gedungenen Mörder deines Mannes ihre Arbeit getan hätten – aber zufällig, Liebling, habe ich große Erfahrungen im Vermeiden von Kugeln. Und ich hasse es, wenn man auf mich schießt!»

Er beugte sich über sie und faßte sie an den Schultern. Er schüttelte sie, um dem Gesagten Nachdruck zu verleihen. Einen Moment lang fand sie die Kraft, sich gegen ihn aufzulehnen.

«Es ist mir egal. Wessen beschuldigst du mich jetzt? Wo bin ich? Warum hast du mich hierher getragen?» Sie versuchte, sich aufzusetzen, aber seine Hände drückten sie wieder nieder – es war wie eine Szene aus der Vergangenheit, als er so zu ihr gesprochen und sie so behandelt hatte. Fast unwillkürlich hob Ginny ihre Hand und schlug ihm ins Gesicht; sein kurzer Schmerzenslaut war ihr eine Genugtuung.

«Warum mußt du mich immer so quälen? Warum läßt du mich nicht in Ruhe? Du bist so selbstsüchtig, so ungerecht – du hast mir nichts als Elend und Unglück gebracht seit . . . seit . . .»

Sie hielt keuchend inne und war plötzlich selbst über ihr Tun entsetzt – über die wilden, wütenden Worte, die aus ihr herausgebrochen waren, ohne daß sie es eigentlich gewollt hatte.

Einen Augenblick lang hatte sie gedacht, Steve wolle zurückschlagen, denn in seinem Gesicht stand blanke Wut. Aber wenig später schien es, als sei jegliches Gefühl ausgewischt und er ließ ihre Schultern los.

Ohne ein Wort entfernte er sich von ihr, und Ginny konnte jetzt erkennen wo sie war. Der Ort war ihr bereits unangenehm vertraut – es war Sam Murdocks Schlafzimmer mit den verzierten Spiegeln über dem Bett, in denen sich ihr halbentblößter Körper und ihre

starren, grünen Augen widerspiegelten. Warum hatte Steve sie hierher gebracht? Weshalb war er so wütend?
Plötzlich war er wieder da und hielt ihr irgend etwas Flüssiges an die Lippen; er zwang sie, zu trinken. Eine kalte Flüssigkeit – und doch brannte sie wie Feuer im Hals.
Seine Stimme war leidenschaftslos – wie schnell seine Stimmungen ändern konnten!
«Fühlst du dich jetzt weniger hysterisch? Es tut mir leid, daß ich dich aus tiefem Schlaf und aus deinem angenehm warmen Bett gerissen habe, Ginny, aber – ob du willst oder nicht – wir müssen zusammen sprechen.» Eine bedrohliche Härte war wieder in seiner Stimme zu hören, und sie schauderte. «Ich will Antwort auf ein paar Fragen, Kleine. Als erstes will ich wissen, wieviel dein Mann weiß. Fühltest du dich verpflichtet, ihm deine eheliche Untreue zu beichten? Hast du ihn geheißen, diesen linkischen Mörder hinter mir her zu schicken?» Ohne ihr die Möglichkeit zu einer Antwort zu geben, schob er seinen Arm unter ihre Schultern und richtete sie halbwegs auf; er setzte wiederum das Glas an ihre Lippen. «Trink lieber noch ein wenig davon, bevor du anfängst. Vielleicht macht es dir einen klareren Kopf. Du kannst mir übrigens deine üblichen Vorwürfe ersparen.» Seine Augen brannten noch mehr als die Flüssigkeit, die zu trinken er sie zwang, bis sie keuchte und nach Luft schnappte und sogar einen hilflosen Versuch machte, ihn wegzustoßen.
Konnte das der selbe Mann sein, der einst gesagt hatte, er würde sie lieben und würde sie nie mehr gehen lassen? Konnte diese kalte und abweisende Stimme die selbe sein, die ihr einst zärtliche Liebesworte auf spanisch zugeflüstert hatte?
Sie konnte in seinen Augen keinen Funken Mitleid erkennen, als er sie auf die Kissen zurückfallen ließ. Er saß da und schaute auf sie herab, als wäre sie eine Fremde, aus der er sich nichts machte.
«Nun, Ginny?»
Sie versuchte, ihm zu widerstehen. Aus lauter Verzweiflung klang ihre Stimme wuterfüllt.
«Du hast kein Recht mich so – so anmaßend zu behandeln! Du hast überhaupt keine Rechte über mich! Du mußt verrückt gewesen sein, als du mich hierhertrugst. Sie sind alle unten – mein Vater – Iwan . . .»
«Ach ja.» Seine Lippen verzogen sich zu dem ihr allzu vertrauten und verhaßten Hohnlächeln. «Dein beleidigter Gatte, der es so eilig hat, seine Ehre zu verteidigen, und das, was von deiner übrigbleibt. Aus deiner Bemerkung über ‹die anderen› kann ich schließen, daß Liebhaber für dich an der Tagesordnung sind. Ist das ein Spiel, das euch beiden gefällt? Und gehört das nachträgliche Beichten auch

dazu? Oder tust du das nur dann, wenn du einen loswerden willst, der dir lästig ist?»
«Ach, hör doch auf damit! Du bist der abscheulichste Mensch, den ich kenne», flüsterte Ginny gequält und wandte den Kopf von ihm ab. «Steve – laß doch! Laß mich doch! Ich habe Iwan überhaupt nichts erzählt. Meinst du, ich sei stolz auf das, was heute mittag geschehen ist? Aber er – er scheint immer alles zu erfahren! Er sagte mir heute abend, er hätte mich beobachten lassen. Er sagte ...»
«Wie konntest du wissen, daß auf mich geschossen wurde, Ginny? Das war das erste, das du sagtest.»
«Weil er es sagte – er sagte, er hätte seine eigenen Methoden, mit solchen Dingen fertig zu werden. Glaubst du, er hätte es bei einem einzigen Verfolger belassen, wenn ich ihm erzählt hätte, daß der ‹Diener›, mit dem geschlafen zu haben er mich beschuldigte, *du* warst? Mein Vater setzte eine Belohnung aus für deine Festnahme – das weißt du! Iwan hätte – ich glaube, er hätte eine ganze Armee auf dich angesetzt, wenn er das auch nur geahnt hätte.»
«Gut. Nehmen wir einmal an, es sei so. Und die anderen? Und Carl Hoskins? Jemand versuchte, mir diesen Mord anzuhängen – es hieß, nach dem Streit, den wir hatten, sei ich zurückgekommen, um die Sache zu Ende zu führen. Und ich hatte das verdammte Glück, ein Alibi zu haben, das bewies, daß ich zu der Zeit mehr als dreihundert Meilen entfernt war!» Jetzt wurde sein Tonfall wieder sarkastisch. «Vermutlich bist du auch darüber nicht orientiert. Mein Gott – bin ich froh, daß ich nicht mehr dein Ehemann bin. Es wäre mir viel zu anstrengend, deine Heerscharen von Liebhabern umzubringen!»
Ginnys Augen richteten sich wieder auf ihn. Ihr Ausdruck war der eines gefangenen, verzweifelten Tieres.
«Was sagst du da? Wovon sprichst du überhaupt? *Ich* habe Carl Hoskins umgebracht! Wenn du doch so viel weißt, warum wußtest du nicht auch das? Wolltest du mir bloß ein Geständnis entlocken? Ich habe ihn getötet. Ich habe ihn mit einer Weinflasche erschlagen, nachdem er – o Gott, warum mußtest du davon anfangen? Hast du mir nicht schon genug angetan?»
Ihre Stimme war lauter geworden, und er unterbrach sie unbarmherzig.
«Stecktest du ihm ein Messer in den Hals bevor oder nachdem du ihn mit der Flasche erschlagen hattest? Es scheint bei dir Gewohnheit zu sein, daß du die Männer erstichst, die dich vergewaltigt haben, oder nicht? – Aber allerdings erst, nachdem sie dich mehrmals genommen haben! Du hast es auch einmal bei mir versucht, erinnerst du dich? Ist das deine Art, die Liebhaber loszuwerden, deren du überdrüssig bist?»

Jetzt versuchte sie vor Erniedrigung und Wut ihm das Gesicht zu zerkratzen. Als hätte er nur darauf gewartet, ergriff er ihre Handgelenke und hielt sie hoch über ihrem Kopf fest, während er sich auf sie fallen ließ, um sie ruhig zu halten. Er lag auf ihren sich aufbäumenden Hüften, als wollte er sie vergewaltigen.

«Verdammt! Antworte!»

Sie warf ihren Kopf wild auf dem Kissen hin und her, während Tränen der Verzweiflung und des Schmerzes ihre Augen füllten.

«Ich hasse dich – ich hasse dich! Ich bedaure, daß Iwan dich nicht hat töten lassen!»

«Das sagtest du schon einmal – und wenige Minuten später breitetest du deine Beine aus und gabst nach. Ich nehme an, das ist dir inzwischen zur Gewohnheit geworden! Sagtest du das auch zu Iwan, bevor du deinen Widerstand aufgabst, um dich ihm hinzugeben? Im Grunde bist du nichts als eine Hure, Ginny, und ich war ein Narr, als ich es nicht wahrhaben wollte. Aber gottlob muß ja jetzt dein Mann damit fertig werden!»

Sie hätte wissen sollen, daß sie ihre Kraft im Kampf gegen ihn nicht aufbrauchen durfte. Sie kannten einander zu gut, sie und Steve. Und war er in *dieser* Art Kampf nicht immer der Überlegene gewesen? Er konnte ihr weh tun, sie verletzen, sie mißbrauchen – sie sogar so sehr hassen wie jetzt. Und doch, wie er ihr eben so brutal in Erinnerung gerufen hatte, konnte er sie soweit bringen, ihn zu begehren, sogar wenn sie ihn am meisten verachtete – ihr einziger kleiner Sieg lag darin, daß auch er seine Begierde nach ihr nicht verbergen konnte.

Sie öffnete den Mund, um zu schreien, aber er kam ihr mit seinen Lippen zuvor. Hatte sie das nicht erwartet? War es nicht trotz allem genau das, wonach sie sich voller Begierde insgeheim gesehnt hatte?

Wenn Steve sie küßte, war sie verloren. Es war, als würde sie in einen Strudel gerissen und von ihm in die Tiefe gezogen – ein Wir bel der Leidenschaft, der ihr fast die Sinne raubte und sie sich hilflos ins Unvermeidliche schicken ließ.

Sein Griff lockerte sich um ihre Handgelenke, und seine Hände glitten an ihren Armen herunter und suchten ihre Brüste. Und anstatt ihn abzuwehren und wegzustoßen schlangen sich ihre Arme um seinen Körper und zogen ihn noch enger an sich.

Eine kleine Weile noch kämpften sie mit dem Verstand gegen einander an, aber ihre Sinne hatten bereits einen Waffenstillstand vereinbart.

Wie sehr er sie auch demütigte und verachtete, er begehrte sie.

Wie sehr sie ihn auch haßte, sie begehrte ihn.

Der Spiegel über dem Bett gab die ganze Szene wieder und gab

ihrer körperlichen Vereinigung einen anderen, beinahe verruchten und aufregenden Beigeschmack. Lust empfinden, und sich dabei beobachten können! Ginnys weitgeöffnete Augen konnten sich nicht von dem Spiegelbild ihrer vereinigten, ineinander verschlungenen Körper lösen; die sanfte Wellenbewegung von Steves Muskeln, die sie bisher nur unter ihren Fingern hatte spüren können.
Es war, als fühle Steve, daß sich in ihr etwas Ursprüngliches, beinahe Primitives breitmachte, daß sie auf den Liebesakt in einem Bett mit seidenen Bettlaken und unter einem Spiegel ansprach, der jede Bewegung, jede Liebkosung wiedergab. Er hielt sich unwillkürlich zurück und ließ sie immer kühner werden; sie erwiderte jede seiner Liebkosungen, bis sie sich schließlich nicht mehr zurückhalten konnte und alles gab; ihre Leidenschaft war so entfesselt und so uneingeschränkt wie die seine.
Schließlich lagen sie Seite an Seite. Ginnys glänzende Haarfülle lag unter seinen Schultern.
«Steve – woran denkst du?» Sie flüsterte diese Worte wie unter Zwang, als könne sie so das immer stärker werdende Gefühl der Wirklichkeit abwenden; der unangenehme Gedanke daran, daß sie auf Sam Murdocks zerwühltem Bett lag, während Murdock selbst unten mit ihrem Vater, ihrem Mann und wer weiß was für Männern noch pokerte. Und wenn nicht? Wenn das Spiel schon zu Ende war? Was würde Steve tun, wenn Iwan sie zusammen fände – so wie jetzt?
«Ich versuchte, an nichts zu denken, um ehrlich zu sein.» Seine Stimme tönte traurig, und er schaute sie nicht an. Beobachtete er sie immer noch im Spiegel? Und dann zog er sie plötzlich auf sich, mit einer ungeduldigen, fast ärgerlichen Bewegung. «Verdammt, Ginny! Ich glaube, ich werde dich nie verstehen!» Er runzelte wieder die Stirn, und seine Stimme tönte gehässig: «Und zum Teufel, ich werde es auch nicht mehr versuchen. Du hattest recht – ich hätte dir fernbleiben sollen.»
Ginny erstarrte. Sie schloß halb die Augen vor seinem forschenden, messerscharfen Blick, und sie fragte sich, auf welche Art er ihr wohl diesmal weh tun würde. Auch nachdem er sie geliebt hatte, konnte er sie im nächsten Augenblick schon wieder angreifen, als wolle er seine Zärtlichkeiten rückgängig machen und seine teuflische Herrschaft über ihre Sinne bestätigen. Warum hatte sie nicht an die vielen Male gedacht, die er es schon so mit ihr gemacht hatte?
Er fuhr unfreundlich fort: «Um Himmels willen! Schau doch nicht so gequält drein! Ich will dich nicht bei deinem Mann anschwärzen, wenn du das befürchten solltest; ich will nur ein paar Fragen beantwortet haben.»

Als sie sich bewegte und versuchte, sich loszumachen, legten sich seine Arme fester um sie. Aber jetzt sprach weder Leidenschaft noch neu aufsteigende Begierde aus seiner Umarmung.
«Ginny!» sagte er warnend, und sie biß sich auf die Lippen. Sie fühlte, wie ihre Widerstandskraft nachließ und ein dumpfes, elendes Gefühl in ihr zurückließ.
Wozu auch? Er würde sie hier behalten, bis er alles erfahren hatte, was er wissen wollte, ohne sich um die Folgen für sie zu kümmern. Und sie wollte lieber gar nicht erst daran denken, was geschehen würde, wenn Iwan das herausfinden würde. Verfluchter Steve – und verflucht auch ihre eigene Schwäche, die ihm eine solche Macht über sie gab!
Bevor er sie mit weiteren sarkastischen und spöttisch-bösen Bemerkungen reizen konnte, sprudelte Ginny alles hervor. Sie erzählte ihm von Carl Hoskins – warum wollte Steve sie bloß auf die Probe stellen, indem er fest behauptete, Carl sei an einer Stichwunde gestorben? Sie wußte es besser, und diesmal unterbrach er sie nicht, sondern hörte finster zu. Ihr Nacken schmerzte schon vom nutzlosen Versuch, das Gesicht abzuwenden, und schließlich griff Steve mit einem ärgerlichen Ausruf in ihr Haar und zog ihren Kopf auf seine Schulter nieder.
«Sprich weiter.» Warum, warum nur wollte er alles wissen? Und schließlich erzählte sie ihm jene verrückte Geschichte, die Graf Tschernikov ihr an dem schicksalhaften Abend in Cuernavaca erzählt hatte, damals, als alles in Bewegung kam – und über Iwan. Über Iwan zu sprechen war schwerer, als sie gedacht hatte, und Ginny stolperte über ihre eigenen Worte. Sie hatte Iwan in einem Rauschzustand geheiratet; wie konnte Steve das verstehen, wenn nicht einmal sie selbst verstand, was sie dazu getrieben hatte?
Aus Stolz erwähnte sie nicht, inwiefern Steves Rolle für ihre Handlungsweise bestimmend gewesen war. Sie wollte ihn nicht wissen lassen, welchen Schmerz und welche Qual sie empfunden, als er sie so gefühllos verstoßen hatte. Sollte er doch denken, sie sei genauso launenhaft wie er! Und daß das, was eben zwischen ihnen geschehen war, ein Ausbruch von Leidenschaft war – und nicht mehr. Sollte er doch denken – sollte er doch das Schlimmste von ihr denken, wie er es ja immer getan hatte!
Als sie mit ihrer unfreiwilligen Schilderung zu Ende war und schwieg, empfand sie es zumindest als tröstlich, daß sie seine Arme noch immer festhielten, obwohl seine Berührung jetzt genau so unpersönlich war wie seine Stimme. «Wieviel von alldem weiß dein – weiß der Senator?» fragte Steve.
Ginny hob den Kopf und sah in seine beschatteten, undurchdringlichen Augen.

«Gar nichts! Was hätte ich denn tun sollen? Ihm erzählen, man habe ihn hintergangen, als er meine Mutter heiratete – daß ich nicht seine Tochter, sondern außerehelich sei? Ich weiß ja nicht einmal, ob das Ganze überhaupt stimmt, oder – oder ob es eine List ist, die ich noch nicht durchschaut habe. Und selbst wenn es so wäre – dann ist es jetzt zu spät, oder nicht? Wie du mir in Erinnerung gerufen hast, bin ich jetzt Iwan Sahrkanovs Frau – und eine Hure und Ehebrecherin dazu. War es nicht das, was du beweisen wolltest? Gut, also, es stimmt! Es ist dir gelungen, mich zu überzeugen, daß ich mich wohl besser hinnehmen sollte, wie ich bin. Du brauchst dich also nicht mehr länger um mich zu sorgen oder dich verantwortlich zu fühlen . . . oh, bitte, Steve!» Es war demütigend; ihre Stimme brach. «Laß mich jetzt in mein Zimmer zurückgehen! Mein Kopf tut mir wieder weh – wenn ich nur eines meiner Pulver finden kann –, vielleicht hat er sie nicht alle weggenommen . . .», es klang fiebrig, und als sie sich wie wild gegen ihn auflehnte, ließ er sie los.

Flucht – das war alles, woran sie jetzt denken konnte; und sie sprang aus dem Bett. Sie schwankte unsicher, denn ihre Knie waren schwach. Flucht vor der Spannung, vor dem Gefühl von Unglücklichsein, das sich plötzlich wie ein Schraubstock um ihren Kopf und ihre Brust spannte. Und vor allem, Flucht vor Steve, der ihr nur weh tun wollte, der sie als Hure benutzen wollte, denn so hatte er sie ja auch genannt.

Hätte Steve sie nicht aufgehalten, so wäre sie wohl so hinausgerannt, wie sie war. Er mußte gespürt haben, daß für sie die Grenze des Erträglichen erreicht war, denn er trug sie ohne ein Wort zu verlieren in ihr Zimmer zurück. Schwache Musik klang an Ginnys Ohr. Sie nahm sie nur oberflächlich wahr und fragte sich stumpf, warum heute wohl alle so lange aufblieben. Oder war diese lange, furchtbare Begegnung mit Steve vielleicht zum Teil nur ein Traum gewesen, in dem Minuten wie Stunden vergingen? O Gott, sie war zu müde, zu verwirrt und zu elend, um darüber nachzudenken oder es auch nur zu versuchen.

Sie war nackt – ihr zerrissenes seidenes Nachthemd lag am Fußende von Sam Murdocks Bett. Und auch Steve war nackt – offensichtlich waren sie beide verrückt!

Mit überraschender Sanftheit legte er sie auf ihr Bett nieder und zog die Decken über ihren kalten, plötzlich erschauernden Körper.

Zweiundzwanzigstes Kapitel

Der Morgen drang in das Zimmer. Und mit ihm kam die Erinnerung. Ginny bewegte sich in ihrem Bett; alle Glieder taten ihr weh, und sie wußte nicht, was denken. Wollte sie überhaupt denken? Was hatte sie aufgeweckt? Sie hatte geträumt, daß sie zusammengekuschelt in Steves Armen lag, daß er sie immer noch liebte; und jetzt flüsterte ihr Delia zu, daß sie sie nicht habe wecken wollen, ihr Gatte wünschte aber mit ihr zu frühstücken. Gottlob hatte man Iwan ein gesondertes Zimmer zugewiesen! Das war bei diesen vornehmen Hausfesten so üblich, aber Ginny hatte sich eine Zeitlang gefragt, ob sich Iwan, in seinem Wahn, sie zu unterdrücken, nicht über diese Sitte hinwegsetzen würde.

«Brachte Ihnen schönen heißen Kaffee, Ma'am.» Delia blickte ihr besorgt in die noch schlaftrunken blinzelnden Augen. Automatisch nahm Ginny dem Mädchen die Tasse ab. Kein Pulver mehr zur Stärkung. Sie hatte letzte Nacht noch eines gefunden, das ganz unten in einem bestickten Retikül versteckt gewesen war, aber Steve hatte es ihr weggenommen. Er hatte davon gekostet und das Gesicht verzogen.

«Ginny . . .» Irgend etwas, vielleicht der wild flehende Blick in ihren Augen, hatten ihn das verschweigen lassen, was er hatte sagen wollen. Mit einer ungewöhnlich angespannten Stimme hatte er statt dessen gesagt: «Gut, ich besorge dir noch mehr davon. Aber zuerst muß ich wissen, was drin ist. Deshalb muß ich das hier mitnehmen.»

Er hatte sogar von ihrem Stärkungsmittel probiert, bevor er ihr einen kleinen Schluck zugestanden hatte, denn sie sollte den kleinen Rest in der Flasche sorgfältig einteilen.

Warum hatte er sich plötzlich so anders verhalten? Zuvor war er böse und grausam gewesen – und dann ganz unerwartet freundlich. Vielleicht war in ihm Mitleid mit ihr aufgestiegen – aber dieser Gedanke war ganz unerträglich!

Ginny nippte an ihrem Kaffee; ihre Finger zitterten, und die Tasse klapperte auf der Untertasse. Delia hatte die Vorhänge geöffnet, und das gleißende Sonnenlicht fiel in einem goldenen Strahl auf den weichen Aubussonteppich. Steve war natürlich wieder weg, und sie sollte darüber erleichtert sein – er hatte gesagt, und seine Stimme hatte kühl und besorgt geklungen, er habe dringende Geschäfte in San Francisco. Aber er wollte, daß sie hier blieb – warum? Sie war jetzt sicher, daß sie ihm nichts mehr bedeutete. Nur eine Frau unter vielen, um seine gelegentlichen Begierden zu befriedigen. Und er war letzte Nacht nur zu ihr gekommen, weil er wütend gewesen war.

Der heiße Kaffee brannte auf ihrer Zunge. Ginny bat Delia um mehr, aber sie, deren Gesicht ungewöhnlich bleich und verängstigt aussah, flehte sie an, sich anzuziehen. Warum hatte sie das Gefühl, als ginge sie zu ihrer eigenen Hinrichtung?
Während sie sich Wasser über den Körper spritzte und vor Kälte zitterte, fragte sie sich automatisch, warum sie wohl Iwan so gebieterisch zu sich gerufen hatte. Früher wäre er in ihr Zimmer gekommen – jetzt schickte er nach ihr. Wie sich die Lage doch verändert hatte. Und geradezu ironisch widersinnig war die Tatsache, daß Iwan ihr Mann und Steve ihr Liebhaber geworden war.
«Ach, da bist du ja, meine Liebe! Gut geschlafen, hoffe ich!»
Iwan war frisch rasiert und sorgfältig gekämmt. Sie nahm den schwachen Geruch von Kölnischwasser wahr, den er immer an sich hatte, als er ihre Hand küßte und dann ihren widerstandslosen Körper an sich zog und ihre kalten Lippen leicht mit den seinen berührte.
Ginny erhaschte einen flüchtigen Blick ihres Spiegelbildes. Ihr blaßgrünes Kleid schien ihre Blässe noch zu unterstreichen, und ihr Puls pochte unter dem grünen Band, das Delia ihr um den Hals geknüpft hatte.
«Ja», sagte Iwan leise, als hätte er ihre Gedanken gelesen, «wir sind wirklich ein hübsches Paar, findest du nicht?» Er legte ihr einen Arm um die Taille und drehte sie so, daß sie dem Spiegel direkt gegenüberstand. Er stand neben ihr und lächelte; es war, als würden sie für eine Fotografie posieren.
«Du hast noch kein einziges Wort gesagt, Virginie. Bist du hungrig? Vielleicht hilft ein gutes Frühstück gegen die Schatten unter deinen Augen. Außerdem glaube ich wirklich, daß du etwas frische Luft und Bewegung brauchst. Schau mich an. Ich war fast die ganze Nacht auf und bin trotzdem bereit, alles anzupacken, was auf mich zukommt. Sogar die unangenehme Pflicht, die nach dem Essen auf mich wartet. Ich hätte sagen sollen *auf uns* . . . aber du sollst zuerst essen. Komm.»
«Was?», sie wandte ihm benommen den Kopf zu, und er lächelte weiter und schaute sie mit seinen blassen Augen an.
«Meine Liebe – ich sagte, du mußt zuerst essen. Ich will dir nicht den Appetit verderben. Da, setz dich. Nimmst du etwas Tee? Ich habe mir erlaubt, für uns beide zu bestellen – und ich habe dich vernachlässigt, nicht wahr? Würdest du uns bitte einschenken, Chérie?»
Ihre Hände zitterten so heftig, daß er ihr die Silberkanne aus der Hand nehmen mußte. Scheinbar besorgt schüttelte er den Kopf.
«Bitte, Iwan!» Sie konnte nicht anders, sie begann ihn anzuflehen. «Bitte – ich habe solche Kopfschmerzen, wirklich! Ich kann nicht

essen. Warum hast du mir meine Pulver weggenommen? Du hast sie doch für mich besorgt, erinnerst du dich? Für meine – meine . . .»

«Ja, natürlich erinnere ich mich. Für deine Kopfschmerzen. Und ich sah auch ein, daß du sie für den Anfang nötig hattest. Aber inzwischen solltest du wieder gesund sein und dich von jenem unangenehmen Erlebnis erholt haben! Gestern fühltest du dich doch auch wohl genug, um ganz allein ein kleines Abenteuer einzugehen, oder nicht? Deshalb glaube ich wirklich nicht, daß du dich weiterhin so zu verzärteln brauchst. Natürlich werde ich dir gelegentlich ein Pulver zuteilen, wenn ich das Gefühl habe, du brauchst es, aber du mußt von jetzt an die Entscheidungen mir überlassen, meine Liebste. Ich schätze es nicht, wie du in letzter Zeit ausgesehen und dich aufgeführt hast.»

Ginny schaute ihn verständnislos und mit einem gequälten Ausdruck in den Augen an. Immer noch lächelnd schenkte Prinz Sahrkanov den Tee ein, er beugte sich vor und tätschelte ihr wohlwollend die Wange.

«Iß, mein Liebling. Und trink deinen Tee. Du mußt dich langsam daran gewöhnen, du bist jetzt Russin!»

Sie hatte das Gefühl, nichts essen zu können, und nur auf Iwans Drängen hin würgte sie einen trockenen Toast und einen Bissen eines eiskalten Pfirsichs hinunter. Sie verschluckte sich fast am Tee, der nach russischer Art widerlich süß und dickflüssig war.

Und während der ganzen Zeit sprach er; seine Stimme war ein geschmeidiges Schnurren, einmal ernst und einmal schmeichelnd.

«Das geht nicht! Komm, du mußt essen. Du bist wie ein böses, verzogenes kleines Kind, weißt du das? Zu sehr daran gewöhnt, daß alles nach deinem Willen geht. Aber das werde ich ändern, und du wirst viel glücklicher sein.»

«Ich – ich fühle mich wirklich nicht wohl. Ich glaube, ich habe mich erkältet. Kann ich nicht in mein Zimmer zurückgehen und mich hinlegen? Wenigstens eine kleine Weile? Ich will nicht nach unten gehen.»

Konnte das wirklich ihre Stimme sein, so flehend? Ihre Finger waren ganz steif, so fest hielt sie sie ineinander verschlungen, um das Zittern zu verbergen. Sogar ihre Lippen bebten.

«Ich muß leider annehmen, daß diese Pulver am Ende doch nicht so gut für dich gewesen sind. Mit etwas frischer Luft auf deinem Gesicht wirst du dich besser fühlen. Komm – wehre dich nicht, sonst werde ich ungehalten; ich habe versucht, die Geduld nicht zu verlieren. Es ist besser so.» Er ergriff mit beiden Händen ihre Handgelenke und zog sie auf die Füße. «Wir wollen Mr. Murdock nicht warten lassen. Ich muß dir sagen, meine Liebe, daß ich ihn für sehr vernünftig und verständnisvoll halte. Er wirft dir deine kleine Eskapade von gestern nicht vor, wenn du das befürchten solltest. Nicht mehr, seit ich die Gelegenheit hatte, ihn privat zu sprechen. Schließlich ist eine Vergewaltigung ein sehr schlimmes Verbrechen – und das war es doch, was dir zugestoßen ist, nicht?»

Im nachhinein versuchte Ginny das meiste, was darauf folgte, zu verdrängen. Sie erinnerte sich eigentlich kaum, wie oder wohin Iwan sie führte. Der Griff seiner Hand auf ihrem Arm war ebenso fest wie schmerzhaft und hinderte sie am Fallen. Sie klammerte sich daran, daß er ihr für nachher ein Pulver versprochen hatte – wenn sie gehorchte und sich so aufführte, wie man es von ihr erwartete.

Ginny versuchte, nur daran zu denken und sonst an nichts, während Iwans fester Arm um ihre Taille sie aufrecht hielt.

Sie waren in einer Art Keller oder Kühlraum mit Stufen, die in ein Untergeschoß führten. Dicke, hölzerne Doppeltüren waren aufgestoßen worden und hatten dabei in den Angeln geknarrt; jetzt fiel das Sonnenlicht ein. Gelbes Licht fiel auf eine mit einer Plane zugedeckte Gestalt. Sam Murdock, der mit einem seiner Leibwächter, einem ernst dreinschauenden Mann mit rotem Schnurrbart, allein war, schaute überall hin, nur nicht zu ihr.

Murdocks Stimme war verärgert.

«Es wäre wirklich nicht nötig gewesen, die Prinzessin hier herunter zu führen. Die ganze Sache ist unangenehm und aufregend genug für mich – und natürlich auch für Sie. Wenn Sie anders vorgegangen wären, hätte ich dafür gesorgt, daß der Mann ausgepeitscht oder aufgehängt wird.»

«Aber so ist es besser. Und obwohl Virginie noch in einem Schockzustand ist, wird es besser für sie sein, wenn sie sieht, daß die Gerechtigkeit gesiegt hat. Vielleicht wird sie dann weniger Angst haben, allein auszureiten.»

Die beiden sprachen über ihren Kopf hinweg – wovon denn eigentlich?

«Ich glaube trotzdem . . .»

«Meine Frau hat einen unschönen, kleinen Krieg in Mexico miterlebt. Sie hat auch schon tote Männer gesehen – nicht wahr, mein Engel? Und in diesem Fall wird sie sowieso nicht so zimperlich sein – schließlich hat der Mann sie überfallen. Hätte sie eine Waffe zur Hand gehabt, hätte sie ihn wahrscheinlich sogar selbst getötet.»

Ginny versuchte krampfhaft, nicht zu beben. Sie bemerkte, daß Sam Murdocks Blick auf sie gerichtet war. Grimmig und prüfend. Er ließ seinen Blick einen Augenblick auf ihr ruhen, und trotz ihrer Verwirrung hatte sie das äußerst seltsame Gefühl, er wolle sie vor etwas warnen. Aber wovor?

Schließlich seufzte er kaum merklich auf und nickte dem schweigsamen Leibwächter kurz zu; dieser beugte sich vor und zog die Plane beiseite.
Ginny schrie auf. Dann ein leiser, unterdrückter Laut.
Geronnenes Blut und schwarze Haare. Dunkle Kleider mit noch dunkleren Blutflecken. Ein toter Mann – sein Gesicht war weggeschossen. Nicht Steve . . . nicht Steve!
Aus weiter Ferne hörte sie Sam Murdocks ruhige, aber wütende Stimme.
«Das ist kein Anblick für eine Frau! Und der Mann ist schon einige Zeit tot – wir werden ihn schnell beerdigen lassen, ohne viel Aufhebens. Er war ein zielloser Mensch – ich hätte ihn nicht angeheuert, wenn er nicht einmal für mich gearbeitet hätte, auf einer Ranch. Hätte ich gewußt, was für ein Halunke er war . . .»
Nein – natürlich war es nicht Steve! «Seit einiger Zeit tot», hatte Murdock betont. Und Steve, der letzte Nacht wütend gewesen war, weil man auf ihn geschossen hatte. Aber wer war dann dieser Tote?
O Gott – es sollte ihr etwas ausmachen, aber das war nicht der Fall.
Ginny schwankte – vor lauter Erleichterung.
«Führen Sie sie lieber hinaus», hörte sie Sam Murdock sagen, und dann hörte sie Iwans leise Stimme und spürte, wie er ihr den Arm fester um die Taille legte.
«Nein, nein – Virginie hält mehr aus, als sie den Anschein macht, nicht wahr, meine Liebe? Öffne deine Augen, wir wollen keinen Irrtum begehen. Ist das der Mann?»
Sie zwang sich, die Augen zu öffnen, dann wandte sie sich schnell ab und drückte die Hände gegen den Mund, um nicht erbrechen zu müssen.
«Er – er ist gleich angezogen – oh – wie soll ich denn näher hinsehen? Ich will mich nicht erinnern! Ich will nicht!»
«Natürlich nicht, meine Liebe. Ich weiß, wie erschütternd und unangenehm es für dich sein muß. Aber du verstehst doch sicher, daß mir daran lag, daß du dich persönlich davon überzeugen konntest, wie er endete? Jetzt hast du nichts mehr zu befürchten – er kommt nie mehr zurück, um dir weh zu tun.» Leise, tröstende Worte. Und nur *sie* konnte die geheime Bedeutung von Iwans Worten verstehen.
«Prinzessin, es tut mir außerordentlich leid. Hätte ich früher etwas erfahren, so hätte ich selbst etwas unternommen. Es ist mir schrecklich, daß sie sich nun auch noch dem haben unterziehen müssen. Versuchen Sie jetzt, zu vergessen, wenn es möglich ist. Und ich versichere Ihnen, daß niemand etwas erfahren wird – niemand wird etwas wissen.»
In Iwans Zimmer oben brach Ginny in Tränen aus. Sie weinte vor

Schwäche, vor Elend, vor Erleichterung, als Reaktion. Sie hatte schon lange nicht mehr weinen können, und jetzt ließ sie den heftigen Schluchzern, die sie schüttelten, freien Lauf. Tränen strömten endlos über ihr Gesicht.

Sie war sich bewußt, daß Iwan auf und abging und sie beobachtete, aber es machte ihr nichts aus. Nicht einmal, als er in seinem üblichen, sanft-spöttischen Tonfall zu sprechen begann.

«Welch leidenschaftliches Mitgefühl für einen Frauenschänder! Mach nur so weiter, meine Liebe, und ich muß bald annehmen, daß du ihn gar irgendwie ermutigt hast! Hast du eine Vorliebe für Pöbel? Dieser Mann, dieser halbblütige Schurke, ist ein – wie nennt man das auf spanisch? – ach ja, ein Vaquero, der nach Rindern und Pferden stinkt! Wie konntest du so tief sinken? Ich hoffe, daß du aus Scham weinst. Die Zarentochter mit einem Stalljungen – mein Gott, das hätte einen saftigen, kleinen Skandal gegeben, meinst du nicht? Wenn ich ihn nicht im Keim erstickt hätte! Du siehst, meine hübsche Prinzessin, daß ich dich trotz deines vulgären Benehmens und deines ebenso vulgären Geschmacks schätze – und was mir gehört, behalte ich im Auge! Ich habe dich immer beobachten lassen, und das werde ich auch weiterhin tun, täusche dich nicht. Aber du wirst ja in Zukunft keine Fehler mehr machen, nicht wahr?» Er stand da und schaute auf sie herab. Sie kauerte in einem samtbezogenen Sessel. Er wiederholte: «Nicht wahr?» und Ginny schüttelte blind den Kopf.

Iwan Sahrkanov schaute nachdenklich auf ihren geneigten Kopf, auf ihre bebenden Schultern hinab, und war zufrieden. Ja, jetzt war sie endlich vollkommen unterworfen. Sie würde von nun an alles machen, was er verlangte, und sie würde vor ihm kriechen für das Pulver, nach dem sie sich so sehnte und ohne welches sie nun nicht mehr leben konnte. Und wenn nun noch dieser alte Narr Tschernikov mit der Unterstützung Murdocks aus dem Weg geschafft war, dann würde er alles erreicht haben, was er wollte und was er sich vorgenommen hatte.

Er begann mit einer gewissen Vorfreude an die Rückkehr nach San Francisco zu denken. An gewisse Straßen, einen gewissen Raum und an die Art Lust, nach der sich seine perverse Natur sehnte. Aber zuerst – zuerst standen ihm leider einige unangenehme Dinge bevor. Er mußte Creighton befehlen, einen anderen Mann anzuheuern, um die schmutzige Arbeit zu erledigen, die noch erledigt werden mußte. Creighton hatte scharfe Augen und eine gute Nase für Klatsch, und er war vertrauenswürdig, solange man ihn gut bezahlte. Des Senators persönlicher Kammerdiener – und das geschah dem wichtigtuerischen Brandon ganz recht! Iwan hatte den Mann während seines letzten Besuches in San Francisco empfohlen, und wer wußte schon, daß Creighton einmal zu den berüchtigten «Sidney Ducks» gehört hatte, die vom Sicherheitsausschuß aus der Stadt verjagt worden waren? Der Mann war tatsächlich einmal der Kammerdiener eines vornehmen Herrn gewesen und machte seine Arbeit gut – und er war auch in Kontakt mit der Unterwelt geblieben. Er hatte den schweigsamen Totschläger mit dem pockennarbigen Gesicht empfohlen, der seine Arbeit gestern so gründlich ausgeführt hatte, und der jetzt zweifellos das so verdiente Geld in einem Saloon der Barbary-Küste versoff. Aber gedungene Mörder waren leicht zu finden, wenn man die richtigen Beziehungen hatte. Genauso wie Frauen leicht zu zähmen waren, wenn man die richtigen Methoden kannte. Virginie lernte langsam, daß er ihr Meister war. Bald würde er ihr noch ein paar weitere Lektionen erteilen, und das nicht ohne ein gewisses Vergnügen. Aber nicht, bevor sie sich nicht nützlich gemacht hatte und zu Sam Murdock nett war. Murdock wollte sie, und er war der Mann, der gut zahlte, für etwas, das er wollte.

Ginnys Schluchzer verebbten zu keuchendem Atem. Ihre Augen waren von den vielen Tränen gerötet, ihre Wangen brannten und wiesen Spuren der Tränen auf.

Iwan kehrte in die Gegenwart zurück. Mit einem angewiderten Stirnrunzeln schritt er zu ihr hinüber und hob ihren Kopf grob empor.

«Das reicht jetzt! Ich habe dich ausweinen lassen, und es ist jetzt Zeit, daß du dich erholst. Geh und wasche dein Gesicht – ich werde dich noch eine Weile ausruhen lassen, bevor du dich unten zu uns gesellst. Ja. Mr. Murdock hat ein Essen im Freien vorgesehen, in seinem schönen Innenhof, und vielleicht wird er dich bitten, nachher mit ihm auszureiten. Falls er das tut, wirst du mit ihm gehen. Verstehst du? Keine Ausreden, keine Kopfschmerzen. Ich lasse dich ein Pulver nehmen, wenn du eines brauchst, aber ich will zuerst, daß du ausgeruht und anständig aussiehst. Geh jetzt – oder muß ich mit dir kommen, um sicher zu sein, daß du tust, wie dir befohlen wurde?»

Als Ginny in ihrem Zimmer war, starrte sie ihr verschwollenes, tränenverschmiertes Gesicht im Spiegel an; sie hatte Lust, noch einmal loszuweinen, aber sie hatte keine Tränen mehr. Wer war dieses halbverrückte Wesen mit wilden Augen und feuchten Haarsträhnen, die auf Gesicht und Schultern herabhingen? Wie weit hatte sie es mit sich kommen lassen, wie weit würde sie noch sinken?

«Du hast gewöhnlich Widerstand geleistet – das war wahrscheinlich das, was mich früher am meisten an dir fesselte . . .»

Steves Worte. Sie versetzten sie in die Vergangenheit. Aber es stimmte – die ganze Kampflust war von ihr gewichen, die ganze

Kraft, mit der sie einst unsagbar Schreckliches ertragen hatte, sogar noch schlimmere Demütigungen als diese. Was war mit ihr geschehen?

Oh, es ist einfach zu anstrengend, nachzudenken. Mein Kopf tut weh ... er sagte, er würde mich in ein Sanatorium einsperren, und das wird er auch tun – was machte es schon aus?

Sie verstrickte sich in einem Netz von Selbstmitleid und Selbsthaß, während ihr Körper gehorsam und automatisch weiterfunktionierte.

Mit ungeschickten Fingern zog Ginny sich aus und wusch sich das Gesicht; sie rieb es mit einem Waschlappen, als wollte sie sich die Haut abreiben. Dann legte sie sich hin und schloß die Augen. Sie versuchte, nicht auf das erschreckende schnelle Pochen ihres Herzes zu achten und auch nicht auf das Beben, das sie von Kopf bis Fuß durchlief, in kleinen Wellen, bis sie das Gefühl hatte, sie würde ertrinken.

Dritter Teil
Der Pirat

Dreiundzwanzigstes Kapitel

Die goldenen Millionäre waren einer nach dem anderen in die Stadt oder in ihre verschiedenen Landhäuser zurückgekehrt, gefolgt von ihren Wagen und ihren Bediensteten. «Auf Wiedersehen ... auf Wiedersehen ... was für ein angenehmer Aufenthalt ... wir sehen uns natürlich in der Stadt wieder ...» Ginny meinte, ihr Gesicht müsse zerspringen vom vielen Lächeln. Waren es wirklich nur vier Tage gewesen? Sie kam sich vor wie eine hölzerne Puppe mit Drähten als Nerven – Stahlsaiten, die so fest angespannt waren, daß sie jeden Augenblick zerreißen konnten. Sie konnte an nichts denken außer an ihre Pulver, die Iwan ihr zweimal am Tag zuteilte, als Belohnung für «gutes Benehmen». Das erste erhielt sie im Laufe des Morgens, um sie für den Nachmittag zu rüsten, wenn sie reiten ging, gewöhnlich an der Seite von Sam Murdock. Das zweite dann kurz bevor sie zum Nachtessen hinuntergehen mußte. Dazwischen «ruhte» sie in ihrem Zimmer und spürte, wie es ihr den Schweiß aus den Poren trieb. Sie wand sich in den Bettlaken, um das Jucken in ihrer Haut zu lindern, und um den Schmerz in ihren Schläfen, der sich ins Gehirn hinein zu fressen schien, zu dämpfen. Sie fragte sich nicht mehr, was aus ihr geworden war. Sie konnte sich nur noch auf eines konzentrieren – die Erleichterung, die freudige, entspannende Erleichterung, wenn sie fühlen konnte, wie sie wieder Mensch wurde.
Murdock war aufmerksam und freundlich. Sein Benehmen blieb, auch wenn sie allein waren, weiterhin untadelig.
Jeden Morgen schickte er ihr frische Blumen; und am Abend eine exotische, wächserne Orchidee aus seinen Gewächshäusern. Iwan lächelte beinahe wohlwollend. Ach ja, Murdock war ein kluger Mann, sonst hätte er wohl nie so reich und mächtig werden können. Aber er war auch verwundbar, und in seiner feinen, subtilen Art hatte er gezeigt, daß er sich von Ginny angezogen fühlte.
Wir werden sehen, dachte Iwan Sahrkanov. Er wurde jedoch trotz allem ungeduldig. Murdock ging fast zu vorsichtig vor. Und sein sogenannter Schwiegervater, der Senator, war in der letzten Zeit unerklärlich zurückhaltend geworden. Brandon machte sich über etwas Sorgen. Die Aktien einiger der wichtigsten Comstockminen waren in letzter Zeit beunruhigend gefallen, und nur die ganz Großen machten sich keine Sorgen. Und Brandon hatte mit Grundstücken in Südkalifornien spekuliert – nicht mit großem Erfolg, wenn die Gerüchte stimmten. Da war auch jene Schiffslinie, wo

einige der kleineren Aktieninhaber sich überraschend zusammengeschlossen und an jemand anderen weiterverkauft hatten – niemand wußte an wen, bis jetzt wenigstens. Dadurch entfielen für Brandon gewisse Zinsen, mit denen er gerechnet hatte ... ja, und da war noch das Geld, das sie zusammen investiert hatten, und das auch nicht gerade am günstigsten angelegt schien. Da waren immer die ganz Großen, die ihre eigenen, geheimen Methoden hatten, um zu Geld zu kommen, und die keinerlei Skrupel hatten, wenn es darum ging, noch mehr zu verdienen. Murdock zählte zu ihnen; den geheimnisumwitterten Mann hatten sie ihn immer genannt; jetzt da Iwan ihn kannte, kam er ihm so menschlich wie alle anderen vor.

Iwan Sahrkanov berauschte sich am Gefühl seiner eigenen Macht. Bis jetzt hatten sich alle seine sorgfältig entwickelten Pläne verwirklicht. Er hatte sogar ausnahmsweise einmal Glück an den Spieltischen gehabt. Glück in allen Belangen – sogar bei seiner zufälligen Ehe, im Ganzen gesehen. Zar Alexander würde, wenn er von verschiedenen Machenschaften bei der Russisch-Amerikanischen Gesellschaft und unerklärlich verschwundenen Geldsummen hören sollte, nie gegen den Ehemann seiner längst verloren geglaubten Tochter vorgehen. Dieses Mal hatte sich jedes Spiel ausgezahlt. Der goldene Erfolg lag in Reichweite und wartete nur darauf, ihm in die Hände zu fallen.

Es waren Pläne geschmiedet worden, ohne daß Ginny etwas davon gemerkt hätte. Der Senator und sein Schwiegersohn würden einen Tag früher mit den anderen Gästen nach San Francisco abreisen als Ginny und Sonja. Sie würden von Mr. Murdock selbst in die Stadt zurückbegleitet werden, der dort einigen Geschäften nachgehen mußte, bevor er nach Virginia City weiterreiste.

«Nutz deine Zeit gut aus, meine Liebe.» Iwan war früh am Morgen in Ginnys Schlafzimmer gekommen, um sich zu verabschieden. «Du weißt ja, wie man einen Mann einfängt. Und sei auch zu seinem Mündel nett, denn sie wird mit dir nach San Francisco reisen, weißt du. Mr. Murdock baut sich dort ein Haus, im griechischen Stil, glaube ich. Aber bis es fertig ist, muß die schöne Señorita Sanchez in der Stadt bei jemandem wohnen. Deine Stiefmutter hat sich freundlicherweise bereit erklärt, ihre Anstandsdame zu sein, und deine ausgezeichneten Spanischkenntnisse werden natürlich von großem Nutzen sein. Verstehst du?»

Ja, sie verstand. Nur zu gut. Concepción, ausgerechnet Concepción am Halse zu haben; als Ehrengast im Hause ihres Vaters! Sie hatten zusammen getanzt und sich zugelächelt. Und Concepcións lohfarbene Katzenaugen hatten mehr als einmal voll verächtlichem Triumph die ihren gesucht. Concepción haßte sie, sie würde ihr nie

vergeben ... Wie weit würde das Mädchen gehen, um sich zu rächen?
Aber sie hütete sich davor, Iwan ihre Gedanken erraten zu lassen. Er hatte sie nun in der Hand mit jenen magischen Pulvern, die er ihr geben oder vorenthalten konnte, ganz nach Lust und Laune. Sich wohl zu fühlen – das war alles, was jetzt noch zählte.
«Ich gebe dir zwei Pulver. Wenn du vernünftig bist, Virginie, so wirst du sehen, daß sie reichen, bis wir uns in San Francisco wiedersehen.» Seine Stimme war sanft und hart zugleich, wie eine geschliffene Stahlklinge unter einem Stück Samt. «Du wirst vernünftig sein, mein Liebling, nicht wahr? Ich glaube, du hast dazugelernt. Keine geheime Abmachungen mit Stallburschen. Etwas anderes ist es natürlich, wenn dich dein Gastgeber darum bitten sollte, mit ihm allein auszureiten oder in seine Suite zu kommen. Du weißt was ich meine?»
Kaum war Iwan gegangen, suchte Ginny dankbar in ihrem Zimmer Zuflucht. Er hatte sie früh am Morgen aufgeweckt, als sie eben erst glaubte, endlich eingeschlafen zu sein. Ihre Augen waren schwer und geschwollen, sie waren feucht, als wären sie voller unvergossener Tränen. Aber sie hatte keine Tränen mehr zum Vergießen; sie war so leer innerlich; nur der Gedanke an das erlösende Gefühl durch eines ihrer kostbaren Pulver half ihr, die mechanischen Bewegungen des Auskleidens durchführen zu können. Sie zog sich bis zum Hemd aus, und warf sich mit fest geschlossenen Augen quer übers Bett.
An der Türe klopfte es leise, und bevor sie antworten konnte, kam Sonja herein. Sie durchquerte entschlossen den Raum und schaute dann auf sie herab.
«Ginny! Stell dich nicht schlafend. Diesmal machst du mir keinen Strich durch die Rechnung. Wir müssen miteinander reden.»
Ohne eine Antwort abzuwarten zog Sonja einen Sessel heran und setzte sich neben Ginnys Bett. Ihre großen, porzellanblauen Augen sahen trotz der winzigen Fältchen so jung und kindlich aus wie immer, aber Sonjas Mund hatte einen eigensinnigen Ausdruck; ihre vollen, weichen Lippen waren fest aufeinandergepreßt.
«Ginny, was um alles in der Welt ist los mit dir? Du gehst mir aus dem Weg – es scheint, als gingest du überhaupt allen aus dem Weg! Und Iwan, der dauernd in deiner Nähe ist – irgend etwas ist los. Ich spüre das, und auch dein Vater. Wir machen uns Sorgen. Und ich *muß* es wissen – warum läßt du zu, daß sich Mr. Murdock so auffällig um dich bemüht?» Sonja lehnte sich vor und blickte in Ginnys verschwollene, halb geöffnete Augen, ein seltsam leerer Blick erwiderte den ihren. Hatte das Mädchen überhaupt gehört, was sie gesagt hatte? Es benahm sich wie eine an Fäden geführte

Marionette. Dahinter steckte etwas Arges, aber sie verstand nicht was.
«Ginny!» wiederholte Sonja scharf. «Hörst du mir zu? Was ist los? Wir waren einander nicht immer so fremd, wir waren doch Freundinnen. Ich blieb nur mit dir hier zurück, um eine Gelegenheit zu haben, mit dir allein zu sprechen, und diesmal gehst du mir nicht aus dem Weg!»
«Worüber sollen wir denn sprechen? Ich tue ja nur, was alle von mir erwarten. Ich heiratete Iwan; ich bin die Art Ehefrau, die er sich wünscht. Warum könnt ihr mich denn nicht in Ruhe lassen?»
«Dich in Ruhe lassen! Das ist unter anderem das, worüber ich mit dir sprechen wollte. Warum bist du so darauf aus, in Ruhe gelassen zu werden? Wenn etwas nicht stimmt, kann ich dir vielleicht helfen. Vielleicht hilft es dir, wenn du reden kannst. Du siehst auch gar nicht gut aus. Ich glaube du solltest einen Arzt aufsuchen, wenn wir in der Stadt zurück sind.»
Ginny richtete sich auf und fiel dann wieder in die Kissen zurück. «Einen Arzt! Wahrscheinlich meinst du wie Iwan, ich gehöre in ein Sanatorium. Eine nette, lange Erholungskur – nennt man das nicht so? Ich möchte nur, daß ihr aufhört, euch um mich Sorgen zu machen – dazu ist es sowieso zu spät und jetzt . . .»
Sie wünschte, Sonja würde gehen und sie in Frieden lassen. Was wollten alle von ihr? Warum mußte Sonja sie ausgerechnet jetzt mit diesen Fragen quälen?
«Bist du nicht glücklich? Iwan scheint dir so ergeben zu sein, und doch – ich bin auch eine Frau, und es gibt Dinge, die ich fühlen kann. Was ist los? Was stimmt nicht? Oder ist es – verzeih meine Offenheit –, erwartest du etwa ein Kind? Ist das der Grund für dein seltsames Benehmen?»
«Nein! Nein, ich bin nicht schwanger. Und wenn du mein Benehmen seltsam findest, na, wir kennen uns ja eigentlich gar nicht so gut, oder? Lassen wir das, bitte Sonja. Ich habe schreckliche Kopfschmerzen und bin nicht in der richtigen Stimmung für ein Gespräch unter Frauen. Ich habe auch keine Geheimnisse, die ich dir anvertrauen könnte. Warum sprichst du nicht mit Iwan?»
Ginny hörte, wie Sonja seufzte.
«Iwan ist – oh, er ist oberflächlich gesehen sehr charmant, aber es ist so schwer, mit ihm zu sprechen. Er – ich sollte das zwar vor dir nicht sagen, aber auch dein Vater ist – na, sagen wir besorgt. Warum ist Iwan so oft fort? Wo geht er hin? Ginny, sicherlich stellst du dir diese Fragen auch. Ist es das, was an dir nagt?»
«Ich wünschte, Iwan wäre noch öfter weg! Glaubst du, es kümmert mich, was er tut? Oh – jetzt bist du entsetzt, nicht wahr? Aber es ist die Wahrheit. Bist du jetzt zufrieden?»

Trotz ihres Gefühlsausbruchs war Ginny ein wenig überrascht, daß Sonja nicht protestierte, sondern nur ihren blonden Kopf senkte. «Ich – ich dachte mir, daß es so etwas sein könnte. Und da ist auch die Art, wie er dich absichtlich anderen – anderen Männern zuzuspielen scheint. Ginny – es tut mir furchtbar leid! Und ich glaube, daß sogar dein Vater langsam bedauert ... Ich will nur, daß du weißt – du kannst dich jederzeit an uns wenden. Dein Vater sagt nicht viel, ich weiß es, aber er liebt dich wirklich, und er bedauert es, daß er dich nie besser gekannt hat. Bitte – verschließ dich nicht ganz vor uns, Ginny.»

Sonja hätte eigentlich noch mehr sagen wollen – sie hatte Ginny einige ihrer eigenen Sorgen anvertrauen wollen, aber das weiße, bestürzte Gesicht ihrer Stieftochter hielt sie davon ab. Sie hatte das Gefühl, als stünde jetzt eine Glaswand zwischen ihnen. Sie konnten einander sehen und miteinander sprechen, aber hörte sie Ginny wirklich? Das Mädchen war viel zu verschlossen geworden – sogar das Geständnis, daß sie und Iwan nicht miteinander auskamen, hatte sie ihr entreißen müssen. Und jetzt sah Sonja ein, daß dieses einseitige Gespräch zu nichts führen würde.

Voller Mitleid tätschelte sie Ginnys abgewandtes Gesicht und verließ das Zimmer; ihre hellen Augenbrauen zogen sich sorgenvoll zusammen. William mußte davon Kenntnis erhalten, obwohl er zurzeit genug eigene Sorgen hatte, die unter anderem auch das seltsame Benehmen seines Schwiegersohns betrafen. Er betrachtete den Prinzen jetzt mit einer gewissen Nüchternheit. Zu viele Gerüchte gingen um – er sei ein Spieler und Spekulant –, und man sagte ihm nach, er kenne keine Skrupel. Wenn nur William damals Iwan nicht geholfen hätte, dieses Geld zu investieren! Wenn nur die Aktien nicht gefallen wären ... wenn ... wenn ... wenn! Und Ginny, die wie ein Gespenst umherwandelte; man hatte das Gefühl, daß sie, sogar wenn sie lächelte oder an einem Gespräch teilnahm, im Grunde gar nicht anwesend sei. Eigentlich – ja, eigentlich war es schade, daß sie sich in die Ehe mit Iwan gestürzt hatte, obwohl sie es anfangs alle für das beste hielten. Und da war noch ein anderes Problem – etwas, an das Sonja kaum zu denken wagte. Ein Problem? Es konnte sich sehr wohl zur Katastrophe ausweiten!

«Es muß einen Ausweg geben!» sagte sich Sonja wie schon so oft, und wie sie es auch stets tröstend zu ihrem Mann zu sagen pflegte. Ja, es mußte eine noch verborgene, sichere Lösung geben.

Sonja konnte natürlich nicht wissen, daß ihre Probleme auf dem besten Weg waren, gelöst zu werden. Und auch ihr Mann, der Senator, nicht, der in angespanntem Schweigen mit seinem weltmännischen Schwiegersohn zusammen reiste, der als einziger zufrieden schien mit sich und der Welt.

Ginny gab nach einer Weile den Versuch auf, sich ausruhen zu wollen. Sie war zu angespannt. Sonjas Versuche, ihr Vertraulichkeiten zu entlocken, hatten sie zermürbt. Aus Angst vor ihren eigenen Gedanken schluckte sie ein Pulver; belebt von dem Gedanken an das Wohlgefühl, das sich bald einstellen würde, ging sie nach unten.
Sonja war ausgeritten – mit Concepción. Ginny rümpfte angewidert die Nase. Wenn Sonja wüßte, daß sie Concepción einst mit einem Messer in der Hand gegenübergestanden hatte! Der Gedanke daran war jetzt recht komisch. Ein pockennarbiger Hausbursche teilte ihr mit, daß Mr. Murdock in seinem Arbeitszimmer beschäftigt sei, daß aber ein leichtes Mahl für sie vorbereitet worden sei, das sie im Freien, im kleinen Patio einnehmen könne. Mr. Murdock würde sich bald zu ihr gesellen.
Jetzt würde sie also herausfinden können, was Mr. Murdock in Wirklichkeit von ihr wollte. Jetzt, da Iwan weg war, würde er keine Zeit mehr verlieren. In ihrer leichten, sorglosen Stimmung ließ sie sich von diesem Gedanken seltsamerweise kaum beirren. Und draußen, neben dem Gedeck, das für sie unter einem schattenspendenden Baum aufgelegt worden war, lag ein großes Paket. Auf einer Begleitkarte war unter die kühnen Initialen «S.M.» ihr Name hingekritzelt worden.
Sie riß die teure Verpackung mit den goldenen Bändern auf. Die buntgestreifte Kartonschachtel verbarg ein samtenes Schmucketui, und darin lag ein breites Armband – nein zwei. Eines für jedes Handgelenk. Diamanten und Smaragde funkelten in einer altgoldenen Fassung. Ginny hielt mit weit geöffneten Augen den Atem an. O Gott! Was sollte es bedeuten, wenn er ihr so kühn ein kleines Vermögen in Schmuckstücken schenkte? Wie sollte sie sich das erklären?
Trotz dieser Gedanken konnte sie ihre Weiblichkeit nicht verleugnen: Sie hielt die Armbänder gegen das Licht und war fasziniert von dem hellen Funkeln, das jeden einzelnen Stein lebendig erscheinen ließ. Ein solches Geschenk konnte sie natürlich unmöglich annehmen. Sie würde es ihm sagen müssen – aber sie hatte doch Lust, die Armbänder einmal überzustreifen, nur einmal. Lieber nicht, dachte sie mit einem Seufzer, und dann sah sie noch etwas auf dem samtenen Hintergrund liegen. Es war ein kleiner, goldener Schlüssel an einer goldenen Kette.
«Der Schlüssel paßt in das Schloß einer Seitentür eines gewissen Hauses, das auf dem Hügel namens Nob Hill in San Francisco gebaut wird. Sie werden auch herausfinden, falls Sie je Lust dazu haben sollten, daß er auch die Außentür zu meiner Suite hier öffnet, zu jener, die Sie dort oben sehen. Was die Juwelen angeht, sie ge-

hören Ihnen. Wenn Sie Ihnen nicht gefallen, so können Sie sie verschenken oder verkaufen.» Sam Murdock war leise in den Sonnenschein hinausgetreten und schaute sie gelassen an. Was für ein seltsamer Mann er doch war! Was sollte sie erwidern?

«Machen Sie kein so verdutztes Gesicht, Prinzessin!» Er näherte sich ihr, und seine Stimme wurde leicht spröde. «An diese Geschenke sind keinerlei – eh – Bedingungen geknüpft. Wie Sie sicher wissen, kann ich es mir leisten, gewissen Launen nachzugeben. Nennen Sie es eine Geste der Entschuldigung, wenn Sie wollen.» Er setzte sich ihr gegenüber, und Ginny war unfähig, etwas zu sagen. Sie blickte in sein eckiges, starkes Gesicht – es enthüllte ihr nichts. «Was den Schlüssel angeht», fuhr Murdock fort, «so hoffe ich, daß sie so nett sein werden, mir bei der Wahl einiger Möbelstücke und Einrichtungsgegenstände für mein Stadthaus behilflich zu sein. Mein Mündel hat leider in dieser Hinsicht keine Ahnung, was guter Geschmack ist, und das Haus braucht die Hand einer Frau.»

«Aber», stammelte sie endlich, «aber warum denn ich? Ich meine – oh, ich weiß, Sie waren sehr freundlich, sehr hilfreich und verständnisvoll, aber ...» Sie zögerte, ließ dann aber die Worte aus sich heraussprudeln, bevor sie wieder den Mut verlor, «ich glaube kaum, daß Sie mich verführen wollen, was ich von jedem anderen Mann denken würde, der mir ein solches Geschenk überreicht! Und ich glaube auch, daß Sie viel zu viel über mich wissen, als daß Sie das wollten. Ist es nur, weil mein – weil Iwan mich an Ihren Hals geworfen hat?» Sie fügte bitter und verwegen hinzu: «Sicher haben Sie auch erraten, weshalb er das tat. Sie müssen solche Sachen gewohnt sein. Ich bin eigentlich überrascht, daß ich Sie deswegen nicht anwidere. Ich soll ganz besonders nett zu Ihnen sein, wissen Sie. Und wie Sie sehen, befolge ich diese Befehle. Sie hatten genug Anstand, es zu übersehen und waren – oh, um Himmels willen! Werden Sie mir sagen warum?»

Er nickte ihr zu, und Ginny meinte, sie hätte einen Augenblick lang einen zustimmenden Ausdruck auf seinem Gesicht gesehen, das im übrigen höflich wie immer blieb.

«Gut gesprochen! Und da Sie so ehrlich mit mir waren, hoffe ich jetzt, daß ich genauso offen zu Ihnen sein kann. Aber leider, meine Liebe, muß ich Sie bitten, für die Launen eines alten Mannes Verständnis aufzubringen. Sagen wir einfach, daß ich beschlossen habe, Ihnen dieses Geschenk zu machen, weil ich Sie mag – denn ich mag Sie wirklich. Es stimmt auch, daß ich stolz darauf wäre, wenn Sie mich als Ihren Freund betrachteten – wenn Sie mir versprechen würden, sich zuerst an mich zu wenden, wenn Sie je Hilfe oder einen Ratschlag brauchen sollten. Ansonsten habe ich es mir schon lange zur Gewohnheit gemacht, nie ein Geheimnis auszuplaudern. Ich bin sicher, daß Sie Ihre eigenen Schlüsse zu ziehen imstande sind.»

Ginny spielte mit ihrem Glas mit kaltem Weißwein.

«Steve», sagte sie plötzlich, «es hat etwas mit Steve zu tun, nicht wahr? Sie richteten es ein, daß wir uns in jener Nacht trafen, und dann am anderen Tag . . .» Sie schluckte und sagte: «Steve hat jenen Mann getötet, nicht wahr? Und Sie haben ihn gedeckt. Wenigstens hatte er genug Vertrauen in mich, um sicher zu sein, daß ich ihn nicht verraten würde! Ich glaube, ihr beide kennt einander besser als ihr zugeben wollt, aber was ich nicht verstehen kann ist, warum um alles in der Welt, Steve hierhergekommen ist. War es wirklich Zufall? Warum?»

«Ich glaube, das fragen Sie ihn lieber selbst.» Sam Murdocks Stimme war unverbindlich; er seufzte kurz auf, als wäre ihm die Sache peinlich. Er zögerte, dann fuhr er fort. «Vielleicht erinnern Sie sich, daß es Steves Art ist, gewisse Dinge für sich zu behalten. Aber soviel kann ich Ihnen verraten: Ich war ein Freund seines Vaters, vor langer Zeit. Und ich war ein Freund von Don Francisco Alvarado, seit wir uns im Krieg von Siebenundvierzig als Feinde gegenüberstanden – lange vor Ihrer Zeit natürlich.» Dann fügte er irgendwie unsicher hinzu: «Steve hat früher für mich gearbeitet.»

«Sie werden mir nicht mehr sagen als das, nicht wahr? Niemand sagt mir mehr. Und Steve – oh, Sie verstehen das nicht, er verachtet mich. Er . . .»

«Ich glaube», sagte Sam Murdock sanft aber bestimmt, «Sie unterschätzen sich, meine Liebe. Wenn Sie einen Rat von einem alten Mann mit viel Lebenserfahrung annehmen wollen, ich würde mich nicht beirren lassen und einfach einmal abwarten.» Er warf ihr einen langen, nachdenklichen Blick zu. «Aber es kommt natürlich darauf an, was Sie wirklich wollen.»

Vierundzwanzigstes Kapitel

Ja, was wollte sie denn wirklich? Während der vergangenen Monate, als Ginny wie in einer Art Trance lebte, hatte sie nie daran gedacht, sich diese Frage zu stellen. Einmal, sie konnte sich nicht mehr erinnern wo und wann, hatte ihr jemand eine in Bernstein eingebettete Fliege gezeigt; das entsprach ihrer eigenen gegenwärtigen Lage am ehesten: Wie ein lebendes Fossil inmitten einer klebrigen Substanz, durch die sie die Welt sehen konnte, ohne wirklich dazu zu gehören, ohne richtig fühlen zu können. Sogar als Steve so plötzlich aufgetaucht war, war es ihr irgendwie gelungen, ihr Herz und ihre Seele nicht allzu weit aufzutun. Mehr als je war sie überzeugt, daß sie ihn für immer aus ihrem Leben ausschließen mußte, wenn sie nicht wieder zu leiden anfangen wollte. Aber warum war Steve, der ihr so verletzende Dinge gesagt hatte, nun plötzlich so freundlich geworden?

Er hatte ihr ein Päckchen mit elf Pulvern gegen Kopfschmerzen geschickt; sie waren jetzt das einzige, woran sich Ginny klammerte. Sam Murdock hatte ihr den braunen Manilapapierumschlag persönlich überreicht. Er hat sich also daran erinnert, dachte Ginny – und bald darauf fragte sie sich, ob er wohl etwas unternehmen würde, um sie wiederzusehen. Sie wünschte es sich – und wünschte es doch auch wieder nicht. Sie fühlte sich hin und her gerissen und verstand die seltsame Mischung ihrer Gefühle nicht.

«Mein alter Freund Tschernikov hat uns zum Abendessen eingeladen», kündigte ihr Iwan einige Tage nach ihrer Rückkehr nach San Francisco an. Ginny ignorierte, wie scharf er sie beobachtete, als er weiterfuhr, «ich glaube, wir sollten deine Freundin, die charmante und aufgeschlossene Señorita Sanchez mitnehmen, findest du nicht, meine Liebe? Es wäre eine nette Geste und sie würde bestimmt den Abend etwas beleben. Du bist in letzter Zeit eine so kleine, scheue Maus geworden! Und ich bitte dich – bring uns beide nicht in Verlegenheit, indem du ihn um Arzneimittel für deine . . . Nerven bittest. Ich besorge das. Ich will, daß er einen guten Eindruck von unserem Eheglück mitnimmt, wenn er nach Rußland zurückkehrt.»

Sie hatte gelernt, Iwan ruhige und unterwürfige Antworten zu geben; das Geheimnis ihres versteckten Pulvervorrates behielt sie für sich. Sie waren nicht so stark wie diejenigen, die Iwan ihr immer noch zweimal täglich sparsam zuteilte, aber sie halfen ihr doch wenigstens, die Ruhe zu bewahren.

«Er kehrt nach Rußland zurück? Jetzt schon?»

«Meine Güte! Ich glaube, du hast schließlich doch noch Zuneigung zum Grafen gefaßt – wirst du ihn vermissen, Virginie? Möchtest du, daß auch wir gehen?» Sie stand am Fenster, und er kam zu ihr herüber und legte ihr seine Hände auf die Schultern, eine Geste, die bei jedem anderen Mann liebevoll gewesen wäre. Aber wenn Iwan sie berührte, so fiel es ihr immer schwer, nicht zurückzuschrecken.

«Ich dachte, du wolltest mich bald nach Rußland führen, damit ich meinen – den Zaren kennenlerne», sagte Ginny mit absichtlich teilnahmsloser Stimme. «Und als ich Graf Tschernikov zum letzten Mal sah, sprach er nicht davon, bald wegzugehen.»

«Na, vielleicht hat er seine Meinung geändert! Schließlich braucht

er ja jetzt nicht mehr hier zu bleiben, da der Senat den Kauf endlich ratifiziert hat.» Der Griff seiner Hände wurde stärker. Sie ahnte Iwans versteckte Wut, weil die Sache trotz seiner und Senator Brandons Bemühungen schließlich doch durchgekommen war.
«Nein – er hat hier nichts mehr zu erledigen, er hat das Seine getan», sagte Iwan bedächtig. «Und ich sagte ihm, daß wir bald folgen würden. Du freust dich doch sicher darauf, nicht wahr, meine Liebe? Vielleicht reisen wir über Alaska – ich möchte dir das Land um Sitka herum zeigen. Ich besaß dort ein recht großes Stück Land – vielleicht besitze ich es noch. Ich muß deinen Vater bitten, die rechtliche Lage für mich zu überprüfen.» Er lächelte. «Diese Eskimos sollen gute Sklaven abgeben, wenn sie einmal gezähmt sind.»
Und als Ginny den Kopf wandte, um ihn direkt anzusehen, bemerkte sie in seinem Lächeln etwas Geheimnisvolles, fast Hämisches, das sie innerlich erzittern ließ – sie wußte nicht recht warum. Um schnell etwas zu sagen, bevor er ihre Reaktion bemerken konnte, sagte Ginny mürrisch: «Aber um auf heute abend zurückzukommen: Warum nimmst du an, Concepción würde sich freuen, mitzukommen? Höchstwahrscheinlich würde sie sich langweilen, und möglicherweise hat sie auch schon etwas anderes vor.»
Er lachte befriedigt.
«Das tönt ja, als seist du eifersüchtig auf sie! Oder etwa auf den schnauzbärtigen Leibwächter, der sie im Auftrag von Murdock überallhin begleitet? Nun, ich habe sie bereits gefragt, und sie sagte, sie wäre höchst erfreut, uns zu begleiten. Es macht dir doch nichts aus, meine Liebste? Natürlich mußt *du* sie noch offiziell einladen – tu das also, sobald wir zum Essen hinuntergehen.»
«Ach, wie nett von Ihnen, mich zu fragen. Ihr seid alle so nett zu mir!»
Concepcións Benehmen war zuckersüß, wie immer, wenn sie vor den anderen mit Ginny sprach, aber ihre lohfarbenen Augen blickten mit einem vielsagenden Lächeln zu Iwan Sahrkanov hin, als wollte sie zeigen, daß sie wisse, von wem die Einladung in Wirklichkeit stammte.
Ginny unterdrückte zähneknirschend ihre Wut; zu ihrer großen Überraschung fragte Concepción sie dann aber, ob sie wohl an diesem Nachmittag mit ihr zu Sam Murdocks neuem Haus kommen würde – die Dekorateure seien dabei die Teppiche auszulegen, die eben aus Übersee angekommen wären, und sie könne es kaum erwarten, sie zu sehen.
«Sie haben doch nichts dagegen?» wandte sie sich geziert an Iwan. «Smith – der Mann, den ich ‹Roter Schnurrbart› nenne, begleitet uns natürlich, so daß wir in Sicherheit sind.» Sie lachte und schürzte ihre vollen, roten Lippen. «Wußten Sie, daß ausnahmslos

alle von Sam Murdocks Leibwächtern Smith heißen? Das ist manchmal wirklich verwirrend – aber er meint, es sei so am einfachsten. Natürlich heuert er sowieso nur die Besten an. Ich erfinde dann jeweils eigene Spitznamen für sie, wie ‹Roter Schnurrbart› oder ‹Schwarzbart› – ja, jener sieht wirklich wie ein Pirat aus, oder ‹Gelbhaar› . . . »

Alle lachten, sogar der Prinz. Seine Stimme tönte recht wohlwollend, als er sagte, Ginny müsse natürlich mitgehen, und der Ausflug an die frische Luft würde ihr sicher gut tun.

«Ich gehe zur Börse und werde wahrscheinlich den ganzen Tag dort zu tun haben. Aber ich habe nicht vergessen, daß ich zwei wunderschöne Damen zum Nachtessen begleiten muß – ihr werdet mich doch nicht warten lassen?»

Und wiederum war es Concepción, die als erste die Initiative ergriff, als sie lachend versprach, sie würden rechtzeitig zurück sein, um sich umzuziehen und auf *ihn* zu warten.

Als sie jedoch allein nebeneinander im offenen Einspänner saßen, war Concepcións Gesicht wieder mürrisch geworden, und sie preßte die Lippen zusammen. Sie sagte kein Wort, als sie auf «Roten Schnurrbart» warteten.

«Wirklich ein schöner Tag für einen Ausflug», wagte der Stallbursche mit dem roten Gesicht zu sagen, während er ungeduldig zu den Ställen spähte. Aber plötzlich fühlte Ginny, wie ihr Herz wild zu pochen begann und ihr das Blut aus den Wangen wich.

Statt des Mannes, den zu sehen sie erwartet hatte, war der schwarzgekleidete Leibwächter, der nun mit langen, leichten Schritten auf sie zukam, Steve. Er trug noch immer seinen Bart, und seine blauen Augen waren so dunkel wie die Bucht an einem trüben Tag.

Höflich zog er vor den beiden den Hut und nahm dem Stallburschen zu dessen Erleichterung die Zügel ab, denn er hatte einige Mühe gehabt, die beiden Vollblüter im Zaum zu halten.

«Red hat heute frei; Mr. Murdock sagte, ich solle ihn vertreten bis er zurück ist.»

«Gut, Smith. Fahren Sie uns hin?»

Concepcións Worte tönten gekünstelt. Ginny war noch sprachlos vor Staunen und Schreck, und sie bemerkte ein amüsiertes Zucken seiner Mundwinkel, als er die Zügel nahm und behende auf den erhöhten Kutschersitz sprang.

«Es ist mir ein Vergnügen, Ma'am. Prinzessin.»

Warum mußte seine Stimme immer so spöttisch klingen, wenn er sie ansprach? Er mußte verrückt geworden sein – o Gott, wenn Iwan ihn gesehen hätte, oder Sonja . . . Die Vernunft gebot ihr aber, ruhig zu bleiben, bis der Stallbursche weg war, und sie losfuhren. Kaum hatten sie die geschwungene Einfahrt und das Tor hinter

sich gelassen, da begann Concepción wütend auf spanisch zu murmeln und warf Ginny dabei finstere Blicke zu.
«Verrückt, ah, sí, das habe ich schon immer gewußt. Was ist denn mit dir los, Esteban? Mit mir übrigens auch, daß ich die ganze Drecksarbeit für dich erledige, nach allem, was diese Hure mir angetan hat! Und ich zweifle nicht daran, daß sie dich wieder verraten wird – was findest du denn an ihr?»
«Hör auf zu schimpfen wie ein Marktweib, Concepción», sagte er ruhig über seine Schulter hinweg. «Ihr seid jetzt zwei *Damen* auf ihrem Nachmittagsausflug, denkt daran.»
«Nein! Ich wüßte nicht, weshalb ich immer daran denken sollte, daß ich jetzt eine Dame bin. Es langweilt mich, das ganze damenhafte Getue und all die dummen Dinge, die ich lernen muß. Eddie hat mich gern so wie ich bin – sagte er. Und was *dich* betrifft, Esteban, und *sie* ...» Concepción warf Ginny einen verächtlichen Blick zu, «früher hatte sie wenigstens noch ein bißchen Leben in sich. Und jetzt – du siehst es ja! Sie läßt sich alles von mir gefallen! Ich sage Ihnen, Prinzessin, ich könnte Ihnen Ihren dummen Prinzen durch einen Wink mit dem kleinen Finger wegschnappen. Ich könnte Ihnen jeden Mann wegschnappen, wenn ich wollte!»
«Und wenn du jetzt nicht mit dieser Schimpferei aufhörst, dann könntest du samt deinem neuen Kleid auf der Straße landen», sagte Steve grob. Beim warnenden Unterton in seiner Stimme zuckte Concepción wütend die Achseln und ließ sich dann schmollend in eine Ecke des offenen Wagens zurückfallen.
Sie murmelte Ginny zu: «Es stimmt doch, und Sie wissen es, nicht wahr?»
«Wenn Sie von *ihm* sprechen, so handelt es sich ja längst nicht mehr darum, ihn mir wegzunehmen, oder?» antwortete Ginny scharf.
Es war nicht recht, daß er noch immer Macht hatte, ihr das anzutun – zu machen, daß ihre Knie schwach wurden und der Puls in ihrem Körper zu hämmern anfing, als hätte sie Fieber. Und er spielte nur mit ihr herum und rächte sich für das, was er für Untreue hielt. Warum mußte er sie noch weiter quälen?
Ihre eigenen, wuterfüllten Gedanken traten in den Hintergrund, als sie das Haus erblickte – es schien in den Hügel eingebaut und hob sich mit seinen weißen Säulen wunderschön gegen den Hintergrund von blauem Himmel und grünen Büschen ab. Eine Seite der in griechischem Stil gehaltenen Villa war gegen die Stadt und die Bucht gerichtet.
Ein Mann, der sie anscheinend erwartet hatte, öffnete eine massive Türe, die in eine dicke Steinmauer eingelassen war. Der geschwungene Kiesweg führte kurz bergauf und endete dann vor einer riesi-

gen Veranda. Zwei Steintreppen führten zur Eingangstür, die von zwei Gaslaternen flankiert war.
Ginny hielt voller Bewunderung den Atem an und vergaß einen Augenblick die angespannte Situation. Auch Concepción gab ihrer Bewunderung Ausdruck. Es war herrlich. Es erinnerte Ginny an ein Schloß in Frankreich, das sie einst gesehen hatte; keine spitzen Türmchen und gotischen Schnörkel – sondern die reinen, klaren Linien der Klassik.
Die Tür stand offen und verschiedene Arbeiter waren in der Eingangshalle beschäftigt. Steve, der die Führung übernommen hatte, ging mit Ginny und Concepción mit einem Kopfnicken an ihnen vorbei. Er sprach mit ausdrucksloser Stimme, wie ein Fremdenführer.
«Das Eßzimmer – Sam nennt es die Banketthalle. Und dort drüben ist der große Ballsaal. Es hat noch einen zweiten, oben, mit einer Terrasse, die über einem natürlichen Steingarten zu hängen scheint. Durch dieses Fenster sieht man den Flügel der Bediensteten, zumindest zum Teil. In der Küche und im Salon wird leider noch gearbeitet. Wollt ihr hinaufgehen?»
Concepción griff besitzergreifend nach seinem Arm, ohne den Blick einiger Arbeiter zu beachten.
«Es ist wirklich schön, Esteban, querido. Ich möchte vor allem die Schlafgemächer sehen. Sind sie fertig?»
«Die meisten.» Zum ersten Mal schaute Steve Ginny direkt an, und, ohne es zu wollen, fröstelte sie leicht, als sie sah, daß er nicht lächelte, und sein Blick hart war. Da sie etwas zurückgeblieben war, ergriff er verärgert ihren Arm. «Ich will dich sprechen, falls du es nicht schon erraten hast. Deshalb überredete ich Concepción, dich hierher zu bringen.»
«Noch mehr Intrigen – aber darin bist du ja ein Meister, nicht? Ich glaube, du liebst Intrigen an sich, Steve Morgan, aber mir ist es lieber, wenn ich nichts damit zu tun habe, falls es dir nichts ausmacht.» Sie versuchte, sich zu sperren, aber sein Griff wurde fester, und hätte sie nicht nachgegeben, so hätte er sie zweifellos gewaltsam die Treppe hinaufgezerrt.
«Tut mir leid, Kleine, besonders da es dir soviel auszumachen scheint. Aber es geht *dich* an. Mehr als du denkst. Und genau darüber wollen wir miteinander sprechen, und zwar *jetzt*, verdammt noch mal, ob es dir paßt oder nicht!»
Als er wieder diesen groben, unerbittlichen Ton anschlug und sich seine schwarzen Augenbrauen unheilverkündend zusammenzogen, bebte Ginny. Sie biß sich mißmutig auf die Lippen, und gleich darauf blitzten ihre Augen böse auf, als Concepción in sarkastisches Lachen ausbrach.

«Oh – ich sehe, daß ihr beide euch wieder streitet! Nun, in diesem Falle sollte ich wohl so taktvoll sein und verschwinden, nicht? Keine Sorge, ich finde mich hier auch allein zurecht; und wenn du mich fragst, Esteban, so hättest du dir schon lange angewöhnen sollen, sie zu schlagen! Gewisse Frauen verstehen nur diese Art Umgang.»
«Wenn das so ist», zischte Ginny wie eine Katze, und ihre grünen Augen waren ganz eng, «dann kann ich nur hoffen, daß er dich regelmäßig schlägt. Es ist dringend nötig, daß du gezähmt wirst, um es gelinde auszudrücken.»
«Und Sie? Sie benehmen sich zwar in letzter Zeit wie ein verwöhntes Kind, aber das vermag nicht darüber hinwegzutäuschen, daß Sie im Grunde nichts als eine Hure sind! Was ist mit den Juwelenarmbändern, die Sam Ihnen gegeben hat? Haben Sie dafür schon bezahlt, oder warten Sie lieber, bis Ihr Mann weg ist?»
Zwei Weibsbilder, die aufeinander losgehen, sobald sie sich sehen, dachte Steve, als er die beiden gewaltsam trennte und die keifende Concepción mit einem Klaps auf ihren runden Hintern wegschickte. Aber wenigstens verstand er Concepción und konnte mit ihren temperamentvollen Wutausbrüchen fertig werden. Er hatte langsam gemerkt, daß er Ginny überhaupt nicht verstand – und, was noch schlimmer war, daß er nicht mehr wußte, wie er sie behandeln sollte. Dieser Gedanke machte ihn auf sich selbst und auch auf sie wütend. Zum Teufel mit ihr! Sie hatte ihm nur Unannehmlichkeiten bereitet, seit er sie zum ersten Mal gesehen hatte. Hätte er Verstand gehabt, so hätte er sich glücklich geschätzt, als sie mit ihrem Prinzen durchbrannte!
Und doch – nun hatte er sie in das Schlafzimmer geführt, das für den Hausherrn bestimmt war. Massive Möbel gliederten den riesigen Raum, und eine Wand voller Fenster gab den Blick auf eine wunderschöne Landschaft frei: die Berge, die sich bis zum blauen, schaumgekrönten Wasser der Bucht hinunterzogen, auf der jetzt verschiedene große Schiffe zu sehen waren, als wären sie eigens hingestreut worden; und jenseits der Berge der weite Horizont mit federartigen Wolkengebilden.
«Nun», hörte sich Steve selbst sagen, «gefällt es dir? Die luxuriöse Abgeschiedenheit eines steinreichen Mannes, der es sich leisten kann, alles für Geld zu kaufen, sogar die wunderbare Aussicht.»
Beim Sprechen machte er eines der Fenster auf und stieß sie auf eine große Terrasse, die auf der ganzen Breite des Zimmers dem Hause entlang lief.
«Steve», setzte Ginny an, als sie plötzlich bemerkte, daß sie sich gegen eine schmiedeeiserne Brüstung lehnte, die sich in ihren Rücken eingrub.

«Du hast doch nicht etwa Angst vor der Höhe? Warum schaust du nicht hinunter, Prinzessin? Dreh den Kopf, du wirst die ganze Stadt zu deinen Füßen sehen.»

Ohne es zu wollen umklammerte sie seine Schultern, als er sich über sie lehnte, aber jetzt fielen ihre Hände wieder herunter.

«Willst du mich töten? Hast du mich deshalb hierher gebracht? Wenn du das im Sinn hast, so steht dir ja nichts mehr im Wege, nicht? Wir sind allein und du kannst jederzeit sagen, es sei ein Unfall gewesen. Sogar Iwan weiß, daß ich leicht aus dem Gleichgewicht komme.»

Beim Anblick ihres Gesichtes, aus dem jede Farbe gewichen war und das gleichwohl trotzig war, begann Steve, seine Grobheit zu bereuen. Er hatte sie nicht hierher gebracht, um ihr Angst zu machen, sondern um mit ihr zu sprechen. Warum brachte sie ihn immer dazu, seine Selbstbeherrschung zu verlieren?

Sie starrte ihn mit ihren großen grünen Augen an. Wie Teiche in einem Wald – so hatte er einmal gedacht. Sie konnten dunkler werden, wenn sie von der Liebe gefangen war – aber er wollte nicht an die leisen Laute denken, die sich dann aus ihrer Kehle lösten, oder an die Art, wie sie den Kopf zurückwarf, die Umarmung verstärkte und sich wand . . . für wie viele Männer hatte sie das selbe getan? Und weshalb konnte ihn dieser Gedanke immer noch rasend eifersüchtig machen?

Plötzlich trat er von ihr weg. Als könne er die Berührung nicht länger ertragen, dachte Ginny.

«Wie kommst du darauf, daß ich wünschen könnte, dich zu töten, Ma'am? Oh, Verzeihung, Sie werden wohl gewöhnlich respektvoller angesprochen! Euer Hoheit – Prinzessin Sahrkanova. Da du die Tochter des Zaren bist, brauchst du davor nicht zurückzuschrecken – du mußt dich an Schmeicheleien aus den Reihen der Bürgerlichen gewöhnen!»

«Und du benütztest alles, was ich zu dir sage, um mich damit wieder zu verletzen, nicht wahr? Du willst mir nicht sagen, weshalb du so plötzlich beschlossen hast, in meinem Leben wieder aufzutauchen. Alles was du bis jetzt getan hast, waren Versuche, mich zu verletzen. Warum bemühst du dich? Was kannst du mir denn jetzt noch antun? Wenn du plötzlich zimperlich geworden bist, so kann ich mich ja auch ganz von allein über diese Brüstung stürzen; damit wären doch zumindest deine Probleme gelöst, oder nicht?»

Und während sie ihm diese Worte entgegenwarf, hatte sie tatsächlich Lust, es zu tun. Allem ein Ende zu setzen . . .

Sie lehnte sich an das Geländer als wünschte sie, es würde nachgeben, und Steve riß sie in seine Arme. Es war eine rein instinktive Reaktion gewesen; etwas, woran er sich selbst nicht hatte hindern

können. Und jetzt, da sie da war, konnte er sie nicht mehr loslassen.
Sie zitterte – und während er sie festhielt, konnte er den Duft ihres Haares riechen und die eigentümliche Geschmeidigkeit ihres Körpers fühlen, als sie sich an ihn lehnte. Ärger und Verzweiflung ließen ihn grausam werden. Er griff mit seinen Fingern in ihr Haar, zog ihren Kopf zurück und drückte seinen Mund auf ihre Lippen.
Nachher schien es Ginny, als sei sie in den Strudel eines tobenden Wildbaches gezogen worden. Als sie wieder auftauchte, fielen ihr zunächst nur kleine, belanglose Dinge auf – das Gekreisch der Möwen, das Pochen des eigenen Herzens, das vertraute Gefühl seines Körpers gegen den ihren.
Die obersten Knöpfe ihres hochgeschlossenen Kleides waren offen, und Steve hatte die dünne Goldkette herausgezogen, die sie rein zufällig heute umgelegt hatte.
«Wirst du diesen Schlüssel benützen? Wirst du es tun?»
«Was meinst du damit, Steve?»
«Was ich damit meine?» Beim Sprechen hatte er sie in das Schlafzimmer gezogen. Der plötzliche Übergang von Hell zu Dunkel blendete sie, so daß sie stolperte. Sie spürte, wie er sie auffing.
«Was ich damit meine?» wiederholte er, und seine Stimme war dabei schroff und voller Haß. «Ich glaube, du weißt es genau – eine Frau wie du weiß immer, wenn ein Mann sie begehrt. Und zum Teufel mit dir, du kleines Luder, ich begehre dich immer noch! So . . .»
Leise und atemlos sagte sie: «So? Was wolltest du mir sagen? Daß ich eine Hure bin, und du mich trotzdem begehrst? Warum meinst du denn, du müßtest Skrupel haben? Wenn du mich deswegen hierher gebracht hast, dann bring es doch hinter dich! Tu was du willst; ich habe gelernt, daß es nichts hilft, gegen dich anzukämpfen.»
Sein Griff ließ nach, und er gab ihr einen verächtlichen Stoß, so daß sie rückwärts auf das Bett taumelte.
Ginny hatte das unbestimmte Gefühl, all dies schon einmal erlebt zu haben, sogar der Ausdruck in seinen Augen, als er jetzt auf sie niederstarrte, war ihr vertraut.
«Du braucht auch nicht zu kämpfen. Eigentlich habe ich dir bloß einen Vorschlag zu machen.» Sie bemerkte, daß er noch immer die Gewohnheit hatte, seinen Daumen im Gürtel einzuhaken, er stand mit leicht gespreizten Beinen da und schaute auf sie herab. Er drehte sich mit dem Rücken gegen das Sonnenlicht, das durch die Fenster hereinflutete, so daß sie den Ausdruck in seinem Gesicht nicht erkennen konnte.
«Willst du meine Geliebte werden, Ginny?» Zunächst konnte sie

kaum glauben, daß er diese Worte gesagt hatte. «Ich will dir Zeit geben, darüber nachzudenken, wenn du das brauchst. Aber ich spreche natürlich von einer förmlichen Abmachung. Du stellst die Bedingungen.»

Fünfundzwanzigstes Kapitel

Das Ganze konnte nur ein Traum sein, ein Alptraum. Sie kämpfte sich vom Bett hoch und fühlte, wie die Matratze unter ihrem Gewicht nachgab. Ohne es zu wollen, preßte sie die Hände an ihre Schläfen.

«Nein! Du willst nur . . .»

«Ich will gar nichts, um Himmels willen, außer vernünftig mit dir reden. Du stehst zum Verkauf, meine Liebe, und ich bin ein Käufer. Was willst du? Schmuck? Eine diskrete kleine Wohnung für dich allein? Ein Bankkonto? Wenn ich das Angebot nicht mache, wird es ein anderer für mich tun. Und ich gehe lieber ohne einen Vermittler wie zum Beispiel deinen Mann vor. Was sagst du?»

Mätresse! Er wollte, daß sie seine Mätresse wurde, ausgerechnet! Und er *fragte* sie sogar! Anstatt, wie früher, sie einfach mit seiner Körperkraft zu zwingen und zu mißbrauchen! Der Gedanke war einfach abscheulich – der Schmerz in ihren Schläfen wurde immer stechender und raubte ihr die Kräfte.

«Du bist verrückt! Ich stehe nicht zum Verkauf. Wenn Iwan wüßte, daß . . .»

«Würde er mich für eine zweite Auflage von Frank Julius halten, meinst du? Oder für einen kuhäugigen, liebestollen Jüngling? Was soll ich tun, Ginny? Soll ich vielleicht doch lieber *mit ihm* verhandeln?»

Sie legte sich plötzlich zurück und schloß die Augen; das entwaffnete ihn. «Oh – wozu bemühst du dich denn eigentlich? Du kannst mit mir tun was du willst. Schließlich bin ich eine Hure. Warum willst du dir die Mühe nehmen, zu verhandeln, über etwas, was du auch umsonst haben kannst?»

Sie hatte ihm wieder den Wind aus den Segeln genommen. Was war los mit ihr? Er hatte sich fest vorgenommen, geduldig und taktvoll vorzugehen, um irgendeine Antwort von ihr zu bekommen. Statt dessen lag sie da, wie eine vornehm ergebene Märtyrerin, die auf ihre eigene Vergewaltigung wartete. Und um sie soweit zu bringen, hatte es genügt, ihren Gatten zu erwähnen.

Wütend und empört begann Steve zu fluchen, sie öffnete die Augen und sah ihn mit gezügelter Überraschung an.

«Warum bist du denn so wütend? Ich habe ja keine andere Wahl. Ich bin einverstanden.»
«Du bist einverstanden?» Vor lauter Überraschung und Bestürzung schrie er sie an. «Womit bist du einverstanden? Hast du überhaupt begriffen, was ich dich eben gefragt habe?»
«Natürlich, du hast ja laut genug geschrien. Wenn du mich wirklich als Mätresse willst, Steve, dann bin ich einverstanden.» Sie seufzte. «Ich habe diese Quälerei so satt! Ständig diese Beschimpfungen und Anschuldigungen, die mich so sehr treffen. Wenn du mich wirklich willst, kannst du mich haben. Und du brauchst mich nicht zu bestechen – sei nur nett zu mir –, wenn du dazu überhaupt imstande bist.»
Hätte sie weiterhin, wie früher, gegen ihn angekämpft, so hätte er ihr mit Freuden die Kleider vom Leibe gerissen und ihr die Art Antwort entrissen, die sie ihm am Ende immer gab – ja sogar während sie ihm ihren Haß entgegenschleuderte. Aber ihre schlaffe, fast gleichgültige Kapitulation entwaffnete ihn; er stand nur da und starrte sie an. Vor lauter Verzweiflung hatte er Lust, sie zu erwürgen. Wie konnte sie es wagen, die passive Hure zu spielen – und das mit *ihm!* Und ihn mit dieser tonlosen Stimme zu bitten, *nett* zu sein – was zum Teufel meinte sie damit?
«Mein Gott!» stieß Steve hervor. Und dann, mit der selben sanften und zugleich bösen Stimme: «Steh auf! Mein Gott, gibst du immer so demütig jedem Manne nach, der dich nehmen will? Eine gute Hure feilscht zuerst!»
Er zog sie grob und brutal auf die Füße, ließ sie dann aber plötzlich wieder los, als könne er die Berührung nicht mehr ertragen. Einen Augenblick lang hatte Ginny Lust, ihrer Schwäche nachzugeben – oder anders betrachtet, ihre eigene Macht auszuprobieren, indem sie ihm um den Hals fiel und ihn zwang, sie zu küssen.
Statt dessen aber warf sie den Kopf zurück und sagte mit einer Stimme, die so hart war wie die seine: «Weshalb sollte ich mir denn die Mühe nehmen und feilschen? Ich bin sicher, daß das Verantwortungsgefühl, von dem du gesprochen hast und deine beträchtlichen Erfahrungen im Umgang mit Huren dich mir gegenüber großzügig sein lassen werden. Du kannst dir doch eine Mätresse leisten, hoffe ich?»
Seine Augen glitzerten gefährlich, und Ginny hatte Mühe, vor seiner Wut nicht zusammenzuzucken. Der erwartete Wutausbruch blieb indessen aus; er senkte nur den Kopf, als anerkenne er ihre sarkastischen Bemerkungen.
«Ich glaube schon», sagte er langsam. Sein hartes, grimassenhaftes Lächeln vermochte seine saphirblau glänzenden Augen nicht mit einzubeziehen. Sein Blick wanderte über ihren Körper; von ihrem

Mund zu den Hüften, die durch ihr enganliegendes Kleid betont wurden – eine langsame, aufdringliche Musterung, die ihr vor Wut das Blut in die Wangen trieb. «Schließlich weiß ich ja, was ich dafür bekomme, und ich muß zugeben, daß ich für dich sogar betteln gehen würde – insbesondere wenn unser Handel auch eine gewisse Treue einschließt. Keine Eric Fotheringays mehr, bitte!» Überraschend legte er seine Finger unter ihr Kinn und hob ihren Kopf mit einer fast zärtlichen Berührung. «Sag mir, meine Liebste, willst du ein kleines Pfand meiner verrückten Leidenschaft für dich, das unser Abkommen besiegelt? Was möchtest du denn haben?»

Warum mußte er sie berühren? Obwohl Ginny die berechnete Ironie seiner Worte spürte, begann sie zu zittern. Mit einer schnellen, abrupten Bewegung wandte sie sich von ihm ab und schritt zu dem verzierten Frisiertisch, wo sie sich blindlings an ihrem Haar zu schaffen machte.

«Ich lasse mich gerne überraschen», sagte sie so gleichgültig, wie es ihr möglich war.

«Ich nehme an, die Art, wie du dich jetzt gerade an deinen Haaren zu schaffen machst, bedeutet, daß du eine Vorauszahlung wünschst?» Wenn Steve nur nicht so sarkastisch wäre und absichtlich verletzende Worte wählen würde. Und doch war es ihm anscheinend ernst mit seinem niederträchtigen Vorschlag. Warum wollte er sie?

Sooft sich auch Ginny diese Frage stellte, sie konnte keine vernünftige und logische Antwort darauf finden. Die einzige Lösung, an die sie aber nicht zu denken wagte, war . . . o Gott, war es möglich, oder klammerte sie sich nur an einen Strohhalm, in der Hoffnung es könne doch so sein? Vielleicht liebte Steve sie doch, und wollte es nur nicht zugeben, bevor er sie nicht bestraft hatte.

Aber rein verstandesmäßig mußte Ginny diese Möglichkeit ausschließen. Er hatte ihre Eheschließung so ruhig zur Kenntnis genommen! Steve, der früher so sehr eifersüchtig war – nein – hätte er sie geliebt, so hätte er sie längst entführt.

Und ganz im Widerspruch dazu stand die Tatsache, daß er sie begehrte, und daß er dies sogar eingestanden hatte.

Später, am Abend, mußte Ginny keineswegs Abwesenheit und Teilnahmslosigkeit vortäuschen. Iwan hatte ihr noch ein Pulver zu schlucken gegeben, bevor sie zu Graf Tschernikovs Junggesellenwohnung gingen – um etwas Lebhaftigkeit in ihr Benehmen zu bringen, wie er sarkastisch gesagt hatte.

«Wenn man dich mit der exotischen und temperamentvollen Señorita Sanchez vergleicht, fällt ein großer Unterschied zwischen euch beiden auf. Komm, Liebling, du willst doch nicht etwa, daß der Graf meint, du seist unglücklich? Und wir sind auch noch nicht

lange genug verheiratet, als daß sich Langeweile bemerkbar machen könnte. Und ich langweile mich auch wirklich nicht mit dir – im Gegenteil, du reizest mich auf, ganz wie am Anfang!»
Wie sie dieses übertrieben blumige Benehmen haßte, das er manchmal an den Tag legte. Seine blassen, kalten Augen musterten sie während er sprach und straften seine Worte Lügen. Und die Art, wie er sie unaufhörlich und kaltblütig beschatten ließ, bewies nur, daß die Gründe ihrer Heirat nichts mit Leidenschaft zu tun hatten.
Wie seltsam, daß ich Iwan ausgerechnet mit Steve betrüge, dachte Ginny verträumt, als sie an jenem Abend in der großen, gutgefederten Kutsche durch die von Gaslaternen beleuchteten Straßen von San Francisco fuhren. Sie fühlte die berauschende Wärme und das Wohlgefühl, das ihr die Einnahme ihres Pulvers immer bescherte; und die Aussicht auf ein Abendessen und höfliche Konversation schien jetzt nur noch halb so schlimm, trotz Concepción und deren boshaften, schrägen Blicken. Sie und Concepción würden nie miteinander auskommen, aber was machte das schon aus? Steve wollte sie – trotz seiner verletzenden und aufbrausenden Art. Er riskierte sein Leben, wenn er in San Francisco blieb, wo er jeden Moment erkannt werden konnte. Er hatte sie zu ihres Vaters Haus zurückgefahren und war sogar zu den Ställen hinübergegangen, um sich um die Pferde zu kümmern, nachdem er ihnen aus der Kutsche geholfen hatte.
Sonja war zur gleichen Zeit von ihren Besuchen und Einkäufen zurückgekommen und hatte bemerkt: «Das war doch nicht der Mann, den ihr ‹Roter Schnurrbart› nennt? Er ist mir eher dunkelhaarig vorgekommen, als ich eben einen Blick von ihm erhaschte.»
«Oh, das war ‹Schwarzbart›, der Pirat – er ist noch grimmiger und gefährlicher als ‹Roter Schnurrbart›, der heute frei hat.»
Concepción hatte diese Antwort leichthin gegeben und dabei ihr Retikül am Handgelenk herumgeschwungen. «Er ist derjenige, der sich um das Haus kümmert.»
«Ach – dann habe ich ihn möglicherweise schon einmal gesehen. Sein Gang kam mir so vertraut vor.»
Um die Stiefmutter abzulenken hatte Ginny begonnen, von Sam Murdocks Haus zu sprechen, wie hübsch es sei. Sie hatte inzwischen schreckliche Kopfschmerzen bekommen und wußte kaum, was sie sagte.
Sonja hatte das möglicherweise bemerkt, denn sie schürzte leicht die Lippen.
«Du siehst aus, als hättest du Ruhe nötig, meine Liebe. Leg dich doch noch eine Weile hin. Dein Mann ist noch nicht zurück, du hast also Zeit.»

Enttäuschung – und Angst. Steve, der sie nicht wieder berührte, der sie allein ließ in jenem großen Zimmer und Concepción suchen ging. Diese platzte kurz darauf herein mit feuchten, aufgeworfenen Lippen, als wäre sie eben erst geküßt worden.
«Du hast keine Zeit, dich zu frisieren, Gringa.» Wenn sie allein waren sprach Concepción immer so mit ihr. «Der Wind würde dich ohnehin wieder zerzausen. Wir müssen uns beeilen, Esteban wartet.» Das Mädchen ließ den Blick zum Bett hinüberschweifen, und dann zurück zu Ginny. Sie frohlockte. «So – ihr habt euch also nur gestritten! Das hätte ich voraussagen können – Esteban ist nicht der Typ, der leicht vergibt. Du bleibst besser bei deinem Mann, wenn du weißt, was gut ist für dich.»
Wieviel wußte oder ahnte Concepción über die seltsame Beziehung zwischen Ginny und Prinz Sahrkanov?
An diesem Abend schien Concepción ausgesprochen guter Laune zu sein. Sie war herausfordernd und kokett. Sogar Graf Tschernikov taute etwas auf und erwiderte ihr Geplauder mit einem Lächeln. Concepción bemühte sich, den alten Mann zu unterhalten, während Iwan, der neben Ginny auf einem Diwan saß, den ergebenen Gatten spielte – er spielte mit einer ihrer Locken und streichelte ihre nackte Schulter.
«Sie wollen also noch nicht nach Rußland kommen?»
Das Abendessen war vorüber und endlich wandte der Graf seine Aufmerksamkeit dem ruhigsten seiner Gäste zu.
«Aber Sie müssen Virginie deswegen keine Vorwürfe machen. Sie ist erst seit kurzer Zeit wieder mit dem Senator und seiner charmanten Gattin zusammen. Und sie findet San Francisco eine freche und aufregende Stadt, nicht wahr, Liebste? Ich will sie nicht zu etwas zwingen, was sie nicht will», beantwortete Iwan die Frage an ihrer Stelle.
«Oh!» Concepción machte große, unschuldige Augen. «Ich meinte, Sie sehnten sich danach, nach Europa zurückzukehren und nach Rußland zu gehen. Ich jedenfalls kann es kaum erwarten, auf einem Schiff zu fahren. Sam sagte, er werde mich bald mitnehmen nach Spanien.»
«Ich reise in zwei Wochen ab.» Graf Tschernikov blickte Ginny und Iwan fragend an. Iwans Gesichtsausdruck war unverändert. «Wenn Sie Ihre Meinung ändern . . .»
«Ist es möglich, daß du deine Meinung geändert hast, Liebste? All die Einladungen, die wir für die nächsten zwei Monate angenommen haben – du hättest es mir sagen sollen; du weißt ja, wie sehr ich mich darauf freue, dir Rußland zu zeigen.»
Alle blickten sie an; Concepción mit einem gehässigen Blick. Es gelang Ginny, leicht mit den Schultern zu zucken.

«Natürlich freue ich mich darauf, Rußland zu sehen. Und manchmal bin ich beinahe ungeduldig. Aber auch in San Francisco gibt es noch so viel zu tun. Ich fürchte, ich habe die typisch weibliche Eigenschaft, meine Meinung von einem Tag auf den anderen zu ändern.»
Sie lügt, dachte der Graf. Er fragte sich weshalb, sein Gesicht blieb dabei jedoch unverändert und er wechselte das Gesprächsthema.
Die Zeit verging, und Ginny täuschte nunmehr nur noch Aufmerksamkeit vor. Ihre Gedanken waren, trotz aller Vorsätze, nicht bei Iwan, sondern bei Steve. Würde er versuchen, sie wieder zu treffen? Hatte er den empörenden Vorschlag wirklich ernst gemeint? Vielleicht war es nur ein Versuch gewesen, sie zu demütigen, zu sehen, wie weit sie gehen würde.
Bereits war es Zeit nach Hause zu gehen.
Graf Tschernikov beugte sich über Ginnys kalte Hand und küßte sie.
«Denken Sie daran, falls Sie Ihre Meinung ändern sollten . . .» Dann schaute er sie mit Nachdruck an und sagte mit direkter, fester Stimme: «Ich hoffe, Sie werden mich bald besuchen. Sicher haben Sie ein wenig Zeit übrig für einen alten Mann? Iwan muß Sie überzeugen.»
Die Nacht war ungewöhnlich klar und warm für San Francisco.
«Ach, es ist noch so früh!» sagte Concepción schmollend. «Müssen wir schon nach Hause gehen? Es wäre doch schön, dem Meer entlang zu fahren.»
Für einmal erwiderte Iwan Sahrkanov ihre Herausforderung nicht mit seinem sonst üblichen, lächelnden Charme. Im Lichte einer Straßenlampe kam Ginny sein Gesichtsausdruck härter als sonst vor, als sei er von seinen Gedanken ganz in Anspruch genommen.
«Vielleicht ein ander Mal. Ich hasse es zwar, eine wunderschöne Dame wie Sie zu enttäuschen, aber ich muß eine Verabredung einhalten.»
Er half ihnen höflich in die Kutsche. Zuerst Concepción, die enttäuscht schmollte und sich nicht die geringste Mühe gab, es zu verbergen. Dann Ginny, die von den Anspannungen des ganzen Tages so müde war, daß sie sicherlich schnell einschlafen würde.
Iwan wandte sich an den Kutscher, die Hand noch auf der Türe.
«Wir fahren jetzt zurück.»
In diesem Augenblick schnaubte eines der Pferde und bäumte sich auf. Das war es gewesen, so hatte Ginny später vermutet, was den Prinzen gewarnt hatte.
Ein Mann hatte sich nicht weit von ihnen entfernt aus dem Schatten gelöst und kam in einem seltsamen, fast galoppierenden Schritt auf sie zu. Concepción stieß einen gedämpften Schrei aus, und

Ginny wunderte sich über den Mann, der daher gerannt kam, wobei sein Zopf hin und her schwang. Er hatte ein fratzenhaftes Grinsen – seine Lippen spannten sich über dem Zahnfleisch und gaben seine Zähne frei. Und in der flackernden Gasbeleuchtung konnte sie erkennen, daß er die schwarzen, ziemlich weiten Gewänder eines Chinesen trug, wie viele andere, die sie auf den Straßen schon gesehen hatte.
«Achtung, Sir!» rief der Kutscher scharf, während er an den Zügeln riß und versuchte, die aufgeschreckten Pferde im Zaum zu halten. Warum ging der Mann nicht aus dem Weg? Er könnte leicht überfahren werden. Statt dessen aber hatte er begonnen, mit einer schrillen Singsangstimme etwas zu sagen; es tönte so, als wiederhole er die selben Worte. Concepción murmelte auf spanisch: «O Dios! Er muß betrunken sein oder verrückt. Schaut doch!»
Alles mußte sich in wenigen Sekunden abgespielt haben, obwohl es Ginny ganz langsam erschien, wie in einem ihrer Träume, wenn sie jeweils im Sand rannte.
Sie hörte Iwan leise und freudlos auflachen. Er stand kühl da, das Gaslicht glänzte auf seinem Haar, und er hielt einen Arm ausgestreckt. Man hörte einen scharfen Knall, dann einen zweiten. Der Chinese, der nach dem ersten Schuß gestolpert war, fiel jetzt hin, alle viere von sich gestreckt; wie eine ausgestopfte Puppe.
Gleichzeitig fiel etwas scheppernd zu Boden – und als Iwan ganz ruhig hinüberschritt, die Leiche des Mannes beiseite stieß und es aufhob, sahen beide Frauen etwas Metallenes aufblitzen.
Eine Axt! Iwan war noch immer vollkommen, fast unmenschlich, gelassen; nur in seinen Augen war ein hartes Glitzern, als er zur Kutsche zurückkam.
«Eine Waffe, wie sie diese Heiden bevorzugen, seht ihr?»
«Ein Glück, trugen Sie die kleine Schußwaffe auf sich», sagte Concepción in einem Tonfall, der ihre Aufregung nicht ganz verbergen konnte und reckte den Hals, um besser zu sehen. Und dann leise, «mich nimmt nur wunder, was er wollte?»
«Ein Raubüberfall. Ohne Zweifel. Ich glaube, der Mann war von Sinnen, zuviel Opium, oder vielleicht wollte er Geld, um welches zu kaufen. Jedenfalls ist er jetzt tot, so daß das keine Rolle mehr spielt. Gehen wir, Jameson.»
«Aber – du kannst ihn doch nicht einfach hier liegen lassen? Ist es nicht seltsam, daß niemand herauskommt, um nachzusehen, was los ist? Iwan, sollten wir nicht . . .»
«Beruhige dich bitte, meine Liebe. Der gute Jameson wird euch zwei Damen jetzt nach Hause fahren, und ich gehe zur Polizei und übergebe ihnen dieses kleine Andenken. Ich werde erzählen was passiert ist; der Rest ist dann ihre Sache.»

Iwan, der den beiden jungen Frauen gegenübersaß, lehnte sich vor, und, als die Kutsche ratternd davonfuhr, legte er eine Hand auf Ginnys Knie. Es sollte wie die tröstende Liebkosung eines Gatten aussehen, aber Ginny mußte sich auf die Lippen beißen, um nicht zusammenzuzucken; durch die dünnen Falten ihres Seidenkleides gruben sich seine Finger tief in ihre Haut.
Sie schwieg und überließ Concepción das Wort, bis sie schließlich vor der Haustür des Senators vorfuhren.
«Sie sind ein ausgezeichneter Schütze. Sie trafen ihn zweimal, nicht wahr? Und das bei so schwachem Licht und mit einer so kleinen Waffe. Wie konnten Sie nur so ruhig dastehen und auf seinen Angriff warten?»
Iwan antwortete höflich, aber zerstreut. Dummes, schwatzhaftes Wesen! Wenigstens war es ihm gelungen, Virginie zum Schweigen zu bringen – sie hatte kein einziges Wort mehr gesagt. Iwan Sahrkanovs Verstand arbeitete schnell; er überflog Namen und brachte sie mit Gesichtern in Verbindung. Wer? War der Mann ein «Boo How Doy» – der Leibwächter eines reichen Mandarins, oder war er von jemand anderem geschickt worden, der etwas gegen ihn hatte? Verdammte Chinesen – sie waren nicht einmal richtige Bürger –, sie hatten keine Rechte, außer zu arbeiten und ihren Lebensunterhalt zu verdienen – und zu tun, was man ihnen befahl. Nur wenige unter ihnen waren wirklich klug – und sicher nicht derjenige, der diesen unbeholfenen «Möchte-Gerne-Mörder» geschickt hatte, den er so schnell erledigt hatte.
Aber wer? fragte sich Iwan und runzelte im Dunkeln die Stirn. Wer wußte über seine Machenschaften und Tätigkeiten Bescheid? Er mußte es herausfinden und schnell etwas unternehmen. Er durfte keine Schwäche, keine Unsicherheit zeigen.
Zu Hause angelangt, begleitete Iwan seine Frau die Treppe hinauf in ihr Schlafzimmer; ihr verwirrter und ziemlich nervöser Ausdruck ließ ihn lächeln.
«Was ist denn los mit dir, mein Liebling? Würde ich dich nicht so gut kennen, müßte ich sagen, daß du beinahe schuldig aussiehst. Du hast doch nicht etwa einen Liebhaber, der mich aus dem Weg räumen will, oder?»
«Wenn es so wäre, bin ich sicher, daß du ihn bereits erledigt hättest», erwiderte sie und überraschte ihn dabei mit ihrer plötzlichen Schlagfertigkeit. Er würde sie daran erinnern müssen – aber nicht jetzt. Alles zu seiner Zeit.
«Na, da hast du nicht unrecht», sagte Iwan sanft. Er streichelte absichtlich ihre nackten Schultern und ließ seine Finger die Rundung ihres Busens hinuntergleiten; erschreckt blickte sie ihn aus großen, grünen Augen an. «Ich wünschte, ich könnte dir heute nacht be-

weisen, wie sehr ich dich hochschätze, du wunderschönes Wesen. Aber leider – ich muß zur Polizei gehen und dann einen kleinen Abstecher nach außerhalb der Stadt machen. Eine dringende Angelegenheit, die mir soeben in den Sinn kam. Es wird nicht lange dauern. Du wirst mich vermissen, oder? Und sei brav, ja? Ich lasse dir – sagen wir – sechs Pulver hier. Du scheinst großes Verlangen danach zu haben. Ich will nicht, daß du dich zu sehr an sie gewöhnst – alles Unmäßige ist schlecht für dich. Sagen wir vier. Und dafür . . .» Iwan legte einen Arm um ihre steife Taille und führte sie zu dem mit drei Spiegeln ausgestatteten Frisiertisch.
«Aber Liebling, sei doch nicht so kalt. Bist du böse, weil ich weggehe? Soll ich mir zuerst noch die Zeit nehmen, dir zu beweisen, wie weit meine Verehrung für dich geht? Er beobachtete ihr Gesicht mit zusammengekniffenen Augen, fast wie ein Raubtier, und sie mußte sich zurückhalten, um nicht zu beben. «Nicht heute nacht!» schrie Ginny innerlich auf, und sie mußte sich zwingen, sich seinen zärtlich liebkosenden Fingern, die jetzt bis zu den Hüften hinunterglitten, nicht zu entwinden. Sie wußte genau, daß er nur darauf wartete, daß sie zurückschreckte, und so stand sie ganz ruhig da und versuchte, den Verschluß ihres Colliers zu öffnen, wobei sie hoffte, daß ihre Finger nicht sichtbar zitterten.
«Ich bin deine Frau, Iwan. Und da du mich geheiratet hast, nehme ich an, daß du mich wolltest.»
«Natürlich wollte ich dich. Das zeigte ich doch von Anfang an, oder nicht? Eine kleine Zigeunerin, daran erinnertest du mich. Glühend, hübsch und wild. Ich nahm mir damals vor, der Mann zu sein, der dich zähmen würde. Ist es mir gelungen? Ja?»
Plötzlich rief er stirnrunzelnd aus: «Na, so was – der Verschluß ist ganz lose. Er hätte jeden Augenblick aufgehen können, und du hättest diesen hübschen Schmuck verloren, diese Smaragde, die so gut zu deinen Augen passen. Laß mich ihn mitnehmen, meine Liebste; ich werde ihn bis zu meiner Rückkehr reparieren lassen.»
Das wollte er also von Anfang an, die Smaragde. Weshalb wohl? dachte Ginny.
Aber sie sagte nur mit unterwürfiger Stimme: «Danke Iwan. Es wäre mir schrecklich gewesen, ein Geschenk von dir zu verlieren.»

Concepción war mit ihrem glühenden und treuergebenen Bewunderer, dem jungen Vicomte Marwood, ausgegangen; «Roter Schnurrbart», der Leibwächter, begleitete sie.

«Ich weiß nicht, wann wir zurück sind. Eddie sagte, er wolle mich zu einem dieser vornehmen Flußschiffe mitnehmen.» Sie schenkte Sonja ein falsches Lächeln, und gerade bevor sie gingen und sie das modische Häubchen auf ihrem hochgesteckten Haar befestigte, zischte sie Ginny zu: «Das Ganze ist mir so zuwider! Ich habe es satt, dir gegenüber Höflichkeit vortäuschen zu müssen. Eddie sagte, er würde mir eine dieser hochsitzigen Kutschen schenken, genau dieselbe wie die, die er selbst fährt; dann kann ich endlich ausgehen, wann es mir paßt. Würdest du dich nicht auch sehr glücklich schätzen?»

«Ich schätze mich schon glücklich, wenn ich nicht einen ganzen Morgen lang dir gegenüber höflich sein muß», erwiderte Ginny und ließ das Mädchen stehen.

«Du hast sie nicht gern, nicht wahr?» flüsterte Sonja ihr später zu. Überraschenderweise fügte sie hinzu, «ich muß zugeben, daß ich dir deswegen keine Vorwürfe machen kann, meine Liebe. Sie hat so etwas – etwas Vulgäres an sich! Ich bin froh, wenn Mr. Murdocks Haus fertig ist.» Sie blickte Ginny überrascht, fast nachdenklich an. «Ich muß sagen, du siehst seit unserer Rückkehr nach San Francisco wirklich besser aus.» Den Rest behielt sie für sich: Und besonders, wenn sich dein Mann auf einer seiner geheimnisvollen Geschäftsreisen befindet.

Um ehrlich zu sein, auch Sonja war erleichtert. Etwas an Iwan Sahrkanov störte sie; besonders seit William ihr angedeutet hatte, daß der Mann diskrete Erpressungen nicht scheute, und daß einige der wichtigsten Männer der Stadt ihm langsam mißtrauten. Sogar Sam Murdock, wie es schien. Um Sam Murdock war noch immer etwas Geheimnisvolles. Warum blieb er so lange in Virginia City? Und da waren die sagenhaft teuren Juwelen, die er Ginny geschenkt hatte, und die Sonja auf Ginnys Bitte hin im Safe ihres Mannes eingeschlossen hielt. Unter normalen Umständen hätte sie diese Geheimhaltung nie unterstützt. Aber in diesem Falle hatte sogar William zugeben müssen, daß es das Beste war, wenn der Prinz nichts wußte. William konnte manchmal sehr nüchterne Überlegungen anstellen.

«Murdock ist einer der wenigen Männer, die mir wirklich helfen können, besonders jetzt. Wir wollen sehen, was passiert», hatte er gesagt.

Als am späteren Morgen ein uniformierter Bote Blumen und ein

langes, flaches Paket für Ginny vorbeibrachte, eilte Sonja damit persönlich in das Zimmer ihrer Stieftochter.
«Ginny, schau! Der Bote wartet, sonst hätte ich dich nicht gestört.»
Es waren langstielige Rosen, die wie karmesinrote, samtene Nestchen aussahen. Auf der Begleitkarte stand mit großzügiger Handschrift «S.M.»
«Mr. Murdock! O Ginny, glaubst du, er ist zurück?»
Ginny sah noch verschlafen aus, und die Haare fielen ihr lose auf den Rücken. Ziemlich lustlos wickelte sie das Paket aus dem Geschenkpapier aus.
Sie hörte, wie Sonja den Atem anhielt.
«Oh!»
Feueropale glänzten ihr von einem samtenen Untergrund entgegen. Ein Halsband, Armbänder und lange, hängende Ohrringe, die ihr wohl fast bis auf die Schultern reichen würden. Und ein Ring – ein einziger, riesiger Opal, umgeben von Perlen und Diamanten. Opale brachten Unglück. Wie konnte sie vergessen, wie es gewesen war, als sie zum letzten Mal Opale getragen hatte? Ein gefaltetes Stück Papier – und die selben Initialen unter der Notiz: «Ein Uhr. Smith holt dich ab. Vergiß den Schlüssel nicht.»
Nicht Murdock, sondern Steve – er hatte die selben Initialen und nützte diese Tatsache skrupellos aus.
Oh, wie kann er – wie kann er nur? dachte sie. Und da kam ihr ein neuer Gedanke. Wie kann er sich das leisten? Und weshalb nimmt er an, daß ich . . .
Aber noch während sie das dachte, wußte Ginny schon, daß sie hingehen würde.
Für einmal hatte Sonja keine Einwände, und sie erinnerte Ginny auch nicht daran, daß sie nicht unbegleitet ausgehen sollte.
Als der leichte Wagen vorfuhr, blieb sie taktvoll oben und half Ginny, sich zum Ausgehen fertig zu machen. Zu ihrer Überraschung war eine Frau gekommen – eine respektable Anstandsdame. Sie hatte eine olivfarbene Haut, und ihr Haar war fast vollständig von einer dunklen Haube bedeckt; sie sagte, ihr Name sei Mary Pleasants.
«Was für ein Gentleman er doch ist! Aber Ginny, du wirst aufpassen, nicht wahr? Falls Iwan erfahren sollte . . .»
«Iwan ist mit Mr. Murdock einverstanden. Sicher hätte er nichts dagegen einzuwenden.»
«Na . . .» Sonjas unschlüssige Stimme wurde sanfter. «Du siehst wirklich wunderhübsch aus. Mich nimmt wunder, wo er dich hinführen will.»
Natürlich hatte Sonja die gefaltete Notiz nicht gelesen. Und das war gut so, dachte Ginny zynisch.

Es war Steve persönlich, der den funkelnagelneuen Einspänner fuhr; er war noch immer in der «Verkleidung» eines Leibwächters von Sam Murdock. Wie konnte er ein solches Risiko eingehen? Welch geheimnisvolles Spiel spielte er jetzt?
Sogar seine Stimme war unpersönlich, als er ihr in die Kutsche half. «Sie sehen außerordentlich gut aus, Prinzessin.»
Mrs. Pleasants überbrückte die Zeit mit Konversation, bis die Kutsche vor einem auffälligen Stadthaus an der Washington Street anhielt.
«Sie werden mich wieder besuchen, beide? Prinzessin, es war mir ein Vergnügen, Sie kennenzulernen.»
Und dann war Mrs. Pleasants fort, und sie war allein in der Kutsche. Trotz des Pulvers, das Ginny vor dem Weggehen eingenommen hatte, war ihr schwindlig. Sie wußte nicht, wie sie reagieren sollte, noch wußte sie, was sagen. So blieb sie schweigsam, auch als Steve die Kutsche wendete, und anstatt den Hügel hinauf zum Hafengebiet hinunterfuhr. Diesmal würde sie *ihn* den ersten Schritt tun lassen. Ihn erklären lassen – aber wie selten hatte sich Steve bemüht, sein unvorhersehbares Benehmen zu erklären!
Jetzt aber sagte er im letzten Moment über seine Schulter hinweg: «Wir gehen segeln. Hoffentlich hast du nichts dagegen.»
«Seit wann kümmerst du dich darum, ob ich etwas gern tue oder nicht?»
«Ich hätte es weiterhin so halten sollen.» Seine Augen waren dunkel unter der breiten Krempe des Hutes, die sein Gesicht beschattete; sie ruhten kurz auf ihr. «Du wirst doch nicht etwa seekrank?»
Bevor Ginny antworten konnte, hielten sie an. Ein gut gewachsener Farbiger trat hervor und griff grinsend nach den Zügeln.
«Dachte, Sie tauchen gar nicht mehr auf. Aber jetzt, da Sie da sind, haben Sie einen wunderschönen Tag erwischt. Gerade genug Wind und kein Nebel. Viel Vergnügen!»
Ohne daß sie es wollte, und als hätte sie einen Fremden vor sich, beobachtete Ginny, wie Steve sich bewegte. Er hatte seine langen Beine hinuntergeschwungen und hob sie jetzt aus der Kutsche. Seine Nähe, die Art, wie er sie um die Taille festhielt, entwaffneten sie. Es verschlug ihr den Atem, und sie war der scharfen Erwiderung nicht mehr fähig, die ihr eigentlich auf der Zunge gelegen hatte. Soll doch geschehen, was geschehen muß! Die Nachmittagssonne brannte heiß auf ihre Schultern und ihren Nacken, und sie fühlte sich fast fröhlich unbeschwert.
Dieses Gefühl hatte sie noch nicht verlassen, als die kleine Jacht mit den weißen Segeln den Steg verließ und in die Bucht hinaussegelte. In unzähligen kleinen Kräuselwellen spiegelte sich das Sonnenlicht.

«Mein Gott – zieh doch diesen dummen Hut aus! Ich kauf dir ein Dutzend davon, wenn du sie tragen willst; aber bitte nicht hier draußen.»
Lachend befolgte sie seinen Rat und bemerkte dabei, daß sich in seinen Augenwinkeln kleine Fältchen bildeten, das Blau seiner Augen war noch intensiver im Sonnenlicht.
Sofort fuhr ihr die Brise ins Haar. Kupferne Strähnen verdeckten ihre Augen, bis es ihr gelungen war, die kunstvolle Frisur aufzulösen und das Haar einfach zu flechten. Sie sah, daß Steve sie noch immer beobachtete; er hatte den Hut jetzt ebenfalls abgenommen und stand breitbeinig da; er hatte die dunkle Jacke abgelegt und sein Hemd war bis zur Taille geöffnet. Ein Pirat. Ja, er sah wirklich wie ein Pirat aus. Hatte sie das nicht schon immer gedacht?
«Ist es so besser?» fragte sie absichtlich herausfordernd, und die Grübchen an seinen Mundwinkeln wurden tiefer.
«Viel besser, verfluchte, grünäugige Seejungfrau. Ich sollte dich über Bord werfen.»
«Jetzt? Aber ich würde dich wahrscheinlich mit über Bord nehmen.»
«Daran zweifle ich nicht. Halt dich jetzt fest.»
Das tat sie und ein Windstoß ergriff das Boot und legte es auf die Seite.
Sie hörte, wie Steve lachte, als die Gischt ihr ins Gesicht spritzte und sie durchnäßte. Was war schon dabei? Auch wenn er im Sinn haben sollte, sie später über Bord zu werfen, der momentane Ausdruck in seinen Augen war unmißverständlich.
Als Ginny sich später zu erinnern versuchte, war der ganze Nachmittag wie ein Traum – die Sonne, die salzige Gischt, die Brise, die gegen ihr Gesicht schlug. Steve segelte mit derselben ungezwungenen Natürlichkeit, mit der er ein Pferd ritt. Gehörte das Boot ebenfalls Sam Murdock? Sie hörte bald auf, sich Fragen zu stellen – es war einfacher so. Auch als die kleine Jacht im Schatten eines Klippers beidrehte, der mit aufgerollten Segeln vor Anker lag, und auf dessen Deck zahlreiche Männer mit verschiedenen Arbeiten beschäftigt waren.
«Meinst du, du kannst eine Strickleiter hinaufklettern, oder soll ich dich wie eine Kriegstrophähe hinaufhissen lassen?»
Obwohl die nassen Röcke eng an ihrem Körper klebten, gelang es Ginny, hinaufzuklettern. Sie wagte weder aufwärts, noch nach unten zu schauen. Aber sie war sich nur allzu sehr bewußt, wie dicht Steve hinter ihr war, jederzeit bereit, sie zu halten, wenn sie zögerte oder mit den Füßen Halt suchte.
Oben nahmen sie ein weiteres Paar starker Arme in Empfang und zogen sie an Deck. Sie sah einen Mann, der eine Schirmmütze trug

und goldene Tressen auf seinen Ärmeln hatte. Wollte Steve sie entführen, nach Piratenart? Würde es ihr etwas ausmachen?
«Mr. Morgan, ich fragte mich schon, ob sie ihre Pläne geändert hätten. Madam . . .»
«Gut, daß Sie auf uns gewartet haben, Kapitän. Ginny, das ist Kapitän Benson.»
Wie ungezwungen Steve die Leute miteinander bekannt machte! Unversehens wurde Ginny in eine Kabine getragen, deren luxuriöse Ausstattung sie überraschte; und dies, obwohl sie sich geschworen hatte, daß sie an diesem Tag nichts mehr überraschen würde.
Die Türe wurde hinter ihnen zugeschlagen, und sie war seltsamerweise außer Atem.
Es war, als würde die Zeit stehen bleiben, als Steve sich an den Türpfosten lehnte und sie prüfend anblickte.
«Du bist ganz durchnäßt. Du sieht fast aus wie eine Ertrunkene. Du ziehst dich besser um, ehe wir wieder hinausgehen.»
Ginny vermeinte die Bewegung des Schiffes unter sich zu spüren, aber vielleicht waren es auch nur ihre Knie, die zitterten, als Steve plötzlich auf sie zuschritt. Er riß ihr Kleid vom Ausschnitt bis zur Taille auf.
«Die Zeit zum Zahlen ist gekommen, Prinzessin. Bei Gott, ich habe lange genug gewartet.»
Irgendwie kam sie quer über das Bett zu liegen. Seine Hände rissen weg, was von ihrem Kleid übrig geblieben war, und was sie darunter trug. Seine Finger glitten warm und, o Gott, allzu vertraut über ihre Haut. Zuerst nahmen seine Hände von ihr Besitz, dann seine Lippen, und schließlich, von ihr fest umklammert, sein Körper. Unaufhaltsam begann die Welt um sie herum zu schaukeln und zu schwanken; und sie schrie und schrie, bis er ihre Schreie mit seinem Mund erstickte.
Nachher war es schwer, in die Wirklichkeit zurück zu finden. Wie gerne wäre Ginny in ihrer sicheren, glücklichen Traumwelt geblieben. Sie hatte halb gehofft, halb erwartet, daß Steve vorhatte, sie irgendwohin zu entführen und sie bei sich zu behalten – gleich unter welchen Bedingungen. Wenigstens begehrte er sie noch. Eines war unverändert geblieben – ihre Körper sprachen noch immer aufeinander an.
Sie fühlte sich schläfrig und zufrieden, sie wollte an nichts denken; es genügte ihr, in seinen Armen zu liegen, während die Zeit verging und nichts mehr zählte. Wenn sie nur weiterhin glauben könnte, daß nichts sie getrennt hätte und daß alles so wäre wie früher!
Aber es war nicht so. Sie wurde gewaltsam und unangenehm daran erinnert, als Steve sich von ihr löste und sich anzuziehen begann.

Sein gleichgültiges und irgendwie gefühlloses Benehmen verjagte ihr zufriedenes Traumgefühl, das sie noch vor wenigen Augenblicken erfüllt hatte.
Verärgert stützte sie sich auf die Ellbogen und fragte bissig: «Und was soll *ich* anziehen? Ich nehme an, du wirst bei einem der Matrosen Kleider für mich borgen.»
«Wir laufen nicht mehr in der Wüste von Mexico herum, Liebling. Aber schau dich hier doch ein bißchen um, bevor du dich aufregst. Diese Kabine wurde speziell für weibliche Gäste eingerichtet. Du findest hier sicher etwas Passendes.»
Ungeduldig schob er eine getäfelte Schiebewand zur Seite, die sie für eine Verzierung gehalten hatte; dahinter öffnete sich ein erstaunlich großer Wandschrank, gefüllt mit Frauenkleidern.
«Oh!» Vor lauter Überraschung und Wut blieb Ginny sprachlos, bis sie bemerkte, daß er belustigt eine Augenbraue anhob.
«Du wirst mich doch nicht weiterhin beschimpfen, oder, meine Liebe? Es würde schlecht zu deinem königlichen Stand passen. Übrigens ist keines dieser Kleider je getragen worden, und sie sind alle auf deine Größe geschneidert worden – zumindest auf die, die ich in Erinnerung hatte. Scheint es dir jetzt annehmbar, oder ziehst du vor, so an Deck zu gehen, wie du bist? Damit will ich nicht sagen, daß du nicht auch so ausnehmend reizend bist.»
«Du bist – du bist der gefühlloseste und berechnendste . . .»
«Aber du wußtest doch von jeher, was für ein Schuft ich bin, oder etwa nicht? Ich dachte, wir hätten ein Abkommen ausgemacht.» Er war zur Hälfte angezogen und hatte die Daumen im Gürtel eingehakt; der Blick aus seinen harten, blauen Augen ließ sie wider Willen erröten. «Ginny, wir haben nicht genug Zeit, daß du die Zimperliche spielen könntest, falls du das im Sinne hattest. Wir sind auf dem halben Weg nach Benicia, deshalb kleidest du dich jetzt besser an für deinen Auftritt als große Dame.» Und, als wäre die Demütigung nicht so schon groß genug, glaubte Ginny in seinen Augen das alte, teuflische Licht aufblitzen zu sehen. «Leider habe ich vergessen, eine Kammerzofe an Bord mitzunehmen, aber wenn du Hilfe brauchst, so will ich gerne einspringen. Ich habe von früher einige Erfahrung.»
Er hatte sie also nur hierher gebracht, um sie zu demütigen – natürlich! Wie hatte sie so blind und verrückt sein können, ihm so vertrauensvoll hierher zu folgen?
Unbeantwortete Fragen wirbelten in Ginnys Kopf herum; und dann hatte sie nicht einmal mehr dafür Zeit. Sie hatte wieder das Gefühl zu träumen – eine Schauspielerin in einem sorgfältig vorbereiteten Bühnenstück zu sein.
Nachdem sie schließlich mit einem Kleid ausgestattet war, das

Steve ausgewählt hatte, mußte sie mit knirschenden Zähnen über sich ergehen lassen, daß Steve ihr eine Kette um den Hals legte – einen riesigen Smaragdanhänger an einer dünnen Goldkette, die ihr bis zur Brust reichte.
«Was um Himmels willen tust du? Welches Spiel spielst du jetzt? Weiß Mr. Murdock Bescheid? Wie ...»
«Einige deiner Fragen werde ich später beantworten, Ginny. Bitte beruhige dich jetzt und komm mit mir hinaus. Dem Leben nach, das da draußen herrscht, dürften wir bereits im Hafen von Benicia angekommen sein – und das in Rekordzeit.»
Alles sprach über die gute Zeit, die das Schiff gefahren hatte, so daß es Ginny erspart blieb, ein Gespräch führen zu müssen. Kapitän Benson lächelte und sein erster Steuermann war stolz.
«Ich wußte, daß die Metallverkleidung am Rumpf sich nicht bremsend auswirken würde, Mr. Morgan! Das wird das beste und schnellste Schiff der Lady-Schiffslinie werden, glauben Sie mir!»
«Und eines der sichersten», fügte der Steuermann hinzu. Seine Augen ruhten dabei kurz auf Ginny, dann wandte er sich jedoch schnell ab, als hätte er eine Indiskretion begangen.
Zu spät fragte sie sich, was die Leute hier von ihr dachten. Sie konnte nur noch so tun, als ließe es sie unberührt; sie mußte die Gelassene spielen und so tun, als sei sie es gewohnt, von einem schwarzbärtigen Piraten auf ein Schiff getragen zu werden, sich von ihm lieben zu lassen und nachher an allen vorbei zu paradieren, als wäre sie nichts als – als ... Wie ein Blitz traf sie dann der Gedanke, daß sie ja Steves Mätresse war. Und daß er sie als solche behandelte!
«Was habe ich denn anderes erwartet?» fragte sich Ginny unglücklich. Sie hörte dem Gespräch der Männer zu und beobachtete Steve, obwohl sie böse auf ihn war. Anscheinend enthielt die Kabine, die offensichtlich eine für den Schiffseigner vorgesehene Einzelkabine war, auch Männerkleider. Er hatte einen ziemlich gesetzt wirkenden dunklen Anzug angezogen, dessen Nüchternheit aufgelockert wurde durch eine Brokatweste mit Saphirknöpfen, die zu den Manschettenknöpfen paßten. Er sah wirklich gut aus in seiner verwegenen, teuflischen Art, und als sich ihre Augen ein oder zweimal trafen, fühlte Ginny, wie ihr sein Blick durch Mark und Bein ging.
Das ist ungerecht, ja ungerecht, und ich hasse ihn, dachte sie rebellisch. Alles was er mir antut, was er mich hat durchstehen lassen!
Wenig später schien es, als ob es noch lange nicht alles sei, was sie durchzustehen hatte.
Die Meerenge von Carquinez war jetzt mit Booten übersät, die auf den Klipper zustrebten, der in einiger Entfernung von der gezack-

ten Küstenlinie vor Anker lag. Und Steve war zu ihr getreten und hatte ihren Arm genommen.
«Leider haben wir nicht genug Zeit, um an Land zu gehen, denn ich muß dich ja zu einer vernünftigen Zeit wieder zu deinem Elternhaus zurückbringen. Aber es wird eine kleine Feier an Bord geben. Trinkst du noch immer gern Champagner?»
Einen Augenblick lang schienen seine Augen wärmer zu werden, und sie dachte an gemeinseme Erlebnisse – damals, als sie wirklich vom Champagner betrunken gewesen war, in einem kleinen mexikanischen Dorf, und als sie Steve geholfen hatte, Paco Davis aus dem Gefängnis zu holen. Warum, warum mußte er sie ausgerechnet jetzt daran erinnern?
Sie versuchte, unbeteiligt zu scheinen, als sie mit unterwürfiger Stimme sagte: «Feier? Was meinst du damit. Wann hörst du endlich mit der Geheimnistuerei auf?»
Seine Stimme klang spöttisch und der Griff um ihren Arm wurde fester. «Keine Geheimnistuerei. Ich dachte, du hättest mitbekommen, über was wir soeben gesprochen haben. Wir sind hier, um das Schiff zu taufen. Es sollte eigentlich ‹Lady Benicia› heißen, aber ich habe mich anders entschieden, wie ich eben dem Kapitän mitgeteilt habe. Es soll statt dessen ‹Grünäugige Lady› heißen, und du, meine Liebe, wirst es taufen.»

Siebenundzwanzigstes Kapitel

Der Rest des Nachmittags und der frühe Abend waren wie ein Kaleidoskop, voll wirbelnder Eindrücke, von denen keiner lange genug andauerte, daß er sich in Ginnys Geist hätte einprägen können. Leute – sie traf so viele Leute, daß sie sich am Ende an niemanden mehr erinnern konnte. Und jedesmal wenn Steve sie als Prinzessin Sahrkanova vorstellte, wäre sie am liebsten vor Scham in den Boden versunken. O Gott, wenn Iwan das herausfand! Oder ihr Vater! Was würde Steve dann tun?
Es waren viele spanisch sprechende Leute da – auch modisch gekleidete Frauen, die ihre Männer an Bord begleitet hatten. Sie hatte in einem kleinen, schaukelnden Boot gestanden und Steve hatte sie um die Taille gefaßt, als sie die Champagnerflasche gegen den Schiffsrumpf warf. Man hörte Freudenrufe und das Gekreisch der aufdringlichen Seemöwen. Danach war Ginny vor allem bestrebt, an nichts mehr zu denken.
Steve machte es ihr nicht einfach. Er stand an ihrer Seite und legte hie und da lässig den Arm um sie, als wollte er damit seine Besitz-

ansprüche geltend machen. Es war unmöglich, die neugierigen und schrägen Blicke zu übersehen, die ausgetauscht wurden, und sie wußte auch genau, daß die Mutmaßungen, die im Flüsterton ausgetauscht wurden, ihr galten.
Als schließlich alles vorbei war, und sie wieder, mit vollen Segeln und das Wasser scheinbar kaum berührend, San Francisco ansteuerten, war Ginny vor Wut und Angst halb betäubt.
«Möchtest du noch an Deck bleiben, oder lieber in die Kabine zurückgehen und noch ein wenig Champagner trinken?» Wie konnte er so ruhig und sachlich sprechen? Als ob ... als ob ...
Voller Wut drehte sich Ginny zu ihm um, wobei sie wünschte, ihr Kopf würde nicht so sehr schmerzen.
«Hast du nun erreicht was du wolltest? Hast du denn gar kein Gewissen? Champagner! Ich habe schon soviel Champagner getrunken, daß mein Kopf fast platzt. Außerdem hast du mir noch immer keine Erklärung für dein heutiges Benehmen gegeben – für die Art, wie du mich überlistet hast.»
Steve faßte sie so heftig am Handgelenk, daß sie zusammenzuckte. Seine Stimme wurde härter.
«Falls du vorhast, eine Szene zu machen, Ginny, dann gehen wir lieber in die Kabine zurück. Dort wirst du deine Erklärungen bekommen – falls du sicher bist, daß es nur das ist, was du willst.»
Sie hätte ihn geschlagen, hätte er sie nicht an den Handgelenken festgehalten und sie in seiner überheblichen Art einfach weggezogen. Als er sie in einen Sessel stieß und wortlos zwei Gläser mit Champagner füllte, hatte sie Zeit, sich zu fragen, warum ihre Gefühle für Steve sie noch immer so aufwühlten. Sie hatte ihn geliebt, ihn gehaßt, und hatte dann gemeint, sie liebe ihn wieder. Und jetzt – jetzt war sie sich über nichts mehr im Klaren!
«Hier, trink deinen Champagner. Noch ein Gläschen wird nichts schaden, und vielleicht vergeht dir dabei der mürrische Gesichtsausdruck. Ich dachte, du liebtest Überraschungen, Ginny. Das hast du doch gestern gesagt.»
«Ich weiß genau, was ich gestern gesagt habe! Und was du gesagt hast. Aber heute – warum Steve? Was willst du mir beweisen? Wie kommt es ...»
«Ich dachte, das sei offensichtlich. Ich wollte dir beweisen, daß ich es mir leisten kann, eine Mätresse zu halten, sogar, wenn sie zufällig die Tochter des russischen Zaren ist.» Sie schwieg niedergeschlagen und mit einer spöttischen Verbeugung hob er das Glas auf sie, bevor er es leerte. «Wenn ich es mir recht überlege, so ist die Situation eigentlich reichlich ironisch, nicht wahr? Ist es das, was dich stört, meine Süße? Keine Angst, daran werden wir uns beide noch gewöhnen. Schließlich sind wir einander nicht fremd, und ich

weiß, wie anpassungsfähig du bist. Ich erinnere mich sogar, daß du mir einmal sagtest, es sei dein Ehrgeiz, dir so viele reiche Liebhaber zu nehmen wie du willst. Du willst doch nicht etwa sagen, du hättest deine Meinung geändert?»

Ginny drückte ihre Finger gegen die Schläfen, als wolle sie das Pochen besänftigen; ihr Gesicht war ganz weiß. Diese Geste, die in letzter Zeit fast automatisch geworden war, ließ Steve beinahe die gewollte Grausamkeit seiner Worte bereuen. Zum Teufel mit ihr! Und zum Teufel mit ihm, der so von ihr eingenommen war! Sie konnte voll speiender Wut sein und im nächsten Augenblick schon wie ein gefangenes, verwundetes Tier aussehen.

Er haßt mich wirklich, dachte Ginny stumpf. Er will mich nur, damit er mich noch mehr verletzen kann. Mich zu seiner Mätresse machen und gleichzeitig andeuten, daß ich nichts als eine teure Hure bin . . . Oh, ich kann es nicht mehr aushalten!

Aber er würde sie dazu zwingen, es auszuhalten – hatte er ihr nicht schon gezeigt, wie skrupellos er sein konnte? Ganz abgesehen davon, wie schwach *sie* war. Gerade jetzt, in diesem Augenblick, wagte sie es nicht, ihm in die Augen zu sehen, aus Angst, er könne nur allzu leicht erkennen, was in ihr vorging. Wenn er sie doch nur berühren würde, anstatt breitbeinig mitten im Raum zu stehen und sie mit jenem grausamen und doch seltsam neugierigen Blick zu mustern. Wenn er sie doch nur in seine Arme nähme . . . O nein! Steve verachtete Schwäche. Er hatte sich vor allem für sie interessiert, weil sie es nie aufgegeben hatte, gegen ihn anzukämpfen, und weil sie ihn gezwungen hatte, sie als Persönlichkeit anzuerkennen. Sie durfte jetzt nicht nachgeben.

«Nun?» hörte sie ihn sagen, und dann, in einem sarkastisch schleppenden Tonfall, «ich muß sagen, daß es nicht eben schmeichelhaft ist, daß du gerade jetzt, wo ich die Sache zwischen uns klarstellen möchte, so geistesabwesend bist. Oder dachtest du etwa darüber nach, was du deinem Ehemann sagen wirst, wenn er aus Sacramento zurückkommt?»

Endlich hob sie den Kopf und sah ihn leicht verstört an; ihre Augen glitzerten wie die Smaragde, die sie auf der Brust trug.

«Sacramento? Woher weißt du das? *Er* hat nicht einmal *mir* gesagt, wohin er ging.»

Steves Ausdruck war plötzlich kalt und abweisend, als hätte er sich vor ihr verschlossen. Aber seine Stimme blieb unverändert.

«Wie rücksichtslos von ihm! Sagt er dir denn nie, wohin er geht, oder wie lange er wegbleibt?»

Sie vermeinte, in seinen Augen eine gewisse Wachsamkeit wahrzunehmen; Wut schüttelte sie und ließ sie für kurze Zeit sogar ihre Kopfschmerzen vergessen.

«Warum stellst du mir solche Fragen? Was geht dich das an?»
«Aber Liebling, alles was dich angeht, geht doch auch mich an – das ist doch selbstverständlich! Was ist denn los? Regt es dich auf, wenn du mit mir über deinen Gatten sprechen mußt? Hast du womöglich Gewissensbisse?» Sie blieb stumm, und, als ärgerte er sich darüber, knallte er das leere Glas auf den Tisch und entfernte sich von ihr. Er drehte sich schließlich um und lehnte an die getäfelte Kabinenwand, um sie anzuschauen, als wäre sie eine Fremde.
«Du bist die einzige Frau, die ich kenne, die meine Geduld so strapazieren kann. Und die mich so in Wut versetzen kann, daß ich meinen gesunden Menschenverstand verliere! Gott sei Dank sind wir nicht mehr verheiratet – auf diese Weise, als Geliebte und Liebhaber, können wir wenigstens das Beste aus der Vergangenheit retten! Du warst immer eine aufregende und ziemlich hemmungslose Geliebte, Ginny. Wenn ich mit dir im Bett liege, kann ich vergessen, was für ein ränkevolles, treuloses kleines Luder du bist. Ich bin wirklich froh, daß *das* jetzt das Problem deines Mannes ist.»
«O Gott! Du hast dich überhaupt nicht verändert, nicht wahr? Du bist immer noch gleich grausam – und egoistisch, und gewohnt, daß alles nach deinem Willen geschieht, und wenn du über Leichen gehen mußt! Weshalb hast du mich hierher gebracht? Nur, um mir all dies zu sagen? Um dich an mir zu rächen?»
«Rächen?» Er hob eine Augenbraue und seine Stimme wurde schneidend. «Weshalb sollte ich mich an dir rächen? Die Sache ist doch für dich und mich gut ausgegangen, denn höchstwahrscheinlich hätten wir beide wie Hund und Katze zusammengelebt, wenn wir weiterhin aneinander gebunden geblieben wären. Glaube mir, ich bin dir beinahe dankbar dafür, daß du deinen Verstand gebraucht und die Gelegenheit ausgenutzt hast, die sich dir bot. Eine Prinzessin verdient einen Prinzen – und du, meine Liebe, glänzest wie ein Edelstein, in deiner dir angemessenen Umgebung.» Das übertrieben blumige Kompliment ließ sie erschauern, und er lachte kurz auf. «Ginny, wir beide kennen uns doch zu gut, um uns etwas vorzumachen. Und ich bin sicher, daß du praktisch genug denkst, die Vorteile einer Abmachung, wie ich sie dir vorschlage, einzusehen. Auf diese Weise haben wir beide unser Stück Kuchen und können uns daran gütlich tun – keine Eifersuchtsszenen, keine Fragen. Und da dein Gatte soviel herumreist, werden wir reichlich Zeit haben, unsere … Bekanntschaft zu erneuern. Warum hörst du nicht auf zu schmollen und gibst zu, daß ich recht habe? Ich mußte dich schließlich in der letzten Zeit nicht vergewaltigen.»
«Hör doch auf!» Ginny sprang auf wie ein gejagtes Tier; ihre Hände zu Fäusten geballt in die Hüften eingestützt. «Wie kannst du so – so kaltblütig sprechen? Warum quälst du mich so? Du verstehst gar

nichts! Du hast mir nichts gesagt, gar nichts, nicht warum du hierhergekommen bist, weswegen du solch große Risiken eingehst, weshalb du dein Leben und – meinen Ruf aufs Spiel setzest! Ja, lächle nur. Was macht das dir schon aus? Du weißt nicht, wie Iwan ist, aber ihr beide habt etwas gemeinsam – ihr seid beide vollkommen gewissenlos und skrupellos dazu! Er wird dich umbringen lassen, und wenn er herausbekommt, wer du bist . . .»
Mit langen, pantherhaften Schritten kam Steve zu ihr herüber, umklammerte mit seinen Fingern Ginnys Schultern und schüttelte sie leicht, als wolle er ihr zeigen, wie sehr er ihren hysterischen Anfall verachtete.
«Glaubst du etwa, ich habe Angst vor ihm? Oder vor seinen gedungenen Totschlägern? Oder hast du Angst um *ihn*? Ich verliere nicht gerne, was mir gehört, Ginny; und ich hatte nicht genug Zeit, deinen kleinen, leidenschaftlichen Körper auszukosten, bevor er dich verschwinden ließ. Ich bin mir bewußt, daß kein Mann dich je vollkommen besitzen wird, weil es nicht in deiner Natur liegt, treu zu sein, sowenig wie in der meinen. Ich glaube, deshalb sind wir immer so gut miteinander ausgekommen – wenigstens im Bett! Sag mir nicht, du seist so heuchlerisch geworden.»
Er zog sie an sich und küßte sie. Nachdem sie ihn zuerst instinktiv gewähren ließ, begann Ginny plötzlich, sich zu sträuben. Sie wußte nicht genau weshalb, vielleicht wegen seiner verachtungsvollen, verletzenden Worte, oder vielleicht, weil er sie küßte, als haßte er sie; es war der Kuß, den ein Mann einer Hure geben würde, die Ablehnung vortäuscht und schließlich doch nachgibt. Er mochte sie begehren, aber er verachtete sie auch – daran hatte er keinen Zweifel gelassen.
«Nicht – nicht!» flüsterte sie wild und drehte den Kopf weg. «Bitte, Steve! Ich fühle mich nicht wohl. Meine Kopfschmerzen.»
«Mein Gott!» Er ließ sie so unerwartet los, daß sie rückwärts taumelte und gegen einen Stuhl fiel. «Bist du jetzt auch noch hypochondrisch geworden? Bleibt dein Gatte aus diesem Grund so oft fern? Schon gut, Ginny, ich werde mich dir nicht aufzwingen, wenn dir allein schon der Gedanke daran Kopfschmerzen bereitet.»
Sie war fast blind vor Schmerzen und wegen der Tränen, die sie zurückzuhalten versuchte. Irgendwie tastete sie sich, ohne daß er ihr zu Hilfe kam, der Lehne des Sessels entlang, um Halt zu suchen und ließ sich schließlich hineinfallen. Ihre Finger gingen wie gewohnt zu den Schläfen hinauf und drückten fest zu, als wollten sie den Schmerz verjagen.
Ihr ganzer Körper hatte zu zittern angefangen, und Steves Stimme, die jetzt plötzlich eine Spur menschlicher klang, schien von weither zu kommen.

«Ginny! Mein Gott, was ist denn los? Bist du wirklich krank? War es der Champagner?»
«Mein – ich muß mein Pulver nehmen, bitte, bitte, ich halte die Schmerzen nicht mehr aus! In meinem – ich hatte eines in meinem Retikül.»
Ohne ein persönliches Wort gab er ihr, was sie verlangte, als sei sie eine fremde Frau, die ihn durch ihr plötzliches Unwohlsein in Verlegenheit gebracht hatte. Ein Pulver, ein Glas kaltes Wasser. Und dann trug er sie zum Bett hinüber, ohne ihre gedämpften, undeutlich hervorgestammelten Proteste zu beachten.
«Bleib still liegen, um Himmels willen. Ich werde dich schon nicht überfallen! Wie lange dauert es, bis das Pulver wirkt?»
«Ich weiß nicht – ich kann nicht denken. Es ist eines von jenen, die du mir geschickt hast. Die von Iwan sind stärker, aber er gab mir nur vier – bis zu seiner Rückkehr, sagte er. Ich weiß nicht, was mit mir los ist! Aber Graf Tschernikov meint, es seien nur die Nerven.»
«Ginny . . .» Sie meinte – vielleicht war es auch Einbildung –, daß er seufzte. «Schließ die Augen. Denk an nichts, wenn es geht. Und ganz bestimmt nur Einbildung war es, als sie ihn sagen hörte: «Es tut mir leid. Mein Temperament ist wieder mit mir durchgegangen.» Steve tat nie etwas leid; es mußte ein Traum gewesen sein.
Später, als sie allmählich in die Wirklichkeit zurückkehrte, war es ihr, als sei die Zeit stehen geblieben. Da war noch immer die schaukelnde, knarrende Bewegung des Schiffes unter ihr, und sie lag in einem bequemen Bett; ihr Haar war sonderbarerweise offen. Aber es war bis auf ein schwaches Licht dunkel geworden. Sie hatte die Augen geöffnet. Ihre erste Empfindung war Erleichterung, denn das unerträgliche Pochen in ihren Schläfen war weg, und sie fühlte sich entspannt und gekräftigt.
Steve saß am Tisch, anstelle der Champagnerflasche hatte er eine halbvolle Karaffe mit einer bernsteinfarbenen Flüssigkeit vor sich stehen. Ihre Augen trafen sich. Warum schaute er sie so eindringlich an? Seine Stirne wies Falten auf, aber seine Stimme war ganz unpersönlich, als er aufstand und zu ihr herüberkam.
«Fühlst du dich besser?»
«Ja, danke!»
Wie lächerlich förmlich sie beide waren!
«Fühlst du dich wohl genug, um einige Fragen zu beantworten?»
Ihre Augen öffneten sich weit. Das hatte sie nicht erwartet. Besonders nicht von Steve.
«Noch mehr Fragen?» Und sie wunderte sich, daß er immer noch dastand und auf sie herabschaute; im schwachen Lichtschein von hinten konnte sie seinen Gesichtsausdruck nicht erkennen.
«Ja, Fragen!» Seine Stimme hatte den altbekannten sarkastischen

Tonfall angenommen und sie war auf der Hut. «Schau nicht so drein, Ginny. Ich werde mich nicht in ein Seeungeheuer verwandeln und über dich herfallen. Aber bevor ich dich zurückbringe, gibt es da ein paar Dinge, die wir übereinander wissen sollten. Wenn das einmal geklärt ist, wird unsere Beziehung vielleicht reibungsloser und weniger kompliziert sein. Wer weiß, vielleicht werden wir sogar Freunde.»

«Wie du und Concepción, nehme ich an?» Sie konnte sich diese spitze Bemerkung nicht verkneifen und sah, wie sich seine Lippen zu einem schiefen Lächeln verzogen.

«Ja – so ungefähr.»

Er setzte sich neben sie und tat so, als bemerke er nicht, wie sie sich unwillkürlich versteifte.

«Ich traue dir nicht», sagte sie offen. «Wie könnte ich auch? Du hast mich von Anfang an hintergangen und angelogen. Du sagtest . . .»

«Verdammt! Ich versuche, nicht wieder in Wut zu geraten. Merkst du denn nicht, daß ich genau das ändern will?» Dann sagte er schroff und völlig unerwartet für sie: «Bist du in deinen neuen Gatten verliebt? Hast du ihn deswegen geheiratet?»

Ginny antwortete ohne lange nachzudenken.

«Nein! Nein – ich habe ihn nicht einmal gern! Nie, von Anfang an nicht. Aber er – ich weiß jetzt nicht mehr genau, wie es geschehen ist! Da war Carl, und zuvor der Schock über das, was sie mir erzählten. Ich weiß nicht mehr recht wie es kam, daß ich plötzlich auf dem Schiff war – ich kann mich nicht einmal mehr richtig erinnern, wie es kam, daß wir verheiratet wurden! Das geschah alles, nachdem Graf Tschernikov mir Arzneimittel gegeben hatte, weil ich, wie er sagte, immer noch unter Schockeinwirkung stand . . .»

Es war seltsam, das alles Steve zu erzählen. Zu merken, wie er aufmerksam, aber ohne jegliches Mitgefühl zuhörte und sie hie und da ermutigte, als wäre er jemand, den sie kaum kannte.

«Du willst mir also sagen, daß man dich durch List in diese Ehe getrieben hat? Genau wie dich Carl Hoskins überlistet hat? Prinz Sahrkanov muß sich rasend in dich verliebt haben, in der kurzen Zeit, da ihr euch kanntet! Zuerst wird dein Hauptmann tot in einem Weinkeller aufgefunden, mit aufgeschlitzter Kehle; als Nächstes hört man von dir, du seist mit einem russischen Prinzen unterwegs nach Amerika. Als seine Frau. Er muß sehr ungeduldig gewesen sein, dich zu heiraten. Und als du dann herausgefunden hattest, was geschehen war, wolltest du das Beste daraus machen, nehme ich an. Stimmt das?»

Ginny setzte sich kerzengerade auf und starrte ihn an.

«Also wieder der Alte! Zuerst tust du so, als würdest du verstehen,

und dann . . . Und du? Du bist kein Heiliger, weißt du. Und du hast dich auch noch nicht herabgelassen, mir zu sagen, was *du* vorhast. Während Monaten habe ich nichts von dir gehört – du sagtest selbst, du seiest froh, mich los zu sein. Und dann . . .»
«Du unterschätzest deine Verführungskünste, meine Liebe. Wie kann dir ein Mann den Rücken kehren? Und außerdem mußte ich einfach Klarheit haben.»
«Du bist gar nicht Sam Murdocks Leibwächter, nicht wahr?» sagte Ginny plötzlich. «Er erzählte mir, er hätte deinen Vater gekannt, und er sei ein Freund deines Großvaters. Wie hast du ihn soweit gebracht, daß er deine ruchlosen Pläne unterstützt? Wie konntest du dieses Schiff taufen, einfach aus einer Laune heraus?»
«Ach Ginny! Wie verschlagen du doch sein kannst. Bitte erinnere dich, ich sagte dir ja schon, daß ich unter anderem hier bin, weil ich herausfinden wollte, was aus dir geworden ist. Und dann entdeckte ich auch, daß du deinen Reiz für mich keineswegs verloren hast. Komm jetzt . . .», seine Stimme wurde hart und ungeduldig, «wir beeilen uns lieber, sonst schicken sie Leute auf die Suche nach dir. Wenn wir hierbleiben, könnte ich dich am Ende doch noch vergewaltigen!»
Sie weinte fast vor Wut und Verzweiflung.
«Ist das alles, was du zu sagen hast? Du hast alles über mich in Erfahrung gebracht, sogar über meinen Vater und über Iwan. Und du sagst mir gar nichts!» Sie versuchte, sich das schwere Schmuckstück vom Hals zu reißen. «Wie konntest du dir das leisten? Ist es gestohlen, oder bloß für diese Gelegenheit ausgeliehen? Und die Opale . . .»
«Früher konnte ich es mir nicht leisten, dir teuren Schmuck zu kaufen, aber jetzt kann ich es. Siehst du, ich hatte – Glück beim Spekulieren. Zum erstenmal in meinem Leben bin ich im Besitze eines rechtmäßig erworbenen Vermögens. Sam Murdock und ich sind in gewisser Weise Partner. Befriedigt das deine Neugierde?»
Sie war verwirrt und aufgeregt und wollte sich nicht durch seine beiläufig hingeworfenen und reichlich unwahrscheinlichen Erklärungen abspeisen lassen. Spekulationen – was meinte er damit? Weshalb all die Fragen? und warum hatte er es jetzt so eilig, sie loszuwerden, nachdem er sie an Bord dieses Schiffes geschleppt hatte?
Diesmal war das Schiff direkt in den Hafen hinein gesegelt und lag jetzt vertäut an einem der Stege in dem «Embarcadero» genannten Bezirk. Ginny war früher schon hier gewesen, um die Schiffe zu sehen und die salzige Meerluft zu atmen, die von den Düften der orientalischen Gewürze durchsetzt war, die hierher gebracht wurden. Tagsüber herrschte hier ein emsiges Treiben: Rufe der Hafenarbeiter und Seeleute, das Knarren von Holz und das Rasseln und

Quietschen der Winden, die zum Entladen der Frachtschiffe gebracht wurden.
Aber wie ruhig war es hingegen nachts. Es war recht kühl geworden. Ginny war froh über den warmen Umhang aus Samt und Seide, den Steve ihr über die Schultern gelegt hatte; er hatte ihn ebenfalls aus dem geräumigen Wandschrank in der Kabine genommen, in der sie sich vor kurzem noch befunden hatten.
«Wahrscheinlich hätte ich dich nicht solange hier behalten sollen, aber du hast so tief geschlafen, als hätte dir jemand einen Schlag auf den Kopf versetzt. Wie lange nimmst du diese Mittel schon, Ginny? Hast du eine Ahnung, was in diesen kleinen Päckchen ist?»
«Ich weiß nur, daß sie mir – daß sie meine Kopfschmerzen verjagen und mich stärken. Und wenn ich sie nicht nehme, fühle ich mich krank. Ich – warum schaust du mich so an?»
«Du hattest früher nie Kopfschmerzen, außer wenn du zuviel getrunken hattest. Und ich erinnere mich auch, daß deine Hautfarbe pfirsichgolden war – überall. Gehst du nicht mehr an die Sonne?»
Sie wollte hier weg und davonlaufen, einerlei wohin. Wie konnte er es wagen, sie weiterhin mit seinen Fragen und Vorwürfen zu quälen? Es schien, als gefalle ihm nichts an ihr, und doch behauptete er, daß er sie noch immer begehrte – er hatte sie in eine unmögliche, auswegslose Situation gebracht.
Es war, als hätte er ihre rebellischen Gedanken erraten. Sein Griff um ihren Arm wurde stärker und er gab ein rauhes Lachen von sich.
«Wenigstens hast du das Streiten nicht verlernt! Oder das Ausreden finden für dein Benehmen. Hoffentlich hast du eine glaubwürdige Geschichte bereit für deine Eltern, wenn du nach Hause kommst – oder soll ich mit dir kommen und alles erklären?»
«Erklären . . .» Sie wurde ganz blaß. Was sollte sie nur sagen? Und wenn Iwan schon zurück war, war alles noch schlimmer. Ja, wie würde sie ihre lange Abwesenheit erklären? Und wie das andere Kleid?
Steve half ihr in die Kutsche, die aus dem Nichts aufgetaucht war. Der Kutscher war derselbe, der am Nachmittag die Pferde weggeführt hatte.
«War es schön beim Segeln, Sir? Ich nehme an, Sie möchten, daß ich jetzt fahre.»
Der Umhang hatte eine Kapuze, die Steve ihr über das zerzauste Haar zog.
Er setzte sich zu ihr, zu nahe zu ihr; wie aus Gewohnheit legte er ihr einen Arm um die Taille als sie losfuhren.
Ginny wandte sich ihm zu; im Dunkeln erschien ihr Gesicht wie ein weißer Fleck.

«Du hast gut reden, aber wenn du mit mir ins Haus kämest, ich glaube, mein Vater – würde dich persönlich erschießen! Du kennst doch so viele Listen, warum denkst du dir nicht etwas aus?»
Sie hatte das Gefühl, er höre ihr nicht richtig zu. Als wären seine Gedanken bereits woanders.
Er sagte geistesabwesend: «Sag ihnen, du seist bei Sam gewesen – daran hast du doch ursprünglich auch gedacht, nicht? Und keine Sorge, dein Mann ist noch nicht zurück. Ich glaube, seine Geschäfte werden ihn etwas länger in Anspruch nehmen als vorgesehen.»

Achtundzwanzigstes Kapitel

Ginny konnte nur versuchen, den Fragen auszuweichen, die Sonja später stellte. Und zu diesen Fragen kamen noch all jene hinzu, die sie sich selbst stellte – und die sie Steve gestellt hatte. Es war alles so verwirrend. Und wie geschickt er sich um eine Antwort gedrückt hatte! Er hatte sie mit Küssen zum Schweigen gebracht, bis ihre Lippen schmerzten und sie außer Atem war. Und als er sie frech bis zur Eingangstür begleitete, hatte er als letztes gesagt, daß er sie morgen wieder sehen würde.
Sonja folgte Ginny in ihr Zimmer hinauf und war ganz aufgeregt.
«Warum hast du uns nicht benachrichtigt? Ich bin froh, daß dein Vater heute abend im Klub verabredet ist – er wäre sicher erbost gewesen, auch über mich. Ginny, was ist geschehen?»
Sie fühlte sich unbeschwert, sorglos und zu müde, um zu lügen.
«Ich ging segeln. Dann mußte ich ein Schiff taufen – den neuesten Klipper der Lady-Schiffahrtslinie. Danach war ein recht großes Fest an Bord. Das Kleid, in dem ich ausging, war unpassend, deshalb wurde mir ein anderes gegeben. Steht es mir gut?»
«Und der Schmuck, den du trägst, dieser Smaragd – hast du eine Ahnung, wieviel der wert ist? Er hat dir bereits ein Vermögen in Schmuckstücken geschenkt, und jetzt das ... Ginny, bist du sicher ...»
«Mr. Murdock hat mich nicht zu seiner Geliebten gemacht, wenn dich dieser Gedanke etwa beunruhigen sollte.»
Schweigend und mit weit geöffneten Augen hakte Delia Ginnys Kleid auf. Obwohl sie so tat, als höre sie gar nicht hin, nahm sie doch jedes Wort auf. Dank der Anwesenheit der Zofe entschloß sich Sonja, Ginny bis zum nächsten Morgen in Ruhe zu lassen. Wenn ihre Stieftochter störrisch wurde, dann war sowieso nicht mehr viel aus ihr herauszubekommen, auch nicht mit Beharrlichkeit. Vielleicht würde William weiter wissen.

Aber Sonja hatte am nächsten Tag noch andere Sorgen. Sie war lange aufgeblieben, um auf den Senator zu warten. Als er dann kam, war er so von seinen eigenen Problemen in Anspruch genommen, daß er wenig hilfreich war.
«Sonja, wir müssen daran denken, daß Ginny jetzt erwachsen ist, und eine verheiratete Frau. Wir können ihr höchstens Ratschläge geben. Und um ehrlich zu sein . . .» Er ging im Zimmer umher und auf seiner Stirne standen Sorgenfalten. «Ich kann es mir nicht leisten, mich mit Sam Murdock zu überwerfen. Er ist im Moment meine einzige Hoffnung! Ich kann es dir ja sagen – ich habe ziemlich viel Geld verloren, zum Teil auch Geld, das Iwan mir gab, um es für ihn anzulegen. Aber Murdock war nützlich – nur schon seinen Namen nennen zu können, war hilfreich. Jetzt kann ich meinen Schwiegersohn, den Prinzen auszahlen, und ich muß zugeben, daß ich darüber erleichtert bin. Ich habe in letzter Zeit einige widerliche Dinge über ihn vernommen, und gerade heute abend . . .» Der Senator preßte die Lippen aufeinander, als hätte er schon zu viel gesagt; und als Sonja den verschlossenen Ausdruck auf seinem Gesicht sah, seufzte sie leise auf.
«Ich nehme an, mehr willst du mir nicht sagen. Und ich will dich auch nicht drängen. Aber William, da ist Ginny – sie ist deine Tochter! Was werden wir mit ihr tun? Ich meine – wenn Mr. Murdock tatsächlich so von ihr eingenommen ist, und offensichtlich ist sie bereit, seine Aufmerksamkeiten und die Geschenke, mit denen er sie überschüttet, anzunehmen – wir könnten doch sicher etwas unternehmen? Ich glaube nicht, daß ihre Ehe glücklich ist, und ich . . . Oh, William, es gibt doch sicher eine Lösung. Meine Nerven sind so angespannt; ich habe solche Angst, daß etwas durchsickern könnte.»
«Wir haben einander versprochen, nicht über dieses Thema zu reden!» sagte der Senator heftig. «Bist du dir bewußt, was ein solcher Skandal für mich bedeuten würde, für meine Karriere? Besonders *jetzt*? Wir haben uns schon einmal darüber unterhalten, und die einzige Lösung ist zu schweigen. Verstehst du?»
Sonja verstand nur zu gut, und sie schwieg diskret, als sie die Treppe hinauf und ins Bett gingen. Aber trotzdem fragte sie sich, ob William diesmal nicht unrecht hatte. Es mußte eine Lösung geben. Vielleicht, wenn sie Ginny dazu bringen könnte, sich ihr anzuvertrauen, könnten sie gemeinsam eine finden. Morgen, dachte Sonja, als sie vor dem Spiegel stand und ihr Haar ausbürstete, morgen würde sie mit Ginny sprechen und herausfinden, wie weit die Dinge fortgeschritten waren. Vielleicht würde sich Ginny doch noch zum Sprechen bewegen lassen, wenn sie sich mitfühlend und hilfsbereit zeigte.

Sonja schlief am anderen Morgen aus. Wie alle anderen auch, außer Ginny.
Als sie am Arm ihres Gatten zum Frühstück hinunterkam, lächelte Sonja, bis sie in das vom Sonnenschein hell erleuchtete Frühstückszimmer trat und dort Concepcións mürrischem Blick begegnete. Es gab wirklich Momente, in denen sie dieses Mädchen nicht mochte! Trotz ihrer auffallenden Schönheit und ihrer Anziehungskraft auf Männer hatte sie etwas ziemlich Gewöhnliches an sich – sie hatte etwas von einem wilden Tier, das mit angelernten Manieren kaum zu zähmen war. Und an diesem Morgen fehlten sogar die guten Manieren.
«Falls Sie *sie* suchen», sagte Concepción, «sie ist bereits ausgegangen. Und sie sagte mir nicht, wann sie zurück sein würde.» Es sah so aus, als hätte sie gern mehr gesagt, statt dessen aber biß sie sich auf die volle Unterlippe und sah gehässiger aus denn je.
Es war Sonja überlassen, diesen peinlichen Augenblick zu überbrücken. William runzelte die Stirn, ihr eigenes Gesicht war gerötet vor Ärger. Sie blickte vielsagend auf den leise herbeigetretenen Hausdiener und sagte dann in fröhlichem Tonfall: «Oh, ich nehme an, sie hatte einige Besorgungen zu erledigen, und wollte dies möglichst früh tun. Schließlich ging sie ja gestern abend schon vor neun Uhr ins Bett.»
«Sie hat keine Besorgungen zu machen. Ich war auch schon früh wach. *Er* hat nach ihr geschickt, und sie ging aus – einfach so. Ein Glück, ist Prinz Sahrkanov nicht hier, nicht wahr?»
Nach einigen diskreten Fragen stellte sich heraus, daß Ginny durch eine Botschaft aufgeweckt worden war, die einer von Sam Murdocks Leibwächtern überbracht hatte. Unter dem Vorwand, niemanden stören zu wollen, war das Mädchen dann ohne ein Wort weggegangen. Sie trieb es wirklich zu bunt!
Sonja behielt ihre Gedanken für sich; und schließlich entschuldigte sich Concepción höflich, indem sie ankündigte, sie wolle mit ihrer neuen Kutsche ausfahren. Sie wollte die Kutsche sogar selbst lenken.
«Ich werde Eddie treffen. Im Cliff House», fügte sie trotzig hinzu.
«Haben Sie keine Angst, daß Sam etwas dagegen einzuwenden haben könnte?»
«Er läßt mich tun, was ich will. Und ‹Roter Schnurrbart› kann hinter mir herreiten.»
Schließlich sagte sie noch so leichthin über die Schulter hinweg, als sei es ihr eben erst in den Sinn gekommen, «ach, übrigens, es ist ein Brief angekommen – eine Botschaft von Sam für Sie, Senator. Ich glaube, der Diener hat sie in Ihr Arbeitszimmer gebracht. Sam ist eben in die Stadt zurückgekehrt und möchte mit Ihnen essen ge-

hen im ... wie heißt das schon? Ach ja, im Auction Lunch Saloon – welch komischer Name!»
«Ich nehme an, sie hat die Notiz gelesen!» platzte Sonja unbeherrscht heraus, als die Türe sich schloß. «Wirklich, William, es tönt vielleicht lieblos, aber ich hoffe sehr, daß sein Haus bald fertig ist, oder daß er andere Pläne für sie hat. Ich kann sie einfach nicht gernhaben!»
Der Senator schaute zerstreut auf seinen Teller und runzelte die Stirn. «Ich frage mich ... Murdock war in Virginia City, weißt du. Vielleicht hat er die Wahrheit erfahren über die wilden Gerüchte, die in letzter Zeit zirkulieren. Ich wundere mich allerdings, daß sie sagte, er sei eben erst in die Stadt zurückgekehrt. Ginny war doch gestern nachmittag mit ihm aus, oder nicht?»
Ginny selbst merkte nichts von alledem, was sich hier zusammenbraute und sie bedrohte. Sie hatte versucht, letzte Nacht Sonja nicht anzulügen. Und als, viel zu früh am Morgen, Delia auf den Zehenspitzen in ihr Zimmer kam und ihr mit verschwörerischer Stimme mitteilte, daß ein Herr auf sie warte, hatte sie sich angezogen und war nach unten gegangen, ohne sich die Zeit zu nehmen, darüber nachzudenken.
Er stand in der Eingangshalle und sah völlig unbefangen aus. Und als sein Blick ihr folgte, konnte sie die verwegenen, teuflischen Lichter in seinen Augen tanzen sehen.
«Bist du vollkommen verrückt geworden?» zischte sie ihm böse zu und schaute sich schuldbewußt um, um sich zu vergewissern, daß niemand da war. «Was tust du hier? Du hast Glück, daß mein Vater und Sonja noch schlafen.»
«Du auch. Aber es war höchste Zeit, daß du aufwachtest. Ein Tag wie dieser ist selten in San Francisco, man darf ihn nicht vergeuden.»
Zerstreut griff Ginny in ihr Haar, das unsorgfältig mit einem breiten, grünen, zu ihrem Kleid passenden Band im Nacken zusammengebunden war.
«Du bist tatsächlich verrückt!»
«Was hältst du von einem Frühstück mit Austern und französischem Toastbrot?»
Er ergriff ihre Hände und zog sie an sich. Die Art, wie sie den Atem anhielt, verriet sie. Warum wurde sie immer so schwach, kaum daß Steve sie berührte?
«Du bist unausstehlich!»
Er beugte sich vor und küßte sie leicht auf den Hals; dann streiften seine Lippen ihren Mund.
«Sollen wir den Bediensteten Grund zum Klatschen geben, oder kommst du mit mir?»

Als Ausrede sagte sich Ginny, daß Steve noch immer zu viele Fragen unbeantwortet gelassen hatte. Sie hatte Zeit gehabt, darüber nachzudenken, als sie letzte Nacht im Bett lag und in ihrem Kopf die Gedanken durcheinander wirbelten. Und vermutlich meinte er es ernst, wenn er sagte, er wolle den Bediensteten Grund zum Klatschen geben – sie traute ihm alles zu!
Schließlich verging der Morgen wie im Traum. Er führte sie in ein kleines Café, das von einem eingewanderten Franzosen und seiner Frau geführt wurde, und dann gingen sie am Strand spazieren, händchenhaltend, wie Verliebte.
Ginnys Stimmung schwankte zwischen Verzweiflung und Ausgelassenheit. Sie hatte noch immer keine Ahnung von den wirklichen Gründen, die Steve dazu bewegten, ihr plötzlich so offensichtlich nachzusetzen – falls es überhaupt so war. Aber wollte sie wirklich jetzt darüber nachdenken? Der Tag war so schön – zu schön, als daß man ihn sich durch finstere Überlegungen und Verdächtigungen verderben durfte. Der übliche Morgennebel war schon lange von der Sonne verjagt worden und die ganze Bucht hatte die Farbe eines Lapislazuli – mit verschiedenen Blau- und Grüntönen, in denen die Fischerboote farbige Flecke bildeten.
Eine kurze Zeit wenigstens wollte sie glücklich sein, und die Schranke zwischen ihnen zu vergessen suchen; und Steve schien das gleiche zu empfinden. Er hatte sie geneckt und ihr ausgefallene Komplimente gemacht, und für kurze Zeit war der zynische und verschlossene Ausdruck aus seinem Gesicht verschwunden.
Er lachte sie sogar aus, weil sie nicht flink genug war, einer kleinen, kalten Welle auszuweichen, die ihre Schuhe und Strümpfe und auch den Saum ihres Kleides durchnäßt hatte.
«Was willst du jetzt tun? Schuhe und Strümpfe ausziehen und barfuß gehen?» Er neigte seinen Kopf und flüsterte ihr mit einem unterdrückten Lachen in der Stimme zu: «Schau dich jetzt nicht um, aber ich sehe zwei ehrwürdige aufgeblasene Jungfern, die dich durch ihr Lorgnon beobachten. Sie halten dich sicher für eine ‹fille de joie›, die sich von einer langen, anstrengenden Nacht erholt!»
«Natürlich ziehe ich die Schuhe aus», erwiderte sie und hängte sich an seinen Arm, um das Gleichgewicht zu halten. «Du kannst dir nicht vorstellen, wie unangenehm es ist, Sand und Wasser in den Schuhen zu haben! Und außerdem glaube ich, daß du mich mit deinen achtbaren, alten Jungfern bloß aufziehen willst; was sollten sie schon hier zu suchen haben, zu dieser frühen Stunde?»
«Du kannst sie nicht sehen. Sie sitzen auf einem jener Bänkchen, die die Stadt vorsorglich aufgestellt hat. Aber ich glaube, du kannst dich ihnen ruhig zeigen, du grünäugiges Strandgut!»
Bevor sie protestieren oder sich wehren konnte, hatte Steve sie in

seine Arme genommen und trug sie nun, ob sie wollte oder nicht, zu einer Steinbank, gleich neben der Bank, wo die beiden älteren Damen saßen, von denen er gesprochen hatte.
Ginny konnte nicht umhin, einen Seitenblick in jene Richtung zu werfen; dann hielt sie den Atem an, senkte schnell den Kopf und machte sich an den Knöpfen ihrer in Mitleidenschaft gezogenen Glacéstiefel zu schaffen.
Vielleicht, wenn sie so tat, als hätte sie sie nicht gesehen – was für ein unglücklicher Zufall! Eine der beiden war niemand anderes als die Schwägerin jener Mrs. Baxter, die sie in Vera Cruz getroffen hatte, und die andere war eine unverbesserliche Klatschbase, der sie kürzlich bei einem Empfang vorgestellt worden war.
«Komm, laß mich das tun. Deine Finger sind ungeschickt, als wären sie aus Eis.»
Man merkte Steves Stimme nichts an, aber als er vor ihr niederkauerte, sah Ginny, wie er stirnrunzelnd zu ihr aufschaute. Ruhig sagte er: «Du bist so blaß, wie . . . Kennst du sie?»
Ginny preßte ihre eiskalten Hände zusammen, damit sie zu zittern aufhörten und nickte.
Alles, was sie an diesem Morgen hatte verdrängen wollen, überkam sie mit Heftigkeit. Iwan, der jederzeit zurückkommen konnte – der damit angegeben hatte, daß er sie unaufhörlich beobachten ließe. Ihre unmögliche, unhaltbare Lage. Sie mußte verrückt sein. *Steve* mußte verrückt sein. Sie war entsetzt. Und Steve fühlte es. Sie erriet es ob der groben Art, wie er ihr die Strümpfe wegriß, noch bevor sie sein Gesicht sah.
«Angst vor Klatsch, Prinzessin?»
Bei seinem sarkastischen Ton errötete Ginny beunruhigt, aber noch bevor sie antworten konnte, sagte eine ziemlich hohe und durchdringende Stimme: «Entschuldigen Sie die Störung, aber Sie sind doch Prinzessin Sahrkanova, nicht wahr? Ich sagte eben Mrs. Atherton, wie stolz ich auf mein Personengedächtnis bin. Und wie geht es dem lieben Senator? Wir waren letzte Woche in Belmont, ich glaube wir haben einander verpaßt . . .»
Ginny blieb nichts anderes übrig, als sich den Damen höflich zu erkennen zu geben, wobei ihr die plötzliche Röte in ihrem Gesicht peinlich war. Und – auch darum kam sie nicht herum – Steve den beiden vorzustellen, welcher entschlossen schien, ihre Lage noch zu verschlimmern.
«Mrs. Terence Atherton, Miß Baxter, das ist Mr. Smi . . .»
Ginny stotterte und konnte nichts dagegen tun. Wütend gestand sie sich ein, daß ihr die beiden Frauen niemals glauben würden!
Überraschenderweise war es nun doch Steve, der die Situation rettete. Mit einem charmanten Lächeln verbeugte er sich vor den bei-

den Damen, die ihn mit schmalen Augen und mißbilligender Neugier betrachteten.
«Ach, bemühen Sie sich nicht, ich kenne die Damen bereits. Mrs. Atherton, ich hatte das große Vergnügen, Ihren Gatten in New York kennenzulernen. Miß Baxter, Sam Murdock hat mir von Ihrer großartigen Arbeit als Treuhänderin bei der Akademie für Höhere Töchter verschiedentlich erzählt.»
Beide warfen stolz den Kopf zurück; dann lehnte sich Miß Baxter vor und hielt ihr Lorgnon vor die Nase. Ginny hatte Lust, mit dem Fuß zu stampfen vor Wut.
«Aber sicher – ist es möglich, daß wir uns schon einmal getroffen haben?»
«Ich vergaß meine guten Manieren. Entschuldigen Sie bitte. Mein Name ist Morgan. Steve Morgan. Sam Murdock und ich sind Geschäftspartner. Und die Prinzessin Sahrkanova», fügte er hinzu, nahm Ginnys Hand und hielt sie ein bißchen zu lange fest, «ist eine sehr alte Freundin . . .»
«Eine sehr alte Freundin, wirklich! Wie du das gesagt hast! Du hättest genauso gut verkünden können, du seist einmal mein Liebhaber gewesen. Und du hast nie erwähnt, daß du in New York gewesen bist, und schon gar nicht, daß Mr. Murdock daran denkt, dich als Treuhänder einzusetzen. Ausgerechnet dich! Ich fürchte um die Tugend jener armen Höheren Töchter der Akademie, wenn das je eintreten sollte.» Ginny war atemlos vor Wut – ihre Augen schossen ihm glühende Funken entgegen, während sich Steve lässig in die Kutsche zurücklehnte, mit verschränkten Armen, den schwarzen Hut tief in die Stirn gezogen. «Oh, zum Teufel mit dir, Steve! Hör doch auf so zu tun, als sei ich nicht vorhanden! Wie konntest du wagen, ihnen zu sagen, du würdest mir ein neues Paar Schuhe kaufen, um die vom Wasser beschädigten zu ersetzen? Die ganze Stadt wird es bereits wissen – ich bin sicher, daß auch Sonja schon Bescheid weiß, wenn ich zurückkomme. Oh – Oh, verdammt!» fluchte sie wütend und war den Tränen nahe. «Kann dich denn gar nichts aus der Ruhe bringen, Steve Morgan? Weißt du, was du getan hast?»
Endlich schob er den Hut zurück und setzte sich auf. Sein Ausdruck verriet Wut und Widerwillen.
«Das tönt wie das Gebrüll eines Drachen, um Himmels willen! Warum versuchst du denn nicht, dich zu beherrschen? Die beiden alten Klatschtanten werden hübsch das Maul halten, glaube ich – zumindest für eine Weile, während sie sich an dem Gedanken ergötzen, Mitwisserinnen eines Geheimnisses zu sein. Ich sagte ihnen, ich benützte den Namen Smith, weil ich ein äußerst bedeutendes, wichtiges Geschäft vorhabe – hast du nicht gesehen, wie ge-

schmeichelt sie waren? Sam gibt ziemlich viel Geld aus für Miß Baxters kostbare Akademie, darum wird sie es nicht eilig haben, zu klatschen. Und Mrs. Atherton wird sich ihrem Gatten anvertrauen, und der wird ihr sagen, sie solle es für sich behalten, während er in der Zwischenzeit herausfinden will, was für Aktien ich kaufe. Und so ...»

«Ist das alles, was du dazu zu sagen hast? Und *ich*? Gleich von Anfang an haben sie dauernd über mich geklatscht – und jetzt – oh, einen so außergewöhnlich saftigen Klatsch werden sie sich nicht entgehen lassen! Vielleicht schützen sie dich – du bist ja schließlich ein Mann –, aber sie werden der ganzen Welt erzählen, ich sei am Strand mit einem Mann spazieren gegangen, der nicht mein Ehemann sei. Sie werden sagen ...»

«Hast du davor Angst? Vor deinem ergebenen Prinzen? Schlägt er dich, Ginny?»

Sie brach zu ihrer eigenen Überraschung in Tränen aus, während Steve leise und deutlich neben ihr fluchte.

«Hast du plötzlich wieder deine üblichen Kopfschmerzen? Oder – oder schlägt er dich wirklich? Irgendwie kann ich mir nur schlecht vorstellen, daß du dir so etwas gefallen lassen würdest!» Seine Stimme wurde rauh, er legte seine Hand unter ihr Kinn und zwang sie, aufzuschauen. «Verdammt, hör jetzt auf zu weinen. Das hilft auch nicht weiter. Tut er dir weh? Wie lange hast du schon Angst vor ihm?»

In weniger als einer Stunde hatte sich zwischen ihnen alles wieder verändert. Durch einen Tränenschleier hindurch sah Ginny das Gesicht eines kaltschnäuzigen Fremden ohne jegliches Mitgefühl, der sie mit seinen Fragen zermürbte.

«Diese Fragen stellt er nur, um mir weh zu tun. Im Grunde kümmert es ihn gar nicht», flüsterte eine Stimme in ihr und machte sie störrisch, trotz ihrer Tränen der Schwäche und der Verzweiflung.

«Natürlich schlägt er mich nicht!» schnauzte sie ihn an und unterdrückte ein Schluchzen. «Ich – wir kommen nicht gerade gut miteinander aus, aber was macht das schon? Wenigstens sehen wir einander nicht mehr allzu oft und wenn wir nach Rußland gehen ...»

«Nach Rußland!» Steve ließ ihr Kinn los und ließ sich mit einem rauhen, häßlichen Lachen zurückfallen. «Du hast also wirklich im Sinn, deine Pläne bis ins letzte durchzuführen? Ich bin überzeugt davon, daß der Zar entzückt sein wird – wer wäre das nicht?»

«Solange ich hier bin, kann ich mir keinen Skandal leisten, verstehst du das nicht? Wenn – wenn Iwan das herausfindet, dann bringt er dich um! Und er – zweifellos würde er auch Mittel und Wege finden, mich zu bestrafen. Das letzte Mal nahm er mir alle

Pulver weg – und auch das Stärkungsmittel, das mir Graf Tschernikov gegeben hatte. Bitte, Steve.»
Sein Blick ließ sie zurückfahren. Sie ließ seinen Ärmel los, den sie instinktiv ergriffen hatte.
«*Das* ist es also. Nicht Juwelen oder teure Kleider braucht es, um deine Gunst zu erwerben, sondern dein kostbares Pulver. Und ich soll jetzt die Stadt verlassen, damit dein Gatte keinen Skandal macht, bevor er dich sicher nach Rußland bringt – wo du dich bestimmt seiner entledigen wirst, um dir einen Neuen anzuschaffen.»
Er sprach zwischen den Zähnen hindurch, und die Verachtung, die aus seiner Stimme sprach, machte, daß Ginny ihn am liebsten hysterisch angeschrien hätte. Er verdrehte alles!
«Du täuschst dich! Du . . .»
«Ich täusche mich? Du willst mir also weismachen, daß du noch nicht gemerkt hast, was aus dir geworden ist? Du bist eine Süchtige – so nennt man jemanden, der Sklave irgendeiner Droge geworden ist. Und in deinem Fall, meine liebe Prinzessin Sahrkanova, ist es Opium. Hast du dich nie gefragt, warum du so abhängig bist von deinen Pulvern und Stärkungsmitteln? Und warum dein Kopf schmerzt und du fröstelst, sobald du sie nicht hast?»
«Nein – nein! Das ist nicht wahr! Das sagst du alles nur, um . . .»
«Du hast verdammt recht! Man muß dich zu Tode erschrecken, damit du wieder in den Besitz deines Verstandes kommst. Und solange Sahrkanov dich damit beherrscht, daß er dir den Entzug deiner süßen Träume androht, wirst du ihn nicht so leicht loswerden, wie du glaubst!»
«Ich will nichts mehr hören. Und ich weiß nicht, warum du deine Zeit und dein Geld mit mir vergeudest; alles, was du damit erreichst, ist, daß du mein Leben zerstörst – und jeden der etwas damit zu tun hat!»
«Mein Gott, erspar mir dieses Melodrama, Ginny. Du hast mein Leben auch nicht zerstört, als du wegliefst – ich habe im Gegenteil gemerkt, daß ich, wenn ich die Sorge um dich los bin, mich auf andere Dinge konzentrieren kann, zum Beispiel aufs Geldverdienen! Eigentlich sollte ich dir dankbar sein. Warum also, zum Teufel, sollte ich dein Leben zerstören wollen?»
«Warum also», außer sich vor Wut und Erniedrigung kreischte sie beinahe, «warum kehrtest du dann in mein Leben zurück? Warum?»
Er schien sich vor ihr zu verschließen; plötzlich war jegliches Gefühl aus seinem Ausdruck gewichen, sogar die Wut und die Verachtung, die sie vorher darin gesehen hatte. Er holte ein Taschentuch aus seiner Tasche und reichte es ihr mit den Worten: «Wisch dein Gesicht ab, Ginny. Und nimm in Gottes Namen eines von dei-

nen Pulvern, wenn dich das beruhigt. Begreifst du denn nicht, daß es sinnlos ist, wenn wir uns jetzt gegenseitig beschuldigen?»
«Beschuldigen? Was soll ich denn deiner Ansicht nach tun?» Sie knüllte das Taschentuch zusammen und hätte es ihm am liebsten an den Kopf geworfen. «Mein Vater hat auf deinen Kopf eine Belohnung ausgesetzt. Was meinst du, was er tun wird, wenn er das herausfindet? Ich habe alle angelogen, und du hast mich dazu getrieben.»
Seine nächste Bemerkung, die er mit der selben ausdruckslosen Stimme wie vorher vorbrachte, wirkte auf sie wie ein Donnerschlag.
«Da du mich um einen Rat gebeten hast, will ich dir sagen, daß du besser nicht behauptest, du seiest heute morgen mit Sam zusammengewesen. Er ißt nämlich mit dem Senator im Auction Lunch Saloon zu Mittag.»

Neunundzwanzigstes Kapitel

Solange sie lebte würde Ginny den Rest dieses Nachmittags nicht mehr vergessen. Sie wurde schmerzlich an die Zeit erinnert, da sie Steves Geisel gewesen war – seine gefangene Hure, die tun mußte, was er verlangte, auch wenn sich alles in ihr dagegen sträubte.
Wiederum war sie für ihn nur eine Schachfigur – die in irgendeinem hinterhältigen Spiel eingesetzt werden sollte. Und wiederum war sie, wie früher, vollkommen unfähig, ihm zu widerstehen.
«Ich soll deinen kostbaren Ruf retten? Dann wirst du genau das tun, was ich sage, Prinzessin. Und wisch dir zuerst das Gesicht ab. Willst du, daß die Leute dir Fragen stellen?»
Er kaufte ihr Schuhe und Strümpfe in einem kleinen, aber exklusiven französischen Geschäft. Die Verkäuferin schien ihn zu kennen. Gegen ihren Willen kaufte er ihr auch verschiedene Stücke feiner Unterwäsche und, in einem anderen, noch teureren Geschäft, ein kostspieliges Ballkleid.
«Das Kleid wird am frühen Abend geliefert werden. Trag es.»
«Du – du bist verrückt!» protestierte sie schwach, während er sie weiterschleppte, auf seine typische Art, die sie überheblich fand.
Steve schaute sie lange und nachdenklich an. «Trag diesen Smaragdanhänger dazu. Ich gebe dir die dazu passenden Ohrringe, wenn wir ins Haus hinaufgehen. Eines der Mädchen wird dein Kleid trocknen und bügeln.»
«Ich – ich habe Kopfschmerzen, Steve, wirklich! Und ich glaube nicht an das, was du gesagt hast, ich sei eine . . .»

«Ich kann dir auch noch schlimmere Namen geben. Und das werde ich auch tun, wenn du nicht den Mund hältst, Ginny.»
Er führte sie zu Sam Murdocks Haus hinauf – seinem Haus? Er schleppte sie die Treppe hoch, an den staunenden Arbeitern vorbei ins Schlafzimmer, das sie schon kannte. Er warf sie aufs Bett und vergewaltigte sie. Anders konnte man das nicht nennen.
Das Schlimme dabei war, daß sie unfähig war, ihm zu widerstehen. Gegen ihren Willen sprach ihr Körper auf ihn an, obwohl sie ihm zuschrie, wie sehr sie ihn hasse und verachte.
«Zieh dich an, Ginny.» Sogar das war ihr vertraut. Das Kleid, das sie am Morgen getragen hatte, sah so frisch aus, als hätte sie es eben erst aus dem Schrank genommen.
«Was tust du? Du machst alles nur noch schlimmer.»
«Ich gebe dir zehn Minuten, Ginny. Das sollte schließlich reichen. Soll ich dir die Zofe schicken, damit sie dir beim Frisieren behilflich ist?»
Noch vor wenigen Minuten hatte sie geglaubt, sein Atem ginge gleich schnell wie der ihre. Jetzt aber war er vollkommen ruhig und unbewegt, als hätte ihm das Ganze nichts weiter bedeutet.
Hätte ich ein Messer, ich würde es gegen ihn heben – und diesmal würde ich auf sein schwarzes Herz zielen! dachte Ginny wütend. Auf dem Weg hierher hatte er es sogar nochmals gewagt, sie über Carl Hoskins' Tod auszufragen. Er hatte Anspielungen gemacht, daß sie und Iwan das Ganze geplant hätten, in der Hoffnung, die Sache würde *ihm* in die Schuhe geschoben.
«Einer seiner Freunde fand ihn im Weinkeller eines verlassenen Gebäudes mit einer Stichwunde am Hals. Bist du sicher, daß du nur mit der Flasche zugeschlagen hast? Das Messer – das würde doch eher zu dir passen.»
Ginny fühlte sich vollkommen zerschlagen, als er ihr mit übertriebener Höflichkeit in die bereitstehende Kutsche half. Er hatte ihr erlaubt, eines ihrer Pulver einzunehmen – er erinnerte sie fast an Iwan! Ja, er war vollkommen mitleidlos; warum hatte sie das nicht schon früher gemerkt?
Sie fuhren ausgerechnet zum Cliff House. Natürlich wußte er, daß Concepción mit ihrem ergebenen Engländer dort sein würde. Der Viscount war überrascht, aber höflich. Concepción war wie immer. Und während Ginny voller Wut eine gezierte Konversation mit dem jungen Marwood führen mußte, hörte sie im Hintergrund wütende, in Spanisch gemurmelte Worte, die sie wohl oder übel verstand.
«Das geht zu weit, Esteban! Warum soll ausgerechnet ich sie retten? Ich habe noch eine Rechnung zu begleichen mit ihr, dieser Hure! Und du – du solltest froh sein, daß du sie los bist. Nein – ich

sage dir, ich werde Eddie heiraten und er wird mich von hier wegbringen, weshalb also sollte ich mich bemühen?»
Steves Stimme verebbte zu einem Murmeln, und Concepción zuckte mürrisch die Achseln.
«Also gut! Noch dieses eine Mal – und wag es ja nicht, Hand an mich zu legen, Bastardo!»
Das wütend gezischte Schimpfwort war dem entsprechenden englischen Ausdruck so ähnlich, daß der Viscount einen verwirrten Blick in Concepcións Richtung warf; Concepción antwortete mit einem strahlenden Lächeln und legte ihm die Hand auf den Arm.
«Du mußt mir vergeben, Eddie. Esteban meint, er müsse sich als mein großer Bruder aufspielen, und ich versuche ihm beizubringen, daß das nicht nötig ist, sí?» In einem Anflug von ungezügelter Bosheit tönte ihre Stimme viel zu süß. «Ich mache ihm klar, daß er sich besser um seine eigene Sicherheit und um den Ruf seiner Freundin kümmert.»
«Na, ja – ich glaube wirklich nicht . . .»
«Concepción neckt die Leute gern, stimmts Niña?» Steve lächelte, aber etwas in seiner Miene zwang Concepción die Augen zu senken, und mißgelaunt zuzugeben, daß das Ganze natürlich nur ein alberner Scherz sei, und daß das sicher auch alle so verstanden hätten.
Zu diesem Zeitpunkt war Ginny bereits so zermürbt, daß ihr alles gleichgültig wurde. Sie war herumgeschoben, herumdirigiert und benützt worden. Aber daran mußte sie sich eigentlich gewöhnt haben. Sie fühlte sich, als ob jedesmal, wenn sie gerade ein bißchen Glück erfahren durfte, dieses Glück wieder vor der Nase weggeschnappt würde. Ein Gefühl von zynischem Selbstmitleid überkam sie; sie blickte auf und begegnete einen Augenblick lang Steves Blick. Seine Augen waren dunkel und undurchsichtig blau, wie die eines Fremden, der sie abwägend anschaute, um auszurechnen, von welchem Nutzen sie noch für ihn sein konnte. Wie viele Schläge würde sie wohl noch von ihm einstecken müssen, bis er dieses Spieles überdrüssig würde?
Ginny spürte, daß sie für einen einzigen Tag schon viel zu viel hatte durchstehen müssen. Obwohl ihre Heimkehr mit der verdächtig schweigsamen Concepción und der taktvollen Eskorte nur von den Dienstboten bemerkt wurde, ging sie sofort in ihr Zimmer und nahm eines ihrer Pulver. Was, wenn sie wirklich ein wenig Opium enthielten? Es kam auch in anderen Arzneimitteln vor, wegen seiner schmerzstillenden Wirkung. Steve hatte nicht das Recht, ihr zu sagen, sie sei nach diesem Stoff süchtig, wie jene armen Chinesen, von denen sie gelesen hatte, daß sie den ganzen Tag in Opiumhöhlen verbrachten. Das Zeug mußte sicherlich geraucht werden, um

Abhängigkeit zu erzeugen. Und Spuren von Opium waren ja in allen Stärkungsmitteln – sogar in Hustensäften.
«Es ist nicht wahr», sagte Ginny zu ihrem bleichen Spiegelbild. Steve war schließlich kein Arzt – und er hatte das nur erfunden, um ihr Angst einzujagen. Genauso wie seine unglaubwürdige Geschichte über Carl Hoskins. Schock hin oder her – sie konnte sich nur zu gut an den Ausdruck von Todespein auf Carls Gesicht erinnern, als sie zugeschlagen hatte – an die Art, wie die Flasche zersplitterte, an den Wein und das Blut, die zusammenflossen ... Steve versuchte vorsätzlich, sie zu verwirren.
Seufzend wandte sich Ginny vom Spiegel ab und ging, nur mit einem Hemd bekleidet, zu ihrem Bett hinüber. Sie war von einer unangenehmen Vorahnung erfüllt, denn sie wußte, daß die Abwesenheit von Sonja und ihrem Vater nur eine vorübergehende Gnadenfrist bedeutete. Was hatte Sam Murdock mit dem Senator zu besprechen? Vielleicht hatte er es satt, Steve zu decken, Partner oder nicht Partner. Aber das würde bedeuten ...
Ich werde nicht darüber nachdenken, bis mir nichts mehr anderes übrigbleibt, sagte sich Ginny bestimmt. Als sie sich hinlegte und die Augen schloß, fühlte sie, wie ihre innere Spannung allmählich abflaute. Sie hatte das letzte der Pulver genommen, die sie von Iwan bekommen hatte; diese wirkten immer schneller als die anderen. Warum hatte ihr Steve welches besorgt, wenn er doch meinte, sie würde danach süchtig? Es ging alles nicht auf, und das Denken war im Moment sowieso mühsam.
Vielleicht hatte sie geschlafen, vielleicht war sie auch nur in jene Traumwelt hinübergeschwebt, die an der Schwelle des Schlafes steht. Immer wieder hatte sie sich gesagt: «Ich will nicht, daß man mir wieder weh tut – niemand wird mir jemals wieder weh tun dürfen.» Sie sah sich selbst im Traum, wie sie sich das Herz ausriß und an seine Stelle einen glatten, polierten Stein einsetzte. Der Stein verwandelte sich in einen Diamanten, der wie Feuer durch ihre Haut brannte und jeden blendete, der ihr zu nahe kam.
Dann war der Traum zu Ende, und Ginny starrte in Concepcións lohfarbene Augen hinauf.
«Wach auf!» wiederholte die junge Frau. «So schnell kann man doch nicht einschlafen – es sei denn, du hättest etwas getan, was dich außerordentlich erschöpft hat.» Sie lachte höhnisch, als Ginny sich aufsetzte und die Stirn wütend runzelte, während ihr das offene Haar über die Schultern hinabfiel.
«Was tust du hier?»
Beide waren, fast ohne es zu merken, in den vertrauten mexikanischen Dialekt übergegangen, und die Erinnerungen, die damit wachgerufen wurden, ließen Ginnys Herz schneller schlagen. Mit

einer überheblichen Geste strich sie sich das Haar aus der Stirn, und Concepcións Augen verengten sich.
«Ich dachte, es sei an der Zeit, daß wir beide ein offenes Gespräch führten. Ich bin keine gute Heuchlerin, und ich bin es leid, zu lügen, um dich zu schützen!» Das Mädchen schritt auf dem Teppich zwischen dem Fenster und Ginnys Bett hin und her. Auch ihr Haar fiel lose herunter, und sie sah mehr denn je wie ein wildes Tier aus. «Du weißt nicht, wie oft ich Lust hatte, mein Messer dir gegenüber zu gebrauchen – als wir das letzte Mal miteinander kämpften, hast du mich überlistet, indem du mir ein Bein stelltest, aber diesmal ... Ich glaube, das zivilisierte Leben hat dich verweichlicht, du hast vor allem Angst, auch vor dem, was die Leute sagen könnten. Hah!» Sie warf den Kopf zurück und ihre Haare flogen herum. «Du bist keine rechte Frau mehr. Du solltest dich an die Art Mann halten, der deinen Typ mag.»
«Eine rechte Frau muß diese Tatsache nicht so taktlos erwähnen, wie du das eben tatest!» erwiderte Ginny und schwang ihre Füße aus dem Bett. «Wozu bist du hierher gekommen? Etwa, damit wir beide uns im Schreien messen können?»
Concepcións rote Lippen kräuselten sich und gaben ihre Zähne frei. «Ich kam her, um dir ein paar Dinge zu sagen – um dir die Wahrheit zu sagen, wenn du nicht Angst davor hast. Oder glaubst du im Ernst, Esteban sei hierhergekommen, weil er dich wollte?»
«Du sprichst wie ein eifersüchtiges, zänkisches Weib», sagte Ginny verächtlich. Ohne Concepción anzuschauen, ging sie zum Frisiertisch hinüber und begann, sich die Haare zu kämmen. «War das alles?» Im Spiegel sah sie, wie sich die Finger des Mädchens zu Krallen formten.
«Nein, das ist nicht alles!» rief Concepción aus. «Und falls du noch ein bißchen Stolz hast, solltest du lieber zuhören. Weißt du, ich kenne Esteban seit vielen, vielen Jahren. Wir waren Freunde, und mehr als das, wie du ja weißt. Wir waren zusammen, an jenem Tag, als der lästige Mr. Bishop zur Hacienda kam.»
«Mr. Bishop?» Ginnys Hand hielt beim Bürsten inne und das höhnische Lachen der anderen entnervte sie.
«Ja! Mr. Bishop! Warum meinst du denn, daß Esteban nach San Francisco kam? Er wollte nach Europa reisen und mich mitnehmen – er hatte dich schon vergessen! Und da kam dieser Mr. Bishop.»
Ginny legte langsam die Bürste hin und drehte sich um.
«Sprich weiter.»
«Jetzt hörst du also endlich zu? Du beginnst zu verstehen? Ja, warum meinst du wohl, hat dir Esteban so viele Fragen gestellt, besonders über den Prinzen? Dachtest du etwa aus Eifersucht? Du Närrin, du hast keinen Stolz! Als er dir Schmuck schenkte und dich

liebte, glaubtest du wohl, das alles bedeute ihm etwas? Er ist jetzt so reich, daß das bißchen Glimmerzeug etwa gleichviel zu bedeuten hat, wie wenn ein anderer Mann Blumen verschenkt. Und was das andere angeht ... Concepción ließ ihre Augen mit unverhohlener Verachtung über Ginnys Körper schweifen, und ihre weißen Zähne schimmerten durch die Lippen, «muß ich es aussprechen? Du bist eine Frau, und es ist offensichtlich, daß du immer noch etwas für ihn empfindest, warum würdest du sonst so leicht nachgeben? Abgesehen davon wäre es für ihn besser, er würde erfahren, was er in Erfahrung bringen wollte, als er hierher kam – nämlich die ganze Wahrheit über den erbärmlichen, dreckigen Handel, in den dein Prinz verwickelt ist.»

Ginny hörte weiterhin zu, obwohl es in ihren Ohren pochte, und sie eigentlich gar nicht zuhören wollte: jetzt paßte alles zusammen, mit unerträglich schonungsloser Logik. Wie klar sie die Wahrheit plötzlich erkannte. Steve wurde von Bishop erpreßt – aber Steve verfolgte auch seine eigenen Interessen. Er war wütend auf ihren Vater. Nicht nur Iwan wollte er ruinieren, sondern ihren Vater dazu.

«Dein Prinz ...», warum benützte Concepción immer diesen Ausdruck? «Wußtest du, daß er von der Russisch-Amerikanischen Gesellschaft Geld gestohlen hat und es deinem Vater gegeben hat, damit er es für ihn anlege? Und dann, als die Aktien plötzlich fielen, stieg er in ein anderes Geschäft ein. Dein Vater besitzt Aktien der Lady-Schiffahrtslinie. Bevor Steve den anderen Aktieninhabern die Papiere abkaufte, um die Mehrheit zu haben, machte der Prinz auf diese Weise sein Geschäft mit Opium und hübschen Sklavinnen aus China. Tu nicht so, als hättest du das nicht gewußt!»

Nein – wie hätte sie es wissen können? Mit ihrem Elend allein gelassen, hatte sie sich nie Fragen gestellt; sie hatte nicht einmal Iwan gefragt, mit welcher Art «Geschäfte» er sich befaßte.

«Nun, laß dir gesagt sein, daß es damit jetzt vorbei ist. Sie wissen Bescheid – die Leute, für die Esteban arbeitet. Und die Leute, mit denen dein Prinz arbeitet, wissen ebenfalls Bescheid, sie wissen, daß er erledigt ist – warum meinst du, haben sie einen Mörder auf ihn angesetzt? Paß lieber auf dich auf, denn wenn er vor Gericht kommt, könnte es sein, daß du gegen ihn aussagen mußt – es sei denn, du seist auch in die Sache verwickelt! Ein hübscher Skandal, nicht?»

«Aber ich bin doch Iwans Frau. Sie können mich nicht zwingen, gegen ihn auszusagen.»

Concepción wußte, daß sie jetzt Oberhand hatte, und ihr kehliges Lachen verriet Triumph und Boshaftigkeit.

«Du möchtest also gerne weiterhin eine Prinzessin sein? Das ist zu schade. An deiner Stelle würde ich nach Rußland fliehen und mir einen anderen Prinzen suchen. Denn leider, Idiota, bist du gar nicht Iwans Frau – und, sollte Esteban diese Tatsache bekanntmachen, stehen deiner Familie eine noch größere Schande und viel Unannehmlichkeiten bevor. Diese Ungültigkeitserklärung, von der sie dir erzählt haben, hat es nie gegeben. Dein Papa hat nie erfahren, wo deine unselige Hochzeit stattgefunden hat, und auch das Datum kannte er nicht – und deshalb gab er es nach einigen Versuchen auf. Da er aber lieber einen Prinzen zum Schwiegersohn hatte als einen Verbrecher, behauptete er, die Ehe sei ungültig . . . Verstehst du jetzt langsam? Du bist eine Bigamistin, Prinzessin! Und wenn du nicht willst, daß das an die Öffentlichkeit gelangt, dann mußt du schön brav sein, sí? Und tun, was man dir sagt. Zweifellos», fügte Concepción beiläufig hinzu, «wird sich Esteban von dir scheiden lassen, sobald er kann. Er wird dabei bestimmt keine Schwierigkeiten haben.»

Mit reiner Willenskraft straffte Ginny ihre Schultern. Sie weigerte sich, ihren Blick vor den engen, lohfarbenen Augen zu senken, die ihr so bösartig entgegenblitzten, und die nur darauf warteten, sie zusammenbrechen zu sehen. Sie würde nicht zusammenbrechen, niemals!

«Jetzt, da du dein Herz ausgeschüttet hast, kannst du mir vielleicht auch noch erklären, weshalb du es getan hast? Deine und Steves Rache wäre bestimmt weit wirkungsvoller gewesen, wenn das Ganze für mich eine Überraschung gewesen wäre, und zwar zum richtigen Zeitpunkt. Versuch nur nicht, mir weiszumachen, dein kleines, schwarzes Herz sei einem Anfall von Mitleid erlegen.»

«Du Luder, du führst noch immer eine spitze Zunge, ja? Aber nicht mehr lange, nehme ich an. Ich habe dir das Ganze nur erzählt, weil Esteban von einem seltsamen Ehrgefühl befallen ist, seit er sich mit seinem Großvater versöhnt hat.» Concepcións Mund verzog sich kurze Zeit zu einer gehässigen Grimasse. Er könnte Mitleid mit dir haben, besonders da Don Francisco so sehr von dir eingenommen ist. Ich habe dich gewarnt, daß du fortgehen kannst, bevor es zu spät ist. Jener alte Graf schien sehr darauf erpicht, dich nach Rußland mitzunehmen – warum gehst du also nicht? Ich glaube, es ginge dir dort besser.»

«Natürlich . . .» Ginny war selber überrascht, daß ihre Stimme so kalt und gefühllos klingen konnte, «könntest du gelogen haben, um mich loszuwerden. Oder weil du Angst hast, Steve für immer an mich zu verlieren. Weshalb also sollte ich dir auch nur ein Wort glauben?»

«Was für eine dumme Kuh du bist!» Concepción stampfte, und einen Augenblick lang meinte Ginny, sie würde sie anspeien.

«Dann glaubst du mir eben nicht! Dann finde es doch selber heraus! Ja, das wäre vielleicht besser – du verdienst es nicht anders. Und schlußendlich kommt es auf dasselbe heraus. Selbst wenn Esteban sich entschließen sollte, mit dir verheiratet zu bleiben, wird er für dich höchstens Verachtung oder Mitleid empfinden und dich aufs Land schicken. Dann kannst du auf die Hacienda zu dem alten Mann gehen, natürlich mit einer Anstandsdame auf den Fersen. Ich bin lieber seine Geliebte als seine Ehefrau.» Die junge Frau ging schnellen Schrittes zur Tür und knurrte dann mit kaum unterdrückter Heftigkeit: «Warum gehst du nicht nach unten und findest heraus, worüber dein Vater und deine Stiefmutter hinter der verschlossenen Tür seines Arbeitszimmers sprechen? Ach, wirklich! Du bist blind, weil du nicht sehen *willst!* Auch sie haben jetzt keine andere Wahl mehr. Sam hat deinem Vater einiges erzählt – und wir gehen heute alle zusammen in die Oper und nachher zu einem großen Empfang im Palace Hotel. Vielleicht wird Esteban diesen Zeitpunkt auswählen für seine Enthüllungen?»

Das Zuschlagen der Tür widerhallte noch in Ginnys Ohren wie ein sich entfernendes Donnergrollen. Sie schwankte, und konnte sich gerade noch rechtzeitig am Rand des Frisiertisches festhalten.

«Nein, nein, nein!» Sie merkte kaum, daß sie diese Worte laut herausgeschrien hatte, bis es in ihrem Kopf antwortete: Doch, ja doch! Es war alles wahr. Concepción war zu siegesbewußt gewesen, zu überzeugt von dem was sie sagte, als daß alles hätte ein Bluff sein können. In ihrem Geist fügte sich ein Stück nahtlos an das andere zu einem Zusammensetzspiel, das ein häßliches Bild ergab. Sie hätte es merken sollen – aber wie eine rückgratlose, hitzige Hure hatte sie sich ausnutzen lassen, geblendet von Steves kalt berechnenden Umarmungen. Er liebte sie nicht. Wenn er sie je geliebt hatte, so war es jetzt jedenfalls anders, und es hinterließ nichts als Bitterkeit. Alle seine Schritte waren sorgfältig geplant gewesen – er stellte sie öffentlich als seine Geliebte bloß, bevor er ganz beiläufig zugab, daß sie noch seine Frau war. Was hatte er nachher im Sinn? Sich scheiden zu lassen? Sie in die Abgeschiedenheit zu schicken und allein seines Wegs gehen?

Bevor sie eingeschlafen war, hatte sie sich geschworen, daß sie sich von niemandem mehr wehtun lassen wolle. Sie hatte geträumt, sie hätte sich das Herz aus dem Leibe gerissen. Einen Moment lang bog sich Ginny vor Schmerz; Kummer und Pein wühlten in ihrem Inneren wie ein scharfes Messer. Sie wollte weinen, hysterisch losschreien, aber es kamen keine Tränen. Dann zwang sie sich und starrte im Spiegel in ihre glänzenden Augen, die inmitten von kupferrotem Haar wie grüne Leuchten glitzerten.

Mit einer plötzlichen zerstörerischen Bewegung griff sie nach der

Haarbürste und schmetterte sie gegen den Spiegel; das krachende Geräusch von zersplitterndem Glas ließ sie loslachen; sie beachtete nicht, daß kleine herumfliegende Splitter ihr Gesicht und Hände zerschnitten.
Sie schloß die Augen und atmete tief ein. «Niemand wird mich jemals wieder benützen. Das schwöre ich mir. Niemand. Und ich werde nicht mehr zulassen, daß man mir wehtut – niemals.»
Von nun an würde sie nur noch auf sich selbst angewiesen sein. Sie würde niemandem mehr trauen. Nicht einmal ihrem sogenannten Vater, der auch versucht hatte, sie zu seinen Zwecken einzusetzen. Hatte der Senator, ihr «Vater», sie überhaupt je gern gehabt? Er hatte sie nur als eine nützliche Trumpfkarte eingesetzt, sobald sie alt und hübsch genug dazu war. Und jetzt – Steve sollte doch tun, was er wollte, es war ihr nun egal. Sollten doch die anderen zur Abwechslung einmal leiden!
Sie atmete heftig, als wäre sie lange Zeit gelaufen. Wut, Erniedrigung und ein schmerzliches Gefühl von Entwürdigung machten, daß sie sich wie ein Automat bewegte. Nichts zählte mehr, außer dem Bedürfnis, sich zu bewegen, vor allen und allem wegzulaufen – für einmal diejenige zu sein, die anderen wehtat. «Ich hasse ihn, ich hasse ihn», schrie sie innerlich. «Alle hasse ich sie – diese heuchlerischen Ausbeuter!»
Sie war angezogen. Auf ihr unsorgfältig aufgestecktes Haar hatte sie die älteste und häßlichste Haube gesetzt. Sie hatte noch keine Ahnung, wohin sie laufen, oder was sie tun würde, aber was machte das schon? Nur weg, sollten sich doch alle wundern, sollten sie sie doch suchen, während über ihren Köpfen alles einstürzte. Sie konnte in einem Saloon auftreten, tanzen und die Leute unterhalten. Oder eine Hure werden – auf diesem Gebiet hatte sie ja jetzt reichlich Erfahrungen gesammelt! Sie kicherte beinahe vor Hysterie und nahm ein Pulver – und dann, leichtsinnigerweise, noch ein zweites. Alles was sie noch übrig hatte stopfte sie in ihr Retikül. Süchtig sollte sie sein? Eine Sklavin? Es würde sich herausstellen. Es würde nicht schwer sein, einen Mann zu finden, der ihr verschaffte, was sie brauchte. Dann brauchte sie trotz ihrer Wut den Verstand, öffnete den Deckel ihrer Schmuckschatulle und steckte alles in ihre Tasche. Schmuckstücke verloren nie an Wert, und diese hier waren überall ein Vermögen wert. Hatten ihr das nicht alle gesagt? Sie lächelte boshaft. Sollte Steve doch damit fertig werden. Seine gleichgültig übergebenen Geschenke würden ihr die Freiheit bringen. Die Steine glänzten wie ihre Augen. Opale und Diamanten und der einzelne, große Smaragd – das Auge einer riesigen Katze, dessen feuriger Glanz denjenigen ihrer eigenen Augen noch übertraf.

«Was wirst du tun, wenn sich herausstellt, daß du dir nichts als einen Schatten gekauft hast, mein lieber Steve? Ich will dich zum Gespött aller machen, wie du es mit mir gemacht hast.»
Leider trug sie kein Messer mehr bei sich – diesmal würde ihre Klinge nicht daneben gehen. Aber sie wollte ihn nie mehr sehen, nie mehr!
Das Haus war ganz ruhig, aber sie benützte trotzdem die Hintertreppe, für alle Fälle. Sie wollte von niemandem gesehen werden.
«Jameson, würden Sie bitte den kleinen Buggy herausfahren? Nein – ich werde selber fahren, es ist in Ordnung. Ich bleibe nicht lange weg, ich muß nur schnell etwas Wichtiges erledigen. Sie begann zu improvisieren, als sie den zweifelnden Ausdruck auf seinem Gesicht sah. «Ich muß jemanden treffen, Mr. Murdock, wenn jemand fragen sollte, oder wenn ich nicht zur Zeit zurück sein sollte.»
«Mr. *Sam* Murdock, Prinzessin?»
Sein dunkles Gesicht wurde plötzlich ausdruckslos und Ginny merkte, daß die Bediensteten den ganzen Klatsch mitbekommen hatten. Natürlich hatten sie das!
Sie lächelte. Charmant und ein wenig verschwörerisch.
«Ja. Es sollte zwar eine Überraschung sein. Aber Ihnen kann ich es ja anvertrauen, ich weiß, daß Sie es nicht weitersagen. Würden Sie sich bitte beeilen? Ich muß rechtzeitig zurück sein, um mich für die Oper und den Empfang heute abend umzuziehen, und es ist schon schrecklich spät. Für Sie fällt natürlich ein gutes Trinkgeld ab; Sie wissen ja, wie großzügig Mr. Murdock ist!»
«Ja, Ma'am.» Und dann, mit noch immer leicht zweifelnder Stimme, «Aber der Senator . . .»
«Das gehört mit zu der Überraschung. Sie werden uns doch nicht im Stiche lassen, oder?»
Darauf entfernte er sich schnell, und Ginny bemühte sich, ihre Ungeduld zu verstecken. Sie konnten sie natürlich nicht aufhalten. Niemand konnte sie aufhalten, auch wenn sie eine Kutsche mieten müßte. Und Sam Murdocks Name wirkte wie üblich Wunder.
Es würde einige Zeit dauern, bis Delia in ihr Zimmer hinaufgehen würde um ihr beim Ankleiden zu helfen. Dann würde sie die Notiz für Sonja finden!
Ich habe beschlossen, meinem verhaßten Gatten davon zu laufen und zu meinem Liebhaber zu gehen. Ein Versuch, mich aufzufinden, würde nur – das weißt du genau – einen noch größeren Skandal nach sich ziehen als der, der sich bereits zusammenbraut. Es ist für alle Betroffenen am besten, wenn ihr mich in Frieden ziehen läßt, sonst sorge ich für den Skandal.
Sonja würde verstehen. Und wenn nicht, dann Steve. Und sie hatte noch Zeit. Es gab Flußboote und Schiffe, die sie überallhin auf der ganzen Welt bringen konnten.

Je weiter sie weg ging, um so besser. Zum erstenmal in ihrem Leben würde Ginny von niemandem abhängig sein und nur auf sich selbst und auf ihren Verstand hören müssen.
Jameson, der jetzt wieder unschlüssig aussah, brachte endlich den Buggy, und Ginny schenkte ihm ein strahlendes Lächeln und zwei Zehndollarstücke.
«Ich sollte innerhalb einer Stunde zurück sein, ohne daß es jemand merkt. Danke Jameson!»
Da – es war getan. Und sie war entkommen! Wie einfach es gewesen war! Warum hatte sie es nicht schon früher getan! Dann wäre ich Steve nicht wieder begegnet, und hätte nicht gemerkt ... sie verscheuchte den gefährlichen Gedanken und konzentrierte sich statt dessen darauf, den Buggy durch die belebten Straßen zu fahren und den Blicken auszuweichen, die man ihr zuwarf. Eine Frau, die selbst fuhr. Was war denn so seltsam daran? Sie hatte versucht, sich so einfach wie möglich zu kleiden, und eine unförmige Haube bedeckte ihr Haar. Warum starrten alle diese Männer sie an?
Sie starrten sie an, weil sie trotz ihrer Aufmachung, die sie als Verkleidung betrachtete, noch immer eine schöne Frau war. Der Buggy, den sie fuhr, war neu und offensichtlich teuer, und das Pferd war ein Vollblüter. Und außerdem war es unüblich, daß eine Frau die Zügel führte. Die glotzenden Männer fragten sich, ob sie wohl eine vornehme Hure sei. Oder vielleicht eine Dame, die so tat, als sei sie eine Hure. In San Francisco konnte man nie wissen. Auf jeden Fall war sie eine Frau, die die Männer anstarrten.

Dreißigstes Kapitel

Ginny hatte keine Ahnung, wo sie war. Sie war noch nie allein durch die Straßen der Stadt gefahren, und der Verkehrslärm, die sie anstarrenden Augen und die halblauten Kommentare hatten sie nervös gemacht. In welcher Richtung waren die Hafenkais? Sie kannte zwar die Straßennamen, aber in welcher Richtung verliefen sie? Sie mußte sich hauptsächlich auf das Fahren konzentrieren. Das Pferd war frisch und temperamentvoll, so daß sie ihre ganze Kraft brauchte, um es im Zaum zu halten. Sie fühlte sich jetzt ein wenig schwindlig und ihr war übel. O Gott, das war nicht der Moment für Schwäche. Sie würde nicht zurückkehren. Nichts auf der Welt würde sie dazu bringen, zurückzugehen! Sie biß sich mit den Zähnen auf die Unterlippe und fühlte den Schweiß in ihren Achselhöhlen, aber sie fuhr weiter. Sie würde sicher bald einen markanten Punkt sehen, den sie kannte. Sie mußte! Es galt, die Hügel zu ver-

meiden. Immer abwärts fahren. Schließlich würde sie die Bucht sehen können und den Embarcadero finden.
Ganz zufällig kam sie schließlich in eine Straße, die ihr bekannt vorkam. Und sie erinnerte sich an Concepcións verächtliche Stimme, «Warum gehst du nicht nach Rußland? Jener alte Graf schien sehr erpicht darauf, dich mitzunehmen.»
Graf Tschernikov. Warum denn nicht? Es schien logisch und vernünftig. Zumindest war er mit ihr am ehrlichsten gewesen von allen. Er würde ihr helfen, und wenn sie dafür mit ihm nach Rußland gehen müßte. Er würde sie verstecken, wenn sie ihn darum bat.
Sie fuhr mit dem Buggy die Straße hinauf und sah einen Haufen Gepäck, zwei Kutschen und einen geschlossenen Wagen. Ein Mann – sie hatte ihn schon einmal gesehen, wußte aber nicht mehr wo und wann – griff in die Zügel ihres Pferdes.
Und da war auch der Graf selber. Er hatte eine seltsame Pelzmütze auf.
«Prinzessin! Wie konnten Sie das wissen? Oder hat Sie das Schicksal ausgerechnet jetzt hierher geführt?»
«Spielt es eine Rolle?» Müde glitt sie von dem hohen Sitz hinunter und blickte in das alte Gesicht mit den scharfgeschnittenen Zügen. «Wenn Sie noch immer wollen, daß ich nach Rußland komme, hier bin ich. Aber es muß *jetzt* sofort sein, sonst – gewisse Leute könnten versuchen, mich aufzuhalten.»
Keine Fragen.
«Kommen Sie. Ich wollte eben abreisen, und ich glaube, Sie haben herausgefunden weshalb. Aber bei mir sind Sie in Sicherheit, das wußten Sie auch, oder?» Plötzlich schien Graf Tschernikovs Stimme ihre eigenen, wirren Gedanken auszusprechen. «Sie gehören nach Rußland; das war schon immer so vorgezeichnet. Keine Sorge, Sie sind jetzt in Sicherheit.» Was für eine Erleichterung, die Dinge aus der Hand geben zu können, sich an jemanden anlehnen zu dürfen. Der starke Arm des Grafen legte sich um ihre Taille. «Niemand wird es wissen. Dafür werde ich sorgen. Und Sie werden zu Ihrem eigenen Volk zurückkehren, meine kleine Prinzessin, und man wird Sie willkommen heißen.»
Ja, das war es. Man würde sie willkommen heißen. Endlich eine selbständige Person, und nicht mehr eine mißbrauchte Schachfigur in den Plänen eines anderen. Prinzessin nannte man sie. Und nicht, weil sie Iwans Frau war – das war sie ja schließlich auch nicht, sondern die Frau von Steve Morgan, dem jüngsten goldenen Millionär von San Francisco, der ihr jetzt ein Fremder war – mit ihm verbanden sie nur einige hastig gemurmelte Worte in einer verlassenen Kapelle und zu viele verhaßte Erinnerungen. Lächerlich. Sie gehörte niemandem als sich selbst.

«Kamst du hierher, um mich zu warnen?» fragte eine bekannte Stimme unerwartet.
Ein russischer Matrose, der gar kein Matrose war, sondern Iwan. Iwan, der sie mit seinen stechenden, blaugrünen Augen ansah. Merkwürdigerweise machte ihr sein Anblick keine Angst mehr. Ginny schaute zum Grafen auf, der ihr in die geschlossene Kutsche half. Sie bemerkte kaum, daß Iwan mit ihnen eingestiegen war.
«Ich bin nicht mit ihm verheiratet. Ich will mit niemandem verheiratet sein, es sei denn, *ich* wünschte es so!»
«Ich glaube, sie hat ein Pulver genommen. Schauen Sie ihre Augen an.»
Sie zwang sich, die Augen zu öffnen und Iwan böse anzuschauen, wobei sie sich immer wieder fragte, warum er ihr keine Angst mehr einflößte.
«Bestehen sie wirklich hauptsächlich aus Opium? Ich hasse zwar diese Drohungen, aber lieber lasse ich zu, daß du gerettet wirst, als daß ich von *ihm* gefangen werde!»
«Sie sind in Sicherheit. Niemand wird Sie bedrohen oder gefangen nehmen. Ich werde selber dafür besorgt sein, daß Sie beschützt werden, im Namen des Zaren», sagte der Graf.
Iwans Augen blitzten; er zog die Seemannsmütze von seinem blonden Schopf und lächelte.
«Das ist nicht nötig, mein lieber Onkel. Ich habe im Sinn, ihr wieder den Hof zu machen – wie Sie sehen, kam sie wieder zu mir. Sie hat aus freien Stücken ihre Wahl getroffen. das müssen sogar *Sie* zugeben. Mein Liebling . . .» Er nahm Ginnys Hände und blickte in ihre trüben, ausdruckslosen Augen. «In der Liebe und im Krieg ist alles erlaubt, ist es nicht so? Vergessen wir die Vergangenheit und unsere kleinen Mißverständnisse. Du bist meine Frau.»
«Nein.» Die Kutsche bewegte sich jetzt, und die frische Luft auf Ginnys Wangen belebte sie ein wenig. Sie richtete sich auf, während der Arm des Grafen sie immer noch stützte. «Ich bin immer noch mit Steve Morgan verheiratet – oder hast du diese Geschichte nicht gekannt? Mein – der Senator vergaß dir zu sagen, daß die Ungültigkeitserklärung, von der er gesprochen hatte, nie verwirklicht wurde. Oh, es ist durchaus wahr! Aber ich will auch nicht mehr mit *ihm* verheiratet sein, genauso wenig, wie ich mit dir verheiratet sein will. Versteh mich, Iwan. Niemand wird mich mehr erschrecken oder einschüchtern. Es wird keine Schliche mehr geben. Und wenn du mich noch unbeschadet zum Zaren bringen willst, dann mußt du darum besorgt sein, daß ich mich über nichts mehr beklagen muß.»
«Gut gesprochen! Sie sind eine echte Romanova.» Graf Tschernikov, der in einer steifen Haltung neben ihr saß und sie immer noch

mit dem Arm stützte, war stolz. Überraschenderweise lächelte Iwan.
«Ganz meine Meinung. Wirklich gut gesprochen, Prinzessin. Jetzt gleichst du wieder mehr der Frau, die ich ursprünglich gesehen und begehrt habe. Du hast deine Fähigkeit, wütend zu werden und deinen Mut wiedergefunden. Ich glaube, es wird mir ein Vergnügen sein, dir wieder den Hof zu machen, und dieses Mal werden wir uns als gleichberechtigte Partner begegnen.» Er warf plötzlich den Kopf zurück und sein Lachen wurde beinahe lautlos. Wollen wir darüber eine kleine Wette abschließen? Dimitri? Xenia? Wie du siehst, bist du nicht mehr die kleine, halbfranzösische Virginie. Du bist Russin, und wir können echte Gegner sein – oder Geliebte. Wetten wir?»
«Iwan, du vergißt dich!» murmelte der Graf steif. «Vergiß nicht, daß man dich für einen gewöhnlichen Matrosen halten muß. Deiner Spielwut und deiner grenzenlosen Überheblichkeit haben wir es zu verdanken, daß wir jetzt so hastig und heimlich abreisen müssen. Sei also um Himmels willen ein bißchen vorsichtig!»
«Willst du wirklich einen vorsichtigen Liebhaber?» flüsterte Iwan und seine Finger streichelten Ginnys Hand. Sie blickte ihn an, nicht zustimmend und nicht abweisend.
«Das werden wir sehen, nicht wahr?» sagte sie kühl und erkannte kaum ihre eigene Stimme. Sie schaute ihn teilnahmslos an. Ein vages Gefühl der Überraschung machte sich in ihr breit, daß er nicht mehr die Macht hatte, sie zu ängstigen, sondern ein Mann war, wie jeder andere. Dazu kam die Erkenntnis, daß sie fast so etwas wie Bewunderung für ihn empfand – für die Art und Weise, wie er über seine Verluste lachen konnte und über alles, was er verspielt hatte und einfach weitermachte. Auf seine Art war Iwan wenigstens ein ehrlicher Verlierer!
Es überkam Ginny eine leichte Schläfrigkeit, und damit auch ein gewisses Wohlbefinden. Sie hatte es kaum mehr nötig, vom Grafen sanft beruhigt zu werden.
«Wir sind bald da. Ein russisches Kriegsschiff erwartet uns; wir werden einen Schleier für Sie finden. In dieser Menschenmenge wird niemand etwas merken.»
Während der Graf dies aussprach, bewahrheiteten sich seine Worte an einem anderen Schauplatz, ohne daß er es wissen konnte.
Das Haus des Senators auf dem Rincon Hill war in hellem Aufruhr, seit Sonja Brandon, gegen den ausdrücklichen Willen ihres Mannes, sich entschlossen hatte, einmal mit ihrer Stieftochter zu sprechen.
Das Zimmer sah einem Schlachtfeld ähnlich – offene Schubladen deren Ihnhalt auf dem Boden verstreut war; ein zerbrochener Spie-

gel; Ginnys Schmuckschatulle gähnend leer – und inmitten dieses Trümmerhaufens war ein weißes Stück Papier sorgfältig hingelegt worden.
Sonja, die von den Enthüllungen ihres Mannes bereits äußerst aufgebracht war, verfiel in einen Zustand totaler Hysterie.
«Sie ist weg! Sie ist zu *ihm* zurückgegangen! Warum haben wir das nicht vorausgesehen? William! Um Himmels willen – wie kannst du dastehen und diese lächerliche Notiz anstarren, ohne etwas zu unternehmen?»
Der Senator erhob nur selten die Stimme gegen seine Frau, besonders in Gegenwart der Zofe. Aber jetzt tat er es; mit scharfen Worten brachte er sie zum Schweigen.
«Du hast diese Mitteilung gelesen, sagst du? Dann bitte ich dich, meine Liebe, deinen sonst so ausgeprägten Verstand zu gebrauchen. Sie läuft vor ihrem Mann weg zu ihrem Liebhaber, schreibt sie.»
«Natürlich! Glaubst du, ich hätte diese Worte nicht so oft gelesen, daß sie sich dauernd in meinem Kopf wiederholen? Sie läuft vor Iwan davon . . .»
«Aber Iwan ist *nicht* ihr Mann. Haben wir nicht heute nachmittag die unangenehme Wahrheit über ihren wirklichen Gatten erfahren? Fragst du dich nicht, ob Ginny es nicht auch wußte? Bei Gott –» einen Augenblick lang war er wie vom Donner gerührt, dann rieb er nachdenklich sein Kinn. «Wenn sie Bescheid weiß . . . wer ist dann ihr Liebhaber? Prinz Sahrkanov etwa? Oder . . .»
«Aber wir werden sie jetzt niemals finden können! Nicht in dieser Stadt. Sie kann überall sein. Sie kann Freunde haben, die sie verstecken. Sie kann die Stadt auch schon verlassen haben! William . . .!»
Der Senator stopfte den Zettel in seine Jackentasche und zeigte sich als Herr der Lage. Er sagte lebhaft: «Du mußt dich hinlegen. Tilly soll dir die Augen spülen – und überlasse alles andere mir.»
«Aber – aber was willst du tun? Nach allem, was passiert ist?
«Wie ich dir schon sagte, meine Liebe, sind *meine* Hände gebunden! Da Ginny eine verheiratete Frau ist, geht die Frage, wo sie sich im Moment aufhält, ihren Mann an. Meine wichtigste Aufgabe ist es, glaube ich, ihn zu benachrichtigen.»
Sonja lag auf einem Sofa und drückte ein mit Kölnischwasser getränktes Taschentuch gegen ihr Gesicht. Jetzt hob sie den Kopf und riß ihre porzellanblauen Augen weit auf.
«O nein, William! Du wirst doch nicht – du kannst doch diesen Mann nicht hier ins Haus bitten!»
«Dieser Mann», wiederholte der Senator, «ist zufällig in verschiedenen Unternehmungen mein Partner. Und nicht Sam Murdock, der,

wie es scheint, nur in seinem Auftrag handelte. Und er hat die Aktienmehrheit in anderen Geschäften. Um es offen zu sagen, meine Liebe, ich habe keine andere Wahl, als meinen neuentdeckten Millionärsschwiegersohn zu akzeptieren – oder einige sehr unangenehme Folgen in Kauf zu nehmen! Was den anderen betrifft – so sollten wir uns glücklich schätzen, daß er offenbar begriffen hat, daß sein Spielchen ausgespielt ist und glücklicherweise verschwunden ist. Mein Gott!» – Ohne es zu wollen zuckte Sonja beim Tonfall ihres Mannes zusammen – «Ich kann noch kaum glauben, was ich heute nachmittag vernommen habe! Hätte ich es nicht ausgerechnet von Sam Murdock erfahren – und wäre nicht ausgerechnet Ralston aufgetaucht, um die Geschichte zu beglaubigen . . . Na, und außerdem, scheint es so zu sein, als ob dies der letzte Strohhalm sei. Du kannst dich glücklich schätzen, daß du eine Frau bist, und du dir deshalb einen hysterischen Anfall erlauben darfst.»

Mit diesen zynischen Worten war der Senator aus dem Zimmer gegangen; auf seiner Stirn pochte eine Ader, die dem gewollt ruhigen Tonfall seiner Stimme widersprach. Hinter ihm brach Sonja in Tränen aus.

Für Ginny würde es keine Tränen mehr geben. Das war einer der Schwüre, den sie sich selbst ablegte, als sie sich an die Reling des russischen Schoners lehnte, der jetzt seinen Weg der Küste entlang und nach Norden nahm.

«Sie sind jetzt in Sicherheit, mein Kind», hatte der alte Graf gesagt, als sie das Golden Gate hinter sich gelassen hatten. Und jetzt war der Nachmittag langsam dem Abend gewichen, und der Abend wurde dunkler, zuerst blau und dann violett – Himmel und Meer gingen ineinander über, und darüber hingen die Sterne wie winzige, weit entfernte Lämpchen.

Ginny zog den schweren, mit Quasten verzierten Seidenschal enger um Kopf und Schultern. Salzige Gischt sprühte ihr ins Gesicht und die winzigen Schnittwunden von dem zerbrochenen Spiegelglas begannen zu stechen, als bohrten sich Tausende von Nadeln in ihre Haut. Es machte ihr nichts aus. Es hatte ihr auch nichts ausgemacht, als der Graf, mißbilligend mit der Zunge schnalzend, sie mit Alkohol abgetupft hatte und gesagt hatte, sie müsse keine Narben befürchten, es würde bald verheilen. Nadelstiche, die sie daran erinnerten, daß sie noch lebte.

«In Sicherheit», wiederholte Ginny immer wieder und fragte sich dabei, weshalb sie dieser Gedanke nicht erleichterte und sie von dem stumpfen, leeren Gefühl befreite. Ja, sie fühlte sich hohl, wie die Porzellanpuppe, über die sie als Kind geweint hatte, als sie zerbrach. Sie war bar jeglichen Gefühls, und es war ihr, als sei sie nur noch eine zerbrechliche Schale.

Sie drehte sich nicht um, als sie merkte, daß jemand an ihre Seite trat. Aber sie wußte, daß es Iwan war. War es möglich, daß er sie einst so eingeschüchtert und erschreckt hatte? Das einzige, was sie jetzt gemeinsam hatten, war, daß sie beide Verlierer waren.
Vielleicht hatte er ihre Gedanken gelesen.
Sie hörte ihn seufzend ausatmen und fast geistesabwesend murmeln: «Das Spiel ist also aus. Und jetzt beginnen wir ein neues. Diesmal . . .»
«Wir?» unterbrach ihn Ginny scharf. «Ich bin keine Spielernatur. Und ich habe die Spiele satt.»
«Du warst der Einsatz, Liebling. Ich habe gewonnen – erinnerst du dich? Die Tochter des Zaren.»
«Aber du wurdest gierig und wolltest zu hoch hinaus, nicht wahr, Iwan? Das ist immer das Problem mit notorischen Spielern. Sie sehen nicht ein, daß sie nicht ewig gewinnen können.»
«Vielleicht gibt es in dem Spiel, von dem ich sprach, noch einen anderen Mitspieler, der das unterdessen auch gemerkt hat, nicht? Und was mich betrifft, so gebe ich nie auf – wie alle Spieler. Wer weiß, vielleicht gelingt es mir, zumindest einen Teil von dem was ich verloren habe, zurückzugewinnen.»
Ginny, die es bereits bedauerte, daß sie auf das Gespräch eingegangen war, machte eine ungeduldige Bewegung mit der Schulter.
«Warum sollte mich das interessieren? Ich weigere mich, in die Vergangenheit zurück zu blicken.»
«Und die Zukunft? Interessiert dich die auch nicht? Denk darüber nach, Prinzessin. Sie liegt vor dir, golden und glitzernd; und endlich hast du erreicht, was du dir um ein Haar hättest entgehen lassen. Bist du mir dafür nicht wenigstens Dankbarkeit schuldig? Du bist doch sicher nicht mehr böse auf mich?» Aus den Augenwinkeln heraus sah Ginny weiße Zähne aufblitzen, als Iwan lächelte. Sie gab keine Antwort, und mit einem Achselzucken fuhr er fort: «Komm doch! Auf eine Art war ich ehrlich mit dir. Und ich will auch jetzt ehrlich sein mit dir, da du mir wieder gekräftigt und selbstbewußt scheinst. Du darfst mir nicht übelnehmen, daß ich dich manchmal – tyrannisierte. Du hast es ja gewollt, meine Liebe! Gib es zu. Jedesmal, wenn ich dich in meine Arme nahm, war es, als seist du ein Stück Eis. Und die übrige Zeit schwebtest du wie in einem Traum. Ich heiratete eine wilde, irdische Zigeunerin und mußte herausfinden, daß sie sich in ein vergeistigtes, über dem Boden schwebendes Wesen verwandelte. Du wolltest, daß ich grausam war! Du batest geradezu darum, daß ich dich in einen zitternden, eingeschüchterten Zustand der Unterwürfigkeit versetzte! Und um ehrlich zu sein, wenn die Dinge so weitergegangen wären, so glaube ich, hätte es mir größtes Vergnügen bereitet, dich zu schlagen.»

Ginny gab einen unterdrückten Laut von sich, und er lachte leise. Sein altes, schnurrendes Lachen.
«Ja, und du hättest mich gewähren lassen, genauso wie du es auch zugelassen hast, daß ich dich auf verschiedene andere Arten bestrafte. Ich spürte, daß du im Unterbewußtsein danach verlangtest, herumbefohlen und beherrscht zu werden. Wenn du nur wüßtest, welch wundervolle Phantasieträume ich hatte – aber leider wartete ich zu lange! Oder nicht? Möchtest du das erlesene Gefühl kennenlernen, die köstliche Mischung von Lust und Qual?»
«Möchtest *du*?»
Als sie endlich den Kopf drehte und ihn anschaute, konnte Ginny einen Augenblick lang einen Ausdruck der Überraschung auf seinem Gesicht sehen. Sie nützte ihren Vorteil noch weiter aus, indem sie kurz und hart auflachte. «Wenn du dich als Opfer zur Verfügung stellst, Prinz Sahrkanov, könnte es mir hie und da Vergnügen bereiten, dir diesen Gefallen zu tun. Ich für meinen Teil habe keinerlei Verlangen danach, die perversen Freuden, von denen du sprachst, auszuprobieren. Und jetzt willst du mich bitte entschuldigen, ich gehe zum Grafen.»
Er machte keine Bewegung um sie aufzuhalten, als sie mit unbewußter Anmut und Würde davonrauschte. Aber sie konnte fühlen, wie seine Augen ihr folgten.
Die Kabine des Grafen war warm und wunderbar sicher und tröstlich nach der kühlen Brise auf Deck, und nach dem seltsamen Gespräch, das sie mit Iwan geführt hatte. Der Graf hatte versprochen, sie zu beschützen. Er hatte sie zwar feierlich davor gewarnt, zu viele von den Pulvern einzunehmen, aber er war trotzdem damit einverstanden, daß sie in regelmäßigen Abständen eines schluckte.
«Opium? Unsinn, mein Kind. Vielleicht in einer winzigen Menge, wegen der beruhigenden Wirkung. Aber doch kaum genug, um Sie süchtig zu machen. Natürlich müssen Sie jetzt, da Sie ja wieder kräftiger sind, versuchen, auch ohne auszukommen. Jedes Medikament verliert seine Wirkung, wenn es ständig eingenommen wird. Ginny glaubte ihm. Noch eine Lüge, die Steve ihr aufgetischt hatte. Er würde alles sagen, alles tun, was ihm zur Verwirklichung seiner eigenen Ziele nützen konnte. Sie war närrisch genug gewesen, ihn einmal zu lieben, aber jetzt waren ihr die Augen aufgegangen, und alles war zu Ende. Nichts blieb übrig als Haß.
«Was ist los, Kind? Sie erschauern! Sie dürfen zu dieser Tageszeit nicht an der Reling stehen; Sie könnten sich erkälten.» Graf Tschernikovs Stimme war so freundlich und ruhig wie immer, und Ginny schenkte ihm ein dankbares Lächeln. Er wußte, wie die Dinge zwischen Iwan und ihr standen, und wie alles gewesen war. Sie hatte es ihm erzählt. Und er wiederum hatte zugegeben, daß er

beunruhigt gewesen war über das, was er gehört und beobachtet hatte. Aber das war alles vorbei. Sie brauchte sich über nichts mehr Sorgen zu machen.
Ginny blieb eine Weile. Der Graf hatte darauf bestanden, daß sie ein Glas Branntwein trank. Es war ein ausgezeichneter Branntwein, aus den persönlichen Kellereien des Zaren, wie er ihr stolz eröffnete. Und sie hörte ihm mit einem interessierten Gesichtsausdruck zu, als er vom Zaren erzählte, von dessen Familie und dessen engsten Vertrauten – alles Leute, denen sie mit der Zeit sicher vorgestellt werden würde. In Rußland war der Wille und das Wort des Zaren heilig. Frankreich und England hatten demokratische Monarchen, aber der russische Zar war noch immer ein Despot, ihm oblag die Macht über Leben und Tod.
«Und angenommen, ich gefalle ihm nicht? Ich liebe blinden Gehorsam nicht, wissen Sie! Und ich will nicht, daß man für mich einen Gatten aussucht.»
«Aber Kind! Warten Sie ab. Der Zar hat genug Erfahrung, um zu wissen, wie die Leute in anderen Ländern leben. Er weiß, daß sie in Frankreich und Amerika erzogen worden sind – und Sie sind die Tochter seiner Geneviève. Seien Sie unbesorgt. Ich werde Ihnen selbst zur Seite stehen und alles erklären.»
Auf jeden Fall, dachte Ginny bei sich, hatte sie ihren Weg bereits eingeschlagen. Sie war auf dem Weg nach Rußland und hatte alle alten Bindungen hinter sich gelassen.

Einunddreißigstes Kapitel

Ginny lehnte sich gegen die Reling und schaute zu, wie die letzten, perlenartigen Spuren des Nebels unter der Sonne wegschmolzen. Die frische Brise bauschte die Segel über ihr auf und wehte kupfergoldene Haarsträhnen über ihr Gesicht. Die Schaluppe schien über die grüne Wasseroberfläche zu gleiten und auf beiden Seiten des Bugs schäumte es weiß. Sie folgte mit ihren Gedanken dem Wind, ohne an etwas Bestimmtes zu denken; sie wollte nicht denken.
«Haben Sie eine angenehme Nacht verbracht? Haben Sie gut geschlafen?»
«O ja. Ihr Stärkungsmittel hat gewirkt. Ich fühle mich heute morgen entspannt.» Graf Tschernikov schenkte ihr eines seiner seltenen Lächeln. «Gut, gut! Das wollten wir doch, nicht?»
Ein Seemann rief etwas aus. Wie alle anderen wandte Ginny den Kopf: die Segel eines Klippers erschienen achtern am fernen Horizont. Ginnys Herz machte einen plötzlichen, unerklärlichen

Sprung. Wie schön das Schiff aussah, und wie schnell es segelte, trotz seiner Größe; jedes der Segel fing den Wind voll ein.
Der Graf sprach ihre Gedanken aus.
«Ein schönes Schiff mit klaren Linien, nicht? Ein amerikanischer Klipper, der bis nach China segelt.»
Woher kam der plötzliche Schmerz in ihrem Herzen? Es gab viele Klipper, die diese Route segelten. Es konnte unmöglich die «Grünäugige Lady» sein; so kurz nach der Schiffstaufe konnte das Schiff noch nicht bereit sein, eine Fracht zu übernehmen.
Inzwischen – inzwischen würden es alle wissen. Von Concepción getröstet, und wütend, weil seine Rachepläne durchkreuzt waren, hatte Steve sie sicher schon aus seinen Gedanken verbannt. Es würde für viele Leute eine große Erleichterung bedeuten.
Iwan kam daher geschlendert. Geschickt fing er mit den Beinen die Bewegungen des Schiffes auf; er hatte Übung. Wie immer war er tadellos gekleidet, und seine Augen sahen im blendenden Licht der Morgensonne wie blaßgrünes Glas aus.
«Du bewunderst unseren Reisegefährten? Er segelt wirklich schnell, nicht? Und obwohl Sie uns gesehen haben müssen, haben sie den Kurs nicht geändert. Ist es wohl mangelnde Höflichkeit, oder könnte mehr dahinterstecken? Was glaubst du?»
Überrascht wandte sich Ginny um, um das andere Schiff zu beobachten. Es kam in der Tat mit beängstigender Geschwindigkeit auf sie zu. Es kamen ihr Anzeigen in den Sinn, die sie in der Zeitung gelesen hatte: «*In hundert Tagen von New York nach San Francisco . . .*» Die schnellsten Schiffe auf dem Ozean; sie schienen nur aus Segeln zu bestehen. Das Schiff selbst lag tief in den Wellen.
«Unsinn! Sie haben uns gesehen. Der Kapitän wird uns höflich grüßen und dann abdrehen.»
Aber würden sie das wirklich tun? Ginny wußte selbst nicht recht, warum sie das dachte, aber es war etwas Unerbittliches, fast Bedrohliches an der Art, wie ihnen dieses Schiff auf ihrem Kurs folgte, ohne je zu zögern, und wie es von Minute zu Minute größer wurde.
Sie hörte Iwan an ihrer Seite lachen und erhaschte das blasse Schimmern seiner Augen.
«Vielleicht ein Piratenschiff? Diese Amerikaner – so ungehobelt, so zurück in der Entwicklung der Zivilisation. Möchtest du mit mir wetten, meine liebe Prinzessin? Alles was ich besitze gegen – natürlich gegen dich, wen sonst? Gewisse Dinge habe ich im Gefühl, und in diesem Falle . . . Na, Onkel Dimitri, warum die Sorgenfalten auf Ihrer Stirn? Ich will es nicht an Respekt mangeln lassen. Was meinen Sie?»
Ginny war blaß geworden. Sie schaute das andere Schiff genau an

und sah, daß zwischen dem Vormast und dem Bug eine Reihe kleiner Flaggen aufgezogen wurden.
«Ein Fernglas, schnell!»
Während Ginny und der Graf hinschauten, reichte ein Matrose Iwan ein messingbeschlagenes Fernglas. Als er es wieder senkte, lachte er tonlos.
«Voraussehbar. Warum hattest du Angst, auf meine Wette einzugehen? Siehst du, sie haben eben verlangt, daß wir beidrehen. Sie wollen uns sprechen.»
Darauf herrschte Verwirrung. Der zweite Maat kam stolpernd von der Brücke herunter, sein Gesicht war gerötet und er gab einen Schwall russischer Worte von sich.
Nur Iwan schien ganz und gar unbeteiligt und absolut nicht aufgeregt.
«Ich glaube – ja, ich glaube, wir haben deinen zu allem entschlossenen Gatten unterschätzt, Prinzessin. Und vielleicht ist es meine Schuld. Ich hätte ihn beseitigen lassen sollen.»
«Wovon sprichst du?» Ginny schrie ihn fast an. «Was meinst du damit? Es ist unmöglich, sie würden nie . . .»
«Ich glaube doch! Piratentum auf offener See – und welch ein Preis als Einsatz!»
«Ich gehe nicht! Wenn er es wirklich ist – sie können mich nicht zwingen! O nein – ich weigere mich.»
«Er fährt unter amerikanischer Flagge.»
«Hast du mit einem Totenschädel und zwei gekreuzten Knochen gerechnet? Trotzdem glaube ich, daß es ein Piratenschiff ist.»
«Unmöglich!» wiederholte Graf Tschernikov. «Dies hier ist ein russisches Schiff. Wir sind russische Staatsangehörige . . .»
«Alle, außer jemand. Und jetzt verstehen Sie vielleicht?»
Der Graf ging nach unten, um seine Papiere zu holen. Obwohl er sie darum gebeten hatte, war Ginny nicht mit ihm gegangen.
«Ich bleibe an Deck. Und wenn es – und wenn er es ist, ich gehe nicht! Ich werde ihnen klarmachen, daß ich aus freien Stücken auf diesem Schiff bin . . . Ich . . .
«Vergessen wir unsere alte Fehde.» Iwan zog sie zur Seite, weg von den Matrosen, die überall umherliefen. «Hör zu. Du weißt, daß du jetzt vor mir sicher bist. Aber wie sicher bist du vor ihm? Ein Wilder – ein Barbar – und doch ist auch er ein Spieler, nicht? Ein rücksichtsloser Kerl, nach dem, was ich gehört habe und nach deinen spärlichen Angaben. Wenn du wirklich deinen Frieden willst, dann habe ich einen Plan . . .»
Unmöglich! Unmöglich! Das konnte nicht wahr sein. Gar nichts von all dem! Iwan hatte Ginny selbst eines ihrer Pulver gegeben, aber jetzt, da sie zwischen Iwan und Graf Tschernikov stand, wei-

gerte sich ihr Verstand an das zu glauben, was hier vorging und den Plan, den Iwan ihr vorschlug, hinzunehmen.
Beide Schiffe schaukelten leicht, sie schienen fast bewegungslos, außer wenn sie gerade aus einem Wellental auftauchten. Die Matrosen auf dem russischen Schiff trugen alle Waffen – das hatte Prinz Sahrkanov ungeachtet der Proteste von Graf Tschernikov so angeordnet.
Er legte nun einen Arm um Ginnys Schultern, und diesmal wich sie nicht zurück. Er soll es sehen! dachte sie trotzig. Sollte er doch das Schlimmste annehmen . . . Oh, wie wagte er es, nach allem, was geschehen war?
Er. Steve Morgan, der, so unbegreiflich und widerlich es schien, ihr Gatte war. Sie weigerte sich, diesen Gedanken hinzunehmen.
Mit einem zur Maske erstarrten Gesichtsausdruck sah Ginny Steve an die ihnen zugewandte Schiffsseite kommen – mühelos und ohne zu zögern. Jede seiner Bewegungen war so elegant und so sicher, wie sie sie in Erinnerung hatte. Er trug eine Waffe in einem tiefsitzenden Halfter. Und er war auch wie ein Pirat gekleidet, mit einem weißen Leinenhemd mit offenem Kragen, schwarzen Kniehosen und hohen Stiefeln, und dazu ein lässig um den Hals geschlungenes, blaues Seidenhalstuch.
Hinter ihm kam der Senator, ausgerechnet er, und er schien sich in seinem dunklen Anzug nicht wohl zu fühlen. Und da war ein großer, äußerst beleibter Mann, der an der Weste einen silbernen Stern trug.
«Das Enterkommando!» sagte Iwan sarkastisch und umfaßte Ginnys Schultern fester. «Weißt du, ich frage mich, ob diese Piraten im Sinn haben, mich zu verhaften, oder bloß dich abzuholen, meine Liebe.»
Der russische Kapitän protestierte lautstark und gleichzeitig erhob auch Graf Tschernikov in seinem gespreizten Englisch Einspruch.
Ginny hatte bereits bemerkt, wie Steve ihr einen kurzen Blick zugeworfen hatte – mit harten, glitzernden und saphirblauen Augen. Aber nach diesem ersten, dolchartigen Blick, beachtete er sie nicht mehr, sondern wandte sich an den Grafen. Er erklärte in aller Ruhe, die Schaluppe befinde sich in amerikanischen Gewässern und daß er in Begleitung eines Senators der Vereinigten Staaten, sowie des Sheriffs des Bezirks von San Francisco sei.
«Aber die Gründe für dieses willkürliche Unterfangen – ich kann es nicht anders nennen, als eine Form von Piratentum: ich muß verlangen . . .»
«Graf Tschernikov, ich will ohne Umschweife zur Sache kommen. Ich bin hier, ganz einfach um meine Frau zu holen. Ich bin bereit, die verschiedenen Anklagen gegen Prinz Sahrkanov zu vergessen,

so schwerwiegend sie auch sind – und der anwesende Sheriff ist einverstanden. Aber Sie wollen mir doch hoffentlich meine Rechte über meine Frau nicht streitig machen?»

«Über mich?» schrie Ginny, denn sie konnte nicht länger an sich halten. Und jetzt hatte sie ihn endlich gezwungen, ihr direkt ins Antlitz zu blicken. «Und was ist mit meinen Gefühlen, meinen Wünschen? Ich weigere mich, dir zu folgen. Warum zum Teufel mußtest du mir folgen? Ich wurde unter Zwang deine Frau. Ich will diese – diese unsinnige Beziehung nicht aufrecht erhalten, verstehst du? Zwing mich doch, mitzukommen, dann reiche ich sofort die Scheidung ein. Ich werde einen solchen Skandal verursachen, daß – daß – weshalb willst du denn eine Frau, die dich gar nicht will? Ich habe meine Wahl getroffen! Wenn du dich überzeugen wolltest, daß ich nicht unter Zwang hierher gebracht wurde, dann hast du das jetzt tun können. Laß mich in Ruhe – laß mich!»

Wenn Steves Gesichtsausdruck eine Spur von Gefühl verriet, dann nur weil die Haut um seine Augen und um den Mund herum weiß wurde.

«Ginny!» sagte der Senator, und jetzt wandte sie sich ihm zu, mit feurig-grünen Augen.

«Und weshalb bist *du* hier? Ausgerechnet du? Du solltest doch wirklich bemüht sein, einen Skandal zu verhindern, so eine Schande! Ich sage dir, ich verlasse dieses Schiff nicht – es sei denn, ihr schleppt mich mit Gewalt weg und nehmt die Unannehmlichkeiten in Kauf, die euch, das schwöre ich, daraus entstehen würden!»

Steve schaute sie an, als gäbe es nur sie zwei, und sie erschrak fast ob der nackten, rasenden Wut in seinen Augen.

«Wenn ich dich mit Gewalt wegschleppen muß, dann tu ich es. Und wenn du eine Scheidung anstrebst, dann wirst du sie bei Gott auch haben können! Aber zuerst – zuerst kommst du nach San Francisco zurück und zeigst dich der Öffentlichkeit. Du wirst so tun, als seist du eine Dame, bis der Klatsch verebbt ist. Verstehst du mich, Ginny? In sechs Monaten etwa kannst du tun, was du willst – du willst nach Rußland gehen? Ich *schicke* dich hin. Hören Sie mich, Graf? Aber jetzt – und sofort, verdammt – kommst du von diesem Schiff herunter und folgst mir; ich habe jedes Recht der Welt, dich dazu zu zwingen.»

Es trat eine plötzliche Stille ein; die Matrosen gafften und Graf Tschernikov suchte nach Worten.

Gleichgültig ließ Iwan Sahrkanov seinen Arm von Ginnys Schulter gleiten; er stand da, die Hände in die Hüften eingestützt und sagte mit unverhohlener Verachtung in der Stimme: «Ich habe mir sagen lassen, und jetzt glaube ich es, ihr Amerikaner hättet keinen Stolz!

Eine weggelaufene Frau mit Gewalt nach Hause zu schleppen – ich werde Sie vor ganz Europa lächerlich machen, es sei denn, Sie bringen mich vorher um! Hören Sie, könnten wir uns vielleicht wie zivilisierte Menschen benehmen? Die Prinzessin hat ihre Wünsche bekanntgegeben. Sie läßt sich von all Ihrem Geld nicht kaufen, noch von Ihren Drohungen einschüchtern. Und da wir gerade von Drohungen sprechen –» seine Stimme wurde zu einem leisen, sanften Schnurren –, «haben Sie die Waffen nicht bemerkt, die von allen Seiten auf Sie gerichtet sind? Ist Ihr Schiff mit Kanonen ausgerüstet? Ich glaube, meine Herren, daß wir uns in einer Pattsituation – so nennt man im Schachspiel eine ausweglose Lage – befinden. Komm zu mir, Virginie!»

Zu ihrer Überraschung faßte er Ginny plötzlich um die Taille; sie zwang sich, sich nicht zu widersetzen und lehnte sich an Iwan an, der sie leicht vor sich hielt.

«Sehen Sie, sie kommt. Sie hat ihre Wahl getroffen. Und wenn von seiten Ihrer Männer rücksichtslos geschossen werden sollte ... möchten Sie sie lieber tot sehen, als ihren eigenen Gefühlen folgend?»

Die Hand des Sheriffs erstarrte auf dem Kolben seiner Feuerwaffe. Schweigend und regungslos bemerkte Ginny, wie der Senator etwas sagen wollte, dann aber seinen Mund mit Mühe geschlossen hielt. Nur Steve und Prinz Sahrkanov blieben kühl.

«Wie Sie eben sagten, Sahrkanov, eine auswegslose Lage. Aber wenn *wir,* wie Sie uns eben klarmachten, machtlos sind, dann sind Sie es auch. Ihr Schiff fährt nirgendwohin. Worauf sollen wir also warten?»

«Warum kehrt ihr nicht zurück? Seid doch vernünftig. Virginie hat Ihnen eben gesagt, was sie will. Und im Spiel gibt es einen Grundsatz: wissen, wann man aufhören muß. Ist es nicht so, daß man lernen muß, wann es soweit ist?»

Steve zuckte die Schultern; sein Lächeln war kaum mehr als ein leichtes Anheben eines Mundwinkels.

«Man muß auch lernen, wann man bluffen muß. Ihre Karten gegen meine, Sahrkanov. Oder haben Sie noch einen besonderen Trumpf im Ärmel?»

Ginny fühlte, wie die Muskeln des Prinzen sich anspannten, während er ihren Körper fest gegen den seinen hielt; und jetzt stockte ihr der Atem. Sie wunderte sich über ihre plötzliche Schwäche, denn sie merkte, daß sie am liebsten Steve gewarnt hätte, er solle gehen, bevor er in die Falle laufe.

«Ich denke, es gäbe da einen ehrbaren Ausweg aus dieser Situation, die, wie wir beide zugegeben haben, festgefahren ist», sagte Iwan Sahrkanov glatt. «Vielleicht ein ‹Gentlemen's Agreement?› Ich kenne mich in den amerikanischen Sitten und Bräuchen nicht aus, aber in Europa gäbe es für diese Situation nur einen einzigen Ausweg.»

«Iwan – was sagst du da?» Graf Tschernikovs Stimme tönte heiser; Steve Morgans blaue Augen funkelten blitzend aus seinem dunklen, bärtigen Gesicht.

«Los, erklären Sie mir Ihre Gentlemen-Lösung», forderte Steve ihn auf, und Ginny hatte das seltsame Gefühl, daß er genau wußte, was kommen würde, und daß er es vom ersten Augenblick an gewußt hatte.

Auch jetzt bewegte sich kein Muskel in seinem Gesicht – Gott, warum mußte sie ihn unentwegt ansehen, und warum überkam sie plötzlich ein Gefühl der Übelkeit?

«Es kann doch sicher nur *eine* Lösung geben?» sagte Iwan mit überraschter, aber auch herablassender Stimme. «Wir haben eine Frau, die von zwei Männern begehrt wird – muß ich Sie daran erinnern, daß ich Virginie noch immer als meine Frau betrachte? Für sie und ihren guten Ruf wäre es, glaube ich, das Beste, wenn ihr nur ein Gatte übrigbliebe. Dann gäbe es keine Probleme mehr, nicht wahr?»

Steve lachte, und sein Lachen, das die plötzliche Stille, die jeden auf den Decks erfaßt hatte, durchbrach, jagte kalte Schauer über Ginnys Rücken.

«Na, warum habe ich nicht schon früher daran gedacht?» Steves Augen blitzten zu ihr herüber, und trotz ihrer Vorsätze wurde Ginny blaß. «Was möchtest du lieber sein, meine Süße, Witwe oder Ehefrau. Oder muß ich das nicht fragen?»

Seine Stimme mit dem beißenden, sarkastischen Unterton verhöhnte sie; sie durfte es sich nicht gefallen lassen!

«Habe ich meine Gefühle in dieser Sache nicht klar ausgedrückt? Oh, um Gottes willen – du hast nun der Form genüge getan und deinen verdammten Stolz befriedigt, warum gehst du jetzt nicht und läßt mich in Frieden? Warum geht ihr nicht alle? Um mich müssen keine Duelle ausgefochten werden – ich weigere mich, dieses Schiff zu verlassen!»

Es war sinnlos. Noch während sie sprach und ihm die Worte wie Messer entgegenschleuderte, wußte sie, daß es nutzlos war. Sie kannte Steves Stimmungen zu gut, seine gereizte, verwegene Laune, in der er noch lachen konnte, kurz bevor es ans Töten ging. Aber in diesem Fall – oh, warum mußte er sie denn immer anschauen, als läse er ihre Gedanken, während die Grübchen an seinen Mundwinkeln sich vertieften, und er ihr ein sarkastisches Lächeln schenkte? Eine seiner schwarzen Brauen zuckte leicht, als wolle er sie warnen . . .

«Sie sehen, die Dame wiederholt, daß ihr Entschluß feststeht.» Iwan Sahrkanovs seidenglatte Stimme füllte die kurze Pause, die entstanden war. «Ich nehme an, Sie fordern mich auf, meine Rechte als ihr Beschützer zu wahren?»
«Ich nehme an, Sie wollen die Waffe wählen?» Steves Stimme tönte trocken.
«Ich möchte gerecht sein – wollen wir Virginie für uns wählen lassen?»
Ein plötzlicher Sonnenstrahl fiel auf Ginnys Gesicht und blendete sie, daß sie mit den Augen blinzelte. Sie hörte ihre eigene, geisterhafte Stimme; sie tönte klar und scharf.
«Warum nicht Säbel? Ich wollte schon immer einmal ein Säbelduell sehen.»
Jemand seufzte laut. Graf Tschernikov räusperte sich, als hätte er etwas sagen wollen und die Worte wären ihm im Halse steckengeblieben.
Es war der Senator, der als erster wieder seine Stimme fand, und er rief aufbrausend: «Noch nie in meinem Leben habe ich solch einen Unsinn gehört! Ein Duell – grotesk! Meine Herren, wir sind im neunzehnten Jahrhundert, und man sagt von uns, wir seien zivilisiert.»
«Und Ihre Pistolenkämpfe im Westen – ich habe selbst einige miterlebt, wissen Sie –, sind das nicht Duelle auf Leben und Tod? Diese Art, eine Pistole zu ziehen und aus der Hüfte heraus zu schießen, Bang – bang – bang – da ist keine Kunst, kein Können dabei. Hingegen beim Säbel . . . vielleicht hat mein Rivale, der vornehme Pirat, nie gelernt, mit solch einer Waffe umzugehen?» Prinz Sahrkanovs spöttischer Blick ging vom Senator zu Steve, der gleichgültig die Achseln zuckte, als spielten weder die Form noch der Inhalt der Frage eine große Rolle.
«Ich bekam einige allgemeine Hinweise für die Handhabung dieser Waffe in der Kavallerie. Aber ich nehme an, Sie denken an Fechtsäbel?»
«Dann sind Sie also einverstanden? Alles soll durch den Ausgang unseres Duells entschieden werden?»
«Jetzt hört doch zu!» legte der Senator los. «Es kann euch mit dieser lächerlichen Idee doch nicht Ernst sein? Ginny ist offensichtlich zu erschöpft, um klar zu denken. Ich glaube nicht, daß sie die Tragweite ermessen kann . . .»
«Ich glaube, Ginny weiß ganz genau, worum es geht», sagte Steve ruhig.
Er schaute sie an, und während eines Sekundenbruchteils, als ihre Augen sich trafen, wirbelte vor Ginnys Augen die Vergangenheit vorbei: sie sah in seinem Blick jenen Ausdruck, den er damals

hatte, als sie mit dem Messer auf ihn losgegangen war und ihn beinahe umgebracht hätte.
Aber jetzt – jetzt hatte sie ihn wirklich ausgeliefert. Iwan würde ihn jedenfalls töten – und er würde für immer aus ihrem Leben verschwinden.
Das wirbelnde Gefühl wurde stärker, und sie fühlte nur noch den Blick aus einem Paar dunkelblauen Augen, die sie geliebt und gehaßt hatte, und die sie nie mehr sehen würde.
Sie öffnete den Mund und wollte schreien «Nein!», aber es kam nicht einmal ein Flüstern heraus; alle um sie herum redeten – der Senator und der bis dahin schweigsame Sheriff stritten sich heftig über Gesetz, Mord und gesunden Menschenverstand, während Iwan seinem Kammerdiener zurief, er solle ihm den Koffer mit den beiden Säbeln holen.
Ohne daß sie es gemerkt hatte, fand sich Ginny plötzlich an ein Schott gedrückt, und Graf Tschernikov hielt tröstend einen Arm um sie. Auf Deck war etwas Platz freigemacht worden.
«Es ist also abgemacht? Wir sind alle einverstanden? Es wird hier bald ein bedauerlicher Unfall stattfinden, und wenn alles vorbei ist, ist es getan. Wir werden getrennte und, so hoffe ich, friedliche Wege gehen.»
«Dieser Prinz denkt sich wirklich phantasievolle Ränke und seltsame Regeln aus, nicht?» murmelte Sheriff Meeker. Ihm gefiel die Sache nicht. Das Ganze gefiel ihm nicht, und er wünschte sich sehnlichst, er hätte sich nie überreden lassen, an dieser verrückten Verfolgungsjagd auf eine davongelaufene Frau teilzunehmen. Es zeigte sich einmal mehr, daß die Weiber, aus welcher sozialen Schicht auch immer, alle die selben waren! Widerspenstig, und, wie diese hier mit ihren bösen, grünen Augen bewies, auch noch tödlich.
Der Senator überdachte die ganz und gar unmögliche Situation; seine Lippen waren zu einem dünnen Strich zusammengepreßt, und auf seiner Stirn pochte eine Ader. Wie immer die Sache auch ausging, für ihn ergab es auf jeden Fall nur Skandal und Schande. Er würde einen Schwiegersohn verlieren und einen gewinnen, und all das durch einen mehr oder minder zufälligen Säbelhieb. Mein Gott! Es mußte wohl die Sonnenhitze sein, die alle ein wenig verrückt gemacht hatte – auch ihn. Wie waren sie denn dazu gekommen, so etwas geschehen zu lassen? Ein Pistolenduell, das war etwas anderes; gewöhnlich war es auch schnell vorbei. Aber ein Kampf mit Säbeln – nein! Er hoffte nur, daß Ginny einen starken Magen hatte. Eigentlich hatte er das Gefühl – und seine Augen nahmen einen harten, verstörten Ausdruck an, als er zu ihr hinüber sah – daß sie eine steinerne Frauenstatue war, die nur eine ent-

fernte Ähnlichkeit mit seiner Tochter hatte, auf die er einst so stolz gewesen war.
Senator William Brandon stellte sich so hin, daß er die aufgehende Sonne im Rücken hatte; trotz seiner bösen Vorahnungen widmete er nun seine ganze Aufmerksamkeit den beiden Männern, die sich auf kleinstem Raum, nur durch wenige Meter getrennt, gegenüberstanden. An Deck der «Grünäugigen Lady» waren alle Ferngläser, die man hatte auftreiben können, auf die selbe Szene gerichtet, die in ihrer theatralischen Primitivität schon fast unwirklich schien.
Zwei etwa gleich große und ähnlich gebaute Männer, beide nur mit Hemd und Kniehose bekleidet: Steve Morgan, der Söldner, Bandit und zum Millionär gewordene Guerillero, der mehr denn je wie ein Korsar aussah, mit dem Säbel in der Hand, die Füße leicht gespreizt und den Körper trügerisch entspannt; und Prinz Sahrkanov, der letzte seines vornehmen Geschlechts, ein Zyniker und Spieler und, auf seine Weise, ein Abenteurer, der den Eindruck machte, als sei er seiner selbst und seiner Waffe sicher.
Ein leichtes Lächeln überflog Iwans Lippen, als er das Heft seines Schwertes küßte. «Auf den Sieger – auf die Beute. Und auf den Tod dessen, der ihn verdient!» sagte er höhnisch.
Über des Prinzen Schulter hinweg erhaschte Steve Ginnys gequälten, glasig-grünen Blick, und er lächelte ihr ziemlich spöttisch zu. Sie sah gar nicht aus, als mache ihr die Aussicht auf einen Kampf zweier Männer um sie Freude. Sie biß sich so heftig auf die Lippen, daß ein winziger Tropfen roten Blutes von ihren perlweißen, kleinen Zähnen abstach. Er müßte sie eigentlich hassen – diesen wilden, verrückten, unberechenbaren Fratz! Statt dessen war er närrisch genug, um sie zu kämpfen. Zumindest war der Haß aus ihren Augen verschwunden. Sie sah gequält – und unglücklich aus. Wie würde sie wohl hinterher aussehen?
«Sie wollen sich von niemandem verabschieden? Keine Grüße?»
«Das überlasse ich Ihnen», sagte Steve forsch, und ganz instinktiv brachte er seine Füße und seinen Körper in Bereitschaft; seine verengten, blauen Augen beobachteten diejenigen des Gegners, ob sich in ihnen eine Bewegung ankündigte.
Der Kampf hatte begonnen.

Zweiunddreißigstes Kapitel

Später kam die Erinnerung nur noch bruchstückhaft zurück. Da war das wogende Auf und Ab des Decks unter ihren Füßen; der Geruch von Graf Tschernikovs Lieblingstabak; das Knarren der Takelage und des Holzes; sogar das dumpfe Pochen ihres Herzens, das dröhnte, als schlügen Hämmer in ihrer Brust. All das bildete den Hintergrund, die Kulisse, zu dem klirrenden, metallischen Klang der Säbel, dem Rutschen bestiefelter Füße auf dem Holz und dem heftigen Atmen der beiden Männer, die sich einen Moment lang argwöhnisch umkreist hatten, um im nächsten Augenblick ihre Arme hervorschnellen zu lassen; und das Sonnenlicht widerspiegelte sich auf ihren schneidenden Klingen.

Ein Traum – ein Alptraum! Ohne es zu merken hatte Ginny zu zittern begonnen, als habe sie einen Schüttelfrost.

Graf Tschernikov flüsterte mit heiserer Stimme: «Iwan ist einer der besten Fechter, die ich je gesehen habe. Sehen Sie – bereits hat er den anderen in die Defensive getrieben; er spielt mit ihm!»

Ihre Finger fühlten sich so steif an, als wären sie aus Stahl. Sie umklammerten den Arm des alten Mannes. «O Gott, mein Gott!» Betete sie innerlich? Für wen betete sie? Sie wußte es nicht. Seit den Worten des Grafen hatte sie bemerkt, daß Iwan seltsam angespannt lächelte, und daß Steve, der sich vorsichtig aber stetig zurückzog, um sein Leben kämpfte.

Auch Steve wußte es. Er konnte anständig mit einem Säbel umgehen, aber mehr nicht. Und Sahrkanov, das mußte man ihm lassen, war ein Meister. Steve empfand sogar eine Art distanzierter Bewunderung für die schlaue Art, mit welcher der Mann ihn manövriert hatte, bis er die Sonne in den Augen und die Reling im Rücken hatte. Es war jetzt nur noch eine Frage der Zeit, es sei denn, es würde ihm weiterhin gelingen, jenseits der Reichweite der funkelnden Klinge zu bleiben.

Als Iwan Sahrkanov sah, daß sein Gegner in der Sonne blinzelte und sich in die Verteidigung zurückzog, beschloß er, daß der Augenblick für ein erstes Blutvergießen gekommen sei, und er tat es mit fast verachtungsvoller Leichtigkeit.

Der Säbel wurde in seiner Hand beinahe lebendig, als der Prinz eine Vorführung seines vollendeten Könnens gab. Er wollte den Umstehenden beweisen, daß er der ganzen Sache bereits in der ersten Minute hätte ein Ende setzen können, wenn er dies gewollt hätte. Aber er zog es vor, den Kampf hinzuziehen – er wollte allen vor Augen führen, wie ungeschickt dieser Steve Morgan war, wenn es darum ging, einen Säbel zu handhaben, der doch schließlich die Waffe eines vornehmen Mannes war. Vor allem aber wollte er

Steve Zeit lassen, Angst zu bekommen – damit er mit gräßlicher, stets wachsender Furcht auf den letzten Stoß warten müßte, der alles entscheiden würde.
Jetzt kommt es, dachte Steve, als die blassen Augen sich veränderten. Wie die Zunge einer Viper blitzte Iwans Klinge auf, unter seiner Kontrolle glitt sie leicht dahin, und es war nur allzu offensichtlich, daß das Spiel vorüber war, daß der Prinz zum Töten übergehen wollte. Aber noch nicht . . .
«Ich werde Sie in Stücke schneiden, aber so langsam, daß Sie die Schmerzen erleiden müssen», sagte der Prinz lächelnd.
Es war noch kein Schmerz, nur ein scharfes Brennen, als die Klinge die Haut über Steves Rippen ritzte, und er die Wärme des heraustretenden Blutes spürte. Er atmete tief durch und wich instinktiv mit dem Körper aus; auch Sahrkanov bewegte sich. Die Säbel prallten einen Augenblick lang aufeinander, dann rutschte die Klinge des Prinzen derjenigen Steves entlang, bog diese und glitt mit einem abgedrehten Stoß unter sie. Die Spitze drang in Steves Schulter und prallte am Schlüsselbein ab. Deshalb, und weil er schnell genug reagiert hatte, ging sie nicht tiefer, wo sie seinen Arm gelähmt hätte. So aber mußte er zurückspringen und sein Säbel fiel klirrend auf das Deck.
Ein Seufzer stieg aus dem Halbkreis der Zuschauer auf, als Iwan die zu Boden gefallene Waffe wegstieß.
Sie standen einander gegenüber. Iwan in der klassischen Duellantenposition – ein Fuß leicht vor dem anderen, die Knie gebeugt, der Arm mit der Waffe am Ellbogen geknickt, den Säbel vor sich haltend. Das einzige, was er jetzt noch tun mußte, war eine ruhige Bewegung, sein Gewicht vom rechten auf den linken Fuß verlagern, und mit Arm und Körper gleichzeitig vorwärtsstürzen . . . Aber er wartete. Und Steve wartete, regungslos bis auf das Auf und Ab seiner Brust unter dem zerfetzten, blutverschmierten, weißen Hemd.
«Nein . . .» Ginnys hysterisch spitze Stimme erhob sich in der stillen Luft. «Iwan, bitte – das reicht! Du hast gewonnen, niemand wird das bestreiten. Nicht . . .!»
Graf Tschernikov sah sie mit überraschter Miene an. Sogar der Senator hatte den Kopf gewandt, um sie anzublicken. Er sah blaß und ziemlich mitgenommen aus.
«Aber es geht doch nicht um Gewinnen oder Verlieren, Chérie.» Die Augen des Prinzen lösten sich nicht von Steves Gesicht – er spähte nach Zeichen der Angst; danach, daß Perlen von Angstschweiß auf der Stirne seines Gegners hervorbrachen, und daß dieser seine trockenen Lippen netzte, um um Gnade zu bitten. «Du vergißt – dieses Duell geht bis zum Tod. Und in einem Augenblick werde ich dich freigeschlagen haben.» Er sah immer noch keine

Anzeichen von Erregung, keine der Reaktionen, die er in den wachsamen, blauen Augen, die seinen Blick erwiderten, zu lesen erwartet hatte.

«Tu es nicht!» Ginny würgte an diesen Worten. Vielleicht wäre sie vorwärts gestürmt, mit der verrückten Absicht, sich zwischen die beiden zu werfen, wenn sie der Graf nicht mit einem überraschend festen Griff um die Taille festgehalten hätte.

«Sie hat recht – es wird ein kaltblütiges Gemetzel geben, wenn Sie bis zum Ende durchziehen wollen! Wirklich, Sahrkanov, ich muß Sie daran erinnern . . .»

Überraschenderweise war es Steve selbst, der mit leidenschaftsloser Stimme den einem Schlaganfall nahen Senator zum Schweigen brachte.

«Er hat recht, wissen Sie. ‹Bis auf den Tod› war unsere Abmachung. Aber schließlich ist es noch nicht soweit.»

Später erinnerte sich Ginny an den häßlichen Klang von Iwans Lachen.

«Nicht? Sie haben recht. Ich habe nicht vor, Sie schnell und angenehm sterben zu lassen. Es wird etwas sein, woran sich alle erinnern sollen.»

Seine letzten Worte, die er absichtlich in jenem glatten, schnurrenden Ton ausgesprochen hatte, den sie nur zu gut kannte, waren ihr zugedacht. Ginny wußte es und preßte ihre Knöchel gegen den Mund, um nicht aufzuschreien, als der Säbel in der Sonne aufblitzte. Steve war gezwungen, immer mehr zurückzuweichen, bis er mit dem Rücken an die Reling stieß. Von seinen Oberarmen, seinem Oberkörper und seinem Gesicht tropfte Blut aus oberflächlichen Schnitten, die tiefer und schlimmer gewesen wären, hätte er sich nicht rasch genug bewegt.

Aber jetzt lachte Iwan.

«Sie sind vor mir weggelaufen, und wohin wollen Sie jetzt? Werden Sie versuchen, ins Meer zu springen, um weiteren Strafen zu entgehen?»

«Hat sich Su Lei aus diesem Grund erhängt, oder hatte es etwas mit ihrem Bruder zu tun?»

Was sagte Steve da? Was wollte er unternehmen? Iwans Körper sah plötzlich so steif aus, als sei er auf der Stelle angefroren.

Steve sagte spöttisch: «Das Zufügen von Schmerz ist das, was ihnen am meisten Vergnügen bereitet, nicht wahr? Deshalb wollen Sie die Sache hinziehen. Möchten Sie, daß ich weiterspreche, damit Sie sich entschließen können, was Sie als nächstes tun werden?»

«Ich werde deinen Bauch mit der Waffe durchbohren, dich an der Reling aufspießen und mir deine qualvollen Schmerzensschreie anhören!»

Ginny schrie innerlich auf. Sie biß sich auf die Knöchel und der Schmerz verhinderte, daß sie ohnmächtig wurde.
Es war wie ein Ballett. Grotesk und gleichzeitig erschreckend schön. Iwan Sahrkanov bereitete sich zum Töten vor, seine Füße und sein Körper fielen in die selbe Position wie zuvor. Und Steve – Steve stand einfach da, er wiegte sich auf den Fußballen leicht hin und her und machte einen entspannten Eindruck. Bis Iwan nach vorn stürzte und mit dem Körper dem ausgestreckten Arm folgte.
Danach geschah alles zu schnell, als daß die junge Frau mit ihren umnebelten Sinnen alles hätte aufnehmen können; zurück blieb nur eine Reihe von Bildern, die sich teilweise überlagerten. Es war, als beobachte man den plötzlichen und heftigen Ausbruch eines Vulkans.
Die scharfe Klinge pfiff vorüber und schlitzte Steves Brust auf, als dieser versuchte, sich in den Hüften zu drehen. Er drehte sich nach links ab, und die Kante seiner linken Hand lenkte Sahrkanovs Arm gerade genug ab, daß dieser sein Ziel verfehlte, während Steve mit den Knöcheln seiner rechten Hand auf den empfindlichen Knochen des inneren Handgelenks Sahrkanovs einschlug. Beinahe mit der selben Bewegung ergriff er das Handgelenk seines Gegners und stieß es aufwärts, so daß der Säbel aus Sahrkanovs gelähmten Fingern zu Boden fiel.
Steves Körper, der sich mit berechneter Genauigkeit bewegte, war nun zur tödlichen Waffe geworden; seine geschmeidigen, gefährlichen Bewegungen gingen eine in die andere über.
Steves linker Fuß glitt vorwärts, und mit den Knöcheln seiner linken Hand schlug er in Iwans ungeschützte Leisten. Als der getroffene Prinz sich eben vor Schmerz schreiend biegen wollte, erhielt er mit der rechten Hand einen Schlag auf das Brustbein, und einen weiteren mit der Handkante ins Genick.
«Mein lieber Gott», rief jemand aus, und bevor er wieder Atem holen konnte, war alles vorbei. Nur in Ginnys Geist spielte es sich qualvoll immer wieder ab.
Noch nie hatte sie so etwas wildes, brutales gesehen.
Als der Prinz sich vorwärts krümmte, als würde er zusammenklappen, traf ihn Steves linkes Knie im Gesicht. Er wurde dabei wieder aufgerichtet, und Ginny konnte sogar das Geräusch von brechenden Knochen hören. Seinem eigenen Impuls folgend, kam Steves rechter Fuß in Richtung des fallenden Mannes, während er mit dem linken Fuß in dessen Brustkasten stieß, der nach innen nachgab, als sei er aus Pappe. Auf dem Ballen des selben Fußes drehte er sich leicht und, immer noch mit der Grazie und der Präzision eines Tänzers, erteilte er den Gnadenstoß, ein letzter, vernichtender Schlag mit dem rechten Fuß auf das Herz.

«Mein Gott – wenn ich es nicht selbst gesehen hätte ... in weniger als einer Minute war er tot!»
«Ich habe fünf Sekunden gezählt.» Trotz der Pedanterie seiner Worte war die Stimme des Senators heiser. Er und der Sheriff hatten als erste das eisige Schweigen gebrochen, als Steve, ohne auch nur einen Blick auf das gebrochene, blutige Bündel, das einst ein Mann gewesen war, zu werfen, zu ihnen hinüberschlenderte. Sein Atem schien gleichmäßig.
«Danke, daß Sie meine Waffe hielten, Sir. Ich nehme sie jetzt wieder an mich.»
Ohne ein Wort streckte ihm Brandon den Revolvergurt hin und sah zu, wie ihn der Mann, der – so unglaublich das auch schien – sein Schwiegersohn war, um die Hüften schnallte. Er lockerte den schweren Pistolenhalfter, bis er tief genug auf den Hüften saß. War dieser Fremde der Verbrecher, den zu jagen und zu töten er sich geschworen hatte? Der selbe Mann, der bei seinem plötzlichen Gewaltsausbruch einen tiefen, kehligen Schrei ausgestoßen hatte, beinahe wie primitives Indianerkriegsgeschrei, ob welchem jeder der Männer hier erschauert war?
Er hatte Ginny zurück «gewonnen» – Gott, was für ein absurder Gedanke! Wenn Sonja das erfahren würde ... aber wie stand es um Ginny selber?
Sie übergab sich über die Reling, gestützt vom Arm des Grafen. Und als wäre die Erniedrigung nicht so schon groß genug, hörte sie hinter sich Steve mit jenem übertrieben höflichen Tonfall, den er, wenn es ihm gerade paßte, anwenden konnte, mit dem Grafen sprechen. Sie sprachen über ihren Kopf hinweg, während ihre Schultern noch bebten und sie sich hilflos erbrach – als wäre sie ein Stück Ware, das zur Verhandlung und schließlich zum Kauf stand.
«Ich nehme nun Ginny mit mir zurück. Sie verstehen, Graf Tschernikov? Sie ist im falschen Moment weggelaufen.»
«Sie sind also der Mann, von dem sie sprachen.» Der Graf seufzte auf. «Wir haben Sie unterschätzt. Besonders der arme Iwan. Haben Sie diesen Kampfstil in China gelernt?»
«Von einem chinesischen Freund, der ihn sein Leben lang studiert hat. Er ist nützlich für einen Mann, der vergessen hat, wie man mit einem Säbel umgeht.»
«Ach, Sie sprechen auch Französisch. Stimmt es denn, daß Ihre Ehe ...»
«Gar nie annulliert worden ist? Ja, es stimmt. Aber ich habe es selbst erst vor kurzem erfahren. Graf ...» Steves Stimme wurde härter und leicht ungeduldig, «Sie verstehen sicher, daß ich nicht länger hierbleiben kann, um alles zu erklären. Wenn Sie jemanden nach dem Gepäck meiner Frau schicken würden ...»

«Einen Augenblick! Prinz Sahrkanov ist tot – es war ein Duell, gut! Und zuvor wurde eine Abmachung getroffen; haben Sie keine Angst, daß ich darauf zurückkommen will. Aber was, wenn Ginny immer noch nach Rußland gehen will? Sie sehen ja, wie erschöpft sie ist, wie krank. Sicher ...»
«Ich habe nicht die Absicht, Ginny zu schlagen oder zu töten – falls Sie das beunruhigt, Sir. Und ich weiß warum Sie sie nach Rußland mitnehmen wollen. Aber sie muß zuerst hier noch einigen Verpflichtungen nachkommen.»
«Ich komme nicht mit dir! Nach allem, was ich erfahren habe, nach dem, was ich eben gesehen habe ... würde ich nirgendwohin mit dir gehen!» Ihr Gesicht war blaß, sie fröstelte am ganzen Körper; Ginny wandte sich von der Reling weg und ihre grünen Augen wirkten ungewöhnlich groß. «Du hast mich belogen, mich betrogen – und du warst nur hinter mir her, weil zu viele Leute erfahren hatten, daß wir ... Nein! Ich will nicht mehr länger mit dir verheiratet bleiben. Du willst mich, weil du glaubst, ich sei dein – Besitz! Weil dein dummer, heuchlerischer Stolz es verlangt, das ist alles! Ich ...»
«Ginny! Geh hinunter und hol deine Sachen. Nimm deine Schmuckstücke mit, denn du wirst sie tragen müssen, wenn wir uns in der Öffentlichkeit zeigen. Wenn du streiten willst, dann kannst du das später tun.»
Gegen diesen Ton, der keine Widerrede duldete, war sie machtlos, das wußte sie. Sogar Graf Tschernikov, der doch ein Mann war und männliches Ehrgefühl hatte, würde ihr nicht helfen. Und Iwan war tot – beim Gedanken an seinen Tod fühlte sie, wie sich ihr Magen wieder vor Übelkeit zusammenzog.
«Du wirst es bereuen!» sagte Ginny kindisch mit brechender Stimme. Darauf drehte sie sich um und ging in die Kabine.
«Sie bluten noch immer, darf ich Ihnen diese Schnitte pflegen, während wir noch einige Sachen besprechen?»
Fast zerstreut wischte sich Steve mit dem Ärmel seines zerschlissenen Leinenhemdes das Gesicht ab.
«Ich werde mich pflegen lassen, wenn ich an Bord meines Schiffes bin. Und ich weiß, was Sie mir sagen wollen, Graf Tschernikov. Dasselbe, was sie Ginny sagten.»
«Es ist wahr! Wollen Sie ihr im Wege stehen? Ich glaube, Sie hängen mehr an ihr, als sie weiß, meine arme, kleine Prinzessin. Und auch sie hängt an Ihnen, glaube ich. Aber sie jetzt gewaltsam mitzunehmen, jetzt wo sie so verwirrt, so aufgeregt ist ...»
«Zum Teufel!» Steve lehnte sich gegen die Reling. Er war plötzlich müde und sein ganzer Körper schwitzte. «Ich will Ihnen etwas sagen, Graf. Ginny muß jetzt mit mir zurückkommen, um einen

häßlichen Skandal zu verhindern, der sie, den Senator und alle um sie herum zu Grunde richten würde. Aber wenn sie in – sagen wir – einem Jahr noch immer das selbe will wie jetzt, werde ich sie selbst nach Rußland schicken, darauf gebe ich Ihnen mein Wort. Mit Gründen für eine Scheidung. Machen Sie mir nur jetzt um Himmels willen keine Unannehmlichkeiten mehr!»

Daraufhin erstarrte Ginny zu einer eisigen, unnahbaren Statue. Sie wollte mit niemandem sprechen. Man begleitete sie zur Einzelkabine der «Grünäugigen Lady», die ihr nur allzu vertraut war, und sie schloß die Tür hinter sich ab, warf sich aufs Bett und vergrub ihr Gesicht in den Kissen.

Sie wollte nachdenken – aber sie brachte keine zusammenhängenden Gedanken zustande. Sie schloß die Augen, aber die selben, schrecklichen Bilder erschienen wieder, als seien sie auf ihre Lider aufgedruckt, so daß sie mit einem Schrei auffuhr und sich in die verschwollenen Lippen biß.

Unter sich fühlte sie die vertraute Bewegung des Schiffes. Wohin brachte er sie – und warum? O Gott, warum?

Jemand versuchte, die Tür zu öffnen, aber sie gab keine Antwort. Schließlich entfernten sich die Schritte wieder. Sie lag noch immer quer über dem Bett und versuchte, sich zu entspannen und ihre Nerven zu beruhigen. Sie würde sich weigern, an Land zu gehen!

Es wurde wieder an die Tür geklopft.

«Ginny! Ginny! Verstehst du denn nicht, daß wir miteinander reden müßen?»

Der Senator. Ihr «Vater». Sie antwortete nur, weil sie befürchtete, er würde sonst die Türe aufbrechen.

«Ich will niemanden sprechen! Ich will endlich in Ruhe gelassen werden!»

Gedämpfte Stimmen vor der Tür, dann herrschte wieder Ruhe.

Wie lange? Sie nahm ein Pulver aus ihrem Retikül und kippte dabei die Schmuckstücke, die sie auf Befehl Steves mitgenommen hatte, auf den Fußboden. In einer Karaffe stand Wasser bereit, das ihre ausgedörrte Kehle kühlte. Jetzt würde sie vielleicht einschlafen können. Und schließlich, als die Wirkung des Pulvers einsetzte, kam der erlösende Schlaf wirklich. Sie glitt ganz plötzlich in den Schlaf hinüber, als tauche sie in einen tiefen Schacht.

In die Wirklichkeit zurückzukehren war weit schlimmer als das Ertragen der beängstigenden Träume, die sie in die dunklen Wirrnisse ihres Betäubungsschlafes verfolgt hatten.

Sie war darauf vorbereitet – beinahe vorbereitet – wieder mit Steve zu streiten. Aber seine ersten Worte, als sie die Augen öffnete und ihn vor sich stehen sah, nahmen ihr den Boden unter den Füßen weg.

«Du hast schon wieder eines dieser verdammten Pulver eingenommen, stimmt's?»
Ginny rollte sich auf die Seite; sie war hellwach und ihre Augen sprühten vor Haß.
«Ja, das habe ich! Was hast du denn erwartet? Wie kommst du überhaupt hier herein?»
«Ich habe einen Schlüssel.» Seine Stimme war trocken und wurde härter, als er hinzufügte: «Es wird keine Pulver mehr geben. Du wirst lernen müssen, ohne Krücken zu gehen.»
«Krücken? Wie meinst du das?»
Er hatte seinen Bart rasiert, und ein Säbelschmiß verlief bläulich über eine Gesichtshälfte. Er schaute auf sie herunter und seine Augen lagen im Schatten.
«Keine Pulver und keine Stärkungsmittel mehr, damit du ruhig schlafen kannst. Du wirst sie nicht mehr brauchen von nun an. Du wirst es selbst herausfinden.»
Sie bebte, aber sie zwang sich, Rache zu nehmen und sagte im verächtlichsten Ton, zu welchem sie fähig war:
«Das tönt ja, als ob du mir drohtest! Was hast du vor? Mich als Gefangene hierzubehalten?»
«Wir sind auf dem Weg nach Monterey. Du warst noch nie auf der Ranch, nicht wahr? Dein Vater und ich haben entschieden, daß es für dich gut wäre, wenn du einige Wochen dort verbringen würdest, damit deine Freunde in San Francisco sich an den Gedanken gewöhnen können, daß du neuerdings verwitwet bist.»
«Und dann?» Ginnys Stimme war kaum mehr als ein Flüstern; sie hoffte nur, daß er nicht sehen konnte, wie weiß ihre Knöchel waren, die die Sofalehne umklammert hielten.
«Und dann werden wir heiraten. In der Kirche, mit dem Einverständnis deines Vaters. Und halb San Francisco wird zu dem anschließenden Empfang eingeladen. Am Anfang wird wahrscheinlich darüber geflüstert werden, wie schnell du nach kurzer Witwenzeit wieder Braut geworden bist. Und sie werden sagen, du seist schon vorher meine Geliebte gewesen. Aber das ist immer noch besser, als eine Bigamistin genannt zu werden, nicht wahr, meine Süße? Und mit der Zeit werden sie aufhören zu flüstern und es hinnehmen. Ich habe deinem Freund, Graf Tschernikov, mein Wort gegeben, daß du in einem Jahr nach Rußland reisen darfst. Wenn du dann immer noch dorthin gehen oder sonst eine Reise nach Europa machen willst, wird dir das freistehen. Du kannst dich dann zur Scheidung entschließen.»
«Mein – oh, ich kann das nicht glauben! Ihr seid alle von Sinnen, Steve. Ich will nicht mehr tyrannisiert und zu etwas gezwungen werden! Ich weigere mich . . .!»

Schließlich war es einerlei, was sie sagte, wie sehr sie protestierte, sich gegen seine Willkür wehrte und ihm ihren Haß entgegenschleuderte.
Nach den ersten stürmischen Tränen und Schimpfworten, die mit der Zeit in ein flehentliches Bitten übergingen, schienen die einzelnen Augenblicke alle ineinander überzugehen, wie wenn Regentropfen gegen ein dunkles Fenster prasseln.

Zweites Buch
Steve

Vierter Teil

Die Opernsängerin

Dreiunddreißigstes Kapitel

Senator Brandon setzte sich behutsam in den Sessel, den ihm ein devoter Kellner bereit gestellt hatte. Sein Schwiegersohn, der sich höflich erhoben hatte, hob ironisch eine Augenbraue, und weiße Zähne blitzten kurz unter seinem Schnurrbart auf.

«Zuviel geritten, Sir? Ich habe von der Fuchsjagd auf dem Landgut des Commodore gehört.»

Brandon, immer noch ein gutaussehender, vornehmer Mann, schnaubte empört und griff nach dem Glas, das der Kellner vor ihn hingestellt hatte.

«Fuchsjagd! Was mich betrifft, so sollten uns die Engländer mit ihren wunderlichen Sitten verschonen. Ich habe dem Commodore Vanderbilt gesagt, daß ich, wenn er das nächste Mal in Kalifornien ist, eine richtige Jagd für ihn organisieren werde. Die Hügel hinter der Ranch sind voller Pumas.» Er nahm einen großen Schluck Bourbon und warf seinem Gefährten einen spöttischen Blick zu. «Und Sie? Welches Wild haben Sie in der letzten Zeit gejagt? Louis Van Rink sagte mir, er hätte Sie in der Oper gesehen, mit einer auffallend attraktiven Brünette. Es war doch nicht etwa die di Paoli? Ich dachte, die Dame spricht nicht mehr mit Ihnen?»

«Leider stimmt das, Sir. Aber zufällig wollte die Dame unbedingt eine ihrer Konkurrentinnen die *Lucia* singen hören, und sie hatte keinen Begleiter ...»

Steve Morgans gedehntes Lächeln ging diesmal bis zu seinen Augen hinauf; seine Augenwinkel zogen sich leicht zusammen. Er lehnte sich in seinen Sessel zurück und beobachtete seinen Schwiegervater.

«Ach so.» Brandon runzelte leicht die Stirn, sein kurzer Kommentar sprach Bände. Er starrte gedankenvoll in sein Glas und drehte es zwischen seinen Fingern, als er vorsichtig fortfuhr: «Nun – und ein Mann kann nicht gut ohne Gefährtin in New York herumspazieren, nehme ich an! Ganz besonders ...», er schaltete eine Pause ein, bevor er langsam und gedehnt weitersprach, «besonders wenn es auch seiner Frau nicht an Begleitern zu fehlen scheint in Paris, London und in St. Petersburg!»

Steve Morgan zuckte leicht die Schultern und setzte eine steinerne Miene auf wie ein Indianer. «Ginny ging nach Europa, um sich ein wenig zu vergnügen und um alte Bekannte zu treffen. Wir haben da eine Vereinbarung, Sir.»

«Und ich komme bei diesen sogenannten modernen Ehen einfach

nicht mehr mit», sagte Brandon gereizt. «Wie Sie ja wissen sollten, braucht meine Tochter eine feste Hand. Und sie scheint auch viel zu eigensinnig geworden zu sein. Was mußte ich da hören! Daß sie in Paris für irgendeinen Bildhauer Modell gestanden sei? Ein Freund von mir hatte die Frechheit anzudeuten, daß sie sogar ... Na, verdammt, ich habe gehört, dieser junge Mann sei auf eh ...»
«Normalerweise macht er nackte Statuen, aber in diesem Falle wurden scheinbar Stoffbahnen recht taktvoll um die strategischen Punkte drapiert – so hat mir Ginny jedenfalls in ihrem letzten Brief geschrieben.» Steve sah, wie der Senator rot wurde und fügte schnell hinzu: «Er hat sie ‹Galionsfigur› genannt. Wenn er die Figur ausstellt, ist es unwahrscheinlich, daß man mehr tun wird, als sich fragen, wer wohl das Modell war. Vielleicht ...», Steve streckte nachlässig seine langen Beine vor sich aus, und seine blauen Augen verengten sich leicht, «vielleicht werde ich sie selbst kaufen!»
Das Glas des Senators knallte auf den Tisch.
«Mein Gott, Steve! Ich bin überrascht, daß Sie Ginnys Eskapaden dermaßen auf die leichte Schulter nehmen! Wenn sie meine Frau wäre, würde ich sie strenger halten.» Brandon lehnte sich vor und nickte ungeduldig dem Kellner zu, der sein Glas auffüllte. «Was ist los zwischen euch beiden? Sonja schreibt – verdammt, hören Sie doch endlich auf, spöttisch die Augenbrauen hochzuziehen. Ich bin sicher, daß Sie die Gerüchte genauso wie ich vernommen haben! Sie hat viel zu oft jenen französischen Grafen getroffen, mit dem sie einmal verlobt war; und dessen Frau soll nicht gerade entzückt darüber sein! Die Frage ist, was werden Sie dagegen unternehmen? Sie nimmt von niemandem Ratschläge an – als Sonja es wagte, Einspruch zu erheben, ging sie hin und mietete sich eine eigene Wohnung, als wäre sie irgendeine ... Sie sollten sie sofort zurückholen lassen und, wenn sie sich weigert, ihr die Unterhaltszahlungen streichen!»
«Und dann erfährt sie von meinen eigenen, kleinen Sünden?» sagte Steve gedehnt. Sein dunkles Piratengesicht mit den hageren, verwegenen Zügen schien sich einen Augenblick lang vor seinem Schwiegervater zu verschließen – aber dann blitzte wieder ein Lächeln auf.
«Entschuldigen Sie, wenn sich das frech anhörte, Sir. Natürlich machen Sie sich Sorgen. Aber sehen Sie, Ginny – ich kann sie verstehen. Sie ist plötzlich und zum erstenmal in ihrem Leben reich und unabhängig, und natürlich flirtet sie fürs Leben gern. Aber ich glaube, sie tobt sich nur aus – und sie genießt es gründlich und schockiert so viele Leute wie nur möglich, wenn sie schon einmal dabei ist.»
Brandon schüttelte den Kopf.

«Ich verstehe euch beide nicht! Ich kann ja offen sein. Über eure Hochzeit und das Jahr, das ihr zusammen gewesen seid, wurde viel geklatscht, weil ihr euch eher wie ein Mann mit seiner Geliebten aufgeführt habt, als wie ein anständig verheiratetes Paar. Aber, bei Gott, wenn ihr getrennt seid ...»
«Wie Sie mir vor einiger Zeit in Erinnerung riefen, Sir, gibt es nichts besseres, als sich zu beschäftigen.»
Trotz der Sanftheit in Steves Stimme schaute Brandon ihn scharf an; und dann griff er mit einem ergebenen Achselzucken nach der Menükarte, die ihm ein Kellner hinhielt.
Natürlich ging es ihn nichts mehr an. Steve Morgan hatte jetzt die Verantwortung für Ginny, und er konnte nur hoffen, daß sie um Himmels willen bald mit diesen Dummheiten aufhören und zurückkommen würde. Entweder würde Steve mit der Zeit die Geduld verlieren und sie holen gehen, vermutlich nicht ohne dabei ein paar ihrer Liebhaber umzubringen – mit Schaudern versuchte er die Erinnerung an die blutige Szene an Deck des russischen Schiffes zu verjagen – oder ... Wie ernsthaft war das Verhältnis seines Schwiegersohnes mit Francesca di Paoli?
Brandon hatte Zeit gehabt, sich an die Wirkung, die Steve Morgan auf Frauen hatte, zu gewöhnen, und sogar etwas neidisch zu sein. Einige der Frauen waren auch alt genug, es besser zu wissen. Wenn er in einen Raum trat, wurden ihre Augen aufmerksam und wachsam, und sie verweilten fast hungrig auf ihm. Denn trotz der zivilisierten Schale war ein wilder Kern in Steve Morgan, und die Frauen fühlten das. Vielleicht machte es sein leichter, katzenartiger Gang aus, der ihnen den Eindruck verschaffte, er würde sich an sie heranpirschen. Oder jenes kaum hinter dem kecken Blick seiner blauen Augen verborgene Etwas, das jeder Frau bewußt werden ließ, daß sie ein Weib war.
Als Mann merkte der Senator lediglich, daß die Frauen Steve liebten – und einige zeigten es nur zu offensichtlich. Er fand es eigentlich recht vergnüglich, zuzusehen, wie sie ihm nachliefen, denn Steve langweilte sich nicht nur schnell, sondern er zeigte dies auch auf rücksichtslose Weise. Er war nicht der Mann, dem es Spaß machte, oder der seine Zeit damit verlor, mit verheirateten Frauen zu flirten oder geheime Stelldichein zu verabreden. Vor der di Paoli hatte Brandon eigentlich nie mehr als höfliche Aufmerksamkeit in Steves Benehmen gegenüber Frauen feststellen können.
Er konnte ihm nicht gut nachspionieren – aber als sie sich nach ihrem gemeinsamen Mittagessen trennten, lehnte Brandon in seiner Kutsche zurück und paffte ungewöhnlich energisch an seiner Zigarre. Seine Brauen waren zusammengezogen. Das Problem war, daß Francesca di Paoli nicht die Art Frau war, die ein Mann leicht

fallen lassen konnte; sie paßte eigentlich in keine bestimmte Kategorie. Sie war eine italienische Prinzessin, die letzte eines verarmten, aber unleugbar alten und vornehmen Geschlechts; außer einem außergewöhnlichen Koloratursopran besaß sie auch eine ausgesprochene Zielstrebigkeit und wenig Hemmungen.
Sie war in ganz Europa gefeiert worden, manches Duell war für sie ausgefochten worden, und sie hatte den Heiratsantrag eines Königs abgelehnt. Jetzt war sie dabei, die Neue Welt im Sturm zu erobern.
Francesca war aber durchaus nicht die typische, üppig gebaute italienische Opernsängerin. Sie war schlank – ihre Üppigkeit beschränkte sich auf die Kurven an den richtigen Stellen. Und sie war außerordentlich schön, mit einer blassen, madonnenhaften Haut; ihre klassischen, ovalen Züge wurden durch große, dunkel leuchtende Augen und eine Fülle dunkelbraunem, glänzendem Haar hervorgehoben, das sie gewöhnlich in einer Rolle im Nacken ihres kleinen Kopfes trug, um die Schlankheit ihres Halses zu betonen. Und diesen schlanken Hals zierten stets kostbare Juwelen – Geschenke ihrer Bewunderer. Nein, sie war bestimmt keine gewöhnliche Frau, genauso wenig wie Steve Morgan ein gewöhnlicher Mann war. Der beunruhigte Senator witterte Gefahr; und hätte er gewußt, wie die Signorina di Paoli auf ihren neuesten Bewunderer reagierte, so hätte er noch mehr Anlaß zur Beunruhigung gehabt. So aber dachte er erleichtert, daß Steve davon gesprochen hatte, bald nach Kalifornien zurückzukehren, um sich einigen Geschäftsangelegenheiten zu widmen. Wenn er das tat, würde sich die Sache in der Zwischenzeit legen; vielleicht würde er Ginny selbst schreiben und sie an ihre Verpflichtungen und an ihre Ehe erinnern, und ihr dabei ein oder zwei diskrete Andeutungen machen . . .
Francesca, die Prinzessin di Paoli, war eine Frau, die sich daran gewöhnt hatte, daß alles nach ihrem Willen lief. Wenn sie eine Affäre mit einem Mann hatte, dann kamen dafür zwei Gründe in Frage: entweder hatte er Geld und konnte ihre Karriere vorantreiben, oder er gefiel ihr während einer kurzen Zeit als männliches Tier – etwas, das ihre Begierde befriedigen konnte. Im einen oder im anderen Falle war *sie* es, die die Beziehung beherrschte, die sie eingegangen war. Aber dieses Mal war es anders – die Rollen waren vertauscht; obwohl sie sich gegen diesen Gedanken wehrte, reizte sie dies auch und sie war mehr als nur ein wenig interessiert.
Gleich und gleich gesellt sich – so vertraute sie ihrer Ankleiderin an, die früher ihre Kinderfrau gewesen und jetzt, als ihre Anstandsdame, auch ihre engste Vertraute war.
«Du sagtest mir oft, ich sei wie ein wildes Tier, das kratzt und beißt, um zu bekommen, was es will. Na? Sagtest du das nicht, Costanza? Und siehst du, er ist genau gleich! Unter seiner Oberfläche

verbirgt sich etwas Wildes, etwas fast Erschreckendes! Eine – ja, eine primitive Sinnlichkeit, das ist es! Ach, es macht mich so wütend, so rasend, daß er mich nicht ernst nehmen will. Manchmal möchte ich meine Zähne und meine Nägel tief in sein Fleisch graben, aber ich habe Angst davor. Kannst du dir das vorstellen? Ich – und Angst haben!»
Sie war der gefeierte Liebling zweier Kontinente – eine Frau, deren Wutanfälle und Temperamentsausbrüche von Liebhabern und Theaterdirektoren gleichermaßen gefürchtet wurden. Und dennoch hatte sie sich in letzter Zeit dabei ertappt, daß sie sich wie ein liebestolles Mädchen benahm, gegenüber einem Mann, der sie mit derselben Leichtigkeit und Ungezwungenheit genommen hatte, wie sie sonst ihre Liebhaber zu nehmen pflegte.
«Angenommen, ich erkläre mich bereit, in der Oper deines San Francisco zu singen? Sie haben mir natürlich viel Geld geboten, aber ich tue, was mir gefällt. Würdest du kommen, um mich singen zu hören?»
Die Diamanten, die er ihr so leichthin geschenkt hatte, als wären es Blumen, glitzerten an ihren Ohren und unterstrichen ihre dunkle Schönheit. In jenem Augenblick waren die Diamantohrringe das einzige gewesen, was sie auf dem Leibe trug.
«Natürlich würde ich kommen, Liebling. Wenn ich dann zufällig in San Francisco wäre.»
«Aber . . .», sie konnte einen leicht verdrossenen Tonfall in ihrer Stimme nicht ganz unterdrücken, «angenommen deine Frau ist bis dahin wieder zurück?» Seine blauen Augen, die im Scheine der Lampe fast so dunkel schienen wie die ihren, glitzerten ihr lässig zu.
«Selbstverständlich würde ich sie dir dann vorstellen.»
«Aber du würdest bei der großen Party, die nachher zu meinen Ehren stattfinden würde, nicht mein Begleiter sein?» fuhr sie unbeirrt fort.
«Ich weiß nicht, Cesca. Bis dahin hättest du vielleicht auch andere Vergnügungen entdeckt! In San Francisco gibt es viele Millionäre. Und in Texas auch», fügte er boshaft hinzu, denn er wußte, daß sie sich bereits verpflichtet hatte, nach einigen Vorstellungen in New Orleans auch in San Antonio zu singen.
Sie schaute ihn mit zusammengekniffenen Augen an und sagte zähneknirschend: «Ich frage mich, ob du weißt, wie wütend du mich machst? Ich sage dir, Stefano, *jene* bedeuten mir nichts!» Voller Widerwillen rümpfte sie die Nase und fragte im nächsten Atemzug: «Warum bist du nicht in mich verliebt? Bin ich nicht schön und anziehend genug für dich?»
«Du bist sogar sehr schön. Und wenn ich dumm genug wäre, mich

in dich zu verlieben, Cara, dann würdest du mich mit diesen wunderschönen, langen Nägeln in Stücke reißen.»
Sie seufzte nachdenklich und ihre Arme umfaßten ihn enger.
«Warum sind wir einander so ähnlich? Ich könnte dich deswegen beinahe hassen!»
«Beinahe? Ich glaube, mir gefällt deine Art zu hassen . . .»
Seine Lippen berührten ihren Mund, ganz leicht zuerst, bis ihre Hände zärtlich über seine gebräunte Haut strichen und das Spiel seiner Muskeln ertasteten. Sie bewegte sich absichtlich aufreizend, bis sie seine Begierde wachsen fühlte, und seine Küße vor Begehren beinahe grausam wurden.
Er begehrte – sie gab. Sie – Francesca di Paoli, für die Männer sich gegenseitig umgebracht hatten. Und all das nur, weil sie sich an einem Abend unerträglich gelangweilt hatte, und dieser große, blauäugige Abenteurer aus Kalifornien sie gemustert hatte, als sei sie eine Straßendirne. Seine Augen hatten sich dabei leicht verengt, und er schien ihr mit seinem Blick das raffinierte Kleid, das sie trug, vom Leibe reißen zu wollen. Sie hatte sich plötzlich schwindlig und schwach gefühlt, bis er wieder wegschaute, um sie den ganzen Abend keines Blickes mehr zu würdigen.

Vierunddreißigstes Kapitel

Mr. Bertram Fields, Finanzmann und Unternehmer, hatte drei ganze Stockwerke des Hotels Astoria gemietet. Er gab dort eine Soirée für die di Paoli, deren amerikanisches Début mit der Traviata sagenhaft gewesen war. Zu diesem Zeitpunkt war Francesca di Paoli bereits das Tagesgespräch der New Yorker Gesellschaft. Sie war nicht nur eine echte Prinzessin, sondern sie war auch noch schön dazu. Sie konnte nicht nur singen, sondern war auch eine gute Schauspielerin.
Die Frauen schwärmten zwar von der Perfektion ihres Gesanges, haßten aber das gefährlich Verführerische, das sie hinter dem kühlen und gelassenen Aussehen dieses neuen Lieblings der Gesellschaft ahnten. Die Männer – alle Männer, waren verrückt nach ihr; es gab keinen, der sich nicht vorstellte, wie es sein würde, eine Nacht mit ihr zu verbringen. Sogar die Kritiker hatten an ihr nichts zu bemängeln. Sie war ein Triumph, die neueste «Unvergleichliche».
In dem mit einer Glaskuppel versehenen obersten Stockwerk des Hotels befand sich ein Ballsaal, von dem aus man beim Tanzen die Sterne sehen konnte; dort hielt Francesca Hof. Nur die Elite und die

Schwerreichen hatten hier oben Zutritt. Francesca stand, an das Marmorgeländer gelehnt, an einem Ende des prachtvollen Ballsaals zwischen Mr. Fields und ihrem Impresario; anmutig nahm sie die Komplimente der vornehmen Gäste entgegen, die ihr vorgestellt wurden. Männer, die nicht in Begleitung ihrer Gattinnen waren, baten um die Ehre, mit ihr tanzen zu dürfen. Sogar die Allerreichsten rissen sich darum, mit ihr wenigstens einen halben Tanz tanzen zu dürfen – ein paar Walzerminuten.
«Vielleicht», sagte sie jeweils lächelnd. Mit einer leichten Grimasse und einem hilflosen Achselzucken verwies sie auf die Schlange von Leuten, die immer noch darauf warteten, ihr vorgestellt zu werden. Sie legte ihre Gelassenheit nie ab; ihr Lächeln war anmutig und strahlend zugleich. Nur ihr Impresario spürte ihre Langeweile und wurde nervös. Wenn sie sich in einer Phase zwischen zwei Liebhabern befand, oder einen hatte, dessen sie überdrüssig war, war Francesca immer gelangweilt und hungrig. Und das konnte sie auch zeigen, wenn sie Lust dazu hatte.
Sie war dem Präsidenten der Vereinigten Staaten und dessen Gattin vorgestellt worden. Und einigen auserwählten Senatoren und Mitgliedern des Repräsentantenhauses. Und auch einigen von jenen Millionären, die ihre Zeit mit Eisenbahnen, Ölbohrlöchern und Goldminen zubrachten. Männer, die Hunderttausende Hektaren Land besaßen und doch voller Sehnsucht von Europa sprachen. Und einige von ihnen träumten davon, sie mit ihrem Reichtum zu blenden – sie zu kaufen, sei es auch nur für eine Nacht oder ein paar Stunden. Denn es war inzwischen bekannt geworden, daß sie nichts davon hielt, sich auf einen einzigen Mann als Liebhaber zu beschränken, sei es ein König oder ein reicher Bürgersmann. Und sie soll einmal einem adligen Liebhaber gesagt haben, daß sie noch viel zu lernen hätte. «Über Musik, die mein Leben bedeutet – über das Leben an sich. Über das Lieben . . . ich brauche viele Lehrer, und jeder soll mir etwas anderes beibringen. Alles andere muß hinter meiner Karriere zurückstehen.»
«Francesca, meine Liebe – darf ich Ihnen Mr. Gould vorstellen? Mr. Jay Gould.» Als gäbe es noch einen anderen Mr. Gould! Sie hatte von ihm gehört – wer hatte das nicht? Francesca hielt dem untersetzten Mann mit der Flüsterstimme ihre Hand hin und lächelte ihr strahlendes Lächeln. Er sprach mit diesem übertrieben englischen Akzent, genau wie der andere Mann, den sie Commodore nannten. Warum benahmen sich all diese reichen Amerikaner bloß so geziert? Wie fad und langweilig sie doch alle waren! All die Bücher über Amerika, die sie sorgfältig studiert hatte, bevor sie hierher kam – reine Zeitverschwendung! Sie hatte männliche Männer erwartet, die zu diesem riesigen, halb-bezwungenen Land paßten; die

dieselbe mächtige Ausstrahlung hatten, wie das Land selbst. Und sie hatte nur einen Haufen anmaßender Heuchler vorgefunden, die die Franzosen, die Engländer nachäfften, als schämten sie sich ihrer Staatsangehörigkeit.
«Pah!» zischte sie Luigi leise zu. «Das sind doch keine Männer! Wo sind denn all die wilden Abenteurer geblieben, von denen Sie mir erzählten, um mich zu überreden, hierher zu kommen? Ich sehe nichts als herausgeputzte Lackaffen! Ich glaube, ich beginne bereits, diese Amerikaner zu verachten!»
Ihre wütenden, ruhelosen Augen wanderten schnell, ohne daß es jemand bemerken konnte, im riesigen Raum umher, während sie mit leicht geneigtem Haupt dastand, und so tat, als höre sie zu, was Mr. Fields erzählte.
Auch er war ein ehemaliger Liebhaber, aber er war alt und weise genug, seinen Abschied mit Würde zu nehmen, sogar mit Philosophie. Er hatte sogar eine gewisse Zuneigung zu seinem Schützling bewahrt. Jetzt lachte er plötzlich in sich hinein.
«. . . Sie haben kein einziges Wort mitbekommen von dem, was ich gesagt habe, nicht wahr? Soll ich Champagner bestellen, um Sie aufzuheitern?»
«Was? Bertram . . .», ihre reich beringten Finger berührten unvermittelt und mit einer gewissen Dringlichkeit seinen Arm; er nahm einen plötzlichen, dunklen Schimmer in ihren Augen wahr. «Wer ist er? Sagen Sie es mir schnell!»
«Er?» Field warf einen Blick in die Richtung, in die sie blickte; er lachte leise und belustigt und tat absichtlich so, als hätte er sie mißverstanden.
«Na – Illustrissima, das ist der amerikanische Senator William S. Brandon. Früher aus Virginia, jetzt einer unserer ehrenwerten Senatoren aus Kalifornien. Ein gutaussehender Mann, nicht wahr? Und wenn mich nicht alles täuscht, ist die Frau an seiner Seite die Frau seines Freundes Senator Hartman, der heute abend leider unpäßlich ist.»
Francescas feurige Augen blitzten gefährlich auf.
«Sie wissen genau, daß ich nicht den älteren Herrn meine! Man sieht ihm den Senator an – da hätte ich nicht erst zu fragen brauchen. Ich meine den anderen – der Mann bei ihm, der wie ein Gentleman angezogen ist, aber das Gesicht eines sizilianischen Banditen hat; der große, blauäugige mit dem feinen Schmiß im Gesicht.»
«Ach so.» Fields schlug einen gewollt unverbindlichen Ton an, aber seine Augenbrauen hoben sich und trafen sich in der Mitte, was ihm ein faunhaftes Aussehen verlieh. Er warf noch einen Blick zu den Neuankömmlingen hinüber, die immer noch bei der Türe stan-

den und mit Bekannten sprachen. Sie hatten es offensichtlich nicht eilig, dem Ehrengast vorgestellt zu werden.

Der dunkelhaarige Mann, der mit dem Senator eingetreten war, war gute fünfzehn Zentimeter größer als der Senator selbst. Er beugte den Kopf, um zu hören, was das hübsche blonde, aber etwas fade Mädchen in seiner Begleitung ihm zuflüsterte. Sie hielt ziemlich hilflos mit beiden Händen seinen Arm umklammert; an den Handgelenken trug sie Perlenarmbänder mit dunklen Saphiren.

«Ach so. Ist das alles, was Sie zu sagen haben? Nun? Ist er vielleicht ein ungeladener Gast – jemand, den Sie nicht kennen? Zögern Sie deshalb?»

Dies warf ihm Francesca in einem ziemlich vulgären Italienisch zu, welches sie immer dann gebrauchte, wenn sie wütend war; dann aber wechselte sie mühelos zu ihrem fast perfekten, charmanten Englisch, um einen weiteren Gast zu begrüßen.

«Vielen Dank, Signore! Es war mir ein Vergnügen, vor einem so sachverständigen Publikum zu singen . . .»

Als der Herr ihre Hand geküßt hatte, kurz zögerte und dann weiterging, sah Bertram Fields Francescas drohenden Blick und meinte gelassen: «Ich nehme an, Sie meinen den Gefährten des Senators, der wie ein Pirat aussieht? Sein Name ist Steve Morgan, er ist unser jüngster kalifornischer Millionär. Zudem ist er der Schwiegersohn des Senators.»

«Er hat eine *Frau?* So sieht er nicht aus! Ich nehme an, es ist jenes blonde Kind, das sich so fest an ihn klammert, als hätte es Angst, er würde entwischen?»

«Das blonde Mädchen, von dem Sie sprechen, ist die Tochter von Senator Hartman. Soviel ich weiß, reist die Gattin von Morgan mit ihrer Stiefmutter in Europa herum.»

«Wie interessant!» meinte Francesca mit einem sanften Schnurren; die langen Wimpern beschatteten ihre Augen. «Er sieht wirklich nicht aus, als wäre er verheiratet! Eher wie ein Bandit!» Dann wurde ihre Stimme gewollt verächtlich. «Aber ich nehme an, er ist genauso frech und aufschneiderisch wie die anderen. Hat er sein Geld mit Eisenbahnen oder mit Goldminen verdient? Oder weil er das Glück hatte, eine häßliche Senatorentochter zu ehelichen?»

Jetzt gluckste Fields laut.

«Ihre Krallen kommen heraus, Francesca! Die Tochter des Senators ist wirklich alles andere als häßlich. Und Mr. Morgan hat sein Geld mit eigenen Anstrengungen verdient, obwohl er aus einer der reichsten Familien Mexicos stammt. Es gibt allerdings Leute, die mit Ihnen einverstanden wären, daß er ein – wie sagten Sie? – ja, ein Bandit ist. Aber ich glaube wirklich . . .»

«Was Sie glauben, das können Sie mir nachher erzählen, mein gu-

ter Freund!» Francescas Stimme war plötzlich leiser und trügerisch sanft geworden. «Denn ich glaube, daß unsere späten Gäste sich endlich entschlossen haben, uns zu begrüßen.»
Die Prinzessin di Paoli schenkte dem Senator aus Kalifornien ihr gewinnendstes und strahlendstes Lächeln. Aber als sie Steve in die dunklen, überraschend blauen Augen sah, und er sich mit einem ironischen Lächeln über ihre Hand beugte, zeigte sie sich plötzlich kühl. Was für ein abscheulich arrogant auftretender Mann! Er hatte sie kurz und frech gemustert, als sei sie irgendeine Hure, die sich anbietet.
Francesca hoffte, ihn aus der Fassung zu bringen und sprach ihn auf italienisch an; mit einem offensichtlich falschen Lächeln zeigte sie ihre perlenweißen Zähne. Er verdiente, daß man ihn auf seinen Platz wies!
«Und Sie, Signore, lassen Sie mich raten, Sie sind entweder ein Goldsucher, oder ein Holzfäller – immer noch unbeholfen in einem Salon wie diesem, wie so viele ihrer ungehobelten Landsleute!»
Francesca konnte nicht umhin zu bemerken, daß, wenn er lächelte, sich seine von der Sonne eingebrannten Fältchen an den Augenwinkeln zusammenzogen und die feine Narbe auf seinem Piratengesicht sich vertiefte, während seine Zähne im sonnengebräunten Gesicht aufblitzten.
«Ihr beißender Humor kann nur noch von Ihrer wahrhaft schönen Stimme überboten werden, Signorina! Und von Ihrer Schönheit – besonders wenn sie von solch blitzenden, schwarzen Augen hervorgehoben wird.»
«Sie schmeicheln mir, Signore», sagte sie ungekünstelt und in englischer Sprache und lächelte den anderen zu. «Bitte entschuldigen Sie mich – ich habe die schlechte Gewohnheit, mich manchmal zu vergessen und in meiner Muttersprache zu sprechen. Was für eine Überraschung, daß Sie Italienisch sprechen, Signore. Und so fließend!»
Francesca kritzelte ihren Namen auf das Programmheft, das ihr Miß Hartman schüchtern hinhielt. Sie schaute dabei an dem Mädchen vorbei zu Steve Morgan, mit einer Mischung aus Wut und Herausforderung, die er mit einer kleinen Verbeugung und einer höflichen Bemerkung quittierte.
Das diebische Leuchten, das noch vor einer Minute in seinen Augen gestanden hatte, war verschwunden und hatte vollkommener Gleichgültigkeit Platz gemacht.
Im überfüllten Raum sah ihn Francesca noch einige Male; er spielte ganz und gar den ergebenen und charmanten Begleiter, ungeachtet der klettenhaften Finger von Miß Hartman. Er tanzte mit keiner anderen Frau außer mit Sally Hartmans Mutter; und, als wollte er sei-

ner Gleichgültigkeit auch noch eine Beleidigung folgen lassen, verließ er mit seiner Begleitung früh das Haus.
«Was für ein Barbar! Und warum soll ich diese unbeholfenen, unhöflichen Amerikaner ertragen – ich frage Sie – warum?»
Francesca hatte sich in eine richtige Wut hineingesteigert und ging nun in ihrem Zimmer auf und ab, während ihre Zofe, die diese Wutausbrüche kannte, mit steinerner Miene fortfuhr, ihre Kleider zusammenzulegen und in einer Ecke des Zimmers zu ordnen. Bertram Fields lehnte mit verschränkten Armen und hochgezogenen Augenbrauen gegen den Kamin. Ihr Impresario, Luigi Rizzo, gegen den ihr Wortschwall gerichtet war, duckte sich in seinem Armsessel, als erwarte er jeden Augenblick ein Wurfgeschoß aus Francescas Richtung, etwas, was gar nicht etwa selten vorkam.
Die Prinzessin hielt inne und stützte ihre Hände in die Hüften wie ein sizilianisches Waschweib; ihre Blicke erdolchten den unglücklichen Rizzo beinahe.
«Dieser Mann! Warum wurde er an *meinen* Empfang eingeladen? Habt ihr gesehen, wie er mich angeschaut hat? Wie grob und frech? Wäre ich ein Mann, hätte ich ihn dafür geschlagen!»
«Aber Principessa . . .»
«Sprechen Sie nicht mit mir! Es gibt keine Männer um mich! Und *er*, dieser schwarze Bandit – hat mich nicht einmal zum Tanzen aufgefordert, so daß ich hätte ablehnen können. Sagt mir, was ist das für ein Mann? Er hat mich von Kopf bis Fuß gemustert, um dann den Heuchler zu spielen. War es, weil sein Schwiegervater anwesend war? Hatte er Angst vor seiner Frau? Oder vor Frauen ganz allgemein? Vielleicht begleitet er deshalb gern kleine, alberne Mädchen!»
Als Francesca di Paoli zwei Tage später auf die Bühne trat, wurde ihr die Freude am donnernden Applaus tüchtig verdorben, denn sie sah den Mann, der ihr ein Dorn im Auge war, in einer Loge, allein mit einer umwerfenden, blonden Schönheit.
In der Pause nach dem ersten Akt wischte Francesca in ihrer Garderobe alle Vasen und Kristallschalen mit Blumen zu Boden, während die geduldige Ankleiderin ergeben die Hände rang.
Sie ging auf die Bühne zurück und spielte eine unterwürfige, ergebene Violetta. Ihr Impresario und Mr. Fields schüttelten erleichtert den Kopf und Costanza räumte mit unbewegtem Gesicht alles wieder auf.
Nachher legte Francesca von neuem los.
«So! Jetzt sagt mir eines! Dieser Bandit – er liebt diesen kühlen, nordischen Typ, der seine Männlichkeit nicht herausfordert? Ich nehme an, seine Frau ist so? Blasses, farbloses Haar und ein Körper aus Eis?»

Bertram Fields, der alle Ausbrüche seiner ehemaligen Geliebten zu deuten verstand, hatte sich die Mühe genommen, einiges über Steve Morgan in Erfahrung zu bringen.

«Seine Frau sieht, nach allem was man so hört, wie eine ungarische Zigeunerin aus; ihr erster Mann war ein russischer Prinz, der auf rätselhafte Weise auf dem Meer ums Leben kam. Und was diesen Mr. Morgan angeht, so wäre ich vorsichtig, Prinzessin. Es wird geflüstert, er sei nicht weit von dem entfernt, was Sie einen Banditen nennen. Bevor er plötzlich auf der Finanzszene erschien, war er ein Glücksritter. Er kämpfte für Juarez in der blutigen mexikanischen Revolution, die Kaiser Maximilian stürzte. Und vorher – ich hörte Gerüchte, er sei ein Verbrecher gewesen, auf dessen Kopf, lebendig oder tot, eine Prämie ausgesetzt worden war. Vergessen Sie ihn. Es gibt andere Männer – und Sie ziehen ja zahme, und solche, die Sie bewundern vor, nicht wahr?»

«Wie *Sie* waren?» schnauzte sie ihn grausam an, und er zuckte hilflos die Achseln.

«Das kurze Verhältnis, das Sie und ich miteinander hatten, ist längst vorbei, Bellissima. Und im Moment stellen Sie für mich eine beträchtliche Geldanlage dar. Was ist los, liegt Ihnen Ihre Karriere nicht mehr am Herzen?» Seine Stimme wurde fester, als er hinzufügte, «Sie sollten bei der Art Männer bleiben, die sich damit zufrieden geben, Sie begleiten zu dürfen, Ihnen täglich Schmuck und Blumen schicken, und die geduldig warten, bis Ihr Auftritt vorüber ist. Vergessen Sie diesen Steve Morgan. Er verläßt Kalifornien sowieso bald.»

In einem plötzlichen, launenhaften, für sie so typischen Stimmungsumschwung hörte Francesca auf, mürrisch in ihrem Teller herumzustochern. Sie hob das feine Kristallglas und lächelte geheimnisvoll mit verengten Augen.

«Das glauben Sie? Aber zuvor werde ich ihn wieder treffen. Und dann werden wir sehen!» In ihren Augen stand ein seltsames Glitzern, das Bertram Fields nur zu gut kannte. Immer noch lächelnd legte sie den Kopf zurück, um den letzten Tropfen Wein auszukosten, ehe sie sich über den Tisch lehnte. «Sie wissen doch, daß ich darauf bestehe, daß alles nach meinem Willen geht, Bertram. Und da ich für Sie eine solch einträgliche Geldanlage bin, werden Sie alles unternehmen, um mich glücklich zu machen ... ja, das weiß ich. Sie sind so ein netter Mann! Wir werden also die Einladung dieses außerordentlich reichen Mr. Gould annehmen und ein Wochenende in dem Ort mit dem unaussprechlichen Namen verbringen, wo er sein Gut besitzt. Ich glaube, er wird auch Senator William Brandon aus Kalifornien einladen. Und seinen Schwiegersohn natürlich!»

Fünfunddreißigstes Kapitel

Für das Wochenendfest von Mr. Jay Gould waren nur etwa hundert Gäste geladen. Bertram Fields hatte Francesca erklärt, daß die Gästeliste sehr exklusiv sei, aber sie hatte nur mit den Achseln gezuckt, als sei das für sie nicht von Bedeutung.
«Sie werden einige sehr reiche Männer kennenlernen – und Mr. Goulds Partner bei der Erie-Eisenbahngesellschaft natürlich.» Fast an sich selber gerichtet fügte Fields hinzu: «Ich nehme an, sein Motto für das Wochenendfest bestätigt gewisse Gerüchte, die ich gehört habe. Während Cornelius Vanderbilt *seine* Gäste zu einer Fuchsjagd nach englischer Tradition einlädt, fördert Mr. Gould den amerikanischen Westen.»
Mr. Fields hatte viel Sinn für Geschäfte, und ausnahmsweise zeigte Francesca auch ein wenig Interesse. Sie hob eine Augenbraue und fragte: «Na? Erzählen Sie mir ein wenig von diesem westlichen Motto, wie Sie es nennen. Werden wir Kostüme tragen müssen?»
Fields warf ihr einen belustigten Blick zu und gab ihr ausführlich Auskunft.
Mr. Gould hatte auf seinem großen Landwesen eine typische Stadt aus dem Westen errichten lassen. Einen Saloon und ein Hotel mit falscher Fassade. Sogar ein Gefängnis und eine Bank. Gehsteige säumten staubige Straßen. Die Gäste, die nicht selber aus dem Westen stammten, würden passende Kleider erhalten und es würde ein Rodeo stattfinden, bei dem vorgeführt würde, wie man ein Pferd zureitet, wie man Vieh mit einem Brandmal zeichnet, und auch Kunstreiten war vorgesehen. Die Gästeliste enthielt die Namen einiger Besitzer der größten Ranchen im Westen und Südwesten. Leute wie «Shanghai» Pierce und Oberst Goodnight, die ihr Vieh möglicherweise bald mit der Eisenbahn zu den Märkten transportieren würden. Mr. Gould besaß bereits einen großen Anteil der Union-Pacific-Aktien, und es hieß, er würde noch mehr kaufen. Und natürlich war der Schwiegersohn von Senator Brandon bereits einer der wichtigsten Aktieninhaber der Central-Pacific ...
«Außerordentlich interessant!» schnurrte Francesca. «Sie müssen mir mehr darüber erzählen. Schließlich will ich nicht unwissend erscheinen!»
Francesca di Paoli hatte vor, am Freitag abend zu erscheinen. Mit einer kleinen Verspätung kam sie an; in ihrer Begleitung waren die treue Costanza, ihr Impresario Luigi Rizzo und Mr. Fields. Sie zeigte sich überrascht beim Anblick der bewaffneten Männer am Pförtnerhaus, die seltsame Kleider, große Hüte und ein ganzes Arsenal von Gewehren und Pistolen in Halftern trugen. Sie war be-

reits für ihre Rolle als Saloon-Tänzerin verkleidet; sie trug ein gewollt auffallendes und vulgäres Satinkleid, das so tief ausgeschnitten war, daß es einen großen Teil ihres Busens freizügig zeigte. Der Rock war auf einer Seite provozierend geschlitzt, darunter trug sie schwarze Netzstrümpfe und ein Strumpfband mit einer roten Rose. Und trotz Costanzas Protesten hatte sie Wangen und Lippen rot geschminkt, und in den Haarknoten im Nacken eine rote Satinrose gesteckt.
«Sie sind doch schon aufgeregt genug!» hatte Costanza gewettert, als sie ihr beim Ankleiden geholfen hatte. «Sie brauchen nicht noch mehr Farbe im Gesicht – und auf dem Mund!»
Francesca hatte die geschürzten Lippen ihrer Zofe übersehen und schelmisch geantwortet: «Aber wenn ich eine Dame der Halbwelt spielen soll, dann muß ich doch entsprechend aussehen! Du nörgelst zu viel, Costanza!»
Francesca ließ die übereifrige Zofe im Zimmer zurück. Sie wurde von Mr. Fields zum Abendessen geleitet, saß aber am Tisch zwischen Senator Brandon und Mr. Shanghai Pierce – einem kleinen, eitlen Mann mit unruhigen Händen und Augen, der ihr vom ersten Augenblick an zuwider war.
Das wenigen auserlesenen, vornehmen Gästen vorbehaltene Abendessen fand in einem glasüberdeckten Hof statt, der einem das Gefühl gab, man säße wirklich im Freien. Sie hätte es vielleicht mehr genossen, hätte da nicht ein ganz bestimmter Mann gefehlt, und wäre da andererseits nicht dieser höchst unsympathische Mr. Pierce gewesen, der die ungeschliffenen Amerikaner, die sie bis dahin getroffen hatte, geradezu verkörperte. Sie hatte vernommen, er sei sehr reich; sie verstand aber kaum ein Wort von dem was er sagte, denn er hatte einen starken, ihr fremden Akzent. Außerdem mußte sie ihm mehrere Male mit dem Fächer auf die Hände schlagen, was ihn veranlaßte, laut zu glucksen und auszurufen: «Aber verdammt noch mal! Unsere Saloonmädchen zu Hause wollen doch so behandelt werden!»
Francesca war ausgesprochen erleichtert, daß der Senator seinerseits ein perfekter Gentleman war. Absichtlich drehte sie dem ungebärdigen Mr. Pierce eine nackte Schulter zu und widmete ihre Aufmerksamkeit fast ausschließlich dem Senator, obwohl ihre von dunklen Wimpern beschatteten Augen ruhelos im Raume umherwanderten. Wo *war* er? Wenn er nicht käme, hätte sie große Lust, Bertram umzubringen, dachte sie die ganze Zeit, während sie bescheiden und diskret mit dem Senator flirtete.
An diesem Abend betonte sie ihren Akzent mehr als sonst.
«Wie ich hörte, haben Sie eine sehr schöne Gattin, Signore. Wie kommt es, daß ich sie noch nicht kennengelernt habe?»

«Sie weilt mit meiner Tochter in den Ferien in Frankreich, leider. Sonst hätte sie bestimmt keinen Ihrer Auftritte verpaßt!» Seine galante Antwort wurde mit einem Lächeln und einem koketten Aufblitzen dunkler Augen belohnt.
«Ach, aber ich bin sicher, Sie waren nicht zu einsam, nicht?» sagte Francesca di Paoli neckend. «Ein so gutaussehender Mann . . . Sie haben doch nichts dagegen, wenn ich so offen bin? In Italien nehmen wir das Leben wie es ist. Ihre Gattin und Ihre kleine Tochter – vermissen Sie sie sehr?»
«Sie schmeicheln mir, Signorina! Meine Tochter ist leider kein Kind mehr. Sie ist eine verheiratete Frau – ganz erwachsen und viel zu eigensinnig. Sie ist eigentlich in Paris aufgewachsen . . .»
«Aber das verstehe ich nicht. Ihre Tochter? Es ist kaum zu glauben, daß Sie eine Tochter haben sollen, die alt genug ist, um verheiratet zu sein! Aber warum verläßt sie ihren Gatten um nach Paris zu gehen? Oder ist er mit ihr gegangen?»
Während Francesca ihre Rolle sehr feinfühlig spielte, wandte sich Shanghai Pierce seiner Tischpartnerin zur Rechten zu, einem schrill lachenden Weib mit einem üppigen Busen. Er schaute ihr in den Ausschnitt ihres Kleides und legte eine Hand auf ihr Knie. Als sie nervös zu kichern anfing, gluckste er nur.
Italiener! Ausländer! Ihr Kauderwelsch würde er sowieso nie verstehen. Und diese Mrs. Dingsda verstand zumindest seine primitiven Annäherungsversuche. Zum Teufel mit herausfordernden italienischen Opernsängerinnen!
«Lieben Sie Opern?» fragte Francesca. «Leider kommen die meisten Männer nur in die Oper, weil ihre Frauen darauf bestehen. Und dann schlafen sie ein!»
«Ich bezweifle, daß auch nur ein einziger Mann einschlafen wird, wenn Sie auf der Bühne stehen!» Wie vorauszusehen, antwortete Brandon mit der üblichen Galanterie.
«Wie Sie mir schmeicheln! Aber sehen Sie, Sie erinnern sich sicher nicht mehr an das erste Mal, als wir uns trafen. Geben Sie es zu!»
«Wie könnte ich das vergessen haben? Bertram Fields war so nett, uns einzuladen – ich kam nur, um Ihnen vorgestellt zu werden.» Schwarze Augen lächelten kokett unter langen Wimpern.
«Das sagen Sie nur aus Höflichkeit. Sie baten mich nicht um einen Tanz – und Sie gingen früh weg. Sehen Sie, ich bemerke alles, wenn es mich interessiert. Und Sie waren in Begleitung von zwei schönen Frauen. Stimmt das nicht?»
«Ich begleitete damals die Frau eines guten Freundes.» Brandon lachte bei der Erinnerung leise in sich hinein. «Und wie ich mich erinnere, mußte ich meinen Taugenichts von einem Schwiegersohn dazu überreden, deren Tochter zu begleiten.»

«Ach?» Francesca tat absichtlich so, als sei sie wenig interessiert. «Ach ja – wenn ich darüber nachdenke, dann erinnere ich mich, daß noch ein anderer Mann bei Ihnen war. Jemand, der Italienisch sprach. Ihr Schwiegersohn, sagten Sie?»
William Brandon, den man nicht so leicht zum Narren halten konnte, seufzte innerlich auf. Er hätte es natürlich erraten müssen. Laut sagte er höflich: «Ja, genau. Der Mann meiner Tochter Virginia. Er muß heute abend auch hier sein. Wahrscheinlich im Saloon mit einigen der Cowboys aus Texas.»
«Texas – was ist mit Texas?» Als sei er plötzlich zu neuem Leben erwacht, lehnte sich Shanghai Pierce absichtlich über sie, wobei er sich bemühte, mit seinem Ellbogen ihren fast nackten Busen zu streifen. «Hören Sie – lassen Sie sich von seinem gewandten Gerede nur nicht einwickeln, hübsches Mädchen! Da gibt es nichts zu sagen gegen Texas – und Kalifornien kennt sicher mehr Gewalt als Texas! Nicht, Brandon? Fragen Sie nur Ihren Schwiegersohn, das Früchtchen – in gewissen Teilen von Texas wird er noch immer gesucht, so hörte ich! Verdammt! Ihre Tochter muß wirklich was besonderes sein, um einen schlimmen Hombre wie ihn zu fesseln!» Mr. Pierce lachte. «Warum ist er eigentlich nicht hier? Wahrscheinlich macht er Radau mit meinen Cowboys, oder?»
Senator Brandon unterbrach sein undeutliches Gebrabbel mit frostiger Stimme.
«Ich glaube kaum, daß die Dame hören will . . .!»
Amüsiert heftete Shanghai Pierce seine kleinen, hellblauen Augen auf Francesca. «Ja – ja! Wann werden Sie Ihre Sache bringen, he, hübsches Mädchen? Ich meine singen, auf amerikanisch? Werden Sie das tun?»
Francesca schauerte leicht; sie war enttäuscht, daß das Gesprächsthema so schnell gewechselt hatte.
«Bald, Mr. Pierce. Sobald Mr. Gould bereit ist, und wir alle mit dem Abendessen fertig sind. Und ich versichere Ihnen, daß ich Englisch singen kann.»
Senator Brandon war Signorina di Paolis Begleiter, als die Tischgäste sich schließlich gemächlich zum grell bemalten Holzgebäude hinüberbegaben, das sich Nugget Saloon nannte.
Eine gelassen wirkende Frau, die in ihrem roten Satinkleid eher wie eine Bordelldame aussah, begleitete Francesca die Hintertreppe hinauf.
«Nichts zu befürchten, meine Kleine», sagte die Frau beruhigend mit heiserer Stimme. Sie gehen nur hinter mir die Treppe hinunter und singen Ihr Lied auf der Bühne – vom Treppenabsatz aus können Sie sie sehen.»
«Oh, ich habe keine Angst!» sagte Francesca leichthin. Ihr ge-

schlitzter Rock gab provozierend ein Stück Schenkel frei, als sie, bewußt in den Hüften wiegend, die Treppe hinunterging.
Zuerst hörte sie ein wildes, rebellisches Aufschreien – ein markdurchdringender Laut, der sie beinahe davon abbrachte, vor so einem lauten und zusammengewürfelten Publikum zu singen. Im Hintergrund klimperte irgendwo ein Klavier, man hörte Stimmengewirr und Gelächter und dazu das Klirren von Flaschen und Gläsern. So also sah es in einem Western Saloon aus.
Die wichtigsten Gäste von Mr. Gould saßen an Tischen, die im Raume verstreut waren. Verschiedene Männer drängten sich um Spieltische und schauten nicht einmal auf. Entlang einer mit Spiegeln verkleideten Wand war eine Theke angebracht; dahinter standen mehrere unermüdliche Kellner, deren Spezialität es anscheinend war, Gläser die lange, mit Mahagoni abgedeckte Bar hinunterschlittern zu lassen. Hier hatten sich die Cowboys aus Texas gefunden, um auf ihre eigene Art zu «feiern» – sie lärmten so laut sie nur konnten, knallten Flaschen und Gläser auf die Theke und erzählten einander fragwürdige Geschichten.
Francesca war ehrwürdiges Schweigen oder höflichen Applaus gewohnt, wenn sie auf die Bühne trat; und sie dachte boshaft, daß diese Männer offensichtlich nicht weit von Tieren entfernt seien. Ihre Art Beifall bestand darin, zu pfeifen, mit den Füßen zu stampfen und freche Bemerkungen herumzuschreien. Francescas schwarze Augen blitzten vor Wut, sie lächelte aber weiterhin.
«Jedes Mädel, das soviel Bein und Busen zeigt, will nur eines!» erklärte Shanghai laut Senator Brandon, der neben ihm saß. «Sehen Sie mal meinen Aufseher, Jed Langley – jener große Mann im karierten Hemd. Jed hat seine eigene Art, mit Frauen umzuspringen, wenn er etwas sieht, was er will . . . mit seinem Sechser-Revolver ist er schnell genug, um jegliche Konkurrenz abzuschrecken.»
Ein braunhaariger Mann, der in seiner Derbheit nicht schlecht aussah, hatte sich direkt vor der Bühne einen Platz geräumt und einen Stabellenstuhl so herumgedreht, daß er rittlings darauf saß und seine Arme auf die Lehne aufstützen konnte; mit unverhohlener Begierde starrte er die Frau auf der Bühne an, die mit charmantem Akzent zu singen begonnen hatte.
«Ich glaube, *das* hängt ganz davon ab, wen die Dame will», sagte Brandon nachdenklich mit seinem schleppenden Akzent aus Virginia. Wie alle anderen anwesenden Männer hatte er die di Paoli studiert, und er hatte gemerkt, daß sie ihr Lächeln und ihre koketten Blicke auf zwei Männer zu verteilen schien – Langley, und einen Mann, ganz am Ende der Bar.
«Ich wette Tausend für den Anfang, daß Langley sie kriegt!» Shanghai zog ein Bündel Banknoten aus der Jackentasche und warf

sie herausfordernd auf den Tisch. Er hatte laut genug gesprochen, um die Aufmerksamkeit von ein paar anderen, in der Nähe sitzenden Herren auf sich zu ziehen. Einer von ihnen, Jim Fisk, ein unverbesserlicher Spieler, beugte sich laut lachend zum Senator hinüber. «Nehmen Sie die Wette an, Brandon? Ich glaube nämlich, der andere Mann, dem die Dame ihre Aufmerksamkeit schenkt, ist zufällig Ihr Herr Schwiegersohn!»
Verärgert über die lächerliche Situation, in die man ihn gebracht hatte, gelang es Brandon doch, sich nichts anmerken zu lassen, als er seine Brieftasche hervorzog. Er hatte keine andere Wahl; es ging jetzt um Stolz und Ehre.
Sogar Jay Goulds Flüsterstimme konnte man anhören, daß er sich innerlich amüsierte. Er hob eine Augenbraue. «Texas gegen Kalifornien, ja? Das gibt eine interessante Wette; eine, bei der ich selber auch mithielte, wäre ich ein Spieler.»
Bereits hatten einige andere Herren, die am selben Tische saßen, ihre eigenen, privaten Wetten abgeschlossen, und der durch nichts mehr zu bremsende Mr. Fisk schürte fleißig und schlau das Feuer. Er vertrat die Meinung, daß ein Pistolenduell vielleicht unterhaltsamer wäre als ein Rodeo.
«Und haben die Männer im Westen nicht auf diese Art ihre Streitigkeiten beigelegt? Nach dem was ich jetzt sehe, wird es vielleicht eine kleine – na, Auseinandersetzung zwischen den beiden Bewunderern der Dame geben!»
Senator Brandons bestürzter Blick folgte Fisks Kopfbewegung. Unter dem Stiefelgestampfe und lautem Geschrei der dankbaren Cowboys hatte Francesca ihr Lied beendet. Sie nahm Jed Langleys galant hingestreckte Hand mit einem strahlenden Lächeln und provokant gesenkten Wimpern, schüttelte aber neckisch den Kopf, als er ihr etwas zuflüsterte und ging allein zur Theke hinüber. Sie stützte einen Ellbogen auf die Bar, neigte den Kopf leicht zur Seite und lächelte in ein paar leicht spöttische, blaue Augen.
«Zahlst du mir was zu trinken – Cowboy?»
«Sind Sie sicher, daß Sie nicht Unannehmlichkeiten suchen, Signorina? Ihr feuriger Anbeter blickt finster und blutrünstig in unsere Richtung.» Steve sprach mit trockener Stimme, aber dennoch hob sich ein Mundwinkel zu einem höhnischen Lächeln.
Francescas Nasenflügel hoben sich; ein Zeichen, daß sie wütend war.
Sie schmollte: «Wie ungalant! Oder vielleicht haben Sie... Angst?»
Jetzt lächelte er ihr offen zu, wobei sich die Fältchen in seinem Gesicht vertieften.
«Das hängt ganz davon ab, was Sie im Sinn haben, Signorina.

Wenn ich mich in einen Kampf einlasse, dann will ich zuerst wissen, wofür ich kämpfe.»
«Für – mich! Finden Sie, der Einsatz sei die Mühe wert, Signore?»
Sie fing seinen Blick auf und hielt ihn einen Augenblick lang fest; die halb spöttische, halb trotzige Aufforderung hing zwischen ihnen in der Luft.
Und diesen Blick sah Jed Langley, als er sich streitsüchtig einen Weg zur Theke freimachte; die Männer wichen zurück, um ihm Platz zu machen, so daß sie plötzlich allein in einem kleinen, freien Raum standen – Langley, die Frau und Steve Morgan.
Bis auf das Klavierklimpern herrschte plötzlich Schweigen in dem überfüllten, rauchigen Raum. Brandon ertappte sich dabei, daß er seinen Schwiegersohn beobachtete. Er sah, daß dieser seine Position fast unmerklich leicht verändert hatte, so daß er jetzt Langley gegenüber stand. Seine linke Schulter war gegen die Theke gerichtet, sein rechter Arm hing lose und entspannt dort herab, wo seine Pistole im Hüfthalter verborgen war. An diesem Abend trug Steve ein verblichenes, blaues Hemd unter einem Ledergilet und eine dunkelblaue, in Lederstiefel gesteckte Hose. Er unterschied sich kaum von den Männern aus Texas, außer vielleicht durch die sprungfederhafte Spannung, die man ihm schon von weitem ansehen konnte; für die Sachverständigen war das typisch für einen berufsmäßigen Pistolenschützen.
Langley hätte es auch sehen sollen, aber er war schon viel zu wütend, daß er noch klar denken konnte. Er rechnete nicht mit einem Pistolenschützen. Er sah nur den großen Mann mit den ausgesprochen blauen Augen, der so verkleidet war, als *sei* er einer, und der eine Pistole in einem tiefsitzenden Halfter trug – aber all das war doch nur Schwindel, denn der Mann war ja das, was er verächtlich einen «Geck aus dem Osten» zu nennen pflegte – lediglich einer der Gäste; aber das war ja einerlei, denn sein Meister tat nichts, um die Geschehnisse aufzuhalten. Langley konnte sogar irgendwo hinter sich Shang laut glucksen hören. Pierce liebte Gecke genauso wenig wie er, und sein Meister hätte bestimmt gar nichts dagegen, wenn er einem dieser Playboys eine Lektion erteilte. Zum Beispiel – wenn einer eine Waffe trägt, dann muß er sie auch gebrauchen können. Und dann war da ja vor allem die Frau. Eine ausländische Frau – eine Opernsängerin, so hatte jemand gesagt. Aber das sagte Jed Langley nichts. Jede Frau, die für Geld auf einer Bühne sang, in welcher Sprache auch immer und zu welcher Gage, war eine Frau mit Erfahrung. Nicht gerade eine wirkliche Dame, aber immerhin auch kein leichtes Mädchen. Irgendwo dazwischen. Er wollte es wissen – und sie hatte während dieses sentimentalen Liebesliedes mit ihm geflirtet. Er war seiner Sache sicher gewesen, bis sie mit

ein paar gemurmelten Dankesworten ihre Hand von seinem Arm genommen hatte und hüftenwackelnd zu diesem Geck hinübergegangen war, in einer Weise die – wie sie verdammt genau wußte – herausfordernd und dazu bestimmt war, einen Mann zu verlocken. Na, sie würde bald genug herausfinden, wer der *richtige* Mann war.
«Ich hoffe bloß, Ihr Schwiegersohn versteht mit der Waffe umzugehen, die er trägt», murmelte Dan Drew. Er und alle anderen Männer, die mit Jay Gould am größten Tisch saßen, hatten sich umgedreht, um die Szene am anderen Ende der Theke, die fast wie ein gestelltes Bild wirkte, zu beobachten.
Senator Brandons innere Spannung zeigte sich nur am Pochen einer Ader auf der Stirn. Seine Stimme war ruhig: «Ach, ich glaube schon, meine Herren. Ich habe keine Angst um ihn.»
Pierce lachte schrill. «Ich sage nur soviel – Morgan ist ein Teufelskerl, nach dem was ich so hörte. Oder zumindest war er es vor einigen Jahren, vielleicht hat ihn das leichte Leben verweichlicht! Wenn ich eine Wette abschließe, dann will ich, daß die Chancen etwa gleich stehen. Einen Anfänger würde ich nicht gegen Jed Langley antreten lassen. Aber wenn *ich* einen Pistolenschützen anheure, dann nur den Besten; ich glaube, das werden Sie bald selber feststellen können.»
Ginny hätte das flackernde, gefährliche Licht in Steve Morgans Augen erkannt, aber Francesca di Paoli war nicht Ginny. Plötzlich war das, was wie ein vergnügliches, verlockendes Spiel begonnen hatte, gar kein Spiel mehr, und sie versuchte, nicht allzu offensichtlich zusammenzuschrecken, als Jed Langley näher kam, um sich an die Theke zu lehnen, wobei sein Ärmel ihren nackten Arm streifte. Sie bemerkte, daß seine verengten Augen, auch während er mit ihr sprach, Steve Morgans Gesicht nicht losließen.
«Weigert sich dieser Hombre, Ihnen etwas zu trinken zu spendieren, Ma'am? Ich würde Ihnen diesen Gefallen gern tun, wenn die Luft hier drinnen etwas reiner wäre.» Er wollte es auf einen Streit ankommen lassen und zeigte das auch. Eine angstvolle Vorahnung stieg in Francesca auf, und sie mußte sich fast beschämt eingestehen, daß ihre Angst mit Aufregung verbunden war. Dieser Steve Morgan hatte sie gegen ihren Willen gefesselt, schon beim ersten Mal, als sie ihn gesehen hatte. Jetzt würde sie vielleicht herausfinden, was für eine Art Mann er war. Und deshalb war sie ja auch hierher gekommen . . .
Diese Gedanken gingen ihr in der kurzen Zeit durch den Kopf, als ihre braunen Augen in die blauen von Steve blickten.
«Mir scheint es», sagte Jed Langley voller Verachtung, «daß Sie einen richtigen Mann brauchen können, der für Sie sorgt, Ma'am, der Ihnen etwas zu trinken bezahlt und dafür sorgt, daß Ihnen

Gecke fernbleiben, die meinen, es genüge, eine Waffe und solche Kleider zu tragen, um ein richtiger Mann zu sein.»
Als er jetzt wieder zu ihr blickte und dann dem harten Blick dieses «Anfängers» begegnete, blieb kein Zweifel mehr darüber offen, was er beabsichtigte. Aber in diesem Augenblick blitzte in Langleys Kopf ein Warnsignal auf, das ihn erst jetzt etwas vorsichtig werden ließ.
Dieser Geck aus dem Osten machte keinen nervösen Eindruck, wie er es eigentlich erwartet hatte. Und er schien auch nicht klein beigeben zu wollen. Entweder war er mutig, oder dumm – oder vielleicht dachte er, das Ganze sei nur ein Schauspiel?
«Hören Sie», begann Langley und wandte sich zum ersten Mal direkt an Steve. Er wurde von der flachen, leicht ungeduldigen Stimme unterbrochen.
«Hören *Sie* zu, Langley. Sie wollen für Mr. Gould und seine Freunde eine Show aufziehen, gehen wir also hinaus. Die Dame hat bereits versprochen, den restlichen Abend mit demjenigen zu verbringen, der als Sieger hervorgeht – nicht wahr, Cara?»
Bevor Langley antworten konnte, unterbrach Shanghai Piercens heisere Stimme das plötzliche Schweigen.
«Ihr werdet hier nicht alles zusammenschießen wollen, ihr verdammten Narren! Draußen auf der Straße – und wir werden allen zeigen, was ein richtiger Pistolenkampf im Westen ist!»
Der kleine Mann mit den hochhackigen Stiefeln und dem unsinnig großen Hut schien die Sache an die Hand nehmen zu wollen, als er zur Bar herüber stolzierte.
«Jed, du nimmst das Nordende der Straße. Morgan, Sie kommen von Süden her. Und wir wollen keinen Unfug, laßt euch das gesagt sein! Es gilt ernst und die hübsche Dame hier wird für heute abend die Begleiterin des Siegers sein, nicht wahr, Süße?»
So herausgefordert, antwortete Francesca mit einem kurzen, trotzigen Lachen, das Mr. Fields als einziger mit einem innerlichen Aufseufzen zu deuten wußte.
Er konnte nichts mehr tun – sie hatte bereits alles getan. Er sah, wie eifrige Hände sie um die Taille faßten und sie auf die Theke hochhoben. Und sie lachte noch immer und genoß jede Minute der Aufmerksamkeit, die ihr geschenkt wurde.
«Eine Wette ist eine Wette. Ich werde für den Sieger singen und die ganze Nacht mit ihm tanzen. Und für den Verlierer – vielleicht werde ich ein wenig um ihn weinen?»

Die «Straße» draußen, die von Petroleumlaternen an hohen Pfosten beleuchtet wurde, war bereits von neugierigen Zuschauern gesäumt.
Francesca di Paoli stand mit Mr. Gould und dessen Partner, Jim Fisk zu ihrer Linken – und Senator Brandon und Shanghai Pierce zur Rechten draußen. Hinter ihr konnte sie die mißbilligende Anwesenheit von Bert Fields spüren.
Sie hatte das Gefühl, das Ganze sei eine sorgfältig inszenierte Vorführung – die Laternen waren die Rampenlichter ... und doch hatte man sie erst vor wenigen Minuten noch daran erinnert, daß dieser Pistolenkampf echt sein würde, wie der Stierkampf, den sie während einer Reise nach Spanien mit Freuden angesehen hatte. Und Shanghai Pierce schien entschlossen, jeden davon überzeugen zu wollen.
«Diese Sechser-Pistolen haben richtige Kugeln, und Jed Langley ist verrückt genug, Ihren Schwiegersohn umzubringen, Brandon. Hoffentlich ist *er* sich dessen bewußt.»
«Mein Schwiegersohn betrachtet eine Pistole kaum als ein Spielzeug», antwortete der Senator trocken. Sein Ton wirkte zuversichtlich, aber im orangen Lichte der Laternen wirkte sein Gesicht eingefallen und älter. Ich hoffe, Ihr Aufseher ist sich bewußt, daß er nicht gegen einen Anfänger antritt.»
«Es vergeht kein Tag, ohne daß Langley nicht mit den Pistolen übt, die er auf sich trägt.» Pierce lachte zuversichtlich, bevor er hinzufügte, «ich will Ihnen etwas sagen, ich erhöhe meinen Wetteinsatz noch, nur um Ihnen zu zeigen, wie sicher ich meiner Sache bin. Ich habe da gute 600 Hektaren Land bei Baroque, das ich vor noch nicht allzu langer Zeit beim Pokern gewonnen habe. Gutes Stück Land, in einer Talsohle – vom Red River bewässert – steht ein Haus drauf mit allem drum und dran. War eine Plantage, die einem Franzosen gehörte, der sie seit dem Krieg hat verfallen lassen. Die beste Ranch im Bezirk. Mit mehreren Tausend Kopf Vieh, die wild herumlaufen. Das wette ich – gegen die Silbermine, die Sie soeben im Territorium von New Mexico gekauft haben. Sind Sie mit von der Partie oder nicht? Diese Herren hier können Zeugen sein.»
Mr. Goulds Flüstern verriet unterdrückte Aufregung. «Wenn sich der Senator seines Schwiegersohnes so sicher ist, wie Sie sich Ihres Mannes sind, dann sollte das Resultat dieses – eh – Pistolenduells recht interessant ausfallen, glauben Sie nicht, meine Herren? Natürlich ...» seine Stimme wurde fast unmerklich härter, und Francesca ging ein kalter Schauer den Rücken hinab, «wird von einem unglückseligen Jagdunfall die Rede sein, wenn es einen

Toten geben sollte. Ich nehme an, darüber sind wir uns doch alle einig?»
Ein zustimmendes Gemurmel ging durch die Menge. Brandon biß auf seiner Zigarre herum und sagte grimmig: «Ein Unfall, natürlich. Und Pierce – Ihre Wette gilt!»
«Signore?» sagte Francesca di Paoli sanft und leicht zögernd. «Sind Sie wirklich so zuversichtlich, wie Sie vorgeben? Ich möchte nicht . . .»
«Ich mache mir keine Sorgen um Steve. Er kann selbst auf sich aufpassen, sei es mit der Pistole oder . . .» Brandons grimmige Stimme brach ab, und dann fügte er in einem anderen Ton hinzu: «Aber ich hoffe bei Gott, daß meine Tochter nie herausfindet, welche Rolle ich bei dieser Sache gespielt habe!»
«Ihre Tochter ist nicht hier – aber ich.»
Es lag etwas in ihrer Stimme, was Brandon zwang, sich umzudrehen und sie, ungeachtet seiner inneren Spannung, scharf anzublicken. Diese Spannung, die alle in ihren Bann schlug – die kulissenhafte Unwirklichkeit war unversehens zur harten Tatsache geworden. Jay Goulds künstliche Stadt aus dem Westen war plötzlich zum Leben erwacht – und am Ende der Straße lauerte der Tod.
«Denkt daran, Jungens», Shanghai Piercens rauhe Stimme unterbrach die plötzliche Stille, die Gäste und Cowboys zugleich ergriffen hatte. «Wir halten uns da alle raus – und bei Gott, wenn der Sieger kein Texaner ist, dann wird ihn die Wette, die ich soeben eingegangen bin, zu einem machen!»
Die Antwort war ein rauhes Geschrei, dann herrschte wieder Stille. Francescas Kehle schnürte sich zusammen. Es waren schon früher Duelle um sie ausgefochten worden, in Europa – aber sie hatte nie bei einem zugesehen. Das hier – das war alles so anders! Es schien gar nicht wirklich zu sein, und doch . . . Würde sie einen Mann sterben sehen? Welchen?
Hier gab es keine pompösen Formalitäten – keine Sekundanten, nicht einmal einen Arzt in Bereitschaft, soviel sie wußte. Vielleicht würde man gar keinen Arzt brauchen. Und die zwei Männer, die plötzlich in den beiden entgegengesetzten Richtungen der Straße im Licht der Lampen aufgetaucht waren, hielten nicht inne, um sorgfältig zu zielen. Sie gingen weiter, und keine Gemütsbewegung zeigte sich auf ihren beschatteten Gesichtern. Was würde geschehen, wenn sie anhielten? Genauso hatte sie sich jeweils die Amerikaner vorgestellt. Sie waren noch Wilde; ungezähmte Gewalt schimmerte durch den dünnen Lack der Zivilisation hindurch, deren sie sich rühmten. Francesca begann sich der Tragweite dessen, was sie so gedankenlos ins Rollen gebracht hatte, bewußt zu werden – zu spät.

Die beiden Männer auf der Straße beobachteten sich gegenseitig.
«Du weißt ganz sicher, was man mit einer Pistole anfängt, Geck?» Jed Langleys Stimme tönte höhnisch; er wollte das ungemütliche Gefühl überspielen, das ihn plötzlich ergriffen hatte.
«Bist du sicher, daß ich ein Geck bin?» Steve Morgan hatte seine Stimme nicht erhoben, und sie waren einander jetzt nahe genug, daß Langley alles sehen konnte, was er schon früher hätte bemerken sollen: das tiefsitzende Halfter, der leichte Gang und vor allem die Augen – leicht verengt und fast schwarz im flackernden Licht. Was zum Teufel hatte Pierce ihm vorher zugerufen?
«Geh keine Risiken ein, Langley. Dieser Hombre hier, gegen den du antrittst, kommt aus Kalifornien . . .!»
Er hatte sich einen Augenblick lang gefragt, was zum Teufel das heißen sollte, aber sein Verstand war immer noch von Wut getrübt. Er hatte gemeint, Shang wolle damit den anderen vormachen, dies sei kein einseitiger Kampf, so daß er seinen Einsatz verdoppeln konnte. Oder war es möglich, daß ihn sein Meister hatte warnen wollen?
Plötzlich arbeitete Langleys Verstand messerscharf; sein Schritt wurde langsamer, er studierte seinen Gegner und versuchte, sich in den wenigen Sekunden, die noch blieben, zu erinnern. Morgan – hatte er den Namen nicht schon einmal gehört, verdammt! Vor einiger Zeit. Aber wer zum Teufel würde ausgerechnet hier mit einem Pistolenschützen aus dem Westen rechnen? Er dachte nicht mehr an die Frau und sah, wie Steves Hand locker blieb – nahe am Pistolenkolben.
«Wollen wir uns zur Unterhaltung dieser Leute hier umbringen, oder geht es darum, wer als erster Blut verliert?»
«Ich habe nicht vor, dich zu töten, Langley.» Steve Morgans Stimme klang flach, mit einem Anflug von Ungeduld. Er beobachtete Langleys Augen und das Gesicht und wartete auf das Anspannen der Muskeln, das ankündigte, daß der Mann schießen würde. Langley würde geschickt sein – das sagte ihm sein Instinkt. Aber er war ein Mann, der gerne redete, um seinen Gegner abzulenken, bevor er zur Sache kam.
«Hab auch nicht im Sinn, dich zu töten», sagte Langley leichthin, und fast im selben Augenblick fuhr seine Hand hinunter.
Aber Steve hatte die Waffe bereits gezogen, sein Körper drehte sich zur Seite, als er aus der Hüfte heraus schoß. Jed Langley fühlte, wie ein stechender Schmerz seinen Arm durchzuckte, und seine kaum gezogene Waffe fiel aus kraftlosen Fingern zu Boden. Blut rann über den Ärmel seines karierten Hemdes und der Geruch von verbranntem Pulver schien sich seltsam mit dem Gefühl von Betäubung in seinem Kopf zu mischen.

«Donnerwetter!» rief Shanghai Pierce in das darauffolgende Schweigen. «Muß zugeben, daß es fast Wert war, meine Wette zu verlieren, nur um diesen Schuß zu sehen! Mein Gott! Falls Sie je Arbeit suchen, Morgan, melden Sie sich nur bei mir, ja?»
William Brandon stieß den Atem aus und fragte sich, weshalb er plötzlich so dringend etwas zu trinken brauchte.
Das Schweigen war gebrochen und alle bewegten sich und redeten – die Stimmen klangen ungewöhnlich laut.
Francesca di Paoli stand da wie zu Eis erstarrt. Ihre dunklen Augen wirkten wie Flecken in ihrem weißen Gesicht.
Auf der Straße verbanden ein paar Freunde von Langley dessen Arm.
«Ein glatter Durchschuß ... He, wie kommt es, daß wir noch nie von Ihnen hörten?»
Ein älterer Herr mit sanfter Stimme fragte: «Haben Sie sich einmal Whittaker genannt? Ich erinnere mich, als vor etwa drei Jahren in San Antonio Bert Haines getötet wurde ...»
«Ich brauche was zu trinken», sagte Langley leicht benommen. «Der Sieger bezahlt – ist das nicht fair, Jungs?»
Francesca, die plötzlich von den Männern, die eben um sie gekämpft hatten, überhaupt nicht mehr beachtet wurde, fing Jay Goulds seltsam lächelnden Blick auf und straffte die Schultern. Diesmal war sie froh um Bertram Fields stützende Hand an ihrem Arm. Sogar der höfliche Senator Brandon war dem Haufen grinsender und brüllender Männer durch die hin- und herschwingende Tür des Saloons gefolgt.
«Ich glaube, es ist Zeit zu zahlen, Principessa», sagte Fields mit einem ungewöhnlich harten Klang in der Stimme. «Oder wollen Sie sich drücken?»
«Natürlich werde ich singen!» Sie warf mit funkelnden Augen den Kopf zurück, während Mr. Pierce ihren anderen Arm ergriff.
«Los Mädchen! Ich glaube, da ist nichts Böses dabei, wenn wir Verlierer uns gegenseitig trösten, nicht?»
Das Klavier spielte und, als Francesca sang, begleitete sie auch das kleine Orchester – sie sang ein zweites und ein drittes Lied. Das Orchester spielte dann weiter zum Tanz auf.
Jed Langley war etwas blaß; sein Arm steckte in einer Schlinge und schmerzte von der Heilsalbe, die Mr. Goulds persönlicher Arzt ihm auf die Wunde gestrichen hatte. Er blickte die Frau leicht wehmütig an.
«Find immer noch, sie ist das hübscheste Tanzmädchen, das ich je gesehen hab.»
«Warum bitten Sie sie dann nicht um einen Tanz?» Steve Morgans Stimme klang fast gleichgültig.

«Aber Sie haben sie gewonnen.»
«Und sie wird ihr Versprechen halten. Los, ihr Jungs, tanzt nur. Ich glaube, mein Schwiegervater will mich sprechen.»
Francesca war wie eine glühende Flamme, als sie von einem Männerarm zum anderen flog. Noch nie hatte sie so energische Tänzer getroffen wie diese Cowboys, und es schien, als wolle wirklich jeder von ihnen mindestens einmal mit ihr tanzen. Alle, außer ihm – Steve Morgan, der sie in einem Wettkampf gewonnen hatte, in einer Wette, zu der sie ihn in ihrer Dummheit herausgefordert hatte. Es war fast, als wolle er ihr seine Verachtung absichtlich zeigen, indem er sie nicht beachtete.
Er näherte sich ihr kein einziges Mal, bis der Abend fast ganz vorüber war. Bis zu diesem Augenblick hatte Francesca das Gefühl, als sei ihr sorgloses, strahlendes Lächeln wie bei einem Clown auf ihr Gesicht aufgemalt.
Sie war daher maßlos überrascht, als er dann plötzlich aus dem Nichts auftauchte, sie um die Taille faßte und sie zu der für den Tanz freigemachten Fläche führte. Er hatte nicht einmal die Anstandsregel beachtet, sie zuerst um den Tanz zu bitten, und als er schließlich die Hand um ihre Taille legte, war Francesca so wütend, daß sie sogar zitterte und ihr Puls vor Ohnmacht pochte.
Mit unterdrückter Stimme gab sie einen Schwall italienischer Schimpfworte von sich. Und dann: «Wie wagen Sie es, mich so zu behandeln? Ich glaube, Sie vergessen, daß ich nicht – nicht eine jener Frauen bin, die Sie so einfach glauben benützen zu können! Es tut mir leid, daß der andere Sie nicht getötet hat! Ihr Amerikaner seid alles Wilde, und Sie – Sie sind der schlimmste Barbar, der mir je begegnet ist. Ihr Benehmen . . .»
Er lachte leise, als hätte sie etwas Belustigendes gesagt.
«Benehmen? Ich glaube, Sie selber sind auch fast eine Wilde, Francesca. Wo haben Sie denn all die vulgären Wörter gelernt, mit denen Sie mich beschimpfen?»
«Sie verdienten – wenn ich ein Mann wäre, würde ich Sie so behandeln, wie Sie es verdienen!»
«Bin ich aber froh, daß Sie kein Mann sind!» Er hielt sie plötzlich viel zu nahe an sich und neigte den Kopf, um ihr neckisch ins Ohr zu flüstern: «Werden Sie jetzt die Heuchlerin spielen und sich hinter diesem entrüsteten Blick verschanzen, oder geht es auch ohne die höflichen, langfädigen Vorspiele, jetzt, da wir einander entlarvt haben?»
Sie war atemlos und haßte sich selbst deswegen.
«Sie nehmen viel zuviel für selbstverständlich!»
«Und Sie werden sich am Morgen von einem Tanzmädchen wieder in eine Prinzessin zurückverwandeln. Wollen Sie den Rest der

Nacht mit mir verbringen, oder soll ich Sie Bert Fields zurückgeben?»
Es kam dann so heraus, daß sie Bertram kaum je sah während der restlichen Zeit jenes schicksalhaften, berüchtigten Wochenendes, über das später soviel geflüstert wurde. Francesca di Paoli hatte sich nie um Klatsch gekümmert, oder um das, was die Leute über sie erzählten, und in diesem Falle schon gar nicht.
Der Umstand, daß Steve Morgan verheiratet war, spielte überhaupt keine Rolle – die meisten von Francescas Liebhabern waren sowieso verheiratete Männer. Was aber nach einer Weile eine Rolle spielte, war die Entdeckung, daß sie ihn nicht wie alle anderen festnageln konnte. Er wollte sie und machte keinen Hehl daraus, aber er war nicht bereit, für ihre Gunst vor ihr zu kriechen. Er machte ihr den Eindruck, als könne er nur allzu gut auch ohne sie auskommen, und als könne er sie ebenso leicht vergessen, wie er zahlreiche andere Frauen vor ihr vergessen und verabschiedet hatte.
Oh, er tat alles, was sich gehörte – schenkte ihr teure Juwelen, schickte ihr Blumen. Aber keine seiner Geschenke waren von Liebesbriefen begleitet, nur von seinen nachlässig hingekritzelten Initialen. Und sie konnte ihn sich nicht gefügig machen und ihrem Willen unterwerfen. Er begleitete sie gelegentlich – nach Saratoga, nach Newport, ins Theater und zum Abendessen in New York selbst. Aber nur, wenn es *ihm* paßte, und es war genauso möglich, daß sie zwischendurch tagelang nichts von ihm hörte. Als sie zum ersten Mal einen Wutanfall hatte, verließ er ihr Hotelzimmer, und sie sah ihn mehr als zwei Wochen lang nicht mehr. Es gab Zeiten, da war Francesca nicht sicher, ob sie ihn haßte oder ob sie ihn nur wollte, weil er sie so nachlässig behandelte wie irgendeine Geliebte, nicht mehr als das. Sie war es gewohnt, angebetet zu werden, von Männern abwechselnd bedroht und angefleht zu werden, die sich letzten Endes nur lächerlich machten.
Steve Morgan war wie keiner der anderen Männer, die sie gekannt hatte. Hatte sie nicht von Anfang an eine Rücksichtslosigkeit an ihm bemerkt, die irgendwie zu der ihren paßte? Er paßte nicht nur zu ihr, sondern er übertraf sie noch in ihrem eigenen Spiel; und es kam eine Zeit, wo sogar Bert Fields, der Francesca besser als andere Männer zu kennen glaubte, sich wirklich Sorgen zu machen begann, obwohl er klug genug war, seine Zweifel für sich zu behalten. Trotz Costanzas unheilvollem Gemurmel und Luigi Rizzos Verzweiflung versuchte er sich einzureden, daß die Sache nicht von Dauer sein könne. Francescas Zu- und Abneigungen wechselten so leicht und flüchtig wie der Wind. Und Steve Morgan war, soviel man hörte, nicht der Typ, der eine Frau ernst nahm. Nicht einmal seine Frau, so schien es.

Wie Fields bei seinen Erkundigungen in Erfahrung gebracht hatte, hatte Steve eine auffallend schöne, spanische Frau zur Geliebten gehabt, bis er durch seine Heirat mit der Tochter von Senator Brandon, die erst kurz zuvor Witwe wurde und wegen der Eile, mit der er diese neue Ehe einging, ganz San Francisco in Erstaunen versetzt hatte. Um der Form genüge zu tun, war seine Geliebte zuerst noch mit einem englischen Vicomte verheiratet worden. Und es waren Gerüchte umgegangen, daß seine Ehe nicht eben eine herkömmliche war. Sowohl Steve als auch Virginia Morgan waren mit anderen Partnern in der Öffentlichkeit gesehen worden. Und wenn sie zusammen auftraten, hatten die beiden die Öffentlichkeit schockiert, indem er sie an gewisse Orte mitnahm, wohin man allenfalls seine Geliebte, nie aber seine Frau mitbrachte. Ein gefährlicher, schwer einzuschätzender Mann – kalt und rücksichtslos in Geschäftsangelegenheiten, so hatte Fields gehört. Als er erfahren hatte, daß Morgan bald nach Kalifornien zurückkehren wolle, hatte der Unternehmer, ohne es zu wollen, erleichtert aufgeseufzt. Vielleicht bedeutete das das Ende. Und bis Francesca selbst nach San Francisco gehen würde, hatten wahrscheinlich beide andere Liebespartner. Vielleicht war es besser für Mr. Fields' Seelenheil, daß er keine Ahnung von Francescas persönlichen Plänen hatte, oder von gewissen anderen Umständen, die alles ändern würden.
Es war Senator Brandon, der über den Verlauf der Dinge genauso besorgt war, der das Ganze ins Rollen brachte.
Er traf seinen Schwiegersohn zum Mittagessen, wie immer, wenn Steve zufällig in der Stadt weilte. Es war ihm nicht entgangen, daß Steve, der sonst seine Sorgen nach außen hin nicht zeigte, mehrmals ins Leere gestarrt und dabei die Stirn gerunzelt hatte. Es war ein ganzer Monat vergangen, seit sie zum ersten Mal über Signorina di Paoli gesprochen hatten – seither hatte sich Brandon ruhig verhalten und gehofft, die Sache werde vorübergehen. Aber jetzt hatte sogar die Sensationspresse begonnen, Artikel zu drucken, die mehr als nur Andeutungen enthielten über eine ausgesprochen enge und intime Beziehung zwischen einem jungen Millionär aus Kalifornien und dem neuen Liebling von New York. Einige Reporter hatten sogar Wind bekommen von einem Pistolenduell, das sich auf dem Landgut von Mr. Gould abgespielt haben soll – und Steve hatte sich seither – mit seiner für ihn typischen Mißachtung für das, was sich gehörte – viel zu oft mit der di Paoli in der Öffentlichkeit sehen lassen. Sie waren zusammen zu den Pferderennen gegangen und ins Theater – man hatte die beiden auch im vornehmen Saratoga und in Newport gesehen . . .
Der Senator sagte unvermittelt und offen: «Haben Sie kürzlich etwas von Ginny gehört?»

Steves Stirnrunzeln verschwand; seine Augen verengten sich, als sie auf dem Schwiegervater ruhten.
«In den letzten Wochen nicht. Aber ich bin selbst auch kein guter Briefeschreiber und kann ihr deshalb auch nicht böse sein.»
Es tönte gleichgültig, aber sein Instinkt sagte ihm, daß Brandon dieses Mal das Thema nicht fallen lassen würde.
«Ich bekam heute morgen einen Brief von Sonja. Sie schreibt, daß Ginny, seit sie aus Rußland zurück ist, kaum mehr eine ganze Woche in Paris verbracht hat. Dieses Mal ist sie nach Madrid gegangen, als Gast eines spanischen Herrn, der Stierzucht und Stierkämpfe betreibt. Virginia hat angekündigt, sie wolle von den Zigeunern in Madrid lernen, wie man Flamenco tanzt.» Brandon räusperte sich verlegen. «Sehen Sie, Sie sollten lieber wissen, daß gewisse – eh – Gerüchte umgehen über Sie und bis in die Zeitungen gedrungen sind. Und natürlich hat Sonja auch die Zeitungen von New York zu lesen bekommen. Sie will zurückkommen, aber Ginny ...»
Ginny. Was zum Teufel hatte sie jetzt wieder im Kopf? In Rußland war sie nicht geblieben, aber sie hatte sich sicher manche europäische Hauptstadt einverleibt. Auch Steve waren Gerüchte zu Ohren gekommen, und er hatte sich beim Gedanken ertappt, daß es vielleicht gut war, wenn Ginny ihren Aufenthalt in Europa noch verlängerte. Wäre sie zurückgekehrt, hätte er viel zu große Lust gehabt, ihr den Hals umzudrehen! Er hatte vergessen, daß er sich vorgenommen hatte, geduldig zu sein – ihr eine Chance zu geben, sich zu entscheiden. Er hätte sie besser gar nicht gehen lassen sollen. Wie kam es, daß Ginny die einzige Frau war, die es fertigbrachte, schon von allem Anfang an, daß er seine ganze Übersicht verlor? Er hatte es satt, geduldig zu sein, oder verständnisvoll. Verständnisvoll – zum Teufel! Er fühlte, wie kalte Wut einen Moment lang in ihm hochschoß. Ginny würde gut daran tun, sich jetzt rasch zu entschließen, sonst würde er nachhelfen müssen.
Steve Morgans Züge blieben hart, obwohl er seinem Schwiegervater ein grimassenhaftes Lächeln schenkte.
«Natürlich liegt es an Ginny, sich frei zu entscheiden, was sie tun will. Wir hatten einander keinerlei Bedingungen auferlegt, bevor sie wegging. Im Grunde ...», Steve lehnte sich in seinem Stuhl zurück und streckte seine langen Beine aus; er hob das Glas für einen halb spöttisch gemeinten Toast; wobei der Senator seinen Gesichtsausdruck nicht deuten konnte, «im Grunde hatte ich vor, New York schon bald zu verlassen und nach Texas zu gehen. Auf meinem Weg nach Kalifornien. Ich habe dort Geschäfte zu erledigen, und Signorina di Paoli wird in Austin ein Konzert geben. Ich habe versprochen, sie dorthin zu begleiten.»

In Wirklichkeit hatte sich Steve zu dieser kurzen Geschäftsreise nach Texas erst an diesem Morgen entschieden – und eigentlich hatte er nicht vorgehabt, Francesca mitzunehmen oder sie in seine Pläne einzuweihen. Aber warum sollte man das Geschäft nicht mit dem Vergnügen verbinden – mindestens für eine Weile? Es bedeutete nur, daß er seine eigenen Abmachungen um eine Woche verschieben mußte, bis Francescas New Yorker Vertrag abgelaufen war; und sie könnten mit dem Schiff reisen. Nachher würde er sie nach Austin mitnehmen, und von dort aus würde er dann weiterreisen, um sich um seine Geschäfte zu kümmern.
Steve lächelte seinem finster dreinblickenden Schwiegervater höflich zu.
«Ich dachte mir, ich könnte, wenn ich schon einmal dort bin, auch das Gut bei Baroque ansehen, das Sie mir geschenkt haben, so daß ich also möglicherweise einige Monate unterwegs bin. Wenn Sie Mrs. Brandon das nächste Mal schreiben, könnten Sie sie vielleicht bitten, Ginny zu erklären, daß ich wahrscheinlich zu beschäftigt sein werde, als daß ich ihr schreiben könnte.»
Brandon, der glaubte, endlich verstanden zu haben, was Steve beabsichtigte, schrieb an diesem Nachmittag einen langen Brief an seine Frau, worin er so heftig als nur möglich seinem Mißfallen Ausdruck gab über das jüngste Betragen seiner Tochter und sogar seinen Schwiegersohn verteidigte.
«... Du erwähnst gewisse Gerüchte, die Dir zu Ohren gekommen sind, über eine Affäre Steves mit einer Opernsängerin ...» er hielt inne, paffte an seiner Zigarre und blickte stirnrunzelnd auf das Blatt Papier. Wie weit konnte er gehen? Er hatte das plötzliche, wütende Aufblitzen in Steves Augen gesehen, und wie sich seine Gesichtsmuskeln angespannt hatten, als er ihm von der letzten Eskapade seiner Frau erzählte. Offensichtlich war Steve nicht so gleichgültig wie er vorgab. Und obwohl Brandon diese unkonventionelle Ehe weder verstand noch billigte, hatte er den Eindruck gewonnen, Ginny sei nicht ganz so glücklich gewesen bei dem Gedanken, ihren Gatten zurückzulassen. Vielleicht, so dachte er grimmig, war es sogar besser, wenn die Sache zu einem Ende kam, bevor es zu spät war.
Er nahm die Feder auf und begann wieder zu schreiben. Er hoffte, Sonja würde Ginny seinen Brief zeigen, ohne auf ihre Gefühle Rücksicht zu nehmen. Das Mädchen mußte aus seiner Selbstzufriedenheit gerissen werden.
«Die Zeitungsausschnitte, die ich beilege, sollen aufklärend wirken – und wenn du sie ein wenig schockierend findest, meine Liebe, dann muß ich Dich daran erinnern, daß die Geschichten über Ginnys unangebrachtes Benehmen bereits in New York die Runde

machten, *bevor* Steve Signorina di Paoli kennenlernte. Diese ist übrigens kaum der Typ Frau, den man als billigen Flirt abtun kann – oder die sich vorübergehend mit einem Mann vergnügt, dessen Frau sich auf dem europäischen Kontinent herumtreibt, ohne auch nur einen Gedanken an ihren Mann, ihre Familie oder ihren guten Ruf zu verschwenden. Wenn Ginny nur an Frivolitäten und der Bewunderung seitens gewisser Herren von zweifelhaftem Ruf gelegen ist, dann habe ich das Gefühl, sie bleibt am besten wo sie ist. Sie soll dann Mittel und Wege finden, für sich selbst zu sorgen, falls ihr Mann beschließen sollte, sich von ihr scheiden zu lassen. Steve wird bald nach Texas verreisen und bat mich, Virginia mitteilen zu lassen, daß er kaum Zeit finden werde, ihr während seines Aufenthaltes dort zu schreiben . . .»
Der Brief füllte mehr als zehn Seiten und war, zusammen mit den Zeitungen, die der Senator mit Absicht beigelegt hatte, ein ansehnliches Paket, das mit dem Postdampfer, der am nächsten Morgen New York Richtung Le Havre verließ, verschickt wurde.

Siebenunddreißigstes Kapitel

«Das ist jetzt schon die zweite Nacht, in der du mir erklärst, du müßtest früh gehen – und heute abend gehst du Kartenspielen!» schmollte Francesca. Aber es tönte nicht allzu wütend, und sie wand ihren Körper in einer anmutigen, katzenhaften Bewegung. Sie stützte sich auf den Ellbogen auf und starrte auf den Mann hinunter, der an ihrer Seite lag. «Warum haben Männer solchen Spaß daran, miteinander Karten zu spielen? Spielt ihr um hohe Einsätze? Dieser Mann – dieser alte Freund von dir, den wir gestern im Park trafen, er sieht nicht gerade so aus, als wäre er reich genug, um sich das leisten zu können!»
Als Steve seine Augen absichtlich nicht öffnete, lehnte sie sich mit einem herausfordernden Lachen nach vorn und berührte mit ihren Fingern leicht seine Wimpern. Der riesige, viereckig geschliffene Smaragd, den sie am Ringfinger trug, glänzte im goldenen Licht wie das Auge eines heidnischen Gottes.
«So lange Wimpern bei einem Mann – das ist nicht gerecht! Und es ist ebenfalls nicht gerecht, daß du so tust, als würdest du schlafen, wenn du meine Fragen nicht beantworten willst. Vielleicht kann ich dich wieder hellwach machen?»
«Du weißt, daß du das kannst, und ich weiß es auch. Du brauchst also deine Macht über mich nicht unter Beweis zu stellen, du wilde italienische Katze!»

Zu schnell, als daß sie es hätte verhindern können, stieß Steve den Ellbogen, auf den sie sich aufstützte, weg, rollte sein Gewicht über ihren sich windenden Körper und hielt sie unter sich fest. Seine Augen, die jetzt geöffnet und etwas verengt waren, schauten in ihre ohne ein Lächeln. Dann beugte er seinen Kopf und legte seine Lippen an ihr Ohr.

«Ich muß gehen, Cesca, und das weißt du verdammt genau. Mit all deinen Listen kannst du mich heute abend nicht hierbehalten.»

«Du könntest dich nicht einfach so von mir losreißen, wenn ich dir wirklich etwas bedeutete!»

«Fängst du an zu nörgeln?»

Ein Schauer durchlief ihren Körper, als seine Lippen ihr Ohr liebkosten, dann ihre Schläfe, und sie konnte jetzt spüren, daß er sie begehrte, obwohl er entschlossen war, zu gehen.

Aber sie hatte einiges dazugelernt, seit sie diesen Mann kannte, unter anderem, daß er nicht gedrängt werden durfte.

So flüsterte sie: «Nein! Ich werde nicht an dir herumnörgeln – aber nur, weil du ohnehin nicht hinhören würdest. Aber du wirst zurückkommen, um mit mir zu frühstücken? Den Schlüssel hast du – und wann du kommst spielt überhaupt keine Rolle. Ich verspreche dir, daß ich dich nachher schlafen lasse, wenn du wirklich sehr müde bist.»

Ihre Finger, die trotz der täuschenden Schlankheit geschmeidig und kräftig waren, hatten begonnen, ihm Schultern und Nacken zu massieren. Sie lösten dabei ein wenig die Spannung, die den ganzen Tag über in ihm gewesen war; einen Augenblick lang war Steve versucht, bei ihr zu bleiben und seine Verabredung zu vergessen. Francesca war ein kompliziertes und temperamentvolles Wesen – teils wie eine Katze, teils kalt berechnend. Aber irgendwie verstand er sie, besonders seit er sie ermutigt hatte, zu erzählen – von sich und der Art wie sie aufwuchs und über ihre Entschlossenheit, sich den Weg nach oben selbst freizukämpfen. Sie war begabt – darüber bestand kein Zweifel; und sie war auch intelligent, eine interessante erfreuliche Gefährtin, mit der sich ein Mann nicht so leicht langweilen würde. Er war keineswegs verliebt in sie – nicht mehr, so vermutete er, als sie in ihn. Aber im Moment waren sie gut füreinander.

Tatsache war, daß Francesca ihn auf eine seltsame, unbestimmte Weise an Ginny erinnerte. Sie hatten die selbe Spannkraft, die selbe Eroberungslust, sogar dann noch, wenn sie sich ergaben. Und es war der Gedanke an Ginny, und die wachsende Wut, die dieser Gedanke immer in ihm hochsteigen ließ, die ihn aus Francescas Armen und ihrem allzu bequemen Bett zog, das süßes Vergessen bescheren konnte.

Francesca lag auf dem Rücken und hielt die Beine absichtlich gespreizt wie eine Hure. Sie sah zu, wie er sich ankleidete.
«Du gehst also wirklich Karten spielen, hmm? Aber zum Frühstück bist du zurück? Und mußt du mich so finster und stirnerunzelnd anschauen? Wie du siehst, versuche ich nicht, dich aufzuhalten.»
«Das sehe ich», sagte er trocken. Aber er war in Gedanken bei seiner Verabredung, für die er bereits verspätet war, und hörte Francesca kaum mehr zu, als sie sich plaudernd wie eine faule Katze räkelte, während sie ihn beobachtete.
«Da du mir nicht eben viel von dir erzählen willst, hast du doch nichts dagegen, wenn ich rate? Sehen wir mal. Du warst im Gefängnis – du sagtest mir, daß von dort all die vielen Narben stammen, die du auf dem Rücken hast. Vielleicht war dieser alte Freund, den du wieder treffen willst, mit dir im Gefängnis? *Das* würde erklären, warum er sich so kleidet – ganz in schwarz, so ehrbar! Vielleicht plant ihr zwei einen anderen – was hast du eigentlich angestellt, daß du im Gefängnis warst, Stefano? Du warst ein Bandit – das habe ich sofort gesehen, als ich dich zum ersten Mal sah. Vielleicht hast du auch einen Mord begangen. Ist es das, was ihr wieder plant? Wenn ihr eine weibliche Komplizin braucht, stehe ich zur Verfügung, weißt du! Und dann würden wir zusammen nach Texas flüchten . . .»
«Du solltest Romane schreiben, anstatt sie zu lesen, Cara.» Vor dem Spiegel zog sich Steve achselzuckend die Jacke über. Francesca lachte glucksend auf.
«Alles ist möglich, glaube ich – und ganz besonders bei dir! Weshalb trägst du zum Beispiel immer eine Waffe auf dir? Nie werde ich vergessen, wie schnell du auf jenen armen Cowboy geschossen hast – den, mit dem du nachher so freundlich warst. Und ich erinnere mich auch, daß dieser eklige Mr. Pierce, den ich gar nicht mochte, etwas über dich erzählte – was war es denn gleich? Ja! Er sagte, du seist ein – ein Mann, der früher in Texas sein Leben mit Pistolenkämpfen verdient hat. Es war doch Texas, oder nicht? Und der gute Senator, dein ehrbarer Schwiegervater, liebte es gar nicht, daran erinnert zu werden! Aber ich habe in Texas einen Verehrer, der Richter ist – ein sehr wichtiger Mann, sagt *er.* Er schreibt mir Briefe und schickt mir mit der Post kleine Geschenke. Vielleicht kann ich, wenn du je Unannehmlichkeiten hast, ihn überzeugen, daß er seinen Einfluß geltend macht.»
Steve hatte das Zimmer schon fast durchquert, als sich plötzlich sein Gesicht anspannte; sie dachte schon, er zögere einen Moment. War es möglich, daß sie ihn endlich ein wenig eifersüchtig gemacht hatte? Aber wie sie ihn kannte, war das unmöglich.
Steve beugte sich über sie und streifte ihre Lippen mit den seinen.

«Du mußt mir mehr über diesen geheimen Verehrer erzählen, mi Amore. Aber nicht jetzt. Ich bin schon verspätet.»
Er nahm eine zweirädrige Droschke, die ihn zu dem unscheinbaren, braunen Steingebäude führte, in dem das übliche Pokerspiel zweifellos schon im Gange war. Die Straßen waren zu dieser Abendstunde überfüllt, was ihm Zeit zum Nachdenken gab.
Zufall – oder kein Zufall? Die Art, wie die verschiedenen Mosaiksteinchen zusammenpaßten und ein Bild ergaben. Jim Bishop hatte es natürlich von Anfang an gesehen. Warum zum Teufel mußte Jim auch immer in den falschen Momenten in seinem Leben auftauchen? Wie heute nachmittag, als sie sich im Park begegneten. Hatte Bishop gewußt, daß er Francesca versprochen hatte, mit ihr auszureiten? Er bezweifelte, daß er es nur erraten hatte – seine erste Regung war sogar Wut gewesen, die er nur gedrosselt hatte, weil Francesca mit belustigten, neugierigen Augen dabeigestanden hatte.
Nachdem er die üblichen, höflichen Bemerkungen alle sorgfältig hinter sich gebracht hatte, hatte Bishop Steve eingeladen, ihn zu besuchen. «Bloß ein paar alte Freunde. Sie kennen die meisten von ihnen. Ich wollte Sie dieser Tage eigentlich besuchen, aber es ist in letzter Zeit recht schwierig, Sie zu treffen. Aber ich bin sicher, daß Sie nicht befürchten müssen, Ihre Zeit zu verlieren . . .»
Enthielt Bishops absichtlich tonlose Stimme eine Drohung? Oder eine Warnung? War er zur Zielscheibe geworden für die geheime Organisation, die Bishop leitete, oder hatte es mit den Bekanntschaften zu tun, die er in der letzten Zeit gemacht hatte? Seine Geschäfte? Man konnte sicher sein, daß, wenn Bishop mit ihm in Verbindung trat, wenn Francesca dabei war, dann nur, weil er keine Fragen beantworten wollte.
Aus alter Gewohnheit hatte Steve sich unauffällig gekleidet. Die Wohnung, in der sie sich trafen, befand sich in einem Block voller ähnlicher Wohnungen in einer recht schäbigen Umgebung. Die Männer waren hemdsärmlig; auf dem Tisch lag ein Wachstuch. Durch die Wand konnte man einen Säugling schreien hören und die Stimme eines betrunkenen Mannes, der seine Frau anschrie. Der Gastgeber, ein besorgt aussehender Mann namens Ron Draper, erklärte, seine Frau sei mit den Kindern diese Woche bei ihrer Mutter zu Besuch und entschuldigte sich, daß es nichts zu essen gab.
Als sie es sich um den Tisch herum bequem gemacht hatten, die Karten ausgegeben waren und die üblichen Whisky- und Weinflaschen dastanden, war alles andere vertraut. Bishop schien der einzige zu sein, der sich auf seine Karten konzentrieren und gleichzeitig über Geschäfte sprechen konnte.

Es waren fünf Männer da und Draper, den Steve noch nicht kannte, und Bishop selbst. Die anderen vier kannte er – sie stammten auch aus dem Westen, im Augenblick fern von ihrem üblichen Gebiet. Es fehlte nur ein vertrautes Gesicht; und Steve, der inzwischen wütend genug war, um auf eine Einleitung zu verzichten, stellte die Frage, die – so ahnte er – alle von ihm erwarteten.
«Wo ist Paco?»
Jemand räusperte sich. Bishop antwortete tonlos.
«Er ist im Spital. Er wurde übel zusammengeschossen, aber der Arzt meint, er komme davon. Nur – es wird Zeit brauchen. Ich hätte natürlich jemand anderen hinschicken können, aber anscheinend haben die guten Bürger von Baroque, und im besonderen eine Witwe namens Lassiter und ihr Schwager, Richter Nicholas Benoit, eine Abneigung gegen Fremde. Im Grunde hatte Paco Glück. Er ist nicht tot, wie die anderen.»
«Baroque?» Steve zündete sich eine Zigarre an. Über die Flamme hinweg blickte er in Bishops kalte, graue Augen.
«Ich dachte mir, daß Sie dieser Name aufhorchen läßt. Shanghai Pierce gewann zufällig beim Pokerspiel in jenem Bezirk eine Ranch, eine der größten dort. Und nach wenigen Wochen verlor er sie in einer Wette gegen Ihren Schwiegervater. Soviel ich weiß, hat Brandon das Land Ihnen überschrieben, weil er der Ansicht war, sie hätten es im Grunde gewonnen.»
Steve warf das abgebrannte Streichholz in einen Aschenbecher, lehnte sich zurück und studierte seine Karten.
«Sie sind gut informiert. Um Ihnen weitere Mühen zu ersparen – ich habe das Land noch nicht gesehen, aber ich habe im Sinn, es bald zu tun. Ich kenne es nur vom Hörensagen. Vielleicht ist es gutes Eisenbahnland, und ich werde diese Möglichkeit prüfen. Ist etwas Illegales an der Eigentümerurkunde? Geht es darum?»
«Was das betrifft, ist alles in Ordnung. Das Land gehört Ihnen, durch eine zufällige Laune des Schicksals. Und genau deshalb habe ich unser heutiges Treffen eingerichtet.»
Bishop fächerte seine Karten auf und warf eine auf den Tisch. Seine Stimme war gleichmütig und unverbindlich wie immer. «Erinnern Sie sich an Dave Madden?»
Steves blaue Augen wurden dunkler.
«Ich erinnere mich an Dave. Aber er hat sich zurückgezogen – schon vor langer Zeit, nach seiner Heirat. Oder kann man sich bei Ihnen nicht zurückziehen?»
Bishop tönte unbewegt, aber er warf Steve einen frostigen Blick zu.
«Dave lebte in jenem Landesteil. Er hatte selbst ein kleines Stück Land. Und dann kamen die Abenteurer nach dem Bürgerkrieg. Und die Soldaten. Und er stieß mit dem Benoit-Lassiter-Clan zusam-

men. Dave war ein guter Mann. Er merkte sofort, wenn etwas faul war. Und in diesem Falle kämpfte er um seine Lebensgrundlage. Ich nehme an, er zögerte deshalb, bevor er mit uns in Verbindung trat.» Bishop wischte sich pedantisch die Asche von der Jacke; seine grauen Augen wurden härter, als sie Steves vorsichtigem, plötzlich wachsamem Blick begegneten. Er sagte gedämpft: «Dave Madden sitzt im Gefängnis. Wegen Mordes. Er muß in einer Gruppe aneinandergeketteter Sträflinge arbeiten. Seine Ranch wurde ihm wegen Nichtbezahlens der Steuern weggenommen und öffentlich versteigert. Und seine Frau . . . vielleicht erinnern Sie sich an Renate? Blond, deutscher Abstammung, sehr hübsch? Ich glaube, Sie und Dave haben sie etwa zur gleichen Zeit kennengelernt, als Sie sie von einem Flußdampfer herunterholten.» Bishop sah, wie Steves Augen sich plötzlich verhärteten und abweisend wurden, und während er inne hielt, um an seiner Zigarre zu ziehen, hatte Bishop mehr Zeit, sich zu fragen, wie gut Steve Morgan Renate gekannt hatte, bevor sie sich entschlossen hatte, Dave zu heiraten.
«Was ist mit Renate geschehen?»
«Sie arbeitet in einem Bordell in Matamoros. Und vorher in Baroque. Und noch vorher war sie in Richter Nicholas Benoits vornehmem Männerhaus in Baroque. Es heißt, sie sei zu ihm gegangen, um zu versuchen, Dave das Leben zu retten. Und als er sie satt hatte . . .»
Die Zigarre bewegte sich, feine Asche fiel auf den Tisch, die sofort von dem nervösen und offensichtlich häuslichen Ron Draper weggewischt wurde.
Steve Morgan hatte seine Zigarre sorgfältig in den Aschenbecher gelegt, und jetzt goß er sich ein halbes Glas warmen Bourbon-Whisky ein.
«Warum?»
«Ein interessanter Ort, dieses Baroque», antwortete Bishop zweideutig. «Äußerst fruchtbarer Boden. Strategisch, würde man im Eisenbahnjargon sagen. Nicht weit von der Grenze zu Louisiana entfernt – auf der einen Seite Sumpfland; vom Red River bewässert. Eine der besten Weidegegenden von ganz Texas – für einen Viehzüchter. Farmer und eingewanderte Bauern nennen es verdammt guten Talboden, gut für die Ernten. Vor dem Krieg war es im Besitz einiger weniger Familien. Aber dann – Sie wissen ja, was geschehen ist! Das Homestead-Gesetz, das erlaubte den Ansiedlern sich im Westen frei anzusiedeln und das Land zu bebauen.
Die üblichen Folgen eines Krieges. Die Texaner werden dafür bestraft, daß sie auf der falschen Seite kämpften, und die Abenteurer bereichern sich. Es ist hart für Männer, die für etwas kämpften, an das sie glaubten. Aber . . .»

Während des darauffolgenden Schweigens wanderten Bishops kühle, graue Augen über alle Gesichter und ruhten schließlich auf Steve Morgans sehr zurückhaltender Miene. Sanft fuhr er fort: «Aber wenn man eine Frau ist, eine Witwe, und die Soldaten aus dem Norden freundlich empfängt? und wenn man dazu einen Schwager hat, der zufällig im Norden lebte, als der Krieg begann – ein einflußreicher Mann, der inzwischen Bundesrichter ist – dann würden die Dinge wahrscheinlich anders aussehen, vielleicht sogar vorteilhafter! Hunger nach Macht und Reichtum ist der stärkste und gefährlichste Hunger, meine Herren. Ich glaube, das wissen wir alle. Und ganz besonders gefährlich ist diese Gier, wenn sie gebilligt wird, oder vielmehr, wenn sie unter dem Schutze des Gesetzes steht, soweit in jenem Teil der Welt überhaupt noch Gesetze existieren.»

«Ganz plötzlich, meine Herren, gab es einen Zustrom von Siedlern, nach den Bestimmungen des Homestead-Gesetzes. Kleine Ranchbesitzer, frühere Ansiedler, wurden wegen Nichtbezahlens der Steuern oder aus verschiedenen anderen Gründen verjagt. Einige von ihnen sind verschwunden, andere haben ihre Familien weggeführt. Es ist erstaunlich, wie schnell in diesem besonderen Teil des Staates das Land den Besitzer wechselt. Die früheren Plantagenbesitzer und Viehzuchtkönige lassen aber noch immer ihr Vieh auf all diesem fruchtbaren Boden weiden... Und, wie ich schon erwähnte, muß jeder Fremde, der nicht beweisen kann, daß er bestimmter Geschäfte wegen sich in jenem Teil der Welt aufhält, mit unangenehmen ‹Unfällen› rechnen – ihr versteht mich doch?»

Mittlerweile hatte Steve langsam verstanden, worauf Bishops komplizierte Ausführungen hinaus wollten; er beobachtete und hörte zu, schweigend und mit grimmiger Miene wie die anderen anwesenden Männer, während Bishop seine unvermeidlichen Landkarten auf der Wachstuchtischdecke ausbreitete. Mit kalter, gleichmäßiger Stimme brachte er Tatsachen und Erklärungen vor.

«Sie werden jetzt verstanden haben, warum ich Sie – hm – heute abend hierher eingeladen habe? Piercens Land – das Land, das er gerade rechtzeitig gewonnen hatte, bevor ein unglücklicher Unfall den früheren Besitzer das Leben kostete – ist bis jetzt nicht belästigt worden, denn alle kennen Shanghai Pierce und dessen Ruf. Richter Benoit hat inzwischen von dem Besitzerwechsel erfahren – für ihn und die Lassiters sind Sie einfach ein gewöhnlicher Millionär aus dem Osten, der neugierig ist, seinen gewonnenen Besitz einmal zu sehen, aber nicht sonderlich interessiert. Sie haben ganz klar eine perfekte Ausrede, um Baroque einen Besuch abzustatten. Und die Leute werden es nicht wagen, Sie anzurühren. Mit irgendeiner Ausrede können Sie einige Zeit dort verweilen. Wir brauchen nur ein paar Tatsachen, um sie mit dem in Verbindung zu bringen, was wir schon wissen! Ein paar Antworten auf ein paar rätselhafte Fragen. Und dann, wenn ich dem Präsidenten alles vorlegen kann, können wir handeln.»

«Und was zum Teufel habt ihr für Dave getan? Habt ihr überhaupt vor, etwas zu unternehmen? Und Renate ... Sie sind wirklich ein kaltblütiger Schuft, Jim! Ich nehme an, daß ich während der ganzen Zeit, in der ich für Sie arbeitete, ganz einfach nur Glück hatte, daß ich ...»

Dann kam Steve in den Sinn, wie es war, eine Viehpeitsche auf dem nackten Rücken zu spüren, und das «Gefängnis», in das man ihn geschickt hatte – eine Silbermine, die tief in das Innere eines Berges gegraben war, wo er vergessen hatte, wie das Tageslicht aussah, und zum Tier geworden war. Damals hatte er erfahren – und er war, wie alle anderen auch, gewarnt worden – welche Risiken sie eingingen. Und das Beste war, daß Dave seinen Abschied genommen hatte, auch auf das Drängen von Renate hin, und doch ... konnte man überhaupt je Abschied nehmen, wenn man sich einmal für gewisse Aufgaben zur Verfügung gestellt hatte? Wurde einem dieses Recht überhaupt je eingestanden? Vor noch nicht allzu langer Zeit hatte Bishop ihn in Mexico aufgesucht; und damals hatte er, auf seine typische, undurchsichtige Art, alles ins Rollen gebracht, was seither geschehen war. Auch daß er heute abend hier saß und sich anhörte, was Bishop zu sagen hatte.

Rauch stieg auf und kräuselte sich in der bereits stickigen Luft. Draper hatte die Fenster geschlossen, und die Luft war zum Schneiden.

Vielleicht hatte Jim Bishop Steves Gedanken gelesen, denn er fuhr ruhig und leidenschaftlos weiter, als wäre er nie unterbrochen worden. Er setzte es als selbstverständlich voraus, daß er nur noch ein paar Einzelheiten erwähnen mußte, um dann eine Strategie zu entwerfen.

«Es sind schlaue Leute – und sie haben die lokale Justiz, so wie es jetzt steht, in der Tasche. Da ist ein Oberst Vance – er ist der befehlshabende Offizier des Forts. Ein Karrieremann, der eigentlich auf einen guten Ruf bedacht war; aber das Geld lockt, ganz besonders, wenn man sich dem Ruhestand nähert. Wie die meisten Männer dort frißt er Antoinette Lassiter aus der Hand. Sie ist jung für eine Witwe und sehr attraktiv. Zwar stammen die Ideen von Nick Benoit, aber wir glauben, daß sie es ist, die die wirkliche Macht besitzt und den nötigen Druck ausübt. Benoit ist der Halbbruder ihres verstorbenen Mannes. Es heißt, er sei nicht schlecht in Toni verliebt. Sie ist seine einzige Schwäche ... außer einer anderen noch ...»

Diese letzte Einzelheit, die er bis zum Schluß aufgespart hatte, war fast zuviel, daß man noch an Zufall glauben konnte. Denn Nicholas Benoit, die lokale Größe, war zufällig ein Opernliebhaber. Und im besonderen ein Verehrer einer gewissen Signorina Francesca di Paoli. Der Mann betete sie an. Er überschüttete sein Idol mit Blumen, Briefen und teuren Geschenken. Er hatte entscheidend dazu beigetragen, daß Mr. Fields seinen Schützling vertraglich dazu verpflichten konnte, in den Opernhäusern von Texas zu singen, denn er hatte erhebliche Summen ausgegeben und seinen nicht unbeträchtlichen Einfluß geltend gemacht.
Wie Steve bereits wußte, würde sie mit ihrer Tournée im Süden Unsummen verdienen. Nur deshalb hatte Francesca überredet werden können, in so abgelegenen Orten wie San Antonio, Austin, Houston, New Orleans und Natchez zu singen, um dann zurück nach Texas zu reisen und schließlich nach Kalifornien, in die verhältnismäßig zivilisierte Welt zurück.
Als Steve aus seinen Karten aufblickte, begegnete er Bishops Blick. «Ich werde es Sie wissen lassen», sagte er kurz und fragte sich, weshalb er nicht sogleich abgelehnt hatte.
Mit höflichem Gesicht erläuterte Bishop noch mehr Einzelheiten. «Für alle Fälle», meinte er. Und für einen Mann, der nicht genug wußte, wußte er viel. Er zeigte den allgemeinen Stadtplan von Baroque und der umliegenden Städte. Er nannte Namen über Namen. «Da sind die Carters. Früher Cartier, aber der Alte änderte das, nachdem er Benoits Schwester geheiratet hatte. Freizeit-Sumpfrancher, wenn man das so nennen kann. Der älteste Sohn, Matthew, ist einer dieser unbeugsamen Rebellen. Ein Geächteter, seit er aus dem Krieg zurück ist. Tatsache ist aber, daß er für Toni Lassiter – Mrs. Antoinette Lassiter – fast alles tun würde. Sie ist in Louisiana geboren – niemand weiß genau wo und wann. Sie tauchte einfach auf, blond, sehr schön und lächelnd – der alte John Lassiter brachte sie von einer Reise, die er kurz vor dem Krieg unternommen hatte mit nach Hause. Dann zog er in den Krieg und lebte nicht mehr lange. Sie nahm die Dinge in die Hand, als sei sie dazu geboren. Sie sagt, ihre Familie habe eine große Plantage besessen und sie sei aus dem Kloster entwischt, in das man sie gesteckt hatte – und sei der für sie geplanten Heirat so aus dem Wege gegangen.»
«Mir scheint, Sie wissen schon genug über diese Leute!» Zu Steves Überraschung war es Greg Porter, unter Freunden Port genannt, der diesen Einwand vorbrachte und dabei seine sandfarbenen Augenbrauen ungeduldig zusammenzog. Erst jetzt erinnerte er sich, daß Port und Dave lange Zeit unzertrennlich gewesen waren, genau wie er und Paco. Und jetzt lag Paco im Spital, von Kugeln durchlöchert.

«Aber wir wissen nicht genug darüber, was sie jetzt im Sinn haben. Wir vermuten es, aber wir brauchen Beweise.»
«Und inzwischen verwest Dave in einem Trupp aneinandergekettetter Sträflinge, und seine Frau – sagen Sie, Jim, weiß er eigentlich, was mit seiner Frau geschehen ist?»
Wenn ich an Daves Stelle wäre, dachte Steve verbittert. Und Ginny an Renates. Nur war damals eben eine Revolution im Gange und vielleicht – wer weiß, wußte das Jim nicht. Aber sein kaltblütiger Verstand sei trotzdem verdammt!
Wenn Steve sich allerdings in Bishops Lage versetzte, dann konnte er ihn auch verstehen. Bishop konnte Dave nicht rausholen, ohne daß haufenweise Fragen gestellt würden – und damit würde man diejenigen Leute warnen, die vertuschen wollten, was sie vorhatten. Und Renate war ein Beispiel für eine Frau, die sich ihre Schwierigkeiten selbst zuzuschreiben hatte. Zweifellos würde auch sie bespitzelt werden.
«Wann können Sie reisen?»
Alle blickten ihn plötzlich an, besonders Port mit seinen schmalen, grünen Augen. Port wollte selbst gehen, aber Port war zu sehr mit hinein verwickelt, und wenn Paco – der sehr vorsichtig war – zusammengeschossen wurde, dann würde Port Freiwild sein.
Steve streckte sich und goß sich noch etwas zu trinken ein. Der Fuselgeruch ließ ihn das Gesicht verziehen. Auch daran würde er sich wieder gewöhnen müssen. Zum Teufel!
«Nächste Woche», sagte er zu Bishop. «Auf dem Seeweg. Sie werden von mir hören. Geben Sie mir nur die Namen der Kontaktpersonen – und die üblichen Vorträge, daß ich auf mich allein gestellt sein werde usw., können Sie sich sparen.» Seine Stimme wurde leiser, beinahe gleichgültig. «Ich werde daran denken – und ich verschaffe Ihnen die Angaben, die Sie brauchen. Nur, denken auch Sie daran, daß ich auf mich allein gestellt sein will, Jim.»

Achtunddreißigstes Kapitel

Reporter mischten sich unter die vornehmen Gäste an Bord des schnittigen, schlanken Klippers, der jetzt «Lady Francesca» hieß. Signorina di Paoli selbst hatte eine große Flasche Champagner am Schiffsrumpf zerschlagen. Diese Taufzeremonie war der Auftakt zu weiteren Festlichkeiten gewesen, die bis zum Morgengrauen dauern würden. Dann würde man die letzten schlaftrunkenen Gäste an Land begleiten, und das Schiff würde mit der ersten Flut hinaussegeln.

Die di Paoli sprühte an diesem Abend; ihre schwarzen Augen glänzten wie die Sterne, die über dem beleuchteten Deck zu hängen schienen. Sie glühten mit dem selben, geheimnisvollen Feuer wie der riesige Smaragd, der, fast zu schwer, an einem ihrer schlanken Finger steckte.
Francescas Manager, Luigi Rizzo, der mit seinem herabhängenden Schnurrbart wie ein unglückliches Walroß aussah, trank genießerisch unzählige Gläser Wein. Bertram Fields, der auch mitsegeln würde, trat wie immer gleichmütig und sicher auf und gab den Reportern, die ihm Fragen stellten, keine Auskunft. Aber die di Paoli war ausnahmsweise einmal zugänglich für die neugierigen, persönlichen Fragen, mit denen sie die Reporter überfielen.
«Signorina, dieser außerordentlich schöne Ring – es ist doch nicht Verlobung, oder?»
Francesca schenkte dem Mann eines ihrer geheimnisvollen Botticelli-Lächeln.
«O nein! Das heißt . . . noch nicht.»
Sie stürzten sich auf dieses kurze, verlegene Zögern.
«Stimmt es, daß der Smaragd das Geschenk eines Mannes aus Kalifornien ist?»
«Er ist das Geschenk eines . . . Freundes.»
«Wird Sie Mr. Morgan den ganzen Weg nach Austin begleiten, Signorina?»
Die di Paoli lächelte einen Augenblick etwas gequält, und ihre Augen wurden dunkler.
«Warum fragen Sie nicht *ihn*?»
Steve Morgan machte einen entspannten Eindruck. Er trug einen tadellos geschnittenen, dunklen Anzug, unter dessen Jacke eine reich verzierte Brokatweste hervorschaute. Er schenkte den Reportern eines seiner typischen, zynischen Lächeln.
«Ich gehe geschäftlich nach Texas, meine Herren.»
«Mr. Goulds Geschäfte?» fragte ein Reporter, der mutiger war als die anderen.
Steve hob eine Augenbraue.
«Meine Herren, Mr. Gould kümmert sich selbst um seine Geschäfte, wie ich mich um die meinen. Und wenn Sie mich jetzt entschuldigen wollen . . .»
«Wann wird Ihre Frau in den Staaten zurückerwartet, Sir?»
Die Frage kam von einem zerzausten jungen Mann mit einem frechen Grinsen.
«Wenn sie für die Rückreise bereit ist.»
Steve Morgans Miene hatte sich nicht verändert; er sprach in einem leicht belustigten Tonfall. Mit einem höflichen Neigen des Kopfes ging er weiter. Die Reporter scharten sich weiterhin um die strah-

lende Primadonna, die der Gegenstand ihrer so großen Neugierde war.

«Signorina di Paoli – verzeihen Sie die Frage ...» Eine ziemlich schüchterne Reporterin, die neben der Sängerin saß, fragte mit leiser Stimme: «Sie wurden überall in der Öffentlichkeit in Begleitung von Mr. Morgan gesehen – stimmt es, daß Sie ineinander verliebt sind?»

Mit einem zurückhaltenden und doch fast sinnlichen Lächeln antwortete Francesca: «Er ist gern in meiner Gesellschaft, und ich in seiner.»

«Aber ist er – es gehen Gerüchte um, daß er sich von seiner Frau scheiden lassen will», fuhr die Frau unbeirrt fort, denn sie erinnerte sich an die Anweisungen ihres Redaktors.

«Ein Gentleman überläßt es seiner Frau, sich scheiden zu lassen.» Die Stimme der Signorina tönte leicht vorwurfsvoll, als sie sich erhob und sie alle freundlich wegschickte.

Nicht nur die Reporter, sondern auch die Skandalmacher und Klatschtanten hatten einen großen Tag.

«Haben Sie bemerkt, wie besitzergreifend sie seinen Arm festhält?»

«Ach, und wie er sie anschaut! Meine Liebe, ich schwöre, diese dunkelblauen Augen im gebräunten Gesicht machen einem wirklich erschauern ...»

«Welch göttlich schönes, welch harmonierendes Paar!» seufzte eine sentimental veranlagte Frau, während ihre weniger sentimentale Nachbarin wichtigtuerisch flüsterte: «Haben Sie bemerkt, daß sein Schwiegervater – Senator Brandon – Sie kennen ihn sicher, heute abend nicht anwesend ist? Ziemlich ... befremdend, finden Sie nicht?»

Senator Brandon, der sich am selben Tag, aber früher, von Steve verabschiedet hatte, war dieser Abschiedsfeier absichtlich ferngeblieben. Vor wenigen Monaten erst hatte er selbst ein ähnliches Fest gegeben, als seine Frau und seine Tochter nach Europa abreisten; und wenn seine heutige Abwesenheit zu Mutmaßungen Anlaß gab, so hätte andererseits seine Anwesenheit den Schluß zulassen können, daß er seinen Segen dazu gäbe, daß sein Schwiegersohn seine Geliebte auf eine Seereise mitnahm. Und ehrlich gesagt hätte er auch fast ein wenig Angst vor Sonjas Wut gehabt, wenn er es getan hätte. Was Steve anging – er hoffte bei Gott, daß Steve wußte, was er tat.

Sowohl Francesca di Paoli als auch Steve Morgan waren hervorstechende Persönlichkeiten; wann immer sie zusammen gesehen wurden, wo immer sie hingingen, sie gaben immer Anlaß zu Gerede. Und als sei das noch nicht genug, zeigte sie auch noch stolz die Schmuckstücke vor, die er ihr schenkte. Allein der Smaragdring mußte ein kleines Vermögen gekostet haben. Diese Art Geschenke machte ein Mann sonst seiner Verlobten oder seiner Frau. «Was würde Ginny dazu sagen?»

«Wenn Ginny von mir erwartet, daß ich mich wie ein verheirateter Mann aufführe, dann soll sie sich selbst auch wie eine verheiratete Frau benehmen», war Steves reichlich zweideutiger Kommentar, den er achselzuckend vorgebracht hatte. Und da der Senator das Gefühl hatte, er hätte mit seinem halbherzigen Protest seine Pflicht getan, sagte er daraufhin nichts mehr.

Die «Francesca» hatte ihre Seereise begonnen. Das Fest an Bord war noch im Gange, als Brandon sich zu Hause in sein Studierzimmer zurückzog, um bei einem Glas Whisky einen weiteren Brief an seine Frau zu schreiben. Er hatte die Schiffspläne eingesehen und wußte deshalb, was die wenigen auserwählten Gäste, die das Vorrecht gehabt hatten, das Schiff zu besichtigen, auch wußten. Signorina di Paolis prachtvolle Kabine, die eigens für sie in ihren Lieblingsfarben eingerichtet worden war, grenzte an die etwas nüchterner gestaltete Kabine des Schiffseigners . . .

Die schaukelnde, sanfte Bewegung des Schiffes verlieh ihren Liebesumarmungen neue Dimensionen, als das Schiff klar machte und die schnittigen Linien seines Bugs sich dem offenen Ozean zuwandten.

Eine Bewegung löste die andere ab, als ihre Körper sich fanden, sich trennten und sich wieder fanden. Durch die offenen Bullaugen fiel Licht auf das Bett, und Steves Finger folgte den Umrissen ihres Gesichtes, ganz leicht, als wolle er sie sich ins Gedächtnis einprägen.

«Du hast das vollkommenste, schönste Gesicht, das ich je gesehen habe, mi Amore. Wie eine Madonna aus Porzellan. Und dein Haar ist wie Seide . . .»

Es tönte, als entdecke er sie zum ersten Mal – oder als nehme er Abschied – und Francesca überfiel plötzlich Angst. Gleichzeitig nahm sie ihm auch übel, daß er sich, nachdem sie sich soeben geliebt hatten, so leicht von ihr lösen konnte. Sogar seine Komplimente tönten lässig – fast neckend. Konnte sie ihn je dazu bringen, sie wirklich zu lieben? Hier auf diesem Schiff mitten im Ozean konnte Steve nicht weggehen und sie eilig verlassen. Kühn spielte sie mit dem Gedanken, die Gefühle auf die Probe zu stellen – herauszufinden, wie weit sie beide gehen könnten. Der Gedanke war erschreckend und verlockend zugleich.

Sie öffnete langsam die Augen, um in die seinen zu blicken.

«Und du? Ich hörte, wie jemand sagte, du seist ein Pirat – ein Korsar. Wirst du mich mit dir entführen? Ich glaube, das würde mir gefallen – mit dir irgendwohin zu gehen, wo ich noch nie war – in eine wilde, primitive Gegend, wo niemand weiß, wer ich bin und wer du bist. Warum nimmst du mich nicht nach Mexico mit? Du sagtest mir, dort sei einmal deine Heimat gewesen. Ich möchte sehen, wie es dort aussieht – bitte, Stefano, bitte?» Sie fing an, ihn zu küssen, lockend, bittend. «Sag mir, daß du es dir überlegen wirst – wir haben doch Zeit, nicht? Nur eine etwas längere Reise . . . Habe ich dich je um etwas gebeten?»

«Auch mit diesen heimtückischen, weiblichen Schlichen gelingt es dir nicht, mich zu etwas zu überreden!» sagte er barsch, aber sie fühlte, wie seine Finger ihren nackten Schultern entlang strichen, um sich in ihr dichtes Haar zu wühlen.

Sie rückte näher zu ihm hin, im Gegentakt der auf und ab wiegenden Bewegung des Meeres, und flüsterte: «Bitte?» bevor sie ihn küßte.

Er küßte sie auch, beinahe grob, und unterdrückte dabei ihren aufbegehrenden Ausruf. Er küßte und küßte sie, bis sie kaum mehr atmen konnte und das Gefühl hatte, zu ertrinken. Und sie umklammerten ihn, blind, und alles vergessend, außer der körperlichen Lust, die er ihr verschaffen konnte, wenn er sie nahm . . .

Senator Brandon schickte einen weiteren Brief an seine Frau; zusammen mit den Zeitungsausschnitten über die Abschiedsfeier, die er beilegte, war das Paket fast noch dicker als das letzte. Die «Lady Francesca» segelte der Küste entlang südwärts; das Wetter war ausgezeichnet, und man fuhr in Rekordzeit.

Bertram Fields stellte fest, daß Francesca von Tag zu Tag mehr glühte, und er begann, sich insgeheim Sorgen zu machen. Aber er brachte es nicht über sich, mehr zu unternehmen, als zu murmeln: «Seien Sie vorsichtig, Prinzessin. Ihr Bandit lebt nicht nach den üblichen Regeln.»

Aber Costanza hatte den Mut, ehrlich mit ihrer «bambina» zu sein: «Sie sind daran, sich zu verlieben. Nein – *mir* können Sie nichts vormachen; schließlich war ich schon Ihr Kindermädchen, als Sie noch *so* klein waren! Glauben Sie denn etwa, ich hätte Sie nicht wie die anderen auch beobachtet und sähe keinen Unterschied? Ich hatte lange Zeit gehofft, daß Sie einmal auf einen Mann stoßen würden, bei dem sie endlich zu einer richtigen Frau würden. Aber dieser . . . das ist nicht gut – ein verheirateter Mann! Sie sollten vorsichtig sein, mia Cara.»

«Ich bin keine Närrin, Costanza!» Francescas Stimme, die zunächst scharf geklungen hatte, wurde plötzlich sanfter. «Aber er ist tatsächlich anders als die andern. Sie waren alle Narren, so dumm . . . und mein böser Bandit, ich beginne ja erst jetzt zu verstehen, was für ein Mann er ist. Er will eine Frau, die aufrecht dasteht und sich nicht an ihn klammert oder versucht, ihn zu fest an sich zu binden;

und diese Art Frau bin ich! Und er sagt mir auch nicht wie die anderen Männer: ‹Ich liebe dich, ich bete dich an, Francesca, ich sterbe, wenn ich dich nicht haben kann . . .› Nein – er sagt nichts dergleichen, und doch tut er nicht so, als läge ihm nichts an mir, nur um mich zu reizen. Er fängt an, mich *gernzuhaben* – wir werden später noch darüber sprechen, Costanza! Wie über viele Dinge. Er betrachtet mich nicht als ein schönes Wesen, das man für die körperliche Liebe gebrauchen kann – er achtet die Tatsache, daß ich Verstand habe und daß ich meinen Weg gemacht habe. Ich glaube . . .»
«Sie sind verliebt», sagte die alte Frau matt, und Francesca schüttelte den Kopf und legte die Hände um ihre Knie, wie sie es als kleines Mädchen getan hatte, wenn man sie gescholten hatte.
«Nein! Nein, ich bin nicht verliebt! Das heißt . . . wir spielen jetzt gerade ein kleines Spiel, wir beide, und ich glaube, es ist, um herauszufinden, wer von uns beiden der Stärkere ist, und welcher als erster nachgeben wird . . . und ich frage mich selbst, Costanza, wenn das geschieht – was dann? Verstehst du? Da ist meine Musik, die mein ganzes Leben bedeutet, die mein Leben *ist*! Und er ist ein Mann, der sein eigenes Leben leben will und muß – wie würde es enden, wenn es je für uns begänne? Diese Liebe, vor der ich solche Angst habe?»
Sie breitete die Arme mit einem Ausdruck von Unsicherheit aus.
«Ach, Costanza, bitte schelte mich nicht aus! Es genügt für den Augenblick, daß wir – Freude aneinander haben; vielleicht ist es bereits ein bißchen mehr als das. Siehst du, ich will ihn auch, und ich will ihn nicht gehen lassen – noch nicht!»
«Und seine ihm kirchlich angetraute Frau? Haben Sie vergessen, daß er bereits ihr gehört, wenn Sie davon sprechen, daß Sie ihn nicht mehr gehen lassen wollen?»
Die Stimme der älteren Frau war unnachgiebig; grimmig schauten ihre schwarzen Augen in die ihres Schützlings, und sie sah, wie erste Anzeichen von Wut darin aufflackerten.
«Seine Frau? Pah!» Francesca knirschte mit den Zähnen. «Sie verdient es nicht, einen Mann zu haben, den sie nicht halten kann! Warum ging sie nach Frankreich? Warum ist sie noch immer dort? Wenn Stefano sie wirklich wollte, wäre er selbst hingegangen, um sie zurückzuholen, anstatt mit mir hier zu sein. Und das ist auch typisch für ihn.»
«Sie denken also ans Heiraten, nicht? Wenn er sich Ihretwegen von seiner Frau scheiden läßt, was dann? Meinen Sie, er würde dann Sie heiraten, Sie närrisches, eigensinniges Kind? Sind Sie bereit, alles aufzugeben, fett zu werden und viele Bambinis zu haben?»
Wild sagte Francesca: «Wer spricht denn schon von Heirat? Ich

denke an jetzt, jetzt! Für den Augenblick ist das, was wir ineinander gefunden haben, genug!»
Das Klima im Golf von Mexico war heiß und feucht, und als der schnelle Chinaklipper seine Passagiere außerhalb von Matamoros absetzte – überraschenderweise war es Francesca nämlich gelungen, Steve zu einem kurzen Abstecher nach Mexico zu überreden – war es Francesca, als klebten die Kleider an ihr.
«Ich habe dich gewarnt, Cara. Die Reise von hier bis zur Hacienda meines Freundes in Monterey ist beschwerlich. Bist du sicher, daß du nicht umkehren und nach New Orleans zurückgehen möchtest?»
«Ich bin die Hitze gewohnt. Und Costanza auch. Wenn du sicher bist, daß du genug Kutschen mieten kannst für mein ganzes Gepäck.»
Mr. Fields war in New Orleans von Bord gegangen um ihre Auftritte in dieser Stadt vorzubereiten. Francesca war froh darüber, denn sie konnte sich nur allzu gut vorstellen, wie er seine Augenbrauen angehoben und sich über die Hitze und die Unterkunft in dieser elenden Stadt beklagt hätte. Und sie war entschlossen, Steve zu beweisen, daß sie die Art Frau war, die jeder unangenehmen Situation, jeder Notlage gewachsen war. «Ist das wirklich unser Land, Stefano? Ist ganz Mexico so?»
«Matamoros liegt zu nahe an der Grenze, als daß es wirklich typisch wäre für Mexico, meine Süße. Darum dachte ich auch, du möchtest vielleicht kurz die Hacienda meines Freundes besuchen.»
Und plötzlich bedauerte sie, daß sie ihn dazu überredet hatte, seine Pläne zu ändern. Wenn er seine groben Kleider aus dem Westen anzog und eine Waffe an der Hüfte trug, hatte sie das Gefühl, er hätte sich absichtlich in einen Fremden verwandelt. Er hatte für eine passende Unterkunft für sie gesorgt – die beste, die in dieser reichlich schmutzigen Stadt zu finden war – aber er sah besorgt aus, seit sie überraschend von einem grinsenden Hauptmann der Rurales aufgehalten worden waren, der Steve wie einen alten Freund begrüßt hatte. Während des darauffolgenden Wortwechsels, von dem sie nichts verstanden hatte, hatte er sie überhaupt nicht beachtet.
Als Francesca am nächsten Morgen erwachte, heiß und schwitzend, war sie noch mehr verärgert, denn sie fand heraus, daß Steve mit jenem Capitan Altamonte schon früh weggegangen war.
«Er war wie ein Bandit gekleidet, mit zwei Pistolen, nicht nur einer», murrte Costanza. «Was für ein schrecklicher Ort!»
«Ach, sei still!» Die Wut ließ Francescas Stimme schärfer klingen als gewöhnlich. «Nicht ganz Mexico ist so – und er wird bald zurück sein.»

Er kehrte indessen erst am späten Nachmittag zurück, und auf seiner Stirne standen Falten, vor denen Francesca sich zu hüten gelernt hatte.
Zu diesem Zeitpunkt war sie selbst außerordentlich wütend. Sie hörte auf, wie wahnsinnig im Zimmer auf- und abzuschreiten, um ihn gehässig aus dunklen Augen anzustarren.
«Ich war über der Grenze, in Brownsville», sagte er, um ihrer erbosten Frage zuvorzukommen. «Es tut mir leid, Francesca, ich traf ein paar alte Bekannte.»
«Du – dir tut es leid? Aber ich . . .»
Er schnitt ihr das Wort ab und sagte kurz: «Es tut mir auch leid, daß ich dich hierhergebracht habe. Es war unverzeihlich von mir, keine Erkundigungen einzuholen. Es herrscht überall Typhus.»
Er sah sonnenverbrannt und müde aus, und seine Stimme klang plötzlich gedankenverloren, beinahe so, als spräche er zu sich selbst.
Francesca vergaß ihre Wut und flog auf ihn zu; er aber hielt sie sich ungeduldig vom Leib und sagte mit rauher Stimme: «Um Himmels willen! Ich sprach heute mit einem Mann, der Typhus hatte, er starb – verdammt, ich erfuhr erst hinterher, woran er gestorben war. Komm mir nicht in die Nähe, solange ich nicht gewaschen und gebadet bin, ja?»
Widerwillig zog sie sich an das andere Ende des Zimmers zurück und sah sehnsüchtig zu, wie er sich die staubigen Kleider vom Leib riß und sie in einem unordentlichen Haufen auf den Boden warf, wobei er die kichernde junge Frau nicht beachtete, die heißes Wasser brachte, um die Zinkwanne zu füllen.
«Ich möchte dir helfen – ich kann dir den Rücken schrubben, Stefano. Das ist alles so dumm! Alle diese Vorsichtsmaßnahmen, nur weil du mit einem Mann gesprochen hast . . .»
«Der anschließend an Typhus gestorben ist. Bleibe mir fern, bis ich sauber bin, Cesca, ich meine es ernst.»
Sie starrte ihn immer noch ungläubig an.
«Aber du – wir gehen doch nicht etwa zurück, oder? Wir sind ja erst angekommen? Wir können woanders hingehen.»
«Natürlich werden wir zurückgehen, und zwar sobald deine Zofe gepackt hat!» Seine Stimme war hart und unbeugsam geworden. «Du kannst den ganzen Weg zum Schiff und bis nach New Orleans mit mir streiten, wenn es dir Spaß macht. Aber wir verlassen diese Stadt vor Sonnenuntergang.»
Er stieg aus der Wanne, das Wasser tropfte zu Boden, und Francesca warf ihm automatisch ein Handtuch zu. Sie bemühte sich immer noch, zu verstehen, daß er auch wirklich meinte, was er gesagt hatte.

Verärgert ertappte sie sich dabei, wie sie sich fragte, wie wohl seine Frau reagiert hätte.

Neununddreißigstes Kapitel

Virginia Morgan kam von ihrer spontanen und äußerst unangenehmen Spanienreise zurück, und ihre Stiefmutter empfing sie kühl und mißbilligend, genau wie sie es erwartet hatte.
Ginny sah blaß und müde aus und hatte sich nicht einmal die Mühe genommen, ihren langen, samtenen Reisemantel abzulegen, bevor sie eintrat, aber Sonja war bereits zu sehr verärgert, als daß sie es weiter bemerkt hätte.
«Du bist also endlich zurück? Und wo ist denn dein schöner Matador? Ich hatte eigentlich erwartet, daß du ihn an deinem Rockzipfel hängend zurückbringen würdest.»
Sonja war außerordentlich gereizt, und für einmal gab ihr die Stieftochter keine freche Antwort. Sie nahm statt dessen ihre modische Haube ab, warf sie nachlässig auf einen Stuhl und behielt den Mantel um sich gehüllt, als fröstelte sie immer noch wegen der kalten Luft draußen.
«Er hat beschlossen, in Madrid zu bleiben. Und du brauchst mich nicht so anzusehen, Sonja! Es war nichts Böses dabei, als er sich anerbot, mich nach Spanien zu begleiten. Er war sogar ein perfekter Gentleman, außer einem einzigen Mal, und da habe ich ihn schnell wieder auf seinen Platz verwiesen!» Ginnys Augen flogen zum kleinen Schreibtisch beim Fenster, wo Sonja immer saß, um ihre Korrespondenz zu erledigen. «Sind Nachrichten für mich da? Kam das Briefpaket an, während ich fort war?»
«Deine vornehmen männlichen Freunde kamen sozusagen jeden Tag, um sich zu erkundigen, wann du zurückkämest», sagte Sonja seltsam angespannt, fast abgehackt sprechend. «Der Comte D'Arlingen, natürlich – er war sehr besorgt! Und der junge englische Herzog, mit dem du jeden Tag ausrittest, erinnerst du dich an ihn? Und selbstverständlich kam auch ein Brief von deinem Gatten. Er kam am Tag nach deiner Abreise. Es ist der oberste der Briefe auf dem Schreibtisch. Warum setzt du dich nicht hin, um zu lesen?»
Ginny gewann etwas von ihrer früheren Fassung zurück, hob eine Augenbraue an und ging zum Schreibtisch hinüber, wobei sie bewußt versuchte, ihre Ungeduld zu verbergen. Sonja war gemein! Und weshalb war Steves Brief so dünn? Verdammter Steve – und verdammte Sonja, mit ihrem zimperlichen, selbstgerechten Getue! Laut sagte Ginny leichthin, als sie sich setzte: «Seit wann sprichst

du von meinem Gatten, wenn du Steve meinst, und in diesem Tonfall? Ehrlich gesagt, Sonja, du bist beinahe so unangenehm wie er. Nur eine Seite – nicht einmal ...» Der Klang ihrer Stimme änderte sich, als sie den Brief aus dem Umschlag zog. Sie vergaß ganz, daß Sonja sie beobachtete und biß sich verärgert auf die Lippen. «Da hätte er ja genauso gut überhaupt nicht zu schreiben brauchen!»
«Vielleicht hatte er zu viel zu tun.» Ginny starrte stirnrunzelnd auf Steves wie üblich unordentliches Gekritzel, und die Ironie in Sonjas Stimme entging ihr.
Er schrieb überhaupt nichts, außer daß es ihm in New York langsam langweilig würde und er im Sinn habe, bald nach Kalifornien zurückzukehren. Er sagte nichts darüber, daß er sie vermißte – daß er wolle, daß sie bald zurückkäme. Er hatte im Gegenteil höflich hinzugefügt, er hoffe, daß sie sich vergnüge und daß sie sich ohne Zögern an die Bank wenden könne, wenn sie mehr Geld brauchen sollte.
Warum waren seine Briefe immer so kurz und bündig und so wenig mitteilsam? War es möglich, daß er sie kein bißchen vermißte, daß er froh war, sie aus dem Weg zu haben? Während Monaten hatte sie ihrer Phantasie freien Lauf gelassen. Sie hatte erwartet – gehofft – er würde ihr nachreisen und sie fast gewaltsam zurückholen. Sie hatte ihn vermißt und sogar dumme Tränen vergossen. Der Gedanke an ihn hatte alles überschattet, obwohl sie die ganze Zeit so tat, als ob sie sich wahnsinnig vergnügte. Sogar in Rußland ... und dann kamen nur diese kurzen Briefe, die nichts aussagten, in unregelmäßigen Abständen. Und Geld. War dies alles dazu angetan, sie fernzuhalten?
«Na – was hat er zu sagen? Oder ist das ein Geheimnis?»
Ginny blickte auf. Sie blinzelte, um wieder klar zu sehen, denn ihr Blick war verschwommen durch das Starren auf die beschriebene Seite.
Warum tönte Sonja so – so seltsam? Fast selbstgefällig?
«Natürlich gibt es kein Geheimnis – im Gegenteil, es steht nichts drin, was nicht auch der hinterste Bedienstete lesen dürfte! Steve sagt nur, daß er bald nach Kalifornien zurückkehren will.»
«Ach?» Und jetzt konnte man den giftigen Ton in Sonjas sonst so sanfter und ruhiger Stimme nicht mehr überhören. «Dann glaube ich aber, daß er seine Meinung geändert hat, seit er diesen Brief schrieb. Ich habe verschiedene Briefe von deinem Vater erhalten, die ein späteres Datum tragen, nach welchem dein Gatte bereits auf dem Weg nach Texas sein müßte.»
«Texas?» Ginny wußte nicht, warum sie das Wort wiederholte, vielleicht nur, um Zeit zu gewinnen. Es war etwas in Sonjas Blick, eine gewisse Härte in ihrer Stimme, die sie warnte. Sie blieb steif

und schweigsam, während Sonja grimmig fortfuhr. «Ich glaube, du liest am besten die Briefe deines Vaters an mich. Du wirst sehen, daß er nicht halb so zurückhaltend ist, wie Steve es zu sein scheint. Ich habe sie der Reihe nach geordnet, mit gewissen Zeitungsausschnitten. Und um Himmels willen, leg diesen Mantel ab! Mir ist schon heiß, wenn ich dich nur ansehe!»

«Ich behalte ihn lieber um, danke. Paris ist kalt, nach Spanien.» Ginny hatte ganz mechanisch geantwortet und streckte ihre Hand bereits nach den aufgehäuften Briefen und den gefalteten Zeitungen aus.

«In diesem Fall werde ich etwas heißen Tee bestellen – oder möchtest du lieber Sherry? Laß dich von mir in deiner Lektüre nicht stören, ich werde dich nicht unterbrechen.»

Tatsache war, daß Ginny Sonjas Anwesenheit vergaß, sobald sie zu lesen anfing. Sie fühlte, wie ihr immer kälter wurde, und manchmal waren Wörter und Buchstaben ganz ineinander verschwommen, so daß sie blinzeln mußte, um weiterlesen zu können.

Auch der Brief ihres Vaters tönte wütend – und er hatte kein Blatt vor den Mund genommen. Wie hatte er alles glauben können, was die Skandalblätter über sie druckten? Und den Klatsch, der von gehässigen, alten Klatschtanten verbreitet wurde?

Einmal schaute Ginny kurz auf, um das zu sagen, und Sonja hob eine Braue. «Klatsch? Was meinst du, was die Leute für Schlußfolgerungen ziehen, wenn du ein Wochenende auf dem Lande allein mit einem alten Verehrer verbringst? Oder eine ganze Woche in London, ohne die Begleitung einer anderen Frau? Aber wenn du gegenüber Klatsch diese Einstellung hast, dann wird dich die Aufmerksamkeit, die die Zeitungen in letzter Zeit deinem Gatten widmen, nicht im geringsten aufregen.»

Mit einer unwilligen Bewegung legte Ginny den strengen Brief ihres Vaters zur Seite und begann, einige der Zeitungsausschnitte durchzublättern.

Eine Lobrede über das New Yorker Début einer italienischen Opernsängerin, die sich Prinzessin nennt . . . Eine lange Liste vornehmer Gäste, die an einem Empfang teilnahmen, den Bertram Fields, der Millionärsunternehmer gegeben hatte.

Und dann, als sie eben über den Namen einer Zeitung die Nase rümpfte, sprang ihr eine Überschrift in die Augen: *Western Wochenende in Jay Goulds Landhaus beginnt mit einer richtigen Pistolenschlacht.*

Es war natürlich über alle Maßen übertrieben! Steves natürliche Verwegenheit war mit ihm durchgegangen.

Aber da waren noch weitere Ausschnitte. Sogar ein oder zwei recht verschwommene Fotografien.

Die di Paoli mit ihrem ständigen Begleiter bei den Pferderennen; wie voraus-

zusehen gewesen war, begleitete Kaliforniens jüngster Millionär, Steve Morgan, die wunderschöne Signorina di Paoli zum Ball bei Vanderbilt; welcher neue, reiche Verehrer überhäuft die Opernprinzessin ständig mit Juwelen, die zu ihrer strahlenden Schönheit passen? Signorina di Paoli verschmäht die Fleischtöpfe unserer schönen Stadt zu Gunsten von intimen Nachtessen bei Kerzenlicht mit einem gewissen Mr. S. M. Kann dies endlich Liebe sein?

«Das ist gemeiner, dreckiger Klatsch, alles!» Ginny schleuderte die Zeitungsausschnitte weg, so daß sie zu Boden flatterten. «Ich wundere mich, daß mein Vater sich die Mühe nimmt, dies – diesen Schund zu verschicken! Eine italienische Opernsängerin – eine fette, alte Kuh mit kreischender Stimme! Steve würde nie . . .»

«Vielleicht hast du die Beschreibung der Opernsängerin übersehen, die du so leichthin abtust! Und wie kannst du es wagen, deinen Vater gleichzeitig des dreckigen, gemeinen Klatsches zu bezichtigen?» Sonjas Stimme wurde lauter, und sie konnte sich nur mit Mühe beherrschen.

«Am besten liest du diese beiden letzten Briefe, Ginny. Vielleicht werden sie dir erklären, warum dein Gatte so öffentlich einer anderen Frau nachläuft . . . weshalb er eines der Schiffe nach ihr taufte – ein Fest an Bord gab, zu dem jedermann eingeladen war, und ihr einen riesigen Smaragdring schenkte, den sie voller Stolz am Ringfinger zur Schau stellt!»

Ginny sprang schließlich auf, stützte die Fäuste in die Hüften ein, und ihre grünen Augen sprühten Feuer.

«Oh – ich glaube ich weiß jetzt, weshalb du mir das alles erzählst – du willst mir Angst einjagen, damit ich . . . der Schuft! Er versucht, mich eifersüchtig zu machen, das ist es!»

«Virginia! Ich wünsche, daß du in meiner Gegenwart deine Zunge im Zaum hältst! Und wenn du meinst, Steve wolle dich nur eifersüchtig machen, weshalb sollte er dann soweit gehen, daß er – daß er diese Signorina di Paoli praktisch entführt?» Als sie Ginnys Augen in ihrem weißen Gesicht brennen sah, fügte Sonja absichtlich und berechnend hinzu: «Vielleicht hofft er, daß du dich scheiden läßt? Eine dieser Reporterinnen hat so etwas angedeutet – sie zitiert deine Rivalin, die gesagt haben soll, ein Gentleman überlasse es seiner Frau, sich scheiden zu lassen.»

Im nächsten Augenblick fragte sich Sonja, ob sie nicht etwa zu weit gegangen sei, denn Ginny sank plötzlich in den Stuhl zurück, aus dem sie sich eben erhoben hatte. Ihre Nasenflügel bebten, als hätte sie Mühe beim Atmen.

«Das ist nicht wahr! Er liebt sie nicht! – Steve ist unfähig, irgendeine Frau zu lieben – glaubst du nicht, daß ich das wissen sollte?»

«Ich entschuldige sicher nicht sein Benehmen. Überhaupt nicht! Aber William scheint zu meinen . . .»

«Wie ironisch!» Ginny lachte bitter auf. «Sich vorzustellen, daß ausgerechnet mein Vater jetzt für Steve einsteht! Und alle Vorwürfe gehen an meine Adresse, nur weil ich zufällig als Frau geboren bin!»
«Dein Benehmen war nicht eben untadelig», sagte Sonja scharf. «Und der Ruf einer Frau . . .»
«O Gott! Erspar mir wenigstens das!»
«Gut. Ich sage gar nichts mehr.» Sonjas Stimme tönte zwar kühl, aber sie konnte ihre Wut und Erregung nicht mehr verbergen. Als sie ihre Teetasse hob, klirrte diese gegen die Untertasse. «Du mußt natürlich das tun, was dir gefällt – wie du es immer getan hast! Aber was mich betrifft, so habe ich meine Überfahrt nach Amerika bereits gebucht. Der einzige Grund, weshalb ich überhaupt noch hier bin, ist nur, daß ich dich noch sprechen wollte. Ich habe dich seit fast zwei Monaten nicht mehr gesehen, und ich begann mich ernsthaft zu fragen, ob du überhaupt im Sinn hattest, wieder nach Paris zurückzukommen.»
Ginny stand wieder auf, als könne sie das Stillsitzen nicht ertragen. Und als sich die junge Frau über das Schreibpult lehnte und sich mit den Fingern an den Ecken anklammerte, fragte sich Sonja, ob sie überhaupt ein Wort verstanden hatte. Es war unmöglich geworden, Ginny zu verstehen, oder mit ihr zu sprechen.
Ginny starrte auf einen langen Zeitungsausschnitt, der auf dem obersten Brief ihres Vaters lag. Es war ein überschwenglicher Bericht einer Reporterin über das prachtvolle Abschiedsfest, das zu Ehren von Signorina di Paoli an Bord des Klippers gegeben worden war, der «Lady Francesca». Es war also wahr! Sie hatte das Gefühl, man habe ihr einen tödlichen Stoß versetzt und erstarrte wo sie stand – Ginny konnte nicht mehr zu lesen aufhören; ihre Augen flogen über die enggedruckten, verschmierten Worte. Es ist wahr – es ist wahr!, sie las dumpf mit ihrem Verstand weiter, während sie in ihrem Geist Bilder heraufbeschwörte, die sie noch mehr quälten. Steve – einen Arm um die Taille dieser Frau gelegt, lächelte zu ihr herunter. *«Ein Gentleman überläßt es seiner Frau, sich scheiden zu lassen . . .»* Der Smaragdring, der wie ein großes Auge blinkte, als die Italienerin die Hand auf seinen Arm legte. Mit besitzergreifender Gebärde – war sie sich seiner schon so sicher, diese di Paoli, oder wie sie hieß? Und *er* – er stellte ihr ein ganzes Schiff zur Verfügung, und das mit einer Beiläufigkeit, als handle es sich nur um eine kleine Jacht, er segelte mit ihr den ganzen Weg bis nach Texas; seine billige Affäre mit ihr so offen zu zeigen – aber war es wirklich nur eine Affäre? War es möglich, daß Steve eine andere Frau lieben konnte?
«Ginny!» Sonjas Stimme tönte leicht erbost. «Hast du denn über-

haupt zugehört, was ich sagte? Ich fragte dich, wie deine Pläne aussehen.»
Ginny fuhr so schnell herum, daß sich ihr Mantel an einer Tischecke verfing und der weiche Stoff etwas zerriß. Und in diesem Augenblick, als sich die Silhouette der jungen Frau gegen das Licht vom Fenster abhob . . .
Sonja brach ab und stieß einen Ausruf der Angst und des Schrekkens aus, und ganz unbewußt hob Ginny das Kinn voller Trotz – sie machte jetzt keine Anstalten mehr, die Falten des Mantels um sich zu ziehen.
«Ja! Du brauchst die obligatorische Frage, die ich auf deinen Lippen stehen sehe, gar nicht erst zu stellen. Und ich brauche nicht mehr zu verstecken, daß ich leider schwanger bin.»
Sonja war ganz blaß geworden – sie öffnete den Mund, aber es kam kein Wort heraus.
«Oh, bei Gott! Meinst du, ich sei selbst nicht auch erschüttert gewesen, als ich es herausfand?» In ihrer trotzigen Haltung hatte Ginny begonnen, die Finger ineinander zu verschlingen, als sie weitersprach. «All die Jahre . . . weißt du, wie viele Spezialisten ich aufgesucht habe, um herauszufinden, ob ich unfruchtbar sei oder nicht? Und dann mußte es geschehen – im falschesten Augenblick!»
«O Ginny!» sagte Sonja schwach, und trotz ihres offensichtlich schlechten Nervenzustandes warf ihr Ginny einen bitterbösen Blick aus jenen schrägen, grünen Augen zu, die sie wie eine Zigeunerin aussehen ließen.
«O Ginny – das ist alles? Ich habe eigentlich einen Wortschwall erwartet, darüber, daß jeder Sünder am Ende seinen gerechten Lohn erhält! Du hättest es nie erfahren, wenn ich – wenn ich mutig genug gewesen wäre. Ich verbrachte nämlich nicht die ganze Zeit in Spanien – ich ging in die Schweiz, weil ich gehört hatte, daß es dort einen berühmten Arzt gäbe, der . . . Aber ich konnte es nicht tun! Es – es bewegte sich bereits, obwohl ich alles versucht hatte: enge Korsetts, wildes Reiten – sogar das Tanzen, das du mißbilligtest! Alles nützte nichts, wie du siehst. Und ich bin schon über das Stadium hinaus, wo ich es leicht verbergen kann – ich werde rund wie eine Kugel werden – und jetzt auch noch *das!* Was soll ich nur tun?»
«Wenn du mir nur etwas gesagt hättest! Nur angedeutet! Himmel!» Sonja sprang auf; sie war höchst aufgeregt. Ihr erster Impuls war, zu Ginny zu eilen und sie in die Arme zu schließen, aber ihr Verstand hielt sie davon ab und gebot ihr, die Ruhe zu bewahren.
«Warum meinst du, bin ich in eine eigene Wohnung umgezogen? Ich wollte nicht, daß du es errätst! Mir war nie übel, ich dachte nur,

ich würde vielleicht zu viel essen – bis nach meiner Reise nach Rußland! Dann sagte mir Graf Tschernikov, was mit mir los war.»
«Was sollen wir tun?» Diesmal stellte Sonja die Frage. Sie runzelte die Stirn, und in ihren porzellanblauen Augen spiegelte sich ein Durcheinander von Gefühlen. Als sie sah, daß Ginny sie nur anstarrte, als wäre sie nach ihrem wilden Ausbruch in eine Art Trance verfallen, versuchte es Sonja noch einmal.
«Ginny, bitte versteh mich nicht falsch! Aber es muß einen Weg geben – wenn niemand davon weiß ... Hast du ...», sie biß sich auf die Lippen, aber es gab keine Möglichkeit, die nächste Frage taktvoll zu formulieren, deshalb fuhr sie schnell weiter, «hast du es dem Vater des Kindes, das du trägst, gesagt? Vielleicht daß – wenn du dich von deinem Mann scheiden läßt, vielleicht ...»
Ginny brach in ein hysterisches Lachen aus, das sich aber fast sofort in einen Tränenstrom verwandelte. Sie hielt sich wieder am Rand des Schreibpults fest, und ihre von Schluchzern unterbrochenen Worte waren so atemlos und undeutlich, daß sie Sonja kaum verstehen konnte.
«Der – der Vater! Glaubtest du wirklich, daß ich – oh, mein Gott! Auch du! Wenn sogar *du* das meinst, kannst du dir dann vorstellen, daß *Steve* glauben wird, daß es sein Kind ist? Und vielleicht ist es ihm jetzt sogar einerlei!»
Ginny verachtete sich selbst wegen ihres hysterischen Anfalles, aber sie konnte nicht anders. Da war zuerst diese lange, beschwerliche Reise gewesen, die Zweifel und das Bedauern, die sie auf dem ganzen Weg wie Furien quälten. Und zuvor die Monate, in welchen sie ihren Zustand zu verbergen versucht hatte, so getan hatte, als sei sie glücklich und sorglos, während sie von ganzem Herzen hoffte, sie hätte einen «Unfall», der alle Sorgen von ihr nehmen würde. Und dann – dann hatte sie sich vorgenommen, zurückzukehren, falls Steve ihr nicht schon vorher befehlen würde, nach Hause zu kommen.
Aber keine ihrer Hoffnungen hatte sich erfüllt, und jetzt saß sie in der Falle – und nicht nur das, sie war auch eine unerwünschte Ehefrau.
Nach einer Weile hatte sie keine Kraft mehr, und die Schluchzer verebbten; Sonja hatte die Türe verriegelt und trat jetzt zu ihr. Sie tätschelte ihr die Schulter, allerdings erfolglos, und murmelte, daß es sinnlos sei, sich aufzuregen, und daß sie sich etwas ausdenken würden.
«Hätte ich bloß deinem Vater nicht schon mitgeteilt, daß ich in weniger als einem Monat zurückkehren würde! Und ich habe den Mietvertrag hier aufgelöst, aber ich nehme an ...»
«Du brauchst dich nicht zurückzuziehen, nur weil ich – ich mich in

eine unmögliche Lage hineinmanövriert habe», sagte Ginny mit einem kurzen Aufblitzen ihrer alten Energie. «Und außerdem, denk daran, wie die Leute zu flüstern und zu rätseln anfangen werden. Du hast ja eben erwähnt, daß sie auch so schon über mich reden! Ich habe auch bereits daran gedacht, ganz allein damit fertig zu werden.» Sie nahm einen Schluck Sherry aus dem Glas, das Sonja ihr zuvorkommend gereicht hatte und verzog das Gesicht, als er ihr im wunden Hals brannte. «Ich sagte es Pierre – nein, du brauchst mich nicht so anzuschauen. Ich mußte es jemandem anvertrauen und Pierre . . . wir sind uns immer sehr nahe gestanden; er versteht es auf seine eigene, männliche Art! Ich werde mit ihm in Urlaub fahren, und meine Tante Céline wird uns begleiten. Sie haben ein kleines Landschloß, weit weg von Paris, viel zu weit, als daß Freunde Lust bekommen könnten, dort einen Besuch zu machen. Dort werde ich das Kind bekommen und – und danach entscheiden, was ich tun muß.»

War es möglich, daß Ginny nach diesem Ausbruch von Tränen und Schluchzern jetzt wieder so – so kaltblütig berechnend sein konnte? Sie würde das Mädchen nie verstehen, dachte Sonja verzweifelt. Und sie fragte sich, was sie William sagen würde – oder ob sie ihn überhaupt ins Vertrauen ziehen sollte!

Ginny schaute sie an, ihre grünen Augen waren wie harte Steine, obwohl sie noch tränenfeucht waren.

«Aber – aber danach. Jetzt bist du noch eine verheiratete Frau, und dein Kind wird einen Namen haben, aber – was willst du Steve sagen? Oder willst du dich schließlich doch scheiden lassen?»

«Mich scheiden lassen?» Ginnys Stimme überschlug sich, und dann verengten sich ihre Augen und gaben ihr das Aussehen einer wütenden Katze. «Nie – weshalb auch sollte ich Mr. Steve Morgan die Dinge so einfach und bequem machen? Verdammt, wenn ich mich von ihm scheiden lassen würde – lieber will ich verdammt sein, als ihn dieser Frau zu überlassen! Das Kind das ich trage ist sein Kind, und er trägt die Verantwortung dafür. Warum sollte ich ihn so ungeschoren davonkommen lassen?»

Jetzt, da ihr erstes Gefühl von Schock und Erniedrigung abgeflaut war, gab ihr der Zorn Kraft und Entschlossenheit. Wenn man bedachte, daß sie sich bis zum Wahnsinn Sorgen gemacht hatte und beinahe soweit gegangen war, ihr eigenes werdendes Kind zu hassen, nur weil diese Schwangerschaft zwischen Steve und sie treten mochte! Und zur selben Zeit hat er vor aller Augen eine Liebschaft mit einer anderen Frau begonnen!

Am Anfang hatte sie sich bemüht, ihn eifersüchtig zu machen, denn sie wußte genau, daß er erfahren würde, wie sehr sie sich vergnügte und wie zahlreich ihre Begleiter waren. Und auch als sie

halbnackt für diesen Bildhauer Modell gestanden hatte, hatte sie das in Gedanken an Steve getan, und an seine wütende Reaktion. Ach – warum nur hatte sie ihre Zeit mit dummem Theaterspielen vertan?
Ich hätte mir so viele Liebhaber nehmen sollen, wie man mir vorwirft! dachte Ginny fiebrig. Vielleicht tu ich das noch! Aber sie war fast schon im achten Monat ihrer Schwangerschaft und, ausgezogen vor dem Spiegel stehend, fand sie sich jämmerlich aufgeblasen und häßlich – ja häßlich!
«Ginny, meine Liebe . . .» Sonjas Stimme war überraschend freundlich. «Ich – es tut mir leid, wenn ich gar nicht mitfühlend schien. Aber begreifst du denn nicht, wie dumm du warst? Wenn du nur jemanden eingeweiht hättest, als du deinen Zustand bemerktest – du hättest sofort Steve schreiben müssen!»
«Das verstehst du nicht», sagte Ginny unglücklich. «Eigentlich wollte ich ja gar nicht nach Europa kommen. Ich hatte vor langer Zeit in der Wut einmal etwas gesagt, deshalb versprach er mir, mich hierher zu schicken. Und dann . . . ich weiß eigentlich nicht, wie es kam, aber wir verkehrten wie höfliche Fremde miteinander! Wenn Steve nur ein einziges Mal gesagt hätte, daß er nicht möchte, daß ich weggehe – aber was nützt es, jetzt daran zurückzudenken?»
«Du liebst ihn also wirklich?» fragte Sonja leicht verwundert.
«Natürlich liebe ich ihn! Wenn er nicht Dinge tut oder sagt, die mich ihn hassen lassen! Und ich werde ihn ihr nicht lassen, dieser italienischen Hure!»
Sonja war mittlerweile zu sehr besorgt und aufgeregt, um die Zweifel auszusprechen, die sie jetzt überfielen, als sie sah, wie bestimmt und wütend Ginny geworden war. Besser Zorn als Verzweiflung, besonders in ihrem jetzigen Zustand. Aber sie konnte nicht umhin, sich zu fragen, wie das alles enden würde. Dabei ergriff sie ein Schaudern.
Es würde schwierig genug sein, dies William zu erklären . . . welches würden Steves Reaktionen sein? Wenn Ginny nur nicht so starrköpfig gewesen wäre – so dumm! Und jetzt war sie hier in Frankreich, im achten Monat schwanger, während ihr Mann sich in Texas mit einer italienischen Prinzessin herumtrieb!

«Du willst mich also nicht einmal bis New Orleans begleiten!» Francesca di Paolis Stimme war vor Wut und nach dem Schwall vulgärer, italienischer Schimpfworte ganz heiser. «Sag mir, Stefano, wer ist die Frau, die du so eilig treffen willst? Und sag nicht wieder, es handle sich um Geschäfte! Ich glaube nicht an Geschäfte, die bewirken, daß du mich plötzlich wie eine Fremde behandelst – wie eine gewöhnliche Straßendirne, die du dann schnell wieder wegschickst!» Ihre Finger krallten sich in ihre Seiten, und ihre Stimme wurde lauter. «Wer ist sie? Hast du sie in dieser schmutzigen Stadt getroffen, wo du hingingst? Es gibt gar keinen Typhus, stimmts? Du – du Hurensohn! Barbarischer Amerikaner! Meinst du, du kannst *mich* behandeln wie die gemeinen Weiber, mit denen du gewöhnlich Umgang pflegst?»

Sie hatte bereits die ganzen Nippsachen in ihrem Zimmer zerschlagen und griff jetzt nach der silbernen Bürste auf dem Frisiertisch hinter ihr, während sie mit der anderen Hand in sein Gesicht fuhr, um ihn zu zerkratzen. Aber Steve kam ihr zuvor; sein Gesicht war eine steinerne Maske; er ergriff ihre Handgelenke und drehte sie um, bis sie vor Schmerz und Wehrlosigkeit aufschrie.

«Es reicht! Benimm dich ruhig weiterhin wie eine Hure, dann werde ich dich auch als solche behandeln. Ich bin jetzt mit meiner Geduld am Ende – verstanden? Ich bin nicht dein Besitz, Cesca, sowenig, wie du meiner bist. Wir hatten einander keine Versprechungen gemacht, erinnerst du dich? In ein paar Stunden gehe ich fort, und wenn du nicht nach New Orleans gehen willst dann tu doch, verdammt, was du willst. Nur, ich werde nicht zur Stelle sein und mir deine Wutausbrüche und dein Fischweibgezeter nicht anhören!»

«Gezeter . . .! Du wagst es, zu sagen . . .»

«Du zeterst wie eine Gassengöre, Francesca. Du solltest das für die Bühne und für deine Rollen aufsparen.»

Seine Worte setzten ihrer wachsenden Hysterie ein plötzliches Ende, und einen Augenblick lang war sie sprachlos.

Steve Morgan schaute in ihr unglückliches, vom Weinen verzerrtes Gesicht und empfand nichts als Ungeduld. Das zeigte sich an seinen verengten, irgendwie verachtungsvollen blauen Augen. Plötzlich vergaß Francesca ihre Wut; ihr Stolz und ihr Zorn wichen einem Gefühl der Angst, und sie schluchzte auf. Sie hörte auf, sich gegen seinen schmerzenden, unentrinnbaren Griff zu wehren und machte sich schlaff, so daß er gezwungen war, sie gegen sich zu halten.

«Stefano! Sprich nicht so mit mir! Sieh mich nicht so an, als bedeutete ich dir überhaupt nichts – du verstehst doch sicherlich, weshalb ich so wütend bin? Zuerst willst du mich wegen des Typhus nicht berühren. Und dann plötzlich sind es Geschäfte – Geschäfte, die so dringend sind, daß du mich nicht einmal nach New Orleans begleiten kannst. Und dabei sagtest du doch, du würdest es tun! Du sagtest, wir würden eine Weile zusammen sein, das kannst du nicht leugnen! Und ich – es ist nicht meine Art, einen Mann um irgendetwas zu bitten, aber du hattest begonnen, mit mir zu sprechen, mich zu behandeln, als ob ... Oh, verdammt! Warum kannst du nicht mindestens ehrlich sein mit mir?»

Lange nachdem er sie verlassen hatte, er war schon an Bord des Schiffes, das ihn den Sabine River hinauf nach Brown's Bluff bringen würde, und es war ihm gelungen, Francesca und ihren warmen, geschmeidigen Körper aus seinem Geiste zu verbannen, dachte er noch an ihre Worte.
Er hatte zuviel Zeit, während er in das trübe, grüne Wasser hinunterschaute, um an Ginny zu denken. Ginny, die ihm genau die gleichen Worte an den Kopf warf und sich dabei mit ihren weißen Zähnen auf die Lippen biß und deren Augen voller Tränen glänzten. Aber wie kam es, daß er sich, wenn es um Ginny ging, immer wieder wie ein dummes, liebestolles Rindvieh benahm? Einmal war er ehrlich gewesen ihr gegenüber, aber dann war der Stolz zwischen sie getreten und die Starrköpfigkeit; und jeder hatte vom anderen erwartet, daß er als erster nachgab. So hatte er Ginny weggehen lassen und Francesca gefunden, die in mancher Hinsicht Ginny glich, und doch nicht Ginny war – nie sein könnte. Denn Ginny verstand ihn zu gut. Sie war die einzige Frau, der es gelungen war, irgendwie heimtückisch und hinterhältig, ihm so unter die Haut zu gehen, ihm so in Fleisch und Blut überzugehen, daß er den Gedanken an sie nicht mehr loswurde; an sie und an viele, viele Erinnerungen. Und in seinem Bestreben, ihr diese seine Schwäche nicht zu offenbaren, hatte er sie von sich weggetrieben ...
Wie immer machte der Gedanke an Ginny Steve verstimmt. Verdammte Ginny! Zweifellos empfand sie großes Vergnügen dabei, sich in Europa herumzutreiben und genoß die Aufmerksamkeit, die ihr zuteil wurde. Er hatte sogar Gerüchte gehört, daß man in den höchsten Kreisen flüsterte, sie sei der jüngste Schützling des Zaren – seine Geliebte. Und doch hatte sie Rußland nach einem kurzen Besuch wieder verlassen. Was war an Frankreich und Spanien so anziehend für sie?
Es war höchste Zeit, daß er sich auf die Aufgabe konzentrierte, die vor ihm lag – und vielleicht war es das, was er brauchte: die Herausforderung und die Erregung der Gefahr, um den verwegenen

und ruhelosen Teufel in seinem Blut zu befriedigen. Weshalb sollte er es nicht zugeben? Er war in letzter Zeit der Spiele der zivilisierten Welt überdrüssig geworden.
Steve zwang sich, nicht mehr an Ginny zu denken und begann, die Auskünfte, auf die er so zufällig gestoßen war, mit den Informationen, die er von Bishop hatte, zu verbinden. Bishop würde seine plötzliche Änderung der Pläne nicht billigen, aber was zum Teufel machte das schon, solange das Resultat das war, was Bishop wollte? Er würde also nicht als der geckenhafte Millionär aus dem Osten, mit der schönen Signorina di Paoli als Köder für Richter Nicholas Benoit, in Baroque auftreten. Diese List konnte er, wenn nötig, später noch anwenden. Aber seine unerwartete Begegnung mit Capitan Altamonte, einem alten Freund aus seinen Juarista-Tagen, hatte ihm Gelegenheit gegeben, sich sozusagen mitten in das feindliche Lager einzuschleichen – und wenn dies Risiken mit sich brachte, warum denn nicht? Er war es gewohnt, gefährlich zu leben, und diese Chance war zu groß, um sie ungenützt zu lassen. Das Schwierige war – Steve lachte ironisch in sich hinein –, daß er es nicht mehr gewohnt war, Befehle auszuführen, und daß er sich daran gewöhnt hatte, auf eigene Faust zu handeln. Auf jeden Fall riskierte er hier nur sein eigenes Leben, und dieses Risiko war, wie er sich ausgerechnet hatte, nicht allzu groß.
Er würde mit einem Mann namens Refugio Orta, Chucho mit Spitznamen, einem ehemaligen Comanchero, der für Dave Madden gearbeitet hatte, in Verbindung treten.
Im Geist überflog Steve die wenigen Tatsachen, die ihm bekannt waren. Refugio war verheiratet mit einer Frau namens Teresita. Sie war die Witwe eines Comanche Kriegers und war eine halbe Indianerin, ein Halbblut der Caddo-Indianer. Nachdem Dave verhaftet worden war und man ihm seine Ranch weggenommen hatte, weil er angeblich die Steuern nicht bezahlt hatte, war Chucho mit seiner Frau in die Sumpfgegend um den Caddosee geflüchtet – eine Gegend, in der sich vor dem Bürgerkrieg entflohene Sklaven und jetzt Geächtete und Rebellen aus dem Bürgerkrieg versteckten. Capitan Altamonte hatte ihn zu Chuchos Bruder geführt, und dieser war es gewesen, der ihm gesagt hatte, wie er Kontakt aufnehmen sollte, ehe er an Typhus starb, während Steve noch im Zimmer weilte.
Aber Matamoros lag mehr als eine zweieinhalbwöchige Reise hinter ihm, und Steve hatte den Typhus und die Ansteckungsgefahr, der er ausgesetzt gewesen war, fast vergessen, bis ihn an einem schwülen Nachmittag ein erstes Frösteln schüttelte.
Das kleine Boot, das schneller und unauffälliger war als größere Schiffe, war nahe genug Brown's Bluff, daß Steves plötzlicher Entschluß, an Land zu gehen, nicht weiter Aufmerksamkeit erweckte.

Der Bootsführer, ein schweigsamer Cajun (Bewohner der südlichen Staaten von Amerika französisch-kanadischer Abstammung) namens Gaston, der ein zerfurchtes, junges und zugleich altes Gesicht hatte, zuckte nur gleichgültig die Schultern. Er war bereits bezahlt worden, in Gold, und er vermutete, daß sein Passagier ein Mann war, der vor dem Gesetz floh – die Art Mann, der seine Pläne für sich behielt und sich verstecken mußte. Hier – oder in Brown's Bluff, das spielte keine Rolle. Offensichtlich wußte dieser blauäugige, stoppelbärtige Mann, der seine Waffe trug, als wäre sie ein Stück von ihm, und der außerdem ausgezeichnet Französisch sprach, wohin er ging. Gaston wollte nichts davon wissen. Er sagte von sich gerne, er sei ein friedfertiger Mensch, der gegen Bezahlung tat, was er tun mußte. Seien es mexikanische Peones (verschuldete, mexikanische Arbeiter) oder argwöhnische Geächtete, die er den Fluß hinaufschmuggelte; wenn man ihn etwas fragen sollte, er wußte von nichts. Er mußte eine Familie unterhalten – er war ein armer Mann, der seinen Lebensunterhalt damit verdiente, daß er Waren den Fluß hinauf- und heruntertransportierte. Manchmal, wenn man gut bezahlte, transportierte er auch menschliche Frachten. Weshalb auch nicht? Er war der Meinung, daß jeder sich um seine eigenen Angelegenheiten kümmern und die anderen in Ruhe lassen sollte.
Achselzuckend stakte er das Boot zu einer Anlegestelle unter einer knorrigen Zypresse, deren verdrehter Stamm über das Wasser hing. Unbeteiligt schaute er zu, wie sein Passagier über den Bootsrand stieg und im Schlamm landete, der ihm fast bis zum Stiefelrand reichte. Dieser hier war ein ungewöhnlich schweigsamer Mann; und ein gefährlich aussehender, trotz seiner zur Schau getragenen Ruhe. Ein Mann, der Unannehmlichkeiten suchte, sofern sie nicht von selber kamen, und der ohne Gepäck reiste, als rechne er damit, unter Umständen schnell wieder gehen zu müssen ... Nun, ihn ging das ja nichts an! Das kleine Boot verschwand lautlos hinter einer Biegung des mäanderartigen Flusses, als Steve Morgan fluchend seine Stiefel aus dem schweren, haftenden Schlamm zog und unter den Bäumen, die das Ufer säumten, Schutz suchte.
Es war noch immer heiß – ein feuchter, schwüler Nachmittag. Gaston hatte sogar sein Hemd ausgezogen, aber Steve trug eine Jacke und mußte die Zähne fest aufeinanderbeißen, damit sie nicht klapperten. Langandauernde Schauer schüttelten seinen Körper, und als er durch die dicht wachsenden Bäume stolperte, mußte er mehrmals anhalten und sich gegen einen Baum lehnen, bis die Schüttelfröste vorbei waren. Zuerst die Schauer und dann der Fieberanfall. Im Geist ließ er die Symptome, die er nicht beachtet hatte, an sich vorüberziehen. Wie lange würde es dauern, bis das Fieber ihn be-

wußtlos machte? Er hatte es vergessen. Und jetzt, da er noch einigermaßen klar denken konnte, mußte er versuchen, sich an die Richtung zu erinnern, die er einzuschlagen hatte – wohin er gehen mußte.

Verbissen kämpfte er sich vorwärts, obwohl es nicht lange dauerte, bis er bemerkte, daß er sich hoffnungslos verirrt hatte. Das machte nichts. Bei Nacht, wenn es klar war, konnten ihm die Sterne die Richtung weisen. Falls er dann noch fähig war, zusammenhängend zu denken. Der Typhusanfall kam plötzlich – er hatte versucht, soviel als möglich über die Krankheit zu erfahren, als er wußte, daß Ansteckungsgefahr bestand. Aber was nützten ihm jetzt all die Kenntnisse, die er zusammengetragen hatte?

Zwischen den Schauern, die seinen Körper schüttelten, versuchte Steve im Geist das Wenige, das er bei sich trug, durchzugehen. Der Revolver im Halfter und der, der im Gürtel steckte. Ein Messer. Ein wenig Geld – nicht zu viel. Nichts, was seine Identität verraten würde – wie man es ihm früher eingetrichtert hatte.

Sein Kopf hatte zu schmerzen begonnen. Die Sonnenstrahlen, die an diesem späten Nachmittag flach durch die Bäume einfielen, schienen alle auf seinen Augäpfeln abzuprallen und jedesmal durchdrang ein stechender Schmerz seinen Schädel.

Wie weit war er gegangen, seit er den Hauptarm des Stroms verlassen hatte? Wie weit konnte er noch gehen? Es war sehr ruhig – eine geheimnisvolle, dunkelgrüne Welt, deren Schweigen nur von seinen eigenen, stolpernden Schritten, vom leisen Geräusch des fließenden Wassers und von den winzigen Tieren, die hineinsprangen, wenn er vorbeiging, unterbrochen wurde. Er zwang sich, in Bewegung zu bleiben. Einmal taumelte er beinahe in einen winzigen Wasserlauf, der sich wie eine Schlange durch das hier noch üppigere Unterholz schlang. Er war weit in das Land eingedrungen, das hauptsächlich aus Moor und Sumpf bestand; nur hier und da ragte überraschend eine Insel aus dem trägen, schlammig-grünen Wasser. Er versuchte, vorsichtig dem Wasser entlang zu gehen. Alles, auch was wie ein harmloser Baumstrunk aussah, konnte ein Alligator sein. Und außer den Schlammlöchern, in denen ein Mann innerhalb von wenigen Minuten versinken konnte, hatte es auch noch Wasserschlangen. Und davon abgesehen suchten auch menschliche Raubtiere diese Sümpfe heim. Mit all dem wäre er unter normalen Umständen fertig geworden; aber mit dem dumpfen Pochen in seinen Schläfen und den Anfällen von Schüttelfrost, die ihn wehrlos machten . . .

Steve fluchte, aber er hörte seine eigene Stimme nur wie ein unverständliches Gemurmel. Er ging weiter – fiel – taumelte wieder hoch, um nach kurzer Zeit wieder zu stolpern und zu fallen.

«Ein Typhusanfall kommt plötzlich ...» Das hatte er irgendwo gelesen oder von jemandem gehört. Aber, zu wissen, was mit ihm los war, war eines; etwas ganz anderes war es, zu versuchen, seinen bereits schwächer werdenden Körper soweit zu bringen, daß er den Befehlen seines Verstandes gehorchte. Der Schmerz in seinem Kopf strahlte jetzt schon den Nacken hinunter bis ins Rückgrat. Nachdem ihm eben noch eiskalt gewesen war, glühte er plötzlich; wie ein Verdurstender in der Wüste begann er jetzt zu keuchen. *«Ein Typhusanfall kommt ...»* Sehr plötzlich. Zu schnell ... Er merkte, daß sein Geist zu phantasieren begann und konnte sich nicht dagegen wehren. Als er dann nicht mehr gehen konnte, begann er zu kriechen; irgendein tiefverwurzelter Instinkt sagte ihm, daß er in Bewegung bleiben mußte, auch als er bereits vergessen hatte, weshalb oder wohin. Irgendwo auf seinem Weg hatte er sich die Jacke aufgerissen und sie weggeworfen. Jetzt war Steve Morgan, dessen Fieber ständig stieg, kaum noch bei Bewußtsein und unfähig, klar zu denken. Irgendwo hörte er fließendes Wasser; es war ihm, als würde sein Körper von der Sonne aufgelöst; seine Kehle war so trocken, daß er kaum mehr stöhnen konnte. Bei jeder Bewegung schmerzten ihn seine Knochen. Weshalb bewegte er sich? Wohin ging er? Er hatte sich mit dem Bauch am Boden vorwärts gearbeitet, aber plötzlich fehlten ihm die Kräfte, weiter zu kriechen. Er lag da, sein Gesicht gegen kühles, feuchtes Moos gedrückt, und spürte das Pochen in seinem Kopf ... Dieses Pochen dehnte sich mit jedem Hammerschlag seines Herzens aus, bis es schließlich ins Nichts zerbarst.

Fünfter Teil

Die Frauen des Sumpfes

Einundvierzigstes Kapitel

«Missie!» Die Stimme ihres Bruders Matt ließ sie zusammenfahren, und sie ließ beinahe Pa's altes Fernglas fallen, das sie überall hin mitnahm. «Missie Carter – hockst du wieder einmal wie üblich auf deinem alten Baum oben und verträumst den Tag?»
«Matt, geh doch weg da, hörst du? Du gehst mir auf die Nerven, wenn du wie ein Indianer hinter mir herschleichst und mich zu Tode erschreckst! Du weißt ja genau, daß ich hier bin, was soll also diese Neckerei?»
«Du solltest die Hausarbeiten machen, anstatt sie Teresita zu überlassen», sagte er.
Aber sie ließ sich von ihm nicht bewegen, von ihrem Hochsitz hinunterzuklettern, und nach einer Weile ging ihr Bruder leise murrend und achselzuckend weg. Seine Warnung, daß sie besser nicht schon wieder zu spät zum Abendessen kommen sollte, beachtete das Mädchen nicht weiter, das sich zwischen den Zweigen eines knorrigen, alten Baumes versteckt hatte, dessen Wipfel über das Wasser hingen.
Matt ging weg, ebenso leise wie er gekommen war. Seine Mokassins machten kaum ein Geräusch auf dem feuchten, weichen Boden. Missie seufzte auf. Sie nahm das Fernglas herunter, klemmte es zwischen Magen und Bauch und wechselte leicht die Stellung, um bequemer zu sitzen. Warum meinte Matt, er müsse ihr dauernd nachspionieren? Er hatte eine Art an sich, die sie wütend machen konnte, obwohl sie genau wußte, daß er sie liebte und daß er sich auf seine eigene Art um sie Sorgen machte. Aber warum mußte er sich immer über ihre Tagträume lustig machen?
Missie schloß die Augen und beachtete das Summen der Stechmücken und Moskitos um sie herum nicht weiter. Sie fuhr in ihren Phantastereien fort. Meistens – das waren ihre Lieblingsträume – ging es um sie selbst. Sie sah sich auf der großen Plantage, auf der ihre Mutter geboren war, als Meisterin. Und weshalb sollte sich dieser Traum nicht bewahrheiten? Ihre Mutter war eine geborene Lassiter, und Missie war ihre Tochter, und die Enkelin des guten alten Tom Lassiter. *Sie* hatte viel mehr Anrecht auf die Plantage als die böse Toni, die nur eine Lassiter war, weil sie Onkel John umgarnt und geheiratet hatte, als dieser bereits in mittleren Jahren stand. Onkel Nick sagte, ihr Kopf stecke voller romantischer Ideen und sonst nicht viel; aber er hatte gutmütig gelacht, als er das gesagt hatte, obwohl er wirklich wütend gewesen war, als sie sich ge-

weigert hatte, in jene Schule zu gehen, in die er sie schicken wollte. Aber Onkel Nick – obwohl auch er mit Toni herumtändelte – hatte seine kleine Halbschwester, Missies Mutter, geliebt, auch nachdem ihr Vater sie verstieß, weil sie ihn verlassen hatte. Vielleicht – vielleicht eines Tages. Und warum sollten alle ihre Träume nicht Wirklichkeit werden, fragte sich Missie verbissen; und sie erinnerte sich wieder an die alte Geschichte, die zu hören sie nie müde wurde.
Einmal, vor langer Zeit, hatte der alte Tom Lassiter das Land hier gesehen; tief, fruchtbar und wild, und er hatte beschlossen, sich hier anzusiedeln. Er war ein Mann aus den Bergen – und mit einer Indianerin verheiratet gewesen, so flüsterte man, und das sei auch der Grund, weshalb ihn die Caddo-Indianer in Ruhe ließen. Aber seine Kinder hatte er von zwei weißen Frauen: einer Engländerin, die er frisch vom Schiff weg geheiratet hatte, und die John Lassiters Mutter war, und dann, als diese noch jung starb, heiratete er wieder – eine Witwe aus Quebec in Kanada, die einen Sohn hatte, Nick Benoit. Bevor seine zweite Frau an Sumpffieber starb, schenkte sie ihm ein Mädchen namens Melissa Louise; und diese Melissa war Missies leibliche Mutter gewesen.
Zu diesem Zeitpunkt hatte der alte Tom bereits sein großes, zweistöckiges Haus aus weißem Stein erbaut, und zwar mit dem Geld, das seine Familie ihm jeden Monat aus England überwies. Er hatte Zuckerrohr angepflanzt, und er hielt Sklaven, die auf dieser Plantage arbeiteten, die er dem nackten Boden abgerungen hatte.
Melissa Louise war sein Lieblingskind gewesen, bis sie mit Joseph Cartier durchbrannte, einem Cajun aus Louisiana, der sich auf einem schmalen Landstreifen entlang den Sümpfen angesiedelt hatte.
Es gab noch weitere Ansiedler auf dem Land, das der alte Tom Lassiter als sein Eigentum betrachtet hatte. Farmer und kleine Rancher. Seit Texas ein Staat geworden war, strömten sie herbei, und Tom konnte nichts dagegen tun.
Aber als seine einzige Tochter mit einem bettelarmen Cajun durchbrannte, hatte der alte Tom versucht, diesen töten zu lassen – und *dieser* Teil der Geschichte machte Missie immer wieder wütend.
Pa war ein guter Mensch, und auch ihr Großvater hatte mit nichts angefangen. Wie hatte er so tun können, als gäbe es seine Tochter nicht mehr, bloß weil sie sich in einen Mann verliebt hatte, den er nicht billigte? Wenn die Sumpfindianer nicht freundlich gesinnt gewesen wären, und wenn Joe Cartier die Sümpfe nicht wie seine eigene Hosentasche gekannt hätte, so wären vielleicht Missie und ihre drei Brüder nie auf die Welt gekommen. Tatsache war aber, daß ihr Großvater so getan hatte, als hätte er nie eine Tochter gehabt – und er hinterließ seine Plantage seinem Sohn John, und sei-

nem Stiefsohn vermachte er genug Geld, daß er sich eine Ausbildung im Osten leisten konnte.
Melissa Cartier hatte es an nichts gefehlt, als sie geboren wurde. Als sie starb, besaß sie jedoch nicht mehr als zwei anständige Kleider. Und doch war sie glücklich gewesen, und Missie erinnerte sich noch gut, wie Mamas Gesicht jedesmal aufleuchtete, wenn Pa ihr kleines Haus betrat. Jetzt war Mama tot, aber zu ihren Lebzeiten hatte sie Missie Lesen und Schreiben beigebracht. Und sie hatte ihr Geschichten erzählt aus den Büchern, die sie mitgenommen hatte, als sie durchbrannte, und aus Büchern, die sie als Kind gelesen hatte. Missie hatte wie ihre Mutter das rote Haar und die grünen Augen der Lassiter, während ihre Brüder Matt, Henry und Joe junior dunkel waren wie ihr Vater.
Die Bücher und Mamas romantische Geschichten hatten aus Missie so eine kleine Träumerin gemacht, meinten ihre Brüder kopfschüttelnd. Aber wenn Pa hörte, wie sie sie neckten, sagte er, sie sollten sie in Ruhe lassen. Dann legte er seinen Arm um ihre Schultern und drückte sie an sich, um zu zeigen, wie gern er sie hatte.
Missie dachte immer wieder: Wenn nur Toni nicht gekommen wäre! Die silberblonde, schöne Toni, die innerlich so böse und steinhart war. Nur sahen sie die Männer leider nicht so, wie sie wirklich war. Sie hatte alles kaputtgemacht – sie hatte die Führung der Plantage übernommen und sie in eine Ranch umgewandelt, als hätte sie ihr schon immer gehört. Sie hatte sogar Onkel Nick, den niemand zum besten halten konnte, zu ihrem Freund und Verbündeten gemacht. Und nicht nur Onkel Nick, der alt genug war, um es besser zu wissen, sondern auch ihren eigenen Bruder Matt.
Wie immer, wenn Missie an Toni Lassiter dachte, runzelte sie die Stirn. Auch wenn Pa sie nicht gerne fluchen hörte – zu sich selbst durfte sie es doch sagen, oder? Toni war eine – eine Hexe! Oberflächlich verstellte sie sich, aber im Grunde nutzte sie die Leute aus. Und wenn es Männer waren, dann ließen sie sich gerne ausnutzen. Es war Toni gewesen, die Missie ein wildes Sumpfgeschöpf genannt hatte und die versucht hatte, Onkel Nick zu überreden, daß man sie in eine Klosterschule stecken sollte. Toni mochte sie nicht, obwohl sie das in Gegenwart anderer Leute hinter zuckersüßem Gehabe versteckte. Ja, Toni haßte sie – um so mehr, als sie wußte, daß Onkel Nick Missie liebte und nie zulassen würde, daß man ihr weh tun würde.
Da war noch jemand, der Toni ebenfalls durchschaut hatte. Missie runzelte die Stirn noch stärker, und das ungute, elende Gefühl, das sie immer befiel, wenn sie an Renate Madden dachte, schnürte ihr das Herz zu. Renate war ihre Freundin gewesen, und Dave, ihr Mann, war ein guter Mensch. Ein ruhiger Mann, der sich um seine

eigenen Angelegenheiten kümmerte. Bis man über die Schlägerei in Baroque sprach, in die er verwickelt gewesen war, und die Männer, die er dabei getötet hatte – einer davon war ein Soldat aus den Nordstaaten gewesen. Dave wurde ins Gefängnis gesteckt, und bald darauf war Renate verschwunden. Und jetzt weidete Tonis Vieh auch auf dem Land der Madden. Als hätte sie es schon immer so geplant, dachte Missie erbost. Wie kam es, daß schließlich immer alles nach Tonis Willen ging? Die Hälfte ihrer Freunde waren fortgegangen – waren bankrott oder tot, oder, wie Missies eigener Vater und ihre Brüder, gezwungen worden, ihr Land aufzugeben, weil sie für den Süden gekämpft hatten. Nur Toni überlebte und gedieh – und Onkel Nick ... Aber Missie liebte den Gedanken nicht, daß Onkel Nick irgend etwas mit all diesen häßlichen Vorkommnissen zu tun haben könnte. Als der Bürgerkrieg ausbrach war er in Boston gewesen; und er ließ sich, wie alle anderen, von Tonis Schönheit und ihrem unschuldigen Benehmen blenden.
Armer Dave – am Bein angekettet wie ein Tier. Und arme Renate – was war mit ihr geschehen? Weshalb ging sie so plötzlich weg? Einmal hatte Missie zufällig gehört, wie Matt Hank etwas darüber erzählte, daß Renate in Baroque gesehen worden sei; aber als sie mit ihren Fragen herausplatzte, hörten sie alle zu reden auf und ihre Gesichter wurden ausdruckslos. Warum mußten sie alle wie ein Kind behandeln und ihr nie etwas sagen, obgleich sie doch nächste Woche schon Siebzehn wurde? – In dem Alter war Mama mit Pa durchgebrannt! Und wenn Hank Renate in Baroque gesehen hatte, warum wollte er denn nicht darüber sprechen?
Renate war Missies Freundin gewesen; sie hatte ihr das Kochen beigebracht, und mit winzigen, sauberen Stichen zu nähen – und sie hatte sie sogar einige deutsche Wörter gelehrt.
Schmerzlich erinnerte sich Missie an den warmen, angenehmen Geruch von frisch gebackenem Brot, der das kleine Haus immer erfüllte, das Renate stets makellos sauber und aufgeräumt hielt; und auch den Geruch von Gewürzplätzchen und kleinen, süßen Kuchen. Und an den Klang von Ranates langsamer, ruhiger Stimme, wenn sie mit ihrem deutschen Akzent Missie von ihrer Familie und dem kleinen Bauernhof erzählte – und wie alle, außer Renate, von blau uniformierten Überläufern getötet worden seien. Und als die Verbrecher wieder gingen, zündeten sie das Haus an, das bis auf den Grund niederbrannte und nahmen Renate mit.
«Das muß alles so traurig und so schrecklich für dich gewesen sein!» Mit vor Entsetzen weit aufgerissenen, grünen Augen hatte Missie jeweils den Atem angehalten. «Aber dann rettete dich Dave, nicht wahr?» Das war der gute Teil der Geschichte. «Dave und sein Freund retteten dir das Leben und kämpften gegen all diese bösen

Männer, ganz allein! Wie aufregend es gewesen sein muß, das alles mitzuerleben! Erzähl mir das noch einmal, Renate. Wie sie das Boot kaperten, genau wie Piraten!»

Der traurige Ausdruck, den Renates Augen immer annahmen, wenn sie von ihrer Familie sprach, verschwand dann und sie lächelte wieder, während die Erinnerung sie aufseufzen ließ. «O ja, genau wie Piraten! Ich sah zuerst Daves Freund; er stieg lautlos über die Schiffseite, mit einem Messer zwischen den Zähnen. Ich meinte, er sei der Geist von Jean Laffite persönlich, und ich hatte solche Angst, daß ich nicht einmal schreien konnte.»

«Das ist fast wie eine der Geschichten, die Mama mir vorgelesen hat. Du bist dir sicher wie eine gefangene Prinzessin vorgekommen, die von zwei Abenteurern gerettet wird. Phantastisch – und dann verliebte sich Dave in dich und heiratete dich . . . aber was geschah mit seinem Freund, der so aussah wie ein richtiger Pirat? Hat er sich nicht auch in dich verliebt? Wie hieß er? Hast du ihn nie wieder gesehen?»

Ein leichter Schatten schien über Renates ruhige Züge zu gleiten. «Dave nannte ihn Whit, aber ich bin sicher, daß das nicht sein richtiger Name war. Und er – er war wohl ein Abenteurer, aber er sah ein bißchen zu sehr wie ein Verbrecher aus, als daß ich ihn richtig gern hätte haben können. Er war ein ruheloser Mann – einer, der gern sein Leben riskierte, weil er es als eine Art Spiel betrachtete, Risiken auf sich zu nehmen. Ich glaube nicht, daß er es gern sah, daß ich Dave überredete, sich für die Sicherheit zu entscheiden und seßhaft zu werden, und die Geschäfte aufzugeben, mit denen sie zu tun hatten.»

«Aber was waren sie? Wie kam es, daß sie dich retten kamen?»

Missie hatte stets voller Fragen gesteckt, aber an diesem Punkt der Erzählung hatte Renate immer ihre Lippen geschürzt und sich geweigert, mehr zu sagen. Daves Freund sei seines Weges gegangen, und Renate hatte ihn nie mehr gesehen. Einmal sagte sie, ohne es zu wollen: «Ich glaube, er ist in Mexico während der Revolution von den Franzosen umgebracht worden. Er war der Typ, der die Gefahr suchte, weil er es aufregend fand. Dave und ich haben nicht viel, aber wir sind zumindest glücklich und verdienen genug, um die Steuern zu bezahlen und nicht hungern zu müssen. Dave sagt, daß unser Vieh bald einen Wert von vierzehn und fünfzehn Dollar pro Stück haben wird an den Viehmärkten von Fort Worth und Abilene.»

Renate war glücklich gewesen und voller Hoffnung auf die Zukunft, die sie mit Dave und den Kindern, die sie haben wollten, teilen würde. Warum mußten schlimme Dinge immer denen zustoßen, die es am wenigsten verdienten? Dave lebenslänglich im

Gefängnis – Renate verschollen oder auch schon tot. Und Missies eigene Familie, die gezwungen war, ihr Leben mühselig in den Sümpfen zu fristen, wie Geächtete, während Toni Lassiter, die gar keine echte Lassiter war, alles nahm. Es hieß, in Kansas würde Vieh zu Höchstpreisen verkauft; und in den Sümpfen hatte es Vieh, das wild herumlief und kein Brandmal trug. Aber wer den langen Weg bis zum nächsten Viehmarkt oder zu einem Verladebahnhof unter die Füße nehmen wollte, mußte über Land gehen, das seit kurzem von unwissenden Mexikanern, die den Fluß hinauf geschmuggelt worden waren, oder von ehemaligen Sklaven besiedelt war. Sie alle hatten Angst vor Toni Lassiter und ließen deren Vieh auf dem größten Teil ihres Landes weiden, aus lauter Dankbarkeit, daß man ihnen erlaubte, ein oder zwei Hektaren zu bebauen, um sich selbst und die Familie am Leben zu erhalten. Es machte Missie immer wütend, wenn sie an diese Ungerechtigkeiten dachte, aber was konnte *sie* schon dagegen unternehmen? Pa schüttelte nur den Kopf und kaute an seiner Pfeife, und es schmerzte sie, wenn sie den traurigen, verzweifelten Ausdruck auf seinem Gesicht sah. Hank und Joe junior schauten finster drein und sagten, die Dinge würden sich bald ändern, sie solle nur abwarten. Sie hatte es auch aufgegeben, bei Onkel Nick aufzubegehren – wozu auch? Onkel Nick lächelte nur nachsichtig oder begann nachdrücklich davon zu sprechen, daß sie eine richtige Ausbildung bräuchte. Und Matt, wenn er nicht gerade wegen eines geheimnisvollen Auftrages weg war, sprach in dunklen Andeutungen von den staatlichen Rechten und der Zeit, wenn die Soldaten aus dem Norden und die dreckigen Abenteurer weg und sie alle reich sein würden.
Es schien Missie, als wäre diese Zeit noch sehr, sehr fern – wenn sie überhaupt je kommen sollte. Sie glaubte nicht daran, daß Toni ihnen je ihr früheres Land zurückgeben würde; und jedesmal wenn Pa davon sprach, eine genügend große Herde Vieh in den Sümpfen zusammenzutreiben, um den langen Weg zum Viehmarkt von Abilene in Angriff zu nehmen, ließ Toni ihm durch Matt eine Warnung zukommen. Sie sagte, die Soldaten würden ihn nicht durchlassen, oder er solle warten, bis auch *sie* ihre Herde hinaufschicke. Auf diese Weise, wenn das Vieh ihr Brandmal trüge, wäre es sicher, und sie würde dafür sorgen, daß sie einen gerechten Anteil erhielten.
Toni – immer wieder Toni! Sie wollte jedermanns Leben bestimmen, genauso wie sie es bei den armen, unwissenden Ansiedlern tat, die sie hierher gebracht hatte. Würde sie doch in den Sumpf geraten und ertrinken! dachte Missie grimmig. Dann wand sie sich auf ihrem Hochsitz, um bequemer zu sitzen und flüchtete sich wieder in ihre Tagträume, während sie darauf wartete, daß Gastons

Boot den Fluß heraufkam. Sie fragte sich, warum er heute so spät dran war. Der Grund, weshalb Matt nicht allzusehr darüber schimpfte, daß sie den Fluß beobachtete, war Gaston. Von seinen Ausflügen in den Golf von Mexico brachte er jeweils Tabak und mexikanischen Schnaps mit. Wenn niemand da war, der ihm zurief, daß er sicher anlegen konnte, fuhr er einfach flußaufwärts weiter, denn er war ein vorsichtiger Mann.

Diesmal verpaßte sie ihn fast, denn es dämmerte bereits und Missies leerer Magen fing zu knurren an, als sie an das Abendessen dachte, das Teresita bereit halten würde. Sie mußte zu Hause sein, bevor es dunkel war – das hatte sie Pa versprochen.

Mit einem Seufzer glitt Missie vom Baum hinunter, indem sie den Ästen entlang rutschte und ihre Glieder ausstreckte. Und dann hörte sie das leise Geräusch eines im Wasser dahingleitenden Bootes, das leise, unmelodiöse Pfeifen, das Gaston immer von sich gab, wenn er an dieser Stelle vorbeikam.

Sie lief ans Ufer hinunter, wo er sie gut sehen konnte, und er stakte mit dem Boot zur Anlegestelle. Dabei schaute er derart grimmig und finster drein, daß sein Gesicht noch zerfurchter aussah als sonst.

«Gaston! Ich meinte schon, du kämest nicht mehr. Du bist verspätet, weißt du das? Hast du ...»

Gastons Mine verfinsterte sich noch mehr.

«Hab ich – hab ich! Ja, ich habe den Aguardiente für deinen durstigen Bruder. Aber du kannst ihm von mir ausrichten, daß er, wenn er selbst nach Mexico hinunterginge, alles haben könnte, ja? Ich mußte ihn teuer bezahlen – das kannst du ihm auch ausrichten! Die Preise steigen überall, und ich bin nur ein armer Mann.»

«Hattest du diesmal keine Passagiere?» Missies neugierige, grüne Augen schauten hinter ihn, als er den schweren Krug mit einem für die Anstrengung übertriebenen Stöhnen ans Ufer warf. Gaston runzelte noch mehr die Stirn.

«He – was soll denn das? Warum stellst du mir immer solche Fragen? Du weißt doch, daß die Passagiere, die auf *meinem* Boot reisen, immer Unannehmlichkeiten irgendwelcher Art mit sich bringen, wie dieser Billy-Boy. Belästigt er Teresita noch immer?» Plötzlich, bevor Missie eine freche Antwort zurückgeben konnte, kicherte Gaston. «Ha! Seinetwegen warst du mir böse, nicht? Aber wie hätte ich wissen sollen, wozu er hierher kam? Du weißt, daß er ein Pistolenschütze war, der für sie arbeiten würde. Und *du*, Kleine, solltest deine Nase aus solchen schlimmen Sachen heraushalten. Du kannst deinem Papa ruhig erzählen, daß ich das gesagt habe. Deine Tante wäre gar nicht erfreut, wenn sie wüßte, wie viele Fragen du mir immer stellst – oui, und wahrscheinlich würde sie mir die

Zunge abschneiden lassen, wenn sie wüßte, daß ich so mit dir rede.»
«Sie ist nicht meine Tante! Wag es ja nicht, Toni Lassiter meine Tante zu nennen! Sie – sie ist eine unverbesserliche, böse ... *Hexe*, das ist sie. Und es macht mir nichts aus, wenn du es ihr sagst. Und wenn du mich nur necken willst, weil ich dir gesagt habe, wie besorgt ich bin, dann – dann geh ich auf der Stelle fort und komme nie wieder zu deinem Boot, und spreche auch kein Wort mehr mit dir, Gaston Labouche!»
Als er sah, wie Missies Augen blitzten, und sie das Weite suchen wollte, das halb schüchterne, halb wilde Sumpfkind, das sie war, wurde seine Stimme verschmitzt.
«Oho! Jetzt ist sie böse, ja? Und über ihren eigenen Paten! Das undankbare Kind! Na gut, lauf schon, und du wirst von *mir* nichts mehr vernehmen, glaube mir!»
Missie, die sich bereits umgewandt hatte, um auf nackten Füßen davonzulaufen, zögerte beim hinterlistigen, triumphierenden Ton in seiner Stimme und drehte sich langsam wieder um.
«Was vernehmen? Ich wette, du hast mir überhaupt nichts zu erzählen, Alter. Wenn du ein richtiger Pate wärest, dann würdest du versuchen, mir zu helfen, anstatt – anstatt dein dummes Spielchen mit mir zu treiben. Du weißt ganz genau, daß ich den ganzen Tag hier gesessen habe, um nach dir Ausschau zu halten, und noch dazu, ohne einen Bissen gegessen zu haben.»
«Du würdest besser lernen, etwas respektvoll mit mir zu sprechen, Kindchen!» schimpfte er, und dann sanfter, «willst du das hübsche Seidenband nicht, das ich dir gebracht habe? Damit kannst du dein Haar zusammenbinden oder ein hübsches Kleid verzieren, in dem du wie eine Dame aussiehst. Na?»
«Ist es grün?»
«Ist es grün, fragst du. Was denn sonst? Es soll doch zu deinen Augen passen. Man hat mir diese Fahrt recht gut bezahlt, weißt du. Du kannst Joe sagen, ich würde in ein paar Tagen vorbeikommen, um mit ihm eine Flasche Wein zu trinken.» Das Band flatterte im leichten Wind, und Missie griff mit glänzenden Augen danach.
«Oh, oh! Danke, Gaston, es ist wunderschön! Das schönste Band auf der ganzen Welt. Ich werde jedesmal, wenn ich es trage, an dich denken.»
«Ja – ja! Du wirst deinen armen, alten Paten vergessen, sobald das Boot außer Sichtweite ist, und in deine Traumwelt zurückkehren, stimmt es nicht? Warum sagst du mir nicht, nach wem du Ausschau hältst?»
«Ich warte auf ...» Fast hätte sie es ihm erzählt, daß sie seit Daves Verhaftung auf dessen Freund wartete. Aber das würde Gaston na-

türlich nicht verstehen. Missie seufzte, und weil Gaston sie mit seinen scharfen Eichhörnchenaugen anblickte, sagte sie rätselvoll: «Ich glaube nicht, daß er kommt. Vielleicht ist er tot – oder vielleicht hat er seine alten Freunde längst vergessen. Wenn es nicht so wäre, glaubst du nicht, daß er schon lange gekommen wäre? Es ist nur . . .», sie schaute Gaston an, und ihre Stimme wurde lauter und bestimmt. «Ich hatte so ein Gefühl. Hier drinnen.» Ihre Hände berührten den verwaschenen Baumwollstoff ihres Kleides, das sich über ihre jungen, knospenden Brüste spannte. «Teresita meint, man darf solche Gefühle oder Träume nicht unterschätzen – und du weißt ja, daß die Indianer sie eine Zauberin nennen. *Sie* glauben alles, was sie ihnen über ihre Träume sagt.»

«Was? Was plapperst du da? Du bist ein wenig zu jung, um von fremden Männern zu träumen, die du noch nie gesehen hast, oder? Was soll denn das? Wirst du auch eine Zauberin?»

«Aber nein – nein! Ich wußte ja, daß du das nicht verstehen kannst.»

«Vielleicht nicht! Ich sage dir nur, Missie – auf wen du auch wartest, in meinem Boot wird er sicher nicht den Fluß hinauf wollen. Hör also lieber auf, mich mit deinen dummen Fragen zu belästigen. Du weißt genauso gut wie ich, welche Art Frachten ich transportiere – Mexikanische Peones, die von ihrer Hacienda weglaufen und ein Stück Land suchen, um davon mühselig zu leben. Verbrecher, Pistolenschützen, wie Billy-Boy Dozier. Und Männer auf der Flucht, die nicht wollen, daß man ihnen Fragen stellt und ebensowenig über sich selbst reden wollen. Wie dieser gefährlich aussehende, wilde Kerl, mit seiner tiefsitzenden Waffe, der während der zweiwöchigen Reise den Fluß hinauf kein Wort mit mir wechselte, außer ein paar Fragen, die er mir stellte. Fragen – ha! Als er merkte, daß ich zu schlau war, um Auskunft zu geben, wurde er noch zugeknöpfter. Das ist die Art Passagiere, die ich transportiere. Ein richtiger Fuchs war das, denn er verstand ganz genau was ich sagte, als ich ihn auf französisch ansprach. Er wolle nach Brown's Bluff, sagte er – und dann überlegte er sichs plötzlich anders. Er wollte plötzlich runter. Um so besser – ich dachte schon, das sei noch einer von Miz Lassiters angeheuerten Pistolenschützen, der Unruhe stiften will . . . He, dummes Mädchen! Paß doch auf – oder willst du ins Wasser fallen?»

Glücklicherweise war es Teresita und nicht Matt, die kam, um Missie zu holen. Schweigend und ausdruckslos hörte sie den atemlos vorgebrachten, fast unzusammenhängenden Erklärungen des Mädchens zu.

«Er ist es – ich weiß, daß er es ist! Sehr groß, sagte Gaston, mit schwarzem Haar und dunklen, blauen Augen. Und er trägt sowohl

ein Messer, als auch eine Schußwaffe – Gaston hat es gesehen! Wir müssen ihn finden, verstehst du das nicht? Er wird schnurstracks zum Haus der Madden gehen – vielleicht weiß er nicht, daß Toni Billy-Boy dort wohnen läßt. Man muß ihn warnen!»
Die schlanke, aufrechte Indianerfrau mit ihrem kupferfarbenen Gesicht blieb unbewegt. Sie sagte nicht, wie Matt das getan hätte, das Mädchen solle diesen Unsinn lassen.
Statt dessen blieb sie sachlich: «Paß auf mit diesem Krug. Wenn du Schnaps vergießt, oder ihn fallen läßt, dann wird dein Bruder sehr böse sein. Er ist ohnehin schon böse, weil es heute so spät geworden ist.»
Missie stampfte ungeduldig mit ihrem nackten Fuß auf.
«Mir ist egal, was Matt denkt, oder wie böse er ist! Gaston sagt, er hätte ihn nur etwa drei Meilen flußabwärts abgesetzt, und er hatte kein Pferd. Wenn ich die Abkürzung über den Fluß beim Wildcat-Moor nehme, werde ich ihn vielleicht finden bevor . . .»
«Und wenn du diesen Mann findest, und er ist ein Fremder? Ein böser Mann, wie die anderen? Es gibt viele Männer mit schwarzen Haaren und blauen Augen. Vielleicht hatte dieser anderswo zu tun. Vielleicht will er sich, wie viele andere, im Sumpf verstecken. Und da du ihn nicht gesehen hast, und nicht sicher weißt . . .»
«Aber ich bin sicher! Wer sonst würde den Namen deines Mannes kennen? Es tut mir leid, Teresita, wenn ich von ihm spreche, denn ich weiß, wie traurig dich diese Erinnerung macht, aber er hat Gaston gefragt, ob er einen Mann namens Refugio Orta kenne – er sagte, er sei ein Freund seines Bruders in Mexico. Gaston hat ihm natürlich nichts gesagt – du weißt ja, wie kurz angebunden der Alte sein kann. Aber er gab zu, daß dieser Mann selber ein Comanchero sein könnte. Bitte – bitte, Teresita! Verstehst du jetzt, warum ich so sicher bin? Die Vorahnung, die ich hatte – alles! Du mußt mich anhören – ich wäre dich sowieso holen gekommen, und jetzt bist du da.»
Teresitas Gesicht blieb unbewegt, aber ihre schwarzen Augen begannen zu glänzen.
«Die Freunde meines verstorbenen Mannes nannten ihn nicht mit dem richtigen Namen, sie nannten ihn Chucho. Und er hatte viele Feinde. Letzte Nacht hatte ich einen seltsamen Traum, dessen wirkliche Bedeutung ich allerdings noch nicht kenne. Aber ich glaube – ja, ich glaube, er bedeutete Unheil – oder Tod. Aber für wen? Mein Gefühl sagt mir, daß die Ankunft eines Fremden zu diesem Zeitpunkt nichts Gutes verheißt.»
«Das darfst du Pa oder Matt nicht sagen! Und es stimmt auch nicht. Du sagtest selbst, du hättest die wahre Bedeutung des Traums noch nicht erkannt! Und wenn du mir nicht hilfst, oder es mindestens

versuchst, werde ich ihn ganz allein suchen gehen. Denn ich *bin* sicher!»
Teresitas Stimme wurde fast unmerklich schärfer.
«Du bist sicher, daß dieser Mann, von dem der Schiffer so beiläufig sprach, derselbe ist, von dem die Deutsche sprach? Ein Mann, den du nie gesehen hast? Ein Mann, der inzwischen ebensogut tot sein könnte? Ich sage das nicht gerne, Missie Carter, aber ich glaube du bemühst dich zu sehr, deine Tagträume in Wirklichkeit zu verwandeln. Und Träume können nicht mit der Hand gefaßt werden – es sind nur Zeichen, die uns gegeben werden. Bitte hör mir zu und sei vernünftig! Dieser Mann, der den Namen meines Gatten erwähnt hat, bringt uns Unannehmlichkeiten. Refugio kannte ein paar sehr böse Männer . . .»
Aber natürlich hörte Missie nicht zu. Das Mädchen sah aus, als wäre es in Trance – das Lächeln auf seinen Lippen ließ sein spitzes, kleines Gesicht wie verzaubert aussehen. Es war ihr einerlei, was die anderen dachten. Sie *wußte* es.

Zweiundvierzigstes Kapitel

Irgendwie wußte er, ohne daß es ihm jemand gesagt hätte, daß er schwer krank gewesen war. Er fühlte sich äußerst schwach, und daran war er nicht gewöhnt. Er lag in einer Art Schutzhütte aus Reisig und fror. Wenn er versuchte, nachzudenken, spürte er in seinen Schläfen einen stechenden Schmerz, der ihn betäubte. Und doch begann er, fast noch im Unterbewußtsein, gewisse Dinge wahrzunehmen. Gesichter lehnten sich über ihn. Eine Frau sprach ihn an, und er hörte sich selber mit seltsam fremder Stimme antworten. Eine Frau . . . Aber nach einer Weile waren es zwei Frauen, jede sprach in einer anderen Sprache; und doch verstand er, was beide sagten. Er verstand, und wußte, was er sagte, aber mehr nicht, nicht wer er war, noch was er hier wollte, oder weshalb er so schwach war. Nach einer Weile gab er es auf – es war einfacher, sich vor dem Schmerz in seinem Kopf in den Schlaf zu flüchten.
Als er dann, erst nach unendlich langer Zeit, so schien es ihm, die Wirklichkeit wieder wahrzunehmen begann, erinnerte er sich an nichts mehr. Weder wußte er seinen Namen, noch woher er kam, noch wie er aussah.
Er lebte bei Indianern – und einige Zeit meinte er, er sei einer der ihren. Er war mit einer Indianerfrau verheiratet, deren indianischer Name ‹Fließendes Wasser› bedeutete, aber alle anderen kannten sie unter dem Namen Teresita.

«Du hattest ein schlimmes Fieber.» Teresitas Stimme war leise und sie klang etwas heiser, so bewegt war sie. «Mein erster Mann, dein Bruder, hatte es einmal, aber glücklicherweise waren wir damals in Mexico, und es war ein Arzt da. So wußte ich, was zu tun war.»
«Ich träumte immer, ich sei irgendwo in einem Gefängnis.» Er legte die Stirn in Falten, und seine schwarzen Augenbrauen zogen sich zusammen.
«Das warst du auch. Während der Revolution in Mexico. Erinnerst du dich sonst an nichts?»
Teresitas Stimme blieb ruhig und sachlich, obwohl ihr Herz plötzlich wild pochte.
«Warum zum Teufel erinnere ich mich an nichts? Außer an die Träume . . . Und sogar die fange ich an zu vergessen.»
«Dann denk nicht mehr daran. Vielleicht ist es besser so. Du hattest irgendwelche Schwierigkeiten, als du hierher kamst, aber jetzt bist du in Sicherheit. Das hohe Fieber hat dir dein Gedächtnis genommen, aber es wird früher oder später zurückkommen.»
Leise murmelte er: «Zum Guten oder zum Schlechten?» Aber als ihn Teresita verständnislos anschaute, empfand er eine gewisse Zärtlichkeit für sie, und er streckte die Hand aus, um ihr glattes Gesicht zu berühren.
«Es ist einerlei. Wahrscheinlich hast du recht und es kommt wieder ganz zurück. An gewisse Dinge möchte ich mich wenigstens erinnern können.»
Sie war neben ihm niedergekniet und hatte sich über ihn gebeugt, und plötzlich straffte sich sein Arm und zog sie an sich. Was für ein Mann war er? fragte sich Teresita. Warum nur hatte sie Missie nachgegeben und war an jenem Abend, trotz aller böser Vorahnungen, mit ihr gegangen, um ihn in den Sümpfen zu suchen?
«Ich glaube, du erinnerst dich an zu vieles. Und außerdem bist du noch nicht kräftig genug. Bitte – du sollst nicht!»
«Warum nicht? Wenn du meine Frau bist, was ist denn Böses dabei, wenn du dich zu mir legst? Heute habe ich Gottseidank einen klaren Kopf, und ich kann mir gar nicht vorstellen, daß ich vergessen konnte, wie weich und geschmeidig dein Körper ist.»
Sie fühlte seine Finger gegen ihre Haut und seine Lippen gegen ihr Gesicht und ihre Kehle. Er machte keine grobe Bewegung, um ihre Beine auseinanderzudrängen, sondern er schien ganz zufrieden zu sein, wenn er sie an sich pressen und streicheln konnte; und nachdem sie das zunächst nicht verstanden hatte, mußte sie dann doch daran denken, daß nicht einmal Chucho so zärtlich mit ihr umgegangen war. Ihre Erziehung hatte sie gelehrt zu merken, was Männer wollten, nämlich sich zu unterwerfen und die Pflichten zu erfüllen, die man von einer Ehefrau erwartete. Sie hatte nie etwas

anderes gewollt oder erwartet. Aber dieser Mann – was wollte er von ihr?
Ihre Haut zitterte und bebte unter seinen suchenden Händen und Lippen, und dann wurde sie immer wärmer, bis sie schließlich brannte, als hätte sie Fieber, und sie ganz hilflos wurde.
Das einzige Kleidungsstück, das sie trug, schien wie von selbst von ihrem Körper zu gleiten, und er trug unter der grob gewobenen Decke nichts auf dem Leib. Die Decke rutschte zur Seite, während er sie weiterhin erforschte, als stecke er neue Gebiete ab. Er berührte, tastete und verweilte auf straffen, kleinen Hügeln und entdeckte Täler und Grübchen.
Und zum ersten Mal in ihrem Leben erfuhr Teresita, wie es war, wenn man geliebt, und nicht nur genommen wurde, obwohl sie dieses neue Gefühl noch nicht in Worte fassen konnte.
«Teresita», hörte sie ihn flüstern, und es war, als hörte sie ihren Namen zum ersten Mal, als werde er ihr neu gegeben, genau wie die Gefühle, die er in ihrem Körper wachrief.
Gemäß ihrer Erziehung war eine Frau nur dazu da, die Bedürfnisse eines Mannes zu befriedigen, und ihre eigene Erfahrung mit Männern beschränkte sich auf ihre beiden Gatten. Keiner von beiden hatte sie geschlagen oder war besonders grausam gewesen, aber sie hatten die selben Maßstäbe gehabt. Es wäre ihnen nicht im Traum eingefallen, soviel Zeit mit Vorspielen zu verlieren, wenn sie nach ihrem Körper Lust hatten, und sie hatte das auch gar nicht erwartet. Aber dieser Mann – dieser Fremde, den sie mehr tot als lebendig aufgelesen hatte, halb verrückt in seinem Fieberwahn – er war von Anfang an voller Überraschungen gewesen.
Teresita war mit Missie gegangen, weil das Mädchen fest entschlossen war, Gastons mysteriösen Passagier zu suchen. Sie hatte nicht erwartet, daß sie ihn finden würden. Aber als sie ihn schließlich doch fanden, erkannte Teresita, was für ein Fieber er hatte, und sie hatte Lust gehabt, einfach wieder zu gehen und ihn sterben zu lassen. Aber Missie war von ihrem Entschluß nicht abzubringen gewesen. Es gab nur einen Weg, wie Teresita verhindern konnte, daß Missie ihm zu nahe kam und sich ansteckte; sie versprach dem Mädchen, daß sie, die das Fieber schon gehabt hatte, ihn in ihre Hütte nehmen und pflegen würde. Auch dann noch hatte Teresita gehofft, daß er sterben würde. Ihr Gefühl sagte ihr, daß er nicht nur Typhus, sondern auch noch andere Unannehmlichkeiten mit sich brachte. Sie glaubte nicht, daß er ein Freund des Bruders ihres Mannes gewesen war. Jesus-Maria war ein stiller, bescheidener Mann gewesen, der sich damit zufrieden gab, für die mageren Ernten zu arbeiten, die kaum ausreichten, um seine rasch wachsende Familie zu ernähren. Was konnte er mit einem Mann zu tun haben,

wie diesem halb bewußtlosen Fremden? Aber dann hatte der Mann in seinem Fieberwahn nicht nur Spanisch gesprochen, sondern auch in der Comanchensprache. Er hatte anscheinend lichte Momente am Anfang, als er ihren Namen kannte, obwohl sie von ihm nichts wußte. Vielleicht war er selbst ein Comanchero gewesen? Aber warum war er dann nicht früher gekommen? *Warum* war er ausgerechnet jetzt gekommen?
Teresita hatte Zeit, sich Fragen zu stellen und sich ihre eigene Neugier einzugestehen, während sie ihn für Missie pflegte. In den Monaten, seit Chucho gestorben war, hatte sie allein in ihrer kleinen Reisighütte gelebt und hatte keinem Mann erlaubt, sich zu ihr zu legen. Sie hatten sie in Ruhe gelassen – die Indianer wie auch die Weißen – wegen ihrer Traumvisionen und ihrer Kenntnisse in bezug auf Heilkräuter. Jetzt mußte sie eine Erklärung dafür geben, daß sie einen Mann in ihre Hütte genommen hatte; und sie gab eine, wobei sie bedauerte, daß sie zu lügen gezwungen war. Sie sagte, er wäre der Bruder ihres verstorbenen Mannes, und er sei hierher gekommen, um sie zu heiraten, wie das bei den Comanchen üblich ist. Wenn er wieder gesund war und wegging, würde sie sagen, er sei in den Sümpfen verschollen . . .
Und dann nahm er sie überraschend, an jenem Nachmittag, als seine Männlichkeit sich wieder geltend machte. Sie war zunächst überrumpelt, aber dann gab sie sich hin. Wie hätte sie wissen können, daß es solche Gefühle gab? Oder daß es so etwas gab wie Leidenschaft? Er hatte erreicht, daß sie ihn begehrte, und zwar auf eine Art, die sie nie für möglich gehalten hätte. Er sagte ihr, sie sei schön und entkleidete sie ganz, so daß er jeden Zentimeter ihres Körpers liebkosen konnte – er hatte ihr eine solche Lust verschafft, daß sie meinte, sie würde das Bewußtsein verlieren. Sie hatte sich in ihren kühnsten heimlichen Träumen nicht vorstellen können, daß es ein solch erschütterndes, herrliches Erlebnis sein könnte, von einem Mann genommen zu werden; sie fürchtete sich beinahe davor und hielt sich zu Beginn zurück, um sich selbst zu bleiben, bis er sie überrascht und stirnrunzelnd anschaute.
«Warum wirst du so steif? Sagte ich dir nicht schon, wie schön du bist? Haben wir uns nicht schon auf diese Art geliebt?»
«Auf diese Art» – das bedeutete viele Arten, während sie früher nur eine einzige gekannt hatte. Er überging ihre geflüsterten Proteste und ihre nur halb ernst gemeinte Abwehr, so daß sie schließlich nicht mehr darüber nachdachte, was wohl Gut und was Böse sei.
Inzwischen hatte Teresita erkannt, daß er sich überhaupt nicht an die Vergangenheit erinnern konnte, und daß er die Geschichte, die sie den anderen erzählt hatte, selbst für wahr hielt. Daß er ihr Mann war – der Bruder ihres verstorbenen Gatten.

Sobald er kräftig genug war, führte ihn Teresita tiefer in das Sumpfgebiet hinein, über Schleichpfade, die nur den Caddoindianern bekannt waren, die hier schon seit Menschengedenken lebten. Es gab viele Inseln hier, auf denen Vieh und Pferde wild lebten, die noch nie erfahren hatten, was ein Seil oder ein Halfter ist. Auch Wild hatte es, so daß sie nie Hunger leiden mußten, denn der Mann, den sie Manolo nannte – diesen Namen hatte er im Fieberwahn erwähnt – verstand es, mit selber hergestelltem Pfeil und Bogen zu jagen.
Mehr als einen Monat lang lebten sie ein einsames, vollkommen primitives Leben, und sahen kein menschliches Wesen außer einander. Teresita war jetzt sicher, daß Manolo, den sie schon langsam als ihren Mann betrachtete, einmal bei den Comanche-Indianern gelebt haben mußte, genau wie sie auch. Und einmal war er auch im Gefängnis gewesen. Sie erschauerte ob den Narben, die eine Peitsche auf seinem Rücken hinterlassen hatte und dem seltsam geformten Brandmal, das ihm in die Haut eingebrannt worden war. Das Mal, so hatte er ihr gesagt, sei das Symbol für ein Land jenseits des Ozeans. Er hatte die Stirn in Falten gelegt, als er das sagte, und sie wußte, wie sehr es ihn ärgerte, daß er sich an so vieles erinnern, aber keine Zusammenhänge erkennen konnte, daß er so manches wußte, und doch keine Ahnung mehr hatte, woher. Aber langsam fand er sich mit seinem Gedächtnisverlust ab. Und Teresita mußte sich schuldbewußt eingestehen, daß sie zu hoffen begann, er würde sich nie mehr erinnern und nie herausfinden, daß sie ihn angelogen hatte, als sie ihm eine Identität gab. Um seine häufigen, verwirrenden Fragen zu beantworten, erfand sie glaubwürdige Geschichten. Es war nicht möglich, daß er der Abenteurer war, auf den Missie gewartet, und von dem sie gesprochen hatte. Sie weigerte sich, an diese Möglichkeit zu glauben. Zum ersten Mal in ihrem Leben fühlte Teresita, daß sie bis ins Mark erschauern konnte unter der Berührung eines Mannes – und sie hatte gelernt, daß es möglich war, sich zu lieben und gleichzeitig zusammen zu lachen, daß Liebe sowohl ein Austausch von Berührungen, Küssen und Zärtlichkeiten, als auch ein großartiges Gefühlserlebnis sein konnte. Und daß sie sich lieben konnten wann immer und wo immer sie Lust dazu hatten – draußen in der Sonne, oder im Wasser, oder nachts im Schutze ihrer kleinen Reisighütte.
Teresita wollte den versteckten, ungestörten Ort, den sie gefunden hatten, nicht verlassen. Aber trotz der Freude, die der Mann an ihr zu haben schien, war sie doch klug genug, an ihm eine gewisse Unruhe zu erkennen und keinen Einspruch zu erheben, als er eines Tages plötzlich ankündigte, es wäre nun Zeit für sie, zu den anderen zurückzukehren. Sie hatte kaum bemerkt, wieviel sie ihm über

die Menschen des Sumpfes erzählt hatte, und über die anderen, die sich am reichen, fruchtbaren Land gütlich taten, das an die Sümpfe grenzte. Die Schwierigkeiten, die gleich nach dem Bürgerkrieg begonnen hatten, waren wohl zu Ende – nicht aber die Ungerechtigkeiten.

«Weshalb unternimmt denn niemand etwas? Warum lassen sie die Lassiter tun was sie will? Hier in den Sümpfen läuft viel Vieh frei herum, und wenn sie ihres auf den Märkten im Norden verkauft, warum sollten das nicht auch andere tun?»

Ihre Stimme tönte scharf, und man spürte die Angst, als sie antwortete: «Genau diese Frage ist schon vielen zum Verhängnis geworden. Sie brachte denen, die sie stellten, Tod und Ruin. Die am Leben blieben, leben nur, weil sie diese Frage nie stellten. Misch dich da nicht ein – ich bitte dich, laß die Dinge, wie sie sind!»

Aber er war nicht der Mann, der die Dinge auf sich beruhen lassen konnte; das hätte Teresita von Anfang an merken müssen. Er war ein Mann, der die Dinge ins Rollen brachte. Trotz ihrer Ängste und Vorahnungen sagte er nachdenklich und mit Nachdruck: «Nach all dem, was du mir sagtest, scheint es mir, als spräche nichts dagegen, daß man hier reich werden könnte, indem man genügend von diesen wilden Rindern mit einem Brandmal versieht und sie auf einen Markt führt, wo das Fleisch knapp ist. Der Verdienst ist groß genug, daß für jeden etwas abfällt, und wenn es welche gibt, die selbstsüchtig und gierig sind, dann ist es vielleicht an der Zeit, daß man ihnen begreiflich macht, daß kein Leben mehr wert ist als ein anderes.»

Seine beiläufigen Worte machten ihr Angst, aber aus Gewohnheit und Instinkt schwieg sie dazu. Ja – es war Zeit, daß sie zurückkehrten. Vielleicht wenn er mit den anderen sprach – mit Leuten wie Missie Carters Vater oder deren Brüdern, die ihr ganzes Leben hier verbracht hatten – vielleicht würde ihr verwegener Mann dann merken, wie weit man gehen konnte. Möglicherweise konnte Missie selbst auch irgendwie helfen . . .

Wie immer, wenn sie an Missie dachte, fühlte Teresita sich ein wenig schuldig, aber sie verdrängte diese Gefühle. Missie war noch ein Kind; und offenbar war dieser Mann hergekommen, um *sie*, Teresita, zu suchen. Er hatte ihren Namen gekannt. Und denjenigen ihres Mannes. Aber sie wollte vorsichtig sein und das Schicksal nicht herausfordern, deshalb sagte sie ihm nichts darüber, daß Missie von seiner Ankunft durch Gaston, den Schiffer, gehört hatte. Wenn sie zurück waren, würde sie selbst mit Missie sprechen und ihr alles erklären.

«Warum behandeln mich alle, als wäre ich noch ein Kind?» schrie Missie und stampfte vor Wut und unermeßlichem Kummer. «Man

braucht mir gar nichts zu erklären – Pa, warum meint Teresita, sie müsse es? Sie rettete ihm das Leben, so nehme ich an – und ich weiß, daß die Indianer glauben, wenn man jemandem das Leben rettet, so gehöre er einem. Aber ...», ihre großen, grünen Augen glänzten tränenfeucht, und Joe Carter konnte nur hilflos die Achseln zucken und bedauern, daß seine Melissa so jung gestorben war. «Aber Pa!» platzte Missie heraus und ließ ihren gemischten Gefühlen freien Lauf, «ich weiß doch, daß es derselbe Mann ist, über den Renate sprach! Vielleicht kannte er Chucho. Warum nicht? Chucho kam hierher, weil er *Dave* kannte ... ich meine, das paßt doch zusammen, oder nicht? Aber jetzt – jetzt hat er alles vergessen! Sogar seinen Namen und woher er kommt, und auch wozu er gekommen ist! Und es ist nicht recht, daß Teresita allen erzählt, er sei Chuchos Bruder! Und es ist nicht recht, daß sie zusammen in den Sumpf gingen und so lange fort blieben, und dann zurückkamen, als ob ... als ob ...»
«Aber Missie! Du hast doch gehört, daß Teresita sagte, dieser Mann – dieser Manolo – spreche Comanche und Spanisch. Er ist ganz bestimmt ein Comanchero. Auf jeden Fall, meine Tochter, fühlt er sich bei den Indianern zu Hause.»
«Er scheint sich überall zu Hause zu fühlen – mit jedem!» Joe junior lachte plötzlich höhnisch auf, und Missie wurde tiefrot und lief davon; es war ihr egal wohin sie lief, ob sie über Wurzeln stolperte oder ins Wasser fiel. Sie haßte sie alle! Niemand verstand sie, nicht einmal Pa!
Ohne es zu merken, landete Missie schließlich bei ihrem Lieblingsversteck – dem alten Baum am Wasser. Dort saß sie in den Ästen oben und blickte finster über den trägen, dunkelgrünen Strom, der an diesem Tage ungewöhnlich langsam dahinzufließen schien. Durch ihr altes Fernglas sah sie, wie Billy-Boy Dozier sein Pferd bestieg und wie der Teufel davonritt ... Vielleicht hatte er erfahren, daß Teresita aus der Wildnis zurück war, mit einem Mann. Er hatte schon lange ein Auge auf sie geworfen, obwohl er im Augenblick Toni Lassiters Liebling war. Oder vielleicht hatte Billy-Boy Gerüchte vernommen, daß ein paar Sumpfrancher eine Herde nach Abilene treiben wollten. Neuigkeiten gingen hier schnell herum. Und obwohl Missie immer noch wütend war, war sie doch froh, daß Toni nicht da war, sondern auf dem Weg nach Abilene. Wenn sie weg war, war sogar Matt anders. Weniger gereizt. Eher der große Bruder, wie Missie ihn von früher her in Erinnerung hatte, bevor der verdammte Krieg kam und alles verdarb.
Missie mußte zugeben, daß sie sich nicht wirklich daran erinnern konnte, wie die Dinge vor dem Krieg gewesen waren – sie wußte nur, was ihr darüber erzählt wurde. Sie war fast ausschließlich in

den Sümpfen und im Moor aufgewachsen und kannte sie beinahe so gut wie die Indianer. Wenn sie wollte, konnte sie verschwinden und ein Plätzchen suchen, wo niemand sie aufspüren konnte ... und diesem ekelhaften Joe junior würde es auch recht geschehen, wenn sie es täte, aber Pa ...

Als sie an Pa dachte, fühlte sich Missie schuldig, und mit einem kleinen, verärgerten Seufzer glitt sie den rauhem Stamm «ihres» Baumes hinunter und landete geschickt auf ihren nackten Füßen. Plötzlich blieb sie wie angewurzelt stehen; sie errötete und erbleichte; sie zitterte innerlich und fühlte ihren Puls vom Hals bis in ihre nackten Zehen hinunter pochen.

Er hatte die leuchtendsten, dunkelblauesten Augen, die sie je gesehen hatte – sie schienen ihr fast aus dem sonnengebräunten Gesicht entgegenzuspringen. Und er war so groß, daß sie den Kopf weit zurückbeugen mußte, um an ihm hochzusehen.

Sie bemerkte, daß er sie genauso offen und argwöhnisch musterte wie sie ihn; seine Augen verengten sich leicht, als er mit leichtem Erstaunen seine dunklen Augenbrauen zusammenzog. Und dann, als fühlte er plötzlich ihre große Nervosität, verzog sich ein Mundwinkel zu einem Grinsen, und die feine Narbe auf einer Hälfte seines Gesichts verschmolz mit den tiefen Grübchen, die sich zeigten, als er schließlich lächelte.

«Hallo, Grünauge!»

Missie hatte das seltsame Gefühl, diese Worte seien ihm nur so entschlüpft, als hätte er eben selbst noch nicht gewußt, daß er sie so begrüßen würde. Sie hatte das Gefühl, sie befände sich in einem ihrer Träume – und auch ihm ging es so; denn man konnte den warmen, fast zärtlichen Tonfall in seiner Stimme nicht überhören, als er sie «Grünauge» nannte, als ob er sie schon von früher her kennen würde.

Aber dies alles hatte sich in Sekunden abgespielt, und im nächsten Augenblick verschloß sich sein Gesicht, als er, fast lächerlich förmlich hinzufügte, er hoffe, er habe sie nicht erschreckt.

«Suchten Sie mich?» Vor lauter Nervosität sagte Missie offen, was sie dachte. Zu ihrer Überraschung sprach er ebenso offen mit ihr.

«Ja. Dein Vater sagte mir, ich könne dich hier finden. Hast du etwas dagegen?»

Mit plötzlicher Schüchternheit schüttelte sie den Kopf. Was wollte er von ihr?

«Ich hörte, daß du mich für einen Freund jener Leute hältst, die früher drüben am Fluß wohnten», sagte er schroff und zeigte mit dem Kopf in Richtung des Madden-Hauses. Die gleichgültige Art, wie er von Dave und Renate als «jene Leute, die früher drüben am Fluß wohnten» sprach, ließ Missie vor Ärger erröten.

Aus Wut über seine Gleichgültigkeit antwortete sie ihm in dem gezierten französischen Patois, das ihr Pa einzutrichtern versucht hatte.
«Wenn Sie wirklich ein Freund von ihnen gewesen wären, Monsieur, dann wären Sie schon vor langer Zeit hergekommen, als sie Hilfe brauchten – jetzt ist es zu spät!»
«Sollte das eine Art Testfrage sein?» fragte er schnell. Er wechselte jetzt in ein Französisch über, das viel korrekter und flüssiger war als ihres und sagte nachdenklich: «Ja, ich spreche Französisch. Ich bin dir dankbar, denn du hast es mir eben in Erinnerung gerufen. Wie dem auch sei – haben deine Freunde *ihren* Freund mit Namen genannt?»
Seltsame, tanzende Lichter waren in der Tiefe seiner Augen erschienen, während er ihr Gesicht sorgfältig studierte.
Missies Gesicht war noch immer heiß vor Wut und Verlegenheit. Unwillkürlich antwortete sie: «Renate sagte mir einst, Daves Freund hieße Whit. Aber sie meinte, das wäre nicht sein richtiger Name gewesen. Sie . . . die Beschreibung, die sie gab, paßt auf jeden Fall auf Sie!» sagte sie schnell, bevor sie den Mut verlor. «Und Sie sprechen Französisch – und auch Spanisch, nicht wahr? Erinnern Sie sich wirklich an nichts? Was würden Sie denn sonst hier wollen, wenn nicht . . .»
«Aber, wie du eben sagtest, wenn ich wirklich der Freund wäre, den sie, deine Freunde, erwartet haben, hätte ich dann nicht schon früher kommen sollen? Vielleicht komme ich aus Louisiana und es wurde dort zu brenzlig für mich? Vielleicht kam ich hierher, um mit meiner Pistole Geld zu verdienen – scheinbar sind Pistolenschützen hier in diesen Wäldern Mangelware.» Seine Stimme war jetzt hart und voller Selbstverachtung. «Ich habe Übung im Umgang mit meiner Waffe.» Seine Augen blickten Missie an, aber sie hatte das unangenehme Gefühl, daß er sie gar nicht sah. «Ich nehme an, ich bin schnell genug, um gute Arbeit zu leisten . . . Dieser Whit, was weißt du noch über ihn?»
Missie stand jetzt mit dem Rücken zum Baum, ganz fasziniert von dem Mann, und seltsamerweise war sie eher aufgeregt als verängstigt.
«Warum fragen Sie, wenn Sie doch nicht glauben, daß Sie *er* sind? Renate sagte, er hätte an jenem Tag drei Männer getötet – als sie vom Boot befreit wurde. Sie sagte, er habe gelacht, als sei das Ganze ein spannendes Spiel.»
Ungeduldig runzelte er die Stirn.
«Ist das alles? Schau, ich finde es nicht besonders lustig, daß ich mir selbst ein Fremder bin. Und bevor ich weitergehe, möchte ich herausfinden, ob ich irgendwo gesucht werde. Entweder bin ich ein

ehemaliger Comanchero oder irgendein Abenteurer – gab es eine Prämie für Renates Rettung?»

Wiederum hatte Missie Lust, eine unfreundliche Antwort zu geben, weil er so berechnend davon sprach, er würde weitergehen – und hinter den Gründen der Rettung von Renate nichts als Geld vermutete, die doch in Missies Augen die wunderbare Errettung einer Jungfrau in Not gewesen war.

«Dave Madden heiratete Renate! Und vielleicht hatte sie doch recht, als sie sagte; Sie – Daves Freund – seien in die Revolution in Mexico verwickelt gewesen und vermutlich tot!»

Vor Enttäuschung und Verzweiflung brach Missies Stimme; da glaubte sie in den blauen Augen, die sie bis jetzt so unpersönlich angeblickt hatten, plötzlich einen weicheren Ausdruck zu entdecken.

«Tut es dir wirklich leid, daß ein Mann, den du nie gekannt hast, vielleicht tot ist?» Seine Stimme schien sich über sie und über sich selbst lustig zu machen, als verachtete er seine plötzliche Schwäche. «Behalte deine Gefühle lieber für dich, kleines Grünauge. Den Weichherzigen auf dieser Welt wird immer am ehesten weh getan.»

«Ich begreife jetzt, wie falsch ich Sie eingeschätzt habe! Sie – Sie sind ein Mann, der sich um nichts und niemanden kümmert, nicht? Was kümmert es Sie also, ob mir weh getan wird oder nicht? Und warum nennen Sie mich immerfort Grünauge, als kennten Sie mich von früher?»

Ihr plötzlicher Wutausbruch schien ihn in keiner Weise zu beeindrucken, er machte ihn bloß nachdenklich. Spöttisch hob er eine Braue.

«Vielleicht erinnere ich mich an dein kleines, spitzes Gesicht und an deine Augen, als du dich über mich beugtest, damals, als ich Fieber hatte. Hast du wirklich riskiert, selbst Typhus zu bekommen, nur weil du dachtest, ich sei dieser geheimnisvolle Freund?»

Sie wollte weglaufen, an ihm vorbei, aber er erwischte sie mit der Hand am Arm und hielt sie fest, so daß sie sich ganz schwach und atemlos fühlte.

«Hören Sie auf, sich über mich lustig zu machen! Ich hasse Sie!»

«Das tut mir leid, Missie Carter. Miß Melissa.» Die Art, wie er ihren vollen Namen aussprach, wie eine Liebkosung, ließ Missies Atem stocken. «Wenn ich jetzt hier bin und dich erzürne, dann ist es nur wegen dir – und deiner Gefühle. Und deshalb kam ich eigentlich her. Um dir zu danken. Und was deine grünen Augen betrifft . . .», er lachte auf, aber es tönte kehlig, wie ein kurzer Laut der Wut, «ich frage mich immer, warum mich in allen meinen Träumen grüne Augen verfolgten. Einmal träumte ich, ich sei von

Vielfraßen umzingelt, alle mit grünen Augen, die wie Lichter leuchteten, die darauf warteten, mich in Stücke zu reißen ... Ein altes Sprichwort sagt, einer grünäugigen Frau solle ein Mann nie trauen!»

Er sprach mehr zu sich selbst als zu ihr – vielleicht, weil dieses grünäugige Wesen mit dem sommersprossigen Gesicht und den unordentlich geflochtenen Haaren noch ein Kind war. Sie würde noch lange nicht entdecken, daß sie bereits eine Frau war, aber vielleicht war es besser so.

Der Mann, den man Manolo nannte, der aber wußte, daß er in Wirklichkeit anders hieß, entdeckte langsam, daß er ein Zyniker war – oder zumindest jemand, der einem anderen nicht so leicht traute. Aber gewisse Dinge gab es, die auch er hinnahm – vielleicht instinktiv oder gewohnheitsmäßig. Da war Teresita, die seine Frau war, ihr Körper, der ihm Wärme und Lust verschaffte, nachdem die erste Befangenheit gewichen war. Und jetzt war da dieses grünäugige Geschöpf, halb Kind, halb Frau, dem er sein Leben verdankte – und dieser Gedanke mißfiel ihm seltsamerweise, obwohl er sich angesichts ihrer Unschuld und ihres offenen, aufrichtigen Blickes seiner Grobheit fast schämte. Sie hatte ihm das Leben gerettet, genauso wie Teresita, oder vielleicht noch mehr. Und seit er das Bewußtsein wieder erlangt hatte und alle Erinnerungen aus seinem Geist weggefegt waren, merkte er, daß die Gewohnheiten, die er angenommen hatte, mehr diejenigen der Indianer waren als die der Weißen. Irgendwie schuldete er Missie Carter etwas. Aufrichtigkeit, als Dank für ihre Offenheit? Gab es etwas, was er ihr geben konnte, und das den argwöhnischen, unglücklichen Ausdruck, für den er verantwortlich war, aus ihren Augen verschwinden ließ?

In seinem Kopf blitzte vage eine Erinnerung auf, Erinnerung an einen Blick aus einem anderen grünen Augenpaar – und dann verschwand das Bild wieder.

Dreiundvierzigstes Kapitel

Nach weniger als drei Wochen führte Manolo zusammen mit Missies Vater und Brüdern und einigen anderen Sumpfranchern – wie diese sich selbst nannten – eine Viehherde nach Abilene hinauf. Während der langen Reise nach Norden wurde ihm klar, daß er so etwas schon früher einmal getan haben mußte. Vielleicht hatte er tatsächlich die gleiche Strecke schon einmal zurückgelegt, vielleicht aber führte ihn auch nur sein Instinkt. Aber so oder so war er nach weniger als zehn Tagen schon der Führer dieser Mission.

Manolo trug jetzt die Haare lang wie die drei Halbblut Caddo-Indianer, die mit ihnen gekommen waren. In Abilene blieb er den Kneipen fern; das Verhandeln über den Preis für das Vieh, das sie mitgebracht hatten, überließ er Joe Carter und Matt.
Die Rinder erzielten Höchstpreise, und sie erhielten achtzehn Dollar pro Stück. Schon in der ersten Nacht betrank sich der alte Joe Carter und mußte ins Hotel getragen werden, wo sie sich einquartiert hatten. Matt, Hank und Joe junior feierten ebenfalls stilgerecht – sie kauften sich Kleider und vergnügten sich mit Frauen. Vorräte einzukaufen und etwas Geld auf die Bank zu bringen, wie es vorher vereinbart worden war, überließen sie den anderen.
Manolo hatte ihnen gesagt – ohne daß er wußte, woher er diese Kenntnisse hatte –, sie sollten für ihre Vergnügungen die Texas-Straße aufsuchen.
«Es scheint so, als hätten alle diese neuentstandenen Rinderzentren eine Texas Street; und sie wetteiferten miteinander, welche den schlechtesten Ruf verdient.» Er hatte dies stirnrunzelnd gesagt, und Matt, der eine unglaubliche Wut hatte, weil Toni Lassiter mit *ihrem* Vieh den langen Marsch angetreten hatte, ohne es ihn wissen zu lassen, meinte: «Du scheinst dich an verdammt viel zu erinnern, nur nicht an Wesentliches, Amigo! Hast du schon nachgesehen, ob nicht etwa im Büro des Marshals ein Plakat hängt, auf dem du gesucht wirst?»
«Das wollte ich dir überlassen – Amigo.»
Manchmal wußte Matt nicht recht, was er von Manolo halten sollte – oder wie immer er heißen mochte. Sein Benehmen gab Rätsel auf. Aber die Art, wie er seine Pistole trug und der unerschrockene, fast überhebliche Ausdruck in seinen blauen Augen machten aus, daß Matt sich ruhig verhielt.
Auch jetzt war es wieder so; mit einem leichten Zucken seiner breiten Schultern ging er weg.
«Vielleicht werde ich für dich nachschauen, ja? Es könnte ja nützlich sein, Bescheid zu wissen.»
Matt und der Neuankömmling hatten sich von Anfang an wie zwei sich fremde Hunde benommen. Sie umkreisten sich ... zollten einander widerwillig Respekt ... und blieben einander fern. Matt war zu Beginn nicht allzu sehr darauf erpicht gewesen, diese Reise zu unternehmen; er hatte sich erst überzeugen lassen, als sein Stolz herausgefordert wurde, indem seine Brüder Anspielungen machten, er befinde sich im Bann von Toni Lassiter und werde von ihr zum Narren gehalten. Auf dem ganzen Weg hierher war er wachsam gewesen und mürrisch – und er hatte dabei bemerkt, daß Manolo, auch wenn er es nur seinem Instinkt zu verdanken hatte, genau zu wissen schien, was er tat und wohin sie gingen.

Aber jetzt, wo sie in Abilene waren und Matt zum ersten Mal seit Jahren wieder Geld hatte, faßte er die Möglichkeit ins Auge, weitere große Herden hier herauf zu bringen.
Sie würden ein eigenes Brandzeichen benützen – den umkreisten Stern – und ihre Pferde damit bezeichnen – und all das unmarkierte Vieh, das wild in den Sümpfen und auf den Inseln im Moor umherlief. Das war kein Diebstahl, aber trotzdem dachte er nicht gerne daran, wie wohl Toni reagieren würde, wenn sie es erführe. Ach, zum Teufel! Ein Mann mußte für sich selbst sorgen.
Als Matt am Morgen trotz der Ausschweifungen des vergangenen Abends wieder einigermaßen nüchtern war, machte er sich ohne sich dessen richtig bewußt zu werden, auf die Suche nach Toni. Er verließ die Texas Street und das billige Hotel und all die Kneipen, die bei Tageslicht verlottert und schäbig aussahen. Er schenkte den schon früh munteren Mädchen, die aus den Fenstern lehnten, ihm nachpfiffen und ihn einen hübschen Kerl nannten, keine Beachtung. Er hatte einige Pferde mit dem Zeichen der Lassiter entdeckt; mit seinen neuen, nach Stärke riechenden und frisch gebügelten Kleidern wollte er Toni Eindruck machen.
Es war das erste Mal seit dem Krieg, daß er neue Kleider trug. Es war reiner Zufall gewesen, daß der Hüne, der diesen Anzug eigens aus dem Osten hatte kommen lassen, an einer Bleivergiftung gestorben war, bevor er ihn hatte bezahlen können. Wie Mr. Bledsoe Matt gesagt hatte, gab es nur wenige Männer, die großgewachsen und breitschultrig genug waren, um diesen schicken Anzug aus kariertem Stoff mit dem engsitzenden Schnitt nach neuster Mode zu tragen. Jetzt sah er nicht mehr wie ein Bauerntölpel aus, dachte Matt. Daß seine neu erstandenen Stiefel bei jedem Schritt knarrten, störte ihn nicht weiter. Jetzt saß er im richtigen Boot, und er hatte genug ehrlich verdientes Geld für ein Frühstück im besten Restaurant der Stadt. Danach würde er zur Bank gehen, noch einige Dollar abheben – und schließlich würde er sich nach einer schönen, silberblonden Frau erkundigen, die gegenwärtig in der Stadt sein sollte!
Mrs. Antoinette Lassiter verließ die Bank. Ihr kühles, gelassenes Äußeres verriet nicht, daß sie innerlich fast platzte vor Wut. Niemand konnte es ihr anmerken, außer dem alten Ben, dem Schwarzen, der ihr Gespann fuhr. Wie konnten sie es wagen, eine Herde *ihres* Viehs zu verkaufen! Und dieser salbungsvolle Mr. Daviot, der neue Bankdirektor, hatte sie gar noch für den Mut und die Unternehmungslust der Texaner aus ihrem Gebiet beglückwünscht!
«Genau das braucht dieses Land jetzt! Aufbau. Die Leute müssen ihre alten Zwistigkeiten vergessen und arbeiten, um etwas aus sich zu machen – um etwas aufzubauen. Vieh, Mrs. Lassiter, ihr habt

Vieh in Texas, und genau das brauchen die im Norden. Fortschritt, Ma'am. Und der gute, alte amerikanische Unternehmergeist. Das muß prächtiges Viehgebiet sein, rund um Baroque!»
Sie hatte gelächelt, mit eiserner Selbstbeherrschung weiter gelächelt, während Mr. Daviot, der ganz von ihr eingenommen war, fortfuhr: «Und jetzt zu Ihrem Geld. Wollen Sie wirklich so viel Bargeld mit sich herumtragen? Verzeihen Sie, wenn das anmaßend tönt, Mrs. Lassiter, aber seit dem Überhandnehmen von Gewalttaten nach dem Krieg ...»
«Ich zahle meinen Leuten Höchstlöhne, Mr. Daviot. Und man hat mir eine Kavallerie-Eskorte versprochen. Oberst Vance, ein Freund von mir, war kürzlich in Fort Worth. Ich versichere Ihnen, daß ich meinen Heimweg außerordentlich wohlbehütet antreten werde. Ich danke Ihnen trotzdem für Ihre Bemühungen.»
Mrs. Lassiter hatte ihr eigenes Gespann mitgebracht. Das glänzende Pferdegeschirr klirrte und die beiden Palominowallache, die aus ihrer eigenen Zucht stammten, warfen ungebärdig die Köpfe hoch, als wären sie es gewohnt, daß sie von jedermann angestarrt wurden; nicht nur sie, sondern auch ihre Herrin, auf die sie warteten, und die gewöhnlich in einer englischen Kutsche hinter ihnen saß. Meist hielt sie ein spitzenbebesetztes Taschentuch in der Hand, das genau zu dem ebenfalls spitzenbesetzten Häubchen paßte, das ihr silberblondes Haar zierte.
Der alte Ben, ihr Kutscher, war mit Toni aus Louisiana gekommen, als sie geheiratet hatte. Er saß mit kerzengeradem Rücken und trug die vornehme Uniform und den Seidenzylinder, die Toni gern an ihm sah. Allein schon der so vornehm gekleidete Ben zog alle Blicke auf sich. Einige wurden von ihm an die alten Zeiten im Süden erinnert, als die, die es sich leisten konnten, in diesem Stil lebten. Und Toni Lassiter selbst war eine Frau, nach der jeder Mann sich umdrehte. Sie war schön, mit einem zarten, arroganten Gesicht und blassen Topaz-Augen, die ihr feines, seidenes, blondes Haar noch unterstrichen. Ihre Lippen waren voll und aufgeworfen und schimmerten blaßrosa. Wenn sie ihre Stimme senkte, dann konnte sie heiser und sinnlich tönen – das allein reichte schon, einen Mann erschauern zu lassen. Für ihre zarte Taille hatte sie einen vielversprechend üppigen Busen und ebensolche Hüften. Toni war daran gewöhnt, daß sich die Männer nach ihr umdrehten; es war ihr selbstverständlich. Schon als Kind hatte sie bemerkt, wie leicht sie ihren Vater um den kleinen Finger wickeln konnte, wenn sie schmollte oder weinte, und ohne zu zögern, oder Skrupel zu zeigen, übte sie die Macht aus, die ihr ihre Schönheit über die Männer gab. Obwohl sie sie im Grunde alle verachtete ...
Wenn auch Toni Lassiter sich ihres Charmes bewußt war und des-

sen verheerendem Einfluß auf das männliche Geschlecht, so hatte sie doch auch ihre besonderen Schwächen, obwohl sie sich weigerte, sie als solche zu bezeichnen.
Sie hatte ihren schwachen, gutaussehenden Vater geliebt – und gleichzeitig auch gehaßt. Sie hatte sich immer gerne Hahnenkämpfe angesehen und Faustkämpfe zwischen Männern im Ring. Und Straßenschlachten und Duelle – besonders wenn sie um sie ausgetragen wurden. In der guten alten Zeit, bevor der Krieg alles durcheinander gebracht hatte, bevor ihr Vater seine Plantage beim Spiel verloren hatte, war Toni mit ihm immer zu den Sklavenversteigerungen gefahren. Sie hatte auch gern zugesehen, wie die Aufseher jeweils die Sklaven bestraft hatten.
In der letzten Nacht war Toni zu einem kleinen Ranchhaus außerhalb der Stadt gefahren, hatte ihr Haar und einen Teil ihres Gesichtes mit einem schwarzen Schal verhüllt und sich schwarz gekleidet, so daß ihre Gestalt verborgen blieb. Sie hatte sich ein paar Dinge angesehen, die in jenem Haus stattfanden. Daß sie für dieses Vorrecht bezahlen mußte, störte sie nicht weiter, denn sie empfand Lust dabei, die Schwächen anderer zu beobachten; es vermittelte ihr ein berauschendes, erregendes Gefühl, das gleichzeitig mit Verachtung gemischt war.
Die große Sadie befriedigte reiche Kunden. Männer oder Frauen – das war Sadie einerlei, solange sie das bezahlten, was sie ihre «Beiträge» nannte. Zu ihr ging, wer Außergewöhnliches und Abartiges sehen wollte. Sadie, die selbst aus New Orleans stammte, sagte von sich gerne, sie befriedige «Kenner».
Sie gab Vorstellungen, und ihre Mädchen kamen jedem Geschmack entgegen. Ihre «Talentjagden» waren weitherum bekannt, denn sie suchte ständig neue «Hengste» – Männer, die ihre Mädchen in Schach hielten, sie zur Erbauung gewisser Kunden schlugen und schließlich auf Verlangen die Stammkunden selbst auch befriedigten.
Zu Sadie konnte man nicht einfach hingehen. Nur ein paar wenige, auserwählte Leute wußten, wo sie zu finden war, und wie man sich bei ihr Eintritt verschaffte. Man mußte empfohlen werden – und wenn man einmal drinnen war, und dann nicht genug Geld besaß, die hohen Tarife zu entrichten, mußte man seine Begabung unter Beweis stellen, und in Naturalien bezahlen.
Toni Lassiter fehlte es nicht an Geld. Aber wenn sie Lust hatte, ihre gesammelten Erfahrungen vorzuführen, so wußte sie, wie sie es anstellen mußte, um unerkannt zu bleiben. Außerdem kannte sie Sadie von früher, als sie sich noch anders nannte, und beide in Louisiana gelebt hatten. Deshalb war Toni häufig bei der Großen Sadie zu Gast; manchmal trat sie selbst auf – eine geheimnisvolle,

schwarzverhüllte Frau – und manchmal zog sie es vor, einfach zuzusehen, und ihre eigenen Gelüste nachher ganz privat zu stillen ...
Das grelle Sonnenlicht in dem der Staub tanzte, zwang sie draußen vor der Bank ihren seidenen Sonnenschirm vorzuhalten, um ihre Augen zu schützen. Toni Lassiters Wut auf Matt Carter, der es gewagt hatte, ohne ihre Zustimmung etwas zu unternehmen, und auf dessen dummen Vater und seine Brüder war noch intensiviert worden durch das Erlebnis, das sie am vorigen Abend bei Sadie gehabt hatte.

Ben sprang vom Sitz und half ihr in die Kutsche; die ganze Zeit über dachte Toni an den vergangenen Abend.

Alles hatte großartig begonnen. Der Wein, den Sadie für ihre Stammkunden reserviert hielt, war ausgezeichnet, wie immer. Und auch die Vorstellung war hervorragend, besonders als Sadie plötzlich eine improvisierte Talentschau auf die Beine stellte, bei der sich Freiwillige aus dem Publikum melden konnten.

Als Toni nachher bei ihrem Glas Wein saß, hatte sie sich bis auf einen hauchdünnen Umhang ausgezogen, den Sadie ihr gegeben hatte; ihr Gesicht war dabei immer noch teilweise von dem Spitzenschal verhüllt.

«Liebling, ich möchte verdammt gerne, daß du für mich arbeitest! Wir beide könnten zusammen ein Heidengeld machen!» Sadie hatte den Kopf geschüttelt, und Toni hatte gelacht. Sie fühlte sich erregt, fühlte, wie ihr Puls raste und wie ihr die Röte ins Gesicht stieg, die immer das ankündigte, was sie ihre wilde Zeit nannte. Gott, ja. Sie fühlte sich wild und ungezügelt heute nacht. Wilder als eine Wölfin, und genauso frei. Das war das Berauschendste daran. Daß sie heute abend niemand anderem als sich selbst gehörte, daß sie auslesen und wählen konnte, wie sie Lust hatte – sie konnte die Hure spielen, oder die grausame Geliebte – ganz wie sie wollte.

Bei Sadie war nichts unmöglich, und ihre Kunden waren es gewöhnt, daß Voyeure hereinkamen, eine Weile zuschauten und dann wieder gingen. Es hatte Gucklöcher für jene, die selbst nicht gesehen werden wollten, und das wußten alle Stammkunden Sadies; genauso wie sie wußten, daß dies kein gewöhnliches Bordell für Zaghafte war.

Nach einer Weile ging Toni mit einer Flasche gekühltem Champagner auf die Jagd. Sie hatte eine kleine, geflochtene Reitpeitsche mit, die sie an sich drückte. Sie suchte einen Mann. Irgendeinen Mann, wenn es sein mußte. Einen besonderen Mann, wenn sie ihn finden konnte – und sie hoffte auf einen von Sadies «Hengsten», denn sie wollte ihn unterdrücken und vor ihr kriechen sehen, bevor sie ihn benutzte.

Er hatte sie Messalina genannt, dann hatte er sich umgedreht und

war voller Verachtung weggegangen. Ein großer, grob aussehender Mann mit schwarzem Haar, das viel zu struppig und zu lang war. Blaue Augen. Daran erinnerte sie sich genau. Und daß er nicht besonders an der Vorstellung interessiert gewesen war – und auch an der Hand nicht, die ihm Toni auf die Lenden gelegt hatte. Er hatte eigentlich keines der Mädchen wirklich genau angeschaut, was Toni veranlaßt hatte, ihm zuzuflüstern, er sei vielleicht hierher gekommen, um einen kräftigen, jungen Mann zu suchen. Er hatte sie nur angegrinst und mit einem leichten Achselzucken gesagt: «Vielleicht suchen wir beide dieselbe Sorte hier, Messalina.» Dann war er weitergegangen. Sie blieb zurück und fragte sich, wie ein Mann, der so aussah, über die alten Römer Bescheid wissen konnte.
Ihn hatte sie zwar nicht wiedergefunden, aber sonst war sie bei Sadie auf die Rechnung gekommen. Und wenn Toni nicht erfahren hätte, daß die Carters eine Herde unmarkierten Sumpfviehs nach Abilene gebracht hatten, Vieh, das sie immer als *ihr* Vieh betrachtet hatte, dann wäre sie eigentlich ganz guter Stimmung gewesen.
Sie hatte an diesem Morgen sogar ein neues Kleid getragen – in einem hellen blau, das ihre blonde Haarfarbe fast ätherisch erscheinen ließ. Aber für diesen Einfaltspinsel von einem Bankdirektor war das reine Verschwendung gewesen.
«Zurück zum Hotel, Ben!» sagte Toni mit scharfer Stimme, die wirklich nicht zu ihrem Aussehen paßte.
Und dann geschah etwas, was wirklich nicht hätte geschehen dürfen und was Toni Lassiter tatsächlich auch noch nie erlebt hatte. Ein junger Mann, der ihr aus der Bank gefolgt war, legte seine Hand auf ihr behandschuhtes Händchen, mit dem sie sich an der Seitenwand ihres offenen Landauers festhielt.
«Ich wußte, daß Sie es sind. Letzte Nacht . . . bei Sadie. Erinnern Sie sich jetzt an mich? Ihre Art zu gehen ist unverkennbar. Sie schwingen dabei Ihren – Aah!»
Toni griff nach der Reitpeitsche, die sie immer bei sich hatte, und schlug ihn damit ins Gesicht. Ihre Augen blitzten wie Goldstaub in ihrem blassen Gesicht.»
«Wie wagen Sie es, mich anzusprechen? Ben, fahr los!»
Unglücklicherweise war der junge Mann Billy Jennings, der verwöhnte Sohn eines reichen Ranchers, der sich einbildete, ein guter Schütze und auch ein Frauenheld zu sein. Er wußte genau, daß er die blonde Frau vom vergangenen Abend vor sich hatte; und er erinnerte sich der Ausschweifungen, für die er bezahlt hatte – in Tat und Wahrheit war er jetzt nicht einmal mehr sicher, ob nicht er für *sie* bezahlt hatte. Vor aller Augen ins Gesicht geschlagen zu werden, und das von einer Hure, die sich als Dame verkleidete, das ging wirklich zu weit.

Mit einem wütenden Knurren griff der junge Mann nach den Zügeln, gerade als der hochnäsig aussehende Schwarze, der die Kutsche der blonden Frau führte, wegfahren wollte.
«Einen Augenblick, Onkel! Und Sie ... Sie ...»
In diesem Augenblick wurde Matt, der entschlossen auf die Bank zuging, Zeuge des Vorfalls. Und die selbe Szene, mit einigem, was noch hinzukam, beobachtete auch der Mann, den alle Manolo nannten, in aller Ruhe, bevor er sich zum Eingreifen entschloß.
Matt Carter hatte ohne lange zu diskutieren den Mann niedergeschlagen, der Toni Lassiter beleidigte. Und die Dame, die inzwischen eine handliche Zweischuß-Derringerpistole aus dem Retikül gezogen hatte, fragte sich kaltblütig, ob sie nicht Matt niederschießen sollte, diesen falschen Hund, diesen gemeinen Dieb und Verbrecher.
«Aber er – verdammt, Toni! Dieser dreckige Kerl hat Sie doch beleidigt, oder? Ich dachte ...»
«Und wer hat dir erlaubt, mich beim Vornamen zu nennen? Du bist nichts als ein gemeiner Viehdieb, Matt Carter, und wenn du nicht ein entfernter Verwandter meines seligen Mannes wärest, dann würde ich ...»
Tonis Augen hatten sich mit Tränen gefüllt, und sie betupfte sie mit dem feinen Spitzentaschentuch, das sie wie durch ein Wunder plötzlich an Stelle der Pistole in der Hand hielt. Sie war sich ihrer Wirkung auf die Männer wohl bewußt, und inzwischen hatte sich auch schon eine ansehnliche Menge um sie versammelt. Sie hoffte boshaft, der Marshal würde bald auftauchen, so daß sie Matt verhaften lassen konnte, mitsamt seinem Vater und seinen Brüdern.
«Ihr dreckigen Viehdiebe! Mich zu armen Tagen zu stehlen, bloß weil ich eine Witwe bin, und dazu noch die Frechheit haben, hier vor meinen Augen herumzustolzieren ... Gibt es denn hier seit dem Krieg keine *Männer* mehr?»
Matt Carter errötete und vor Erstaunen und Unglauben fiel ihm der Unterkiefer herunter. Der arme Narr hatte noch immer nicht gemerkt, in was für eine Sache er sich da eingelassen hatte! Und hinter ihm begann Billy Jennings, der Mann, den er mit einem harten Faustschlag niedergeschlagen hatte, sich wieder zu bewegen, er griff nach der Pistole, hielt dann aber plötzlich inne und hob die Hände langsam und vorsichtig über seinen Kopf.
Ein leises, drohendes Gemurmel ging von der stetig anwachsenden Menschenmenge aus, und Tonis rosa Lippen öffneten sich, allerdings nur um sich unverzüglich wieder zu schließen, als nämlich ein großgewachsener Mann mit struppigem Haar und derben Kleidern mit einer Waffe in der Hand aus dem Nichts auftauchte und ihrem besorgt aussehenden Diener befahl, weiterzufahren.

«Sie!» Tonis Lippen formten das Wort; aber außer dem Zischen ihres Atems kam kein Laut hervor.
Der Mann zog einen Mundwinkel hoch und setzte ein spöttisches Grinsen auf.
«Das ist nicht der richtige Ort für eine Dame. Es liegen Scherereien in der Luft. Und davon abgesehen, Ma'am, könnten sich auch noch andere zu dieser Menge gesellen, die gestern abend bei Sadie zu Gast waren . . .», zischte er leise.
Es war etwas Wölfisches an ihm, als er so dastand, einen Daumen im Gürtel eingehakt. Ein schwaches Lächeln verzog leicht seine Lippen, ohne auf die eiskalten, blauen Augen überzugreifen, die sie bereits entlarvt und für schlecht befunden hatten.
Tonis Mund zog sich zusammen und ihr Rücken wurde steif, aber sie wußte genau, daß sie den Kürzeren gezogen hatte. Im Augenblick wenigstens. Denn mit ihm war sie noch nicht fertig, und er würde noch reichlich Gelegenheit zur Reue haben, bis es soweit war.
«Gehen wir, Ben.»
Sie schenkte ihm weiter keine Beachtung. Und auch diesem dummen Matt Carter nicht. Aber sobald sie außer Hörweite waren, befahl sie Ben, auf dem schnellsten Weg zum Büro des Marshal zu fahren.

Vierundvierzigstes Kapitel

Als Toni Lassiter zwei Tage darauf Abilene mit ihrer Eskorte von blau-uniformierten Soldaten verließ, war sie noch immer außer sich vor Wut.
Sie war wütend, weil sie auf diesen alten Narren, Oberst Philipp Vance hatte warten müssen. Er hatte sich, wie üblich, verspätet und entschuldigte sich dafür mit einer dummen, aufschneiderischen Geschichte von einer Jagd auf irgendwelche Indianer. Und wütend war sie auch über diesen Dickschädel von einem Marshal, der sie ihre von Schluchzern unterbrochene Schilderung mehrere Male wiederholen ließ, bevor er beschloß, er könnte vielleicht eine «Untersuchung» in die Wege leiten – und bis dahin war ohnehin schon alles zu spät gewesen!
Die Carters hatten die Stadt verlassen, mit dem, was Toni als unrechtmäßigen Gewinn bezeichnete; und die blauäugige Bestie, die sie verspottet und Messalina genannt hatte, war mit ihnen gegangen. Diese Erkenntnis machte Toni rasend – in ihrer Wut hatte sie verschiedene Telegramme aufgegeben, zusätzlich zu denen, die

Oberst Vance und der lethargische Marshal ohnehin verschickt hatten.
«Keine Sorge – unsere Leute werden diese Viehdiebe und Rebellen schon aufspüren und ihren Diebstählen und Anstiftungen ein Ende setzen, ehe sie in die Sümpfe zurückkehren können, wo sie sich versteckt halten», meinte Oberst Vance tröstlich. Der Marshal, der ein guter Schütze war, blätterte kopfschüttelnd die Ausschreibung der gesuchten Männer durch, und versuchte, eine zu finden, die auf den von Billy Jennings beschriebenen Mann paßte.
«Er hat nicht nur Billy erwischt – und der ist doch fast gleich schnell wie ich –, der Pistolenschütze aus New Mexico, den sie Ace nennen, kann auch beschwören, daß er ihn schon mal irgendwo gesehen hat. Er war es gewesen, der Billys Freunden geraten hat, sich da rauszuhalten.»
«Natürlich ist er ein Verbrecher. Warum sonst würde er sich in den Sümpfen und Mooren versteckt halten? Wer sonst würde sich mit jenen Carters zusammentun und mein Vieh stehlen? Der Mann beleidigte mich – er . . . Nun, er hat mich sogar bedroht, Marshal! Und jetzt werde ich solche Angst haben müssen . . .»
Sie erreichte natürlich eine Strafanzeige, und der Marshal versprach ihr, die Sache weiterzuleiten, und doch hatte Toni irgendwie eine Vorahnung, als stünden Schwierigkeiten bevor. Sie wünschte jetzt, sie hätte Billy-Boy Dozier nicht zu Hause gelassen um dort zum rechten zu sehen. Billy-Boy Dozier war einer der schnellsten Pistolenschützen, und hätte er seine Habgier ein wenig zügeln können, so wäre er jetzt auch hier, und sie hätte keine Schwierigkeiten mit diesem Halbblut-Indianer oder Mexikaner oder was immer er sein mochte.
Woher kam er? Wer war er? Sie mußte Billy-Boy sagen, daß er ihnen entgangen war – und Nick auch. Wie hatte ihnen ein Fremder durch die Maschen gehen können? Und er hatte Zwietracht mit sich gebracht. Warum sonst hätten die Carters, die seit Kriegsende in den Sümpfen versteckt geblieben waren und sich nur um ihre eigenen Angelegenheiten gekümmert hatten, plötzlich den Ehrgeiz gehabt, eine Viehherde nach Abilene zu treiben? Und Matt, der immer so ergeben und leicht zu handhaben gewesen war . . . nein, sie würde es Matt nie vergeben, daß er sich gegen sie gewendet hatte. Es tat ihr leid, daß es ihr nicht gelungen war, ihn von der Menge lynchen zu lassen, als er dort auf der Straße stand und sie dumm anstarrte, und wohl auch noch Dankbarkeit von ihr erwartete, weil er diesen vorlauten jungen Mann niedergeschlagen hatte.
Unter ihrem sittsamen, vielversprechenden Äußeren, mit dem sie die meisten Männer in ihrer Umgebung zum Narren halten konnte, versteckte Toni Lassiter ihre Gedanken und schmiedete Pläne, wo-

bei sie gleichzeitig Oberst Vance im Glauben ließ, sie würde seinen prahlerischen Versprechungen blinden Glauben schenken.
Wenn sie zurück war, würde sie tun, was sie schon lange hätte tun sollen. Sie würde bei Nick darauf bestehen, daß gegen die Carters etwas unternommen würde, denn deren ungestörtes Handeln würde nur andere, gesetzlose Elemente ermutigen, ebenfalls Vieh zu verkaufen. Und gerade jetzt waren Schwierigkeiten das letzte, was sie brauchen konnten. Wenn Nick erfuhr, wie frech sich Matt Carter in Abilene benommen hatte, dann mußte er ihr endlich recht geben. Schließlich war der gute alte Nick auch mit von der Partie, und wenn etwas schief ging, dann hatte er genauso viel zu verlieren.
Toni Lassiters Rückweg nach Baroque nahm weniger Zeit in Anspruch als die Hinreise nach Abilene. Jetzt, mit der Eskorte von Blauröcken, war der Weg für sie geebnet – sogar die Zeit des Aufbruchs am Morgen und des Halts für die Nacht richtete sich nach ihrem Gutdünken. Toni nahm dies alles als selbstverständlich hin; und es lag ihr daran, möglichst schnell nach Hause zu kommen. Sie merkte auch, daß Phil Vance aus irgendwelchen Gründen ebenso viel daran lag, möglichst schnell wieder in Baroque zu sein.
Die Carters brauchten für ihren Weg mehr als einen Monat – fast sechs Wochen sogar. Sie mußten so viele Städte wie möglich umgehen und den Fluß nach Louisiana überqueren; ihr langer und vorsichtig ausgewählter Rückweg führte sie am Caddo-See vorbei und durch die Gegend der zahlreichen Wasserläufe und Moore, die dieses Land wie feine Äderchen durchzogen. Die Indianer, die sie begleiteten, kannten diesen Weg – und als sie den See erreichten und danach den Fluß, zweifelte niemand mehr daran, daß Manolo ein Mann war, der es gewohnt war, auf der Flucht zu sein und sich zu verstecken; es schien ihm im Blut zu liegen.
«Er ist ein Totschläger, das sag ich dir, Pa», meinte Matt. «Und er ist bekannt. Ein Pistolenschütze in Abilene hat ihn erkannt. Glaub nur nicht, daß er Mexikaner ist.»
«Du überlegst dir das besser noch einmal, Matthew. Und vergiß nicht, daß er dich unterstützt und aus einer schlimmen Lage herausgebracht hat.»
«Mir ist es egal, wer er ist und was er getan hat», sagte Hank, der ruhigste der drei Carter-Brüder unvermittelt. «Seit er hier ist, geschieht wenigstens etwas. Er gibt uns das Gefühl, wieder richtige Männer zu sein.»
«Wißt ihr was? Vielleicht ist er wirklich jener Freund von Dave, von dem unser Schwesterchen immer spricht. Ich wette, Dave war früher ein Draufgänger, trotz seiner ruhigen Art. Frauen! Die haben immer einen schlechten Einfluß auf Männer.»

Über das Feuer hinweg schaute Matt Joe junior finster an; der aber grinste nur frech zurück. Dann aber kam Manolo mit einem Arm voll Holz zurück, und das Gesprächsthema wurde gewechselt – man sprach davon, was man mit dem Geld anfangen würde, das man zurückbrachte.
«Es hat keinen Sinn, es auf die Bank von Baroque zu bringen. Wenn einer von uns sich in der Nähe der Bank blicken läßt, wird mit Sicherheit auf ihn geschossen – man würde dann wahrscheinlich sagen, wir hätten einen Einbruch vorgehabt!»
«Nun – in Louisiana gibt es genug Möglichkeiten, Geld auszugeben – in Shreveport oder New Orleans zum Beispiel!»
«Oder in San Antonio oder Dallas, wo niemand uns von den wirklich reichen Ranchern wie etwa Oberst King oder Shanghai Pierce unterscheiden kann!»
«Was Pierce anbetrifft, so frage ich mich, was mit dem Land des alten Desmoulins geschah. Es heißt, Shanghai habe es beim Pokern gewonnen, gerade in der Nacht, bevor dieser versoffene Narr Raoul sich eine Kugel in den Kopf gejagt hat.»
«Ich hörte, Mr. Pierce hätte das Land in irgendeiner Wette wieder verloren. An einen reichen Eisenbahnmagnaten aus dem Osten.» Matt Carter sagte dies mit gespielter Ungezwungenheit, wie immer, wenn er Toni zitierte. Toni war wie eine Hornisse aufgefahren, als sie diese Neuigkeit erfahren hatte. Sie hatte sich erst wieder beruhigt, als sie annahm, daß dieser Mann aus dem Osten nichts über das Land wußte, das er gewonnen hatte, und daß er sich nicht darum kümmerte. Das Land der Desmoulins war äußerst wichtig; es lag an einem strategisch günstigen Punkt zwischen den anderen Gebieten und der Stadt – ganz abgesehen davon, daß vielleicht einmal die Eisenbahnlinie dort durchgeführt werden müßte, um zu den Kopfbahnhöfen Anschluß zu haben. Der alte Amos Fenster, der die Ranch schon geführt hatte, während Raoul Desmoulin, der letzte seiner Familie, sich zu Tode gesoffen und gespielt hatte, gab immer noch den Ton an – theoretisch wenigstens. Amos war nun wirklich alt, und er zog es vor, die meiste Zeit drinnen zu verbringen und sich mit einer Schaffelljacke gegen die feuchte Luft aus den Sümpfen zu schützen. Er hatte Tom Lassiter noch gekannt und John – und Toni hatte sich die Mühe genommen, sich mit ihm anzufreunden, als sie als Braut hierher gekommen war. Amos kümmerte sich nicht mehr ums Geschäft und er ließ Toni mit dem Land der Desmoulins und dem unmarkierten Vieh, das darauf herumlief, machen was sie wollte. Miß Lassiter war doch ein eigensinniges, stolzes Mädchen aus dem Süden, nicht? Sie mußte sich nach der Decke strecken, und war dazu noch Witwe! Amos hielt nichts von abwesenden Grundstückbesitzern, besonders wenn sie aus dem

Norden stammten. Denen waren Texas und die Staatsrechte ohnehin egal, und Gentlemen konnten sie sowieso keine sein.
All das hatte man Manolo ohne Absicht erzählt, bei kleinen Lagerfeuern, oder in kalten Nächten, in denen sie es nicht wagen konnten, ein kleines Feuer anzuzünden und jemand Wache halten mußte. Und als sie schließlich «nach Hause», in die Sümpfe gelangten, wußte der Mann, der zwei oder drei Monate zuvor noch ein Fremder gewesen war, beinahe gleichviel über dieses Land wie alle anderen. Aber das hieß nicht, daß irgend jemand mehr über *ihn* wußte. Er hatte mit Comanche-Indianern gelebt – oder aber seine Kenntnisse über deren Sprache und Sitten rührten daher, daß er ein Comanchero gewesen war, wie der Mann von Teresita. Er war einmal im Gefängnis gewesen, mit anderen Gefangenen zusammengekettet. Und er wußte sowohl mit einer Pistole wie auch mit dem Messer außerordentlich geschickt und gut umzugehen. Aber wenn man das alles zusammenzählte und darüber nachdachte, so war es im Grunde immer noch reichlich wenig, was man über diesen Mann wußte. Und was sie bei ihrer Heimkehr erlebten, machte ihnen erst recht deutlich, daß man nicht wissen kann, wie ein Mensch in seinem Innersten wirklich ist. Sogar Matt, der Manolo von Anfang an nicht gemocht und ihm nie getraut hatte, war überrascht. Es war auch Matt, der nach Abilene mehr und mehr zur Überzeugung gelangte, daß Manolo kein Indianer sein konnte.
Sie kamen nach Hause und fanden dort Wut und Angst. Missie lief ihnen als erste mit von tagelangem Weinen verschwollenen Augen über den Weg; sie kam aus dem Unterschlupf eines alten Indianers, der, als junger Mann einmal Häuptling gewesen war.
«Sie haben unser Haus niedergebrannt! Alles – sogar Mamas Bücher. Und als nachher Onkel Nick daherkam und vorgab, fürchterlich betroffen und aufgeregt zu sein, da habe ich so getan, als hörte ich ihn nicht rufen. Es war – es war Billy-Boy Dozier. Und er hat Teresita nur herauslocken können, indem er sagte, ihr wäret alle tot! Er sagte, ihr wäret auf dem Weg hierher erschossen worden ... wir hatten schon gehört, daß die Soldaten alles absuchten – und die Leute des Sheriffs, diese dreckigen, angeheuerten Abenteurer mit ihren großen, alten Bluthunden ... Ich dachte – wir alle dachten, sie hätten euch erwischt! O Pa – Matt – wir meinten ...»
Trotz allem lief sie zuerst zu Manolo. Sie warf sich gegen seinen plötzlich steifen Körper, wie ein Kind, das Trost sucht. Oder, wie ihr Vater mit einem plötzlichen Schmerz im Herzen dachte, wie eine Frau, die erleichtert ist, daß ihr Mann in Sicherheit ist ...
Die Soldaten hatten versucht, alles niederzubrennen, alles und jeden in den Sümpfen auszuräuchern. Aber es war ihnen natürlich nicht gelungen. Sie verbrannten das kleine Haus, das sich die Car-

ters eigenhändig auf einer Insel gebaut hatten, aber das war alles. Die anderen Sumpfbewohner hatten sich noch tiefer in den Sumpf zurückgezogen, und eine gewisse Grenze wagten sogar die Blauröcke mit ihren Waffen und den Bluthunden des Sheriffs nicht zu überschreiten.
Joe Carter, der ahnte, was geschehen war, zog Missie beiseite. Er legte seinen Arm fest um ihre bebenden Schultern, wie er es früher getan hatte, als sie noch ein kleines Mädchen war.
Sie ließen Manolo bei dem Alten zurück, dem Caddo-Indianer, dessen Gesicht wie zerknittertes, braunes Pergamentpapier aussah; er war der Bruder von Teresitas Mutter gewesen.
«Der junge Mann, der meiner Nichte immer mit heißen Augen nachgesehen hatte, kam zum Wasser. In einer Decke eingewickelt trug er einen Leichnam. Hohnlachend fragte er Teresita, warum sie beim dritten Mal eine so dumme Wahl getroffen habe, wo sie doch *seine* Frau hätte sein können. Er sprach von jener fernen Stadt, wo ihr alle hingegangen seid mit dem Vieh – und er sagte, die Soldaten hätten euch umgebracht, als ihr versuchtet, zurückzukommen. Sie hatte ihm geglaubt.»
Das Gesicht des alten Mannes wurde plötzlich starr und sah wie ein vom Wasser verwittertes Stück Granit aus.
«Muß ich mehr erzählen, wo doch mein Herz blutet, als sei es überall von Messern durchbohrt? Deine Frau war die jüngste Tochter meiner Lieblingsschwester. Noch vor wenigen Tagen kam sie zu mir, überglücklich, denn sie trug dein Kind unter dem Herzen. Als sie der weiße Mann vergewaltigte, sie zuerst noch schlug, als sie gegen seine Übermacht ankämpfte . . . sie zog es vor, sich in ihr eigenes Messer zu stürzen, als dir mit der Schande, die ihr angetan worden war, gegenüberzutreten.»
Der alte Mann hatte in seiner eigenen Sprache gesprochen, wie er es mit einem seiner Stammesangehörigen getan hätte, und der Mann, zu dem er sprach, hatte verstanden. Obwohl seine Augen blau waren und nicht braun, so standen doch die Lichter des Zorns und der Rachelust in ihnen, die wie flackernde Feuer im Halbdunkel des Wigwams leuchteten.
«Meine Frau wird gerächt werden. Und der Skalp des weißen Mannes, der sie geschändet hat, wird den Pfosten deines Wigwams schmücken. Ich schwöre es.»
Weder Missie, noch ihr Vater und ihre Brüder wußten davon; sie erfuhren es erst später. Die Indianer betrauerten ihre Toten auf ihre eigene Art – und der Mann namens Manolo war plötzlich einer der ihren, ganz ein Indianer.
Er wartete zwei Tage, bis die vorgeschriebene Trauerzeit vorbei war. Und dann bereitete er sich vorsichtig, wie ein Comanche-Krie-

ger es getan hätte, vor, und verließ zu nächtlicher Stunde zu Fuß die Sicherheit des Sumpfgebietes.
Sein Haar, das jetzt fast bis zu den Schultern gewachsen war, hatte er mit einem ledernen Band aus dem Gesicht zurückgebunden. Er hatte sein Gesicht und seinen Körper bemalt und trug nichts außer einem Lendenschurz und Mokassins.
Die Männer von Toni Lassiter waren natürlich überall. Vor dem Haus der Madden, oder dem, was davon übrig geblieben war, betrank sich sogar eben ein kleines Grüppchen Soldaten. Aber zu Fuß konnte ein Comanche-Krieger ungesehen an ihnen vorbeischleichen – genauso wie ein Pferdedieb, wozu alle Comanchen von Kindesbeinen an erzogen wurden.
Billy-Boy Dozier war nicht in dem Haus, das man ihm als Wohnstätte zugewiesen hatte. Aber im großen Haus war Toni Lassiters Fenster noch beleuchtet; ein rosiges Licht , das nach einer Weile schwächer wurde und schließlich ganz ausging. Hinter schwarzen Wolken war der Mond aufgegangen.
Direkt vor Toni Lassiters Fenster befand sich ein kleiner Zierbalkon, und die alten Reben, die sich an den Mauern emporrankten, machten es dem Manne leicht, dort hinaufzugelangen. Er blieb eine Weile stehen und belauschte das leise Gespräch; er hörte Toni Lassiters gereiztes, spöttisches Lachen.
Es traf sich, daß Toni sogar für ihre Begriffe ungewöhnlich schlechter Laune war, und sobald Billy-Boy über ihr zu Keuchen aufgehört hatte, begann sie ihn zu verhöhnen; ihre Stimme klang sanft und bösartig.
«Du bist ein Narr – und wenn ich etwas nicht ausstehen kann, so sind es Narren! Wie blöd! Was versprachst du dir davon, dich dieser Indianerhure aufzuzwingen? Ich hätte es noch verstehen können, wenn du es getan hättest, um ihm, ihrem Mann, eine Falle zu stellen. Aber so – wenn er zurückkommt, wird er dich verfolgen und töten. Und alles nur, weil du dich für einen Frauenheld hältst und meinst, jede Frau, auf die du ein Auge wirfst, besitzen zu müssen. Warum konntest du diese verdammte Squaw nicht in Ruhe lassen? Oder zumindest warten, bis du von mir Befehle bekommst?»
«Halt 's Maul, verdammt noch mal!» Billy-Boys Stimme tönte verdrossen und voll unterdrückten Grolles. «Was soll denn ein Mann deiner Meinung nach tun, wenn es ihn wie mit tausend Nadeln unter der Haut sticht? Ich durfte nicht mit dir nach Abilene mitkommen, weil du diesen fetten Yankee-Oberst beeindrucken wolltest. Und als du mir dann dieses Telegramm zukommen ließest – verdammt – da dachte ich, alles würde möglich sein. Wie hätte ich denn überhaupt ahnen können, daß diese dumme Hure sich um-

bringt, nur weil sie einmal von einem richtigen Mann drangenommen wurde?»

«Einem *Mann* ... so nennst du dich jetzt? Na, sogar mein alter Gatte, und sogar der fette Yankee-Oberst – sind mehr *Männer* als du es bist, Billy-Boy, mit deiner Großtuerei, deiner Prahlerei, deinem Aufbauschen und deinem Lechzen – und schon ist alles vorbei, schneller als bei einem Kaninchen! Sogar Nicky, trotz all seiner Eigenheiten ...» Tonis schrilles, spöttisches Gekicher endete in einem spitzen Schrei, als ein schwarzer Schatten über ihr Gesicht fiel und für einen Augenblick das Mondlicht abschirmte. Sie konnte kaum fassen, daß das was sie sah, Wirklichkeit war – ein Mann hatte sich mit einem lautlosen Sprung über die Brüstung geschwungen, und die Waffe in seiner Hand hatte leicht aufgeblitzt. Aber was war es – eine Pistole oder ein Messer?

«Kein Laut. Von keinem von beiden.» Die Stimme tönte gedämpft, aber hart wie Stahl.

Toni lachte unvermittelt auf. «Ich wußte es doch. Du warst schon immer ein Narr, Billy-Boy Dozier! Sehen wir mal, was du jetzt tun wirst!»

Als wüßte er, wer von den beiden stärker war, wandte sich der Mann jetzt an Toni.

«Ich will *ihn.* Aber für mich ist es einerlei, wenn du auch dran glauben mußt.»

«Verdammt!» Billy-Boy setzte sich bolzengerade auf; er schaute im Dunkeln verstohlen um sich, und versuchte sich zu erinnern, wo er seine Pistole hingelegt hatte. Einen schrecklichen Augenblick lang hatte er sogar die Möglichkeit ins Auge gefaßt, daß *sie* das Ganze angeordnet hatte.

«Toni ...»

«Schau mich nicht so an, Liebling! Ich habe nichts damit zu tun. Und du hast gehört, was er gesagt hat – er will dich. Stimmt das nicht?»

«Hören Sie mal ...», fing Billy-Boy an; die Aussichtslosigkeit seiner Lage – er war splitternackt und wußte nicht wo seine Kleider und seine Waffe waren – wurde ihm erst jetzt bewußt und versetzte ihn in blinde Panik.

Obwohl er sich wirklich blitzschnell aufgerichtet hatte, befand er sich immer noch im Bett mit Toni; doch auch im Dunkeln war seine schnelle, heimliche Bewegung, mit der er die Füße vom Bett herunter schwingen wollte, unübersehbar. Billy-Boy schnappte nach Luft, als er den kalten Stahl in seinem Nacken spürte; dann wurde er ganz still.

«Bleib», sagte Manolo sanft, aber mit größter Verachtung in der Stimme. Billy-Boy blieb, er ruhte immer noch halb auf Tonis weiß schimmerndem, nacktem Körper. Seine Haut berührte noch die ihre, so daß er sie beben spürte. Er konnte sehen, wie sich ihre weißen Brüste mit den rosa Brustwarzen auf und ab bewegten, als sie kicherte.

«Was wirst du ihm antun? Wenn ihr kämpfen wollt – ich werde nicht eingreifen, das verspreche ich euch. Oder schneidest du ihm die Kehle durch?» Fast im selben Atemzug und ohne die Tonlage im geringsten zu ändern, fuhr sie auf französisch weiter: «Und wenn du dich wehren willst, dann findest du unter meinem Kissen ein Messer – nur mußt du es selbst dort holen – ich will nicht in Stücke geschnitten werden.»

Manolo lachte, und seine weißen Zähne blitzten kurz in seinem dunklen Gesicht auf. Aber der Laut, den er dabei von sich gab, war kurz und häßlich, es war gar kein schönes Lachen; Billy-Boy sträubten sich die Haare im Nacken.

«Gut, dann nimm doch das Messer. Sie sagt ja, daß du von *ihr* keine Schützenhilfe zu erwarten hast. Aber zuerst fesselst du ihr besser die Hände. Nimm das Nachthemd, das sie ja ohnehin nicht braucht.»

«Du sprichst also Französisch? Ein Indianer, der eine zivilisierte Sprache spricht? Oder bist du ein Halbblut? War dein Vater einer, der es mit Indianerfrauen trieb – bist du deshalb so wütend auf Billy-Boy, weil er es auf deine Frau abgesehen hatte? Er sagte, sie hätte sich nicht allzu heftig gewehrt ... sag ihm, was du mir erzählt hast, Billy-Boy. Vielleicht sieht er dann davon ab, dir die Kehle durchzuschneiden, und schneidet dir nur dein ...»

«Schweig», sagte Manolo ausdruckslos. «Halt 's Maul und dreh dich zur Seite. Und versuch nicht, unter dein Kissen zu greifen, es sei denn, du möchtest dein hübsches Gesicht zerfetzt haben.» Er sprach in dem französischen Dialekt, den Billy-Boy von Kind auf kannte, mit schneidender Stimme: «Feßle ihre Hände – und dann steh auf, wenn dich deine Beine noch tragen.»

«Soll das heißen, du gibst ihm eine Möglichkeit, sich zu wehren? Oder hast du Angst, ihm von Angesicht zu Angesicht gegenüberzutreten? Wenn du mit deinem Messer umzugehen verstehst, warum solltest du dann Angst haben? Wenn es ein fairer Kampf ist und du ihn umbringst, bekomme ich dich schon frei.»

«Ich bin frei.» Die Worte waren wie eine Ohrfeige, aber Toni lachte nur darüber, ein hohes, atemloses Kichern. Und die Art, wie sie ihren Körper wand, war bereits eine deutliche Einladung.

«Das bist du ... und Billy-Boys Hände zittern so stark, daß er mich nicht fesseln kann, wie du es ihm befahlst. Willst du es nicht lieber selbst tun?»

«Hure! Du ... Hure!» Billy-Boys Stimme überschlug sich, um dann

plötzlich abzubrechen, als er den kalten Stahl der Klinge an seinen Rippen fühlte. Er stöhnte; ihm war übel vor Angst. «O Gott! Hör zu – sie hat mich verführt! Ich habe nicht – sagten sie dir nicht, daß ich sie nicht getötet habe? Sie schämte sich bloß, weil sie wußte, was sie getan hatte. Früher tat sie so, als möge sie mich, bis du auftauchtest . . . Toni, um Gottes willen!»
«Hör auf mich anzuflehen, Billy-Boy. Steh auf, wie es dir der Comanche befohlen hat und steh deinen Mann!»
Billy-Boy war überzeugt, daß der Indianer ihn *jetzt* töten würde. Er konnte einen Moment lang nicht verstehen, weshalb der Mann vom Bett zurücktrat, den Rücken immer noch gegen das Fenster. Bis er Toni wieder lachen hörte.
«Ich glaube, das wird sehr aufregend werden. Und gib es zu – du hättest Billy schon getötet, wenn du es wirklich gewollt hättest. Ist es nicht spannender so, im Kampf? Würde das dem Indianer in dir auch mehr zusagen, Comanche?»
Das schwache Licht spiegelte sich auf dem kurzen Lauf des silberbeschlagenen Derringers, der plötzlich in Tonis Hand war, als sie sich aufsetzte. Und ganz instinktiv fing Billy-Boy das Messer auf, das sie ihm zuwarf.
«Ihr werdet zusammen kämpfen, alle Griffe sind erlaubt – und zwar stillschweigend. Ich erschieße den ersten, der versucht, wegzulaufen – oder um Hilfe schreit!»
Tonis hohes, obszön erregtes Lachen riß an Billy-Boys bereits zum Zerreißen angespannten Nerven, und er fragte sich, während er leise und mit tief gehaltenem Messer auf den unbeweglichen, hohen Schatten des Indianers zuging, weshalb er sich überhaupt jemals mit Toni eingelassen hatte. Und dann dachte Billy-Boy an nichts mehr, außer ans Überleben – innerhalb von wenigen Sekunden, nachdem sich ihre Messer zum ersten Mal gekreuzt hatten, wurde ihm schicksalhaft klar, daß er sterben würde.
Er erkannte auch im selben Augenblick, daß Toni ihm nicht mit einem Schuß zu Hilfe kam. Aber er hätte es ja wissen müssen. Hatte er da nicht ein paar häßliche Dinge über Toni Lassiter vernommen? Dies war mit ein Grund gewesen, weshalb er sich für die Indianerfrau interessiert und sie begehrt hatte. Sie war das genaue Gegenteil von Toni gewesen. Eine Frau, die dazu erzogen worden war, sich einem Mann hinzugeben. Ihm das Gefühl zu geben, ein Mann zu sein. Eine warme Frau mit goldener Haut . . . warum zum Teufel war sie so unerwartet störrisch gewesen?
Und dann hatte Billy-Boy keine Zeit mehr zum Nachdenken. Er hatte immer geglaubt, geschickt mit dem Messer umgehen zu können, aber der Indianer, dieser Mann, dessen Gesicht er noch nicht einmal gesehen hatte – und wahrscheinlich nie sehen würde –, nun,

sein Messer war so schnell wie die zuckende, hervorschießende Zunge einer Wasserschlange.
«Verdammter Indianer – verdammt!» Billy-Boys Atem tönte wie ein Schluchzen; hinter sich hörte er Toni Lassiter; obwohl auch sie jetzt gemerkt haben mußte, daß er sterben würde, daß er bereits am Sterben war, kicherte sie in einem fort.
An diesem Punkt wurde der Indianer des Spieles überdrüssig und ging zum Töten über. Mit einem Schlag auf das Handgelenk, der seinen ganzen Arm lähmte, wurde Billy-Boy verächtlich außer Gefecht gesetzt. Und dann erfolgte der todbringende Messerstoß in seinen Bauch – ein Schlag mit der Handkante, so hart und unerbittlich, wie das Messer selbst, erstickte Billy-Boys Todesschrei noch bevor er ihn ausstoßen konnte.
Ohne ein Wort, ohne Toni auch nur anzuschauen, nahm sich Manolo den Skalp des toten Mannes.
«Mein Gott! So etwas sah ich noch nie – du warst prachtvoll – so wild – du bist ein Tier – und ein Mann zugleich – ein urtümliches, männliches Geschöpf – worauf wartest du noch? Meinst du, ich würde diese lächerliche kleine Waffe gegen dich richten?» Die kleine Pistole fiel auf den Teppich neben dem Bett. Toni räkelte sich träge, und ihre Stimme tönte heiser, fast berauscht. «Da! Siehst du – ich bin dir ausgeliefert. Du kannst tun mit mir, was du willst – er nahm deine Frau, nicht wahr? Und Auge um Auge. Deshalb kamst du doch her, nicht wahr, Comanche? Billy-Boy war mein Liebhaber – jetzt kannst du mich haben. Nimm mich – vergewaltige mich – ist das nicht auch ein Teil deiner Rache, für die du herkamst?»
Er schaute sie schweigend an. Und jetzt, da die Mordlust in ihm vergangen war, machte sich beim Anblick ihres Körpers – im schwachen Licht spiegelte sich das silberblonde Dreieck zwischen ihren Schenkeln – fleischliche Begierde in ihm breit.
«Wie viele Waffen hältst du noch versteckt?»
«Nur diese, Geliebter.» Sie bog ihren Körper und öffnete die Beine.
«Bist du auch Manns genug für diese Art von Kampf.»
«Du bist wirklich eine höllische Hure, Messalina.»
«Ja . . . und du hast genauso Lust, mich zu nehmen, wie ich dich. Jetzt gleich. O Gott, ja, jetzt gleich!»
Sie nahm ihn auf wie die Hure als die er sie bezeichnet hatte. Wie ein Tier, das zu hungrig ist, als daß es warten könnte, schlang sie Arme und Beine um ihn und grub ihre langen Nägel in seinen bereits mit Narben übersäten Rücken, bis er wie wild auf sie einschlug, und sie sich wimmernd, aber lustvoll unterwarf. Das Gewimmer wurde zum Geflüster, als sie ihm leise Obszönitäten zuzischte; sie biß in die Hand, die er auf ihre weichen, aufgeworfe-

nen Lippen drückte; und ihr Körper wand sich die ganze Zeit unter seinem.

«Wahrscheinlich hast du mir eine Blutvergiftung beigebracht!», brummte er hinterher und wischte mit seiner blutverschmierten Hand über ihr Gesicht.

«Dann will ich das Gift heraussaugen . . .»

Sie ergriff mit beiden Händen seine Hand und saugte so lange, bis er die andere Hand zu Hilfe nahm und sie in die Kissen drückte.

«Jetzt fließt in uns das selbe Blut – ich bin deine Blutsschwester, deine blutschänderische Schwester, nicht wahr? Nicht wahr, Comanche?» flüsterte sie hartnäckig.

«Schweig – du bist verrückt!»

Sie lachte.

«Mag sein! Aber du auch. Deshalb bist du hier in meinem Bett . . . und du weißt jetzt, wie sehr wir uns in Abilene hätten vergnügen können, stimmts? Hattest du da Angst?»

«Da liegt ein toter Mann ohne Haar, der dir auf deinem wertvollen Perserteppich ausblutet, Messalina. Überlege dir lieber, wie du erklären willst, daß er umgekommen ist. Soll ich dich fesseln, damit es besser aussieht?»

«Aber du willst doch nicht schon gehen, oder? Die Nacht ist noch jung – und wenn du dich nicht fürchtest, so kann ich an diesem Strick hier ziehen, und Ben bringt uns Wein herauf. Er kommt nicht ins Zimmer, wenn ich es nicht ausdrücklich befehle. Er stellt ihn vor die Türe. Möchtest du das? Oder . . . hast du Wein überhaupt gern?»

Sie klammerte sich an ihn. Ihre Finger fuhren beharrlich seinen nackten Rücken hinunter.

«Comanche . . . wieviel Comanchenblut steckt wirklich in dir? All diese Narben – haben sie dir das im Gefängnis angetan? Bist du zusammengebrochen, als sie dich auspeitschten?»

«Leider kann ich dich nicht mit Einzelheiten beglücken», sagte er. «Du kannst sie dir ja selbst ausmalen.»

«Geh noch nicht, Comanche. Hör mir zu! Du traust mir nicht! Aber wenn ich Billy-Boy los bin, oder was du von ihm übrig gelassen hast, ohne daß es jemand merkt – *dann* wirst du dich daran erinnern, was ich dir jetzt sage, nicht wahr? Ich will, daß du für mich arbeitest – mir hilfst. Ich brauche einen Mann, der stark ist. Billy-Boy war ein guter Schütze, aber überhaupt nicht stark. Du hast ja gesehen, wie er kroch. Du würdest nie kriechen, nicht wahr, Comanche? Du bist ein Tier, ein Teufel, und ich glaube, du hast noch weniger Gewissensbisse als ich – und noch viel weniger Skrupel. Verstehst du, was ich meine?»

«Hure!» schrie er sie an, als sie ihn nach diesen geflüsterten Wor-

ten in die Lippen biß, bis sie bluteten. Sie war wirklich eine Hure. Eine blutrünstige Wölfin – er hätte auch ihr das Haar abschneiden sollen – oder diese weiße, schlanke Kehle durchschneiden, um so das leise, triumphierende und wissende Lachen, das eben daraus hervorgluckste, zum Schweigen zu bringen.
«Ja, natürlich – o Gott! Ich würde es genießen, wenn du das tätest! Sogar, wenn es wäre, als würdest du mich aufschlitzen! Quäle mich, wenn du willst – ich will – ich will nur etwas spüren!»

Fünfundvierzigstes Kapitel

«Jedes Mal, wenn dieser Mr. Bishop (rein zufällig) vorbeikommt, geschieht hinterher etwas. Es fällt mir auf, daß er ein Mann ist, der unweigerlich unser sonst so friedliches Leben auf den Kopf stellt.» Don Francisco sagte das trocken und absichtlich ausdruckslos. «Sind Sie sicher, daß Sie mit ihm sprechen wollen, Genia?» Mehr zu sich selbst, als zu der jungen Frau, deren Gesicht plötzlich ganz blaß geworden war, fügte er hinzu: «Ich frage mich, wie er herausbekommen hat, daß Sie hier sind! Vielleicht sollte ich zuerst Renaldo mit ihm sprechen lassen, um herauszufinden, was er diesmal im Sinn hat.»
Obwohl der alte Mann dies leichthin zu sagen schien, waren ihm doch die Anzeichen von Erregung bei seiner Schwiegerenkelin nicht entgangen. Der teilnahmslose, lethargische Ausdruck ihres Gesichtes seit ihrer Ankunft in der Hacienda vor drei Monaten, verschwand plötzlich, und ihre grünen Augen schienen voller Hoffnung aufzuleuchten.
«Sie haben ihn nicht weggeschickt? Er ist noch *hier?* Er weiß etwas von Steve – oh, ich weiß es! Wo ist er?» Und dann, als sie sich auf sich selbst besann: «Es tut mir leid, Don Francisco. Aber wenn Mr. Bishop hier ist, dann muß das seinen Grund haben. Und *Sie* machen sich auch Gedanken, nicht wahr?»
Buschige, weiße Brauen zogen sich in einem Stirnrunzeln über blauen Augen zusammen, die Ginny allzusehr an Steve erinnerten. «Dieser unmögliche Kerl! Wann wird er endlich seßhaft werden? Ich war überzeugt, daß er sich geändert hatte, und dann verschwindet er, ohne irgend jemandem ein Wort zu sagen ... Sie meinen also, dieser Mr. Bishop wisse etwas über seinen Verbleib? Und ich kann nur allzu gut sehen, daß Sie es eilig haben, hinzugehen. Gut, ich will Sie nicht aufhalten. Ich habe Jaime gesagt, er solle ihn in mein Arbeitszimmer führen. Sie können den Mann dort unter vier Augen sprechen. Aber aufgepaßt! Ich gebe Ihnen nur fünfzehn Mi-

nuten, um allein mit ihm zu sprechen! Und Sie werden mir sagen, weshalb er wirklich hier ist – ich habe genug von Rätseln und Geheimnissen, ist das klar?»

Bei seiner ganzen Schroffheit und seinem gespielten Groll kannte Ginny Don Francisco schon gut genug, um zu wissen, wie sehr ihn Steves unerklärliche Abwesenheit bestürzte. Steve – welch böses, schändliches Spielchen spielte er diesmal? Wo versteckte er sich und warum? Am Anfang hatte sie geglaubt, er wolle nur *ihr* aus dem Wege gehen; aber sogar Sam Murdock hatte bestritten, irgend etwas über Steves Aufenthalt oder seine Pläne zu wissen. Und jetzt tauchte plötzlich Bishop zufällig aus dem Nichts auf. Oder war es gar nicht zufällig?

Ginny war schon aufgesprungen; ihr Herz klopfte so wild, daß ihr fast übel wurde. Im ersten Augenblick hatte sie blindlings aus dem kleinen Patio flüchten wollen, wo sie sich ausgeruht hatte, indem sie so tat, als würde sie in einem Buch lesen, in Wirklichkeit aber nur blind auf die Seiten starrte. Aber jetzt, da sie Don Franciscos Augen unter schweren Lidern hervor musterten, gab sie sich Mühe, sich zu beherrschen. Sie durfte Jim Bishop nicht merken lassen, wie elend und verwirrt sie sich fühlte, seit sie mit den Zwillingen nach Mexico gekommen war – ohne zu wissen, was auf sie zukam, oder wie ihre Zukunft aussehen würde. Seit ihr Vater ihr geschrieben hatte, daß Steve plötzlich wie vom Erdboden verschluckt sei, seit seiner Seereise mit der Prinzessin di Paoli, wußte sie nicht mehr, was sie denken sollte.

Die Einwände ihrer Tante Céline und von Pierre – der wollte, daß sie in Frankreich blieb – brachten ihren Entschluß nicht ins Wanken. Sie war von Frankreich nach Vera Cruz gesegelt und hatte in der kleinen Hacienda Zuflucht gesucht – dort, wo sie früher Steve wiedergefunden hatte, nachdem sie ihn totgeglaubt hatte und monatelang in Angst um ihn gewesen war. Und dort blieb sie dann auch, trotz der inständigen Bitten ihres Vaters und Sonjas, doch nach Hause zu kommen.

Aber Mexico – zumindest dieser Teil von Mexico – war für sie mit angenehmen Erinnerungen verbunden, und, wie sie Sonja schrieb: «Ich will meine Kinder nicht dem Gerede preisgeben – all dem schmutzigen Klatsch, der in den Zeitungen gedruckt wird, und den alten Weibern, die an ihren Fingern abzählen und nachrechnen. Nein, es ist mir egal, wenn sich die Leute darüber wundern, daß ich beschlossen habe, nach Mexico zu gehen. Es tut mir leid, Sonja, aber ich bin jetzt zu sehr gewohnt, nach meinem eigenen Gutdünken zu handeln!»

Die Kinder waren beide eine verkleinerte Ausgabe von Steve. Ihr Sohn hatte dunkelbraunes Haar, mit kupferfarbenen Strähnen, die

fast wie Bronze aussahen – und ihre Augen. Und Laura-Louise, ihre Tochter, hatte Augen- und Haarfarbe von Steve. Würde Steve das sehen?
Immer wenn sie an Steve dachte und an ihre unklare Beziehung zueinander ehe sie nach Frankreich ging, welche dann noch durch all die nachher auftauchenden Mißverständnisse erschwert wurde, konnte sich Ginny eines wehen, hilflosen Gefühls nicht erwehren. Ihr Magen krampfte sich zusammen, als läge ein riesiger Stein darin, und sie hatte ein Gefühl der Schwere, das sie zu erdrücken drohte.
Sie war in Don Franciscos große Estancia gezogen, nachdem dieser sie nachdrücklich darum gebeten hatte; er hatte ihr durch ihren Freund Renaldo Ortega entsprechende Botschaften übermitteln lassen und darauf bestanden. Wären da nicht ihre Kinder gewesen, hätte sie beinahe glauben können, die Zeit sei zurückgedreht worden und dann stehengeblieben. Sie hatte die selben Zimmer wieder, die sie schon früher bewohnt hatte, die Zimmer, die Steves Mutter gehört hatten. Das zweite Schlafzimmer war nun von ihren Kindern und dem Kindermädchen belegt, anstatt von einer Anstandsdame. Sie erkannte die Bediensteten wieder, die schon früher hier gearbeitet hatten, und genau wie damals wartete sie im Grunde stets auf Steves Rückkehr.
Vergeblich versuchte sie sich einzureden, daß sie nun nur an die Kinder denken sollte – die Zwillinge, von denen sie immer noch kaum glauben konnte, daß sie sie zur Welt gebracht hatte, obwohl ihr Leib während der letzten beiden Monate ihrer schweren Schwangerschaft tatsächlich unglaubliche Ausmaße angenommen hatte.
«Von jedem eines, Madame! Welch ein Glück!» hatte Ginny die Hebamme sagen hören, als sie die Augen öffnete und sich fragte, wie sie wohl die fürchterlichen Schmerzen überlebt hatte. «Der Vater wird stolz auf die beiden sein.»
Steve – würde er wirklich stolz sein? Würde er überhaupt glauben, daß es seine Kinder waren?
Wenigstens hatte Don Francisco keine Fragen zur Vaterschaft der Kinder gestellt! Er hatte ihr eine Miniatur gegeben, auf der seine Tochter – Steves Mutter – dargestellt war als kleines Kind, und es hätte ebensogut Laura-Louise sein können; sogar die dunkelblauen Augen stimmten.
Sie würde es Steve zeigen, wenn er zurückkam. Aber würde er zurückkommen? Wo war er hingegangen, nachdem er seine Geliebte verlassen hatte? All diese Fragen, die sie ständig quälten und die ihr jeglichen Willen und ihre ganze Spannkraft raubten, welche sie immerhin damals noch hatte, als sie in die Hacienda kam – sie wür-

den vielleicht an diesem Nachmittag beantwortet werden! Das mußte der Grund für Mr. Bishops unerwarteten Besuch sein.
«Ich will nicht glauben, daß er schlechte Nachrichten bringen könnte», sagte sich Ginny bestimmt, während sie sich zwang, ruhigen Schrittes ins Arbeitszimmer zu gehen. «Er weiß etwas – sonst würde er sich nicht die Mühe nehmen, die lange Reise hierher zu unternehmen. Ich darf mir nicht anmerken lassen, wie aufgeregt ich bin . . .»
Jim Bishop trug wie immer einen klassisch geschnittenen Anzug; er sah aus, als fühle er sich in dem dunklen Arbeitszimmer nicht besonders wohl, und daran schien auch das Glas Wein, das Jaime Perez vorsorglich vor ihn hingestellt hatte, nichts zu ändern. Steif saß er in einem mit Schnitzereien reich verzierten Sessel, und Ginny meinte in seinen sonst so unbewegten Zügen beinahe so etwas wie Erleichterung festzustellen, als er sich bei ihrem Erscheinen erheben konnte.
Man erlaubt mir also, mit ihr allein zu sprechen, dachte Bishop, während er sich höflich über die Hand beugte, die sie ihm entgegenhielt. Er bemerkte, wie kalt ihre Finger waren und erriet, welche innere Unruhe diese junge Frau offensichtlich hinter ihrem gelassenen Auftreten zu verbergen versuchte. Bishop war selbst überrascht, als er sich bei der Feststellung ertappte, daß sie zu den wenigen Frauen gehörte, die durch die Mutterschaft noch schöner wurden. Ihre Figur hatte nichts von ihrer Schlankheit eingebüßt. Er fragte sich, ob sie wohl noch immer so eigensinnig und starrköpfig sei, wie er sie in Erinnerung hatte. Auf jeden Fall hatte sie sich nicht wesentlich verändert, außer vielleicht, daß sie eine gewisse Reife ausstrahlte, als sie ihn begrüßte.
Sie kam sofort zur Sache.
«Mr. Bishop! Haben Sie Neuigkeiten von meinem Mann?»
Bishops Stimme klang gewollt unverbindlich.
«Sie waren von jeher eine Frau, die die direkte Art vorzieht, nicht wahr? Aber vielleicht wollen Sie sich zuerst setzen, bevor ich Ihnen erkläre, weshalb ich hier bin. Die Geschichte ist lang, fürchte ich. Und natürlich brauche ich Sie nicht daran zu erinnern, daß alles, was zwischen uns besprochen wird, streng vertraulich ist. Es wäre am Besten, wenn nicht einmal Don Francisco allzuviel darüber erführe. Sie werden bald verstehen weshalb.»
Für Mr. Bishop war dies eine lange Rede gewesen, das merkte Ginny, obwohl sie den Mann kaum kannte. Sie fühlte, wie ihre Knie schwach wurden und sank in den Stuhl, den er ihr höflich anbot. O Gott! Was würde er ihr erzählen? Etwas an der bewußt zurückhaltenden, ausdruckslosen Miene beunruhigte sie noch mehr, als seine einleitenden Worte es vermocht hatten.

Ginny vergaß alle ihre Vorsätze und beugte sich vor; ihre Augen glänzten ungewöhnlich in dem schwach erleuchteten Raum.
«Es sind doch keine – keine schlechten Nachrichten?»
Bishop, dem wieder wohler zu sein schien, lehnte sich zurück und musterte sie mit seinen kühlen, grauen Augen.
«Er lebt. Darüber brauchen Sie sich wenigstens keine Sorgen zu machen. Aber . . .», er hielt kurz inne und legte die Stirn in Falten. «Darf ich Sie bitten, mich ohne Unterbrechung bis zu Ende anhören zu wollen, Madam? Ich muß gestehen, es fällt mir außerordentlich schwer, einen Anfang zu finden! Und dieses Eingeständnis mache ich für gewöhnlich niemandem.»
«Mr. Bishop!»
Bishop schaute sie prüfend an. Er sah den blassen, kupferfarbenen Glanz auf ihrem Haar, die sanfte Wölbung ihrer Brüste unter dem einfachen Baumwollkleid, das zu wechseln sie sich nicht die Mühe genommen hatte, und die sinnlich geschwungenen Lippen. Sie hatte das Gesicht und die Figur eines Vollblutweibes und das Benehmen einer Dame – außer wenn sie diese Tatsache ganz bewußt vergessen lassen wollte. Sie war willensstärker als sie aussah, und kräftig und anpassungsfähig genug, um schlechteste Bedingungen und schwere Schicksalsschläge zu überstehen. Trotz ihres fast zerbrechlichen Aussehens war sie eine Frau, die gelernt hatte, für sich selbst zu sorgen. Bishop, der jede noch so unwichtig erscheinende Information speicherte, weil er sie vielleicht irgendwann einmal brauchen konnte, hatte gewisse Dinge, die Paco Davis ihm erzählt hatte, nicht vergessen. Ja, Ginny Morgan war die seltene Art Frau, die sich notfalls selbständig durchs Leben schlagen konnte. Insgeheim lächelte er sogar, als er sich fragte, wie sie sich wohl verhalten würde, wenn sie Toni Lassiter begegnen würde. Ja, er hatte recht gehabt, hierher zu kommen. Jetzt mußte er sie nur noch überzeugen . . .
«Einen Augenblick, Madam. Sehen Sie, was die Sache ziemlich – hm – unangenehm für mich macht, ist die Tatsache, daß Ihr Mann, als er nach Texas reiste, sich bereit erklärt hatte, eh – gewisse Erkundigungen für mich einzuholen. Er ging nach Baroque, wie Sie vielleicht wissen. Er wollte sich ein Stück Land ansehen, das Ihr Vater gewonnen und Steve überschrieben hatte. Er wurde dort schon vor Monaten erwartet, aber als wir nichts hörten und – nun, nicht einmal Ihr Vater und sein Partner, Sam Murdock, Nachricht von ihm bekamen, waren wir . . . Nun, da war ich natürlich ein wenig besorgt.»
Ginny öffnete den Mund, um ihn zu unterbrechen, drückte aber ihre Lippen wieder fest zusammen, als Mr. Bishop die Hand hob. Während er sonst ein Mann war, der nicht lange nach Worten su-

chen mußte, hatte er jetzt einige Schwierigkeiten, ihr auf möglichst taktvolle Art alles zu sagen, wozu er hergekommen war. Zum Glück war sie eine Frau, die ruhig zuhören konnte, und nicht gleich hysterisch wurde.

Manchmal jedoch, während Bishops offener und absichtlich teilnahmsloser Schilderung, hatte Ginny das Gefühl, als brauche es nur noch wenig, und sie hätte tatsächlich einen hysterischen Anfall. Wie konnte Bishop so tun, als würde Steve noch immer für ihn arbeiten? Und Steve – was zum Teufel trieb ihn immer aufs neue dazu, Risiken einzugehen? Der ursprüngliche Plan hätte eigentlich keine Risiken mit sich gebracht, aber, so sagte ihr Bishop grimmig, Steve hatte die schlechte Angewohnheit, zu «improvisieren», anstatt sich genau an die Befehle zu halten. Und Bishop gab zu, daß auch er ganz genau wußte, daß Steve Morgan prickelnde Gefahr schon immer geliebt hatte.

Ginnys Stimmung schwankte zwischen Wut, Angst, Verzweiflung und wieder Wut, als sie ihm weiterhin zuhörte. Sie biß sich auf die Unterlippe und ihre Augen begannen gefährlich zu funkeln. Jetzt, da die anfängliche Erleichterung darüber, daß Steve noch lebte und anscheinend unverletzt war, langsam abflaute, wußte sie nicht, auf wen sie wütender sein sollte – auf Bishop, der das Ganze ins Rollen gebracht hatte, oder auf Steve, der diese Aufgabe angenommen hatte.

Es war alles so unglaublich. Wäre es nicht Jim Bishop gewesen, der ihr diese unmögliche Geschichte erzählte, indem er ihr mit unbeteiligter Stimme Tatsache um Tatsache erbarmungslos an den Kopf warf, sie hätte sich geweigert, auch nur einen Bruchteil davon zu glauben.

«Ich konnte es selbst kaum fassen», meinte Bishop, als hätte er Ginnys Gedanken gelesen. «Aber es gibt keine andere Erklärung für das seltsame Benehmen ihres Gatten in letzter Zeit. Das heißt, seit er plötzlich wieder auftauchte und sich Manolo nennt, und in Baroque noch mehr Unruhe stiftet, als sie dort ohnehin schon hatten! Erst seit dieser Oberst Vance ein anderes Kommando übernehmen mußte, und Oberst Belmont, zufällig ein alter Bekannter von mir, die dortigen Truppen übernahm, erfuhr ich, was hinter der Sache steckte. Und um ganz sicher zu sein, sprach ich noch mit einigen Ärzten, die sich in der Materie auskennen – unter anderem mit einem berühmten Psychiater aus Wien, der hier einen Lehrstuhl innehat, und ein Fachmann auf dem Gebiet der Geisteskrankheiten ist. Ich will damit nicht etwa sagen, daß Steve in irgendeiner Weise geistesgestört sei!» fügte er schnell hinzu, als er Ginnys Gesichtsausdruck sah. «Möglicherweise hatte er Typhus. Der Hauptmann der Rurales, Altamonte, erwähnte, daß er in Matamoros Kontakt

hatte mit Typhuskranken. Extrem hohes Fieber – oder auch ein Schlag auf den Kopf – können einen vorübergehenden Gedächtnisverlust zur Folge haben. So zumindest sagte mir der gute Doktor. Wir wissen auch, und zwar von Oberst Vance persönlich, daß dieser Manolo nie versucht hat, die Tatsache zu verheimlichen, daß er sich an nichts, nicht einmal an seinen richtigen Namen, erinnert. Was es für gewisse – ehm – interessierte Kreise schwierig machte, herauszufinden, ob er nicht etwa öffentlich ausgeschrieben sei. Die Indianerin, von der ich Ihnen erzählt habe, behauptete, er sei der Bruder ihres verstorbenen Mannes, aber Hauptmann Altamonte hatte Steve ja erst gesagt, er solle sich in Verbindung setzen mit diesem Chucho – Refugio Orta! Können Sie mir folgen?»
So unglaublich alles schien, als Mr. Bishop mit seiner Erzählung begann, mußte Ginny jetzt doch einsehen, daß alle Einzelheiten so gut zusammenpaßten, daß sie einfach wahr sein mußten. Der Mann, den man Bishop beschrieben hatte, mußte Steve sein. Steve – der sich nicht mehr an die Vergangenheit, nicht mehr an *sie* erinnerte; der meinte, er sei ein halber Indianer und sich auch so benahm. Steve, der für ein skrupelloses, habgieriges Weibsstück arbeitete – und gegen Bezahlung kaltblütig mordete. Aber Steve hatte ja schon immer einen Hang zu kalter Rücksichtslosigkeit gehabt; hatte sie selbst das nicht schon vor langer Zeit entdeckt?
Und was erwartete nun Bishop von *ihr?* Warum hatte er ihr so unerwartet viel über seine Unternehmung erzählt?
«Man muß ihn aufhalten, ehe dort drüben ein neuer Bürgerkrieg ausbricht!» sagte Bishop jetzt ungewöhnlich grimmig. «Bevor in diesem verdammten Land wieder ein blutiger Krieg losgeht, der noch mehr Menschenleben fordert. Und nicht nur das; Texas könnte dadurch auch einen Rückschlag erleiden in seinen Bemühungen, wieder als Staat in die Union aufgenommen zu werden. Wenn es in Baroque losgeht, dann flammt es überall auf, wie ein Buschfeuer, oder eine Reihe von Explosionen. Verstehen Sie das? Und, bei Gott, wenn die Sache nicht bald abgebremst wird, dann steht auch meine eigene Stellung auf dem Spiel. Der Präsident macht sich bereits Sorgen – er hat zu viele Klagen vernommen. Und ich war es, der Ihren Gatten dorthin geschickt hat, um einen drohenden Krieg zu verhindern, und um einige ungewöhnliche Vorkommnisse näher zu untersuchen. Und statt dessen schürt er das Feuer erst recht – er und dieses Lassiterweib. Sogar deren Schwager, Richter Benoit, beginnt sich Sorgen zu machen. Er ist ein vorsichtiger Mann, obwohl einiges dafür spricht, daß auch er bis zum Hals mit drin steckt. Auf *sein* Drängen hin wurde vor noch nicht allzu langer Zeit ein Bundesmarshal nach Baroque hinuntergeschickt. Ein Geheimagent – wäre ich bloß benachrichtigt worden,

bevor sie ihn losschickten. Jedenfalls wurde auf ihn geschossen und er ist tot.» Bishops Stimme wurde härter, und Ginny wartete voller Unbehagen darauf, daß er seinen Bericht beendete. «Natürlich war es Steve. Sie fingen in irgendeinem Saloon einen Streit an, und in jener Stadt gibt es nie Zeugen für Morde! Nur die Tatsache, daß Marshal Purdue keiner Menschenseele gesagt hatte, wer und was er war, hatte verhindert, daß Steve gehängt, oder zumindest als Mörder gesucht wurde. Und leider gab es dort in letzter Zeit noch mehr Todesfälle. Es hat weitere Morde gegeben – anders als Mord kann man das ja nicht nennen. Jeder, der sich der Lassiter Clique widersetzt, wird beseitigt. Ich habe Ihnen ja schon erzählt, wie der frühere Aufseher von der Bildfläche verschwand, zufällig genau bevor Ihr Gatte, Madam, begann, für Toni Lassiter zu arbeiten.»
«Wollen Sie damit etwa sagen ...» Ginnys Stimme verebbte zu einem Flüstern, und sie mußte sich räuspern, ehe sie weitersprechen konnte: «Sie meinen, daß Steve ein ... *Verbrecher* ist? Daß er sich dieser Frau angeschlossen hat, um – aber wie können Sie das so sicher annehmen? Mr. Bishop ... vielleicht macht Steve den Leuten dort nur etwas vor und tut so, als stehe er auf ihrer Seite, damit er mehr in Erfahrung bringen kann. Das hat er doch auch früher schon so gemacht, oder nicht? Sie hatten doch bisher nie Skrupel, was seine Methoden anbetraf – und Sie können auch nicht bestreiten, daß Sie ihn dazu angestiftet haben, das Gold meines Vaters zu stehlen! Oder daß Sie ihm etwa Vorwürfe gemacht hätten, als er *mich* entführte! Und auch all die anderen, schrecklichen Dinge, die er getan hat! Steve wurde doch zum Totschläger ausgebildet, oder etwa nicht? Mit dem kleinen Unterschied, daß, wenn er für *Ihre* Seite tötet, Sie es anders nennnen!»
Sie hatte also doch noch einen großen Teil ihres alten Feuers und Temperaments! Jim Bishop erlaubte sich, eine Augenbraue einen kurzen Augenblick hochzuziehen, als er das gerötete Gesicht der jungen Frau prüfend anschaute, die sich jetzt in ihrem Sessel vorwärtsbeugte und ihn mit sprühenden Augen anblitzte.
Es war ihm nie ganz klar gewesen, was genau Steve für die Frau empfand, die er geheiratet hatte, denn Steve war genau so geschickt darin, seine eigenen Gefühle – wenn er überhaupt welche hatte – zu verbergen, wie Bishop selbst. Aber Virginia Morgans Gefühle waren offensichtlich – zu erkennen im wechselnden Mienenspiel auf ihrem Gesicht und auch in der hitzigen Art, mit der sie jetzt ihren Mann verteidigte. Ohne auf ihre Wut einzugehen, sagte Bishop ruhig: «Wenn ich meinen würde, Steve habe zur anderen Seite hinübergewechselt, oder er habe meine Befehle kraß mißachtet, um irgendwelche unredlichen Pläne zu verwirklichen, so wäre ich jetzt nicht hier, und würde nicht so offen mit Ihnen sprechen,

Madam. Wie Sie eben sagten, sind die Männer in meiner Abteilung recht skrupellos. Sie werden dafür trainiert, und sie müssen so sein. Und sie kennen alle sowohl die Risiken als auch die Regeln. Hätte ich annehmen müssen, daß Steve diese Regeln bewußt mißachtet, so hätte ich ihm einen Bundesmarshal hinterhergeschickt, oder einen meiner eigenen Leute. Es war vielleicht ein Glück für uns alle, daß Dave Madden aus dem Gefängnis, wo er seine Strafe verbüßen sollte, fliehen konnte. Und daß er über die Grenze kam, um seine Frau zu suchen.»
«Dave Madden?» Ginny war verwirrter als je.
«Ach ja. Sie können ihn nicht kennen. Er arbeitete früher für mich und zog sich zurück, als er heiratete. Aber er und Steve kannten einander gut. Interessant ist, daß es Steve war, der Dave befreite – aber wer begreift, warum? Denn Dave schwor, daß Steve ihn nicht wiedererkannt hätte.»

Sechsundvierzigstes Kapitel

Missies Flehen und ihre ständigen Vorwürfe waren schuld daran, daß er es schließlich getan hatte; und doch, als er sich einmal auf das verrückte Vorhaben eingelassen hatte, fünf Männer zu befreien, die wie Tiere mit einem Bein aneinandergekettet waren und unter der ständigen Bedrohung durch die Gewehre der beiden Wärter arbeiteten, wurde die Sache zu einem Abenteuer.
Die Männer arbeiteten an einer Bezirksstraße, die zum Teil den Überschwemmungen zum Opfer gefallen war, welche immer wieder die Dämme überfluteten. Als Manolo ihrer zum erstenmal ansichtig wurde, hatte er sich über das seltsame Gefühl von Unbehagen gewundert, das ihn plötzlich sein Pferd herumreißen und einen anderen, längeren Weg zu den Carters wählen ließ. Vielleicht kam das von den tief eingekerbten Narben an den eigenen Hand- und Fußgelenken. Er kannte das Gefühl, wie ein Tier angekettet zu sein, und er wußte wie es war, einen Peitschenhieb auf den nackten, ausgemergelten Rücken zu erhalten – und doch wurde diese Erinnerung, die irgendwie verschwommen vorhanden war, nie wirklich klar. Wann? Und warum? Und wie war er geflüchtet? Es machte ihn wütend und verzweifelt, daß er sich nicht erinnern konnte, und es half auch nichts, als Missie ihn sofort mit Tränen in den Augen fragte, ob er jene armen Männer gesehen hätte.
«Dave ist einer von ihnen. Haben Sie ihn gesehen? Er ist der mit dem braunen Bart und den blonden Strähnen im Haar. Macht es Ihnen nicht einmal mehr etwas aus? Wie würden Sie sich fühlen, so

angekettet, und gezwungen, in der heißen Sonne oder im Regen zu arbeiten?»
«Aber Missie!» warnte sie die Stimme ihres Vaters. Sie biß sich auf die Lippen, wirbelte herum und stürmte aus dem Zimmer, indem sie die Tür laut hinter sich zuschlug.
«Missie ist in einem Alter, wo sie alles aufregt», seufzte Joe Carter und rieb sich seinen Backenbart. «Sie ist zu empfindlich, genau wie es ihre Mutter war. Und sie hing außerordentlich an Renate Madden. Ich ließ sie gewähren, denn Renate ersetzte ihr ein wenig die Mutter, die Missie immer sehr nötig gehabt hätte.»
Mit ruhiger Stimme sprach Joe weiter, denn er hatte gesehen, wie unruhig und wütend Manolo geworden war – er sah es an den tief eingegrabenen Falten auf seiner Stirne und an seinem verkrampften Gesichtsausdruck. Manolo war ein harter Mann, ein Mann, der Gewalt und Kämpfe liebte – das hatten sie mittlerweile begriffen. Aber er schien eine Art Zärtlichkeit für Missie entwickelt zu haben. Oder vielleicht war es deshalb, weil er sich ihr gegenüber verpflichtet fühlte, da sie dazu beigetragen hatte, sein Leben zu retten. Joe Cartier, wie er sich genannt hatte, bevor seine Söhne die anglisierte Form seines Namens angenommen hatten, war ein einfacher Mann geblieben, trotz seines Ungestüms in der Jugend. In diesem Fremden, der so plötzlich in ihr Leben getreten war, erkannte er ein verwandtes Wesen, verbunden mit einer Heftigkeit, die unter einer dünnen Oberfläche schlummerte und jederzeit aufbrechen konnte. Aber er fand sich mit Manolo ab, wie er sich mit allem abgefunden hatte, was seit dem Krieg geschehen war – sogar mit dem Tod seiner Frau. Ein unverbildeter Instinkt, ähnlich jenem, der Manolo dazu getrieben hatte, Billy-Boy Dozier aufzuspüren, nachdem Teresita sich das Leben genommen hatte, sagte ihm, daß Missie von diesem Mann nichts zu fürchten hatte. Das war auch der Grund, weshalb er seinen Sohn Matt zurückbat, als Manolo, nach einigen höflichen Bemerkungen, Missie nachging.
«Er ist der neue Liebhaber von Toni Lassiter, Pa! Bist du verrückt geworden, oder was ist? Ihn mit Missie allein zu lassen . . .»
«Er wird Missie nichts Böses antun. Und bitte erinnere dich, daß wir es *ihm* zu verdanken haben, daß wir zu Geld kamen, um die rückständigen Steuerzahlungen auf unserer alten Ranch zu begleichen. Laß dich von deiner Eifersucht nicht blenden. Obwohl du immer hinter diesem Lassiterweib her warst, glaubst du, sie und Richter Benoit hätten es je zugelassen, daß wir unsere Ranch zurückverlangten, wenn er sie nicht entsprechend beeinflußt hätte? Du läßt deine Schwester in Ruhe. Und sei dankbar für das, was wir erreicht haben.»
Manolo ahnte, welches Gespräch zwischen Joe Carter und Matt

stattfinden würde. Aber er hatte vor Matt keine Angst. Er behandelte ihn mit einer Art gleichgültiger Verachtung, obwohl Matt alles tat, um so stark zu scheinen, wie er groß war. Ein gelegentlicher Liebhaber von Toni. Plötzlich dachte Manolo verärgert an Missie. Diese «Sumpfgöre», wie Toni sie nannte. Sie war jung und naiv und in mancher Hinsicht noch fast zu kindlich für ihre siebzehn Jahre. Aber sie war trotz allem eine kleine, grünäugige Hexe, und ein unangenehmes Zucken in seinem Gedächtnis sagte ihm, daß sie ihn an etwas oder jemanden erinnerte ... aber um Himmels willen, an wen? Er kannte sich selbst gut genug, um zu wissen, daß er kein weicher Typ war, und doch fühlte er sich als Beschützer gegenüber Missie. Vielleicht, weil sie niemandem etwas vormachte. Und weil sie nicht diskret war, sondern immer direkt mit der Wahrheit herausplatzte; ihre Gefühle waren immer leicht erkennbar an der Oberfläche. Und deshalb war sie auch so verletzbar – zu empfindlich, wie Joe seufzend festgestellt hatte.
Missie, was soll's? dachte er und wollte eigentlich schon weiterreiten, zurück zu Toni, deren Launen er wenigstens kannte, und die man genauso leicht durchschauen wie bekämpfen konnte. Toni war ein Frauentyp, der ihm bekannt vorkam. Vielleicht weil sie in mancher Hinsicht ein gieriges Tier war, genau wie er, und mit genauso wenig, wenn nicht noch weniger Skrupel belastet. Aber Missie – war es vielleicht gerade ihre Unschuld und Arglosigkeit, die ihn zu diesen Besuchen anspornten, die sowohl Toni als auch Matt Carter mißfielen. Vielleicht war es aber auch nur, weil er Matt reizen wollte, um zu sehen, wie weit er sich reizen lassen würde?
Er wußte, wo er Missie finden konnte – sie war bestimmt unterwegs zu ihrem Lieblingsplätzchen auf dem Baum, obwohl sie dafür den Sumpf überqueren mußte. Auf nackten Füßen konnte sie schnell und leicht laufen, wie ein scheues Waldtier.
«Sie hätten mir nicht folgen dürfen! Warum sollten Sie sich eigentlich um die Gefühle anderer kümmern? Sie sind wie alle anderen, stets in ihrer Nähe und jederzeit bereit, aufzuspringen, wenn sie nur mit den Fingern schnalzt. Manchmal glaube ich, Sie wollen gar nicht herausfinden, wer Sie wirklich sind. Sie wollen gar nicht herausfinden, wer früher Ihre Freunde waren, und darum tun Sie auch nichts für ... für ...»
«Dein Vater hätte dich hie und da übers Knie nehmen sollen, um dir deine frechen Antworten auszutreiben! Eigentlich hätte ich die beste Lust, es selbst zu tun. Es gibt zwei Dinge, die ein Mann bei einer Frau nicht ausstehen kann: eine spitze Zunge und einen schlechten Charakter; du tätest gut daran, dies vor Augen zu haben, wenn du hoffst, jemals einen Mann zu bekommen.»
«Und wie wollen Sie das wissen? Ich wette, daß Sie sich von keiner

Frau einfangen lassen würden – es sei denn, sie sei so heimtückisch und böse wie Toni!» Missie stampfte, was auf dem Moorboden ein schmatzendes Geräusch hervorrief. «Oh, wie konnten Sie nur? Als ich Ihnen von ihr erzählte, wie sie ist, da dachte ich, Sie würden sie durchschauen. Aber Sie sind genauso schlimm wie Onkel Nick. Und wie Matt. Ihnen bedeuten ohnehin alle andern nichts!»

«Verdammt!» knurrte er sie an, und vor Ärger waren seine Augen fast noch dunkler als gewöhnlich. «Was zum Teufel erwartest du von mir? Jenen Madden, den ich kennen sollte, an den ich mich aber nicht erinnere, aus dem hübschen, gesunden Freiluftgefängnis befreien, in das sie ihn steckten? Mir die Blauröcke auf den Hals jagen? Ich muß verrückt sein, daß ich dir nachgelaufen bin, nur um mir deine Nörgeleien weiter anzuhören.»

Ihre Stimme zitterte, aber sie stand aufrecht vor ihm und schaute tapfer zu ihm hoch; in ihren Augen glänzten noch Tränen.

«Weshalb sind Sie mir dann gefolgt? Es ist auch Ihnen egal, was ich denke, und ich höre oft genug, wie dumm ich sei. Warum lassen Sie mich nicht einfach in Ruhe und gehen zu ihr?»

Seine Stimme, die eben noch so wütend geklungen hatte, war nun plötzlich ruhig, so daß auch Missies Groll wegschmolz, und sie sich ganz leer fühlte und sich sogar ein wenig über ihren Ausbruch schämte.

«Ist es wirklich so wichtig für dich, kleines Grünauge? Du willst, daß dieser Dave Madden befreit wird?»

Ganz plötzlich wechselte ihre Stimmung, und sie hatte Angst um ihn; so sehr, daß sie sich an seinen Arm klammerte.

«Nicht für *mich* – verstehen Sie das denn nicht? Für Dave und Renate, und weil – weil ich möchte, daß Sie sich wieder erinnern können, richtig erinnern! Begreifen Sie das nicht?»

Trotz allem blieb er, auch nachdem er Missie beruhigt hatte, noch in einer nachdenklichen, fast mürrischen Stimmung. Das zweite Mal, als er diese Sträflinge sah, ritt Toni neben ihm; die Sträflinge mußten nun auf ihrem Land arbeiten.

Sie hielt an und sprach mit einem der Wärter; an jenem Morgen standen auch zwei blau-uniformierte Armeesoldaten dabei. Der Hitze wegen trugen sie ihre Waffenröcke offen. Sie ruhten bequem im Schatten und verschütteten das Wasser aus ihren Feldflaschen wie Schweine, während die fünf armen Gefangenen sich keuchend in der Sonne abquälten. Toni hielt an – natürlich hielt sie an, er kannte sie inzwischen gut genug, um das im voraus zu wissen. Und ohne hinzusehen wußte er auch, daß in ihren Augen jenes bestimmte Glühen und Glänzen stand, wie immer, wenn sie erregt war.

«Ihr repariert also endlich diese alte Straße. Ich darf nicht vergessen, dem netten Oberst Belmont zu sagen, wie dankbar ich ihm dafür bin! Jetzt kann ich endlich Gäste einladen, ohne mich immer für den schlechten Zustand dieser Brücke entschuldigen zu müssen. Haben sie Ihnen Schwierigkeiten gemacht? Mußten Sie diese große, dicke Peitsche oft gebrauchen?»

Manolo ertappte sich dabei, wie er unwillkürlich zu den Sträflingen in ihren gestreiften Hosen hinüberstarrte. Mit ihren nackten Oberkörpern und den unter der sonnenverbrannten Haut vorstehenden Rippen sahen sie eher wie Vogelscheuchen aus, als wie Menschen. Welchen von ihnen müßte er wiedererkennen? Einen Augenblick lang blickten helle Augen in seine, bevor sich ein strähniger, blonder Haarschopf wieder senkte. Dave Madden? Missies Freund, der auch sein Freund sein sollte?

Um später seine eigene Dummheit zu entschuldigen, redete er sich ein, der hämische Ton in Toni Lassiters hoher, atemloser Stimme, als sie mit dem Wärter sprach, sei schuld daran gewesen, daß er tat was er tat. Ob es Tiere oder Menschen waren, die gequält wurden, Toni genoß das Schauspiel. Und dann war da auch noch Missie mit ihrer vorwurfsvollen Art, ihn anzublicken.

Aber es war nicht nur das, wie er sich später selbst mit einem etwas gequälten Lächeln eingestehen mußte. Er hatte auch die Risiken genossen, die er eingegangen war. Sogar als er den dicken Wärter umgebracht hatte. Er hatte sich von hinten an den Mann herangeschlichen, der mit gekreuzten Beinen in der Nähe des Feuers saß, und hatte ihm geübt die Kehle aufgeschlitzt. Und als das getan war, und er den Mann lautlos nach vorne fallen sah, hatte er das äußerst seltsame Gefühl, daß er so etwas schon früher einmal getan haben mußte.

Jedenfalls hatte dieser Wärter den Tod verdient – zuvor, in Tonis Gegenwart, hatte er vorsätzlich einen der armen Gefangenen mit seinem Gewehrkolben bewußtlos geschlagen, nur weil dieser etwas zu lange hergestarrt hatte.

Nein – er bereute es nicht. Auch nicht, daß die Ermordung der beiden Soldaten auf das Konto der «anarchistischen Sumpfrebellen» gehen und zur Folge haben würde, daß noch mehr Soldaten hier herumschwärmen würden wie wildgewordene Bienen. Aber nichts würde beweisen, daß nicht einer der Gefangenen selbst die Sache eingefädelt hatte. Und während die Soldaten genug zu tun hatten, um die Sümpfe abzusuchen, hatten sie wenigstens keine Zeit, zu bemerken, daß rund um das Gut des alten Desmoulins eine Herde zusammengetrieben wurde. Ein abwesender Besitzer, der zudem ein Millionär war, brauchte das Geld nicht, das dieses Vieh auf dem Markt einbringen würde.

Was Manolo allerdings verwirrte, war die Tatsache, daß Dave

Madden anscheinend etwas zu ihm sagen wollte, gleich nachdem alles vorüber war – aber sie hatten keine Zeit, stehen zu bleiben und zu plaudern, oder gar Dankesworte auszutauschen.
Manolo und die beiden Indianer, die ihre Mannhaftigkeit bei einem Überfall beweisen wollten und sich freiwillig gemeldet hatten, hatten die fünf Geretteten in ein kleines Boot geschubst, das sie den Fluß hinunter und in Sicherheit bringen würde, falls sie sich nicht vorher verirrten.
Dave Madden, der verwirrt aussah, hatte automatisch das Kommando übernommen, als Manolo sie anherrschte, sie sollten machen, daß sie wegkämen.
«Ich kenne diese Sümpfe recht gut. Wir werden durchkommen. Aber um Himmels willen, Mann, wie hast du . . .»
«Zum Sprechen habt ihr jetzt keine Zeit, wenn ihr bleiben wollt, was ihr jetzt seid – lebendig und frei. Geh jetzt!» Manolo sagte dies mit tiefer Stimme, aber da war auch etwas Hartes, etwas unmißverständlich Drohendes, besonders als er hinzufügte: «Und denkt daran, wenn sie euch kriegen – ihr habt alles allein gemacht – alle. Wer was sagt, dem schneide ich die Kehle durch, verstanden?»
Er stieß das Boot selbst vom Ufer weg, und zwar mit solcher Kraft, daß das kleine Ruderboot beinahe kenterte.
«O Gott», murmelte einer der Männer keuchend. «Eine Weile habe ich gedacht, er wolle auch uns töten und dabei noch lachen! Ich kann jetzt ruhig zugeben, daß ich vor ihm mehr Angst hatte, als vor den Wärtern . . .»
Dave Madden brauchte seine ganze Kraft, um zu rudern; und er versuchte dabei, sich zu orientieren wo sie waren. Er hatte nur noch stirnrunzelnd einen kurzen, verständnislosen Blick ans Ufer werfen können, bevor ihm die herabhängenden Äste die Sicht nahmen.
Aber Manolo war schon unterwegs zu Toni und dem großen Bett, in dem sie auf ihn warten würde – bestimmt war sie bereits wütend und wetzte ihre Krallen, um ihm die Augen auszukratzen. Aber er kannte Mittel und Wege, um Toni zu zähmen . . .
Auch nach zwei Tagen noch war es um ihre Laune so gut bestellt, daß sie etwas boshaft über den Zorn ihres Schwagers lachen konnte.
«Aber Nicky, mein Liebling, weshalb, um alles in der Welt, bist du denn so erzürnt? Ich sage dir doch immerzu, daß der Comanche damals die ganze Nacht bei mir verbracht hat – und überhaupt, weshalb sollte er denn für diese angeketteten Tiere sein Leben aufs Spiel setzen? Ich möchte wetten, daß dieser Madden etwas mit der Sache zu tun hat – der, dessen kleine, deutsche Frau du dir eine Weile angeeignet hattest. Hast du Angst, er komme her und schneide dir die Kehle auf, Nicky?»

Nicholas Benoits Stimme, die eben noch voller Wut gewesen war, wurde plötzlich sanft und grausam.
«Mach bloß nicht den Fehler, mich zu unterschätzen, Toni, Schätzchen. Und vergiß nicht, daß wir vor langer Zeit abgemacht haben, ehrlich zueinander zu sein. Meinst du, du könntest mich anlügen? Meinst du, ich kenne dich nicht, und wisse nicht, wie dein verschlagener, verbrecherischer kleiner Verstand arbeitet? Du wirst dieses Halbblut-Gigolos ebenso schnell überdrüssig sein, wie es dir gelungen ist, den unglücklichen Dozier zu vergessen. Und ich rate dir, meine liebe Schwägerin, dich an den Gedanken zu gewöhnen, daß er – sagen wir, die Art Mann ist, dem ein gewaltsames Ende vorbestimmt ist.» Bevor Toni, die wütend ihre Lippen aufgeworfen hatte, mit scharfer Zunge antworten konnte, fuhr Benoit grob weiter: «Hör zu, Toni! Er ist ein amoklaufender Totschläger, siehst du das denn nicht? Ich glaube, Gewalt macht ihn trunken, und er könnte jeden Augenblick verrückt werden und alles zerstören, wofür wir all diese Jahre gearbeitet haben! Der Streich, den er in jener Nacht spielte, als er diese verdammten Sträflinge befreite, und auf den hin das halbe Regiment von Oberst Belmont losgeschickt wurde das jetzt überall herumschnüffelt – als was bezeichnest denn du das? Weshalb hat er es getan?»
«Er hat es nicht getan! Ich versuche dir das die ganze Zeit beizubringen, Liebling, aber du hörst mir ja nicht zu. Und auf jeden Fall . . .», Toni zupfte mürrisch an einem losen Faden an der Sofalehne, «wer immer es getan hat, war doch recht schlau, findest du nicht? Er schuf eine Ablenkung – und wer mehr als tausend Stück Vieh auf der Desmoulins-Ranch zusammenstahl, wird recht reich werden, nicht?»
Richter Benoits Stimme wurde verdächtig sanft.
«So ist das? Dann mußt du mir aber geschwind noch mehr über dieses Genie erzählen, damit ich herausfinden kann, wer den Gewinn einer so wunderbar geplanten Operation einstreicht! Aber eigentlich bin ich zu dir gekommen, um dir eine interessante Nachricht zu überbringen – eine Warnung, eingedenk alter Zeiten!» Sein sanfter Ton war jetzt fast ein Knurren geworden, und Tonis bernsteinfarbene Augen verengten sich.
«Nicky, jetzt bist du gemein und gehässig! Du weißt, daß ich es nicht liebe . . .»
«Zur Hölle mit dem, was du liebst oder nicht liebst, wenn du mir diese Offenheit erlaubst! Es war eine verdammte Dummheit, ausgerechnet jetzt eine so große Herde zu stehlen! Hast du vergessen, wer der jetzige Besitzer der Desmoulins-Ranch ist? Ein Millionär aus dem Osten namens Steve Morgan – ein raffinierter Bursche, nach dem, was ich gehört habe, und ein harter, zäher Gegner. Zu-

fällig ist er auch noch der Schwiegersohn eines Senators der Vereinigten Staaten. Weißt du, was das bedeutet? Bundesbeamte und Regierungsleute, die hier überall herumschnüffeln! Und um die Sache noch schlimmer zu machen, kam gerade heute morgen ein Telegramm von der Tochter des Senators, Mrs. Morgan. Anscheinend ist sie selbst auf dem Weg hierher, auf einer Ferienreise. Kannst du dir das vorstellen? Ihr Mann reist irgendwo im Ausland herum, und sie hat sich entschlossen, seinen jüngsten Landerwerb zu besichtigen. Kannst du dir vorstellen, in was für ein Hornissennest diese Frau stechen kann, besonders, wenn sie merkt, daß der größte Teil ihres Viehs gestohlen worden ist?»
«Wenn du dich nur nicht so aufregen und sorgen würdest, Nicky. Du benimmst dich plötzlich wie eine alte Jungfer, weißt du?» Toni war aufgesprungen, und ihre Stimme klang gewollt ungezwungen. «Ach, um Himmels willen!» sagte sie schnell, als sie den Ausdruck auf dem Gesicht ihres Schwagers sah, «hör doch auf, dich wie ein aufgeschrecktes Huhn zu benehmen, nur weil sich irgendeine dumme, alte Kuh von einer Senatorentochter in den Kopf gesetzt hat, es könnte vielleicht ganz nett sein, einmal die Wildnis von Texas kennenzulernen!» Sie kicherte plötzlich. «Na, ich glaube, es wird ihr hier gar nicht gefallen! Ich glaube, sie wird sofort kehrt machen und in den Osten zurückkehren, wo es sicher und zivilisiert zugeht. Vielleicht beschließt sie auch, das Desmoulins-Land zu verkaufen. *Mir* zu verkaufen. Und du, Nicky, mein Süßer, du mußt deinen Charme spielen lassen. Du kannst so charmant sein, wenn du willst. Warum hörst du nicht auf, dir Sorgen zu machen, und überläßt alles mir? Ist es mir nicht schon oft gelungen, uns aus heiklen Lagen herauszumanövrieren?»
Tonis Gleichgültigkeit, mit der sie seine Warnung aufgenommen hatte und die versteckte Drohung in ihren letzten Worten waren nicht gerade geeignet, Richter Benoits Stimmung zu heben, als er in die Stadt zurückritt. Die kleine Toni war viel zu habgierig, und außerdem wiegte sie sich zu sehr in Sicherheit – das gefiel ihm nicht. Und schon gar keine Sympathie oder Vertrauen konnte er dem Mann entgegenbringen, den er verächtlich ihren «blauäugigen Indianer» nannte. Wer war der Mann? Woher kam er, und was wollte er eigentlich? Seltsamerweise hatten seine sorgfältigen Erkundigungen überhaupt nichts an den Tag gebracht. Es gab niemanden, der keine Vergangenheit hatte – schon gar nicht jemand, der so schnell mit einem Gewehr umgehen konnte und so wenig Skrupel hatte wie dieser Comanche. So jemand mußte irgendwo Spuren hinterlassen haben. Die Frage war nur – wo?
Ich muß wahrscheinlich mit der Pinkerton-Agentur in Kontakt treten, dachte Richter Benoit verdrossen. Ich hätte das eigentlich

schon früher tun sollen. Er runzelte nachdenklich die Stirne und dachte an die Narben von Gefängnisketten, die Toni einmal beiläufig erwähnt hatte. Der Mann war in keinem Strafregister dieses Landes verzeichnet – soweit er hatte feststellen können. Er sprach aber fließend Spanisch, und es hatte Gerüchte gegeben, er sei ein Comanchero gewesen. Also Mexico? Ja, jetzt würde er seine Erkundigungen auf Mexico ausdehnen; von dort aus versuchen, weiterzukommen . . .

Und dann, als sein Diener ihm den Brief überreichte, der mit der letzten Postkutsche angekommen war, vergaß Nicholas Benoit alles, was ihn bedrückt hatte. Er starrte auf den kleinen, rechteckigen Velinumschlag, der immer noch leicht nach einem exquisiten, teuren Parfum roch.

Francesca! Die unvergleichliche di Paoli, die seit so langer Zeit Gegenstand seiner Verehrung war. Sie hatte ihm endlich geschrieben – der Brief kam aus dem entfernten San Francisco, wohin er die teuersten Blumen der Jahreszeit bestellt hatte, die man ihr nach jeder Vorstellung übergeben mußte.

Der Umschlag enthielt ein dickes Blatt Briefpapier, das mit einem alten Siegel der di Paoli geprägt war.

«Ich werde in ungefähr zwei Monaten in Ihrer Stadt Dallas singen, und ich hoffe, daß Sie mich dann zum Abendessen werden begleiten können . . .»

Endlich! Endlich! Nach so langer Zeit!

Seufzend ließ sich Benoit in seinen samtüberzogenen Lieblingssessel fallen; den Brief, der sein ganzes Leben verwandelt hatte, hielt er noch immer in der Hand.

Richter Benoit machte schon Pläne für seine Reise nach Dallas. Plötzlich war Toni mit ihren Ränken – und sogar deren indianischer Liebhaber samt seinen Untaten, die zu dulden er sie anscheinend überredet hatte – nicht mehr so wichtig wie noch vor zwei Stunden. In zwei Monaten, schrieb sie. Er begann, sich zu überlegen, was er ihr antworten würde und ging im Geist jedes Wort durch. Und Toni mußte er mit Drohungen oder Versprechungen so weit bringen, daß sie ihm einen Teil des Geldes gab, das der Verkauf des gestohlenen Viehs ihr eingebracht haben mußte. Die di Paoli mußte mit köstlichen Weinen und exquisiten Gerichten verwöhnt werden, damit sie ihm ihre Gunst schenkte. Sie war an europäische Könige und Millionäre aus dem Osten gewöhnt. Nun, sie würde auf ihn aufmerksam werden – nicht nur wegen seiner langandauernden Verehrung, sondern auch wegen seiner Großzügigkeit. Und zufällig hatte er aus den Zeitungen erfahren, daß sie zurzeit ohne Liebhaber war.

Da er allein war und die Türe des Arbeitszimmers sorgfältig hinter

sich verschlossen hatte, erlaubte sich Benoit, lauthals herauszulachen. Es war ein Zufall, auf den Toni aufmerksam zu machen er sich nicht die Mühe genommen hatte, daß der letzte Liebhaber der di Paoli niemand anderes gewesen war, als der Millionär, der die Desmoulins-Plantage jetzt besaß. Welche Ironie! Aber natürlich hätte Toni das auf keinen Fall geschätzt.
Diesem Steve Morgan hatte die Prinzessin bestimmt den Laufpaß gegeben – sie mußte seiner ja überdrüssig geworden sein, trotz seiner vielgerühmten und offen gezeigten Großzügigkeit, was Geschenke und teure Schmuckstücke betraf. Deshalb war er wohl mit einem gebrochenen Herzen nach Europa gereist, während seine Frau die Abgeschiedenheit suchte! Vielleicht würden er und Francesca später, wenn sie sich besser kannten und verstünden, darüber lachen. Irgendwie hatte er das Gefühl, daß mit oder ohne die Machenschaften dieser lieben, kleinen, skrupellosen Toni es Mrs. Morgan ohnehin nicht lange in ihrem neuesten Zuhause aushalten würde.

Sechster Teil

Der lange Weg zurück

Siebenundvierzigstes Kapitel

Es war Don Franciscos Drängen zuzuschreiben, daß Ginny derart wohlbehütet ihre Reise antrat. Sie hatte tatsächlich fast vergessen, wie streng der alte Herr sein konnte.

«Also! Wenn Sie schon unbedingt in diese barbarische Gegend von Texas reisen müssen, um irgendeine heruntergewirtschaftete Plantage anzuschauen, die nicht einmal Esteban wichtig genug erschien, um sich daran zu erinnern, dann sollen Sie zumindest so reisen, wie es einer verheirateten Frau Ihres Ranges gebührt.»

Über seiner markanten Nase hatten sie seine blauen Augen zornig angefunkelt, damit sie es ja nicht wage, seiner schlußendlich widerwillig gegebenen Erlaubnis zu widersprechen.

«Renaldo wird Sie begleiten», sagte er streng und erstickte damit ihre noch nicht in Worte gefaßten Proteste im Keim. «Und Señora Armijo, die bis jetzt als Anstandsdame nicht eben viel geleistet hat. Ja, ich glaube, der Armen ist sehr daran gelegen, ihre Fähigkeiten unter Beweis zu stellen, seit jenem unvorhergesehenen Ereignis, wie es Ihre damalige Eheschließung mit Esteban war, jene überstürzte Handlung, die Anlaß für so viel Unglück und Unheil war für viele – Sie werden einem alten Mann diese Offenheit verzeihen!»

«Ich verzeihe Ihnen, Don Francisco, aber ich bin sehr wohl imstande, allein zu reisen; und Mr. Bishop hat mir freundlicherweise eine Eskorte versprochen.»

«Ach ja – der geheimnisvolle Mr. Bishop, der einmal als gewöhnlicher Viehkäufer auftritt, und dann wieder als Lebemann, der viel zu viel diesseits der Grenze herumreist! Da muß ich mich fragen, was der Präsident von seinem ständigen Kommen und Gehen hält – oder meinen Sie, die rege Reisetätigkeit dieses Herrn würde ihm entgehen? Nein, meine liebe Virginia, ich muß darauf bestehen, wie dies übrigens auch Ihr eigener Vater tun würde, daß, wenn Sie schon umherreisen, dies auf sichere und ehrbare Weise geschieht!»

Ein wenig milder fuhr er fort: «Rosa und die Französin, die Sie mitgebracht haben, werden selbstverständlich hierbleiben und nach den Kindern sehen. Sie haben hoffentlich nicht daran gedacht, auch diese mitzunehmen?»

Nach all dem fragte sich Ginny verwirrt, wieviel wohl Don Francisco von ihrem Gespräch mit Mr. Bishop und von dessen schrecklichen Enthüllungen mitbekommen hatte.

Obwohl Don Francisco leicht hinkte und einer seiner Mundwinkel

etwas herunterhing seit seinem Schlaganfall, war er doch unzweifelhaft noch immer El Patron, das Familienoberhaupt. Ginny wußte genau, daß er sie notfalls mit Gewalt daran gehindert hätte, die Hacienda zu verlassen, wenn sie sich seinen Anordnungen nicht gefügt hätte. Sie fragte sich zwar, was Mr. Bishop dazu sagen würde, wenn sie ihn in San Antonio treffen würde, aber sie mußte sich fügen – wenn auch nur mit gespielter Unterwürfigkeit, die – so vermutete sie – Don Francisco nicht im geringsten beeindruckte.
Und schließlich war Renaldos Gesellschaft ganz tröstlich. Sie ertrug auch Tia Alfonsas unaufhörliches Gezwitscher, denn es half ihr, nicht an das zu denken, was ihr höchstwahrscheinlich in Baroque bevorstand. Der gute Renaldo – ruhig und allwissend, und – ihr Freund. Der einzige wirkliche Freund, den sie in Mexico hatte, noch aus der Zeit, die erst ein paar Jahre zurücklag, und doch schon wie eine Ewigkeit erschien. Er war Steves Vetter zweiten Grades, und auch *sein* Freund. Es war eine Erleichterung, sich während ihrer Reise Renaldo anvertrauen zu können, und über ihr seltsames und erstaunliches Gespräch mit Jim Bishop nachzudenken, das sie an jenem Nachmittag führten, als er auftauchte, um ihre ganze heile Welt wieder in Unordnung zu bringen – und über seinen kühnen und noch weit befremdlicheren Vorschlag.
«Aber warum haben Sie diese lange Reise unternommen, nur um mir das zu erzählen?» hatte sie ihn schließlich angeschrien. «Warum unternehmen Sie denn nichts? Dieser Oberst Belmont, dem die Soldaten dort unterstehen, warum gibt man ihm nicht die Erlaubnis, zu *handeln* – und dieses Pulverfaß zu entschärfen, von dem Sie sprechen?»
Darauf hatte Bishop seine schmalen Lippen zu einem Grinsen verzogen, das nicht einmal den Namen Lächeln verdiente.
«Ich dachte, das hätte ich schon klargestellt. Handeln, meinen Sie, Madam? Aber auf welcher Grundlage, auf welche Tatsachen sich abstützen? Wenn Belmont irgend jemanden festnehmen sollte, dann doch am ehesten Ihren unverantwortlichen Gatten. Und da es jetzt als erwiesen gilt, daß er keinerlei Erinnerung an seine Vergangenheit oder seine Identität hat, befinden wir uns wieder genau dort, wo wir angefangen haben, oder etwa nicht?» Er hatte Ginnys rotes Gesicht und ihre fiebrig glänzenden Augen mit einem prüfenden Blick gemustert, dem nichts entgehen konnte. «Ich achte Sie, Mrs. Morgan. Ihrer Intelligenz, Ihres Verstandes und natürlich Ihrer Bestimmtheit wegen. Und in diesem besonderen Fall, wo wir es mit einem gemeinen Schuft zu tun haben, der dazu noch eine Frau ist . . . Sie wissen, was ich meine?»
Es war fast widersinnig, dachte Ginny, als sie ihre Reise endgültig antrat, daß sie nun in gewisser Weise für Mr. Bishop arbeiten

sollte. Natürlich war der Mann teuflisch schlau; er hatte sich sogar die Mühe genommen, sie zu warnen, daß sie möglicherweise einige kleine Risiken eingehen würde, aber erst nachdem er sie mit Anspielungen und kaum verhüllten Drohungen soweit hatte, wie er wollte.

«Er sagte, dieser Richter Benoit sei ein listiger und kluger Mann – er dürfe nicht unterschätzt werden», sagte Ginny zu Renaldo. «Aber Toni Lassiter hat alle Fäden in der Hand. Von der Moral her gesehen, ist sie eine streunende Straßenkatze, von der Skrupellosigkeit her jedoch ein Raubtier. Sie wissen, wie sie ist, und Mr. Bishop meint, es gäbe nicht wenige, die sie haßten und Angst hätten sie alle vor ihr. Aber wenn es um fremde Eindringlinge geht, ist sie plötzlich eine von *ihnen*. Eine Lassiter, wenn auch nur eine angeheiratete, und eine Dame aus dem Süden. Natürlich bezog sich seine Warnung vor dem, was mir dort bevorstehen wird, teilweise auch auf die Tatsache, daß Steve offensichtlich ihr Liebhaber ist.»

Ginny versuchte, ihre Stimme Renaldo gegenüber hart und gleichgültig klingen zu lassen, aber das kurze Zögern, als sie sprach, hatte sie verraten. Und Renaldo, der Steve kannte wie seinen eigenen Bruder, wußte darauf nichts zu erwidern; er zuckte bloß mit den Schultern. War denn kein Ende dieser Schwierigkeiten abzusehen, die diese beiden trennten? Er mußte unwillkürlich an die grimmigen Abschiedsworte seines Onkels denken, als sie die Hacienda verließen.

«Ihr werdet zusehen, daß Steve wieder zu Verstand kommt, und wenn ihr dafür auf ihn schießen müßt! Ich bin weiß Gott ein alter Mann, und jetzt, da er selbst Vater ist, wird es höchste Zeit, daß mein Enkel lernt, was Verantwortung ist und seßhaft wird! Und wenn er dazu nicht fähig ist, muß Virginia die Möglichkeit bekommen, für sich und ihre Kinder ein neues und sicheres Leben aufzubauen.»

Aber war Ginny selbst für ein solches Leben bereit? Traurig dachte Renaldo Ortega darüber nach, daß sie jetzt ganz anders war, als das eingeschüchterte, aber trotzdem lebhafte Mädchen, das Steve damals in seine Estancia gebracht hatte. – Er hatte sie auf den Armen getragen, und sie hatte nichts um sich gehabt als eine Decke, in die sie eingewickelt war. Eine weitere Weibergeschichte seines Vetters, hatte er damals wütend gedacht, bis er herausfand, wer sie war und wie es kam, daß sie Steves eigentliche Gefangene und Geliebte geworden war. Das alles gehörte der Vergangenheit an, und Steve und Ginny waren verheiratet – sogar zweimal, wenn man es genau nehmen wollte. Was hatte die beiden wieder auseinandergetrieben?

Der letzte Teil ihrer Reise, nachdem sie San Antonio verlassen hatten, fand unter allgemeinem Schweigen statt, denn sowohl Re-

naldo, als auch Ginny hatten sich in ihren Gedanken verloren. Die sonst so schwatzhafte Señora Armijo hatte ihre Augen geschlossen, um die lästigen Kopfschmerzen loszuwerden, die sie der erbarmungslos stechenden Sonne zuschrieb.
Renaldo fragte sich voller Unbehagen, welche Schwierigkeiten sie wohl in Baroque antreffen würden, wo jeder seine Rolle übernehmen müßte. Und Ginnys Gedanken weilten bei dem Treffen, das Mr. Bishop zwischen ihr und Renate in einem trostlosen Hotelzimmer arrangiert hatte.
San Antonio hatte in ihr viele Erinnerungen wachgerufen. Dort war sie zum ersten Mal Steve begegnet – hatte er sie zum erstenmal in seine Arme gerissen und rücksichtslos und wild geküßt, und sie war damals, ohne es zu wissen, sein Besitz geworden. Und dann war da Renate, mit ihrem Gesicht voller Grübchen und ihren ruhigen Augen. Und Ginny erinnerte sich an die bittere Zeit in ihrem Leben, als sie Tom Beals Hure war.
Renate Maddens Gesichtsausdruck war stumpf und eingeschüchtert, wie damals derjenige von Ginny. Sie war einmal eine hübsche Frau gewesen, mit sauberem, immer glänzendem, blondem Haar und blauen Augen, die Ruhe ausstrahlten. Damals hatte sie auch oft gelächelt. Und jetzt machte es den Anschein, als kümmere sie sich nicht um ihr Äußeres – sie sah wie ein bleiches Gespenst aus und schrak jedesmal zusammen, wenn sie jemand ansprach.
«Sie weigert sich, ihren Mann zu treffen, oder ihm auch nur zu schreiben», hatte Bishop Ginny gesagt, und seine kalten, grauen Augen hatten einen Augenblick lang einen verwirrten Ausdruck angenommen. «Sie hat sogar gedroht, sie würde sich eher umbringen, als ihm die Schande anzutun, ihm unter die Augen zu treten. Das waren ihre Worte. Offen gesagt Mrs. Morgan, ich weiß nicht mehr, was ich mit ihr tun soll. Vielleicht hätte ich sie in Capitan Altamontes Familie lassen sollen, aber ich hatte das Gefühl, sie könnte einige für Sie nützliche Informationen haben – sie könnte Sie mit den Verhältnissen der Leute, die Sie treffen werden, vertraut machen.»
«Sie haben wirklich keine Spur von Mitleid oder Gewissen, nicht wahr, Mr. Bishop?» hatte Ginny wütend gezischt. «Diese arme Frau – nach allem, was sie durchgemacht hat, haben Sie nur daran gedacht, daß sie sich vielleicht als *nützlich* erweisen könnte, mehr nicht!»
Erst nachdem Ginny Renate ganz frei von den Erfahrungen erzählte, die sie selbst hatte machen müssen, begann die Frau zu sprechen.
Nicholas Benoit – zu ihm hatten Toni Lassiters Männer sie in jener Nacht gebracht, als Dave ins Gefängnis geworfen wurde.

Sie war vollkommen verängstigt, sie hatte den ganzen Weg Gegenwehr geleistet, bis sie einer der Männer geschlagen hatte, und voller Wut hatte sie Richter Benoits Angebot, sie zu beschützen, abgelehnt.
«Aber glauben Sie mir doch, Mädchen, Sie sind hier sicherer. Sie wissen nicht, wozu meine Schwägerin fähig ist! Ich will Ihnen doch nur helfen – ich habe Sie schon immer bewundert, sicher. Eine hübsche Frau wie Sie erblüht erst in einer angemessenen Umgebung . . .»
Trotz ihrer Tränen und Proteste behielt er sie in seinem Haus – er überschüttete sie mit Kostbarkeiten, die sie nie gekannt hatte; er rührte sie zunächst auch nicht an, sondern packte sie in Watte. Sie mußte sich in seidene Gewänder hüllen, Seidenstrümpfe tragen und Kleider aus Satin, wohl oder übel, denn es war ihr nichts eigenes geblieben; und sie durfte wohlriechende Bäder nehmen.
Und jeden Abend fand ein oppulentes Diner statt, zu dem Richter Nicholas in tadelloser Abendkleidung erschien, wie es sich für einen Gentleman gehörte.
Dies ging eine ganze Woche so, ohne daß er auch nur einmal aufdringlich geworden war – er küßte nur ihre Hand, wenn es Zeit war, daß sie sich zurückzog – eine nette europäische Geste. Er benahm sich, so erzählte Renate Ginny mit bebender Stimme, als sei sein Interesse ihr gegenüber rein väterlicher Natur. Einmal sagte er sogar, er habe sich schon immer eine so hübsche, blonde Tochter wie sie gewünscht.
Und dann kam der Abend, an dem er etwas in ihren Wein gemischt haben mußte, denn in ihrem Kopf begann sich plötzlich alles zu drehen; sie erinnerte sich später an nichts mehr, bis sie am Morgen an seiner Seite aufwachte. Von da weg war er nicht mehr nett und charmant, sondern brutal.
Er mißbrauchte sie in einer Weise, die sie nicht für möglich gehalten hätte. Er machte einen Knaben aus ihr – und sie diente auch seinen Freunden als Gespielin, so zum Beispiel dem fetten Oberst Vance. Und als er schließlich ihrer überdrüssig wurde, schickte er sie mit einem dunkelhäutigen Mann, der spät nachts ins Haus gekommen war, weg; und dieser Mann entpuppte sich als Kuppler, der sie noch grausamer schlug und quälte als Richter Benoit. Der Mann schleifte sie von Grenzstadt zu Grenzstadt und verkaufte sie schließlich an eine Bordellmutter in Matamoros, die sich auf blonde Gringas spezialisiert hatte. Und dorthin, so hatte Ginny von Bishop erfahren, hatte Steve Altamonte mit einem großen Geldbetrag geschickt, um Renate freizukaufen.
«*Steve* tat das?»
«Natürlich gegen meine Anweisungen», sagte Bishop düster. Er er-

wähnte nicht, daß Dave Maddens vorzeitige Befreiung ursprünglich ebenfalls gegen seine Anweisungen verstieß.
Und doch mußte er – wenn auch nur vor sich selbst – zugeben, daß die Dinge sich trotz allem hätten zum Besten wenden können – wäre da nicht Steves hinderlicher Gedächtnisverlust gewesen.
Renate Madden, die mit ihm kaum ein Wort gesprochen hatte, schien hingegen zu Ginny Vertrauen gefaßt zu haben, denn sie erzählte ihr alles über die Leute und die Schauplätze, soweit sie sich erinnern konnte. Und natürlich galt Ginnys hauptsächliches Interesse Toni Lassiter, die sie bereits jetzt haßte.

Vielleicht wäre Ginny überrascht gewesen, zu erfahren, daß Mrs. Antoinette Lassiter ihrerseits auch an Steve Morgans Frau Interesse hatte, allerdings auf eine ungeduldige und fast verächtliche Weise.
«Sie muß sicherlich ein eingebildetes, langweiliges Geschöpf mit einem Pferdegesicht sein, wenn es ihr eigener Gatte um sie herum nicht aushalten kann», sagte sie schnippisch zu Manolo, der daraufhin nur kurz eine Braue hob und mit dem Essen weiterfuhr.
Messalina war an diesem Abend schlecht gelaunt, und er wußte auch weshalb. Allerdings ließ es ihn kalt. Am frühen Nachmittag hatte sich Richter Benoit gemeldet und mit boshaftem Triumph in seiner Stimme angekündigt, daß Mrs. Morgan mit ihrem Gefolge endlich angekommen sei und von Oberst Belmont und dessen Frau zu ihrem Heim begleitet würde.
«Na und? Was geht das *mich* an? Sie wird ohnehin nicht lange bleiben!» Da sie aber ihre Neugier trotz allem nicht zu zügeln vermochte, hatte Toni beiläufig gefragt, wie die Frau aussehe. Ihre Augen hatten einen verschlagenen Ausdruck angenommen, als Nicky zugeben mußte, daß er auch nicht mehr wüßte, als daß sie rote Haare hätte. Sie hatte ein Häubchen getragen und einen Schleier, der ihre Augen vor dem lästigen Staub schützen sollte. Und außerdem hatte er nur einen schnellen Blick auf die Kutsche werfen können, als sie vorüber rollte.
«Aber ich bin morgen abend bei den Belmonts zum Abendessen eingeladen; und sie wird anwesend sein mit dem spanischen Herrn, der sie hierher begleitet hat. Eine entfernter Vetter, glaube ich. Du solltest wirklich besser mit der Frau des Obersten stehen, Toni, meine Liebe! Und es ist ungemein schade, daß dein Schoßhündchen von einem Indianer so ein zügelloser, ungehobelter Klotz ist. Unser neuer Militär-Befehlshabender – und er ist bei Gott kein so verrückter Schürzenjäger wie sein Vorgänger Vance – hat mir gegenüber durchblicken lassen, daß er den Verdacht hat, dein neuer Favorit stecke hinter diesem Gefängnisausbruch, ganz abgesehen von den immer mehr überhandnehmenden Viehdiebstählen in letz-

ter Zeit! Sagte ich dir nicht, du solltest auf ihn aufpassen? Wenn du nicht aufpaßt, geht es nicht mehr lange, und er reißt die Zügel an sich; obwohl ich mir schwerlich vorstellen kann, daß *du* dich zügeln läßt, meine liebe Toni . . .!»
Toni war also an diesem Abend verdrossen und übellaunig. Da sie jedoch eine Spur Angst hatte vor dem Comanchen und vor dessen Gewaltsausbrüchen, wenn sie zu weit ging, begnügte sie sich für den Augenblick damit, ihre schlechte Laune an ihrem Gesprächspartner auszulassen.
«Nun? Warum zum Teufel benimmst du dich manchmal wie ein Taubstummer? Du könntest dich zumindest zu einem Gespräch aufraffen, wenn dich eine Dame zum Essen einlädt! Was meinst du, sollen wir wegen dieser Hure aus dem Osten unternehmen? Ich sagte Nicky, wir würden sie verjagen, und das werden wir auch tun, nicht wahr?»
«*Wir*? Hat der Richter dir nicht gesagt, er wolle im Augenblick keine Unannehmlichkeiten, auf die die Bundestruppen aufmerksam werden könnten? Damit meinte er doch, daß *ich* mich da heraushalten soll.» Er grinste Toni spöttisch an, was sie noch mehr in Wut versetzte. «Was soll denn ich gegen sie unternehmen, Messalina? Ihr in einer dunklen Nacht die Kehle durchschneiden? Dafür sorgen, daß sie in den Sümpfen einen unglückseligen ‹Unfall› hat, falls sie der Typ ist, der gerne ausreitet? Vielleicht sollten wir sie ganz einfach entführen und als Geisel halten – auch wenn sie häßlich ist, würde ihr Vater oder ihr Mann sie wohl loskaufen wollen; und ist sie gar einigermaßen hübsch, dann haben wir ja immer noch die Möglichkeit, sie zu vergewaltigen. Das wäre doch etwas nach deinem perversen Geschmack!»
Er stieß seinen Teller weg und lehnte sich in seinem Stuhl zurück. Er verschränkte seine Arme – so mußte ihn jedermann für eine Kreuzung zwischen einem Indianer und einem Piraten halten, dachte Toni verdrossen; erst dann ging ihr auf, wie abgefeimt boshaft seine Worte gewesen waren.
«O Gott – Comanche, Liebling! Weshalb bist du wohl so verdammt klug? ja – ja natürlich! Wir geben ihr ein wenig Zeit, und wenn sie auf den Gedanken kommt, wieder zu gehen . . . Und Nicky darf es nicht wissen! Er darf von nichts eine Ahnung haben – *du* kannst mit einer Herde in den Norden ziehen. Oder so tun als ob. Dann hast du ein Alibi. Dann müssen wir das Geld auch nicht mit Nicky teilen – weißt du eigentlich, daß dieser durchtriebene, gemeine Kerl mich praktisch *gezwungen* hat, ihm zehntausend Dollar zu geben von dem Geld, das wir für die letzte Herde bekamen? Doch hatten *wir* die ganzen Unannehmlichkeiten mit den zu ändernden Brandmalen; von den vielen Risiken, die wir eingehen mußten, ganz zu

schweigen! Manchmal hasse ich Nicky richtig, aber jetzt brauche ich ihn. Hingegen später ...»
Er wußte, daß es keinen Sinn hatte, Toni zu bremsen, wenn sie sich für irgendeinen verrückten Plan begeisterte. Und er bedauerte seine beiläufig hingeworfenen Bemerkungen, die er ironisch gemeint hatte.
Er zuckte die Achseln und hörte ihr zu; er betrachtete ihr Haar, das im Lampenlicht silbern schimmerte, das habgierige Glühen in ihren mandelförmigen, bernsteinfarbenen Augen, ihre blaßrosa Lippen, die immer feucht aussahen. Wenn sie sich nach vorn über den Tisch lehnte, dann quollen ihre Brüste beinahe aus ihrem hochtaillierten Négligé aus Seide und Spitzen – vollkommene, alabasterweiße Kugeln, von winzigen blauen Äderchen durchzogen, die stärker hervortraten, wenn sie erregt war. Und das war sie fast immer ... Toni war eine jener Frauen, die immer gierig waren, nie ganz befriedigt. Sie hätte eine perfekte Hure abgegeben, und er hatte es ihr gesagt, was sie zu einem glucksenden, erregten Kichern veranlaßte.
«Aber Liebling, ich will doch meine Wahl selbst treffen! Ich wünschte, jemand würde Bordelle für Frauen einrichten, mit einer stattlichen Anzahl Hengsten, wo man seine Wahl treffen könnte. Oh, ich glaube, ich könnte sie alle an einem Abend durchlassen! Deshalb gehe ich doch so gerne zu Sadie – das kommt meinen Wünschen am nächsten. Du warst übrigens wirklich garstig zu mir, an jenem ersten Abend, oder? Tut es dir jetzt nicht leid, wo du weißt, was du verpaßt hast?»
«Wie du eben sagtest – auch ich zog es vor, meine Wahl selbst zu treffen», sagte er schleppend und war schon darauf vorbereitet, daß sie sich auf ihn stürzte; er griff nach ihren Handgelenken und drehte sie solange, bis sie vor Schmerzen stöhnte und wimmerte.
Auch das hatte er an Toni Lassiter entdeckt: Schmerzen zufügen, oder schon eine entsprechende Schilderung, vermochte sie sexuell zu erregen; aber Masochismus bis zu einem gewissen Grad hatte bei ihr die selbe Wirkung. Er wußte – und dafür brauchte er sein Erinnerungsvermögen nicht –, daß er noch nie einer Frau wie Toni Lassiter begegnet war – eine Frau, die ihn gegen seinen Willen erregte, weil sie so vollkommen ohne Moral war – und das, obwohl ihn eigentlich ihr verderbtes Wesen abstieß.
Während Toni mit ihm sprach und ihr Körper mit ihm flirtete, schweiften Manolos Gedanken unwillkürlich von Toni zu Missie Carter. Verdammt – er mußte sich bei ihr zusammennehmen. Denn wenn Toni ein extremer Frauentyp war, so war es Missie auf eine ganz andere Weise ebenfalls. Wild, scheu, hübsch, ohne sich dessen bewußt zu sein, und mit einer unschuldigen Reinheit, die selbst

noch ein Stück Natur war. Und doch – trotz ihres feurigen und aufbrausenden Temperamentes und der Zunge, die manchmal mit ihr durchging, war er gerne in ihrer Nähe – um mit ihr zu plaudern und ihre verschiedenen Gesichter zu studieren, die kamen und gingen und ihre Gefühle offenbarten.
Einmal hatte er sich bei dem Gedanken ertappt, sollte er einmal eine Tochter haben, so wünschte er, sie wäre wie Missie. Das Problem war, daß er nach und nach inne wurde, daß ihn Missie nicht als eine Art Vater oder älteren Ersatzbruder ansah. Auch wenn da nicht Matt gewesen wäre, der immer starrte, wenn er sie zusammen sah, und Toni nicht begonnen hätte, ihre spitzen, sarkastischen Bemerkungen zu machen, er hätte trotzdem bemerken müssen, daß Missie sich langsam in ihn verliebte. Sie hatte angefangen, sich mehr um ihr Äußeres zu kümmern, ihr Haar war nicht mehr so wirr und voller Knoten, sie kämmte und wusch es jeden Tag. Und dann errötete sie jedesmal, wenn er sie anschaute – manchmal wurde ihre Stimme atemlos, wenn sie einander zufällig berührten oder mit den Schultern zusammenstießen. Was zum Teufel sollte er unternehmen?
«Comanche! Hörst du mir zu? Was meinst du zu meinen Plänen?» fragte Toni.
Um die Wut, die er auf sich selbst hatte, zu überspielen, sagte er grob: «Der einzige Plan an dem ich im Moment interessiert bin, ist der, an den wir dachten, als du mich zum Essen eingeladen hast. Zieh also dein verdammtes Kleid aus!»

Achtundvierzigstes Kapitel

Zufällig war Richter Benoit der erste Bürger von Baroque, der der neuen Besitzerin des Desmoulins-Gutes vorgestellt wurde. «Die Lokalen», so nannten die Soldaten aus dem Norden die Bewohner des Bezirkes, aber der Richter, der eine Ausbildung im Osten genossen hatte, nahm unter ihnen eine Sonderstellung ein; und sogar die Abenteurer waren gezwungen, ihn und seine Gerichtsurteile zu achten.
Es war nichts Ungewöhnliches dabei, daß Nicholas Benoit zu einem Abendessen mit den Belmonts eingeladen war. Er hatte sie auch oft schon selbst, zusammen mit einigen anderen höheren Offizieren und deren Frauen, in seinem prächtig eingerichteten Haus bewirtet. Aber – wie er Toni boshaft vorgehalten hatte – dies war ein ganz besonderer Anlaß, und die Belmonts machten ihm dadurch, daß sie ausgerechnet ihn auserwählt hatten, ein offenes Kompliment. Be-

noit beschloß, sich – falls sich dazu Gelegenheit bieten sollte – für des Obersten Gastfreundlichkeit dadurch erkenntlich zu zeigen, daß er einige natürlich sehr diskrete Andeutungen machen würde; möglicherweise würde Oberst Belmont, ein zäher, hartgesottener Offizier aus West Point, ihm die Mühe und die Geldausgabe die eine Anfrage bei der Pinkerton-Agentur mit sich bringen würde, ersparen.

«Ach, da sind Sie ja, Richter! Nett, Sie zu sehen.» Oberst Belmonts Begrüßung war zuvorkommend und freundlich. «Sie kennen sicher alle hier? Außer Señor Ortega – ein Vetter von Mr. Morgan.»

Ein großer, hellhäutiger Mann, dessen braunes Haar in der Mitte gescheitelt war, stand stramm und verbeugte sich ernst, während er in einwandfreiem Englisch die Begrüßung erwiderte. «Es heißt, daß Señor Ortega der nächste mexikanische Botschafter in Washington sein könnte, ja?» Oberst Belmont legte die Förmlichkeit soweit ab, daß er Nick Benoit diskret zuzwinkerte, während Renaldo Ortega eine ablehnende Bewegung mit seinen langgliedrigen, gepflegten Händen machte.

«Sie schmeicheln mir, Oberst. Aber ich bin wirklich nur hier, um etwas von Ihrer Kultur und Ihren Sitten mitzubekommen; außerdem begleite ich Mrs. Morgan.»

«Sie sind sicher begierig darauf, unseren Ehrengast kennenzulernen, Richter. Ich habe bereits erwähnt, daß Sie von großer Hilfe sein können – wenn Sie Zeit haben, natürlich. Ihre Ratschläge waren immer wertvoll für mich, wie auch für meinen Vorgänger! Sie wird bald herunterkommen. Sie ging mit den Damen nach oben, um sich nach der Reise etwas frisch zu machen.»

Nachher konnte sich Richter Benoit nicht mehr erinnern, wie er sich Virginia Morgan vorgestellt hatte. Er erinnerte sich an seine vage abgegebene Beschreibung, daß es ihm geschienen habe, als hätte sie rotes Haar. Er ärgerte sich darüber, daß er nicht besser beobachtet hatte, denn er war ein Mann, der stolz darauf war, Einzelheiten zu bemerken, die anderen entgingen – abgesehen davon, daß er ein besonderer Frauenkenner war. Vielleicht hatte Toni ihn abgelenkt mit ihren höhnischen Bemerkungen, daß eine Frau, die von ihrem Gatten vernachlässigt wurde, häßlich und schlampig sein mußte.

Rotes Haar, wirklich! Wie hatte er sich so täuschen können? Ihr Haar hatte die Farbe von hell glänzendem, neugegossenem Kupfer und war modisch gekämmt. Es gab kleine Ohren frei, und in den Ohrläppchen glitzerten Smaragde. Das Haar fiel in dicken, glänzenden Locken auf Schultern und Rücken hinunter. Er stellte sich vor, daß es offen und ausgebürstet, dicht und schwer herabhängen mußte bis zur Taille.

Nicholas Benoit, der an schöne Frauen gewöhnt war, konnte nicht umhin, den Atem anzuhalten, als sie die Treppe herunterschritt, mit einer Hand das Geländer streifend. Ihr Gesicht war leicht abgewandt, und sie lachte eben über etwas, was Mrs. Belmont gesagt hatte.

Erst später, als sie einander vorgestellt wurden, bemerkte er ihre Augen. Sie waren leicht schrägstehend und paßten in Farbe und Glanz genau zu den Smaragden. Täuschte er sich wieder, oder hatte sie einen ganz leichten Akzent beim Sprechen?

Mein Gott – war sie schön! Und der leidenschaftliche, sinnliche Mund – er fragte sich, ob Ortega ihr Liebhaber sei. Als sich Nicholas Benoit über die Hand beugte, die sie ihm hinhielt, empfand er zum erstenmal etwas mehr als nur Neugierde über den Gatten dieser außergewöhnlichen Frau, dessen Namen mit dem der Prinzessin di Paoli in Verbindung gestanden hatte. War er so viel älter und darüber hinaus so reich, daß er sich zwei so schöne Frauen leisten konnte? Und dann fragte er sich, was wohl Toni sagen würde, wenn sie sie sähe; und dieser Gedanke verschaffte ihm eine hämische Befriedigung.

Zu dem exklusiven Abendessen der Belmonts waren Armeeoffiziere und ihre Gattinnen, nebst einigen der heute einflußreichen Abenteurer aus dem Bürgerkrieg, die jetzt die meisten politischen Ämter in Texas bekleideten, eingeladen worden. Aber es war Richter Benoit, der die Ehre hatte, beim Abendessen neben Virginia Morgan zu sitzen.

Sie sprühte – anders konnte man das nicht nennen. Und zu seiner großen Überraschung entdeckte er auch, daß nicht nur ihre Schönheit höchstes Lob verdiente. Sie war eine intelligente und geistreiche Frau, die offensichtlich sehr belesen und in politischen Dingen bewandert war. Sie vertraute ihm an, daß ihr Vater in Virginia beheimatet gewesen sei, ehe er sich in Kalifornien niederließ, und daß er viel für die besiegten Südstaaten übrig habe. Aber was hatte sie ausgerechnet hierher gebracht? Benoit nahm an, daß sie erst seit kurzem aus Europa zurück war – ihr modisches grün- und goldfarbenes Brokatkleid war tatsächlich eigens für sie vom berühmten Modeschöpfer Worth entworfen worden. Warum wollte sie ihre Schönheit und Eleganz in diesem abgelegenen Teil von Texas verstecken?

Seine diskret formulierten Fragen lösten bei ihr einen kleinen Seufzer aus, und ihre Augen wurden dabei dunkler.

«Haben Sie denn nie das Bedürfnis nach Abgeschiedenheit? Allein sein, um nachdenken zu können und Entscheidungen zu treffen? Ich bin der großen Städte und höflichen Gesellschaften müde geworden, Mr. Benoit.» Sie lächelte ihm versonnen zu. «Und ich glaube, Sie verstehen das, sonst würde ich nicht so offen mit Ihnen sprechen.»

Ginny hatte sich vorgenommen, Nick Benoit zu verwirren, obwohl ihr der Mann schon mißfiel, bevor sie ihn zum erstenmal gesehen hatte. Sie mußte sich anstrengen, aber sie lächelte und schmeichelte ihm, ohne sich etwas anmerken zu lassen. Wie aufgeblasen er war! Er kleidete sich allzu elegant, und sein Haar war voll und leicht gelockt. Er hatte einen kurzen, sorgfältig gestutzten und geölten Bart. Er war der Typ Mann, der sich selbst für einen Herzensbrecher hielt – und wie er sie anblickte, wie seine glänzenden, braunen Augen besonders lange auf ihrem Mund ruhten! Aber Mr. Bishop hatte sie gewarnt, Richter Benoit auf keinen Fall zu unterschätzen, und deshalb vermied sie es sorgfältig, mit ihm zu flirten. Sie blieb nachdenklich und spröde, und zeigte ihm aber gleichzeitig, daß sie kein hirnloses Etwas war.

Es war durch die Büros des allgegenwärtigen Mr. Bishop abgemacht worden, daß Ginny und Mr. Belmonts Frau Persis sich schon von früher her gekannt haben sollten, aus der Zeit, da der Oberst noch am Presidio in San Francisco stationiert war. Und Nick Benoit glaubte dies auch ohne weiteres, als er sah, wie sehr die beiden Damen befreundet schienen.

Später, als das Essen vorbei war und alle Gäste gegangen waren, fragte Persis Belmont lachend: «Nun – was halten Sie von ihm?»

«Vom Lokal-Machiavelli? So sieht er genau aus!» erwiderte Ginny und wandte sich vom Spiegel ab. Sie sah Mrs. Belmonts belustigtes Zucken der Brauen und mußte lächeln. «Sie mögen ihn auch nicht besonders gern, nicht?»

«Aber Sie haben ihn bezaubert! Seien Sie bitte vorsichtig! Rodney wird nie zum General befördert, wenn Ihnen etwas zustößt!»

«Oh, das wird nicht geschehen. Ich werde weiterhin bezaubernd sein, auch wenn es mir schwerfällt. Ich bin schon von Mr. Bishop gewarnt worden, wissen Sie.»

Glücklicherweise fiel es den beiden Frauen nicht schwer, sich gegenseitig zu mögen. Persis Belmont war die Tochter eines Professors und hatte erst spät, nach dem Tode ihres Vaters, geheiratet. Sie war geistreich und hatte einen trockenen Humor, den sie ihrem Mann zuliebe zu zähmen versuchte. Da sie eine intelligente Frau war, konnte sich ihr der Oberst ganz anvertrauen; er konnte stets auf ihre Diskretion zählen. Persis mochte Antoinette Lassiter nicht, und auch darin hatten sie und Ginny Gemeinsamkeit.

«Sie ist so, daß sie andere Frauen nur hassen können!» sagte Mrs. Belmont heftig. «Und sie verliert auch keine Zeit mit Frauen – sie konzentriert ihren Charme auf die Männer. Sie ist zugegeben recht hübsch – aber sie schlägt daraus Kapital. Und selbst wenn sie lächelt, bleiben ihre Augen kalt. Rodney meint, ich müßte mich überwinden und mich mit ihr anfreunden, aber ich – ich kann es einfach nicht! Vielleicht, weil ich bemerkt habe, wie sie *ihn* anschaut. Soviel ich hörte, hatte sie Oberst Vance ganz schön um den Finger gewickelt!»

Persis Belmont war überglücklich, mit einer Frau aus ihrem Milieu und von ihrer Bildung sprechen zu können. Dazu kam, daß man ihr nicht alles gesagt hatte.

Deshalb konnte Ginny ganz beiläufig fragen: «Aber ist diese Mrs. Lassiter denn die einzige ansehnliche Frau unter den Leuten hier? Sicher . . .»

«Natürlich gibt es noch andere Frauen. Aber die meisten sind still, unelegant und verängstigt. Und auch nicht sehr freundlich. Ich fürchte, wir sind für sie so etwas wie Eindringlinge. Da ist jedoch die kleine Carter. Ihre Mutter war eine Lassiter, aber deren Vater enterbte sie, als sie durchbrannte. Der größte Skandal hier herum ist im Moment, daß Toni Lassiters neuester Aufseher sich für Missie Carter interessieren soll, wo sie doch kaum siebzehn ist und in vielem noch allzusehr ein Kind. Er hat sogar Toni soweit gebracht, daß sie Richter Benoit dazu überredete, die Carters wieder auf ihre alte Ranch zurückkehren zu lassen. Irgendwie gelang es ihnen, alle rückständigen Steuerzahlungen nachzuzahlen, und gewisse Leute waren darüber alles andere als begeistert! Aber wir sind nur hier, um den Frieden zu sichern. Rodney sagt, wir dürfen uns in die Angelegenheiten dieser Leute nicht einmischen, es sei denn, um Frieden zu stiften. Allerdings muß ich sagen . . .», Persis Belmont kaute kurz an der Unterlippe, «dieser Aufseher, ein Mann namens Manolo, ist wirklich ein Unruhestifter. Er ist gemein – und außerdem viel zu schnell mit dem Gewehr. Er soll ein halber Comanche sein. Er sieht – na – erschreckend aus! Und Rodney sagt, er gehöre hinter Gitter, wie alle gefährlichen Tiere. Genau die Art Mann, auf die Toni Lassiter anspricht, nehme ich an. Es überrascht mich nur, daß Joseph Carter ihn in der Nähe seiner Tochter duldet.»

Etwas später, in ihrem ziemlich düsteren Schlafzimmer, fiel es Ginny schwer, einzuschlafen. Sie hatte es nicht einmal über sich gebracht, auch nur Renaldo von Persis Belmonts impulsivem Ausbruch zu erzählen, und sie wollte sich auch nicht damit auseinandersetzen – zumindest noch nicht jetzt.

Am nächsten Tag ritten die Frau des Obersten und ihre neue Freundin aus. Den gewissenhaften Renaldo hatten sie zurückgelassen, damit er die Bücher des Desmoulins-Gutes zusammen mit dem älteren, schweigsamen Aufseher, der von Shanghai Pierce angestellt worden war, durchgehe. Ginny ritt auf einem Damensattel und trug ein samtenes, hellbraunes Reitkleid, das mit bronze-

farbenen Bändern verziert war, und um das sie Persis Belmont beneidete.
Mit einer Eskorte von zehn Soldaten war sogar Oberst Belmont der Meinung gewesen, daß sie nichts zu fürchten hätten, auch wenn sie dem Fluß entlang in die versteckten Moore ritten, wo sich immer noch Gesetzesbrecher und Ausreißer verborgen hielten.
Es war der leicht zu beeindruckende Joe junior gewesen, der sie als erster erblickt hatte. Zu Pferd hütete er die wenigen Rinder, die sie auf den Sumpfinseln zusammengetrieben hatten; und als seine anfängliche Wut über die blauuniformierten Soldaten, die so ungeniert über *ihr* Land ritten, verflogen war, war er von der Schönheit der jungen Frau, die neben Mrs. Belmont einherritt, ganz überrumpelt.
«Es tut mir leid – ist das unbefugtes Betreten?» rief sie, bevor er überhaupt Worte finden konnte. «Wir suchten nur eine Abkürzung zum Fluß – leider geht sie nicht über mein Land.» Und dann schaute sie ihn auf eine Art und Weise an, die ihm den Schweiß aus allen Poren trieb, und sagte entschuldigend: «Ich bin Virginia Morgan. Ich bin gekommen, um eine Weile auf der Ranch zu leben, die Mr. Pierce gehört hatte. Und noch vorher die Plantage der Desmoulins war. Ich glaube, wir sind Nachbarn – werden Sie uns verzeihen, und dies als einen förmlichen Besuch ansehen?»
Das war sie also! Die Frau des geheimnisvollen Millionärs, vor deren Ankunft sie Manolo gewarnt hatte. Joe zog seinen Hut und errötete. Sprachlos und immer noch nach Worten suchend dachte er verwirrt: Aber sie ist *jung!* Und so hübsch, daß es gar nicht möglich scheint, daß sie verheiratet ist – und eine Dame ist sie auch, ganz anders als wir sie uns vorstellten.
Schließlich, nachdem Mrs. Belmont die ganze Zeit gelächelt hatte, und die Soldaten ein Gesicht machten, als hätten sie auf etwas Saures gebissen, fand Joe seine Fassung soweit wieder, daß er sie ins Haus bat. Er wußte nicht, was er sonst hätte tun sollen, wie er später Pa und Matt erklärte. Nicht daß Pa viel dagegen hätte; sogar Matt, der zwar etwas in den Bart brummte, konnte nicht verbergen, daß er beeindruckt war. Es war Missie, die am aufgeregtesten schien; ihre Sommersprossen leuchteten förmlich auf ihrem Gesicht, obwohl sie sie in letzter Zeit fleißig mit Gurken und Buttermilchmischungen behandelt hatte. Und es war Missie, die, ohne Pas Erlaubnis abzuwarten, den Damen anbot, sie zum Fluß zu begleiten, damit sich Mrs. Morgan dort umsehen könnte.
Missie wußte genau, wie weit sie mit den beiden gehen durfte. Jedenfalls war Missie ganz kribbelig gewesen, und seit ihr Manolo den seltsamen Ring geschenkt, den er selbst getragen hatte, sah sie mehr denn je wie eine grünäugige Katze aus. Der Ring hing an

einem Band um ihren Nacken, und sie spielte nervös damit, als sie mit den Damen sprach.
«Ach, wie schön und friedlich es hier ist!» rief Mrs. Morgan aus, als sie den Fluß erblickte, der dunkelgrün und lautlos zwischen den bemoosten Zypressen dahinfloß, die die Ufer säumten.
Mrs. Belmont war schweigsam; sie sagte fast nichts, obwohl sie freundlich lächelte, wenn Missie sie anblickte. Aber da war die andere Dame, die so jung und so schön war, daß Missie sie vom ersten Augenblick an gern mochte. Sie war freundlich und alles andere als hochnäsig und überheblich; und sie sagte Missie mit einem Lächeln, was für hübsches Haar sie habe, worüber Missie vor Freude errötete.
«Finden Sie es wirklich friedlich und hübsch hier?» sagte Persis Belmont und erschauerte leicht. «Ich muß zugeben, daß mir selbst die wildesten Bergbäche von Colorado und Kalifornien noch lieber sind. Diese knorrigen, grotesk aussehenden Bäume, sie sind fast erschreckend, finde ich. Und dort drüben hat es gefährliche Sümpfe.»
Missie vergaß ihre guten Manieren und sagte schnell: «Aber die Sümpfe sind überhaupt nicht gefährlich; man muß nur wissen, wo hintreten!» Dann errötete sie wieder, und ihre Finger zupften nervös an dem Band um ihren Hals und dem Ring, den *er* ihr gegeben hatte, als wäre sie wirklich seine Liebste . . .
Und es war doch sicher nicht alles Einbildung? Seit jener Nacht, als er Dave Madden und jene armen Männer befreite, als sie sich ihm an den Hals geworfen und sein stoppeliges Gesicht geküßt hatte. Sie war damals so glücklich gewesen, daß er heil zurück war, und konnte es gar nicht in Worten ausdrücken – damals hatte er sie anders angeschaut. Ja, es stimmte wirklich! Zunächst hatte Missie die leichte Veränderung in seinem Benehmen verwirrt. Eines Tages aber, als sie miteinander sprachen, überkam sie mit einem Schlag die freudige Erkenntnis, daß Manolo sie nicht mehr wie ein lästiges, eigensinniges Kind behandelte.
Er brachte ihr Bücher – sie stammten aus dem alten Lassiterhaus, und einige davon hatten sogar ihrer Mutter gehört.
«Toni wird sie nie vermissen», sagte er achselzuckend. Dann wurden seine Augen hart und undurchsichtig. «Sie nimmt sich sowieso nicht die Mühe zu lesen.»
Missie verschlang die Bücher – einerseits weil Manolo sie ihr gegeben hatte, dann aber auch, weil sie herausfand, daß ihr lesen Spaß machte. Und er – Manolo – war derjenige, der ihr bei schwierigen Wörtern und Sätzen, die sie nicht verstehen konnte, weiterhelfen würde. Er hatte sogar damit begonnen, ihr richtiges Französisch beizubringen, das so sehr verschieden war von dem Dialekt aus Louisiana, den Pa und ihre Brüder sprachen. Er lehnte gewöhnlich

mit den Rücken gegen ihren Lieblingsbaum oder gegen den Pferch, und in seinen Augenwinkeln zeigten sich Fältchen, wenn sie ein Wort falsch aussprach.
In diesen Augenblicken, und wenn er sie dabei noch anlächelte – mit einem Lächeln, das seine Augen miteinbezog und nicht nur ein sarkastisches Verziehen der Lippen war – dann vergaß Missie alles, was sie über ihn gehört hatte; daß er ein Verbrecher sei und ein gewissenloser Mörder, und sogar, daß er Tonis Liebhaber war. Sie wußte, daß sie sich in ihn verliebt hatte, obwohl sie ihn gar nicht kannte. Der Gedanke erschreckte sie, ließ aber gleichzeitig auch ihren Atem schneller gehen und ihr Herz erbeben.
Als Teresita und sie ihn gefunden hatten, trug er den Ring am Finger, den sie jetzt besaß. Die Indianerin hatte ihr damals gesagt, er sei das Symbol der Comanchen – der Schlangenleute. Er war aus einem seltsam rötlichen Gold, das fast wie Kupfer aussah, und stellte eine Schlange dar, deren Augen zwei winzige, grüne Steine bildeten. Es waren Smaragde, wie ihr Manolo erklärte. Sie war von diesem Ring fasziniert; und als er an jenem Tag zu ihrem Lieblingsplatz am Fluß herunterkam, um ihr zwei neue Bücher zu bringen, hatte sie nicht widerstehen können. Sie hatte die Hand ausgestreckt, um den Ring zu berühren – sie hatte sich dabei gefragt, weshalb die Berührung ihrer Finger mit den langen, braunen Händen Manolos sie erzittern ließ. Um ihre Verwirrung zu verstecken, hatte sie schnell gesagt: «Sieht wie eine richtige Schlange aus, nicht? Sogar die winzigen, eingeschnitzten Schuppen.»
Und er hatte neckend gesagt, der Stein erinnere ihn eher an eine Frau mit roten Haaren und grünen Augen.
Missie hatte ihn groß angeschaut.
«Sie meinen *mich.* Sie nannten mich Grünauge, wissen Sie noch? Das erstemal, als Sie mich sahen. Aber ich weiß nicht recht, ob ich gerne mit dieser alten Schlange verglichen werden will oder nicht!»
Er grinste sie an. «Oh, ich weiß nicht! Du hast zwar auch so ein spitzes, dreieckiges Gesicht – aber ich muß zugeben, daß du hübscher bist!»
Und dann, bevor sie sich eine Antwort ausdenken konnte, hatte er überraschend seinen Ring vom Finger gezogen, ihn ihr nachlässig zugeworfen, als bedeute er ihm gar nichts. Er war noch warm gewesen von seiner Haut.
«Hier, kleine Moornixe. Behalte ihn. Er ist mir ohnehin im Weg und verfängt sich in meinen Hemden.»
Später, als Missie den Ring sorgfältig auf das grüne Band auffädelte, das sie von Gaston hatte, dachte sie aufgeregt, daß dies eine Art Omen sein mußte. Sie würde ihn immer behalten, vielleicht bis zu einem Tage wo . . . Aber sie hatte Angst, diesen Gedanken wei-

ter zu verfolgen. Trotzdem hatte die ganze Nacht der geheime Gedanke an ihr genagt, daß es vielleicht, nur vielleicht, von Manolo mehr als nur eine freundliche Geste gewesen war. Doch als sie sich wieder sahen, verlor er kein Wort darüber – er fragte nicht einmal, ob sie den Ring noch hatte, oder was sie damit getan hätte.
Missie hatte die Gewohnheit angenommen, an dem Band um ihren Hals zu zupfen, wenn sie nervös war – und den Ring immer wieder zu berühren, um sich zu vergewissern, daß er noch da war. Gerade in diesem Augenblick tat sie es auch, und sie bemerkte beschämt, daß sie sich wieder in einen ihrer Tagträume geflüchtet hatte. Und das, während die Frau von Oberst Belmont mit ihr sprach! Was würde sie von ihr denken?
Mit hochrotem Gesicht blickte Missie nacheinander in die lächelnden Gesichter, die sie beobachteten.
«Ich – entschuldigen Sie – aber ich glaube, ich habe nicht zugehört», und jedes hervorgestotterte Wort, so merkte sie, machte die Sache nur noch schlimmer! Ach könnte sie doch bloß in Grund und Boden versinken, jetzt gleich!
«Es ist nichts Schlimmes dabei, wenn man mit offenen Augen träumt, weißt du», sagte Mrs. Morgan sanft. «Das passierte mir früher auch. Ich erinnere mich an meinen Lieblingsapfelbaum im Garten hinter dem Haus meines Onkels, auf dem ich mich für gewöhnlich versteckte und nach Herzenslust träumte – bis jedermann wußte, wo ich jeweils zu finden war!»
Missie schaute die lächelnde junge Frau dankbar an. Sie konnte höchstens wenige Jahre älter sein, obwohl sie verheiratet war.
«Ich habe einen großen, alten Baum als geheimes Versteck. Aber meine Brüder kommen mich immer holen ...» Missie schnappte erschreckt nach Luft, als sich der Knoten in ihrem Band löste. Ungeachtet dessen, was die Damen denken mochten, griff sie hastig nach dem Ring und seufzte erleichtert auf.
«Komm», Mrs. Morgan streckte ihre kleine, behandschuhte Hand hilfreich aus. «Es ist nur der Knoten – ich binde ihn dir wieder fest.»
Persis Belmonts Augen ruhten neugierig auf dem Ring, den Ginny plötzlich krampfhaft festhielt.
«Welch ein schönes, handwerkliches Stück!» sagte sie. «Er ist sicher sehr alt, nicht wahr?»
Missie wußte selbst nicht, weshalb sie sich verpflichtet fühlte, eine Erklärung hervorzustammeln, und sie errötete erneut.
«Ich – es ist – ein Freund gab ihn mir. Es ist das schönste Geschenk, das ich je erhielt. Es wäre schrecklich, wenn ich ihn verlöre!»
«Ginny, ich glaube wirklich, sie ist heimlich verlobt!» Mrs. Belmont lachte neckend aber freundlich und zwinkerte dabei mit den

Augen. «Keine Angst – ich verspreche, daß ich es keinem Menschen sagen werde. Ich glaube, jedes Mädchen sollte wenigstens einmal im Leben heimlich verlobt sein.»
«Oh! O ja – er ist wirklich schön. Und so ungewöhnlich in der Form.» Missie war zu erleichtert, als sie den Ring wieder in ihrer Bluse versteckte, als daß sie bemerkt hätte, wie blaß Virginia Morgan plötzlich geworden war, und wie seltsam geziert ihre Stimme geklungen hatte.
Persis Belmont wunderte sich zwar, daß Ginny plötzlich so still geworden war und darauf bestand, nach Hause zu fahren, aber sie war taktvoll genug, keine Fragen zu stellen. Wäre sie nicht eine Frau gewesen, die weiß, wann man schweigen muß, und hätte sie auf dem ganzen Heimweg geplaudert, Ginny hätte wahrscheinlich gar nicht hingehört, denn ihre Gedanken, die zum Teil bitter, zum Teil erschreckt und zum Teil auch seltsam traurig waren, machten sie im Augenblick für alles andere blind und taub.
Seit sie diesen Ring gesehen hatte . . .
Smaragdsplitter, gefaßt in Rotgold aus den Black Hills. Ein ungewöhnlicher Ring, der für den kleinen Finger eines Mannes bestimmt war. Sie hatte ihn aus einem schelmischen Instinkt heraus für Steve gekauft, obwohl sie wußte, daß er Ringe verachtete. Seit wann trug er ihn? Und aus welcher Laune heraus hatte er ihn ausgerechnet Missie Carter geschenkt?
«Sie ist nur ein Kind!» sagte sich Ginny ärgerlich. «Sogar *er* sollte einige wenige Skrupel haben», aber dann dachte sie daran, daß er *ihr* gegenüber auch keine Skrupel gehabt hatte; und als er sie zum erstenmal genommen hatte, war sie nur zwei Jahre älter gewesen als Missie jetzt. Sie dachte auch an das, was ihr Persis letzte Nacht erzählt hatte. Es war mit ein Grund gewesen, weshalb sie Missie Carter selbst kennenlernen wollte. Missie – die sie selbst hätte sein können, als sie siebzehn war und noch naiv und kindlich, mit einem Kopf voller romantischer Träume. Bis die Zeit, und Steve, sie zu der Frau gemacht hatten, die sie jetzt war.
Zum erstenmal setzte sich Ginny schonungslos mit dem Gedanken auseinander, daß Steve, wenn er sie wiedersah, sie vielleicht nicht einmal erkennen würde. Und sollte er sich noch erinnern – würde er sie dann noch wollen?

Es war Señora Armijo, die mit mißbilligend zusammengepreßten Lippen unwissentlich Antwort auf die Fragen gab, die Ginny plagten, seit sie den Ring an Missie Carters Seidenhalsband gesehen hatte.
Sie saßen in dem Raum, den die Señora beharrlich «sala» nannte, und Ginny trommelte geistesabwesend mit den Fingern auf die Stuhllehne. Mit ihren vom Schlafmangel leicht verschwollenen Augen blickte sie aus dem Fenster, ohne jedoch wirklich zu sehen.
«Ich kann nicht sagen – verzeihen Sie, Genia –, daß ich die Sitten dieses barbarischen Ortes verstehe! In Mexico sind die Leute, wie sie wissen, viel freundlicher. Dort würde man für die Neuangekommenen eine Fiesta geben – ich erinnere mich noch, als mein verstorbener Mann und ich in unser neues Haus einzogen, kam jedermann zu uns, um uns willkommen zu heißen. Und später gab ich ein Nachtessen für alle Nachbarn. Es war das erstemal, daß ich die Gastgeberin spielte, und ich kann mich noch gut erinnern, wie aufgeregt ich war!»
Ginny strengte sich an und schenkte ihre Aufmerksamkeit wieder der älteren Frau. «Mrs. Belmont hatte bereits die Freundlichkeit, für uns ein Abendessen zu geben. Und ich weiß nicht recht, ob ich Lust habe . . .»
«Ginny!» Es war gar nicht typisch für Renaldo, daß er ihr das Wort abschnitt, und ihre Augen weiteten sich bei der plötzlichen Dringlichkeit in seiner Stimme. «Siehst du das nicht ein? Das wäre doch die beste Lösung. Es wäre das Natürlichste auf der Welt, daß du deine Nachbarn kennenlernen willst. Du könntest Einladungen zu einer Abendveranstaltung verschicken. Und ankündigen, daß nach dem Essen getanzt wird. Ich glaube . . .», er blickte sie nachdenklich, fast streng an. Seine Stimme wurde bestimmter: «Ich glaube, es ist höchste Zeit, daß wir die Sache in die Hand nehmen. Es ist vollkommen sinnlos, daß du Trübsal bläst und dich krank machst mit Gedanken an Möglichkeiten, die es vielleicht gar nicht gibt.» Etwas sanfter fuhr er fort: «Du warst doch nie der Typ, der einer direkten Gegenüberstellung aus dem Wege geht, oder nicht? Das ist eine der Eigenschaften, die ich an dir stets am meisten bewunderte. Warum das Unvermeidliche vor sich herschieben?»
Sie hob trotzig das Kinn.
«Ja – du hast recht, wie immer. Warum eigentlich nicht? Ich *muß* Steve treffen – dies ist alles so lächerlich, diese Art Vorhölle, in der wir uns seit unserer Ankunft befinden. Ja, es ist besser, wenn ich sofort hinter mich bringe, was getan werden muß!»
Ihre Gefühle waren noch immer durcheinander, und ihre Stimmun-

gen schwankten zwischen Vertrauen, Hoffnung und äußerster Verzweiflung. Aber jetzt, wo sie den Entschluß gefaßt hatte, hatte sie wenigstens derart viel zu tun, daß sie vollauf beschäftigt sein würde während der folgenden, langen Tage.
Renaldo schaute, gewissenhaft wie immer, nach dem Rechten, verbrachte Stunden mit dem Aufseher und hörte sich dessen Klagen an. Er versuchte etwas Ordnung in die schlecht geführten Bücher zu bringen.
«Wir haben hier gute Möglichkeiten – und mit den gegenwärtigen Viehpreisen sollte man einen Gewinn herauswirtschaften. Aber», und Renaldo zuckte hilflos mit den Schultern, «ich habe noch nie so viele Unzulänglichkeiten angetroffen! Die Zäune liegen am Boden – alle Häuser sollten repariert werden. Auch das hier – und dieses muß einmal schön gewesen sein, als es noch regelmäßig bewohnt war. Aber jetzt muß, wie du siehst, viel getan werden. Ich fürchte, Ginny, daß du zur Bank gehen mußt um mehr Geld abzuheben. Wir müssen Arbeiter anstellen und mehr Cowboys», er blickte sie halb schelmisch an, «du kannst es dir wirklich nicht leisten, daß noch mehr von deinem Vieh gestohlen wird!»
Einen Augenblick lang wußte sie nicht, ob sie lachen oder weinen sollte. «Oh, Renaldo! Meinst du wirklich, daß Steve für den Diebstahl dieser ganzen Herde verantwortlich ist? Oberst Belmont scheint das anzunehmen.»
«Ich zweifle nicht daran, daß er es gewesen ist», meinte Renaldo ein wenig zornig. «Solche Dinge liegen ihm, erinnere dich bitte, Ginny . . .»
Aber ihr Gesicht hatte sich bereits verändert und zeigte nun jenen seltsamen, abwesenden Ausdruck, den er in letzter Zeit nur allzu oft beobachtet hatte.
Ob sie sich erinnerte? Nur zu gut, so schien es, während Steve sich an überhaupt nichts erinnerte. Oder doch? Gehörte das alles zu einem grausamen Spiel, das er spielte? Dieser Gedanke quälte sie am meisten. Und das Wissen, daß Steve wenige Meilen entfernt war, und sie ihn noch nicht gesehen hatte – und sie auch nicht wußte, wie er reagieren würde, wenn sie sich trafen. Es war, als wären sie einander wieder vollkommen fremd geworden, als wäre er ein Mann, den sie nicht kannte und nie gekannt hatte. Gottlob war da Renaldos vernünftige, tröstliche Gegenwart! Wenn er nicht gewesen wäre, sie hätte nicht gewußt was tun, trotz ihrer guten Vorsätze.
Sie ging zur Bank – zu der kleinen in Baroque. Und zusammen mit Persis Belmont, die sich der Sache voller Begeisterung widmete, ging sie Gästelisten durch. Da war auch Richter Benoit. Recht spät und widerwillig erinnerte sich Ginny an Jim Bishops Ratschläge

und besprach ihre Pläne auch mit ihm. Sie gab vor, seinen Rat dringend zu brauchen, um nichts falsch zu machen.
«Ich will, daß alle kommen. *Alle.* Nicht nur die wichtigen Leute und die hier stationierten Offiziere, sondern auch die Cowboys und Farmer und die Soldaten. Soviel als möglich. Sie finden doch nicht, daß ich albern und launenhaft bin, oder? Ich will nur, daß mich jedermann kennenlernt, und ich will jedermann kennenlernen. Ich wußte, daß Sie das verstehen!»
Nicholas Benoit stattete seiner Schwägerin einen weiteren Besuch ab und fand sie ausgesprochen übler Laune vor.
«Sie ist also leidlich hübsch. Und kein Einfaltspinsel. Muß ich nun vor ihr kriechen, wie das anscheinend alle tun? Ich nicht, Nicky. Ich habe es nicht nötig, mich herablassend behandeln zu lassen. Und ich dachte, du seist genauso erpicht darauf wie ich, sie loszuwerden?»
«Etwas, was du nie gelernt hast, ist Geduld zu haben, meine liebe Toni. Sie ist alles andere als eine Frau, der es Spaß machen würde, hier zu leben und lange Zeit weg von den Annehmlichkeiten zu sein, an die sie gewohnt ist. Ich gebe ihr – nun, vielleicht einen Monat oder so, dann langweilt sie sich zu Tode. Und in der Zwischenzeit, während dieser – *Vetter* sich um die Geschäfte kümmert, hoffe ich wirklich, daß du deinen Indianer im Zaum hältst. Wir können uns keine Schwierigkeiten leisten, solange sie hier ist.»
«Sie! Und was zum Teufel ist sie denn, dieses Musterbeispiel an Tugendhaftigkeit? Eine Hure, zweifellos. Vielleicht hat sie gute Gründe, weshalb sie sich hier versteckt – ich möchte sogar wetten, daß dem so ist! Der Mann, von dem du sprichst, er ist gewiß ihr Liebhaber. Sie wollen im geheimen weiter huren, nehme ich an. Und dann tut sie so vornehm und würdig – und gibt noch eine Einladung dazu! Was für eine Rolle meint sie zu spielen – die großzügige Dame? Nun, ich werde nicht hingehen. Hörst du, Nicky? Du kannst hingehen und ihr sagen, daß ich nicht kommen werde!»
Nick Benoit lächelte und wischte bedächtig den Staub von seinem Hut, während er sich erhob.
«Meinst du, Mrs. Morgan wird dich vermissen? Wahrscheinlich wirst du eine sehr interessante Zusammenkunft versäumen, meine Süße; aber da du ja derart Angst hast, einer Dame gegenüberzutreten, die deinen Charme in den Schatten stellen könnte, gibt es wohl nichts mehr zu sagen, nicht?»
Es trug nicht dazu bei, Toni Lassiters Laune zu verbessern, daß sogar ihr schweigsamer Aufseher im Sinn hatte, an die Veranstaltung zu gehen, die Mrs. Morgan «eine Art Fiesta» nannte. Und als sie hörte, er würde der Begleiter von Missie Carter sein, ging sie auf ihn los und wollte ihm die Augen auskratzen. Mit harten blauen

Augen und gespreizten Beinen hob er nur leicht den Arm, um sie abzuwehren, und schon lag Toni rücklings auf den Treppenstufen.
«Vielleicht konntest du mit Billy-Boy Dozier so umgehen. Aber versuch es nicht mit mir, sonst schlage ich dich zusammen und verschwinde auf Nimmerwiedersehen.»
Sie keuchte vor Schreck und Wut; aber der Blick seiner Augen und die zusammengepreßten Lippen, als er auf sie herunterschaute, ließen Toni die Schimpfworte hinunterschlucken, die sie schon auf den Lippen hatte.
Sie blieb liegen wo sie war, ihr langer Rock war verwickelt und über die Hüften hinaufgerutscht, und sie begann zu wimmern.
«Weshalb bist du immer so grausam zu mir, Comanche? Verstehst du denn nicht, daß alles eine Falle sein könnte? Oberst Belmont wird dort sein, mit einem großen Teil seiner Soldaten, da bin ich sicher. Und du weißt genau, daß er dich nicht ausstehen kann. Was bist du – dumm? Und dann noch mit dieser kleinen Sumpfgöre . . .!»
«Ihr Vater und ihre Brüder werden auch dort sein. Und übrigens gehört es sich ohnehin nicht, daß du dich mit deinem Angestellten in der Öffentlichkeit blicken läßt, oder? Wenn du auch nur ein bißchen Vernunft hättest, würdest du allein hingehen – oder mit deinem Schwager. Wer weiß, was für nützliche Informationen du dort sammeln könntest.»
«Du Hund! Und aus welchem Grund gehst *du* hin?»
Er grinste sie freudlos an.
«Neuigkeiten. Um etwas über die andere Seite zu erfahren. Und Oberst Belmont von Angesicht zu Angesicht zu treffen, vielleicht. Inoffiziell bin ich Übungszielscheibe für seine Soldaten. Er soll sich sein Opfer ruhig näher ansehen!»
«Du bist verrückt! Ich traue dieser Frau nicht – und auch nicht diesem Langweiler von Oberst Belmont. Ich glaube, es ist eine Falle!»
«Warum es also nicht herausfinden?»
Sie sah einen Augenblick die verwegenen Lichter in seinen Augen tanzen, bevor sich die fast unnatürlich langen Wimpern wieder senkten.
Das also, dachte Toni seltsam berührt, war mit ein Grund für die Anziehungskraft, die zwischen ihnen wirkte. Sie waren beide ausgesprochen verwegen und ohne jegliche Skrupel. Und eben weil er so hart und grausam war, wie sie selbst, wollte sie ihn.
Sie änderte plötzlich ihre Laune und wand sich wollüstig, so daß ihr Kleid noch höher rutschte.
«Nun, wende dich bloß nicht an mich, wenn etwas schief geht. Ich werde sagen, daß ich nichts wußte – daß ich dich angestellt hatte,

weil ich einen Ersatz für Billy-Boy brauchte. Aber er war kein richtiger Mann – seine Pistole war die einzige Waffe, mit der er umzugehen verstand. Comanche ...» Ihre Augen wurden glänzend, genauso wie ihre Lippen, die sie ständig mit einer spitz herausschießenden Zunge benetzte. Weicher Battist wurde von ihren eigenen Händen zerrissen, und sie war ganz rosig, weiß und silbern. Ihre Hüften bogen sich, und auf ihrem plötzlich nackten Körper schien auch das winzigste silberblonde Härchen das Licht der Öllampe einzufangen, die ihre diskreten Diener angezündet hatten. Sie war eine wollüstige Hure, die danach schrie, bestiegen zu werden. Und weil sie so dalag und es ihm zeigte, nahm er sie. Dabei grübelte er unentwegt darüber nach, weshalb er immer an grüne, schräge Katzenaugen denken mußte, und an weiches, seidiges Haar, das sich auch gut anfühlte, wenn es ganz zerzaust war.
Es mußte eine Frau gegeben haben, irgendwo, irgendwann, die für ihn sehr wichtig gewesen war, daß sie so unangenehm verschwommen immer wieder in seinem Bewußtsein auftauchte. Manchmal, wenn er entspannt war und an nichts dachte, konnten ihn Kleinigkeiten aufwühlen, wie die Sonne, die in Missies Haar fiel und es kupfergolden aufleuchten ließ. Und Missie, so kindlich sie auch war, wurde rot, wenn er sie mit verengten, dunklen Augen anschaute.
War es möglich, daß es einmal eine Frau gegeben hatte, von der er sich nicht hatte lösen können? Denn gerade, daß er sich so schnell lösen konnte, warf Toni ihm vor, obwohl sie sich doch gerade deswegen angezogen fühlte. Sie war daran gewöhnt, daß die Männer vor ihr krochen und um ihre Gunst bettelten. Männer, die sie leiten und benutzen konnte wie sie wollte. Aber der Comanche, wer auch immer er war, war anders. Es war für sie eine Abwechslung, gebraucht zu werden, als sei sie nur eine billige Hure – auf eine perverse Art machte dieser Umstand ihn noch aufregender für sie. Genauso wie die Tatsache, daß er ein gefährlicher Mann war und fast ein Wilder, trotz seiner gelegentlich überraschend gebildeten Art zu sprechen.
Nein, dachte Toni, als sie sich hinterher wie eine Katze ausstreckte; sie war noch nicht fertig mit ihm! Und Nicky mit seinen Warnungen konnte zur Hölle fahren! Sie würde schon eine Möglichkeit finden, den Comanchen loszuwerden, wenn sie seiner müde war – oder wenn sie jemanden fand, der ihr besser gefiel.
Richter Benoit brummte nur sarkastisch, als er am nächsten Morgen eine Mitteilung seiner Schwägerin erhielt. Sie hatte sich also doch durchgerungen, Mrs. Morgans Einladung anzunehmen, genau wie er es vorausgesehen hatte. Auf Tonis Neugierde und ihren ränkevollen Geist war Verlaß! Erst als er von Matt erfuhr, daß der

Begleiter seiner Nichte Tonis Liebhaber sein würde, runzelte er die Stirn. Was dachte sich Joe, der alte Narr, dabei? Ein unschuldiges Kind wie Missie, das keine Gelegenheit hatte, anständige junge Leute kennenzulernen, die mehr ihrem Alter entsprachen – Joe hätte sie in das vornehme Mädchenpensionat schicken sollen, wie er es ihm vorgeschlagen hatte. Es wäre richtig, Missie die Gelegenheit zu geben, eine junge Dame zu werden. Er würde hinreiten müssen und noch einmal mit Joe sprechen.

Es war indessen Ginny Morgan, die seine Pläne durchkreuzte. Sie war gekommen, um in Baroque die Postkutsche zu nehmen, sagte sie, als sie lächelnd und braungebrannt und etwas außer Atem in seinem Arbeitszimmer erschien. Denn, so erklärte sie, sie sei am selben Morgen den ganzen Weg zu den Carters hin und zurück geritten.

«Missie sagte mir, wer ihr Begleiter zu unserer Fiesta sein würde – und da dachte ich mir, Sie seien möglicherweise in Sorge deswegen. Ich kam deshalb hierher um Sie kurz zu sprechen. Wenn Sie Zeit haben?»

«Ich bin geehrt, daß Sie sich die Mühe genommen haben, mich aufzusuchen!» Nick Benoit legte eine übertriebene Höflichkeit an den Tag, und bemühte sich, seine Neugier zu zügeln. Mrs. Morgan interessierte ihn, und zwar in verschiedener Hinsicht. Er fühlte, daß in ihr eine Leidenschaft schlummerte, die sich in ihrem Mund und in ihrer Art, sich zu bewegen ausdrückte; und doch war sie stets von dieser scheußlichen spanischen Anstandsdame begleitet, oder ihrem sogenannten Vetter, oder sogar von Soldaten aus Oberst Belmonts Truppe. Was wollte eine Frau ihres Standes, die an großstädtische Verhältnisse gewöhnt war, in Baroque?

Ginny erriet seine Gedanken, aber ihr Ausdruck blieb fragend und zurückhaltend, als sie den Stuhl annahm, den er ihr galant angeboten hatte.

«Ich weiß nicht, wie ich das ausdrücken soll – schließlich sind Sie Missies Onkel. Aber sehen Sie, ich erinnere mich noch gut, wie es war, als ich noch so jung war wie sie, und ich glaube, es wäre falsch, wenn man versuchen würde, ihr zu verbieten, diesen – diesen wilden und geheimnisvollen Mann, von dem ich gehört habe, als Begleiter mitzubringen. Ich sagte ihr, sie könne mitnehmen, wen sie wolle. Verstehen Sie?»

Schnell, als hätte sie vor seiner Reaktion Angst, fuhr sie weiter: «Und als ich sagte, ich wolle, daß jedermann an das Fest kommt, meinte ich es auch so. Renaldo und ich, wir sind wirklich neugierig auf den Mann, der, so sagt Oberst Belmont, unser Vieh stiehlt und sonst noch eine Menge anderer Dinge auf dem Kerbholz hat. Ich bat Missie, möglichst früh zu kommen – ich mag sie, wissen Sie, sie

erinnert mich sehr an mich selbst, als ich so jung war. Ich werde ihr ein Kleid besorgen. Vielleicht, wenn sie diesen Mann in einer zivilisierten Umgebung sieht, begreift sie, wie verfehlt ihre Treue ist.»
Sogar Richter Benoit, der sich doch etwas auf seine Raffiniertheit einbildete, mußte zugeben, daß der Plan schlau war. Natürlich! Hatte er es sich nicht auch schon gesagt, daß seine Nichte ein paar anständige junge Männer mit angemessenem Elternhaus und standesgemäßer Bildung kennenlernen müßte? In Oberst Belmonts Stab waren ein paar junge, unverheiratete Offiziere; und daß Missie ihrer Mutter glich und einmal eine ausgesprochene Schönheit sein würde, hatte er schon lange erkannt.
Virginia Morgan war, so beschloß er, eine ausnehmend kluge und verständnisvolle Frau, und dazu noch ausgesprochen hübsch. Das mußte ihre französische Herkunft und Erziehung sein. Er stellte fest, daß er sich auf die bevorstehende Einladung außerordentlich freute, und das nicht nur, weil er Tonis Gesicht sehen wollte, wenn sie der Frau gegenüberstand, die sie verächtlich als pferdegesichtig und puritanisch abgetan hatte.
«Huh! Wie schmierig und heuchlerisch er ist!» sagte Ginny später zu Renaldo. «Er spielt den Gentleman und den Schönling, und dabei hatte ich das Gefühl, er hat mich die ganze Zeit über, als ich mit ihm sprach mit seinen Augen entkleidet. Außerdem ist er auch neugierig – seine Fragen tönten zwar beiläufig, aber ich weiß, daß ich ihm Rätsel aufgab. Ich muß mir Mühe geben, nett zu ihm zu sein.»
Sie wunderte sich über die steile Stirnfalte in Renaldos Gesicht.
«Und diese Señorita Melissa – dieses junge, unschuldige Kind? Ich hoffe wirklich Genia, daß du auch an sie denkst. Was wird aus ihr, wenn das ganze Theater vorüber ist? Wie sieht ihre Zukunft aus? In einem Punkt bin ich mit Richter Benoit, den ich übrigens auch nicht ausstehen kann, jedoch einig. Sie verdient besseres! Und ich fürchte auch, daß Steve, wenn er sein Gedächtnis verloren hat ...»
«Du hast Angst, er hat sie bereits verführt?»
Ginny hatte sich bemüht, in einem unverbindlichen Tonfall zu sprechen, aber ihre Stimme zitterte leicht. Dann fuhr sie wieder sicherer fort: «Nun, er hat es nicht getan. Und du mußt nicht denken, ich hätte mich nur mit Missie angefreundet, um mehr über Steve herauszufinden. Nein, ich mag sie wirklich. Sie ist nett, und sie ist aufrichtig, und ich – o Gott, ich wünschte fast, ich wäre auch noch so unverdorben und voller romantischer Träume wie sie. Ich möchte wirklich nicht, daß man ihr weh tut und ihre Hoffnungen zerstört – bitte glaub mir das, Renaldo!»
Er sagte mit Nachdruck und einer für ihn ungewöhnlichen Direktheit: «Aber du hast genauso Angst wie ich, daß Steve die Sache

anders sieht, oder nicht?» Und diesmal blieb sie ihm eine Antwort schuldig.

Nachdem Ginny in ihr Zimmer hinaufgegangen war, weil sie sich müde fühlte, verspürte Renaldo eine innere Unruhe und eine große Nervenanspannung.

Warum mußten sie so vorsichtig und so langsam vorgehen? Eine unglaublich lächerliche Situation – und schuld daran war dieser Mr. Bishop, dessen Befehle auszuführen sie jetzt gezwungen waren. Renaldo machte sich Sorgen – nicht nur um Ginny und Esteban, sondern auch um die kleine Missie Carter. Die Kleine – und doch, nach den Maßstäben, in denen er aufgewachsen war, war sie eine erwachsene Frau. Reif für eine Heirat. Aber ohne die Vorteile von Gesellschaftsdamen oder einer Familie, die sie von allem abschirmte; so war sie in Unschuld erwachsen geworden und – ja das Wort traf immer noch zu – in Reinheit. Wie die Prinzessin in dem uralten Märchen, war Missie ein schlafendes Dornröschen, das auf den richtigen Mann wartete, der sie zu Leben und Liebe erwecken würde. Und sein Vetter war dazu bestimmt nicht der richtige Mann – was hatte er allein schon aus Ginny gemacht! Er selbst war einmal drauf und dran gewesen, sich in Ginny zu verlieben – in verschwommenen Träumen hatte er sich sogar als ihren «Erlöser» gesehen. Aber sie wollte nicht erlöst werden, denn trotz allem liebte sie Steve. Und jetzt war da Missie, die ihn nur allzu sehr daran erinnerte, wie Ginny einmal gewesen war – Missie – wie hatte man einen so schönen Namen in einen solch verballhornten Rufnamen verwandeln können? Melissa – das tönte fast Spanisch und paßte zu ihr.

Renaldo hatte sie natürlich kennengelernt und mit ihr gesprochen – aus ihr war viel zu machen, obwohl sie schüchtern war und sprach wie die anderen Familienmitglieder. Halb im Scherz hatte er angefangen, ihr ein paar spanische Wörter beizubringen; und er war erstaunt gewesen, wie wißbegierig sie war, wie schnell sie lernte – sogar die richtige Intonation.

Renaldo, der lange Zeit Bücher den – wie er meinte – dummen, einfältigen Frauenzimmern vorzog, hatte schon immer eine altmodische, fast etwas zynische Einstellung zum schwachen Geschlecht gehabt. Als er Ginny kennenlernte, hatte er seine Meinung ein wenig geändert, denn er sah ein, daß eine Frau intelligent und auch welterfahren sein konnte, und trotzdem eine Dame blieb. Melissa Carter stand vollkommen außerhalb seines bisherigen Erfahrungskreises; und jetzt ertappte er sich dabei, wie er sich um sie Sorgen machte.

Fünfzigstes Kapitel

Am Morgen des Tages des «großen Balles», wie ihn Missie insgeheim nannte, war Missie derart aufgeregt, daß sie Magenschmerzen bekam – zum Teil aus Freude, zum Teil aus Angst. Aber der nette Mr. Ortega und die pflaumengesichtige spanische Dame fuhren in einem von Mrs. Morgans eleganten Wagen vor, um sie abzuholen; und als sie schließlich das Haus der Desmoulins erreichten, das man kaum mehr wiedererkannte, so schön hatten die Arbeiter die abbröckelnde Fassade restauriert und bemalt, war sie zwar noch blaß, aber sie hatte keine Angst mehr.

Mr. Ortega – sie *mußte* daran denken, ihn «Señor» anzureden, behandelte sie, als wäre sie eine vornehme Dame, und wenn er mit ihr sprach, so machte er das keineswegs von oben herab, sondern er wartete voller Ernst darauf, daß Missie ihre Meinung äußerte. Und sogar die spanische Dame ließ sich zu einem Lächeln bewegen, als sie sie die Treppe hinaufbegleitete und dabei murmelte, daß Ginny wirklich einen ausgezeichneten Geschmack hatte, und daß das Kleid, das sie für Missie ausgesucht habe, außerordentlich schön und passend für eine junge Frau sei.

Missie, von der zum ersten Mal im Leben jemand als «Frau» sprach, konnte nur die Augen aufreißen und erröten. Mrs. Morgan war so freundlich. Und hier zu sein, war wirklich wie ein Traum. Nicht einmal Matts pessimistische Voraussagen hatten vermocht, ihre Phantasievorstellung zu zerstören, sie sei Aschenbrödel und würde bald in eine schöne Prinzessin verwandelt. Und natürlich war Pa lieb und wunderbar gewesen; er hatte ihr mit Bestimmtheit gesagt, sie solle immer vor Augen haben, wer sie sei und sich den märchenhaften Abend durch nichts und niemanden verderben lassen.

Als Missie in den Spiegel blickte und sich zum ersten Mal in dem Kleid sah, das sie tragen würde, hatte sie immer mehr das Gefühl, sie sei eine Gestalt aus einer ihrer selbst erfundenen Geschichten.

«Macht es dir nichts aus, daß es eines von mir ist? Ich habe es nie getragen – mir gefiel das Muster und der Stoff, aber als ich es anprobierte, hatte ich das Gefühl, es sei zu jugendlich für mich. Glaubst du an Bestimmung? Vielleicht habe ich es nur aufbewahrt, weil es dazu bestimmt war, einmal von dir getragen zu werden.»

Ohne Missie Gelegenheit zu geben, mehr als einen verwunderten Seufzer von sich zu geben, drehte sie Ginny schnell herum, nahm ihr das Halsband mit dem Ring ab und legte ihr eine Perlenkette um den Hals.

«Dein Ring wird sicher aufbewahrt, keine Angst. Meine Tante Céline bestand darauf, daß ich an meinem ersten Ball Perlen trug.

Und obwohl ich damals Smaragde vorgezogen hätte, mußte ich feststellen, daß sie recht hatte. Mein Vetter Pierre begleitete mich, ich weiß noch, und ich habe mich nie mehr so sehr vergnügt, wie an jenem Abend.»

Mehr als je fühlte sich Missie in einem Traum, als sie sich drehte, um sich in dem hohen dreifachen Spiegel zu betrachten. Sie war für eine Nacht zur Prinzessin geworden – zu einer wunderschönen Märchenfigur, in der sie sich selbst kaum wiedererkannte.

Sie hatte mindestens eine halbe Stunde lang in einem warmen, parfümierten Bad gelegen und sich nachher mit großen, flauschigen Badetüchern abgetrocknet. Und die spanische Dame, die Ginny Tia Alfonsa nannte, hatte ihr beim Frisieren geholfen. Nachdem ihr Haar trocken war, hatte sie es gebürstet, bis es feurigen Glanz bekam und es dann so zurecht gelegt, daß einzelne Locken bis auf die Schultern fielen.

Sogar ihre Unterröcke waren aus Seide, und sie fühlten sich ungewohnt weich und glatt auf ihrer Haut an. Das Kleid war aus weißem Brokat mit eingewobenen Silberfäden; es fing bei jeder Bewegung das Licht auf und schimmerte. Es war tiefer ausgeschnitten als alle Kleider, die Missie je besessen hatte – aber doch nicht so tief wie Ginnys feueropalfarbenes Kleid, das Tia Alfonsa in Erinnerung schwelgend seufzen ließ.

«Ach – so ein Kleid vergißt man nicht so schnell! Esteban brachte es Ihnen von Mexico-City mit, und Sie haben darin geheiratet. Was haben wir damals mitgemacht! Wie könnte ich so etwas vergessen. Die arme Doña Maria war noch nach Tagen ganz erschöpft.»

«Aber Missie will bestimmt nichts über meine langweilige Vergangenheit hören», sagte Ginny leichthin, und Tia Alfonsa preßte die Lippen zusammen, als hätte sie schon zuviel gesagt. Missie merkte davon allerdings kaum etwas, denn sie war zu sehr damit beschäftigt, ihr eigenes Spiegelbild zu studieren.

Sie hatte immer noch ein traumähnliches Gefühl der Unwirklichkeit; sie meinte, zwei verschiedene Menschen zugleich zu sein: innerlich war sie die alte Missie, die Sumpfgöre mit den großen Augen, und äußerlich Melissa, ein selbstsicheres, liebliches Wesen, das sich kein bißchen fürchtete.

«Willst du mir beim Empfang helfen? Ich muß noch ein paar Dinge in letzter Minute erledigen; abgesehen davon habe ich mir sagen lassen, daß eine wirkliche Dame immer verspätet zu ihren eigenen Soirées erscheint!» Missie freute sich über Ginny Morgans frisches Lachen – und dann, als sie schüchtern und langsam die Treppe hinunterging und sah, wie Mr. Ortegas Augen immer größer und leuchtender wurden als er sie sah . . . da wußte sie, daß sie für alles gewappnet war! Zum allerersten Mal in ihrem Leben hatte Missie

Bewunderung in den Augen eines Mannes gelesen. Wie würde Manolo sie ansehen, wenn er mit ihren Brüdern herkam? Was würde sein Blick aussagen?
Aber dann, während der schrecklich aufregenden Augenblicke, die darauf folgten, hatte Missie keine Zeit mehr, sich zu fragen, wann ihr Partner eintreffen würde, und wie er gekleidet sein mochte, denn sie war viel zu sehr beschäftigt.
Mit dem freundlichen, ruhigen Renaldo an ihrer Seite, der ihr auch hie und da soufflierte, war der Empfang der vornehm gekleideten Gäste wirklich kein Kunststück.
«Ich werde Sie als Ginnys Hausgast vorstellen. Und dann brauchen Sie nur die Hand auszustrecken, zu lächeln und ihnen sagen, wie sehr es Sie freut, sie kennenzulernen.» Er drückte rasch ihre Hand, die sich sogar durch den weißen Seidenhandschuh hindurch kalt anfühlte, und fügte leise und zögernd hinzu: «Ich bin sicher, daß alle Gäste genauso betroffen sein werden von Ihrer Schönheit wie ich, Señorita Melissa.»
Sie blickte ihn mit glänzenden Augen an und stellte etwas überrascht fest, daß er eigentlich sehr gut aussah.
«Oh! Es ist natürlich dieses wunderschöne Kleid, das mich so verändert. Ich erkannte mich selbst kaum im Spiegel, wissen Sie! Mrs. Morgan war so zuvorkommend – ich hoffe bloß, daß ich sie heute abend nicht enttäusche!»
«Ich glaube, deswegen brauchen Sie sich keine Sorgen zu machen!» sagte Renaldo mit mehr Nachdruck, als er eigentlich beabsichtigt hatte. Als die ersten Gäste eintrafen, ertappte er sich dabei, daß er hoffte, all das würde Melissa nicht verändern – daß sie nicht kokett würde, sondern ihren natürlichen, naiven Charme behalte. Sie ist eine kleine «Waldnymphe», dachte er zu seiner eigenen Überraschung. Ich muß mit Genia sprechen – Melissa darf nicht von dieser eleganten Umgebung verdorben oder verletzt werden. Und wenn sich eine Gelegenheit bietet, mit Esteban zu sprechen . . .
Aber würde diese Gelegenheit kommen? Wo war er? Ohne es zu wissen, hatte Ginny den gleichen Gedanken wie Renaldo und Missie, als sie, etwa eine Viertelstunde darauf, die breite, geschwungene Treppe heruntergeschritten kam.
Jetzt, da der Augenblick nahte, war sie nervös – fast ängstlich, trotz der spröden Fröhlichkeit, die sie an den Tag legte. Wenn ihr Anblick Steve nicht das Gedächtnis zurückgab – oder wenn er, aus welchem Grund auch immer, so tun wollte als wäre es so – was dann? Sie hatte das Kleid, das sie an diesem Abend trug, eigens anfertigen lassen; es war eine fast perfekte Kopie des Kleides, das Steve ihr am Abend ihrer überstürzten, heimlichen Hochzeit geschenkt hatte. Und sie trug Feueropale, die wie bunte Flammen an

ihren Ohren, um den schlanken Hals und die Handgelenke glitzerten.
Sie mußte sich beruhigen, sie mußte auf das Schlimmste gefaßt sein, auf alles! Ihre Gedanken arbeiteten fieberhaft, auch wenn sie andauernd lächelte und höfliche Belanglosigkeiten murmelte.
Wann würde er erscheinen? Würde er überhaupt kommen? Sie klammerte sich an die Hoffnung, daß Missies Vater und Brüder ebenfalls noch nicht eingetroffen waren.
Toni Lassiters Auftritt war spät und dramatisch. Sie kam an Richter Benoits Arm. Ihr blaßblondes Haar glänzte silbern im glitzernden Kerzenlicht, ihr Kleid war aus Brokat, in einem gedämpften Goldton und unterstrich die Farbe ihrer bernsteingoldenen Augen. Ihre nackten Schultern und Arme leuchteten perlmuttfarben, und ihre rosa Lippen, die immer feucht waren, verzogen sich zu einem Lächeln, das spöttisch und herausfordernd sein sollte.
«Ich habe schon so viel über Sie gehört von meinem lieben Nicky! Und, du meine Güte, was für Wunder haben sie an dieser alten, verfallenen Ruine von Haus vollbracht! Natürlich wurde es nicht so gut und solide gebaut, wie das Haus meines verstorbenen Mannes. Sein Vater hat es gebaut, wissen Sie, und wenn der Fluß über die Ufer tritt, kommt das Wasser nie bis zum Haus hinauf. Ich hoffe für Sie, daß wir nicht nochmals so eine katastrophale Überschwemmung haben werden wie vor zwei Jahren. Aber Sie werden ja höchstwahrscheinlich nicht hierbleiben wollen, wie?»
Sie ist eine unfeine, überhebliche Hure! dachte Ginny erbost. Wie *konnte* Steve – auch wenn er sich wirklich an nichts mehr aus der Vergangenheit erinnerte! Am liebsten hätte sie eine Strähne von Tonis silberblondem Haar ausgerissen und ihr Kleid vom tiefen Ausschnitt bis zur Taille zerfetzt; aber statt dessen lächelte sie zuckersüß und tat so, als hätte sie die Herausforderung in Toni Lassiters Worten nicht bemerkt.
«Ich bin so glücklich, Sie endlich kennenzulernen. Sie sind genau so, wie ich Sie mir vorgestellt habe. Wir müssen später zusammen plaudern. Richter Benoit, ich bin erfreut, Sie zu sehen.»
Wie brachte sie das fertig? Nach all dem, was diese eklige Toni gesagt hatte, wie brachte sie es zustande, so süß zu sein? fragte sich Missie, und war froh, daß sie in Renaldo Ortegas Nähe stand. Sie konnte sehr wohl das unsympathische Glitzern in Tonis Augen sehen, und die Art, wie sie ihre vollen Lippen verzog, aber sie warf die Schultern zurück und neigte leicht den Kopf, wie sie es bei Ginny Morgan gesehen hatte.
«So was Missie! Ich schwöre – ich hätte dich kaum wiedererkannt, jetzt wo du ausnahmsweise die schlampigen Fetzen abgelegt hast, die du so gerne trägst! Spielst du heute abend Aschenbrödel?»

Überraschenderweise war es Nick Benoit, der Missie vor Tonis Giftspritzerei rettete.
«Du siehst wunderschön aus, Melissa. Und genau wie deine Mutter in dem Alter. Du wirst heute abend allen jungen Männern den Kopf verdrehen, weißt du. Vergiß bloß nicht, deinem Onkel einen Tanz zu reservieren!» Dann führte er Toni weiter, indem er sie mit festem Griff am Ellbogen packte, bevor sie eine Gelegenheit hatte, weitere gehässige Bemerkungen zu machen. «Komm, ich hole dir ein Glas Punch, Toni, mein Liebling. Und versuch doch bitte, den bitterbösen Ausdruck aus deinem Gesicht zu bannen; er paßt so schlecht zu der Rolle, die du heute abend spielen willst.»
Zum Glück war die Nacht mild und warm. Die drei beleuchteten Innenhöfe waren bereits voller Leute, die Toni verächtlich als das «Fußvolk» bezeichnete. Ihren eigenen Cowboys hatte sie verboten herzukommen, aber fast alle anderen Rancher der Umgebung waren vertreten; ganz abgesehen von den ruhigen mexikanischen Siedlern, die gewöhnlich unter sich blieben, und von Toni als «Patrona» sprachen.
Das war ein weiterer Grund für Tonis kaum versteckten Ärger. «Siehst du jetzt, was ich dir schon immer zu sagen versucht habe? Sie ist viel zu neugierig und aufdringlich, diese Hure! Sie und ihr sogenannter Vetter haben auch die kleinsten Hütten aufgesucht, wo diese Mexikaner leben. Offensichtlich sprechen sie dieselbe Sprache – kannst du dir das vorstellen? Und wie kommt denn eigentlich eine Senatorentochter, deren Vater aus Virginia und deren Mutter aus Frankreich stammt, überhaupt zu einem Vetter, der Mexikaner ist? Ich sage dir Nicky, du tust gut daran, herauszufinden, was hinter den teuren Kleidern steckt, die sie trägt!» Toni gab ein hohes, wütendes Kichern von sich. «Vielleicht war sie eine Hure, als ihr Gatte sie auflas! Es würde mich überhaupt nicht überraschen. Und wenn dich ihre gesellschaftsfähigen Manieren blenden, mich nicht! Ich will sie nicht mehr lange hier haben, ich warne dich!»
Überraschenderweise war Toni nicht die einzige, der die Anwesenheit der Rancher und Mexikaner Sorgen bereitete. Persis Belmont flüsterte ihrer Gastgeberin zu, daß ihr Mann ganz nervös sei – er fürchte, daß eine Schlägerei entstehen könnte.
«Unsere Männer sind bei den lokalen Leuten nicht sehr beliebt, weißt du. Einige dieser texanischen Cowboys haben den Krieg nie vergessen. Sie haben uns nicht gern, und ebensowenig diese armen, bedauernswerten Mexikaner. Ginny, bist du sicher . . .»
«Meine Leute sind gewarnt worden. Und die Mexikaner werden kaum etwas anzetteln wollen. Ich glaube, alle Parteien sind zu vorsichtig, als daß sie Schwierigkeiten machen würden, zumindest

heute abend. Bitte, mach dir keine Sorgen, Persis. Es wird nichts geschehen!»

«Nun, ich hoffe es nicht ... aber ich traue dem Grinsen auf dem Gesicht dieses Lassiterweibes auch nicht, wenn du die Wahrheit wissen willst!» Persis Belmont zögerte und legte dann ihre Hand auf Ginnys Arm. Sie senkte die Stimme, so daß Missie, die mit Señor Ortega ganz in der Nähe stand, sie nicht hören konnte. «Und ich hoffe, daß dieser blauäugige Indianer sich doch noch dazu entschließt, heute abend fernzubleiben! Ich weiß, das Kind würde enttäuscht sein, aber sie ist viel zu süß und zu unschuldig, als daß man es zulassen darf, daß sie mit einem solchen Mann verkehrt. Ich spreche nicht gerne so viele Warnungen aus, Ginny, aber du weißt genug, um einzusehen, daß er ein Unruhestifter ist! Es war hier verhältnismäßig friedlich, bis er auftauchte, aus dem Nichts – als hätte ihn der Teufel persönlich hergeschickt, um alles aufzurühren! Ich hoffe wirklich ... oh!»

Ginny hatte den schlimmen Warnungen ihrer Freundin mit einem angespannten, höflichen Lächeln zugehört; aber jetzt, als sie Persis' Blick folgte, konnte sie nicht verhindern, daß alle Farbe aus ihrem Gesicht wich.

Er war da! Und plötzlich pochte ihr Herz so laut, daß sie meinte, Persis müßte es sicher hören, und sie fühlte sich in all jene Nächte zurückversetzt, als sie darauf wartete, daß Steve zu ihr kam – und nicht wußte, wie er reagieren, oder was er ihr antun würde ...

Aber ich kann doch wirklich nicht gut zu ihm gehen und ihm ein Messer an die Kehle setzen, nur damit er auf mich aufmerksam wird, dachte sie stumpf. Sie war wütend, ängstlich und unsicher zugleich. Sie wußte nicht, ob sie gefaßt genug war für den Augenblick, in welchem er ihr zum ersten Mal in die Augen schauen würde.

Es war vielleicht ein Glück, daß Persis Belmont selbst viel zu sehr verblüfft war, um die Aufregung ihrer Freundin zu bemerken.

Sie hob die Brauen und flüsterte erstaunt: «Ich kann es kaum fassen, daß das der selbe Mann ist! Er hat sich sogar rasiert und sein Haar geschnitten – es reichte ihm bis zu den Schultern und er trug immer ein Stirnband, wie ein Indianer; wahrscheinlich war es nur, um uns zu schockieren! Und ich sah ihn nie anders als in schäbigen, schmutzigen Wildlederfetzen – ich frage mich nur, was für Missetaten er im Schilde führt!»

Es schien, als wäre ein plötzliches, fast unmerkliches Schweigen hereingebrochen, als die fünf Männer in den großen Empfangsraum traten, dessen Türe gastlich offenstand: Joe Carter, der in seinen ladenneuen Kleidern unbehaglich und etwas befangen aussah, ging seinen drei Söhnen voran. Der große Mann mit den harten

Gesichtszügen, den man Manolo nannte, trug einen schwarz und silbernen mexikanischen Charro-Anzug, und zwar mit einer Selbstsicherheit, die an Frechheit grenzte. Eine kurze Jacke und schwarze Hosen, seitlich mit Silberstreifen verziert, die enganliegend saßen, und ein weißes Hemd mit Rüschen.
Ginny, die wie angewurzelt dastand, hörte, wie das Gespräch plötzlich nervös weiterging, fast unvermittelt, nach der vorausgehenden Unterbrechung. Daraus heraus hörte sie Missies erleichterten Ausruf: «Oh! Sie sind gekommen! Sie sind endlich da!» Ihr spitzes Gesicht war plötzlich voller Eifer und leuchtete vor Freude. Unbekümmert zeigte sie ihre Freude vor allen Anwesenden.
Sie hat sich also noch keine Falschheit zugelegt und verbirgt ihre Gefühle nicht hinter einer gleichmütigen Haltung oder einem steifen Lächeln, dachte Renaldo bei sich, wobei er sich fragte, woher das plötzliche, bittere Gefühl in seinem Mund stammte.
Kurz vorher hatte sich eine Gruppe eifriger, bewundernder Offiziere um Missie geschart, und jeder hatte um die Ehre eines Tanzes gebeten. Aber jetzt, da sie durch den Raum eilte, bemerkte sie keinen mehr von ihnen, und schon gar nicht die schockierten Blicke, die ihr mißbilligend folgten.
Das einzige was sie sah war Manolo, der aussah wie ein spanischer Adliger – und all das nur für sie; weil er nicht wollte, daß sie sich seiner vor all diesen Leuten schämen mußte. Und wie seine Augen dunkler wurden, sich verengten und er sie anschaute und eine Braue leicht dabei anhob.
«Missie ... du siehst ja wie eine Prinzessin aus heute abend. Viel zu schön für uns gewöhnliche Leute hier!»
Zu spät dachte sie daran, ihr Ungestüm etwas zu zügeln, und ihre Stimme tönte atemlos.
«Meinen Sie das wirklich? Gefällt es Ihnen, wie ich aussehe? Pa, findest du mich schön? Wie Mama?»
«Du bist wunderschön, p'tite!» Joe Carters Stimme war vor Erregung heiser und ihre Brüder glotzten sie an. Als aber Matt begann, ein finsteres Gesicht zu machen, wußte Missie, daß er dachte, sie hätte sich nicht von dieser außenstehenden, fremden Frau abhängig machen sollen. Aber heute abend würde sie sich um nichts Sorgen machen. Schon gar nicht, wenn Manolo sie endlich als Frau betrachtete und sein Mundwinkel sich zu einem Lächeln verzog, das nur ihr galt.
«Dein Vater hat recht, Prinzessin, du bist die hübscheste Dame hier im Raum. Hast du bereits alle Tänze vergeben, oder hast du daran gedacht, einen oder zwei für mich zu reservieren?»
«Aber ich habe noch keinen einzigen versprochen! Das heißt, außer Señor Ortega ... und zwar, weil ich ihm beim Empfang geholfen

habe, während Mrs. Morgan – sie sagte, ich solle sie Ginny nennen! während also sie sich noch fertig ankleidete. Er bat mich, den Tanz mit ihm zu eröffnen, und, oh, er ist so nett; es ist ihr Vetter, wissen Sie! Kommen Sie! Ich stelle Sie ihr vor. Sie ist wirklich nett und gar nicht . . .»

«Es scheint, als seien all diese eleganten Kleider und das vornehme Gerede, das sie gehört hat, unserem Schwesterlein zu Kopfe gestiegen», brummte Matt; der drohende Blick seines Vaters ließ ihn jedoch plötzlich verstummen.

«Sie war sehr zuvorkommend zu Missie, und wir sind heute abend ihre Gäste. Bitte, denk daran, mein Sohn.»

«Sie ist schön – und sie ist eine wirkliche Dame – und, im Gegensatz zu Toni, setzt sie nicht ein süßes Lächeln auf, um einen gleichzeitig mit dem Blick zu töten!»

Matt sah wütend aus, aber Manolo lachte, wobei die feine Narbe auf seiner Wange mit dem Grübchen verschmolz, das sich immer zeigte, wenn er lächelte.

«Wenn du wütend bist, siehst du wie eine kleine, fauchende Katze aus, und das paßt irgendwie nicht zu diesem Kleid und den Perlen.» Als er ihren bestürzten Blick sah, lächelte er schief. «Komm, stell uns deinen neuen Freunden vor, ja?»

Einundfünfzigstes Kapitel

«Es sieht ganz so aus, als sei es deinem Indianer gelungen, sich heute abend in einen spanischen Gentleman zu verwandeln», sagte Nick Benoit sanft, aber seine Worte klangen gleichzeitig auch ein wenig verblüfft. «Vielleicht sollte ich wirklich endlich etwas unternehmen, um herauszufinden, wer er ist, und wie er hierher kam!»

«Ich dachte, das hättest du schon getan?» sagte Toni Lassiter scharf, und ihre bernsteinfarbenen Augen waren hart wie Steine. Ich habe dir immer gesagt, er sei ein gebildeter Mann – aber du wolltest es ja nicht hören, oder?»

«Ich nehme an, er hat sich für meine Nichte so herausgeputzt», murmelte Benoit boshaft. «Du mußt doch zugeben, meine Liebe, daß sie heute abend ganz verwandelt ist! Ich frage mich, warum ich nicht schon eher bemerkt habe, daß unsere Missie sich zu einer Schönheit entwickelt. Und es macht den Eindruck, als sei es ihr gelungen, das Tier zu bändigen, nicht wahr?»

«Ach, halt doch dein Maul!» stieß Toni wütend hervor, während auf ihren rosa Lippen noch immer ein Lächeln stand. «Diese schmutzige, kleine Sumpfgöre – dieses Kind! Meinst du, er habe sich für *sie* so zurechtgemacht? Weißt du, Nicky, mein Lieber, der Comanche weiß ganz genau, was er tut. Und deine dumme, kleine Nichte weiß das nicht, trotz all den fremden Federn, mit denen sie sich schmückt!»

Joe Carters Haltung war ungewöhnlich starr, und auch seine Söhne machten einen steifen und unbehaglichen Eindruck, als sie Missie und Manolo durch den Raum folgten. Einzig Missie, die stolz am Arm ihres großen Begleiters hing, und dieser selbst, schienen die plötzliche Befangenheit, die alle überkommen hatte, nicht wahrzunehmen.

Oberst Belmont neigte steif den Kopf und erhaschte Manolos ironischen Blick. «Oberst . . .?» Sein leichtes Kopfnicken war eine Beleidigung für sich, und der Oberst hatte Mühe, seine Wut zu zügeln. Dies war bei Gott fast zuviel! Richter Benoit hatte recht und Persis auch. Der Mann war frech und viel zu sehr von sich eingenommen, besonders in Anbetracht seiner reichlich zweideutigen Lage hier! Da mußte etwas unternommen werden . . .

Ginnys verwirrte Gedanken jagten einander, während sie sich steif aufrichtete. Sie hatte kaum wahrgenommen, daß Renaldo von irgendwoher aufgetaucht war und jetzt an ihrer Seite stand, aber seine Anwesenheit gab ihr Kraft. Steve hatte sie noch immer nicht direkt angesehen!

Schließlich ging der Augenblick, auf den sie sich gefreut und den sie gleichzeitig so gefürchtet hatte, so schnell und zwanglos vorüber, daß sie Sekunden später kaum fassen konnte, daß es wirklich geschehen war.

Nur Missie merkte, wie Manolos Arm unter ihren Fingern sich plötzlich anspannte, aber sie war zu aufgeregt, um sich darüber zu wundern. Sie waren von Onkel Nicks starrem und irgendwie fragendem Lächeln und Tonis messerscharfem Blick gemustert worden. Als sie Señor Ortegas ruhige Augen trafen, fühlte sie sich wieder selbstsicherer. Das schöne, weiß-silberne Kleid und die seidenen Unterröcke raschelten bei jedem Schritt den sie machte und erinnerten sie daran, wie hübsch sie heute abend aussah – und daß sie eine Frau, eine Dame war. Hatte nicht sogar Manolo gesagt, daß sie wie eine Prinzessin aussah? Ihr Tagtraum war Wirklichkeit – es geschah alles wirklich!

Mrs. Morgan hatte ihr die Mühe erspart, eine formale Vorstellung hervorzustottern. Missie dachte, daß sie ihre neue Freundin noch nie mit so glänzenden Augen und geröteten Wangen gesehen hatte, wie in jenem Augenblick, als sie leichthin sagte: «Und dies muß dein Gast sein, Missie. Schade, daß Sie erst so spät kommen konnten.»

Ihre Hände berührten sich. Ihre Augen trafen sich. Und – nichts!

Nur ein leichtes Verengen von Steves Augen und ein fast unmerkliches Anspannen seiner Gesichtsmuskeln, als Missie atemlos mit ihrer kindlichen Stimme die kurze Pause zu füllen versuchte, die auf einmal zwischen den beiden eingetreten war.
War dies wirklich Ginnys Stimme gewesen, so arglos? Warum gab er ihr das Gefühl, als treffe sie einen Fremden zum ersten Mal? Bei all dem, was sie gemeinsam hatten, all den Erinnerungen an Leidenschaft, Gewalt und Liebe. Und jetzt nannte er sie wieder «Ma'am», und erst noch in jenem schleppenden, sarkastischen Tonfall, den sie immer gehaßt hatte!
«Es freut mich, Sie kennenzulernen, Ma'am. Und vielen Dank für Ihre freundliche Einladung.»
Wie konnte er es wagen?
Sie antwortete auf spanisch, denn sie wollte ihn herausfordern.
«Das Vergnügen ist ganz meinerseits, Señor, ich habe schon so viel von Ihnen gehört. Fühlen Sie sich ganz zu Hause – heute abend.»
«Ich frage mich, was Sie gehört haben können, Señora? Ich bin überrascht, daß ein so unbedeutender Mann wie ich Ihre Aufmerksamkeit erregt.»
Jetzt schritt Renaldo schnell ein, denn er fürchtete einen Wutanfall von Ginny.
«Meine Cousine und ich wollten natürlich alle unsere Nachbarn kennenlernen. Ach, Mr. Carter, nett Sie wiederzusehen. Und Ihre Söhne. Sie sind gerade rechtzeitig für den Tanz eingetroffen. Aber zuerst – Sie sind sicher alle durstig? Wir haben dort drüben eine Tafel mit Speisen und Getränken aufgestellt, wenn Sie gestatten?»
Sie gingen hinüber, und Missie hing immer noch unbefangen an Steves Arm. Und mit knirschenden Zähnen sah Ginny zu, wie Steve kurz bei Toni Lassiter halt machte, die mit ihrem boshaften, falschen Lächeln auf den Lippen die Frechheit hatte, ihre Hand neckisch an sein glattrasiertes Gesicht zu legen.
«Nun – was hältst du von unserem lokalen Bösewicht?»
Es war ein Glücksfall, daß Persis Belmonts Stimme Ginnys Gedankenfluß gerade in diesem Augenblick unterbrach. Sie war drauf und dran gewesen, Steve voller Rachegefühle zu folgen. Aber jetzt nahm sie sich zusammen und setzte ein Lächeln auf.
«Ich kann mir natürlich noch keine Meinung bilden. Aber ich glaube, er gefällt mir nicht besonders!»
«Das überrascht mich nicht. Hast du gesehen, wie sich dieses Weib benommen hat? Sie ist so offensichtlich eine Nutte, und glaube mir, dieses Wort benütze ich nicht oft. Armer Richter Benoit. Man sah ihm an, wie ungern er daneben stand, als sie . . . Er traut diesem Mann auch nicht. Und er macht sich Sorgen um seine kleine Nichte. Erst gestern sagte er zu Rodney . . .»

Ginny gab sich Mühe, ein interessiertes Gesicht zu machen und ihren inneren Aufruhr zu beherrschen, während sie zuhörte, was Persis ihr erzählte. Sie brauchte ihre ganze Willenskraft, höflich stehen zu bleiben, als sie am anderen Ende des Raumes sah, wie Renaldo Missie um einen Tanz bat, und die Lassiter schamlos und frech ihren eigenen Begleiter stehen ließ, zu Steve ging und ihm eine Hand auf die Schulter legte. Achselzuckend stellte er sein Glas hin – und in diesem Augenblick wurde Ginny selbst von Nicholas Benoit, der wie immer ausgesprochen höflich war, um einen Tanz gebeten.

Schon bald war die für den Tanz vorgesehene Fläche voll von tanzenden Paaren, das Orchester spielte frisch auf.

Ginny wußte später nicht mehr, wie sie es fertig gebracht hatte, zu lächeln und Richter Benoits Komplimente und schlecht getarnte Fragen zu erwidern. Mit dem größten Teil ihrer Gedanken weilte sie ohne es zu wollen bei Steve, der inzwischen viel zu eng mit Toni Lassiter tanzte. Auf seinen Lippen stand das ihr wohlbekannte sarkastisch-spöttische Lächeln. Offensichtlich war Nick Benoit von der Entwicklung der Dinge ebenso wenig begeistert wie sie.

«Ich glaube, ich muß mich entschuldigen. Manchmal ist meine Schwägerin geradezu versessen darauf, ihre Umgebung zu schockieren.»

«*Er* aber bestimmt auch.»

Ginny fing den plötzlichen, scharfen Blick ihres Partners auf und lachte leise und mißbilligend.

«Das war weibliche Intuition, glaube ich. Ich hätte das nicht sagen sollen.»

«Aber ich bin froh, daß Sie es sagten. Ich hoffe, daß Sie sich mir gegenüber immer frei genug fühlen, zu sagen, was Sie denken.»

Ginny fühlte den leichten Druck von Benoits Fingern auf den ihren. Nachdenklich fuhr er fort: «Ich bin froh, daß Sie ihn durchschaut haben. Ich fragte mich, als ich die überraschende Verwandlung seines Äußeren sah, was er wohl diesmal vorhätte. Es scheint fast, als wolle er uns alle an der Nase herum führen, und ich muß gestehen, daß ich ihm nicht traue. Ein Mann, der nichts zu verlieren hat als sein Leben, kann außerordentlich gefährlich sein!»

Ginny schauderte übertrieben und riß ihre grünen Augen weit auf.

«Oh – das hoffe ich aber nicht! Weshalb sollte er mir – oder uns – gefährlich werden? Schließlich sind weder ich noch mein Vetter auch nur irgendwie in die örtlichen Streitigkeiten verwickelt, und ich sehe auch keinen Grund, weshalb wir nicht alle zusammen in Frieden leben könnten!»

«Ich befürchte aber, daß es Leute gibt, die darüber anders denken», sagte Benoit grimmig. «Und obwohl Ihre Absichten sicher löblich

sind, sehe ich es als meine Pflicht an, Sie zur Vorsicht zu ermahnen.»
Vorsicht! Es war Ginny, als wäre sie ihr ganzes Leben immer nur gewarnt worden, nicht zu ungestüm zu sein, vorsichtig zu sein, sorgsam zu sein. Und doch war sie jetzt da und spielte in einem lächerlichen Drama brav ihre Rolle. Sie hatte gelernt, zu handeln, aber sie hatte nie gelernt, umsichtig zu sein.
Ihre Geduld und Selbstbeherrschung wurden auf eine harte Probe gestellt, als sie zusehen mußte, wie ihr Mann mit Toni tanzte – und so tun mußte, als wäre er ein Fremder für sie. Und sie fragte sich, was Steve dachte ...
Feurige grüne, seltsam schrägstehende Augen. Blaßkupferfarbenes Haar, hoch auf dem Kopf aufgesteckt und in Locken auf die Schultern fallend. Ihre Haar- und Augenfarbe waren denen Missies ähnlich und, obwohl die Parallelen dort aufhörten, blieb ein nagendes, bedrückendes Gefühl von Vertrautem. Steve ahnte, ohne zu wissen warum, wie sich ihr Haar anfühlen mußte; wie es schwer wie Seide durch die Finger gleiten würde. Und ohne sie geküßt zu haben, oder auch nur den Wunsch dazu zu haben, wußte er, wie weich sich ihre Lippen anfühlen mußten, wenn sie sich unter den seinen öffnen und die Süße ihres Mundes freigeben würden. Virginia Morgan, Ginny. Seine Muskeln spannten sich, als er im Geist ihren Namen wiederholte und sich an das trotzige Heben ihres Kinns erinnerte.
Als hätte sie gefühlt, daß er sich in Gedanken von ihr zurückzog, gruben sich Tonis Fingernägel in seine Schulter.
«Was hat sie zu dir gesagt? Diese gönnerhafte Hure – ich hasse sie! Und es ist mir egal, wie viele Leute sie schon zum Narren gehalten hat, eingeschlossen den armen Nicky. Ich traue ihr nicht. Comanche! Hörst du mir zu? Sie führt etwas im Schilde, das fühle ich. Warum wäre sie sonst so bestrebt, sich hier bei jedermann einzuschmeicheln? All dieses Getue um Missie – warum sollte sie sich auch für diese kleine Sumpfgöre interessieren? Ich glaube, sie will etwas ganz Bestimmtes. Deshalb ist sie hier. Sieh doch, wie sie alles durcheinanderbrachte, indem sie diese mexikanischen Landarbeiter zu der Fiesta einlud, als ob ... als ob diese Leute zählen würden.»
Auf einmal hatte er Lust, Toni in ihr schmollendes, sinnliches Gesicht zu schlagen, mitten auf ihren vollen, rosigen Mund, der es so gut verstand, einen Mann in Erregung zu versetzen. Angeekelt schaute er mit einer angehobenen Braue auf sie hinunter.
«Messalina – du bist ganz einfach eifersüchtig – gib es zu!»
«Eifersüchtig auf die? Dieses bläßliche, schlappe, verschlagene Wesen? Nur weil sie genug Geld hat, um sich Kleider und Schmuck zu kaufen, bringt sie es fertig, diesen Haufen von Narren zu blenden –

aber du läßt dich von ihr nicht blenden, nicht wahr, Comanche? Nun, wenn ich so reich wäre wie sie, würde ich mich zur Königin dieses ganzen Staates machen! Und ich werde es tun, und du wirst mir dabei helfen, nicht wahr, Comanche? Du bist der einzige Mann, den ich kenne, der hart und skrupellos genug ist, und du siehst doch jetzt ein, daß wir sie loswerden müssen?»

«Du bist verrückt», sagte er entschieden, aber seine Augen waren argwöhnisch, als sie ihren vor Aufregung glänzenden, bernsteinfarbenen begegneten.

«O nein, das bin ich nicht! Diese Frau hat etwas vor – wußtest du eigentlich, daß ihr Vater in Washington sehr einflußreich ist? Du kannst sicher sein, daß Nicky alles weiß! Vielleicht steckt der Vater sogar dahinter, vielleicht hat er sie aus irgendeinem Grunde hergeschickt? Weißt du auch, wie viele Regierungsleute hier herumschnüffeln? Vielleicht kam sie deshalb. Um soviel wie möglich herauszufinden, und dann alles zu zerstören, was ich seit dem Krieg aufgebaut habe. Warum wäre sie sonst so freundlich zu diesen einfältigen mexikanischen Bauern? Sie spricht sogar ihre Sprache – als nächstes wird sie ihnen wahrscheinlich Flausen in den Kopf setzen wegen des Landes, auf dem ich sie leben lasse, indem sie ihnen von *Rechten* erzählt. Schau sie dir jetzt an, wie sie leise mit Oberst Belmont spricht. Worüber meinst du, sprechen sie? Du weißt doch, daß dich der Oberst nicht ausstehen kann, Comanche. Er würde dich verhaften lassen, wenn er könnte. Vielleicht planen sie genau das in diesem Augenblick!»

Manolo runzelte finster die Stirn. Toni übertrieb gerne, aber in diesem Falle könnte einiges in ihren gehässigen Worten zutreffend sein.

Er hörte Toni leise kichern. «Das siehst du doch? Das mußt du doch auch sehen, oder? Du bist wie ich, mein Geliebter. Genauso gemein und so skrupellos wie ich, deshalb passen wir ja auch zusammen.» Listig fügte sie hinzu: «Und du machst dir doch auch Sorgen um deine kleine Missie? Weißt du, wie oft sie diesen Vetter, diesen Señor Ortega getroffen hat? Weshalb wohl verkleidet diese Hure von einer Morgan Missie in eine Puppe? Entweder wollen sie Auskünfte von ihr, oder dieser Renaldo Ortega will sie noch vor dir verführen, Comanche!»

«Eines Tages, Messalina, werde ich mit großem Vergnügen deine weiße Gurgel mit meinen bloßen Händen zudrücken.» Es tönte wie ein Versprechen, aber sie lächelte nur zu seinen Augen hinauf, obwohl diese seine Wut kaum verbergen konnten.

«Und vielleicht kriege ich dich zuerst! Aber zuvor haben wir einander nötig, nicht wahr, Liebling, mein Wilder?»

Ohne zu antworten führte er sie dorthin, wo Missie stand und so tat, als würde sie zuhören, was ein junger Armeeleutnant ihr erzählte. Missies ganzes Gesicht leuchtete auf, als sie Manolo sah – wie immer war sie unfähig, ihre Gefühle zu verbergen. Diese blöde, kleine Idiotin, dachte Toni boshaft und lächelte ihr süßestes Lächeln zu dem jungen Mann hinüber, dessen Gesicht auch sogleich freudiges Erstaunen und Verwirrung verriet.

Bevor Manolo irgend etwas unternehmen konnte, schlug Toni schon vor, daß sie die Partner wechseln könnten, wobei sie ihm einen boshaften Blick zuwarf. Leutnant Armitage konnte sein Glück kaum fassen. Wenn seine Regimentskameraden ihn mit Toni Lassiter tanzen sähen!

Was Missie betraf, so konnte nicht einmal Tonis verächtlicher Blick ihr die reine Freude dieses Augenblicks verderben. Manolo hielt sie in seinen Armen, und es war keine Überraschung für sie, festzustellen, daß er mit der gleichen, katzenhaften Behendigkeit tanzte, mit der er auch ging. Er führte sie so geschickt, daß sie Walzer tanzte, als hätte sie es schon immer getan.

«Du hast mir gefehlt, Prinzessin. Schon müde vom Tanzen?»

Wieder antwortete sie atemlos. «Nie im Leben! Nie werde ich müde vom Tanzen – ich glaube, ich könnte die ganze Nacht durchtanzen!»

Mit Missie zu tanzen war wie klare Luft zu atmen. Er verbannte Toni aus seinen Gedanken. Und die Frau mit den kupferfarbenen Haaren, die ihn so seltsam und gegen seinen Willen aufgewühlt hatte. – Sie erinnerte ihn an jemanden, den er einst gekannt haben mußte. Vielleicht eine nicht sehr angenehme Erinnerung – das würde das unbestimmte Gefühl der Abwehr erklären, das ihn beschlich, als er ihr vorgestellt wurde. Nick Benoit hatte zu Toni gesagt, sie sei eine kluge Frau – nun, er würde Zeit haben, später mehr über sie in Erfahrung zu bringen. Die heutige Nacht gehörte Missie, und nichts durfte sie ihr verderben.

Neckend sagte er: «Wie viele Partner hast du für heute abend vorgesehen? Vielleicht hätte ich dich diesem netten, jungen Leutnant nicht wegnehmen dürfen!»

«Er war reichlich dumm, wissen Sie! Und so jung! Abgesehen davon hat er mich sofort vergessen, sobald er Toni sah. Und ich bin froh darüber – ich habe auf Sie gewartet!»

«Du mußt lernen, deine Gefühle zu verbergen, kleines Mädchen.»

Sie fragte sich, weshalb seine Stimme plötzlich so rauh tönte.

«Aber warum denn? Und ich bin kein kleines Mädchen! Ich bin siebzehn, und in meinem Alter war meine Mutter schon verheiratet. Wie lange wollen Sie mich noch wie ein Kind behandeln? Ich bin eine *Frau*!»

Sie sah wie er die Augenbrauen hochzog und hörte sein halb spötti-

sches Lachen. Vor lauter Wut schmiegte sie plötzlich ihren Körper an seinen, wie sie es bei Toni gesehen hatte. Er würde sie schon bemerken! Sie war kein Kind mehr, und keiner der anwesenden Herren hatte sie wie ein Kind behandelt!
«Verdammt, Missie! Flirtest du mit mir?» Manolos Stimme war grimmig, aber er machte keine Anstalten, sie weiter von sich weg zu halten, und Missie fühlte ein Triumphgefühl in sich aufsteigen.
«Ja, das tu ich», sagte sie trotzig. «Ist es nicht das, was man von einer jungen Frau erwartet? Wie reagieren Sie, wenn eine Frau mit Ihnen flirtet?»
«Das hängt von der Frau ab, und was sie zu bieten hat.» Seine Stimme war zuerst hart, wurde aber plötzlich leicht. «Wenn es ein hübsches, junges Ding ist wie du, Prinzessin . . .», dann neigte er seinen Kopf und flüsterte ihr ins Ohr, «dann ziehe ich sie näher an mich, wie jetzt, und nach einer Weile frage ich sie, ob sie nicht mit mir ein bißchen an die frische Luft gehen will.»
«Und dann – wenn sie will?» fragte sie tonlos mit glitzernden Augen.
«Nette junge Frauen erröten und schauen beschämt weg. Und dann flüstern sie, daß sie das lieber nicht tun möchten – die Leute könnten auf falsche Gedanken kommen.»
«Aber wenn *ich* es wäre, mir wäre es egal, was die Leute denken. Ich glaube, Flirten gefällt mir nicht, wenn es bedeutet, daß man Dinge vorgibt und sagt, die man gar nicht meint. Ich will, daß Sie mich küssen – ich will, daß Sie der erste sind.»
«Mein Gott, Prinzessin!» Er war so wütend, daß er sie am liebsten geschüttelt hätte. Was für Flausen hatte ihr diese Mrs. Morgan nur in den Kopf gesetzt? Und dieser Vetter, der um den ersten Tanz mit Missie gebeten hatte. Einerseits merkte er komischerweise plötzlich, daß er die Gefühle eines Vaters nachempfinden konnte, und andererseits – um seine Wut zu verbergen, die immer größer wurde, sagte er ironisch: «Hast du auch schon jemanden für das zweite Mal auserwählt? Und für die folgenden Male? Es gibt Männer, die sich von einem Kuß mehr versprechen, und genau deshalb haben in Spanien und Mexico so neugierige, kleine Mädchen wie du immer eine strenge, alte Anstandsdame auf den Fersen.»
«Oh!» Tränen der Wut und Verzweiflung füllten Missies Augen. Wie konnte er sie nur wie ein Baby behandeln – und so tun, als wäre er ihr Vater? Sie begann, sich von ihm loszureißen und vergaß all die anderen tanzenden Paare, die sie neugierig anblickten. «Aber ich bin kein kleines Mädchen – hören Sie? Und wenn Sie weiterhin so tun, als wäre ich es, dann – dann werde ich mir etwas einfallen lassen! Und wenn Señor Ortega mich küssen will, lasse ich ihn gewähren, jawohl! Er ist viel netter als Sie, und er flirtet

auch nicht mit jeder Frau in seiner Umgebung, und er – er behandelt mich, als wäre ich eine erwachsene Dame, er gibt es nicht nur vor und neckt mich wie Sie!»

«Missie!» stieß er zwischen seinen zusammengebissenen Zähnen hervor, und die Härte seiner Stimme warnte sie, aber sie war zu sehr überreizt, um innezuhalten.

«Lassen Sie mich. Ich will nicht mehr mit Ihnen weitertanzen!» Sie fürchtete, ihre Augen würden vor Tränen überlaufen. Aber plötzlich fühlte sie Manolos Arm hart wie Stahl um ihre Taille, und er drückte ihre Finger so stark, daß sie leise vor Schmerz aufschrie.

«Hat dir schon einmal jemand gesagt, daß du dich zu einer kleinen, verwöhnten Göre entwickelst? Und höre auf, dich wie eine Wildkatze zu wehren, versuche mindestens so zu tun, als seist du eine Dame, wenn ich dich jetzt zu Señor Ortega zurückbringe.»

«Ich glaube, ich hasse Sie!»

Er belohnte ihren Ausbruch mit einem sarkastischen Lächeln.

«Mir ist, als hätte ich das früher sehr oft zu hören bekommen, du rothaariger Hitzkopf.»

Missie, die ohne viel Federlesens einfach vor den erstaunt dreinblickenden Señor Ortega hingestellt wurde, fühlte sich übel und elend, während Manolo rechtsumkehrt machte und davonschritt. Zweifellos suchte er jetzt Toni, die beileibe kein unerfahrenes Mädchen war – wie hatte er das genannt? Eine verwöhnte Göre . . ., oh, und jetzt hatte sie ihn für immer verloren, weil sie ihre Wut gezeigt und sich nicht verstellt hatte.

In ihrer Kehle saß ein Kloß, so groß, daß sie das Gefühl hatte, sie müßte ersticken, wenn sie versuchte, ihn hinunterzuschlucken. Sie wollte jetzt nur noch Pa finden und ihm sagen, sie möchte nach Hause gehen.

Statt dessen aber wurde sie unter Getue von Señora Armijo die Treppe hinaufgeführt, und ihre neue Freundin Ginny sagte streng, daß zum Erwachsen werden auch gehöre, daß man ein wenig – nur ein klein wenig – Theater spielen können müsse.

«Männer sind seltsame Wesen, eines Tages wirst du das merken. Sie sprechen von Aufrichtigkeit, aber wenn eine Frau ihre Gefühle zu offen zeigt, scheuen sie zurück. Sie sagen, sie hassen die Vorspiegelung falscher Tatsachen, aber von den Frauen erwarten sie, daß sie manierlich Theater spielen. Wahrscheinlich regt das ihren Jagdinstinkt an.»

Trotz ihres Elends wunderte sich Missie über die plötzliche Bitterkeit in Ginnys Stimme. Zum ersten Mal kam ihr der Gedanke, daß ihre hübsche, elegante Freundin, der es an nichts zu fehlen schien, unter Umständen doch nicht so glücklich war. Vielleicht vermißte sie ihren Mann . . .

Missie ging mit hocherhobenem Haupt wieder die Treppe hinunter, ihre Lippen und Wangen leicht gerötet. Nein, sie würde nicht weglaufen. Sie würde tanzen, flirten, sich vergnügen – wie eine Frau.

An Partnern fehlte es ihr nicht. Sogar Oberst Belmont bat um die Ehre eines Tanzes, was sie mit Stolz erfüllte. Aber wenn sie nicht gerade Umschau hielt, wo Manolo sein könnte, tanzte sie am liebsten mit Renaldo Ortega, der sie nicht von oben herab behandelte und ihr auch keine dummen, sinnlosen Komplimente ins Ohr flüsterte. Er schämte sich nicht einzugestehen, daß er gerne Gedichte las, und daß er sogar selbst welche geschrieben hatte. Er hatte die ganze Welt bereist und mußte viele Frauen kennengelernt haben, und doch schien es, als möge er *sie*. Missie hatte das Gefühl, er sei ehrlich und nett – und nichts Dunkles, Gewalttätiges schlummere in ihm.

Nach einer Weile war es ihr, als kenne sie ihn schon lange, und sie entspannte sich so, daß sie während des Tanzens mit ihm lachte und plauderte, anstatt sich darauf zu konzentrieren, wie sie ihre Füße zu bewegen hatte.

«Aber warum haben Sie nicht geheiratet?» fragte sie ihn keck. Und sie fühlte, wie das erste Glas Champagner ihres Lebens ihr Mut machte.

Anstatt steif und wütend zu werden, lächelte er ihr etwas nachdenklich zu, und sie war überrascht zu sehen, wie ein Lächeln sein Gesicht jünger und sorgloser aussehen ließ. Er war wirklich ein sehr gutaussehender Mann, entdeckte Missie mit Erstaunen. Und auch er war groß. Fast so groß wie Manolo.

«Wahrscheinlich hätte ich keine so persönliche Frage stellen dürfen», sagte sie schnell und zerknirscht, bevor er antworten konnte. Aber er schüttelte immer noch lächelnd den Kopf.

«Sie können mich alles fragen was Sie wollen, Miß Melissa. Ich frage mich nur eben selbst, warum ich eigentlich nicht geheiratet habe, obwohl sich meine Mutter als Ehestifterin sehr angestrengt hat! Wahrscheinlich bin ich einfach so altmodisch und so romantisch, auf die richtige Frau zu warten – eine Frau die ehrlich und intelligent und geistreich ist, gleichzeitig Freundin und Kameradin. Meinen Sie, meine Ansprüche sind zu hoch?»

Missie schüttelte heftig den Kopf.

«O nein! Ich finde es wunderbar, daß sie stark und geduldig genug sind, auf die richtige Frau zu warten. Ich dachte immer . . .», sie zögerte und schaute zu ihm auf, und als sie sah, daß sein Gesicht ernst war und er aufmerksam zuhörte, als interessiere ihn wirklich, was sie sagen würde, platzte sie heraus, «ich glaube, das ist der Grund, weshalb meine Brüder – und Manolo – mir andauernd vorhalten, ich sei noch ein Kind. Aber ich dachte immer, wenn der richtige Partner kommt, dann würde das sein wie – wie wenn ein Blitz beide träfe. Wie bei dem Piraten, von dem mir Renate erzählt hat. Ich würde es wissen, und er würde es wissen, und – aber so ist das in Wirklichkeit wohl nicht, oder?» Ihre Stimme tönte verzweifelt und zitterte leicht, und einen Augenblick lang hätte Renaldo Steve am liebsten verflucht. Aber er verdrängte diesen Gedanken, als er fest in Missies Augen sah und ihr die Wahrheit sagte.

«Nein – ich glaube, es ist nicht so. Für die meisten Leute wenigstens nicht. Ich habe mir die Liebe immer wie einen dicken, hohen Baum vorgestellt, der langsam wächst. Es beginnt damit, daß man einander gefällt, daß man Freundschaft schließt und Gemeinsamkeiten entdeckt. Ein Blitz ist etwas Heftiges und Wildes, und der Donner, der darauf folgt, ist laut und furchterregend. Und er geht, so schnell wie er gekommen ist – wie eine Flutwelle, die alles hinter sich zerstört.» Er zuckte mißbilligend die Schultern. «Ich nehme an, das ist der Dichter in mir, der immer diese Bilder malt! Aber ich glaube, Sie können verstehen, was ich meine.»

Missie nickte nur; sie war zu bewegt, um Worte zu finden. Wie kam es, daß er so gut verstand? Sie dachte an Manolo, und ein leichter Schauer durchlief sie. Er war wie ein wilder Blitz, der einen sturmdunklen Himmel durchzuckte. So heftig, so wild und so hell, daß er sie für alles andere blind machte. Wünschte sie sich nicht insgeheim sogar jetzt noch, vom dem unbekannten, erschreckenden Strom ihrer eigenen Gefühle überschwemmt und weggetragen zu werden, bevor sie Zeit zum Nachdenken hatte? In keinem der Bücher, die sie gelesen hatte, stand etwas darüber, was mit dem Mädchen geschah, das vom Piratenanführer geraubt wurde. Piraten fing man gewöhnlich ein und hängte sie, oder sie starben so gewaltsam wie sie gelebt hatten. Was kam nach der Flutwelle?

Zweiundfünfzigstes Kapitel

Die laute, fröhliche Musik Mexicos klang ihr entgegen, als sie in der Türe des Ballsaales stand und die kühle Nachtluft fühlte. Die Fackeln, die sie hatte anzünden und an den Wänden befestigen lassen, tauchten alles in ein oranges Licht und gaben genügend Wärme ab, um zu verhindern, daß man fröstelte. Dazu trug auch die große Menge von Tequila und Pulque bei, und auch der Rotwein für anspruchsvollere Gaumen. Hier herrschte Lärm und Gelächter und unverhohlene Freude an der Fiesta. An diesem Abend lächelten sogar die strengsten Väter nachsichtig, wenn ihre hübschen Töchter mit den Tejanos tanzten, die, von der Musik angezogen, hergekommen waren. Solange die jungen Leute in dem von Fackeln erleuchteten Umkreis blieben, was machte das schon? Eine Fiesta war eine fröhliche Feier, und es gab genug zu essen und zu trinken – die Männer füllten ihre Teller alle mehrere Male. Große Haufen Tortillas lagen neben Chili, das im Gaumen gehörig brannte, und große Brocken Fleisch machten die Bohnen schmackhaft.

In der Mitte des mit Ziegelsteinen gepflasterten Hofes war ein Feuer entzündet worden. Und wie um die mittelalterliche Atmosphäre noch zu unterstreichen, drehte an einem langen Spieß langsam ein ganzes Kalb, dessen köstlicher Geruch die Nachtluft würzte.

«Hier draußen ist es viel lustiger», sagte Matt Carter. «Irgendwie natürlicher. Drinnen hatte ich das Gefühl, ich würde zwischen all den hochnäsigen Leuten ersticken, die einem anstarren, als wäre man irgendein Kerl, und gehöre sowieso hinaus.» Mit einem boshaften Seitenblick fügte er hinzu: «Wie kommt es, daß du nicht mit den anderen dort drinnen bist? Scheint Missie dieser Señor Ortega mehr zuzusagen, seit sie sich unter die feinen Leute gemischt hat?»

Manolo schien die Boshaftigkeit der Bemerkung zu überhören, obwohl er anfangs, als er in den Hof hinausgekommen war, sehr wütend gewesen war. Matt war zuerst unsicher gewesen, ob er sich im nähern sollte.

Manolo hatte ein Glas in der Hand und nahm einen Schluck, bevor er hämisch und mit schleppender Stimme sagte: «Wenn wir grad von feinen Leuten sprechen, da ist eine unter ihnen – ein hübsches, elegantes Stück. Warum bittest du unsere Gastgeberin nicht um einen Tanz, Matt? Mir scheint, diesen höflichen Schritt müßtest du unternehmen, besonders weil sie und ihr Vetter sich so um deine kleine Schwester kümmern.»

Matt Carter kniff die Augen zusammen und sah über das Feuer hinweg Ginny, deren Haar im flackernden Feuerschein wie Bronze aussah, und deren Kleid glitzerte, denn jeder einzlne geschickt eingewobene Faden fing das Licht auf und wurde zu einem glitzernden Juwel.

Er wußte nicht, ob er sie mochte oder nicht – und nach dem, was Toni gesagt hatte, durfte man ihr nicht trauen. Aber verdammt noch mal, hübsch war sie!

«Meinst du, sie wisse, wie man einen Fandango tanzt? Oder den Jarabe?»

«Vielleicht ist sie herausgekommen, um es zu erlernen. Vielleicht hätte sie gerne, wenn es ihr jemand beibrächte. Oder hast du Angst vor solchen Frauen?»

Wenn Manolo ihn absichtlich ködern wollte, so würde er später mit ihm abrechnen. Jetzt schaute er die Frau an und dachte immer noch an das, was Toni gesagt hatte, und daran, wie sich Toni in letzter Zeit benommen hatte, und er dachte: Warum zum Teufel eigentlich nicht? Außerdem war die Art, wie Manolo ihn anstachelte, eine Herausforderung.
Ginny schritt die zwei flachen Stufen in den Hof hinunter und hielt dabei mit einer Hand ihre Röcke hoch. Sie blieb im Halbdunkel stehen und schaute zögernd um sich. Ihre Gefühle, die sie jetzt zwar zu verstecken imstande war, blieben eine Mischung aus stürmischen, dauernd wechselnden Emotionen, wobei eine wachsende Verzweiflung langsam Oberhand gewann.
Wo war er? War sie wirklich bereit, ihm gegenüberzutreten? Was würde er sagen? Sie war unsicher und verwirrt – es war, als müßte sie einem feindlich gestimmten Fremden gegenübertreten. Doch dann konnte sie ihren Gedanken nicht weiter nachhängen, denn ein großer, breitschultriger Mann tauchte vor ihr auf. Missies Bruder Matt.
«Möchten Sie diesen Tanz mit mir versuchen, Ma'am? Die Schritte sind nicht allzu schwierig.»
Das Orchester spielte den traditionellen Jarabe Tapatio, und sogleich begannen Ginnys Füße, ohne daß sie es wollte, den Rhythmus zu schlagen. O ja, Renaldo hatte recht gehabt. Sie hätte nie hier herauskommen dürfen, denn diese Musik ließ sie sich selbst vergessen und rief viel zu viele Erinnerungen in ihr wach.
Ohne zu zögern nahm sie die Arme hoch und fühlte, wie sich Matts Muskeln unter der leichten Berührung ihrer Finger spannten.
«Ich habe in Mexico gelebt, ich glaube nicht, daß ich diese Tänze vergessen habe.»
Ihr elegantes Kleid und ihre Aufmachung vergessend, begann sie mit Matt zu tanzen, und sie gesellten sich zum Kreis der tanzenden Paare. Sie merkte, daß sie sie zuerst erstaunt ansahen, dann aber vergaß sie alles um sich herum und ergab sich dem Rhythmus.
Jetzt spielten die Musiker El Chinaco – das Lied der Juaristen Guerilleros, und danach La Malaguena. Der überraschte Matt Carter konnte nicht mit ihr Schritt halten, und sie wurde von einem Partner zum anderen gereicht. Der Kreis der Tänzer erweiterte sich stetig, man klatsche und stieß Olé-Rufe aus, und schließlich tanzte sie plötzlich mit einem jungen Mexikaner, dessen schwarze Augen im Feuerlicht glänzten, und dessen Körper so beweglich war wie ihrer. Er hatte vergessen, wer sie war, und auch sie hatte es vergessen, so war sie von der Musik ergriffen. Der Rhythmus wurde langsamer und wieder schneller, und sie tanzten sich gegenseitig zugewendet, indem sie sich wechselweise aufforderten und abwiesen.

«Mein Gott! Sie tanzt wie eine der ihren. Und ich wollte ihr die Schritte beibringen!» Matt war noch außer Atem. «Siehst du das? Hast du noch mehr so kluge Vorschläge?», fragte er Manolo.
«Ja. Ich werde selbst mit ihr tanzen.»
Die Musiker spielten rastlos, und es war eigentlich gar keine Überraschung mehr für Ginny, als sie plötzlich mit Steve tanzte. Er war also die ganze Zeit dagewesen! Und was nun, da sie ihn gefunden hatte?
Der junge, schwarzhaarige Mexikaner mit den schwarzen Augen tanzte nun mit einem Mädchen, das so jung war wie er selbst; aber mit ihrem weiblichen Instinkt fühlte Ginny, daß sein feuriger Blick auf ihr ruhte. Sie merkte es ohne hinzuschauen, denn sie hielt ihren Blick auf Steves dunkles Gesicht gerichtet. Und fast unbewußt tat sie, was sie in der Hochzeitsnacht getan, als sie zum erstenmal zu diesen feurigen Rhythmen getanzt hatte. Ohne zu lächeln und ohne den Blick von Steve zu lösen, begann sie die Haarnadeln aus ihrer Frisur zu lösen und ließ sie einfach zu Boden fallen, während sie immer weiter tanzte.
Im Feuerschein wurden seine blauen Augen dunkler und dunkler, bis sie beinahe schwarz aussahen, und er war sich plötzlich und lebhaft ihrer Verlockung bewußt. Die letzte Haarnadel fiel, und sie schüttelte den Kopf, so daß ihr Haar kupfern über ihre Schultern und den Rücken floß. Das alte Gefühl von Vertrautem nagte jetzt wieder an ihm und er runzelte die Stirn.
Sie tanzte mit der leidenschaftlichen Hingabe einer mexikanischen Zigeunerin. Ihre Bewegungen waren scherzhaft und spöttisch; fast dirnenhaft. Er fragte sich, weshalb er Lust hatte, sie zu würgen, und sie dabei gleichzeitig begehrte.
Er sagte schroff – dabei wählte er absichtlich den mexikanischen Dialekt und nicht das förmlichere Spanisch: «Wo haben Sie so tanzen gelernt? Bitte verzeihen Sie die Frage, aber das ist recht ungewöhnlich bei einer Frau wie Ihnen.»
Ihre Augen begannen wütend zu funkeln, als sie den Kopf zurück warf und ihre Haare im Nacken mit einer urweiblichen, koketten Bewegung hochhob.
«Was für eine Frau bin ich denn? Wie wollen Sie das wissen? Ich lernte in Mexico tanzen – und wo haben Sie Ihre Manieren gelernt, Sir?»
«Wahrscheinlich habe ich nie welche gelernt. Das macht meine nächste Frage einfacher. Welches Spielchen spielen Sie?»
«Sie enttäuschen mich. Wozu diese sinnlose Frage? Ich dachte, ein Mann wie Sie würde versuchen, das selbst herauszufinden.»
«Ein Mann wie ich versteht diese Antwort als Aufforderung. War das damit gemeint, Ginny?»

Ihr Name kam ihm viel zu leicht von den Lippen, und als sie blaß wurde, vor Wut oder Schrecken, er war sich dessen nicht sicher, schlossen sich seine Finger um ihre Handgelenke, bereit, schmerzhaft zuzudrücken, wenn sie protestieren würde.
Die Musik schien lauter geworden zu sein und überspielte ihr Verschwinden. Die Mexikaner schauten absichtlich in eine andere Richtung, um keine Verlegenheit aufkommen zu lassen und um nicht in eventuell folgende Schwierigkeiten verwickelt zu werden.
Aber Matt Carter verzog boshaft und neidisch sein Gesicht, als er sah, wie Manolo die Frau gegen die entfernte Mauer des Hofes drückte, wo das Licht kaum hinreichte, sie küßte und ihr Kleid zerdrückte, als wäre sie eines dieser mexikanischen Mädchen – oder eine billige Hure. Und es sah nicht so aus, als würde sie sich zur Wehr setzen.
So eine war das also. Eine läufige Hündin, wie Toni gesagt hatte. Matt lachte bösartig in sich hinein. Vielleicht würde Missie ihr Benehmen ändern, wenn sie herausfand, daß ihre vornehme neue Freundin nicht so rein und zimperlich war, wie sie vorgab. Sie war hier nach draußen zum gewöhnlichen Volk gekommen, um etwas zu suchen, oder nicht? Er bedauerte, daß nicht er es war ...
Ginny brauchte ein wenig Zeit bis sie merkte, daß Steve nicht *sie* küßte – jedenfalls nicht wissentlich. Sein Mund war eine schmerzhafte Bestrafung auf ihren Lippen. Sogar die Art, wie er mit den Händen in ihr Haar griff, um ihren Kopf ruhig zu halten, war brutal. Er küßte sie genauso wie beim allerersten mal, als er meinte, sie sei die Prostituierte, die er für eine Nacht bezahlt hatte. Er küßte sie wie jeweils dann, wenn seine Küsse nur dazu bestimmt gewesen waren, sie zum Schweigen zu bringen und sie zu unterwerfen. Er küßte sie, ohne zu wissen, wer sie war; und erst als sie sich dessen endlich voll bewußt wurde, und er außerdem mit einer lässigen, fast beleidigenden Art nach ihren Brüsten griff, begann sie sich heftig gegen ihn zu wehren.
«Oh – nein, hören Sie auf!»
Seine Lippen glitten langsam ihrem Nacken entlang nach unten und hielten in der kleinen Vertiefung inne, wo der Hals in die Schulter überging. O Gott! Er war Steve, und doch nicht Steve – und doch kannte er, vielleicht rein instinktiv, all die teuflisch raffinierten Mittel, sie fast bis zur Bewußtlosigkeit zu erregen. Als nächstes würde er ihre Brüste küßen, indem er den teuren Stoff ihres Kleides zerriß, wenn er ihn stören sollte, und dann – kein Wunder hatten Mr. Bishop und sogar Renaldo sie von Zeit zu Zeit immer wieder so zweifelnd angeschaut. Denn die größte Gefahr für sie kam von Steve selbst, und von dem Selbstbetrug, den er ihr aufzwingen mochte.

Ihre Stimme zitterte verräterisch, aber sie hoffte, er würde es für Wut halten.
«Hören Sie sofort auf! Nichts gegen einen flüchtigen, gestohlenen Kuß, aber ich fand es immer widerwärtig, in einer dunklen Ecke mißhandelt zu werden. Ich hoffe bloß, daß sie nicht mit jeder Frau so umgehen, mit der Sie tanzen!»
Als er seine Arme hob, dachte sie, er wolle sie schlagen und wich fast instinktiv zurück, worauf er leise und rauh lachte. Seine Finger folgten der Linie ihrer schrägstehenden Augen; leicht und fast verächtlich.
«Nein, ich schleife nicht jede Frau, mit der ich tanze, in eine dunkle Ecke, um sie zu mißhandeln. Nur die, die wollen. Frauen mit schrägstehenden grünen Augen, die ihre Frisur beim Tanzen lösen und mit dem Körper vielversprechend locken. Aber bei Ihnen, Ma'am, ist das sehr wahrscheinlich alles nur leeres Versprechen. Weshalb kamen Sie nach draußen? Ging es Ihnen drinnen zu zahm zu?»
Ginny zwang sich, in sein dunkles, verschlossenes Gesicht aufzublicken und fragte sich, ob ihr Herz wohl jemals wieder so wild zu pochen aufhören würde.
«Vielleicht war es das», sagte sie leichthin. «Vielleicht ist es auch nur, weil ich von Zeit zu Zeit Heimweh nach der Musik und den Tänzen von Mexico habe. Sie nicht?»
Sie fühlte eine seltsame Stille in ihm.
«Vielleicht. Ich scheine viel zu viele Dinge irgendwo im Gedächtnis zu haben, an die ich mich nicht erinnere.» Und noch während er sprach wunderte er sich irgendwie, daß er dastand und mit einer Frau sprach, als wäre sie jemand, den er schon seit langem kannte – und warum stand auch sie weiterhin da, und rannte nicht voller Entrüstung weg, sondern schaute ihm noch immer ins Gesicht, mit jenen Augen, die so herausfordernd und zugleich – ja, so verdammt vertraut waren? Sogar ihr Name – den lediglich Missie einmal erwähnt hatte – kam viel zu leicht über die Lippen.
Eine tief in ihm verwurzelte Vorsicht warnte ihn. Es bedeutete Gefahr, daß sie so nahe bei ihm stand – und daß sie sich überhaupt in dieser Gegend aufhielt. Eine Frau der Gesellschaft, die vor kurzem noch in Paris, San Francisco und New York gewesen war, und den Jarabe, einen Bauerntanz aus Mexico, tanzen konnte, und von diesem Land wie von der Heimat sprach? Eine Frau, die ihre wichtigen Gäste einfach verließ, um sich unter Peones und gewöhnliche Cowboys zu mischen – die ihr Haar in aller Öffentlichkeit auflöste mit einer Ungezwungenheit, als befände sie sich in ihrem eigenen Schlafzimmer? Nicht einmal Toni hätte sich so über alles hinweggesetzt, was sich gehörte.

Auch Ginny mahnte sich innerlich zur Vorsicht. Es wäre zu leicht, sich jetzt an ihn zu lehnen, die Arme hochzuheben und seinen Kopf zu sich herunterzuziehen, und dabei seine Haare dort zu streicheln, wo sie sich in seinem Nacken kringelten. Vielleicht konnte sie ihn dazu bringen, daß er sich an sie erinnerte, wenigstens mit dem Körper . . .

Aber er rettete sie beide, indem er sich schroff und achselzuckend von ihr abwandte.

«Sie gehen jetzt wahrscheinlich besser ins Haus zurück. Wundert sich ihr Vetter nicht, wohin sie plötzlich verschwunden sind?»

Genau das war es, was sie an Steve immer so wütend gemacht hatte, und sie jetzt erst recht erboste. Er konnte sich so einfach von ihr lösen, indem er eine Wand von Gleichgültigkeit zwischen ihnen aufrichtete. Und jetzt, ehe sie protestieren oder ihm eine scharfe Antwort geben konnte, wie sie es eigentlich im Sinn gehabt hatte, kehrte er sich einfach ab und ließ sie stehen, als gäbe es sie nicht mehr für ihn.

Matt Carter wollte einen boshaften Kommentar abgeben, aber er sah den dunklen, gefährlichen Blick in Manolos Augen und schwieg.

«Der Kerl sieht aus, als seien elf Teufel hinter ihm her, und er ist der Zwölfte», sagte einer von Matts Freunden bitter. «Ich kann nur nicht verstehen, daß eine vornehme Frau wie sie sich so von ihm behandeln läßt.»

«Wenn du mich fragst, so glaube ich, das gefällt ihr . . .»

Mehrere Augenpaare waren auf Ginny gerichtet, verschlagen, abschätzend oder verstohlen, als sie sich in aller Ruhe die Haare im Nacken zusammenknotete und dann zurück ins Haus ging. Und mehr noch als über alles andere ärgerte sich Matt Carter über ihren Ausdruck von überheblicher Sorglosigkeit, als gäbe ihr ihre soziale Stellung und ihr Reichtum das Recht, sich über gewisse Anstandsregeln hinwegzusetzen; als kümmere sie sich einen Deut um die Meinung anderer. Und warum sollte sie etwas Besseres sein? Eine verheiratete Frau – eine untreue Frau . . . Matt zeigte seine Zähne in einem angeekelten Lächeln und er fragte sich schadenfreudig, was wohl Toni Lassiter sagen würde, wenn er ihr diskret andeutete, daß ihr Indianer hinter exklusiverem Wild herjagte.

Dreiundfünfzigstes Kapitel

Seit der Zeit, da Jean Desmoulins sein prächtiges Haus unter den Blicken neugieriger Freunde und Nachbarn eingeweiht hatte, sah man nie mehr solche Festlichkeiten in diesem Ballsaal. Die glitzernden Lüster drehten sich und funkelten wie Millionen winziger Sterne.

Missie trank Champagner. Ihre Wangen waren vor Aufregung gerötet, und sie rümpfte die Nase, als die unzähligen, winzigen Bläschen sie beinahe Niesen machten.

Renaldo lächelte bei diesem Anblick. «Sie vergnügen sich, nicht wahr, Miß Melissa?»

«O ja, sehr.» Ihre Augen funkelten unbefangen zu ihm hoch, ohne jeglichen blasierten Versuch, sich zu verstellen oder aufreizend zu wirken. Renaldo merkte voller Schrecken, daß sein Puls plötzlich auf höchst ungewöhnliche Art schneller schlug. Ihr Haar war wie eine Flamme unter den Lichtern, und ihr schmales, feines Gesicht glühte. Das Mädchen war wirklich schön! Wie konnte man das übersehen? Es kostete ihn einige Mühe, sich selbst nachdrücklich daran zu erinnern, daß sie noch ein Kind war, trotz allem. Sie war viel zu jung; sie war sich des Lebens und der Intrigen um sie herum nicht bewußt. Kindlich und unerfahren und, o Gott, so ehrlich! Sie trug alle ihre Gefühle auf dem Gesicht – und wie leicht wurden Unschuldige verletzt! Er haßte den Gedanken, daß man sie ihrer Illusionen berauben könnte. Er mußte mit Ginny sprechen – wo war sie eigentlich? Missie durfte nicht ausgenützt werden. Sie hatten kein Recht, sie hierher zu bringen und sie in einen bunten, kleinen Schmetterling zu verwandeln, dem die jungen Männer nicht widerstehen konnten. Denn sie konnte sich gegen verderbliche Einflüsse nicht zur Wehr setzen, außer mit ihrer zerbrechlichen Unschuld. Und wie lange würde diese in einer solchen Umgebung Bestand haben?

«Dies ist die märchenhafteste Nacht in meinem ganzen Leben», flüsterte Missie. «Wie kann ich Ihnen – und Ginny dafür danken?»

Señor Ortega lächelte, und sie bemerkte, daß sich in seinen Augenwinkeln sympathische Fältchen bildeten.

«Danken Sie mir, indem Sie diesen Tanz mit mir tanzen!» Er nahm ihr das Champagnerglas ab und führte sie zur Tanzfläche.

Walzer zu tanzen war so einfach – und die Musik war so berauschend, wie der Champagner, den sie eben getrunken hatte. Jetzt wußte Missie endlich wie es war, wenn man mit den Füßen den Boden kaum berührte.

Wie glücklich sie war! Und dann plötzlich, als sie sich eben fragte, weshalb Señor Ortega unvermittelt zu tanzen aufgehört hatte, stand *er* da. Er sah wirklich wie ein mexikanischer Bandit aus mit seinem Backenbart, den er sich beim Rasieren hatte stehenlassen; mit harten und herausfordernden Augen schaute er Renaldo an, der auf einmal ganz steif wurde.

«Sie haben doch nichts dagegen, wenn ich diese hübsche Dame um einen Tanz bitte, Señor? Ich glaube, ich habe sie zu lange vernachlässigt.»

Was um alles in der Welt sollte denn das bedeuten? Sie hatte doch nicht ... als er einfach weggegangen war und sie hatte stehenlassen, hatte sie angenommen, daß er sie nicht einmal mehr mögen würde! Mit großen, verwirrten Augen schaute Missie von einem Mann zum anderen. Und wenn Renaldo darauf verzichtete, die Dinge auf der Stelle klarzustellen, so war es nur, weil er Melissa den Abend auf keinen Fall verderben wollte.

Dieser verdammte Vetter! Er hatte das Mädchen schon genug in Aufregung versetzt. Welch teuflische Absichten hatte er jetzt? Eine erste impulsive Wut legte sich wieder, und er mahnte sich zur Vorsicht, denn er bemerkte den häßlichen Ausdruck in Estebans Augen, an den er sich nur zu gut erinnerte. Er war aus irgendeinem Grund streitsüchtig, und – dies war eine besonders erschreckende Überraschung – Esteban erkannte ihn tatsächlich nicht wieder! Noch nie hatte ihn Steve so angesehen, als sei er ein Fremder, den er glücklich losgeworden sei. Der Eindruck war alles andere als angenehm.

Ich glaube fast, er würde mich am liebsten umbringen, dachte er bei sich und sagte dann ruhig und gelassen: «Ich glaube, die Entscheidung liegt bei der Dame. Miß Melissa?»

«Nun, Missie?»

Warum mußte seine Stimme so barsch klingen, sogar wenn er sie um einen Tanz bat? Und warum mußte er Señor Ortega so gehässig anblicken? Manchmal verstand sie Manolo überhaupt nicht, und dann mochte sie ihn im Grunde auch nicht besonders. Aber er ließ ihr keine Wahl, und als er sie in die Arme nahm ohne ihre Antwort abzuwarten, war es Missie, als würde sie tatsächlich von einem Piraten entführt.

Sie tanzten durch den ganzen Ballsaal, und Missie hatte den seltsamen Eindruck, als täte Manolo das absichtlich; als wolle er sie vorzeigen wie eine – ja wie eine Kriegsbeute, die er allen anderen weggeschnappt hatte. Jetzt hielt er sie auch auf eine andere Weise fest. Nicht mehr auf ehrbare Entfernung, sondern viel zu nahe, und sie fühlte sich atemlos und verlegen. Sogar die Art, wie er zu ihr hinunterlächelte, machte ihr ein wenig Angst, als sei er ihr auf einmal fremd geworden. Und doch hatte sie den ganzen Abend, und auch die ganze Zeit davor, im Grunde auf genau dies gewartet, oder

nicht? Daß Manolo sie anders anblickte, so wie man eine Frau anblickt ...
«Was ist los, Prinzessin?» Sie war gestolpert und hatte einen Schritt verfehlt, aber seine Arme hielten sie fest und sicher, und sie versuchte, sich wieder auf die Musik zu konzentrieren. Sie redete sich ein, seine Stimme sei bloß neckend und nicht so seltsam verändert, wie sie sie noch nie an ihm gehört hatte. «Bist du vom vielen Tanzen müde?»
«N-nein ...», sagte sie mit unsicherer Stimme, und er lachte kurz auf und neigte seinen Kopf, so daß seine Lippen fast ihr Ohrläppchen berührten. Ironisch flüsterte er: «Ich dachte, du lernst, wie man flirtet? Oder willst du es nicht mehr ausprobieren? Hat einer deiner Verehrer dir Angst eingejagt, kleines Mädchen?»
«Ich sagte es Ihnen schon! Ich bin kein kleines Mädchen mehr! Und ich habe geflirtet – den ganzen Abend lang, wenn Sie das interessiert!»
«Hast du schon einen Spaziergang nach draußen gemacht?»
Trotzig fragte sie: «Bitten Sie mich darum?» und hörte ihn daraufhin erneut lachen.
«Ich glaube, das hübscheste Mädchen der ganzen Fiesta sollte doch sehen, wie die Sterne am Nachthimmel glitzern!»
«Muß ich immer noch nein sagen wegen der Leute?»
«Gewisse Männer würden dich in eine dunkle Ecke schleppen, ob du nein sagst oder nicht. Besonders wenn du vorher mit ihnen geflirtet hast.»
Seine Stimme war ernst geworden, und der Ausdruck seiner Augen, die jetzt ganz dunkel waren, als sie in die ihren blickten, ließ sie innerlich schwach werden und erbeben. Sie verstand es nicht – noch vor einer Minute war sie so glücklich gewesen, mit Señor Ortega zu tanzen und jetzt, jetzt wünschte sie, Manolo würde sie küssen! Wie würde es sein, von einem Mann geküßt zu werden? Und wie mußte sie sich verhalten? In ihren Büchern war dies eine romantische, tiefgehende Erfahrung – eine Erfahrung, die aus einem Mädchen eine Frau machte. Und jetzt würde sie es bald selbst herausfinden ...
«Aber mit Ihnen habe ich eigentlich gar nicht geflirtet. Flirten heißt, jemandem etwas vormachen, und ich machte Ihnen wirklich nichts vor, als ich sagte, ich ...»
«Herrgott, Missie!» sagte er mit kaum unterdrückter Wut; dabei tanzte er mit ihr durch eine kleine Tür, die sie bisher nicht gesehen hatte. Er führte sie durch einen kleinen Raum, der wie eine Bibliothek aussah und dann durch eine hohe, enge Fenstertür auf einen kleinen, grasüberwachsenen Hof, wo ein kleiner Brunnen plätscherte. Es war dunkel, und sie konnte sein Gesicht nur

schwach im durch die geschlossenen Fensterläden hindurchschimmernden Licht und im Scheine der Sterne erkennen. Seinen Gesichtsausdruck konnte sie nicht deuten. Missie hatte das Gefühl, ihre Zähne würden jeden Augenblick zu klappern anfangen, und sie wußte, daß ihre Hände sehr kalt waren. Um ihre Verlegenheit und Unsicherheit zu überspielen, sagte sie scheinbar verärgert: «Wieso kennen Sie diesen Ort? Wer hat ihn Ihnen gezeigt?»

Sie meinte in seiner Stimme die Spur eines Lachens zu erkennen.

«Ich habe mich umgeschaut. In einem fremden Haus will ich mich immer auskennen und wissen, wie ich schnell wegkomme, wenn es nötig ist.»

«Aber das ist . . .»

Sie konnte ihren Satz nicht beenden, denn plötzlich legten sich seine Arme um ihre Taille und zogen sie ungeduldig näher. Als er ihr Kinn mit einer Hand hochhob, konnte sie fühlen, wie ihre Knie zitterten. Er blickte ihr einige Sekunden lang in die Augen – nicht lange genug, als daß sie hätte protestieren oder irgend etwas sagen können.

«Missie . . .»

Sie schloß die Augen und fühlte, wie seine Lippen ihren halb geöffneten Mund leicht streiften; benommen dachte sie, daß sie träumen mußte, und wenn sie die Augen öffnete, würde sich alles in Nichts auflösen, und sie würde nur die Äste des Baumes sehen, auf dem sie ihre Tagträume träumte, und das Licht würde durch die Blätter hindurchschimmern.

Zuerst küßte er sie sehr sanft, seine Hände hielten dabei immer noch ihr Gesicht; dann aber, erschreckend, wurde sein Kuß anders. Er war nicht mehr sanft, sondern sein Mund preßte den ihren, so daß sie einen unterdrückten Schrei ausstieß.

Missie war plötzlich in die Wirklichkeit zurückgerissen. Sie hob die Hände und stemmte sie gegen seine Brust. Warum mußte er sie so an sich pressen, daß sie kaum atmen konnte? Und die Art, wie er sie küßte – das war alles andere als romantisch oder zärtlich oder wie immer sie sich den ersten Kuß vorgestellt hatte.

Sein Körper war hart und unnachgiebig, als er sie der ganzen Länge nach an sich preßte; seine Arme waren plötzlich grausam und hielten sie als Gefangene fest.

Missies Kopf fiel zurück, als sie versuchte, ihr Gesicht abzuwenden. Sie wehrte sich jetzt und geriet in Angst, wie ein Tier in der Falle.

Vielleicht hatte sich ihre blinde Panik auf ihn übertragen, denn gerade, als sie verzweifelt zu schluchzen anfangen wollte, ließ er sie los. Sie wäre rückwärts gestrauchelt in ihrer instinktiven, kopflosen Flucht, wenn er sie nicht an den Händen festgehalten hätte.

«Nein! Lassen Sie mich los! Ich will nicht – ich wußte nicht . . .», sie schnappte nach Luft und beendete den Satz mit einem vorwurfsvollen Schluchzer, «wollen Männer wirklich *so* küssen?»
«Nicht alle Männer, Kleines. Nur solche wie ich.» Seine Stimme klang angespannt und verärgert, aber mehr über sich selbst als über Missie, was sie natürlich nicht wissen konnte. Einen Augenblick, als er ihren weichen, warmen Körper gegen seinen gespürt hatte, hatte er vergessen . . .
Mit unerwarteter Zärtlichkeit streichelte er ihre Wange.
«Missie – siehst du nun, was passieren kann, wenn du mit irgendeinem Mann im Dunkeln verschwindest?»
«Aber das waren doch Sie! Und ich dachte . . .»
«Du dachtest was? Daß ich plötzlich ein Gentleman geworden sei, der sich mit einem Kuß und ein paar geflüsterten Lügen im Sternenschein begnügt? Du hättest merken müssen, daß einige jener jungen Offiziere dort drinnen die Regeln für solch romantische Spielchen gut kennen, Kleines. Ich aber habe keine Zeit für Romantik oder für Spielchen. Küsse sind nur ein Vorspiel für das, was nachher kommt, und was mich angeht, reine Zeitverschwendung.»
«Oh», keuchte sie schwach. Sie hatte es zwar nicht wirklich verstanden, aber sie hatte instinktiv Angst vor der plötzlichen Brutalität in seiner Stimme. Sie hatte auch Angst, er wolle sie wieder küssen – und wie hatte er das gemeint, als er sagte, Küsse seien nur das Vorspiel? Und eine Zeitverschwendung?
Missies Augen waren groß und erschreckt – katzengrün, wie er ihr neckend zu sagen pflegte, bevor sie sich entschlossen hatte, sich als Frau zu verkleiden. Aber die verschiedenen Gefühle, die sich abwechselnd auf ihrem kleinen, spitzen Gesicht zeigten, bewiesen, daß sie immer noch das leicht durchschaubare, kleine Mädchen war. Arme kleine aufgeschreckte Kindfrau! Ihre Finger waren kalt, auch durch ihre geborgten Seidenhandschuhe hindurch, als sie sich wehrte, um sich loszureißen.
«Hör doch um Gottes willen auf zu schreien!» sagte er roh und dann, mit sanfterer Stimme: «Ich will dir nicht weh tun, Missie. Ich werde dich gleich wieder hineinbegleiten, sobald ich die Tränen aus deinem Gesicht gewischt habe. Sollen denn alle merken, was passiert ist? Willst du es auf einen Kampf zwischen mir und deinem großen Bruder ankommen lassen?»
Sie schüttelte traurig den Kopf; jetzt war er plötzlich wieder freundlich und wischte ihr mit einem Taschentuch die Tränen vom Gesicht und zwar ohne jegliche Leidenschaftlichkeit.
Zum ersten Mal hatte sie seine dunkle Seite kennengelernt und wußte nicht, daß sogar diese kleine, zärtliche Geste für ihn ungewohnt war.

«Sie – Sie halten mich für dumm, nicht wahr? Sie halten mich immer noch für ein Kind!»
«Mein Gott, Missie! Man müßte dich verhauen – oder küssen, ich weiß nicht recht! Aber wenn du verführt werden willst, um zu beweisen, daß du eine Frau bist, dann suche dir einen anderen. Und dann werde ich ihn vielleicht für dich umbringen.»

«Ich könnte ihn umbringen! Nein – schau mich nicht so an, Renaldo. Ich war schon vorher nahe daran, aber jetzt, das schwöre ich, würde ich keine Bedenken mehr haben. Und bitte erinnere mich jetzt nicht daran, daß er offensichtlich sein Gedächtnis verloren hat – das spielt keine Rolle! Vor weniger als einer Viertelstunde küßte er *mich*, und jetzt mißbraucht er Missie, ausgerechnet sie – sie betet ihn an! Und sie ist ein solches Kind!»
Ginnys Gesicht war gerötet; sie sprach leise zwischen zusammengepreßten Zähnen hindurch, und Renaldo versuchte, sein eigenes Unbehagen zu vergessen und sie zu beruhigen.
«Du solltest ihn ja eigentlich gar nicht kennen. Und es war nicht vorgesehen, daß du nach draußen gingst. Wenn deine Anwesenheit hier etwas nützen soll, dann mußt du versuchen, ruhig zu bleiben – und Distanz zu wahren. Steve wird Missie nichts antun.»
Er sprach voll Ernst, aber in Gedanken war er von denselben Ängsten besessen, die er Ginny ausreden wollte. Er bedauerte sogar, daß er diese Einladung veranlaßt hatte. Was tat sein unbesonnener, gewissenloser Vetter draußen mit Missie? Der wütende und gefährliche Ausdruck in seinen Augen hatte ihm von Anfang an nicht gefallen, und er hatte sich zwingen müssen, den beiden nicht nachzugehen.
«Manchmal ist es mir, als ob ich ihn eigentlich gar nicht kenne», sagte Ginny mit kalter und so beherrschter Stimme, daß Renaldo aufhorchte.
«Ich frage mich sogar, was ich hier will. Ich sollte doch wissen, daß Steve immer so – so selbstgenügsam war! In Wirklichkeit *braucht* er niemanden, verstehst du das? Auch wenn er nicht mehr weiß, wer er ist, so weiß er doch genug, um zu überleben, um jeden Preis. Und wenn er doch mir gegenüber keinerlei Gewissensbisse hatte, weshalb sollte er gegenüber Missie welche haben?»
Sie lachte plötzlich; ein rauher, gebrochener Laut, der Renaldo noch nervöser machte als er schon war. «Ich bin nicht einmal mehr sicher, ob Steve mich je wirklich geliebt hat. Ich muß verrückt sein, daß ich mich einverstanden erklärte, Mr. Bishops verschlagenes, dunkles Spielchen mitzuspielen. Ich hätte zuerst an meine Kinder denken sollen. Ich bin keine richtige Mutter, nicht wahr? Sie sind noch so klein und hilflos, und sie haben einen Vater, der sie viel-

leicht nie anerkennen wird ... Renaldo, was tue ich eigentlich hier?»
Er konnte nur bestürzt auf sie hinunterschauen, denn er wußte auch nicht, was er antworten sollte, ohne heuchlerisch zu sein. Was sollte er sagen? Jedesmal wenn er Ginny anschaute, fiel es ihm schwer zu glauben, daß sie soviel durchgemacht hatte und doch unverletzt und ungebrochen geblieben war. Wie konnte man so eine Frau vergessen? Er mußte sich zerknirscht eingestehen, daß er insgeheim überzeugt gewesen war, daß Steve seine eigene Frau wiedererkennen würde – eine Frau, die er offensichtlich geliebt hatte. Aber war Steve überhaupt fähig, irgendeine Frau zu lieben? Oder hatte er sich zu sehr daran gewöhnt, sie einfach für seine vorübergehenden Bedürfnisse zu gebrauchen? Und vor allem, was konnte er zu Ginny sagen, ohne sie noch mehr zu beleidigen, als es bereits der Fall war?
Dieses Problem zu lösen, wurde ihm für den Augenblick erspart, denn Missie schlüpfte plötzlich in den Saal zurück. Ihre Augen waren verdächtig rotumrändert. Und wenn er erleichtert aufatmete und ihr entgegeneilte, dann war es nicht wegen seines Vetters.
Ich glaube, er ist auf dem besten Weg, sich in Missie zu verlieben, und weiß es nicht einmal! dachte Ginny und wunderte sich, warum sie sich plötzlich so leer und ausgebrannt fühlte. Missie war in Sicherheit – und Renaldo, der auf seine Art genau so ehrlich und offen war wie Missie, hatte seine Erleichterung nicht verbergen können. Sie dachte bei sich, daß die beiden gut zueinander passen würden, wenn Missie einmal ihre mädchenhafte Bewunderung für Steve ablegen würde. Für *ihren* Mann. Einen Fremden. War er für sie immer ein Fremder gewesen, und sie hatte es sich selbst nur nie eingestanden?
Und wohin war er jetzt verschwunden? Ginny richtete sich entschlossen auf. Sie hatte diese ewigen Täuschungen und diese Ungewißheit satt. Mr. Bishop und seine verdammten, intrigenhaften Pläne konnten zum Teufel gehen! Sie würde Steve noch einmal suchen und ihn mit den Tatsachen konfrontieren. Das hätte sie schon früher tun sollen!
«Mrs. Morgan – ich habe Sie überall gesucht – wissen Sie! Sie versprachen mir doch einen Tanz, oder bin ich anmaßend?» Nick Benoit lächelte kurz und mißbilligend auf und strich sich über den Schnurrbart. «Sie schienen so in Gedanken versunken, daß ich kaum wagte, sie zu stören. Sie sorgen sich doch nicht um etwas? So ein erfolgreicher Abend – und ich weiß gar nicht, wie ich Ihnen für die Verwandlung meiner kleinen Nichte danken soll. Sie haben sie über Nacht zu einer Dame gemacht.»
Mechanisch und starr lächelnd nahm Ginny seine ausgestreckte

Hand. Was hätte sie sonst tun sollen? Und wenigstens konnte sie so die Gegenüberstellung mit Steve mit all den heftigen und unangenehmen Folgen die diese nach sich ziehen müßte, hinausschieben. Im Grunde war sie feige. Nick Benoit konnte ihr nichts Böses anhaben, aber Steve um so mehr – und um so leichter.
Und dennoch kam ihr plötzlich Bishops Warnung in den Sinn. «Nicholas Benoit – Richter Benoit. Er ist ein von sich eingenommener, kleiner Mann, der meint, er sei ein Herzensbrecher. Unterschätzen Sie ihn nicht.» Und im Geiste hörte sie Renate Maddens gebrochene, tote Stimme, als sie erzählte, was ihr im Hause Benoit zugestoßen war. Aber bis jetzt hatte sie nur den Schönling gesehen – und den Schmeichler; seine Komplimente waren voller Respekt. An diesem Abend, als Ginny innerlich mit so vielen anderen Dingen beschäftigt war, hatte sie die fast unmerkliche Veränderung in seinem Benehmen ihr gegenüber kaum wahrgenommen.
Seine Komplimente wurden dreister, aber aus reiner Gewohnheit fiel es ihr nicht schwer, so etwas abzuwehren. Und wenn er sie beim Walzertanzen etwas näher an sich hielt, als dies die Anstandsregeln erlaubten, schrieb sie das der fortgeschrittenen Stunde zu und den reichlich genossenen Getränken zu. Es war ihre Schuld – was hatte sie denn eigentlich erwartet? Daß Steve sie sofort erkennen und alles sich zum Guten wenden würde? Sie war genauso naiv wie Missie, die jetzt mit Renaldo tanzte und eben über etwas lächelte, was er ihr sagte.
Fast automatisch hatten Ginnys Augen die Tanzfläche abgesucht, um einen Blick auf Steve zu erhaschen. Vielleicht hatte er beschlossen, nach draußen zu gehen, wo die Musik und die Tänzer weniger förmlich waren? Aber sie konnte auch Toni Lassiter nirgends sehen. Da war Matt Carter, der mit einem Glas Wein in der Hand hereingekommen war; er stand an die Wand gelehnt und starrte sie höchst seltsam an.
«Ich muß morgen nach Dallas verreisen. Aber ich würde mich freuen, Sie bei meiner Rückkehr wiederzusehen. Ich hoffe, Sie haben vor, eine Weile hier bei uns zu bleiben?»
Worüber sprach er? Als hätte er ihre Gedanken gelesen, meinte Richter Benoit sanft: «Ich bin ein Opernfanatiker, wenn man so sagen kann. Und eine Dame, die ich seit langer Zeit sehr bewundere, wird Dallas nächste Woche mit ihrer Gegenwart beehren. Francesca di Paoli – die Prinzessin di Paoli. Sie ist – unvergleichlich!»
Ginny fühlte deutlich wie sie steif wurde, obwohl sie sich dagegen wehrte. Diese Frau! Diese Opernsängerin, deren Name so oft in den Zeitungen mit Steve in Verbindung gebracht worden war. Was machte sie wieder in Texas? Weshalb kam sie hierher zurück? Und

wieviel wußte Nick Benoit von dem Klatsch? O Gott, würde denn ihre Erniedrigung nie ein Ende nehmen?
Nick Benoit, der vor wenigen Augenblicken noch ihre Hand gedrückt hatte, schien jetzt ganz verzückt, als er von seinem Idol sprach.
«So eine Stimme – so klar, so vollkommen auch in den höchsten Lagen. Und da sie selbst auch eine schöne Frau sind, werden Sie Verständnis dafür haben, wenn ich über ihre Schönheit spreche. Aber vielleicht haben Sie sie auf der Bühne gesehen?»
«Ich habe natürlich schon viel über diese bedeutende Opernsängerin gehört. Aber leider hatte ich noch nie den Vorzug, eine ihrer Vorstellungen besuchen zu können.»
Ginny wußte, daß sie recht gereizt und arrogant tönte, aber ihr Partner schien das nicht zu bemerken.
«Dann sollten Sie auch nach Dallas kommen. Glauben Sie mir, es ist die Reise wert.»
Dieser eklige, kleine Mann, dachte sie. Er hatte die Gerüchte vernommen und prüfte jetzt ihre Reaktion. Plötzlich wachsam geworden, zwang sich Ginny zu einem strahlenden Lächeln.
«Vielleicht werde ich das Glück haben, Signorina di Paoli in New York zu hören, wenn ich dorthin zurückkehre. Oder in Europa – denn ich bin noch nicht sicher, ob ich die Neue Welt der Alten vorziehe», fügte sie schroff hinzu, und es war ihr einerlei, was er von ihr denken mochte. «Aber warum sprechen wir über so etwas Langweiliges wie die Oper? Ich muß zugeben, daß ich das Ballet – und Straußwalzer – vorziehe. Und jetzt halten Sie mich gewiß für ausgesprochen spießbürgerlich!» meinte sie betont kokett.
Er verneinte dies höflich, und Ginny fuhr fort: «Was sagen Sie zu den Musikern, die ich eingestellt habe? Glauben Sie, daß sich die Gäste vergnügen? Ihre Schwägerin . . .»
«Ach ja – aber Sie sind noch nicht lange genug hier um zu wissen, daß Toni ein sehr launenhaftes Geschöpf ist. Wenn Sie sich unhöflich gezeigt hat, so ist es, weil Sie ihr das Wasser abgegraben haben, wissen Sie! Toni war es gewohnt, uns alle zu beherrschen. Und wenn ich das sagen darf, ohne daß Sie es mir als Frechheit ankreiden, so bin ich ausgesprochen froh, daß Sie sich entschlossen haben, Baroque zu besuchen.»
Jetzt schmeichelte er ihr wieder, aber damit würde sie leicht fertig werden, dachte Ginny. Was aber bewog ihn, gleich darauf wieder auf Toni zurückzukommen und sie um Verzeihung zu bitten, daß seine Schwägerin so plötzlich und ohne sich zu bedanken weggegangen war?
«Sie wird natürlich nichts befürchten müssen. Ihr Aufseher begleitet sie nach Hause. Nach diesem Mann, so hoffe ich, werden Sie

uns hier nicht beurteilen! Aber seit John gestorben ist, hat Toni leider ein paar sehr seltsame Züge entwickelt. Sie war einsam, und diese Tatsache hat er ausgenützt. Ich glaube, mehr brauche ich nicht zu sagen. Wie Sie wissen, machte ich mir um meine Nichte Sorgen – die Art, wie sie ihr Vater wild herumstreunen läßt – und ich glaube wirklich, Sie hatten recht. Missie hat sich der ihr angemessenen Umgebung recht gut angepaßt, finden Sie nicht?» Der Mann sprach weiterhin anscheinend über Belanglosigkeiten – er ging von einem Thema zum anderen. Und doch hatte Ginny während seines Monologs das unangenehme Gefühl, daß er sie insgeheim studierte und daß er ihre Reaktion auf alles, was er sagte, vermerkte, um dieses Wissen später einmal zu benützen. Lächerlich oder nicht, als der Tanz zu Ende ging, war sie froh, daß sie einen Grund fand ihn stehen zu lassen.

Das Gefühl von Aufgeputschtsein, das sie seit Beginn des Abends gehabt hatte, war verschwunden. An seine Stelle war jetzt eine dumpfe, hoffnungslose Mattigkeit getreten. Es schien ihr jetzt fast unvorstellbar, daß sie sich ihrer so sicher gewesen war – vermessen genug, sich zuzutrauen, mit allem fertig zu werden und allem ins Antlitz zu sehen. Er hatte sie nicht wiedererkannt – und schlimmer noch, ihr wurde klar, daß sie immer noch wünschte, er liebte sie. Hatte er sie nicht geliebt? Oder hatte sie es die ganze Zeit nur geglaubt, weil sie es glauben wollte?

«Er behandelt Frauen, als wären sie nur – als wären sie nur Objekte, die er benutzen kann, wenn *er* Lust hat dazu! Diese Opernsängerin, und wie er sein Verhältnis zu ihr so offensichtlich vor aller Welt zeigte, als wolle er mich absichtlich demütigen! Die Zeitungen gingen sogar soweit, daß sie andeuteten, er ziehe eine Scheidung in Erwägung, um sie zu heiraten. Und Richter Benoit weiß Bescheid – er sprach mehrere Male von ihr und beobachtete mich dabei verschlagen. Und dann ist da diese Lassiter, die mich an Concepción erinnert, weil sie genauso gierig und habsüchtig ist! Mit solchen Frauen sollte er sich abgeben – Frauen, die waren wie er! Aber er gab Missie Carter einen Ring, und das arme Kind verliebte sich Hals über Kopf in ihn – heute abend konnte man sehen, wie unglücklich er sie gemacht hatte. Hat er denn überhaupt keine Skrupel? Ich glaube, wenn er Lust dazu hätte, würde er sie mir nichts dir nichts verführen, wie er es mit mir getan hatte – Renaldo, warum sitzest du nur da und schaust zu, wie ich tobe? Warum sagst du mir nicht, was für eine Närrin ich bin? Heute nacht habe ich absichtlich mit ihm geflirtet; ich habe zugelassen, daß er mich in einer dunklen Ecke küßt, als wäre ich eine billige Dirne, die er in einer Bar aufgelesen hat! Und genau so behandelte er mich – ich muß verrückt gewesen sein, daß ich mich von Mr. Bishop habe überreden lassen. Ich hätte nie hierher kommen dürfen, denn jetzt ist alles noch schlimmer als zuvor.»

Ginny hörte auf, erbost im Zimmer auf und ab zu gehen und blickte Renaldo wütend an. Die letzten Gäste waren vor einer halben Stunde weggegangen, und Missie, die die Nacht im Hause verbrachte, war zu dem ihr zugewiesenen Zimmer hinaufgegangen. Sie hatte vor Müdigkeit die Füße kaum mehr gespürt, aber sie hätte es nie zugegeben. Señora Armijo war ihr gefolgt. Mit einem unterdrückten Gähnen hatte sie Ginny daran erinnert, daß auch sie Schlaf nötig hätte, und daß sie hoffe, Ginny würde sich zurückziehen. Aber Ginny war zu aufgebracht, um schlafen zu können.

«Warum sagst du nichts?» fragte sie jetzt, und ihre grünen, schrägen Augen glitzerten gefährlich. Sie hatte Lust, einfach loszuweinen – ob aus Wut oder aus Verzweiflung, vermochte sie selbst nicht auszumachen.

Renaldo streckte sich in einem Sessel aus und seufzte. Auch er hatte einen schlimmen, anstrengenden Abend hinter sich, und in seinem Kopf herrschte ein Durcheinander von Gedanken, in die er noch Ordnung bringen wollte.

«Sollen wir nach Hause zurückkehren?» fragte er ruhig und beobachtete dabei Ginnys Gesicht. «Ich bin langsam mit dir einverstanden, daß es ein Fehler war, überhaupt hierher zu kommen. Du mußt an die Kinder denken. Sag deinem Mr. Bishop, was du bis jetzt erfahren hast, und laß ihn sich im weiteren selbst um die Sache kümmern.» Sein Mund verzog sich zu einer ironischen Grimasse. «Wie du ja weißt, ist es Steve immer gelungen, allein mit allem fertig zu werden. Früher oder später . . .»

«Du meinst, ich soll davonlaufen? Und der Welt, und auch Steve, zeigen, was für ein Feigling ich bin? Er brachte dieses Lassiterweib heute abend nach Hause – und seine Opernsängerin kommt nach Texas zurück. Muß ich vor aller Öffentlichkeit zugeben, daß ich nicht fähig bin, meinen eigenen Gatten zu halten? O nein!» In der Renaldo nur allzu bekannten Weise hob Ginny ihr Kinn und ihre Stimme wurde heiser: «Bevor ich von hier weggehe, werde ich die Dinge auf meine Art in Ordnung bringen. Und ich habe in mancher Hinsicht mit Steve abzurechnen! Ich kann, wenn ich muß, genauso hart und skrupellos sein wie er!»

Es wäre nutzlos gewesen, zu versuchen, sie jetzt zur Vernunft zu bringen. Nicht heute nacht, nicht, wenn sie solch eigensinniger und störrischer Laune war. Aber vielleicht würde sie morgen eher geneigt sein, auf Vernunft zu hören. Das beste wäre, sie würden weggehen – Renaldo zuckte hilflos die Schultern und dachte etwas unglücklich daran, daß auch er jetzt Grund hatte, wegzulaufen, wie Ginny das verächtlich genannt hatte.

Einmal, vor langer Zeit, hatte Steve ihn neugierig und mit hochgehobener Braue angeschaut, als er beim Fenster stand und seine Waffe reinigte.
«Bist du wirklich zufrieden, so zu leben, Renaldo? Aufzuspringen, wenn mein Großvater ruft – und jedermanns Freund und Ratgeber zu sein? Hast du denn nie Lust, selbst hinauszugehen und zu leben, anstatt dieses Leben zwischen den Seiten deiner Bücher zu führen? Es überrascht mich, daß du den Gedanken an die Priesterwürde aufgegeben hast, mein Vetter.»
Damals, so erinnerte sich Renaldo, hatte er nur gelächelt und den Kopf geschüttelt. Nein – er hatte keine Lust ein verwegenes Leben zu führen wie das, nach dem sich sein Vetter zu sehnen schien. Während seines ganzen Lebens hatte er Frieden gesucht, und, obwohl er Frauen nicht eigentlich verachtete, war er doch seiner Mutter ein Dorn im Auge gewesen, weil er sich keine Frau gesucht hatte. Seine Mutter hatte trotz ihrer scheinbaren Ahnungslosigkeit doch genug Intuition gehabt, ihm frei heraus zu sagen, daß er ein Narr gewesen sei, diese Ehe zwischen Steve und Ginny, die sie «eine unglückselige Ehe» nannte, zu unterstützen. Denn schließlich war es nicht zu übersehen, daß er selbst mehr als nur eine flüchtige Zuneigung zu dieser jungen Frau hegte.
Er hatte sie auch jetzt noch mehr als nur gern, dachte Renaldo und sah zu, wie sie sich die Unterlippe blutig biß und temperamentvoll mit dem Fuß auf den Boden stampfte, als könne sie das Stillstehen nicht ertragen. Sie war eine schöne und gebildete Frau und hätte Besseres verdient, als das Elend, das ihr sein Vetter verursachte. Aber er kannte sie gut genug, um zu wissen, daß sie, trotz all ihren lautstarken Bemühungen, das Gegenteil zu beweisen, im Grunde Steve noch immer leidenschaftlich liebte – obwohl die mißliche Lage, in der sie sich jetzt alle befanden, natürlich gänzlich unerträglich war.
Ginny hatte recht – zum Teufel mit der Politik. Zum Wohle aller – sogar Missies – beim Gedanken an sie preßte Renaldo die Lippen zusammen – mußte jemand mit Steve sprechen.

Vierundfünfzigstes Kapitel

Steve war nicht in einer gesprächigen Stimmung. Er wachte auf und sah das Sonnenlicht durch die dicht ineinander verschlungenen Zweige dringen, die sich über ihm wölbten wie eine Art grüne Höhle. Irgendwo tröpfelte Wasser und erinnerte ihn daran, daß er Durst hatte. Er griff nach seiner Feldflasche, doch als er sich ausstreckte, zuckte er zusammen. Sein Kopf schmerzte, und er erinnerte sich schwach, daß er wieder von einer grünäugigen Frau geträumt hatte – derselbe Traum, den er immer wieder träumte und der zu seinem Ärger immer am äußersten Rand seines Bewußtseins blieb.

Aber sobald er die Augen öffnete, war er auf einen Schlag hellwach, genau wie das Raubtier, mit dem man ihn oft verglich. Er wußte, wo er war und wie er hierher gekommen war, zu dieser Stelle, die er früher einmal entdeckt und in seinem Kopf als möglichen Unterschlupf vermerkt hatte. Und als er das lauwarme Wasser seine Kehle hinunterrieseln ließ und über den schalen Geschmack das Gesicht verzog, nahm er sich vor, nicht weiter zu versuchen, dahinter zu kommen was und warum er geträumt hatte – sondern vielmehr an Toni zu denken – unflätige Schimpfworte waren über ihre blassen, rosigen Lippen gekommen; bis er ihr mit einer Hand den Mund zuhielt und mit der anderen die Kleider vom Leibe riß. Schließlich hatte er sie zur Unterwerfung gezwungen, nach der sie sich offensichtlich gesehnt hatte. Und darauf hatte er die ihn umklammernden Arme weggestoßen und sie verlassen, während sie ihm Schimpfworte nachschleuderte.

«Comanche! Geh zum Teufel! Du verdammter Schweinehund, eines Tages wirst du es zu weit treiben, und dann werde ich dir bei lebendigem Leibe das Herz aus der Brust herausschneiden! Hörst du mich? Verdammt! Ich bezahle immer noch deinen Lohn, und ich bin noch nicht fertig mit dem, was ich dir zu sagen habe! Du hast mich heute abend lächerlich gemacht, als du dieser rothaarigen Hure nachstelltest!»

Ginny. Er runzelte die Stirn und fragte sich, weshalb ihr Name ihm so schnell und so leicht in den Sinn kam. In einer Beziehung hatte Toni recht: diese Ginny bedeutete Unheil.

«Weshalb ist sie hier? Warum interessiert sie sich so für uns? Sie will mit allen befreundet sein, das hat sie Nicky gesagt, diese lügnerische, heuchlerische Hure! Nun, wenn er dumm genug ist, ihr zu glauben, ich jedenfalls bin es nicht! Sie gehört nicht hierher, und ich will nicht, daß sie sich einmischt! Sie hat überhaupt nicht die Absicht zu gehen, das siehst du doch jetzt selbst, oder? Wir müssen sie loswerden!»

«Bist du deshalb von deinem hohen Roß heruntergestiegen, nur um mich aufzusuchen, um mir das zu sagen?»
«Wir haben noch über unvollendete Geschäfte zu sprechen, du verdammter, hartherziger Schuft. Und unter anderem auch über sie, na?»
Er bemerkte, allerdings ohne besonderes Interesse, wie enganliegend Tonis samtener Reitanzug war und wie sehr er ihre großzügigen Kurven preisgab. Die Jacke hatte sie absichtlich offen gelassen, so daß die harten, spitzen Brustwarzen deutlich durch die dünne Seidenbluse zu sehen waren. Sie wollte von ihrem Pferd hinuntergerissen und vergewaltigt werden, das sah er an den langsam größer werdenden Pupillen ihrer bernsteinfarbenen Augen, als sie ihn weiterhin herausfordernd anstarrte und dabei mit der Reitpeitsche leicht auf ihre blankgeputzten Stiefel schlug. Aber er hatte keine Lust, ihr diesen Gefallen zu tun, und er hatte Tonis Machenschaften und Wutausbrüche verdammt satt. Einen Augenblick lang war er beinahe versucht, ihr das zu sagen.
Er lächelte sie freudlos an; seine Lippen wurden dabei lediglich etwas schmaler, und das Lächeln griff nicht auf die Augen über.
«Ich habe noch nicht gefrühstückt. Es war mir schon immer zuwider, vor der ersten Tasse Kaffee am Morgen über Geschäfte zu sprechen. Leistest du mir Gesellschaft, oder hast du vor, weiterhin auf deinem Pferd zu schmollen?»
«Ich weiß wirklich nicht, warum ich mich mit dir abgebe, weißt du das Comanche? Eigentlich gefällst du mir nicht einmal!» Sie war entschlossen, zu schmollen und nicht voller Wut davonzureiten; er zuckte die Schultern und wandte sich dem kleinen Feuer zu, das er angezündet hatte.
«Das ist ganz gegenseitig», meinte er gelassen. «Willst du nun Kaffee, oder nicht?» Sein Blick brachte sie zum Schweigen; sie murmelte eine unverständliche Antwort und stieg mürrisch allein vom Pferd, da er keine Anstalten machte, ihr dabei behilflich zu sein.
Aber verdammt! Er würde ihr am Ende doch nützlich sein! Er hatte zuviel zu verlieren und zuviel zu gewinnen, als daß er es nicht tun würde, und das würde sie ihm gewiß auch noch begreiflich machen.
«Nicky geht heute nachmittag nach Dallas; er läuft dieser blöden Kuh, der italienischen Opernsängerin nach, nach der er schon immer so verrückt war. Aber er sagte, er würde dort soviel als möglich über Mrs. Morgan herauszufinden versuchen. Ich glaube, Nicky möchte sie gerne für sich selbst haben – und er hat nicht mehr halb soviel Ehrfurcht vor ihr, besonders nach dem, was ihm Matt erzählt hat. Hat es dir Spaß gemacht, sie zu küssen, Comanche? Ist sie so gut wie ich?»

«Ich kam nicht dazu, sie lange genug zu küssen, um das herauszufinden. Aber wenn ich es bewerkstelligen kann, das herauszufinden, so werde ich es dich bestimmt wissen lassen.»
Tonis Launen konnten sprunghaft wechseln, und jetzt kicherte sie plötzlich entzückt.
«Sicher? Da möchte ich gerne zusehen – meinst du, du mußt sie vergewaltigen? O Gott, das wäre erregend. Zuerst sie, dann mich – nur so zum Vergleich. Was meinst du? Und dann übergeben wir sie Nicky – das wäre schlimmer, als sie sofort zu töten, nicht wahr? Und selbst wenn wir sie nachher laufen lassen sollten, glaube ich kaum, daß sie über das Geschehene reden würde, nicht? Sie würde doch bestimmt einem widerwärtigen Skandal aus dem Wege gehen wollen, meinst du nicht auch?» Ihr obszönes, erregtes Lachen ging ihm auf die Nerven. Jetzt würde sie bald ihre Hände auf ihn legen und ihn anflehen, es mit ihr zu treiben, jetzt und hier, mit hochgezerrten Röcken und erhobenen Beinen. Aber er hatte noch immer keine Lust.
«Du hast einen bösen, schlauen, kleinen Kopf, Messalina», sagte er schleppend, goß den Rest des Kaffees auf das kleine, rauchlose Feuer und sprang dann gelenkig auf die Füße. «Jetzt, da wir beschlossen haben, was wir mit Ginny Morgan anstellen werden, solltest du dir vielleicht langsam Gedanken darüber machen, wie wir sie bekommen können – und, verdammt –, ich will nicht als einziger meinen Kopf hinhalten müssen. Du fängst also besser gleich an, dir etwas auszudenken.»
Ihr triumphierendes Lächeln verriet ihm, daß sie sich bereits etwas zurechtgelegt hatte.
«Ich habe an alles gedacht, Liebling. Zuerst einmal gehen auch wir nach Dallas – nur wird Nicky nichts davon wissen . . .», ihre bernsteinfarbenen Augen wurden eng, und mit ihren vollen Lippen lächelte sie weiter. «Ich weiß nicht, ob ich ihm wirklich trauen kann oder nicht, und wir haben da ein paar gemeinsame Geschäftsunternehmungen, weißt du. Nur könnte sich der liebe Nicky, was diese Italienerin angeht, vielleicht übernehmen und viel zuviel von unserem Geld ausgeben!»
«Na und? Wozu soll denn ich mit dir auf diese Reise gehen?»
«Aber Comanche, du weißt doch, daß ich mich in deiner Begleitung immer viel sicherer fühle! Und Feinde habe ich genug. Und außerdem denkst du genau wie ich, und das könnte nützlich sein, wenn wir erst einmal in Dallas sind – siehst du, Nicky sollte sich bei seinem Aufenthalt um unsere gemeinsamen Geschäfte kümmern, und ich fürchte, daß er viel zu zerstreut sein wird, so daß . . .»
Eine weitere Gemeinsamkeit, dachte er sarkastisch, war, daß keiner von ihnen dem anderen traute. Und er hatte gelernt, daß Toni dann

besonders gefährlich war, wenn sie wie eine zufriedene Katze schnurrte und sich putzte. Aber zum Teufel. Er zuckte die Achseln, als seien ihm ihre kleine Intrigenspiele einerlei, wandte sich ab und begann, sein Pferd zu satteln, während er sich ungeduldig fragte, warum sein Kopf noch immer so schmerzte.

«Nicky wird irgendwann morgen in Dallas eintreffen. Und ich habe bereits der ganzen Welt erzählt, daß ich ein paar Vettern in Shreveport besuchen werde. Wir können getrennt hier wegfahren und uns irgendwo treffen.» Ihre Stimme wurde plötzlich lauter und schrill. «Wo willst du denn hin? Ich habe noch viel mit dir zu besprechen, und ich will nicht allein zur Ranch zurückreiten!»

Er hatte eine Hand schon am Sattelknauf, als er seinen Kopf wandte und sie anblickte. Der kalte Blick seiner harten Augen ließ Toni trotz ihrer Wut beinahe zusammenschrecken.

«Als du hierherkamst, um mich zu suchen, da ging es doch ganz gut allein, oder nicht? Im Augenblick habe ich ein paar Sachen zu erledigen, aber wir werden uns vor Sonnenaufgang im Haus wieder sehen, Chefin!»

Er legte kurz die Hand an den Hut, bevor er ging. Pferd und Reiter verschwanden beinahe sofort zwischen den eng beieinanderstehenden Bäumen, deren grotesk gewundene Stämme sich aneinander anzulehnen schienen, und die kaum genug Zwischenraum freiließen für einen Menschen oder ein Tier.

«Hoffentlich ersäufst du in den Sümpfen, verdammt noch mal!» schrie ihm Toni wütend nach, obwohl sie annehmen mußte, daß er bereits außer Hörweite war.

Sie kam erst am frühen Nachmittag nach Hause, denn sie hatte sich verirrt – ein Erlebnis, das sogar ihr Furcht einflößte. Und als sie hörte, sie hätte eben einen Besuch ihrer neuen Nachbarn verpaßt, die auf dem Weg zu den Carters bei ihr vorbeigekommen waren, wurde ihre Laune auch nicht besser.

«Diese neugierige, aufdringliche Hure! Nimmt mich wunder, was sie wirklich wollte. Ich hatte recht, ihr nicht zu trauen, und Nicky wird das auch noch einsehen . . .!»

Schlechtgelaunt stapfte Toni die Treppe hoch; sie hätte sich allerdings noch viel mehr geärgert, hätte sie gewußt, daß sich ihr Aufseher ebenfalls auf dem Weg zu den Carters befand.

Eigentlich war es Missie, die er sehen wollte. Letzte Nacht – was zum Teufel war letzte Nacht in ihn gefahren? Als er in der Erinnerung vor sich Ginny Morgan sah, mit ihrem kupfrigen Haar, das in schweren Locken bis auf Schultern und Rücken herabfiel und wie sie langsam, eine nach der anderen, die Haarnadeln herauszog,

krauste er finster die Stirn. Zum Teufel mit ihr! Er hätte sie gegen die Wand drücken und auf der Stelle nehmen sollen. Es hätte dem ganzen ein Ende gesetzt. Der Gedanke an ihre schrägen, grünen Augen, die wie Smaragde im Feuerschein leuchteten, und an ihren Mund, dessen weiche Lippen sich unter seinen aufgetan hatten, würde ihn dann nicht mehr dauernd peinigen. Am Morgen noch hatte die grünäugige Frau, die in seinen Träumen lachte und ihn aufreizte, ein Gesicht gehabt. Ihres. Und die Erinnerung an seinen Traum und an die vergangene Nacht machte ihn wütend. Auf sie, weil sie ihn so offensichtlich mit ihrem geschmeidigen, sinnlichen Körper gereizt hatte, und auf sich selbst, weil er sich zurückgehalten – und dann seine Wut an Missie ausgelassen hatte, die ihm vertraute. Missie wäre viel zu naiv, und Joe sollte sie nicht einfach so frei herumlaufen lassen. Letzte Nacht hatte sie tatsächlich wie eine Frau ausgesehen – Aschenbrödel hatte er sie neckend genannt – aber er war nicht der Prinz, nach dem sich Missie umsehen sollte. Er mußte mit ihr sprechen und sie warnen, daß sie sich nicht so leicht jemandem anvertrauen sollte. Und – jetzt gruben sich Falten in seine Stirn und sein Gesicht nahm einen harten und gefährlichen Ausdruck an – er wollte auch mit Matt sprechen. Matt war ein verdammtes Großmaul, wenn er zuviel Schnaps getrunken hatte!
Aus Gewohnheit nahm Manolo sein Fernglas hervor und hielt an, ehe er zu Missies Lieblingsbaum kam. Es hatte keinen Sinn, ein Risiko einzugehen und einem von Belmonts Soldaten in die Arme zu laufen. Wer weiß, der könnte vielleicht zuerst schießen und erst dann fragen.
Er blinzelte gegen die Sonne und horchte. Wo zum Teufel waren sie denn alle? Es war fast zu ruhig für einen Nachmittag. Und dann, als er das Fernglas bewegte, sah er einen eleganten, neuen Zweispänner mit zwei erlesenen grauen Pferden vor dem Haus stehen, und er wußte, daß die Carters Besuch hatten. Er fluchte leise und setzte sich hin, um zu warten. Er redete sich dabei ein, daß es nur Neugierde war, die ihn festhielt.

Im Haus fragte sich Ginny, weshalb sie sich entschlossen hatte, noch eine Weile zu bleiben. Eigensinn, hatte es Renaldo verzweifelt genannt, als sie sich am Morgen nach dem Frühstück wieder gestritten hatten. Oder das Gefühl, etwas ungelöst und unvollendet zu lassen? Jedesmal, wenn Matt sie frech und verschlagen anstarrte, erinnerte sie sich an die vergangene Nacht, und an Steve . . . Wohin war er verschwunden? Weder er noch Toni waren im Lassiterhaus – sie hatte dort trotz Renaldos Protesten absichtlich halt gemacht, um Gewißheit zu haben. Ein alter, grauhaariger Neger, Toni Lassi-

ters Hausdiener, hatte ihr gesagt, Madam sei ausgeritten. Natürlich hatte er nichts über Madams Aufseher gesagt, der gelegentlich auch mit Madam das Bett teilte.
Es war Missie gewesen, die mit weit aufgerissenen, neugierigen Augen sich in der großen, beeindruckend aussehenden Eingangshalle umgeschaut hatte, wo ihre Mama einst gelebt hatte, um dann treuherzig und offen zu fragen: «Wo ist Manolo? Ist er noch nicht hier gewesen?»
Henris schwarzes Gesicht hatte einen mißbilligenden Ausdruck angenommen.
«Nein, Miß. Ich könnte nicht sagen, daß ich ihn heute morgen gesehen hätte.»
Missie hatte vor Erleichterung gestrahlt, und Ginny hatte sich gefragt, ob ihr Gesichtsausdruck auch einmal so transparent gewesen sei, ob sie je so ehrlich und vertrauensvoll gewesen war.
«Vielleicht ist er bei uns zu Hause», platzte Missie heraus, als ihr Renaldo wieder in den Zweispänner half. «Ich wünschte so, Sie sähen ihn einmal, wenn er nicht so grimmig dreinblickt und so finster und wütend aussieht. Er ist unser Freund gewesen, und Sie werden ihn hoffentlich nicht beurteilen nach dem, was die Leute über ihn sagen, oder?»
Ginny bemerkte, wie Renaldos Lippen sich zusammenpreßten, als sie sich über Missies Kopf hinweg kurz anblickten.
Zumindest Missie verdiente es nicht, daß man ihr weh tat – und Steve hatte die Gewohnheit, alle Frauen zu verletzen, mit denen er zu tun hatte, hauptsächlich, weil er sich nicht um die Gefühle anderer Leute kümmerte. Mehr denn je war Ginny entschlossen, ihm gegenüberzutreten und die Sache endgültig mit ihm zu bereinigen, aber jetzt begann sie sich zu fragen, ob sie dazu Gelegenheit haben würde. Nach dem, was sie sich zusammenreimen konnte, kam und ging er wie es ihm paßte, und es war ihm bis jetzt gelungen, den Soldaten zu entgehen, die Oberst Belmont am Rande der Sümpfe patroullieren ließ.
Wiederum war es Missie, die – nachdem Joe sie hereingebeten hatte, um den hausgemachten Pfirsichschnaps zu kosten – seinen Namen erwähnte.
«Habt ihr vielleicht Manolo gesehen? Ist er schon vorbeigekommen, Pa?»
Es war Matt, der antwortete, mit einem Seitenblick auf Ginny.
«Hab ihn nicht mehr gesehen, Schwesterchen, seit gestern nacht, als er Miß Lassiter heimbegleitete. Vielleicht ist er wieder in den Sümpfen und tollt mit seinen Indianerfreunden herum.»
Joe Carter schaltete sich schnell ein: «Oh, er wird schon noch vorbeikommen, nehme ich an. Du weißt ja, wie er ist. Missie,

warum zeigst du Mr. Ortega nicht ein paar von den Bildern, die du gemalt hast?»
Missie war immer zurückhaltend, wenn es darum ging, jemandem ihre Skizzen zu zeigen, aber Señor Ortega war anders, genau wie sein Name. Renaldo. Auch wenn es fremd tönte, so liebte sie doch diesen Klang. Und ein vages Gefühl sagte ihr, daß er sie wirklich gerne mochte – es war nicht nur Höflichkeit, wenn er ihr soviel Aufmerksamkeit schenkte. Sie hörte ihm gerne zu, wenn er all die Gegenden und Länder, die er bereist hatte, für sie lebendig werden ließ. Als sie ihn zum ersten Mal gesehen hatte, hielt sie ihn für zurückhaltend und streng, aber als er ihr zulächelte, genau wie jetzt, sah er viel jünger aus, als sie zuerst dachte; und es gefiel ihr, wie kleine Grübchen sich zu beiden Seiten des Mundes in sein sonnengebräuntes Gesicht eingruben. Er lächelte ein wenig wie Manolo – dachte sie und war im Grunde überrascht, denn sonst waren die beiden so verschieden! Manolos Lächeln erreichte selten die Augen; diese blieben oft hart und spöttisch. Aber wenn Renaldo Ortega ihr zulächelte, bildeten sich kleine Fältchen in den Augenwinkeln, und dann wußte sie, daß er lächelte, weil er sie gern hatte.
«Aber Miß Melissa, diese Zeichnungen sind ausgezeichnet! Sie haben die Stimmung in den Sümpfen genau getroffen – diese Bäume leben beinahe, wie häßliche, alte Männer!»
Missie lachte entzückt. «Sie sehen das auch? Ich sah diese alten Bäume schon immer so. Eine Menge alter Gnome, die die Köpfe zusammenstecken!»
«Das haben Sie wirklich treffend ausgedrückt.»
Missie lehnte über Renaldos Schulter, während er ihr Skizzenheft durchblätterte und versuchte, sich nicht durch ihre Nähe ablenken zu lassen. Das Problem war, daß sie zu offen, zu natürlich war. Und im Vergleich zu Missie war er ein zynischer, alter Mann. Nur, warum fühlte er sich nicht so, wenn er mit Missie zusammen war? Missie, und seine ungewohnten, stets wachsenden Gefühle ihr gegenüber, waren mit ein Grund gewesen, weshalb er Ginny hatte überreden wollen, Baroque zu verlassen. Wie immer rannte er vor dem Leben davon, das hatte er sich unwillig heute morgen eingestehen müssen. Aber wo würde das alles enden – und wie? Ginny zog es trotz ihres stürmischen Temperaments vor, den Tatsachen ins Auge zu sehen; auf ihre Art war sie genauso verwegen wie Steve. Arme Genia – wieviel würde sie noch durchstehen müssen?
Als sie das Haus der Carters schließlich verließen, mußte Ginny zugeben, daß sie der Pfirsichschnaps reichlich betrunken gemacht hatte.
«Aber es ist mir egal – so brauche ich nicht zu denken. Und wenn ich hinterher auch Kopfschmerzen bekommen sollte! Ach Renaldo

– warum bin ich so hartnäckig? Warum gebe ich nicht einfach auf?»
«Weil du doch stets dich selbst bleibst», sagte er plötzlich sehr ernst. «Ginny . . .»
«Hast du gesehen, wie Matt Carter mich angeschaut hat? Als wüßte er alles, was es über mich zu wissen gibt. Ich glaube, er hat gesehen, was letzte Nacht mit Steve war. Und in jenem Augenblick kümmerte es mich auch nicht, weißt du! Ich wollte doch nur, daß Steve mich erkannte, mich wiedererkennen würde – und jetzt hält mich Matt für eine Hure. Und ich glaube, irgendwie bin ich das auch! Schau, was ich alles getan habe! Steve hat mir sicher nie verziehen – Renaldo, hältst du mich für eine Dirne? Was denkt eigentlich Don Francisco in Wirklichkeit von mir?»
«Lehne deinen Kopf an meine Schulter, wenn du mußt, aber bitte lenke mich nicht ab, wenn ich versuche, die Pferde im Zaum zu halten.» Renaldo zwang sich, einen harten Tonfall anzuschlagen, obwohl er innerlich anders gestimmt war. «Die sind springlebendig nach dieser langen Verschnaufpause. Und mach dir keine Sorgen wegen Matt Carter. Was er denkt, ist nicht wichtig. Wenn wir zu Hause sind, müssen wir entscheiden, was du tun wirst – ob du hierbleiben und alles in Kauf nehmen willst, was auf dich zukommt, oder ob du vernünftig sein und wegfahren wirst.»
«Aber ich bin nicht vernünftig! Und ich will jetzt nicht daran denken – noch nicht, Renaldo. Ich möchte lieber zuerst schlafen.»
An seine Schulter gelehnt schlief sie auf dem ganzen Rückweg, und raffte sich gerade genügend auf, um ohne Hilfe die Treppe hochzusteigen, während Señora Armijo im Hintergrund irgend etwas murmelte.
«Sei still, Tia. Sie ist nur übermüdet. Man muß sie in Ruhe schlafen lassen. Zum Nachtessen werden wir sie nicht wecken.»
Es war eine Seltenheit, daß Renaldo Befehle erteilte. Aber der Tonfall seiner Stimme erinnerte sie an Don Francisco; sie hörte auf zu murren und senkte widerwillig den Kopf. Manchmal fragte sich Renaldo, was diese Frau von den Machenschaften halten mußte, in die sie alle verwickelt waren – und dann ließ ihn die Ungeheuerlichkeit der ganzen Situation zusammenzucken. Zum Glück war Tia Alfonsa eine geborene Duenna – sie behielt ihre Gedanken für sich und konzentrierte sich ganz auf die Aufgabe, die man ihr erteilte!
Ginny nahm kaum wahr, daß ihre Anstandsdame leise schimpfte, während sie ihr beim Ausziehen half und ihre Arme in einen losen Bademantel steckte.
«Schnaps! Und das am frühen Nachmittag! Ein Glück, hat Don Francisco keine Ahnung, was hier vorgeht, sonst würde er selbst

herkommen, um nach dem Rechten zu sehen! Ich weiß nicht, was mit der jungen Generation los ist!»
Ginny fühlte, wie sich das weiche Bettzeug um sie schmiegte, als sie erleichtert hineinsank. Sie würde später noch Zeit genug haben, nachzudenken. Im Moment war sie zu schläfrig, zu matt . . .

Fünfundfünfzigstes Kapitel

«Dieser Vetter – oder wer immer er ist – scheint Missie ziemlich ins Herz geschlossen zu haben. Er komme morgen vorbei, um mit ihr auszureiten, sagte er. Und du weißt ja, wie Pa ist – viel zu vertrauensselig. Aber was sie angeht, schien es mir, sie sei auffallend interessiert gewesen zu erfahren, wo du wohl sein könntest. Ich sah, wie sie gestern abend tanzte, und da fiel mir ein . . .»
Manolo war bis zum Pferch hinausgeritten und hatte dort Matt getroffen, der begierig schien, über den kürzlichen Besuch zu sprechen; er machte ganz beiläufig hämische Anspielungen.
«Kommst du mit zum Haus?» fragte Matt. «Pa hat einen Krug alten Schnaps aufgemacht, den er seit Jahren hütete, und Missie ist so wütend, weil er dauernd davon trinkt, daß sie sich in ihr Zimmer zurückgezogen hat und schmollt. Aber ich nehme an, sie wird bald auftauchen, wenn du da bist. Sie sagten, sie seien im Haus meiner Ma gewesen – in Miß Lassiters Haus – um sich nach ihr zu erkundigen, und es sei niemand zu Hause gewesen.»
«Manchmal, Matt, sprichst du einfach zu viel», zischte Manolo zwischen den Zähnen hindurch; er wartete darauf, daß Matt wütend würde.
Zu seiner Überraschung aber grinste Matt nur.
«Ich dachte, es könnte gut für dich sein, zu wissen, daß man sich so für dich interessiert – ganz besonders, weil die betreffende Person eine verdammt gutaussehende Frau ist. Hätte nichts dagegen, es mal selbst auszuprobieren, zur rechten Zeit, am rechten Ort.»
Er grinste immer noch, als Manolo sein Pferd herumriß und davonritt. Es hatte ihm ohnehin nie gefallen, daß ein Mann wie er hinter seiner kleinen Schwester her war; und Pas Predigten waren ihm gleichgültig. Mexikaner oder Indianer, was machte das schon aus? Sie war zu gut für ihn, und wenn Toni ihn einmal satt hatte, würde sie sich vielleicht nach einem Mann ihrer eigenen Herkunft umsehen. Einem Mann, der die ganze Zeit hier gelebt hatte . . .
In ihrer Ranch bestellte Toni Lassiter das Abendessen und wartete. Sie zwang sich, sich ruhig auf ihr großes Bett zu legen, in die frischen, sorgfältig aufgedeckten Bettlaken.

Und auf dem Desmoulins-Gut schlief Ginny bei geschlossener Tür und offenem Fenster, während Renaldo zigarrenrauchend in der Bibliothek saß und blind in ein Buch starrte, das er wahllos herausgegriffen hatte. Der Nachmittag ging in den Abend über, und Ginny schlief traumlos und tief, und wollte nicht einmal aufwachen, als jemand sie an den Schultern rüttelte.
Betäubt und mit schweren Lidern hatte sie ihren Mund geöffnet um zu protestieren, als er sie schnell mit einem zusammengeknüllten Taschentuch, das er ihr in den Mund schob, knebelte, um dann mit dem Tuch, das er um den Hals trug, seine Arbeit zu beenden. Obwohl sie sich heftig zur Wehr setzte, verknotete er es in ihrem Nacken.
«Tut mir leid, daß es nicht aus Seide ist», sagte er sarkastisch, während sie sich mit wildem Blick vor ihm wand. «Aber ich habe keine Zeit für solche Feinheiten.»
Instinktiv griff sie nach ihm und schrie dann auf, als er ihre Handgelenke packte und sie gleichzeitig mit seinem Körpergewicht niederdrückte.
Woher kam er? Wie? *Warum* er gekommen war, war nur allzu offensichtlich, denn jetzt fesselte er ihre Gelenke fest und auf schmerzhafte Weise an die Bettpfosten.
«Ich habe nie gern etwas unvollendet gelassen. Und ich habe gehört, Sie hätten sich über mich gewundert – da wollte ich mal bei Ihnen vorbeisehen, um Ihre Neugierde zu befriedigen!»
Er war so hassenswert wie er immer gewesen war! Und er bereitete sich kaltblütig darauf vor, sie zu vergewaltigen, immer noch ohne zu erkennen, wer sie war, oder was sie einander bedeutet hatten. Warum mußte er sie knebeln?
Ihre Augen schrien ihm Haß und Wut entgegen, und er grinste trotz seiner seltsamen inneren Spannung. Sie fragte sich nicht, wozu er hier war. Sie wußte es. Das konnte er daran sehen, daß ihre Augen dunkler wurden, als sie ihn anschaute, und daß sie plötzlich ruhig wurde, als er die Decken vom Bett warf und das breite Band zerriß, das ihr durchsichtiges Négligé zusammenhielt. Er hatte das seltsame Gefühl, all dies schon zu kennen, als er ihren nackten Körper und ihre wohlgeformten, kleinen Brüste betrachtete.
Eben hatte sie sich noch gegen ihn gewehrt. Weshalb hielt sie jetzt so still?
Er hatte eigentlich im Sinn gehabt, sie schnell und brutal zu nehmen, und sie dann so liegen zu lassen wie sie war. Aber ohne es zu wollen, beugte er den Kopf vor und legte seinen Mund in die kleine, pulsierende Vertiefung an ihrem Halsansatz; dabei hörte er ihren erstickten Laut.

Sie hatte eine seidenweiche Haut, die überall den selben süßen Geruch an sich hatte wie ihr Haar, in das er sein Gesicht gegen seinen Willen vergrub.

Jetzt verführte er sie, anstatt sie zu vergewaltigen. Alles begann wieder von vorne, dachte Ginny benommen. Das wilde, vertraute Gefühl seiner Hände und seiner Lippen auf ihrem Körper ließen sie vergessen, wie er sie behandelt und was er ihr angetan hatte.

Solange sie lebte würde er diese Macht über sie besitzen – zum Teufel mit ihm, zum Teufel! und dann gerieten ihre Gedanken durcheinander; sie wurden unzusammenhängend, als er endlich seinen Körper auf den ihren senkte und das heftige, vertraute Verlangen befriedigte, das er in ihr, gegen ihren Willen, geweckt hatte.

Er bedauerte, sie verlassen zu müssen. Es war etwas an ihrem sanft nachgebenden, süßen, leidenschaftlichen Körper, das ihn die ganze Nacht hier hätte festhalten können, wenn er die Zeit dazu gehabt hätte. Was eigentlich als Rache und Warnung geplant gewesen war, endete ganz anders. Hinterher wunderte er sich über seine eigene Schwäche. Aber schließlich – schließlich war da noch Toni, Toni, mit ihrem weißen Gesicht und den bernsteinfarbenen Augen, die Hure mit dem allzu weichen Körper und dem gierigen, schmollenden Mund.

Toni, die Wartende und die Begehrende. Toni, die, wenn sie konnte, von einem Mann nicht nur den Körper, sondern auch die Seele forderte. Und er hatte ihr nichts zu geben, vor allem nicht an diesem Abend, bis auf ein paar Minuten seiner mürrischen Gegenwart.

«Was heißt das, du kannst nicht bleiben? Du Schuft, ich habe dir doch gesagt . . .»

«Sag mir einfach, wo ich dich treffen kann, Messalina, und ich werde dort sein. Aber du könntest auch von Oberst Belmonts Soldaten Besuch bekommen, wenn Ginny Morgan verrückt genug ist, über den Besuch zu sprechen, den ich ihr eben abgestattet habe.»

«Was hast du?», Tonis Stimme wurde lauter, dann brach sie ab, und als sie seinem harten, ernsten Blick begegnete, begann sie hysterisch zu kichern. «Du hast es wirklich getan! O Gott, du bist wunderbar! Wie war es? Hat sie sich kräftig gewehrt? Mußtest du sie schlagen? Ich hoffe, du hast häßliche Flecken auf ihrem ganzen Körper hinterlassen! Oh, aber jetzt wird sie nicht mehr so hochmütig und einflußreich sein können, oder? Glaubst du, du hast sie verscheucht, Comanche?»

Er war plötzlich sehr müde, und Toni ekelte ihn an. Es tat ihm leid, daß er es ihr gesagt hatte. Er war ihr keine Erklärungen schuldig – überhaupt nichts war er ihr schuldig!

«Ich erzähle dir alle Einzelheiten, wenn wir uns in Dallas treffen –

dann hast du etwas, worauf du dich freuen kannst. Aber im Augenblick gehe ich lieber in die Sümpfe zurück, zur Sicherheit.»
«Aber ich will alles *jetzt* wissen! Ich kann dich vor den Soldaten verstecken, wenn sie kommen – in den Weinkellern! Traust du mir nicht, Comanche?»
Er wußte über ihre Weinkeller Bescheid – insbesondere über den einen unter dem Kühlraum, den der alte Lassiter genau wie einen Kerker in einem englischen Schloß hatte einrichten lassen, um dort seine widerspenstigen Sklaven zu zähmen. Und er traute Toni nicht. Nicht im geringsten.
«Teufel nein, ich traue dir nicht!» sagte er grob und unbeugsam. Dann verließ er sie, ungeachtet ihrer glänzenden Augen und Lippen, die sie immer mit der Zunge befeuchtete, wenn sie erregt war. Er verließ sie mit dem halben Versprechen, daß er sie aufsuchen würde, bevor sie in Shreveport ankäme, und daß er sie während der restlichen Reise begleiten würde.
Jetzt war er also auf dem Weg nach Dallas, ausgerechnet Dallas. Eigentlich widerwillig, denn er dachte immer an die kupferhaarige Frau und fragte sich, was wohl geschehen wäre, wenn er nochmals zurückgegangen wäre. Er hörte immer wieder die leisen Laute, die sie hinter dem Knebel von sich gegeben hatte, und er fühlte die plötzliche, überraschende Hingabe ihres Körpers unter dem seinen, die halbgeschlossenen grünen Augen sah er vor sich, und wie sie einen Augenblick lang süß und hingebend ihre Schenkel geöffnet hatte, um sie dann um seinen Körper zu schlingen, als er sich auf sie legte, sie kostete, sie begehrte, und wie sie seine Begierde erwidert hatte. Es war keine Vergewaltigung gewesen – dann nicht mehr. Und trotz seiner inneren Warnungen hatte er die Lederstreifen gelockert, die er benützt hatte, um sie zu fesseln, so daß sie sich ohne große Schwierigkeiten selbst befreien konnte. Wie hätte sie sich verhalten, wenn er zurückgekommen wäre? Er mußte verrückt sein, so etwas zu denken. Inzwischen würde sie wahrscheinlich ganz hysterisch sein und versuchen, die Tatsache zu verdrängen, daß sie nicht nur nachgegeben hatte, sondern auf seinen Körper mit Leidenschaft reagiert hatte. Frauen wie sie waren normalerweise nur herausfordernd, und versprachen Dinge, die sie im nachhinein nicht geben wollten. Aber wußte er wirklich, was für eine Frau sie war?
Wegzugehen war vernünftig, auch wenn es bedeutete, daß er sich mit Toni abgeben mußte und mit all den Intrigen, an denen ihr unter anderem so sehr lag. An Dallas konnte er sich nicht erinnern, zumindest nicht so klar und genau, wie jemand mit einem normalen Gedächtnis es könnte, aber er hatte das Gefühl, er sei schon einmal dort gewesen. Während Manolo zunächst zufrieden gewe-

sen war, einfach zu leben und die Dinge so zu nehmen, wie sie kamen, war er jetzt neugierig geworden – auf den Mann, der er gewesen war, ehe er die Augen geöffnet und in Teresitas verstörtes Gesicht geblickt hatte, und sein Gedächtnis von jeglicher Erinnerung leergefegt war, wie die Schiefertafel eines Schuljungen. Er glaubte nicht, daß er Teresitas Schwager gewesen war. Aber ein Freund ihres Mannes vielleicht? Ein Comanchero? Das schien irgendwie glaubwürdig, denn es würde erklären, weshalb er die Sprache der Comanchen kannte. Aber ein Comanchero, der sowohl Französisch als auch Spanisch sprach? Oft, wenn er sich anstrengte, sich zu erinnern, überkamen ihn Kopfschmerzen, wie eine Warnung, die ihn in eine Richtung trieb, während seine seltsamen Träume, an die er sich nur halb erinnern konnte, in eine andere trieben.

Schließlich ging er allein bis nach Dallas. Toni würde ihn schon finden, oder er sie. In der Zwischenzeit machten ihn Richter Benoits Unternehmungen neugierig. Wenn er herausfinden konnte, was im Gange war, ehe Toni ankam, würde er im Vorteil sein, denn sie wollte über ihren Besuch Stillschweigen wahren. Und es war immer gut, vor Toni ein wenig Vorsprung zu haben – so war sie leichter zu handhaben.

Dallas, so stellte er wütend fest, war nicht nur mit Plakaten für die Vorstellungen einer italienischen Opernsängerin in der örtlichen Oper gepflastert, sondern auch mit Suchanzeigen, auf denen die fast unglaubliche Summe von dreißigtausend Dollar ausgesetzt war für seine eigene Gefangennahme und – so wurde betont – für seine unversehrte Übergabe an die Verhörinstanz von Baroque. Wegen «Viehdiebstahls und anderer Verbrechen». Eine viel zu genaue Beschreibung folgte ... Er hätte sie nicht nur knebeln, sondern ihr auch noch die Augen verbinden sollen!

Er hatte diese sogenannte Dame unterschätzt, dachte er wütend. Sie war ganz offensichtlich schlauer als er annahm. Natürlich stand da kein Wort von Vergewaltigung, aber wer würde ihr nicht glauben, wenn sie angab, daß einige ihrer Rinder gestohlen worden seien? Oder wenn sie sagte, sie würde den Täter wiedererkennen? Schlau – oder war es etwa ihr «Vetter» gewesen, der sich den Plan zurechtgelegt hatte? Das bedeutete, daß er sich verstecken und verdammt vorsichtig sein mußte, solange er in Dallas blieb. Was er eigentlich tun sollte, wäre zurückzugehen, und Ginny Morgan eine Lektion zu erteilen – eine viel härtere diesmal.

Und doch, nachdem er unrasiert und so schäbig wirkend wie möglich in einer Absteige ein Zimmer gemietet hatte, konnte er nicht umhin, eine gewisse Bewunderung zu empfinden, für die Art und Weise, wie sie die Sache ausgeheckt hatte. Sollte sie doch zum Teu-

fel gehen! Alles, was er zu unternehmen im Sinn hatte, wurde dadurch schwieriger.
Zum Glück war Dallas groß und nahe genug bei Fort Worth, so daß er sich von den Cowboys, Viehhändlern, Gaunern und anderen Typen, die sich in der Stadt aufhielten, kaum unterschied. Die Viehgeschäfte blühten, und damit blühte auch Dallas, obwohl es derzeit nur eine Zwischenstation war für die Herden, die nach den großen Eisenbahnverladestationen in Kansas getrieben wurden. Die Bürger von Dallas sprachen vom Tag, wenn die Eisenbahn ihre Fühler weiter südwärts ausstrecken würde, und die Texaner nicht mehr gezwungen sein würden, ihre Herden durch Indianergebiete zu treiben. In der Zwischenzeit dehnte Dallas sich aus, es war eine gutgelegene, wichtige Stadt. Es kam allerlei Volk nach Dallas, oder war hier auf Durchreise, und meistens drückte der Marshal gegenüber den Raufbolden ein Auge zu, es sei denn, sie trieben es zu weit. Dallas hatte den Ruf, eine sehr offene Stadt zu sein – solange man vorsichtig genug war.
Steve war vorsichtig. Diese Suchanzeigen waren sicher in jeder einigermaßen großen und wichtigen Stadt angeschlagen, und zweifellos würde jeder Prämienjäger im Umkreis von mehreren Meilen ihn suchen – und nicht zu vergessen Nick Benoit, der überglücklich wäre, ihn ausliefern zu können! Und Toni – die süße, habgierige Antoinette Lassiter, deren Geld- und Machtgier noch größer war als ihr Hunger nach körperlicher Liebe. Beim Gedanken an diese zusätzliche Belastung, legte er die Stirn in Falten. Vom Geld abgesehen, würden Toni und Benoit sich bestimmt langsam fragen, wieviel er von ihren Plänen verraten könnte, wenn er gefangen werden würde – besonders da die Suchanzeigen betonten, daß man ihn lebendig wollte.
Sein Stirnrunzeln wurde zur Grimasse, als er seine von der Reise schmutzigen Kleider auszog und sich dabei fragte, wieviel Zeit ihm noch blieb. Offensichtlich war Ginny Morgan auf Blut aus, und sie wollte das Vergnügen nicht missen, ihn hängen zu sehen. Frauen waren seltsam, oft noch gemeiner als Männer, besonders wenn sie sich gedemütigt oder übervorteilt fühlten.
Also was zum Teufel tat er noch hier in Dallas, anstatt in das Indianergebiet abzuhauen und sich zu verstecken? Das Gesicht, das ihm aus dem winzigen, zerbrochenen und von Fliegendreck beschmutzten Spiegel entgegensah, konnte ihm auch keine Antwort geben; denn auf eine Art blickte er in das Gesicht eines Fremden. Verdammt, wer war er gewesen? Und auch wenn er den größten Teil seines früheren Lebens vergessen hatte, änderte das seinen Charakter? Er hatte den Eindruck, Gefahr mache ihm Spaß – das Gefühl, sich auf einem Seil zu bewegen, auf Messers Schneide. Angst war

bestimmt keine zu erkennen in den blauen Augen, die ihm aus dem Spiegel finster entgegenstarrten – und während er seine Gefühle sorgsam ergründete, konnte er keinerlei Beklemmung feststellen. Da war eher ein kaum gedämpftes Gefühl von verwegener Heiterkeit, das er würde beherrschen müssen.

Er hatte sich unten eingeschrieben bei einem gelangweilt dreinblickenden Angestellten, der kaum von seiner Zeitung aufgeschaut hatte, und zwar als Sam Whittaker, ein Name, der ihm rein zufällig eingefallen war – es sei denn, er hätte ihn schon früher einmal benutzt? Aber jetzt wollte er nicht anfangen, sein Gehirn zu martern und nach Erinnerungen aus seiner Vergangenheit zu suchen, was ihm ohnehin nur Kopfschmerzen bereiten würde. Er war verdammt müde und brauchte Schlaf, damit er mit einem klaren Kopf aufwachen und sein weiteres Vorgehen planen konnte.

Der Raum war winzig – nicht mehr als ein kleines Kämmerchen ganz oben bei der Treppe. Aber da war ein Fenster auf das Dach hinaus, für den Fall, daß er schnell flüchten mußte; den einzigen im Zimmer vorhandenen Stuhl hatte er bereits unter die Türfalle geklemmt, eine Vorsichtsmaßnahme, die verriet, daß er diese Art zu leben gewohnt war – flüchten und sich verstecken.

Er schaute angeekelt auf das Bett. Das einzige Baumwollaken war zerschlissen und voll kleiner Blutspritzer, die zeigten, daß der vorherige Bewohner mit Erfolg auf Wanzenjagd gegangen war. Und die Bettdecke war so dünn, daß sie teilweise nur noch aus Fetzen bestand, besonders unten, wo Stiefel mit Sporen gelegen hatten. Er hätte sich besser unten zu seinem Pferd in den Stall legen sollen. Zudem hätte er ein Bad nötig gehabt, aber er hatte bei Gott keine Lust, in das schmutzige, lauwarme Wasser zu steigen, das irgendein Stallknecht schon vor ihm benutzt hatte. Und er war abgebrannt, bis auf ein paar Dollar und ein Paar Smaragdohrringe, die er von Ginny Morgans Frisiertisch genommen hatte – mehr aus Unfug, als aus einer Überlegung heraus. Aber die schlaue, kleine Hure hatte bestimmt auch den Diebstahl ihrer Ohrringe erwähnt, so daß es jetzt nicht möglich war, sie zu verkaufen. Später, bei seiner Rückkehr, würde er sie wirklich dafür bezahlen lassen.

Er schlief auf dem schmutzigen Fußboden, eingewickelt in seine Satteldecke, denn er zog den Geruch seines Pferdes dem säuerlichsüßen des Bettes vor. Er schlief mit vielen Unterbrechungen; der kleinste Laut auf der Diele machte ihn hellwach. Wieviel Zeit hatte er? Er mußte Benoit finden und herausfinden, mit wem er sich traf.

Nicholas Benoit hatte sich im besten Hotel der Stadt eingemietet, das den phantasielosen Namen «Zum Viehhändler» trug. Durch einen glücklichen Zufall lag es auf dem selben Stockwerk wie die Zimmer der Herren, die er treffen und mit denen er Geschäfte be-

sprechen sollte; Mr. McGregor, ein Schotte, und Lord Lindhaven, ein Engländer, der etwas zurückhaltend war, wohl weil er einen Titel trug. Beide vertraten Geldinteressen in Großbritannien und wollten in den Vereinigten Staaten in den Viehhandel investieren. Die Zeiten der einzelnen Viehkönige waren bald Vergangenheit, und an deren Stelle traten große Güter, die im Besitz von Gesellschaften waren, wie die Matador- und die XIT-Ranchen des südwestlichen Korridors. Jetzt, mit der Erfindung des Stacheldrahtes und mit der Beanspruchung des größten Teiles der Grasgebiete des Korridors, blickten weitsichtige Männer mit Geld zum Investieren nach Südwesten. Die Prairie Cattle Company Ltd. hatte soeben die erstaunliche Summe von 350 000 Dollar bezahlt für die verhältnismäßig kleine Ranch eines gewissen Thomas Bugbee – Geld bedeutete nichts, wenn Land zum Kauf stand. Und Nick Benoit war äußerst interessiert – nicht so sehr an ihren ersten, provisorischen Angeboten, sondern an ihren beiläufig eingeflochtenen Auskünften über Ginny Morgan.
Lord Lindhaven, ein schlaksiger, schlanker Mann mit blonden Haaren und einem üppigen Backenbart, gab zu, einer ihrer Bewunderer gewesen zu sein, als sie in Europa herumreiste.
Ich hörte, sie hätte sich – hmm – mehr oder weniger in die Einsamkeit zurückgezogen, in ihre Gegend, Mr. Benoit. Das kann ich nicht verstehen, es sei denn, es habe etwas mit ihrem wenig seßhaften Gatten zu tun. Ich hörte eine Menge über seine harten Geschäfte, als ich in New York war. Erstaunlich, daß er nicht bei ihr ist, nicht wahr? Eine schöne Frau! Zar Alexander von Rußland war ganz von ihr eingenommen – er nahm sie ganz offiziell überallhin mit und schenkte ihr schönen Schmuck. Es überraschte alle, als sie beschloß, nach Frankreich zurückzukehren.» Lindhaven zupfte mißbilligend an seinem Backenbart. «Ich muß gestehen, daß ich selbst auch ziemlich verrückt nach ihr war – ich traf sie einige Male, wissen Sie. Ich lud sie zu mir nach Surrey ein. Aber sie hatte immer so viele Männer um sich – früher gehörte sie zum Hof dieses armen Maximilian von Mexico, habe ich inzwischen erfahren, aber das muß vor ihrer Heirat gewesen sein.» Unter dem Einfluß von Portwein und edlen Zigarren hatte sich Lord Lindhaven sogar zu einem listigen Augenzwinkern hinreißen lassen. «Ich habe gehört, sie habe ziemlich öffentlich als Mätresse von Comte d'Arlingen gelebt, ehe sie ihn zu Gunsten eines mexikanischen Obersten fallen ließ. Demselben, der den armen Erzherzog den Wölfen zum Fraß vorwarf. Und danach heiratete sie einen russischen Prinzen – seinen Namen weiß ich jetzt nicht mehr, aber nicht für lange. Dann heiratete sie diesen Morgan, der mit einem Haufen Geld plötzlich aus dem Nichts aufgetaucht war. Er war übrigens auch ein sehr enger

Freund der di Paoli – es hieß, die beiden hätten wohl geheiratet, wenn er nicht schon eine Frau gehabt hätte. Aber ich kann nicht verstehen, alter Junge, weshalb er so etwas Dummes hätte tun können! Die schöne Virginia, sie wurde in ganz Europa gefeiert! Sie konnte sich ihre Begleiter auswählen. Nur schade, daß sie so unerwartet Mutter wurde. Was hat sie wohl mit den Kindern gemacht?»
Nick Benoit war den Enthüllungen seines neuen Freundes mit so viel Interesse gefolgt, daß er sogar seine Zigarre hatte ausgehen lassen, aber jetzt unterbrach ihn Mr. McGregor entschieden: «Ich weiß nicht, wie du es hältst, Algernon, aber ich bin hier, um über Geschäfte zu sprechen. Ich bin selbst verheiratet – und glücklich, das darf ich sagen. Meine Frau hat keine Lust in Europa herumzuvagabundieren, und ich kann auch hinzufügen, daß sie über meinen kleinen, geschäftlichen Abstecher hierher nicht allzu glücklich war. Nun, Sir, wir sprachen über dieses Viehland.»
«Ja. Ich glaube bestimmt, daß Mrs. Morgan ihr Land verkaufen will», sagte Benoit glatt. «Wie Lord Lindhaven betont hat, ist sie nicht von dem Schlag, der sich dort für ewig begraben lassen will. Und im übrigen haben sich dort einige Mexikaner angesiedelt; sie werden nur zu froh sein, ihre Anteile verkaufen zu können und wieder über die Grenze zu gehen. Es ist leider so, daß in Texas die Mexikaner nicht eben beliebt sind. Nun, meine Schwägerin hat mir erlaubt, auch in ihrem Namen zu sprechen – ich habe natürlich ihre Vollmacht . . .»

Sechsundfünfzigstes Kapitel

Es war nichts Außergewöhnliches, wenn Francesca di Paoli schlecht gelaunt war – es entsprach ihrer Art, bald himmelhochjauchzend, bald zu Tode betrübt zu sein; und nur diejenigen, die ihr sehr nahe standen, hatten unter ihren Wutausbrüchen zu leiden. An diesem Abend jedoch war es schlimmer als je, wie das zerbrochene Kristall auf dem Fußboden bewies.
Bert Fields hatte bereits in aller Eile den Rückzug angetreten, und auch ihr erschreckter Impresario war seinem Beispiel bald gefolgt; er versuchte, den eingeschüchterten Tenor zu beruhigen, der in der Abendvorstellung mit ihr zusammen singen sollte.
Man überließ es der geduldigen Costanza, ihre launische Bambina zu beruhigen, die im Zimmer auf und ab stürmte, wobei ihre Haare in zwei dicken Zöpfen herumflogen.
«Meint dieser käsige Schreihals, er könne den Alfredo spielen? Pah! Den hätte Violetta nur einmal kurz angeschaut, und sich dann

dem Baron zugewandt. Kann man mich wirklich zwingen, so zu tun, als sei ich in ihn verliebt? Er ist viel zu fett und in den hohen Tönen zittert seine Stimme. Er macht mich krank! Und nicht nur er – dieser kleine Richter, der mich so verehrt, auch er macht mich krank! Ich hasse gewichste Schnurrbärte und kleine Männer, die mich mit großen Schafsaugen anstarren – ich hasse sogar die Blumen, die er mir dauernd schickt. Ihr Duft ist widerlich süß, genau wie seine netten Redensarten! Was soll ich eigentlich hier, nach dieser höchst unbequemen Reise? Dieses dreckige, staubige kleine Kaff mit seinen Holzhütten und einem Hotel, in dem nicht einmal eine – eine Ziege wohnen möchte? Ich frage dich . . .»
«Sie wissen die Antwort ganz genau», sagte Costanza streng. «Sie wollten ja hierher kommen. Und ich mußte diesen Brief an den Richter, Ihren treuen Verehrer schicken. Und warum? Weil Sie närrisch sind, Carissima! Sie wollen diesen blauäugigen Banditen wiedersehen, und ich sage Ihnen, daß Sie ihn vergessen sollten! Er ist nichts für Sie, ich sage es Ihnen immer wieder! Sie sahen ja, wie er Sie behandelt hat!»
«Immer dieselben, alten Unkenrufe! Er sagte, er müsse sich um Geschäfte kümmern, oder etwa nicht? Was ist mit ihm geschehen? Seine Frau ist hier – in diesem Texas –, aber sie ist allein, ja? Und sogar ihr Vater, der Senator, weiß nicht wo er ist. Ich traf Senator Brandon in San Francisco, aber er wollte nicht zuviel sagen, denn seine Frau war anwesend – dieses ausgewaschene, blonde Wesen! Aber ich habe ihr Gesicht beobachtet, als er von seiner Tochter sprach und dabei stotterte – da stimmt etwas nicht. Glaubst du, ich hätte das nicht bemerkt? Und dann dieser Vetter – Senator Brandon hat von keinem Vetter gewußt! Costanza!»
«Sie sind viel zu angespannt, meine Kleine. Haben Sie vergessen, daß Sie heute abend singen müssen? Und dieser einflußreiche Engländer, Lord Lindhaven, ist hier. Er hat Ihnen auch Blumen geschickt und will Sie heute abend hören. Es sieht Ihnen nicht ähnlich, daß Sie sich nach einem Mann sehnen.»
«Ich sehne mich nicht nach ihm! Ich sage dir doch, ich hasse ihn! Aber es ist an mir, einem Mann den Laufpaß zu geben, verstehst du das? Und deshalb will ich ihn wiedersehen – um ihm zu sagen, was ich von ihm halte!»
Costanzas Stimme wurde besänftigend.
«Ja, das werden Sie. Aber jetzt ist es Zeit zum Ankleiden. Welches Kleid werden Sie tragen? Eine schöne Violetta geben Sie ab, mit den Haaren, die Ihnen auf den Rücken hinunterhängen! Setzen Sie sich, und versuchen Sie, sich zu beruhigen. Soll ich Blumen in Ihr Haar stecken? Daran mangelt es uns ja nicht, dank Ihrem Freund, dem Richter.»

«Sprich mir nicht mehr von ihm! Habe ich wirklich zugesagt, heute abend mit ihm essen zu gehen? Oh!» Francesca fluchte auf italienisch, worüber ihre Zofe mißbilligend den Kopf schüttelte.

«Was ist denn los mit Ihnen? Wenn Sie jemand hören könnte, würde er das Schlimmste über Ihre Herkunft denken müssen, dabei sind Sie doch eine Prinzessin!»

Francesca warf sich schmollend auf den Sessel vor dem Spiegel. Ihre dunklen Augen hatten einen besonderen Glanz, mit dem Costanza leider nur allzu vertraut war.

«Prinzessin – Pah! Was bedeutete dieser dumme, kleine Titel schon, bevor man entdeckte, daß ich eine Stimme hatte? Und jetzt spielt es keine Rolle was ich tue – ob ich fluche, oder ob ich Wutausbrüche habe. Ich bin eine Primadonna, oder hast du das vergessen? So nennt mich mein armer Bert Fields. Und ich übe für meine neue Oper – die, die ich an den armen, ahnungslosen Bürgern dieser Stadt Dallas ausprobieren will. Das wird ein Stück sein, das ihnen zusagen wird, meinst du nicht?» Francesca lehnte sich vor und lächelte plötzlich, als sie sich im Spiegel sah. *«Carmen»* – ich glaube, ich passe gut in diese Rolle. Ich kann nachvollziehen, wie eine solche Frau denken und fühlen würde. Armer Bizet – nach dem Mißerfolg der Uraufführung in der Opéra Comique! Aber vielleicht kann ich ihm zu Berühmtheit verhelfen, was meinst du?»

«Mir gefällt sie nicht», sagte Costanza entschieden, aber Francesca, deren Laune plötzlich gewechselt hatte, lachte nur.

«Und mir ist es egal, was du, oder sonst irgendwer darüber denkt! Ich werde tun und lassen was mir paßt, und mich selbst bleiben. In dieser Beziehung wenigstens verstand mich Stefano, denn darin war er gleich wie ich. Ich werde ihn wiedersehen – ich fühle es.»

Francesca fuhr in einer geschlossenen Kutsche zur Oper. Diamanten glitzerten in ihrem dunklen Haar, um ihren Hals, an den Ohrläppchen und Handgelenken. Der Schar der Neugierigen, die sich beim Bühneneingang versammelt hatte, schenkte sie keine Beachtung. Für die meisten von ihnen war sie ein Wesen aus einer anderen Welt – eine richtige Prinzessin, die auch genauso aussah, in ihrem funkelnden Kleid aus weißer Seide und Brokat. Sie wurde von zwei schwerbewaffneten Helfern des Marshals bewacht, die in ihren steifen, neuen Kleidern ziemlich gehemmt wirkten.

Francesca wandte den Kopf, um der Menge ein strahlendes Lächeln zu schenken und winkte kurz mit der Hand, bevor sie im Bühneneingang verschwand. Einige allzu aufgeregte Cowboys jauchzten und feuerten mit ihren Pistolen in die Luft.

«Zurück! Wer schießt, wird verhaftet!» Die Helfer gaben sich wirklich alle Mühe, Autorität auszustrahlen, aber die blöden Gaffer lachten nur.

Die dicke Holztür schloß sich dröhnend vor ihrer Nase, und leise murrend gingen die Männer auseinander, wohl um anderswo vertrauteren Vergnügungen nachzugehen.
Manolo, der sich jetzt Sam Whittaker nannte, ging mit der Menge. Er hatte Benoits Opernsängerin gesehen und sie außerordentlich hübsch gefunden. Wenn er sich eine Eintrittskarte hätte leisten können, wäre er versucht gewesen, hineinzugehen, um sie singen zu hören, wie Benoit und diese beiden ausländischen Besucher, die im selben Hotel logierten. Zwei Herren, die sich als Briten ausgaben und sich anscheinend für das Viehgeschäft interessierten – es war nicht sehr schwer gewesen, soviel zu erraten. Und auch nicht, weshalb Nick Benoit soviel Zeit mit ihnen verbrachte, wenn er nicht gerade hinter Francesca di Paoli herlief. Aber genügte es, zu raten? Heute abend befanden sie sich alle in der Oper – vielleicht konnte er in ihren Zimmern etwas finden, was ihn weiterbrachte. Aber vorher brauchte er etwas zu trinken.
Der nächstgelegene Saloon war der Red Dog, ein überfülltes, pompöses Lokal, wo die Mädchen viel Flitterzeug auf dem Leib hatten, und die Getränke teurer als anderswo waren. Aber es lag genau gegenüber der Oper und es schien, als würde es jedermann dorthin ziehen. Ausgesprochenes Pech war, daß nach einer Weile einer der Bewacher der Opernsängerin hereinkam; sein Gesicht war gerötet und mißmutig; ganz offensichtlich war er streitlustig. Er wurde von einem Chor gutmütiger Sticheleien begrüßt.
«He, schaut wer da kommt! Das ist doch unser funkelnagelneuer Ersatzsheriff!»
«Red, was ist denn mit dem eleganten Stück passiert, das du begleiten solltest? Hat sie für den Heimweg einen anderen Begleiter vorgezogen?»
«Halt 's Maul! Oder soll ich euch Whiskymäuler wegen Hausfriedensbruch arretieren lassen?»
Red Moriarty war so irisch wie sein Name – ein ehemaliger Eisenbahnaufseher, der überdurchschnittlich gut mit dem Gewehr umzugehen verstand. Außerdem war der Marshal sein Schwager, eine Tatsache, die er herunterspielen wollte. Und jetzt war er wütend, weil ihn Lew zur Bewachung dieser juwelenbehangenen Operndiva abkommandiert hatte, die von ihm keinerlei Notiz nahm. Deswegen hielt er nach seinem Lieblingsmädchen Ausschau, und danach nach einem Kerl, dem er eins verpassen konnte, nur um sich den nötigen Respekt zu verschaffen. Er war bereits zu aufgebracht, um Vorsicht walten zu lassen, wie es ihm der Marshal ausdrücklich ans Herz gelegt hatte.
Das Mädchen, das sich viel zu nahe an einen schäbig aussehenden Fremden lehnte, der sein Glas in Ruhe am anderen Ende der Bar

kippte, schaute mit einem verärgerten Aufschrei auf, als Red sie am Arm packte.
«Was ist los mit dir? Ich wollte ihn nur soweit bringen, daß er mir was zu trinken bezahlt, mehr nicht.»
«Schade, daß du dir ausgerechnet einen berittenen Landstreicher auserkoren hast, der genauso aussieht, als könne er den Preis eines Getränkes nicht bezahlen, Lola-Mae. Haben Sie Ihre Sache bezahlt, Mister?»
Moriarty blickte in ein paar blaue, unerschrockene und sogar verächtliche Augen. Zu spät schlug es in seinem Kopf Alarm.
«Gehört das zu Ihrer Arbeit, Sie Gesetzesheld? Zu prüfen, ob die Kunden ihre Getränke auch bezahlt haben? Oder haben Sie etwas anderes auf dem Herzen?»
«Dieses Lokal bedient keine berittenen Landstreicher – besonders wenn sie es sich nicht leisten können, einem Mädchen ein Getränk zu bezahlen. Leute wie Sie verbringen den Rest der Nacht gewöhnlich im Gefängnis, um den Rausch auszuschlafen. Sie hätten auf der anderen Seite der Stadt bleiben sollen, Mister.»
Moriarty plusterte sich jetzt auf – sein Blick war von den harten, dunkelblauen Augen hinuntergelitten, zu der in einem tiefsitzenden Halfter steckenden Pistole. Aber die meisten Pistolenschützen die er kannte, trugen elegante Kleidung. Dieser Mann konnte nicht mehr sein als ein Landstreicher, der so tat, als wäre er ein Pistolenschütze.
«Hören Sie, Marshal», er atmete aus und es tönte wie ein Seufzer der Ungeduld oder der Angst, «ich suche keine Unannehmlichkeiten. Ich stehe nur hier und kümmere mich um meine eigenen Angelegenheiten. Wie wärs, wenn wir es dabei lassen würden? Wenn Sie streitlustig sind, gehen Sie woanders hin – ich gehe ohnehin hier weg, sobald ich mein Glas geleert habe.»
Moriarty hatte das Gefühl, er würde klein beigeben; um so wütender machte ihn der Gedanke, daß er ein paar Sekunden lang wirklich Angst gehabt hatte.
«Du frecher Schuft! Dir fehlt der nötige Respekt vor dem Gesetz, aber ich wette, das bringe ich dir noch bei, wenn ich dich mitnehme. Wegen Erregung öffentlichen Ärgernisses in betrunkenem Zustand, und wenn du hinter Gittern bist, werde ich mir mal alle Suchanzeigen des Marshals durchsehen.»
In diesem Augenblick machte Red Moriarty einen Fehler, denn er griff nach der Waffe. Er hatte eigentlich nur allen Anwesenden zeigen wollen, wie schnell er die Waffe zücken konnte – und das letzte, was er wahrnahm, war ein Blitz, der ihn explodieren ließ.
Lola-Mae schrie, und damit war das plötzliche Schweigen gebrochen, das dem Pistolenknall gefolgt war, als der Hilfssheriff rück-

wärts getaumelt und krachend auf dem mit Sägemehl bedeckten Fußboden zusammengebrochen war.

Lola-Mae schrie noch immer hysterisch, während alle anderen in vollkommener Stille auf die Pistole starrten, aus deren Mündung der Pulverrauch noch emporkräuselte, und die ständig auf sie gerichtet war, während ihr Besitzer sich rückwärts dem Hinterausgang zu bewegte.

Er hätte diesen Hilfssheriff nicht erschießen, oder zumindest nicht töten sollen, aber, wenn es ums Schießen ging, war es, als sei er von reinem Instinkt geleitet. Genau wie jetzt – bis er plötzlich – und es traf ihn wie ein Schock – den Lauf einer Pistole spürte, die ihm in den Rücken gedrückt wurde, und ihn schnell zum Stillstehen brachte.

«Keine Bewegung, Mister!» und dann sagte der Marshal verdrossen: «Was zum Teufel wird denn hier gespielt? Ich hörte das Gekreisch, und es war lauter als dasjenige in der Oper.» Und dann fingen alle gleichzeitig zu sprechen an.

Schließlich brachte man ihn in eine Zelle für verurteilte Verbrecher, wahrscheinlich ursprünglich ein Weinkeller – ein dunkles Loch unter dem Gefängnis, zu dem drei flache Stufen hinunterführten.

Wenigstens war er noch am Leben, und das war nicht selbstverständlich, nachdem er den Schwager des Marshals getötet hatte. Er hatte dem Mann absichtlich erzählt, daß für seine Gefangennahme, und zwar seine unversehrte, eine Prämie ausgesetzt sei. Wie lange würde es dauern, bis Nick Benoit, oder sonst irgendwer, ihn abholen käme?

Es war kalt hier unten, und er hatte Gesellschaft – einen Mexikaner, der ergeben darauf wartete, wegen Mordes und Diebstahl gehängt zu werden.

«Und weshalb bist du hier? Totschlag, wie ich? Ich glaube nicht, daß sie uns vor ein Gericht bringen werden; die Vigilantes, die von der Bürgerwehr, werden uns holen, mit maskierten Gesichtern, und . . . phft! Comprende?»

Es hatte kein Feldbett hier unten, und nicht einmal eine Decke. Nur einen Eimer in einer Ecke und den kalten Boden. Der Mexikaner – er hieß Ruiz – wurde recht zugänglich, als er entdeckte, daß sein neuer Zellengefährte ein Landsmann von ihm war.

«Sie behandeln uns wie Tiere – schlimmer als sie ihre Hunde behandeln. Und hier, in diesem Gefängnis, ist es nicht besser als sonstwo. Vielleicht, wenn du ein Gringo wärest, hätten sie dir ein paar Decken mitgegeben.» Er lachte, aber sein Lachen klang verängstigt und hohl. «Was macht es schon aus? Wir werden ohnehin sterben. Ich habe gehört, wie sie es machen – die Gringos, die sich

Vigilantes nennen, und sich das Gesicht maskieren, damit sie niemand erkennt. Ich bin seit anderthalb Tagen hier und habe sie schon vorher erwartet. Aber vielleicht wollten sie warten bis ich Gesellschaft bekomme. Ein Mann sollte nicht allein sterben.»
Ruiz begann plötzlich zu husten, und die Handschellen an seinen Gelenken rasselten in der pechschwarzen Dunkelheit.
«Amigo – du bist schweigsam. Hast du Angst?»
Das kalte Eisen schnitt ihm in die Gelenke, genau an der Stelle, wo sie schon vernarbt waren. Das Gefängnis, in dem er früher gesessen hatte, war schlimmer gewesen – wie war er damals entkommen?
«Ich habe genauso wenig Angst wie du. Beruhigt dich das? Wenn wir schon hängen müssen, weshalb sollten wir uns nicht zuvor noch etwas ausruhen?»
«Ausruhen! Du wirst doch nicht meinen, daß du hier wirklich schlafen kannst? Es hat Ratten hier – und du wirst dich dabei ertappen, daß du jedes Geräusch hörst und dich fragst: ‹Kommen sie mich jetzt holen? Bin ich jetzt dran?› Diese Gringos – die gewähren einem Menschen nicht einmal das Trostwort eines Priesters.»
Er schloß die Augen und legte sich mit dem Rücken auf den kalten Boden. Er beachtete Ruiz nicht mehr, der wie unter Zwang zu sprechen schien. Hängen – wie würde es sein, wenn einem der Atem abgeschnitten wurde? Ob der Marshal sich die Mühe nahm, Nachforschungen anzustellen, oder ihn ganz einfach den Vigilantes überließ?
Er kam zum Schluß, daß das im Grunde einerlei war. Er stellte überrascht fest, daß er geschlafen haben mußte, wie ein Tier, das sich noch etwas Ruhe gönnt, wenn ihm die Jäger schon dicht auf den Fersen sind. Wohl schlief er – aber er war jederzeit in der Lage, sofort hellwach zu sein.
«Ah, Dios!» murmelte Ruiz, und seine Stimme krächzte im Dunkeln, als die Riegel der Falltüre über ihnen aufgestoßen wurden. «Ich bin noch nicht bereit zum Sterben – habe ich das gesagt? Da muß ich gelogen haben. Weshalb kommen sie denn schon? Ich habe eine Frau – zwei kleine Kinder. Wer wird jetzt nach ihnen sehen?»
Dunkelgelbes Laternenlicht drang durch die Öffnung, die in den Keller hinunterführte, und man sah die Umrisse ihrer Besucher. Ruiz' Gefährte seufzte auf, als er zumindest einen davon erkannte, trotz des Kapuzenmantels den sie trug.
«Sei doch still! Wenn sie dich hängen, dann bestimmt, weil du zuviel redest. Abgesehen davon glaube ich, daß diese hier meinetwegen gekommen sind – bleib ruhig, dann sehen sie dich vielleicht gar nicht.»
«Tut mir leid, Comanche.» Tonis Stimme hätte mitleidvoll klingen

sollen, aber er erkannte den atemlosen, aufgeregten Unterton und machte sich auf Schwierigkeiten gefaßt. «Aber du hättest den Schwager dieses netten Marshals wirklich nicht töten sollen – und du hättest auch nicht hierher kommen sollen, sondern mich unterwegs treffen! Ich meinte doch wirklich, du hättest dich geändert.»
Sie wandte sich flehentlich an den Marshal, der die Laterne hochhielt und die grimmigen Gesichter der Männer, die ihm die Stufen hinunter gefolgt waren, beleuchtete – Richter Benoit allen voran.
Und während Toni ihre Vorstellung gab, erhaschte Manolo den bösartig triumphierenden Blick aus Benoits schrägen, braunen Augen; dann setzte dieser ein böses Gesicht auf.
«Leider ist dies wirklich der Mann, Marshal. Meine Schwägerin heuerte ihn an, obwohl ich dagegen war, und vertraute seinem Wort, daß er sein Leben ändern wolle. Aber Sie sehen ja, wie weit das führte! Er scheint es sich zur Gewohnheit zu machen, hilflose Witwen auszurauben – Frauen ohne einen Gatten, der sie beschützen könnte. Auf dem Suchplakat in Ihrem Büro können Sie sehen, was man ihm alles anlastet.»
«So viel Geld!» sagte Toni atemlos und leise, und ihre glänzenden Augen trafen die seinen. «Sie scheint dich wirklich dringend zu wollen.»
«Toni!» warnte Benoit. Und dann: «Sehen Sie, Marshal, wir haben so etwas Ähnliches erwartet. Daß er Mrs. Lassiter hierher nachreisen würde, um Unheil zu stiften, weil sie ihn entlassen hatte. Und er wird sich in Baroque auch noch für verschiedene andere Untaten verantworten müssen – für den kaltblütigen Mord an Mrs. Lassiters früherem Aufseher, zum Beispiel.»
«Ist dies ein Hängekommando oder ein Gericht?» fragte Manolo mit absichtlich frecher Stimme, und Tonis weiße Zähne gruben sich in die volle Unterlippe. Er schaute den Marshal an und die Männer hinter ihm – grimmig aussehende Männer, denen die Mordlust in den Augen stand.
«In dieser Suchanzeige werden dreißigtausend Dollar für meine lebendige Gefangennahme ausgesetzt, Marshal. Sollen diese Leute an Ihrer Stelle einkassieren?»
Der Marshal polterte los, als von Geld die Rede war.
«Hören Sie mal! Wer sagte denn da etwas von Hängen? Sie bekommen einen gerechten Prozeß, genau nach dem Gesetz . . .»
«Zum Teufel mit dem Gesetz!» platzte einer der grimmigen Männer heraus. «Du weißt verdammt gut, wozu wir hierher gekommen sind, Tolbert! Dieser Schuft tötete kaltblütig deinen Schwager, und Red war ein Hilfssheriff! Und er hat noch mehr auf dem Gewissen, wie wir eben hörten. Leute, wir wollen doch diesen Dreckskerl nicht noch bis zu seinem Prozeß am Leben lassen, und ihm womög-

lich Gelegenheit geben, die hübsche Dame da mit seinen schmutzigen Anschuldigungen zu besudeln!»
«So hört doch mal ...» begann der Marshal, aber jemand stieß ihn beiseite. Und Manolo erkannte an ihren Gesichtern und an der Art, wie sie Benoit beifallsheischend anschauten, daß es *seine* Männer waren – Totschläger, die eine Lynchszene veranstalten sollten.
Jemand hielt die Laterne hoch, und ein anderer lachte.
«Du Schwein – hängen wirst du!»
Mit plötzlich schriller Stimme sagte Toni: «Laßt ihn doch etwas über die Juwelen erzählen, die er gestohlen hat – zuerst soll er das sagen!»
Benoit lächelte gequält und nickte. Und weil Benoit am nächsten stand, und Steve mit den Handschellen keine große Bewegungsfreiheit hatte, schlug er zu und stieß seine Fäuste in den weichen Bauch des Mannes. Genüßlich hörte er den keuchenden, würgenden Laut, den dieser von sich gab, während er sich vornüber beugte. Es gelang ihm, noch mindestens zwei der Männer zu erwischen, bevor er unter ihren stampfenden Fäusten und Stiefeln zusammenbrach.
Er hatte noch Zeit, sich benommen zu fragen, ob sie ihn wohl zu Tode prügeln, oder ihn am Leben lassen und dem Galgen ausliefern würden; dann verschwand alles hinter einem roten Nebel von Schmerzen. Es blieb nur der Reflex, sich instinktiv zusammenzukrümmen und zu versuchen, den Stiefeln auszuweichen, die weiterhin in seine Rippen und gegen seinen Kopf stießen – und von weither hörte er den Klang von Tonis hohem, erregten Kichern ...
Er lag mit einem Seil um den Hals am Boden und wurde sich plötzlich schamvoll bewußt, daß die wimmernden, keuchenden Laute, die er ständig hörte, aus seiner eigenen Kehle drangen.
«Sieht aus, als komme er wieder zu Bewußtsein, Mr. Benoit. Sollen wir ihn jetzt erledigen?»
«Jetzt schon?» Tonis volle Lippen waren sicher feucht und schmollend, als sie das sagte. «Nicky, er hat noch nichts über die Juwelen gesagt, die er gestohlen hat! Und du hast mir doch versprochen ...»
«Du kommst auch noch auf deine Rechnung, Toni, Süßes – ja, das verspreche ich dir. Ich habe Zeit gehabt zum Nachdenken, während die Kerle sich hier vergnügten, und ich habe ...» Benoit lächelte sanft und häßlich, was nichts Gutes ahnen ließ, «ich habe mir da einen klugen Plan ausgeheckt, wie wir zwei Fliegen auf einen Schlag bekommen können, sozusagen.» Und dann, mit härterer Stimme: «Aber zuerst bin ich dran, dieser Halbblutbestie eine Lektion zu erteilen. Und dem anderen, kriecherischen Totschläger, der sich dort in der Ecke versteckt. Ich will, daß die beiden einen Vorgeschmack dessen bekommen, was Hängen heißt.»

An der Wand waren Haken angebracht, ziemlich hoch, die wahrscheinlich dazu gedient hatten, Fleisch und Bündel von Chili und Zwiebeln aufzuhängen. Sie waren stark genug, um das Gewicht eines sich windenden, zuckenden Mannes zu halten.
Ruiz schrie kurz auf, dann brach der Schrei plötzlich ab, und aus seiner Kehle drangen gurgelnde Laute.
«Das wäre einer. Jetzt zieht *ihn* hoch – nicht zu schnell; ich will nicht, daß er sich das Genick bricht – noch nicht. Ich will, daß er erstickt, ganz langsam.»
Zu hängen bedeutete, um seinen Hals ein Seil zu spüren, das sich immer mehr anspannte und einem den Atem abwürgte, während man wie ein Tier im Todeskampf mit den Händen nach dem Seil griff und sich fragte, warum die Finger so gefühllos seien. Hängen war Keuchen und nach Luft Schnappen und Spüren, wie die Glieder zuckten und die Füße in der Luft hin- und herstießen, um nach Halt zu suchen.
Und dann, in der allerletzten Minute, kam der Boden auf ihn zu und schlug ihm gegen das Gesicht, während der schreckliche Druck um seinen Hals etwas lockerer wurde; ihm wurde übel, und er würgte, ohne den Verrat seines Körpers beherrschen zu können. Toni kicherte immer noch.
Es war noch nicht vorüber – Nick Benoit sagte etwas, und sie stellten seinen zusammengesackten Körper auf die Beine, so daß Benoit, der sich für einen ausgezeichneten Boxer hielt, sein Gesicht bearbeiten konnte. Es war jetzt, als geschähe all das mit jemand anderem – oder vielleicht konnte sein Körper gar keinen Schmerz mehr empfinden, vielleicht war die oberste Grenze erreicht.
Benoit trug vorsichtshalber Handschuhe, und der halb bewußtlose Mann, den seine Männer für ihn aufrecht hielten, fühlte, wie sein Kopf mit jedem berechneten, schmerzhaften Schlag hin- und herschaukelte. Er fühlte, wie sein Nasenbein zersplitterte und das Blut in seinen Mund floß. Sehen konnte er nichts mehr, denn die Wunden und Quetschungen begannen anzuschwellen. Er verlor wieder das Bewußtsein, bevor Benoit fertig war; Stimmen brachten ihn gegen seinen Willen wieder in die von Schmerzen benebelte Wirklichkeit zurück.
«Hörst du mich, du Schwein? Bevor ich dich der gütigen Gnade dieser Dame hier überlasse, sollst du wissen, was deiner noch harrt.»
Eine andere schrille Stimme: «Gebt ihm einen Vorgeschmack der Peitsche – das wird ihn aufwecken! Er hat mich immer geschlagen, Nicky, aber seit ich zusehen mußte, wie er Billy-Boy vor meinen Augen umbrachte, habe ich Angst. Jetzt soll er erfahren, was wir mit ihm vorhaben!» Wieder dieses obszöne aufgeregte Kichern,

dann fühlte er das vertraute Brennen einer Peitsche auf seinem Rücken, und er wußte, daß er im Gefängnis war. Wieder. Er war jetzt jenseits der Schmerzempfindung – fast jenseits des Denkens – aber er erinnerte sich schwach, daß wenn er nicht stöhnte, die Wärter die Peitsche immer wieder auf ihn heruntersausen lassen würden, immer wieder . . .
«Da! Ich sagte ja, daß das wirken würde. Er ist wieder bei Bewußtsein – sag's ihm, Nicky!»
«Es ist eigentlich alles ganz einfach.»
Zum Teufel, wem gehörte denn diese schleppende, affektierte Stimme? Dem jungen Doktor? Aber der Doktor hatte doch glänzende Stiefel angehabt und . . . Das Pochen in seinem Kopf wurde immer lauter und übertönte beinahe den Klang dieser Stimme, die fortfuhr und die über irgend etwas sehr erfreut klang.
«Wir haben vor, die Prämie zu kassieren, indem wir dich lebendig in Baroque abgeben. Aber nur ganz knapp lebendig, verstehst du? Denn du wirst zu Fuß dorthingehen, an ein Seil gebunden, wie ein Tier. Und wenn man dir zu Essen gibt, dann höchstens Abfälle und schmutziges Wasser wie den Hunden – oder den Schweinen. Und wenn du dich nicht gut benimmst, wirst du geschlagen.»
«Oh, ich glaube, er sollte auf jeden Fall geschlagen werden – mit einer Peitsche, wie mein Vater die Sklaven zu schlagen pflegte.» Toni kicherte wieder. «Ich wollte schon immer einen eigenen Sklaven haben, der alles, aber auch alles tun muß, was ich ihm befehle – ein männlicher natürlich. Wird dir das zusagen, Comanche?»
«Toni sei ruhig. Du dort – du Schweinehund, du wirst lernen, zu kriechen und dich zu ducken, jedesmal wenn ich es befehle, verstanden? Und bis du nach Baroque kommst, wirst du wirklich ein Tier sein. Ohne jeglichen Verstand. Verstehst du jetzt? Toni und ich werden nichts zu fürchten haben, denn du wirst nicht mehr fähig sein zu sprechen, geschweige denn, dich zu erinnern . . .»
Schmerz stach aus allen Richtungen in sein Gehirn. Was tat er hier auf dem kalten Fußboden mit Handschellen an den starren Händen und sich in seinem eigenen Blut und Erbrochenen wälzend? Mit dem Gefühl, als sei jeder Knochen in seinem Körper gebrochen? Und die Stimmen, die immer weiter redeten, warum hörten sie nicht auf und ließen ihn in Ruhe?
Er bemühte sich sogar, etwas zu sagen, aber es war, als wäre sein Hals wie sein ganzer Körper von der Tortur gelähmt. Nur ein unverständlicher Laut – mehr ein ersticktes Stöhnen – kam heraus, anstatt der Wörter, die er hatte artikulieren wollen; und er hörte dazu das schrille Lachen, das seit jeher und auf ewig an seinen Nerven zu reißen schien.
«Siehst du, Nicky? Ich glaube, er hat verstanden.»

«Gut – ich hoffe es! Und denk daran – du sollst ihn nicht töten! Beherrsche die Gelüste, die ich in deinen gelben Katzenaugen glitzern sehe, und denk an die dreißigtausend Dollar!»
Die Stimmen sagten Dinge, die keinen Sinn ergaben – er nahm sie zwischen den einzelnen Schmerzpfeilen wahr, die seinen Kopf durchbohrten.
Nicholas Benoit wischte bedächtig den Schmutz von seinen Handschuhen – er mußte sich ein neues Paar besorgen, bevor er ins Theater zurückging; diese hier waren voller Blut. Er schaute seine Schwägerin warnend an.
«Ich gehe jetzt – ich habe eine wichtige Verabredung zum Abendessen, wie du ja weißt. Und ich hoffe, daß diese – Unannehmlichkeit nicht bemerkt wurde. Ich möchte nicht, daß die Prinzessin meint, ich hätte ihre Vorstellung nicht geschätzt – sie ist so eine liebliche, madonnenhafte Violetta!»
«Ach Nicky, manchmal ekelst du mich wirklich an! Auch wenn du in Wirklichkeit klüger bist, als ich dachte. Was tun wir jetzt mit ihnen?»
«Der Marshal ist gegangen», sagte einer der grinsenden Männer und spie einen ausgiebigen Spritzer Tabaksaft auf die beiden Gefangenen. «Wahrscheinlich trinkt er irgendwo etwas – und tut so, als sei dies alles nicht geschehen. Und wir brauchen uns jetzt nur noch um einen zu kümmern – wir haben uns hinreißen lassen und diesen Mexikaner zu lange hängen lassen; er hält seine Beine jetzt ruhig.»
«Nun, behaltet wenigstens diesen am Leben, sonst gibt's keine Prämie, von der ich euren Lohn bezahlen könnte. Ich überlasse es dir, Toni.»
Benoit ging schnell weg; in Gedanken war er schon bei Francesca.
Toni stand schmollend da und nagte an ihrer Unterlippe. Verdammter Nicky! Das sah ihm gleich! Ihr die dreckige Arbeit zu überlassen. Und eigentlich war es irgendwie schade, daß der Comanche ihnen in die Quere gekommen war – er war so ein aufregender Liebhaber gewesen, der einzige Mann, der fähig gewesen war, sie zu beherrschen und vor sich kriechen zu lassen. Aber jetzt war er dran, und der Gedanke an alles, was er für sie machen mußte, ließ ihre Augen wieder glänzen.
«Hier stinkt es! Schleppt ihn die Treppe hinauf – und schüttet genug Wasser über ihn, wenn wir draußen sind, damit er aufwacht. Ich will, daß er jede Minute von dem, was ihm bevorsteht, genießen kann.»

Siebenundfünfzigstes Kapitel

Francesca di Paoli gab eine Zugabe und verneigte sich zum letzten Mal an diesem Abend. Mit der treuen Costanza und ihrem aufgeregt schnatternden Impresario im Gefolge eilte sie den engen, schlecht beleuchteten Korridor hinunter, der zu ihrer Garderobe führte. Sie fröstelte ein wenig, bis Costanza ihr murrend einen weißen Seidenschal um die nackten Schultern legte.

«Diese barbarische Stadt! Meine Bambina wird sich erkälten, glaube ich. Und Sie hätten dieses Kleid nicht tragen dürfen; es zeigt ohnehin viel zu viel von dem, was eine Dame gewöhnlich bedeckt!»

«Und du solltest inzwischen gemerkt haben, daß ich eben keine Dame bin!» sagte Francesca schnippisch über ihre Schulter hinweg. «Aber du hast recht, was das andere betrifft, mein alter Drachen, es ist wahrlich eine barbarische Stadt. Hör dir diese Schüsse an und diese schrecklichen Schreie – warum müssen sie beim Feiern aufeinander schießen? Ein Wunder, daß keine dieser riesigen Pistolen losging während ich sang, obwohl es eine Erleichterung gewesen wäre, wenn jemand diese erbärmliche Karikatur von einem Alfredo erschossen hätte! Er quakte heute abend wie ein Frosch, und sein Atem roch nach Knoblauch – Luigi!»

Der arme Impresario, der sich bereits murmelnd für den Tenor entschuldigte, wurde ganz steif vor Angst. Was jetzt? War ein weiterer Wutanfall fällig?

«Luigi – geh und stell fest, was dieser Lärm hier soll. Ich ertrage das nicht. Du weißt, wie angespannt meine Nerven sind, wenn ich gesungen habe! Und halte mir jedermann vom Leibe! Ich pfeife auf ihre Blumen und ihren billigen, widerlichen Champagner, verstanden? Sag Signor Fields, er soll sie heute abend alle einladen. Ich brauche ein bißchen Zeit für mich; ich muß allein sein.»

«Aber – aber Francesca, Sie haben doch versprochen, heute abend essen zu gehen . . .»

«Essen? Glaubst du, ich könne essen, oder auch nur ans Essen denken, wenn mir dieser Wicht gegenübersitzt, der mich anstarrt, als wolle er nicht den Kaviar, sondern mich verschlingen? Halt ihn mir vom Leibe – laß ihn warten, wenn er will, es ist mir gleichgültig. Costanza . . .»

«Gehen Sie, und tun Sie was sie sagt. Sie wissen ja, wie es ist, wenn sie eine solche Laune hat. Gehen Sie – ich werde sie beruhigen . . .»

Luigi Rizzo stolperte davon und raufte sich verzweifelt die Haare. Wie hatte er je auf den Gedanken kommen können, Impresario einer Primadonna zu werden? Ewig diese Drecksarbeit – ganz zu schweigen von den Vasen und kristallenen Parfumflaschen, mit denen sie nach ihm warf – Dio!

«Dieser Dummkopf! Warum ertrage ich ihn? Warum ertrage ich sie alle? Reisen, immer nur reisen, um meine Musik einer – einer Herde von Schweinen vorzusetzen! Oh, ich sage dir, ich habe es satt – ich bin so müde! Costanza – dieses Korsett schneidet mir den Atem ab! Warum mußtest du es oben so fest zuschnüren? Mach es auf, schnell, bevor ich sterbe. Und gib mir ein Glas Wein – und meinen Bademantel – es ist so heiß hier drinnen, ich ersticke . . .»
So war es immer nach einer Vorstellung. Francesca wurde zu einem anspruchsvollen Kind, das sein altes Kindermädchen brauchte, um verhätschelt und verwöhnt zu werden und jemanden zu haben, der ihr versicherte, daß alles ausgezeichnet gelaufen sei und sie noch nie schöner gesungen hätte.
«So. Und jetzt beruhigen Sie sich – nur ruhig – Costanza ist ja da.»
Es war eine Art Ritual zwischen den beiden. Francesca entspannte sich, und sie fühlte, wie sich das Korsett löste, während sie ihr prachtvolles Kleid achtlos zu Boden gleiten ließ, von wo es dann von einer abwechselnd schimpfenden und besänftigenden Costanza schnell wieder aufgelesen wurde.
«Setz dich, mein Kleines – hier, in diesen hübschen, bequemen Sessel beim Feuer. Und trink deinen Wein, er ist schön kühl. Ich werde dir jetzt die Haare bürsten, wie immer, und niemand wird dich stören, gar niemand.»
O Gott, warum nur fühlte sie sich so angespannt? Sicher wegen dieser neuen Oper, die sie morgen singen würde – *Carmen.* Sie hatte das Libretto sofort geliebt, kaum hatte sie es gelesen, und die Musik war so wild, so aufregend – aber sie mußte verrückt gewesen sein, als sie beschloß, eine ganz neue Oper ausgerechnet dem Publikum dieser Stadt vorzuführen. Die würden es nie zu schätzen wissen. Ja, sie mußte wirklich von Sinnen gewesen sein, als sie diesen Entschluß faßte, als sie überhaupt vorsah, hierher in diese fürchterliche Stadt zu kommen.
Und dann – und dann, als die Tür aufging und der Mann hereintorkelte, dachte Francesca, jetzt habe sie tatsächlich den Verstand verloren. Sie war zu verängstigt, als daß sie eine Bewegung hätte machen können oder schreien, obwohl sich ihr Mund zu einem tonlosen Keuchen öffnete.
O mein Gott! Er war voller Blut und Schmutz – die zerschlissenen Überreste eines Hemdes hingen von seinen Schultern. Und sein Gesicht war so zerschlagen und verschwollen, daß er kaum noch wie ein menschliches Wesen aussah.
«Cesca . . .» Die Stimme war ein heiseres Flüstern, und sie mußte sich anstrengen, es zu hören. Und sie hielt es für einen schrecklichen Alptraum, als sie die dunkelroten Blutergüsse um seinen Hals sah, aus denen noch immer Blut floß.

Der Gehängte – das Bild einer Karte aus dem alten Tarotspiel. Das ging ihr durch den Kopf, während sie sich bemühte, ihre Gedanken zu sammeln und sich zu fragen, wieso er ihren Namen kannte, und weshalb ihr der Tonfall seiner Stimme – oder war es die Stimme selbst? – so schmerzlich bekannt vorkam. Und dann – gerade ehe er mit einem Stöhnen auf dem Teppich zusammenbrach, erblickte sie flüchtig seine Augen – oder das, was davon noch zu erkennen war, in diesem schrecklichen, zerschlagenen und verschwollenen Gesicht.
«Dio! Diese Stadt ist voller Bestien! Was haben sie dir angetan?»
Wie ein Wirbelwind war sie aufgesprungen und eilte an der zu Eis erstarrten Costanza vorbei, um die Tür zuzuschlagen, und sie mit zitternden Fingern abzuschließen. Und dann ging sie zu ihm hin und fiel neben ihm auf die Knie. Sie fluchte und weinte gleichzeitig in einem Gemisch aus Englisch und Italienisch.
«Schau dich an! Lieber Gott, was ist geschehen? Das geschieht dir recht, weil du mich so im Stich gelassen hast! Ich habe dir nicht verziehen – wenn du nicht in einem so erbärmlichen Zustand wärest, würde ich dir eine Weinflasche über den Schädel hauen! Costanza, gaff doch nicht so! Laß nach einem Arzt schicken, schnell!»
«Nein, kein Arzt . . .» Seine Stimme war noch immer ein mühevolles Gewisper. Sie mußte ihren Kopf näher zu ihm hinunterneigen, um zu verstehen, was er murmelte.
«Aber du bist – du siehst ja aus, als ob du sterben würdest! Stefano . . .»
«Keinen Arzt . . . in . . . Schwierigkeiten . . . Hängen . . .»
«Sei still. Laß das Sprechen sein! Costanza! Was stehst du noch immer hier herum? Hilf mir – tu etwas . . .»
«Es wäre besser gewesen, sie hätten ihn erwischt», zeterte Costanza. «Dieser Mann! Habe ich nicht von Anfang an gesagt, daß er ein Bandit ist? Ein Rohling? Du hast doch gehört, daß sie sagten, er hätte einen Mann getötet – nicht nur einen, sondern gleich ein paar! Bestimmt kam er so zu dem Geld, mit dem er so großzügig um sich warf. Und wenn Sie lügen, um ihn zu beschützen, dann werden Sie Unannehmlichkeiten bekommen!»
«Schweig doch, du keifendes altes Weib! Verstehst du denn gar nichts? Und du hältst den Mund, verstanden?»
Costanza zuckte mürrisch die Schultern – sie verstand es zwar nicht, aber sie wagte nicht mehr, zu widersprechen. Wenigstens hatte sie das Recht, sich ihre eigenen Gedanken zu machen. Warum war dieser Mann, der von Anfang an so unheilvoll gewesen war für ihre Bambina, wieder in ihrem Leben aufgetaucht? Und gerade als Francesca anfing, ihn zu vergessen. Sie sah nichts als Schwierigkeiten voraus, solange er da sein würde.

Bert Fields und Luigi Rizzo wußten es – aber sonst niemand. Und Francesca hatte ein wunderbares Schauspiel gegeben, als die Männer an die Türe ihrer Garderobe geklopft hatten, angeführt von einem kleinlauten Richter Benoit.
«Was soll denn das? Kann ich mich nicht einmal mehr in Ruhe umziehen? Oder hofftet ihr vielleicht, mich unbekleidet anzutreffen – ist es das, was dahinter steckt, meine Herren? Ich sage Ihnen, ich bin barbarisches, unzivilisiertes Benehmen nicht gewohnt.»
«Prinzessin – meine untertänigsten Entschuldigungen. Aber es war doch nur die Sorge um Ihre Sicherheit, die mich an Ihre Türe klopfen ließ. Wissen Sie, ein Schwerverbrecher ist ausgebrochen – ein Mörder. Man hat ihn ins Theater gehen sehen, hier hinein, und mein erster Gedanke war natürlich . . .»
«Hier hinein, sagen Sie? In meine Garderobe, durch eine verschlossene Tür? Muß ich mir das gefallen lassen? Sind Ihre Schwerverbrecher hier denn alle Opernliebhaber? Oder glauben Sie etwa, ich lüge, Signore?»
Der Klang von wachsender Hysterie in ihrer Stimme war ziemlich echt, und Nicholas Benoit schreckte davor zurück.
Daß er sie hatte beleidigen müssen – und besonders jetzt, wo er den Eindruck gehabt hatte, daß sie ihm gegenüber freundlicher wurde . . . nein, es war nicht möglich, daß der Mann, den sie suchten, die Frechheit hatte, ins Theater zu gehen, wo es noch immer wimmelte von Leuten. Jemand hatte ihm zur Flucht verholfen – der selbe geheimnisvolle Betrunkene, der es ihm mit einem Ablenkungsmanöver ermöglicht hatte, unter der Nase von Toni und acht seiner eigenen Männer zu entkommen.
«Verzeihung, Prinzessin», beeilte er sich zu wiederholen. «Aber für den Fall, daß er sich noch immer hier irgendwo versteckt halten sollte, schicke ich Ihnen Mr. Fields – damit ich auch ganz sicher sein kann, daß Sie beschützt werden, wenn Sie ins Hotel zurückkehren.»
«Ihr Amerikaner! Warum habe ich Europa überhaupt je verlassen? wild – barbarisch . . .» Sie sprach jetzt italienisch, ein Glück, denn die Männer, die ihn begleiteten, hörten fasziniert ihrer Schimpfkanonade zu.
Nicholas Benoit raste vor Wut, aber es gelang ihm, dies vor seinem Idol zu verbergen. Er war wütend auf sich selbst und auf Toni, die schuld war, daß die Sache schief lief. Wie konnte ein Mann, der halb tot, halbwegs gehängt war, entkommen? Und wohin war er verschwunden?
«Er kommt nicht weit», wiederholte Toni. Vielleicht hat er sich wie ein Tier in ein Loch verkrochen, um zu sterben! Und auch wenn es ihm gelungen sein sollte, wegzukommen, was kann er schon tun?

Wir haben andere Lösungen, Nicky, Liebling. Du bist doch so klug – du weißt bestimmt, was ich meine?»
Er wollte es nicht wissen – nicht jetzt. Aber seine Suche verlief ergebnislos, und Francesca di Paoli schien sich absichtlich zurückzuziehen – im Verlaufe von nur ein paar Wochen schien alles, was er sich aufgebaut hatte, zusammenzubrechen.
Seine ausländischen Kontakte – Lord Lindhaven, der so freundschaftlich gestimmt gewesen war, und der mürrische Schotte McGregor – sie waren beide plötzlich so zurückhaltend und unverbindlich. Telegramme von den «Direktoren» in New York und London mahnten zur Vorsicht. Jetzt hieß es, man solle «abwarten», und nicht «die Verhandlungen weiterführen». Der Grund dafür konnte doch kaum die Geschichte mit dem entwischten Verbrecher sein, denn davon konnten diese Herren ja gar nichts wissen.
Zum ersten Mal hörte Nicholas Benoit bei seinen geschäftlichen Treffen und in Gesprächen, die er zufällig hörte, den Namen Steve Morgan nennen. Der geheimnisvolle Finanzmagnat. Der Gatte der Frau, die beschlossen hatte, sich in Baroque zu verstecken – und warum? Vor ihrem Mann?
«Morgan ist so skrupellos wie Gould oder Vanderbilt. Er bekommt immer alles, worauf er aus ist – auf Kosten des kleinen Mannes in der Mitte. Und passen Sie auf einen seiner Geschäftspartner auf, einen gewissen Sam Murdock. Man nannte ihn früher den Silberkönig, bevor bekannt wurde, daß sowohl das Gehirn als auch das Geld, das dahinter stand, Steve Morgan war. Aber täuschen Sie sich nicht. Murdock ist genauso klug.»
Als Toni schließlich still und diskret nach Baroque zurückkehrte, fühlte sich Nick ziemlich durcheinander. Was war schief gegangen? Er hatte alles eingeplant – angefangen mit der allmählichen Verführung von Francesca di Paoli, die ihn jetzt behandelte wie Luft; sie hatte, soviel er wußte, mehrmals mit Lord Lindhaven zu Abend gegessen.
Weder Toni noch Benoit ahnten etwas über Francesca di Paolis unerwarteten Besucher.
«Aber wie fandest du mich? Wenn du dich doch zuerst an gar nichts erinnern konntest?»
Dieser Teil war noch immer verschwommen in seinem Geiste. Er erinnerte sich bruchstückweise an den Keller, und mit dieser Erinnerung kam auch der Schmerz wieder – und die Verwirrung in seinem Kopfe. Er war ein paar Stufen hoch gekrochen, und im Hintergrund war eine Stimme – die von Toni Lassiter.
«Los! Kriech weiter! Alle Stufen hinauf, Comanche. Du gewöhnst dich besser ans Kriechen, denn das wirst du fortan häufig tun.»
Und nach den Stufen war noch mehr Schmerz und noch mehr

Dunkelheit auf ihn zugekommen, bis sie ihn aus einer Pferdetränke mit Wasser übergossen, das ihn ganz durchnäßte – es war so kalt gewesen, daß er fröstelte. Und dann, er hatte noch den Strick um den Hals, hatten sie seine gefesselten Hände an Tonis Sattelknauf festgebunden, und er sah sie noch vor sich, wie sie mit siegesbewußtem Lächeln auf ihn herunterblickte.
«Hoffentlich hast du noch genug Leben in dir, um zu laufen, Comanche! Weil wir nämlich ein schnelles Reisetempo anschlagen werden.»
Er war ein Stück weit mitgerissen worden, und sein betäubter Geist hatte die ersten Schüsse kaum wahrgenommen. Dann hörte man eine betrunkene, undeutliche Stimme: «He! Was ist denn das? Wird da gelyncht? Lynchen hat mir schon immer gefallen. Kann ich mich zu euch gesellen?»
«Port», hatte sein Geist verzeichnet, und er wußte nicht wie; dann waren da noch mehr Schüsse gewesen, und plötzlich war er frei hingefallen. Mühsam hatte er sich auf die Knie erhoben, als er Ports Stimme drängend und aus nächster Nähe vernahm: «Hör zu. Ich bin allein, und ich kann sie nicht alle aufhalten. Lauf, verdammt noch mal! Das Theater – bis dorthin schaffst du es.»
Und da waren die vielen Menschen gewesen, die aus dem Theater kamen, eine wogende Menschenmenge, die sich laut grölend vorwärts wälzte; und irgendwie war es ihm gelungen, zu laufen und im ersten, dunklen, unbewachten Gang, den er finden konnte, zu verschwinden. Francesca finden . . .
«Da ist ein Mann, der dich sprechen will», hatte sie am zweiten – oder war es am dritten? – Tag zu ihm gesagt.
«Du hast es also geschafft. Das dachte ich mir. Was zum Teufel hast du eigentlich gemacht? Bishop ist so wütend, wie ich ihn noch nie gesehen habe; und es war ein glücklicher Zufall, daß ich hier war, um Benoit im Auge zu behalten. Um Himmels willen – Steve – lernst du denn nie dazu?»
«Es fällt mir vermutlich schwer», sagte er vorsichtig mit immer noch heiser flüsternder Stimme, und er erhaschte Ports empörten Blick.
«Ach Scheiße! Ich vergesse einfach immer wieder, daß das Ganze ja nur eine Art Spiel für dich ist, seit du reich bist. Aber zum Teufel, eine Zeitlang dachte ich, ich müßte dir selbst nachstellen, bis ich dann erfuhr, daß du Dave befreit hattest. Und vorher seine Frau. Aber was für ein Spielchen hast du denn danach gespielt? Ich muß Bishop einen Bericht abgeben, falls du das vergessen haben solltest.»
«Meinst du, er würde glauben, daß ich eben erst wieder mein Gedächtnis zurückerlangt habe?»

Port blickte ihn zynisch und ungläubig an. Und genauso würden ihn alle ansehen, die nicht wußten, wie es in Wirklichkeit gewesen war, dachte Steve voll verhaltener Wut. Er war seiner selbst so sicher gewesen – und hatte ein derartiges Schlamassel veranstaltet. Er konnte sogar einsehen weshalb Bishop ganz schön wütend sein mußte. Und was zum Teufel hatte denn Ginny mit der ganzen Geschichte zu tun?
Einige Fragen konnte ihm Francesca beantworten, die von Lord Lindhaven, der immer noch in Dallas weilte, den ganzen Klatsch in Erfahrung bringen konnte; und Port, der zwar nicht wußte, worum es ging.
Die erzwungene Ruhe in Francescas großem, weichen Bett gab ihm Gelegenheit, sich langsam ein Bild zu machen. Irgendwo hatte Bert Fields einen Arzt aufgetrieben, der diskret genug war, um keine Fragen zu stellen, und um nicht zu klatschen – er wurde auch gut dafür bezahlt. Und dann war da natürlich Francesca selbst, anspruchsvoll und zärtlich und voller Fragen. Er war ihr gegenüber ehrlich, denn Francesca di Paoli war von all den Frauen, die er gekannt, begehrt und besessen hatte, diejenige, die ihm am ehesten Freundin und Geliebte zugleich gewesen war – trotz ihrer Wutanfälle war sie eine intelligente, sensible Frau. Sie verstanden einander, er und Francesca. Und nicht nur im Bett, sondern auch grundsätzlich, denn sie waren beide Abenteurer, die es geschafft hatten – beide Zyniker, die gelernt hatten, nicht zu viel von sich selbst preiszugeben.
Es war Ginny, diese verdammte Ginny, die ständig in seinem Kopf herumgeisterte, sich versteckte und wieder auftauchte, auch wenn er gar nicht an sie denken wollte. Zum Teufel, was gab es da zu studieren? Er mußte von einem Außenstehenden erfahren, daß seine Frau Mutter geworden war, so daß er, zumindest vor dem Gesetz, Vater zweier – nicht eines, sondern zweier – Kinder geworden war. Ginny gab sich nie mit halben Sachen zufrieden! Kinder unbestimmten Alters und unbestimmten Geschlechts, über deren Existenz er nicht benachrichtigt worden war. Ihr Aufenthalt in Europa hatte also doch irgendwelche Früchte abgeworfen! Was ihn überraschte, war, daß sie so ungeniert zurückgekommen war und die Kinder mitgebracht hatte – mit einer Kaltblütigkeit! Und dann hatte sie sie bedenkenlos im Stich gelassen, um *ihn* zu finden. Und warum? Nur um herauszufinden, wie weit sie gehen konnte? Um sicher zu gehen, daß keine Gefahr bestand, daß er sein Gedächtnis wiedererlange? Oder nur um herauszukriegen, wie weit seine verfluchte Schwäche ihr gegenüber ging?
Fragen, nichts als Fragen – und es kamen ihm immer neue in den Sinn; seine Wut wuchs, und er knirschte mit den Zähnen. Was

wollte sie neues anstellen? Wäre er vernünftig gewesen, so hätte er sie diesem verdammten Russen überlassen und wäre seine eigenen Wege gegangen. Das war es, was er eigentlich jetzt tun sollte. Sollte doch zur Abwechslung einmal *sie* die Fragen stellen!

Achtundfünfzigstes Kapitel

Ginny hatte nichts anderes getan, als sich dauernd selbst Fragen zu stellen seit jenem Nachmittag, als Steve alles zur Entscheidung gebracht hatte. Er hatte sie geknebelt, sie wortlos zur Liebe gezwungen, und dann, nachdem er sie ihres Stolzes beraubt hatte, ihr auch noch die Smaragdohrringe abgenommen, warum? Wozu diese nutzlose, überflüssige Geste, es sei denn – und bei diesem Gedanken hatte sie in rasender Wut die Lippen aufeinandergepreßt – er wolle jemandem beweisen, daß er in ihrem Schlafzimmer gewesen war. Diese Wut hatte sie dazu gebracht, eine Prämie für seine Gefangennahme auszusetzen – für seine lebendige Gefangennahme.
«Was er tat, darf nicht ungestraft bleiben! Und es ist mir einerlei, was du, Mr. Bishop, oder sonst wer dazu sagt – ich habe die Geheimnistuerei satt, und habe es satt, zu warten, und warten . . . und auf was denn? Auf eine gelegentliche kleine Vergewaltigung durch meinen eigenen Mann? Wenn er sich gerade von dieser Lassiterhure losreißen kann! O nein, nein Renaldo! Es ist Zeit, daß die Lage geklärt wird – und ich will, daß Steve erfährt, daß man mich nicht einfach so beiläufig und verächtlich benützen kann!»
Ja, dachte Ginny, sie würde ihm beibringen, daß ihr Geist genauso verschlagen und kalt berechnend sein konnte wie der seine!
Aber die Wochen vergingen, schleppten sich dahin, und sie hörte nichts. Toni Lassiter war nach Shreveport gereist, um dort Verwandte zu besuchen – mit Steve? fragte sich Ginny. Diese Frage nagte schmerzhaft in ihrem Herzen, das voll heißer, blinder Wut gegen ihn war. Und Missie, die verletzt und bestürzt darüber war, wie rachsüchtig ihre neue Freundin sein konnte, vertraute ihr nichts mehr an, obwohl ihre zaghafte Freundschaft mit Renaldo fortschritt.
Ginny fühlte sich mehr und mehr allein; Renaldo ritt fast täglich zur Ranch der Carters hinüber – wobei er allerdings jedesmal höflich fragte, ob sie mitkommen möchte. Und sie schüttelte jedesmal mürrisch den Kopf.
«Nein, geh nur. Meine Anwesenheit würde nur bewirken, daß sich alle seltsam benehmen – du weißt, daß das so ist. Sie trauen mir nicht mehr.»

Auch Renaldo konnte das nicht bestreiten. Seine braunen Augen nahmen jedoch immer einen besorgten Ausdruck an, wenn er sie prüfend anschaute, und spontan hatte er anzudeuten begonnen, daß sie vielleicht planen sollten, nach Mexico zurückzugehen, oder ihren Vater und Sonja in Kalifornien zu besuchen.
«Du könntest die Kinder mitnehmen – auch mein Onkel wird finden, es sei an der Zeit, daß sie ihre anderen Großeltern kennenlernen.»
«Oh!» Ginny lachte mit hoher, fast hysterischer Stimme. «Meinst du, Sonja würde es mir je verzeihen, wenn dadurch all ihre Freunde vernähmen, daß sie Großmutter geworden ist?»
Renaldo sah sie stirnrunzelnd und grüblerisch an und sagte dann schroff: «Wie lange hast du noch vor, die Tatsache, daß du Mutter bist, zu verbergen? Um Himmels willen, Ginny, diese Kinder sind deine und Steves. Du hast doch kein Recht, sie zu verstecken, als ob – als ob du dich ihrer schämen würdest. Und, verzeih mir meine Offenheit, aber du schuldest diesen armen, kleinen Würmern etwas, und zwar Mutterliebe!»
Sie starrte ihn sprachlos und mit weit aufgerissenen Augen an.
«Du hältst mich also für selbstsüchtig? Aber ich vermisse sie, Renaldo, wirklich! Es gibt Zeiten, da denke ich an nichts anderes, als an ein Wiedersehen mit ihnen und an eine Flucht vor diesem ganzen widerlichen Schlamassel! Ich weiß nicht mehr was ich tun soll! Aber ich muß Steve finden – er muß es wissen, was immer er danach tun wird. Verstehst du das? Ich kann nicht mehr weiter leben mit dieser Ungewißheit, dieser Angst!»
Sie sprang auf die Füße und legte eine Hand auf seinen Arm.
«Renaldo – das begreifst du doch sicherlich? Wenn ich meinen Kindern eine richtige Mutter sein soll, dann muß ich doch selbst wissen, wo ich stehe – ich muß etwas, irgend etwas finden, um diesem schrecklichen Nichts ein Ende zu setzen. Ich weiß ja nicht einmal mehr sicher, ob ich einen Gatten habe oder nicht ...»
Als sie eine Woche später erfuhr, daß Toni Lassiter nach Baroque zurückgekehrt war, knirschte Ginny mit den Zähnen. Renaldo war jetzt die einzige Verbindung zu dem, was sie grimmig «die andere Seite» zu nennen begonnen hatte.
Von Missie wußte Renaldo – und sie hatte es von ihrem Bruder Matt gehört –, daß Toni allein zurückgekommen war – und außerdem nicht gerade in einer guten Stimmung. Missie war überaus erbost, weil Matt sogar eine Nacht im Hause «dieses Weibes» verbracht hatte.
«Das gefällt mir nicht», sagte Renaldo gedankenverloren, und er fragte sich, warum ihn sein Instinkt plötzlich vor bevorstehendem Unheil warnte. Sogar Missie war blaß und niedergeschlagen – wie-

viel von dieser Niedergeschlagenheit war wohl der Sorge um Steve, den sie noch immer Manolo nannte, zuzuschreiben?
Renaldo hatte seine eigenen Probleme, die ihn beschäftigten. Und nicht das kleinste davon war, daß er sich mittlerweile eingestehen mußte, daß er sich in Missie verliebte.
Lächerlich! Ein Mann in seinem Alter und eine Kindfrau, die kaum siebzehn Jahre zählte – noch unfertig, unsicher über die eigenen Gefühle –, er mußte von Sinnen sein! Und er konnte nicht umhin, sich voller Unbehagen zu fragen, wie Missie reagieren würde, wenn sie entdeckte, daß er sie getäuscht hatte. Sie war vollkommen ehrlich und so offen. Zweifellos würde sie sich enttäuscht von ihm abwenden. O Gott, warum hatte er sich nur bereit erklärt, Ginny hierher zu begleiten für diesen wahnwitzigen Plan? Er sah nichts als Unheil vor sich, für alle Beteiligten.
Es war ein Schock für Ginny, als Toni sie nur zwei Tage nach ihrer Rückkehr nach Baroque an einem heißen Nachmittag besuchen kam.
Toni, die Ginny so haßte wie umgekehrt. Warum? Sie wünschte, Renaldo wäre anwesend, denn sie hatte plötzlich das beklemmende Gefühl, Toni sei nur hergekommen, um ihr unangenehme Neuigkeiten zu überbringen.
Toni begann sehr freundlich.
«Wie schön hier alles ist! Sie haben an diesem alten, halbverfallenen Haus Wunder vollbracht. Mir allerdings würde es nicht liegen, mich hier abzusondern, besonders wenn ich herumreisen könnte, wann und wohin ich wollte!»
Bernsteinaugen, die in der Tiefe eigentümlich glitzerten und glimmerten, sahen Ginny an; dann lachte Toni kurz auf und befeuchtete ihre rosigen Lippen mit der Zunge.
«Aber es scheint Ihnen hier wirklich zu gefallen, nicht wahr? Ich hoffe nur, daß alles so ruhig und friedlich bleibt, wie es jetzt ist – und deshalb kam ich eigentlich her, obwohl ich Ihnen ja ohnehin einen Besuch schuldig war, nicht? Henri sagte mir, Sie seien bei mir vorbeigekommen, gerade bevor ich nach Shreveport fuhr. Was für ein langweiliger Ort!» Sie seufzte und streckte sich wie eine Katze, und unter ihren gesenkten Silberwimpern sah Ginny noch immer dieses Glitzern ihrer Augen.
«Oh?» sagte Ginny fragend, aber absichtlich ohne großes Interesse.
Plötzlich lehnte sich Toni in ihrem Stuhl vor, wie eine sprungbereite Wölfin, während ihre vollen Lippen weiterlächelten.
«Ich hielt es dort nicht aus – deshalb beschloß ich, nach Dallas zu gehen; ich wollte die Opernsängerin sehen, auf die mein Schwager so erpicht ist. Welche Enttäuschung! Ich nehme an, sie hat eine anständige Stimme, und sie ist auch ziemlich hübsch, aber auf eine

solch übertriebene Art! Eine Frau, die bald fett sein wird. Ich kann nicht verstehen, was ein Mann an ihr besonderes sehen könnte, es sei denn, es sei Mode, solch eine Opernsängerin als Geliebte zu haben!» Der erste, kleine Messerstich. Als Ginny kaum mit den Achseln zuckte, fuhr Toni zuckersüß weiter. «Aber die Männer sind ja so närrisch! Ich glaube, sie betrachten Frauen wie diese als Freiwild. Prinzessin hin oder her, ich finde, daß jede Frau, die öffentlich auftritt, im Grunde nur bekanntgeben will, daß sie gegen Geld zu haben ist, oder nicht?»
Dieses Mal war der Messerstich ein wenig tiefer – wieviel wußte Toni Lassiter, und was war der wahre Grund ihres Besuches?
«Ich sehe nicht ein, warum eine Frau, die talentiert und begabt ist, diese Gaben brach liegen lassen sollte», antwortete Ginny, und ihre grünen Augen trafen diejenigen Tonis; jetzt fiel der Schleier von gezwungener, übertriebener Höflichkeit.
Toni hob eine ihrer weißen Schultern. «Dann denken wir wahrscheinlich anders über die Sache. Für mich ist es eine Frage des Geschmacks – des *guten* Geschmacks. Eine Opernsängerin oder eine Flamencotänzerin, was ist da schon für ein Unterschied? Ich meine, für einen Mann?»
«Nun, Sie scheinen wirklich eine ganze Menge über Männer zu wissen!» Ginny riß unschuldig die Augen auf und weidete sich an dem Ausdruck, der kurz auf Tonis Gesicht erschien. Sie nutzte ihren momentanen Vorteil aus und fuhr so ungezwungen wie möglich fort: «Und da wir gerade von Männern sprechen, so sollte ich mich wahrscheinlich bei Ihnen dafür entschuldigen, daß ich jenen Haftbefehl gegen Ihren Aufseher erwirkte. Ich hätte mich selbstverständlich zuerst mit Ihnen abgesprochen, wenn dies möglich gewesen wäre, denn schließlich sind wir ja Nachbarinnen. Aber sowohl mein Vetter als auch Oberst Belmont rieten mir zu meinem Vorgehen, weil jedes Zeichen von Schwäche als Ermunterung für weitere verheerende Taten hätte ausgelegt werden können.»
«Genau deshalb komme ich unter anderem auch zu Ihnen – um mich zu entschuldigen. Was für ein schreckliches Erlebnis für Sie! Natürlich wäre ich in der Lage gewesen, ihn zu bändigen – und deshalb hatte ich das Gefühl, Sie sollten wirklich gewarnt werden. Nicky, mein Schwager würde mir sonst nie verzeihen; er hält so viel von Ihnen.»
«Gewarnt?» Ginny mußte sich zusammennehmen, um die andere nicht ins Gesicht zu schlagen. Hatte Steve ihr erzählt, was er getan hatte? Worauf wollte sie jetzt hinaus?
«Ja – gewarnt. Ich fürchte, ich weiß jetzt, was für ein gefährlicher, gewalttätiger Mann er ist! Er hatte die Frechheit, mir nach Dallas zu folgen, wissen Sie – ich weiß nicht, was er sich davon versprach, es

sei denn, er wollte Geld aus mir herauspressen. Aber er war leichtsinnig genug, in einem Saloon wegen eines Mädchens einen Hilfssheriff zu töten, und dann . . .»

Ginny mußte sich zusammennehmen, um ihr Gesicht zu wahren. Steve war tatsächlich diesem Weib nach Dallas gefolgt? Steve – er war verhaftet worden und dann entflohen . . .

«Ich mußte hingehen, um ihn zu identifizieren. Was für eine unangenehme Angelegenheit. All diese häßlichen Drohungen, die er aussprach – und besonders gegen Sie! Aus irgendeinem Grund hatte er nicht von Ihnen erwartet, daß sie gegen ihn Anklage erheben würden. Aber Sie werden sicher vorsichtig sein, oder nicht? Ich habe Oberst Belmont bereits eine Nachricht gesandt, aber ich würde mir ewig Vorwürfe machen, wenn Ihnen etwas zustoßen würde. Ich würde an Ihrer Stelle nicht allein ausreiten!»

Aber Steve würde ihr doch nichts tun – er konnte ihr nicht noch mehr weh tun als er es schon getan hatte.

«Lieber sterbe ich, als daß ich diese Frau glauben lasse, ihre Warnungen hätten mich erschreckt», sagte Ginny wütend zu Renaldo. «Oh, wir haben uns wie zwei dreckige Weibsstücke benommen, du wärest nicht stolz auf mich gewesen. Aber ich hasse sie – sie ist eine Frau, auf die ich mit Vergnügen mit einem Messer losgehen würde! Du hättest ihre Anspielungen und ihre schlauen Unterstellungen hören sollen. Wie konnte er sich nur mit so einem Weib einlassen? Renaldo, wo meinst du, daß er jetzt ist?»

Renaldo konnte ihr keine Antwort geben. Deshalb erinnerte er sie wieder daran, daß sie weggehen konnte – daß sie frei war; daß sogar Mr. Bishop ihre Existenz vergessen zu haben schien.

Steve Morgan hatte das nicht, ganz gegen seinen Willen. Und widersprüchlicherweise war es Francesca, die ihn immer wieder daran erinnerte, daß er eine Frau hatte.

Er hatte Glück. Sein Körper heilte schnell, trotz der gebrochenen Rippen. Bei seinem Gesicht würde es etwas länger dauern, bis es wieder normal aussah, aber was zum Teufel machte das schon aus. Hauptsache, er lebte noch. Und Francesca schien es nichts auszumachen.

Sie lagen zusammen im Bett und hatten spät gefrühstückt; die Nachmittagssonne zeichnete feine Streifen auf den Teppich. Steve hätte gerne wieder geschlafen, aber Francesca war in einer spielerischen Stimmung und kitzelte ihn mit ihren Haaren und strich dann mit einem Finger über sein abgewandtes Gesicht.

«Weißt du, ich glaube wirklich, ich habe dich so lieber. Nein – im Ernst, Stefano, ich scherze nicht. Du warst hübsch vorher – und das wußtest du auch, nicht? Und jetzt bist du immer noch ein gutausse-

hender Mann, aber – wie soll ich sagen? Du siehst härter aus. Sogar die gebrochene Nase steht dir gut.»
«Aber Francesca! Soll ich mich vielleicht jeden Monat einmal zusammenschlagen lassen, damit ich dir gefalle?»
«Würdest du das wirklich für mich tun? Stefano – wie weit würdest du für mich gehen?»
Mit einem halb geöffneten Auge blickte er sie mißtrauisch an.
«Was zum Teufel willst du damit sagen?»
«Tu nicht so, als würdest du schlafen – ich lass' dich nicht schlafen. Wie lange meinst du, wirst du diesmal bleiben? Wie bald schon wirst du gefährlicher ‹Geschäfte› wegen wieder wegehen?»
Jetzt öffnete er beide Augen und blickte sie nachdenklich an; er wickelte eine ihrer dunklen Locken um seinen Finger.
«Du hast schönes Haar, Cesca. Es fühlt sich an wie Seide.»
«Und du lenkst vom Thema ab! Warum willst du nicht ernsthaft mit mir reden?»
«Worüber? Du machst es einem Mann schwer, sich auf ein ernstes Thema zu konzentrieren.» Sie hörte auf, sich mit ihrem Körper an seinen zu schmiegen.
«Nun – du weißt, daß ich dich will. Aber du – was willst du, Stefano? Was willst du wegen deiner Frau unternehmen? Wirst du zu ihr zurückgehen?»
Er antwortete ihr nicht, sondern ließ seine Finger verführerisch ihrer Wirbelsäule entlang nach unten gleiten und wieder nach oben; sie seufzte und ihr Körper bebte.
«Du bist ein Teufel, Stefano! Ein Schuft, der eine Frau schlagen würde – und immer untreu wäre. Dio mio – was für ein erbärmliches Leben wir führen würden, wenn wir – wenn wir uns ineinander verliebten! Was treibt dich denn dazu, so schreckliche Risiken einzugehen? Du bist reich genug, um tun und lassen zu können, was du willst – du hast es nicht nötig, das Leben eines Banditen zu führen!»
«Reich zu werden war fast zu einfach, nehme ich an.» Seine Stimme klang einen Augenblick melancholisch. «Und das Bedürfnis nach Aufregung scheint mir im Blut zu liegen. Dabei weiß ich genau, daß ich eines Tages einmal nicht mehr ungeschoren davonkommen könnte.»
«Schöne Aussichten für eine Frau, mit diesem Gedanken leben zu müssen! Hast du denn überhaupt kein Herz?»
«Überhaupt nicht. Aber ich habe eine Schwäche für dunkelhaarige Primadonnen. Du selbst verkörperst eine Art Abenteuer, Cesca. Und ich glaube, wir verstehen uns so gut, weil wir beide Nehmende sind – und wir können beide skrupellos sein, wenn es darum geht, zu bekommen, was wir wollen.»

«Aber was ist es denn, was du willst? Nicht mich, nicht für immer, das weiß ich. Denn, wie du sagst, wir gleichen uns zu sehr. Aber für dich selbst? Ich habe meine Musik; ich weiß, daß ich eines Tages die beste Opernsängerin der Welt sein werde, und die ganze Welt wird mir zu Füßen liegen. Daraufhin ist mein Leben ausgerichtet. Aber du – was ist dein Ziel?»

Seine Finger hörten mit den Liebkosungen auf, und er sagte fast überrascht: «Wenn ich es nur wüßte! Ich habe noch nicht darüber nachgedacht. Verdammt, Cesca, jetzt hast du genug herumgestochert.»

Um seine Reaktion zu sehen, sagte sie absichtlich: «Ich werde in ein paar Tagen Dallas verlassen. Ich gehe zuerst nach San Antonio, dann nach New Orleans und zurück nach New York. Und dann werde ich wahrscheinlich nach Europa zurückgehen, bevor man mich dort vergessen hat! Du könntest mit mir kommen, wenn du nichts anderes zu tun hast.»

«Und mich zu deinem verehrerischen Gefolge gesellen? Nein, Puppe. Obwohl ich zugeben muß, daß du mich faszinierst. Aber wie du, bin auch ich nicht an Fesseln gewohnt.»

Und als er das sagte, erinnerte er sich plötzlich viel zu lebhaft daran, daß er einst dasselbe zu Ginny gesagt hatte. Und sie hatte sich als eine viel zu gelehrige Schülerin seiner eigenen Philosophie gezeigt! Viel zu begierig, das zu lernen und danach auch in die Tat umzusetzen, was ihr vor ihm noch kein Mann beigebracht hatte.

Bei Francesca konnte er nicht eifersüchtig sein; sie war – ähnlich wie Concepción – genauso unmoralisch wie er. Aber Ginny – mit ihren verflucht grünen, schrägen Augen und ihrem nachgiebigen Körper – sie war die einzige Frau, die es fertigbrachte, ihn so rasend eifersüchtig zu machen, daß er blind wurde für alles andere, sogar für Vorsicht und Vernunft. Er hätte tun sollen, was er ihr nur zu oft angedroht, jedoch nie tatsächlich getan hatte – sie ein paarmal schlagen, um ihr den Meister zu zeigen. Geduld – zum Teufel. Es gab Frauen, die es für Schwäche hielten, wenn ein Mann sich beherrschte, und Ginny gehörte dazu. Wie konnte sie es wagen, ihm Hörner aufzusetzen? Ein häßliches, spöttisches Wort in jeder Sprache; und jedesmal wenn er an ihre trotzigen, offenen Taktlosigkeiten dachte, hatte er Lust, sie mit bloßen Händen zu erwürgen. Auch das war etwas, was er schon lange hätte tun sollen . . .

Voller Unvernunft – und er wußte, daß es unvernünftig war – sah Steve Morgan über seine eigenen Taktlosigkeiten hinweg. Wenn er schon so dumm gewesen war, zu heiraten, warum hatte er dann nicht eine Frau gewählt, die es hinnahm und verstand, daß ein Mann gelegentlich seine eigenen Wege ging. Und nicht eine, die Gleiches mit Gleichem vergalt. Der Gipfel der Unverfrorenheit war,

daß sie sein Geld als Belohnung für seine Gefangennahme aussetzte! Daran änderte auch die Tatsache nichts, daß man ihn lebendig fangen sollte.
Eine andere Tatsache, die er stets verdrängte, bis ihn Francesca daran erinnerte, war, daß er Ginny nicht aus seinem Geist verbannen konnte. War sie noch in Baroque? Worauf wartete sie – auf seinen Kopf? Er müßte sich scheiden lassen und sie ein für allemal aus seinem Leben streichen. Aber konnte er das wirklich?
«Ich glaube, du bist in deine Frau verliebt und schämst dich, es zuzugeben», sagte Francesca höchst unbescheiden und taktlos. «Wenn es nicht so wäre, hätte ich dich ihr bereits weggenommen. Und wenn du nicht mit mir kommen willst, warum gehst du dann nicht zu ihr und bringst die Sache wieder ins Lot?»
Es war auch Francesca gewesen, die ihm Benoit ins Gedächtnis zurückgerufen hatte, der sehr geknickt nach Baroque zurückgekehrt war. Und da war Toni mit den glitzernden Bernsteinaugen und dem feuchten, gierigen Mund. Plötzlich kam ihm der lächerliche Plan in den Sinn, den er einst so beiläufig Toni unterbreitet hatte – und Nick Benoits Ruf, was Frauen anbelangte.
«Wir überlassen sie nachher Nicky, Comanche. Meinst du nicht auch, das wäre was für ihn? Willst du nicht auch einen Teil dessen, was sie zu geben hat?»
Und wie er Toni kannte – jetzt erst recht, nachdem Steve Morgan dafür gesorgt hatte, daß Nicks grandiose Pläne ins Wasser gefallen waren ...
Als Francesca nach San Antonio abreiste, nahmen sie Abschied – nicht ohne Bedauern auf beiden Seiten. Nur Costanza bedauerte nichts – und auch Bert Fields stieß einen Seufzer der Erleichterung aus. Gottlob war *diese* Affäre vorüber! Zumindest hoffte er das sehnlichst. Francesca hatte sich in der letzten Zeit viel zu sehr ablenken lassen ...
Steve Morgan, der keinerlei Ähnlichkeit mehr hatte mit dem schäbigen, armseligen Landstreicher, von dem es immer noch hieß, er sei von den Vigilantes gehängt worden, verließ Dallas einen Tag nach der Prinzessin di Paoli. Zuvor hatte er lange und geheimnisvolle Telegramme in verschiedene Landesteile verschickt, die er mit Steve Morgan unterzeichnet hatte.
Und von Dallas aus ging er nach Shreveport; er sagte, daß er geschäftlich hier sei, auf dem Weg nach New Orleans. In Wirklichkeit aber nahm er sich Zeit und reiste gemächlich nach Baroque. Und mit der Zeit hatten die Klatschtanten dann auch anderes zu tun, als sich zu fragen, weshalb der interessante, gefährlich aussehende Mr. Morgan Zuckerplantagen in Louisiana besichtigte, während seine Frau keine dreihundert Meilen entfernt in Texas lebte,

und seine Geliebte gerade eben San Antonio im Sturm erobert hatte mit ihrer neuen Oper «Carmen».

Neunundfünfzigstes Kapitel

Es war nicht zu vermeiden, daß zumindest ein paar Gerüchte bis zu Ginny durchdrangen.
Es war schlimm genug, daß sie Toni Lassiter hatte empfangen müssen, mit ihren «Warnungen» und ihren verschlagenen Anspielungen. Auch Richter Benoit schien nach seiner Rückkehr von Dallas auf eine seltsame Art verändert. Sein Benehmen war zuerst schmeichlerisch und vertraulich und wurde dann bald aufdringlich. Er versteckte es zu Beginn unter einem Ausdruck vorwurfsvollen Beleidigtseins.
«Ich wußte nicht, daß Ihr Gatte im Sinn hatte, diesen Besitz hier zu behalten. Oder daß er aus Europa – oder war es Südamerika? – zurückgekehrt ist. Er ist ein Freund von Jay Gould, sagten Sie?»
Sie hatte nichts dergleichen gesagt; und sie mußte sich alle Mühe geben, äußerlich ruhig zu bleiben, denn das Herz schlug ihr bis zum Hals, als sie von Steve sprechen hörte.
«Ich sehe keinen Grund, Mr. Benoit, die Tatsache zu leugnen, daß mein Mann und ich getrennte Wege gehen. Er reist gerne herum, während ich eher den Frieden und die Einsamkeit suche.»
Aber was hatte er gemeint? Was meinte er wirklich?
«Natürlich, ich verstehe», sagte Nick Benoit besänftigend, und sie fühlte, daß seinen kleinen Froschaugen ihre ganze innere Verwirrung, die sie zu verbergen suchte, nicht entgangen war. Er war schlau – hatte sie Mr. Bishop nicht davor gewarnt?
«Ich fand die Prinzessin di Paoli reichlich ‹zerstreut›, als ich das Vergnügen hatte, sie in Dallas zu treffen. Und Ihr Gatte, Mrs. Morgan – das ist nicht als Vorwurf an Sie gemeint – scheint mir ein Geschäft verdorben zu haben, kurz vor dem Abschluß. Ich bin nicht sicher, aber sein Name wurde mehrere Male erwähnt. Und da ich weiß, daß er mit Eisenbahnen zu tun hat, fragte ich mich natürlich, ob Mr. Gould vorhat, eine seiner Eisenbahnlinien so weit nach Süden zu legen. Verzeihen Sie mir, wenn ich das erwähne. Ich glaube, es ist ein Geheimnis!»
«Wenn es das ist, so weiß ich nichts darüber», sagte Ginny viel zu schnippisch. Und dann versuchte sie sich zusammenzunehmen. «Steve ist ein – ein äußerst sprunghafter Mann, Mr. Benoit. Nicht einmal ich kenne seine Pläne.»
«Es überrascht mich, daß er eine Frau mit Ihrer Intelligenz nicht ins

Vertrauen zieht», sagte Benoit glatt und zuckte mißbilligend die Schultern. «Die Sache interessiert mich natürlich nur, weil ich in Baroque zu Hause bin. Wenn ich irgendwie behilflich sein kann – lassen Sie es mich doch wissen, ja? Ich bewundere Sie sehr, wissen Sie!»

Und kurz nachdem Nick Benoit gegangen war, kam Persis Belmont zu Besuch. Sie brachte Klatsch mit, den sie zunächst nicht enthüllen wollte.

«Ich weiß nicht, ob ich es dir sagen darf oder nicht, denn ich möchte dich wirklich nicht aufregen. Und Rodney sagt, ich solle den Mund halten.»

«Wenn Steve in eine Weibergeschichte verwickelt ist, werde ich darüber nicht erschrecken, glaube mir!» sagte Ginny mit steifen Lippen. «Daran sollte ich mittlerweile gewöhnt sein.»

«Ach, mein armes Kind!» Persis Belmonts Stimme klang schockiert und wütend; die militante Puritanerin in ihr kam sofort zum Vorschein. «Wie kannst du das aushalten? Dieses opernsingende Weibsstück, das die Schmuckstücke zur Schau stellt, die sie von ihren Verehrern bekommt ... manchmal verachte ich die Männer wirklich, weil sie sich so leicht reinlegen lassen!»

Es kam schließlich alles heraus. Francesca di Paolis plötzlicher Wunsch nach Abgeschiedenheit – Steves Erscheinen in der Oper bei ihrer Abschiedsvorstellung. Und die untilgbaren Gerüchte, sie seien zusammen nach San Antonio gefahren. Und sie war wieder die «arme Ginny» – die betrogene Ehefrau. Gott! Sie meinte, es nicht mehr aushalten zu können. Seit wann hatte er sein Gedächtnis wieder? Und was hatte Toni mit ihren Andeutungen und Warnungen gemeint?

Das Maß war voll als Renaldo aus der Stadt zurückkam; er sah besorgt aus und verwirrt und brachte ein kurzes Telegramm von Steve, aus Shreveport, Louisiana, das an Renaldo, nicht an sie gerichtet war: «Sofort zurück nach Mexico. Nimm Ginny mit. Mein Vertreter kommt bald nach Baroque und kümmert sich um alles.»

«Sein Vertreter, wirklich! Was meint er? Was für ein grausames Spiel spielt er jetzt? Vielleicht will er dieses Weib hierher bringen und mich aus dem Weg schaffen! Ich lass' mir von ihm nichts befehlen! Ich bin immer noch seine Frau. Ich lasse mich nicht so einfach abschieben!»

Gegen ihren Willen kam ihr der letzte Nachmittag mit ihm in den Sinn. Steve, aber gleichzeitig ein Fremder, wie er ihren losen Bademantel vorne öffnete, seine allzu vertrauten Liebkosungen, die sie soweit gebracht hatten, sich für ihn zu öffnen, jede Zurückhaltung und Wut zu vergessen, überhaupt alles zu vergessen, außer der Begierde, die nur er in ihrem Körper erwecken konnte. Seine Lippen

an ihrem Hals, auf ihren Brüsten . . . Warum – warum? Was hatte er beweisen wollen?
«Ich gehe nicht!» schrie sie jetzt, während Renaldo besorgt den Kopf schüttelte. «Hörst du? Du kannst zurückgehen, wenn du willst – aber ohne mich. Steve wird mir gegenübertreten müssen – ich zwinge ihn dazu!»

Matt konnte sein Glück kaum fassen. Er Tonis Liebhaber! Und sie wollte ihn – hatte ihn immer gewollt, wie sie ihm flüsternd eingestanden hatte. Nur war er so schwer von Begriff gewesen! Und so schüchtern . . . hatte er es denn nicht gemerkt? Was Manolo betraf, hatte er ihr Angst gemacht. Sie hatte den Schreck noch nicht vergessen, als er Billy-Boy vor ihren Augen umbrachte – und ihn skalpierte.
«Er sagte, er würde mich auch umbringen, wenn ich nicht nachgäbe. O Matt! Was hätte ich tun sollen? Er nahm mich mit Gewalt, hier auf diesem Bett, und ich war zu eingeschüchtert, um irgend etwas zu unternehmen. Ich hatte niemanden, an den ich mich wenden konnte – nicht einmal dich! Und du warst mutig gewesen, damals, als du diesen Cowboy niedergeschlagen hattest, der mich beleidigte – ich wollte dich nur auf die Probe stellen, als ich so tat, als sei ich wütend. Ich meinte, du hättest das verstanden . . .»
Jetzt verstand er es. Er wußte, daß Toni seine – seine Frau war, die Frau, von der er immer geträumt hatte. Er liebte sie – er würde alles für sie tun. Warum sonst sollte sich eine Frau wie Toni, die jeden anderen Mann haben konnte, den sie wollte, ausgerechnet ihm so willig hingeben? Eines Tages würden sie heiraten, und bis dann würde Pa verstehen, was zwischen ihnen war.
Unter der harten Schale, die sie jedermann zeigte, war Toni im Grunde zart und hilflos. Sie brauchte einen wirklichen Mann, der für sie sorgte. Und bei all ihrer Sanftheit und Hingabe war sie auch klug – sie wollte eine Zukunft für beide, und für die Kinder, die sie eines Tages haben würden.
An einem Morgen machte sich Missie über ihn lustig. Er schlug sie auf den Mund, daß sie weinend ins Haus zu Pa ging, der noch nicht bereit war, zu verstehen, und zu seinen Brüdern, die keinerlei Ehrgeiz besaßen. Und danach blieb er in dem großen Haus der Lassiter bei Toni, die sanft sagte, eigentlich gehöre es ja rechtlich ihm, durch seine Mutter, da er der Erstgeborene einer geborenen Lassiter sei. Und sie hoffte, er würde es ihr nicht übelnehmen, daß sie damals Tom geheiratet hatte. Sie sei so jung gewesen, frisch aus dem Kloster, und ihre Familie hätte sie dazu gezwungen . . .
Sie faszinierte ihn – und er begehrte sie jede Minute am Tag. Er

hatte Lust nach ihrem schönen, weißen Körper, der sich unter dem seinen wand und ihren geflüsterten Worten, die ihm fast die Sinne raubten, wenn er sie liebte. Toni – Toni . . .! Er würde sein Leben für sie geben. Alles – solange sie ihn begehrte.
Wenn dann Toni über Ginny zu sprechen begann, und wie Nick Benoit sie richtig kennengelernt hatte in Dallas, hörte Matt stirnrunzelnd zu und stimmte bei. Diese Ginny Morgan war eine Straßendirne, trotz dem Geld ihres Mannes und den kostbaren Kleidern. Hatte er das nicht auch selbst gemerkt in jener Nacht, als sie bei dem Fest vor allen Mexikanern getanzt hatte, und vor Manolo, der gewußt hatte, wie man sie behandeln mußte? Und dann, nachdem sie sich von ihm hatte küssen lassen – und mit ihm geschlafen hatte, wie Toni sagte, hatte sie diese Belohnung ausgesetzt, und dabei den Viehdiebstahl als Grund angegeben . . .
«Matt – sie ist schlecht! Sie macht sich über uns lustig, obwohl sie sich bemüht, uns das Gegenteil zu beweisen – hast du gesehen, wie sie sich zuerst an Missie herangemacht hat, um sie dann wieder fallen zu lassen?»
«Was willst du damit sagen, Liebling?»
«Daß sie hier in Baroque überflüssig ist. Das siehst du doch sicher ein? Und dieser sogenannte Vetter von ihr, der deiner kleinen Schwester nachstellt. Ich traue auch ihm nicht. Nick sagt, ihr Gatte würde versuchen, soviel Land hier aufzukaufen als möglich, für die Eisenbahnen – du weißt, was das bedeuten würde? Leute – Außenstehende – aus dem Norden, würden herkommen und hier alles übernehmen und befehlen. Wir wären schließlich alle gezwungen, zu verkaufen. Oh, Matt! Das wirst du doch nicht zulassen?»
Wenn sie ihn so flehentlich und mit brechender Stimme bat, hätte er es allein gegen eine ganze Armee aufgenommen.
«Toni, mein Liebes! Schau – ich werde dafür sorgen, daß das nicht geschieht. Ich werde für dich sorgen. Von jetzt an sollst du dich nicht mehr allein fühlen. Du sagst mir nur, was ich tun soll, und ich . . .»
Sie sagte es ihm – mit feuchten, glänzenden Augen, und Matt war verblüfft.
«Sie entführen? Sie in die Sümpfe schleppen? Aber Liebes – mein Gott, die ganze Armee würde sie dort suchen gehen!»
«Du sagtest doch, du würdest alles für mich tun! Aber wenn du mich nicht genug liebst, Matt Carter . . .»
«Toni, du weißt, wie sehr ich dich liebe. Verdammt, hab' ich das nicht bewiesen? Habe ich nicht lange genug auf dich gewartet? Es ist nur . . .»
«Du hast Angst!» unterstellte sie ihm, und er nahm sie so fest in seine Arme, daß sie aufschrie.

«Verdammt, nein. Ich habe keine Angst! Nicht so wie du denkst. Aber ich würde nur alles aufwühlen, siehst du denn das nicht ein? Und . . .»

«Nicht, wenn sie meinen, Manolo hätte es getan – aus Rache! Sieh das doch ein! Alle würden ihm die Schuld geben und nach ihm suchen – und wir würden eine Lösegeldforderung schicken und mit seinem Namen unterschreiben, um sicher zu gehen. Wir verlangen genug Geld, daß wir alle reich werden, Matt! Und wir würden ihren Gatten warnen, Baroque fernzubleiben. Und auch wenn ihm gar nichts an ihr liegt, so muß er doch – und sei es nur wegen der Leute! O Matt, Matt Liebling – es ist die einzige Rettung für uns alle. Wenn du mich wirklich liebst . . .»

«Verdammt, Toni, natürlich liebe ich dich. Mehr als ich je in meinem Leben irgend etwas oder irgendwen geliebt habe, sogar meine Familie. Habe ich sie nicht für dich aufgegeben?»

«Auch sie werden nachher alles verstehen. Siehst du denn nicht, daß alles Unglück angefangen hat, seit *sie* hier ist? Sie ist böse, Matt! Sie ist eine gefährliche Lügnerin – sie macht allen etwas vor. Vielleicht hat sie ihr Mann hierhergeschickt, damit sie die Fühler ausstreckt. Matt . . .»

«Ich will darüber nachdenken», sagte er schnell, um sie zu beruhigen.

Aber als Toni ihm schließlich Wein gab – und Liebe – ihre eigene, besondere Art – in ihrem Schlafzimmer, hatte er das Nachdenken bereits aufgegeben. Er würde sie nie mehr loslassen – er würde alles tun, um sie zu halten.

Toni lächelte ihr feuchtes, befriedigtes Lächeln in der Dunkelheit, sie erriet seine Gedanken und fragte sich, wie weit er sich ihrem Willen schon unterworfen hatte. Der große, dumme Matt Carter! Wie leicht sie ihn immer um den Finger hatte wickeln können! Aber er hat sich nützlich erwiesen, und er war so leicht zu lenken. Sie probierte eben die Wirkung ihrer Hände und ihres Mundes auf seinem Körper aus, als er laut aufstöhnte. Ja, Matt würde alles tun, was sie sagte. Und dann würde Nick auch keine Wahl mehr haben. Dann würde sie die Züge machen, und sie würde keinen einzigen verpfuschen.

Renaldo wußte natürlich nichts von Tonis dunklen Plänen, und trotz Ginnys hartnäckigem Weigern, bereitete er ihre Abreise vor – das Schlimmste daran war, es Missie erklären zu müssen, die verzweifelt aussah.

«Oh – aber ich dachte – ich dachte, ihr würdet bleiben. Jedenfalls noch eine Weile. Geht ihr nach Mexico zurück? Wie sieht es dort aus, wo Sie her sind?»

Selbstvergessen fluchte Renaldo auf spanisch. Und als er in Missies Augen Tränen aufsteigen sah, vergaß er sich noch mehr, schloß sie in seine Arme und hielt sie viel zu fest an sich gepreßt.
«Dios! Was für ein unbeholfener Ochse ich doch bin! Melissa – Missie – ich *will* ja gar nicht gehen, verstehst du? Aber – perdición! Ich bin zu alt für dich, und viel zu langweilig! Ich . . .»
«Ich glaube, Sie fluchen», sagte Missie mit leiser Stimme. «Und das ist unhöflich, da ich die Worte, die Sie sagen, nicht richtig verstehen kann. Und Sie sind nicht alt, und überhaupt nicht langweilig – und ich werde sehr, sehr unglücklich sein, wenn Sie weggehen . . . ich will nicht, daß Sie weggehen!» Sie begann zu schluchzen und preßte ihr Gesicht gegen seine Schulter. Renaldo, den seine eigene Mutter einen Frauenhasser genannt hatte, hob ihr Kinn mit unbeholfenen, zitternden Fingern und küßte sie.
Er küßte sie sanft und zärtlich, als wäre sie etwas Zerbrechliches, das in Stücke gehen könnte – und er küßte sie voll Liebe. Missie, die noch nichts wußte, und doch anfing, zu ahnen, zitterte von Kopf bis Fuß.
Wie hatte sie so dumm und kindisch sein können, nicht zu verstehen? Ihr erster Kuß hatte nichts bedeutet – und Manolo hatte in seiner rauhen Art versucht, ihr das zu verstehen zu geben. Sie wollte keinen Piraten, der sie entführte und gefangen hielt – sie wollte *dies!* Darauf hatte sie ihr ganzes Leben gewartet und es schon fast aufgegeben. Einen Kuß, der sanft war, und liebend, und zärtlich, und kein gewaltsamer Angriff auf ihren Mund. Ein Kuß, der ihr alles gab, alles versprach und wartete – auf sie!
Und Renaldo zitterte genauso wie sie! Missie spürte es. Sie begann, eine Frau zu werden, als sie seufzte und die Augen schloß und ihre Arme um seine starken, breiten Schultern legte.
«Renaldo – Renaldo . . .», sie sagte im Geiste immer wieder seinen Namen. Und Renaldo selbst war hoffnungslos verloren. Unrettbar. Er mußte sofort ihren Vater fragen, er war ja Spanier, und das gehörte sich so; und auch – so gestand er ihr – weil er altmodisch war. Und Missie machte es gar nichts aus – sie merkte, daß sie dadurch einen Wert bekam und das gefiel ihr.
«Dachte ich doch, daß es soweit kommt», sagte Joe Carter schroff zu dem Mann, der so steif vor ihm stand. «Ich hätte mich dem Vater *meiner* Melissa gegenüber auch so benommen, nur war er nicht ein Mann, der zuhören konnte und weil wir einander so sehr liebten, mußten wir über die Grenze flüchten um zu heiraten. Sie lieben doch mein kleines Mädchen, nicht wahr? Es ist nicht nur etwas Vorübergehendes?»
«Nein, bestimmt nicht. Ich liebe sie, und ich möchte sie zur Frau. Ich kann für sie sorgen.»

«Das glaube ich. Aber das braucht es ja nicht einmal, wenn Sie sie lieben. Ich verliere sie zwar nicht gerne, aber es ist besser so, als daß ich sie betrübt sehen muß; und das wäre bestimmt geschehen, wenn Sie weggegangen wären, ohne etwas zu sagen!»
«Oh, Pa!» sagte Missie, aber sie sagte es voller Liebe und Glück. Und ihr ganzes Gesicht schien zu glühen. Und Joe Carter mußte nur zuschauen, wie sich die beiden verliebt anblickten, um sicher zu sein.

Sechzigstes Kapitel

«Ich kann es nicht glauben», sagte Nick Benoit immer wieder benommen. «Ich kann nicht glauben, daß er es wagen würde . . .»
«Wir haben ihr Pferd gefunden», sagte Oberst Belmont schroff; er war betroffener, als er zugeben wollte. «Und ihren Hut. Und darüber hinaus nichts, als diese freche Notiz von Manolo! Mein Gott, Mann», sagte er plötzlich, «meinen Sie etwa, die Sache berühre mich nicht? Das könnte meine ganze Karriere zerstören – wenn Sie irgendwelche Orte kennen, wo er sich verstecken könnte, oder wohin er sie möglicherweise entführt hat . . .»
«Wenn ich das wüßte, würde ich kaum hier herumstehen und mit Ihnen sprechen.»
Der Richter war sichtlich aufgeregt. Der Oberst hielt inne und entschuldigte sich für seinen Wutanfall.
«Ich verstehe», sagte Benoit schnell und auf seinem Gesicht stand Entsetzen. «Gut. Wie gehen Sie vor?»
«Der Sheriff hebt ein paar Leute aus, die den Soldaten helfen sollen, die bereits die Sümpfe durchsuchen. Es wurden Telegramme verschickt und ich habe in alle benachbarten Städte Nachrichten durch Boten bringen lassen.»
«Gut», sagte Benoit, «und wir helfen natürlich alle bei der Suche. Ich kenne einige Leute, die in den Sümpfen geboren und aufgewachsen sind, die sich dort besser auskennen als Außenseiter. Wir werden sie finden.»
«Wie gut du schauspielern kannst, Nicky, Liebling», sagte Toni leise, als sie zurückgingen. «Wir werden sie finden», äffte sie ihn nach und lachte dann angespannt. «Wie galant! Ich bin sicher, du hast den Obersten beeindruckt. Und mich übrigens auch. Aber möchtest du sie wirklich finden? Was würdest du mit ihr tun, wenn du sie fändest?»
«Mein Gott, Toni! Sogar du wärest nicht verrückt genug, um . . .»
«Natürlich nicht! War ich nicht den ganzen Nachmittag bei dir?

Aber Matt tat es – für mich – und jetzt, Nicky, haben wir die Trumpfkarte in der Hand, nicht? Bist du nicht stolz auf mich, daß ich den Mut hatte, zu tun, wovor du Angst hattest?»
«Du bist verrückt», wiederholte Nicholas Benoit halb flüsternd. Aber Toni kicherte nur, und der Klang ihres Kicherns ging ihm durch Mark und Bein.
«Bin ich das? Möchtest du herausfinden, wie weit ich gehen kann, Nicky? Willst du sie? Diese Hure – meinst du wirklich, sie sei besser als irgendeine andere, nach all dem, was du über sie weißt? Du kannst sie haben, Nicky, und niemand wird es wissen außer uns. Du kannst mit ihr alles machen, was du willst – ist das nicht aufregend für dich? Und wenn sie Schwierigkeiten macht, werde ich sie mir auch vorknöpfen. Es wäre lustig, sie für dich vorzubereiten.» Wieder dieses schrille Kichern. «Das heißt, wenn wir Matt für eine Weile loswerden können. Er ist so altmodisch, und so spießig! Aber ich muß ihn mir eine Weile warm halten – bis er mir nichts mehr nützen kann.»
«Toni, du bist ein Unmensch!»
«Aber natürlich, Liebling! Und du möchtest es sein, nicht wahr? Nun, du wirst deine Chance haben, heute nacht. Wir lassen sie heute in Ruhe und du kannst mit den anderen suchen gehen. Bis dann ist sie hungrig und durstig und hoffentlich hysterisch vor Angst», sagte Toni befriedigt. «Ich werde Matt schicken, damit er die Soldaten im Auge behält. Dann gehört sie eine Weile lang ganz dir. Erregt dich dieser Gedanke nicht, oder bist du noch zu sehr eingeschüchtert, um deine Männlichkeit zu beweisen?»
Halt 's Maul, verdammt noch mal, halt 's Maul!»
Aber er *war* erregt, ob er wollte oder nicht, und entgegen dem uralten, zuverlässigen Instinkt, der ihn zur Vorsicht mahnte. Toni sah die Sache zu einfach – und Toni ging viel zu viele Risiken ein; sie verließ sich einfach auf die Tatsache, daß sie eine Frau war. Er hatte jahrelang nachdenken und planen müssen, um so weit zu kommen, wie er jetzt war. Aber Frauen waren schon immer sein Verderben gewesen. Diese verräterischen, trügerischen Huren! Undankbar – wie Francesca, die er angebetet hatte. Seine Prinzessin – nur hatte sie beschlossen, ihr Nest zu beschmutzen und zu ihrem früheren Liebhaber zurückzukehren. Steve Morgan... dieser Name schmeckte bitter auf seiner Zunge. Reich – und deshalb hatte ihn Francesca vorgezogen. Reich und überheblich. Aber er hatte eine Ehefrau, und diese war der wunde Punkt eines Ehemannes. Ginny – auf ihre Art genauso überheblich, wie ihr Mann sein mußte. Aber nicht jetzt, dessen war Nick sicher. Nicht jetzt! Wie Toni gesagt hatte, müßte sie gerade jetzt vor Angst ganz klein sein – und im Dunkeln weinen. Wie Renate Madden, die eigentlich gar nicht so

anders war. Bald würde sie zu bitten und zu flehen anfangen, und dann ...

Als hätte sie in seinen Gedanken lesen können, flüsterte Toni: «Du sähest sie gerne nackt vor dir kriechen, oder nicht? Ich habe ihr die Kleider gelassen – so daß du sie ihr vom Leibe reißen kannst, Nicky. War das nicht rücksichtsvoll von mir?»

Und die kluge Toni – anstatt sie in den Sümpfen versteckt zu halten, wo die vielen Soldaten sie hätten finden können, war so schlau gewesen, sie in ihrem «Verließ» zu verstecken, diesem Keller unter den Weinkellern, von dem niemand, oder fast niemand, etwas wußte.

«Es ist ein Bett dort unten – und ich habe sie am Fußgelenk angekettet», sagte Toni und ihre Augen leuchteten. «So kettete der alte Mann seine weiblichen Sklaven an – diejenigen, die er abrichten wollte. Ich wette, das wußtest nicht einmal du. Es nimmt mich wunder, wie sie sich fühlt, so angekettet, wie eine Sklavin!»

Auf dem Feldbett lag eine dünne Decke, aber Ginny Morgan hielt es für unter ihrer Würde, sie zu benutzen. Sie schien auch keine Angst zu haben. Sie saß ruhig auf dem Bettrand.

Das alles sah Nicholas Benoit, als Toni die Laterne, die sie mitgebracht hatte, an einen Haken in der Wand hängte.

«Sie sind doch nicht etwa schüchtern? Oder sind Sie es gewohnt, Ihren Kunden alles zu zeigen, was Sie haben?»

«Ist *er* ein Kunde? Haben Sie ihm die übliche Gebühr berechnet?»

Nick Benoit wurde trotz seiner Vorsätze rot, und er hörte Toni vor Wut zischen.

«Du Hure, du!»

«Da Sie ja selbst eine sind, dürfte es Ihnen leichtfallen, eine Ihrer Gesinnungsgenossinnen zu erkennen. Und machen Sie es sich zur Gewohnheit, Umgang mit Huren zu pflegen, Richter Benoit?»

Ginnys verächtliche Art, ihn mit seinem Titel anzureden, und die Leichtigkeit, mit der sie sich ausdrückte, machte ihn rasend.

«Vielleicht möchten Sie gerne mit mir tauschen, bevor ich mit Ihnen fertig bin», sagte er höhnisch. «Sie waren doch eine der Huren von Erzherzog Maximilian, nicht? Und dann wurden Sie von Hand zu Hand weitergereicht. Ein Franzose, der sich Graf nannte. Ein mexikanischer Oberst – meinen Sie, ich hätte mich durch ihr Getue hereinlegen lassen?»

«Ich glaube, Sie sind falsch informiert worden, Richter Benoit.» Ihre Stimme war kühl. «Und was für ein sorgfältig ausgearbeiteter Plan dies ist; war die Entführung Ihre Idee? Oder hat sie sie ganz allein ausgeheckt?»

«Nicky – sie wird frech. Zeig es ihr! Oder soll ich?»

Ginnys Augen waren verengt, und Nick Benoit, der zuerst davor

zurückgeschreckt war, wollte jetzt unbedingt den Ausdruck dieser Augen wechseln sehen – und sie um Gnade schreien hören.
«Schlag sie, Nicky», sagte Toni Lassiter atemlos. «Das ist es, was sie nötig hat. Ich hole dir eine Peitsche. Wir können sie an diese Eisenringe in der Wand festbinden.»
«Halten Sie das wirklich für notwendig?» fragte Ginny kühl. «Oder ist Nicky nicht fähig eine Frau davon zu überzeugen, daß sie ihn begehrt?»
Sein Atem stockte in seiner Kehle. Sie war sowohl eine Verführerin als auch eine Hure. Er trat wie ein Schlafwandler vor und streckte die Hand nach ihr aus; er riß ihr das Kleid von den Schultern und entblößte ihre Brüste. Er fühlte, wie sie schauderte, aber sie gab nicht nach. Er lachte und fuhr mit seinen Fingern über die runden Kurven ihrer Nacktheit und dachte dabei, gut!, denn je größer ihr Widerstand, um so befriedigender würde es sein, wenn er sie schließlich erobern würde.
«Ich glaube kaum, daß sie dich mag, Nicky! Schau, wie kalt sie ist! Vielleicht sollten wir ihr einen anderen Liebhaber suchen, der sie für dich vorbereitet – was meinst du? Schade, daß Matt nicht da ist – er liebt mich bis zum Wahnsinn, aber ich glaube, er hätte nichts dagegen, sie auszuprobieren. Oder vielleicht sollten wir sie wirklich zuerst festbinden und schlagen. Beeil dich, Nicky! Bedien dich, ich habe sie noch nicht sich wehren sehen. Schließlich . . .»
«Schließlich was?»
Ginny hielt als erste den Atem an und riß die Augen weit auf. Toni Lassiter fuhr herum, und Nick Benoit stand wie angewurzelt da.
«Comanche!» Toni hauchte den Namen.
«Lassen Sie sich von mir nicht stören. Es scheint, als würden sich hier mindestens zwei Leute vergnügen.»
«Comanche», sagte Toni wieder, und dann, «Liebling – ich wußte, daß du auftauchen würdest. Und genau zur rechten Zeit. Ich brauche zur Abwechslung einen richtigen Mann um mich herum. Nicky meint zwar, er sei einer, aber er ist so langsam! Und schließlich stammt diese Idee ursprünglich von dir! Liebling, du bist doch nicht etwa böse, oder? Schließlich stand viel Geld auf dem Spiel, und du hättest das selbe auch getan, nicht wahr?»
«Vielleicht.»
Er hielt seine Daumen im Gürtel leicht eingehakt, aber er trug sowohl eine Pistole als auch ein Messer. Und sein Gesicht sah anders aus. Härter . . . War er in eine Schlägerei verwickelt gewesen?
«Siehst du, Nicky? Comanche trägt uns nichts nach.»
«Na», meinte er beiläufig und verächtlich, «ich bin schon einmal dran gewesen. Warum machen Sie nicht einfach dort weiter, wo Sie stehen geblieben sind, Benoit?»

«Du niederträchtiger, gemeiner Schuft!»
Ginnys Fluch war gegen Steve gerichtet, der nur dastand und zuschaute. Seine blauen Augen überflogen ihren Körper unverschämt, während er Nicholas Benoit ruhig einlud, sie weiter zu betätscheln.
Toni lachte schrill auf, Benoit griff nach Ginny und stieß sie rückwärts auf das Feldbett. Er meinte, sie sei wehrlos, weil Toni sie am Fuß angekettet hatte. Und während der ganzen Zeit hatte sie nicht versucht, sich zur Wehr zu setzen. Aber jetzt schlug sie mit einer Wucht, die ihn überraschte, ihr Knie in seine Rippen, während sie mit der Handkante gleichzeitig gegen seinen Adamsapfel schlug.
Nick Benoit stieß einen gurgelnden Schmerzensschrei aus und krümmte sich. Tonis schrilles Gekicher tönte in seinen Ohren.
«Armer Nicky!» Sie kennt alle Listen einer Hure, nicht? Bist du jetzt dran, Comanche, oder ich?»
«Nimm du sie dir vor, wenn du kannst. Aber nimm die verdammte Kette von ihrem Fußgelenk weg. Das solltest du nicht nötig haben, Messalina.»
Toni knurrte mit veränderter Stimme: «Leg dich auf den Rücken auf dieses Bett, du Hure, wenn du willst, daß dein Fuß freigemacht wird. Und versuch ja nicht, das zu tun, was du mit dem armen Nicky getan hast, sonst schlage ich dir die Zähne ein!»
Immer noch schwer atmend, aber ohne ein Wort zu sagen, denn der Ausdruck in Steves Augen hatte sie gewarnt, legte sich Ginny behutsam auf das Bett.
«Leg dich hin! Meinst du, ich traue dir?»
Ginny biß sich auf die Lippen. Ihr Knöchel schmerzte und pochte und war bereits angeschwollen. Toni nahm einen Schlüssel aus der Tasche ihres Reitkleides und beugte sich vor. Der Schlüssel klickte in dem unförmigen Vorhängeschloß, und dann war Ginny frei. Fast gleichzeitig fiel Toni vornüber.
Steve konnte sich so schnell und so ruhig bewegen, wie ein kämpfender Puma, und auch Ginny, die ihn unentwegt angesehen hatte, hatte kaum eine Bewegung wahrnehmen können, als seine Hand auf Tonis Nacken niedersauste.
Wie er zwanglos dastand und sie anschaute, hätte man meinen können, er hätte sich überhaupt nicht bewegt.
Ginny war jetzt plötzlich unsicher und wußte nicht mehr, was zu sagen sie sich vorgenommen hatte, wenn sie ihn wiedersehen würde; sie blickte ihn an und suchte in seinen Augen einen Funken von Gefühl. Aber sie waren kalt, hart und saphirblau – und vollkommen unergründlich.
Sie öffnete den Mund und wollte etwas sagen – irgend etwas, nur um das Schweigen zwischen ihnen zu überbrücken, da sagte er

glatt, mit einem Anflug von Spott in der Stimme: «Du liegst immer noch auf dem Rücken; ich glaube langsam, du hast dich auf das gefreut, was die beiden mit dir vorhatten. Leider habe ich gerade keine Zeit, dir diesen Gefallen zu tun.»
Ginny setzte sich eilig auf, und das Blut schoß ihr ins Gesicht. «Du ...»
«Wenn du mich noch einmal verfluchst, dann kriegst du dasselbe wie sie – und dazu noch einen Schlag auf dieses kleine, dreckige Maul. Und jetzt steh von diesem Bett auf, es sei denn, du willst auf Matt Carter warten. Und lege die Kette um ihren Knöchel. Los!»
In seinem Blick und in dem harten, beißenden Ton seiner Stimme war etwas so Gefährliches, daß Ginny fast den Mut verlor. Und schon als sie mit boshaftem Vergnügen das Vorhängeschloß zuschnappen ließ, das die Kette fest um Toni Lassiters Fußgelenk halten würde, war sie wieder wütend. Auf ihn und auf sich selbst. Obwohl – Gott sei Dank war er gekommen! Oder – dieser Gedanke ließ sie plötzlich erstarren – war sein plötzliches, rechtzeitiges Auftauchen wirklich ein Zufall gewesen? War es möglich, daß Steve ihre Entführung mit diesen Leuten zusammen geplant hatte? Was hatte Toni Lassiter gesagt? Und wenn sie es sich überlegte, so hatte sie den Mann nicht gesehen, der sie vom Pferd heruntergerissen, eine übelriechende Decke über sie geworfen und ihr seine Faust hart und schmerzhaft auf die Schläfe geschlagen hatte. Steve?
Sie sah auf, um etwas Böses und Anklagendes zu sagen, aber sie sah, daß er zu Nicholas Benoit hinübergegangen war, der immer noch wehleidig keuchte und sich die Rippen hielt.
«Nein!» murmelte Benoit jetzt, und er zwang sich, dieses Wort zwischen seinen steifen und kalten Lippen hervorzustoßen. «Um Himmels willen, Manolo – Toni sagte es ja, es war wegen des Geldes. Aber jetzt ... wir beteiligen dich, wenn du willst, wir werden ...»
«Ich habe mich schon beteiligt. Schließlich gibt man mir die Schuld an ihrer Entführung. Und ich habe nie gerne für etwas die Schuld übernommen, was ich gar nicht getan habe.»
Seine Augen blitzten kurz in Ginnys Richtung, und sie biß sich verärgert auf die Lippen. Was hatte er denn jetzt vor?
«Nein – nein, bitte nicht!» hörte sie Benoit plötzlich krächzen. Er versuchte vor dem Ausdruck, der plötzlich in diesen blauen, mitleidlosen Augen aufflammte, zurückzuweichen.
«Ich dachte, es sei an mir, zu kriechen, Richter.»
«Ich war es nicht. Es war Toni, sicher. O Gott!»
«Das tönte aber damals anders. Zwar bekam ich in meinem Zustand nicht mehr allzuviel mit, aber ich erinnere mich, daß Sie derjenige waren, der die Befehle erteilte.» Seine kalte, rauhe Stimme traf jetzt Benoits angeschlagene Nerven wie ein Peitschenhieb; der

letzte Rest seiner Selbstbeherrschung war dahin. «Um der Gerechtigkeit genüge zu tun, glaube ich, jetzt sollten Sie einmal spüren, wie es ist, gehängt zu werden.»
Benoit schrie auf; dann erstickte der Schrei, als er fühlte, wie sich das Seil in seinen Hals eingrub. Er keuchte und warf sich mit rollenden Augen hin und her. Er fühlte, wie er spielerisch und verächtlich halb durch den Raum getragen wurde. Dann wurde das Seil etwas lockerer, er stand da, schwankte, und versuchte, auf dem zerbrochenen, wackligen Stuhl das Gleichgewicht zu halten, auf den er gehoben worden war. In seinem Rücken wurden die Handgelenke gefesselt... Seine Knie waren so schwach, daß er sich kaum aufrecht halten konnte.
«Versuchen Sie lieber, so ruhig dazustehen, wie es nur geht, Richter. Der Stuhl sieht nicht allzu solide aus, aber es ist leider der beste, der in Tonis Verließ zu finden ist.»
Mit vor Entsetzen geweiteten Augen sah Ginny zu, wie Steve das andere Ende des Seils an einem Haken in der Wand festmachte und den Knoten prüfte, bevor er zurücktrat.
Sie fand endlich die Stimme wieder.
«Das kannst du nicht tun! Du kannst ihn nicht einfach so ersticken lassen! Was für eine Bestie bist du geworden!»
Seine Stimme war stählern und leise und sein Lächeln ein Grinsen – nur ein sarkastisches Verziehen seiner Lippen.
«Das herauszufinden, Puppe, wirst du genügend Zeit haben!»
«Wie – wie meinst du das?» Und dann, als Benoit wieder würgte und ächzend schluchzte, durchlief sie ein Schauer.
«O Gott! Wie kannst du so – so herzlos sein?»
«Ich könnte ihn töten. Aber ein Messer in seinem Fettwanst ist viel zu schnell und schmerzlos. Und so hat er eine Chance, durchzukommen. Matt Carter könnte zurückkommen.»
Da erinnerte sie sich, wo sie war, und wie sie hierhergekommen war. Und als Steve ihr Handgelenk ergriff, machte ihr das Flackern in seinen Augen plötzlich bewußt, daß sie unter ihrem zerrissenen Reitkleid halbnackt war.
«Anscheinend ist es eine Gewohnheit von dir, dir die Kleider vom Leibe reißen zu lassen, Ginny.» Und dann, mit härterer Stimme: «Was zum Teufel zögerst du noch? Ich habe schon genug Zeit verloren, um hierher zu kommen und dich zu suchen.»
Er begann bereits, sie hinter sich her zu ziehen, ohne zu beachten, wie sie vor Schmerz nach Luft schnappte, als sie ihr verletztes Fußgelenk belastete.
Wie hatte er wissen können, wo sie war? Wie kam es, daß er sich in Toni Lassiters Haus so gut auskannte? Das Erstaunlichste war, daß niemand versuchte, sie aufzuhalten. Tonis alter Diener, Henri,

machte sich mit abgewandten Augen auf und davon. Und draußen im Pferch waren Pferde, aber sonst niemand.
Ginny keuchte und schnappte nach Luft; die Haare fielen ihr ins Gesicht und raubten ihr die Sicht, und ihr Fußgelenk pochte schmerzhaft. Sie fragte sich, wo sein Pferd war. Sie konnte keinen Schritt mehr machen, aber sie hatte das Gefühl, er würde sie, wenn sie nicht mehr gehen konnte, einfach hinter sich her auf dem Boden schleifen, wie ein widerspenstiges Kalb. Wohin ging er mit ihr? Warum ließ er ihr nicht Zeit, Atem zu schöpfen?
Sie stolperte – fiel hin – und er riß sie nur gefühllos und ungeduldig wieder auf die Füße, eilte ungestüm weiter und machte Schritte, die für ihn angepaßt, für sie aber viel zu groß waren.
Zweige schlugen ihr gegen das Gesicht und die nackten Brüste und zerkratzten ihre Hüften schmerzhaft. Ginny schrie einmal auf, als ihr Fuß im breiigen Schlamm einsank, und sie aus dem Stiefel schlüpfte – und noch immer hielt er nicht an; auch nicht, als sie wimmerte, weil sich an ihrem nackten Fuß Blasen bildeten. Jeder Atemzug schien sie in der Lunge zu brennen – sie konnte einfach nicht mehr weitergehen; lieber sollte er sie dort lassen, wo sie hinfiel.
«Halt – halt!» Sie schlug mit ihrer freien Hand wild auf ihn ein, verlor das Gleichgewicht und fiel schluchzend auf die Knie; ihr heftiger Sturz ließ ihn einen Augenblick innehalten. Sie wollte hier liegenbleiben und sterben – es war jetzt alles einerlei. Warum ließ er sie nicht einfach hier? Wenn er sich die Mühe genommen hatte, sie zu retten, so nur, um sie zu bestrafen – aber wofür? Es war nichts von alledem ihre Schuld, nein, es war alles seine Schuld – wie wagte er es, sie so zu behandeln?
«Laß mich los!» Der Atem schmerzte sie im Hals und machte ihren Verzweiflungsschrei fast unverständlich. Dann hatte sie das Gefühl, der Arm würde ihr aus dem Gelenk gerissen, so grob und gefühllos zerrte er sie auf die schmerzenden Füße zurück.
«Noch nicht, Ginny. Oberst Belmonts Soldaten sind überall und machen auf uns Jagd; und ich habe keine Lust, Fragen vor einer vorgehaltenen Pistole zu beantworten. Los – vorwärts – oder ich werde dich auf deinem hübschen Gesicht hinter mir herziehen, wenn es sein muß.»
«Scheusal! Schuft!»
Er schlug sie, und der Schock des Schlages ernüchterte sie derart, daß sie in seinen Fußstapfen weitertorkeln konnte. Sie hatte den Geschmack von Blut im Mund, vermischt mit der Bitternis aus Wut und Verzweiflung.
«Du solltest dich ja auskennen, Kleine!»
Es schien, als hätte sich zwischen Steve und ihr der Kreis geschlos-

sen; als stünden sie wieder am Anfang. Sie erinnerte sich, wie er den Lauf seines Gewehres unter ihre Brust gedrückt hatte, um sie daran zu hindern, ihn zu verfluchen, auf diesem ersten, schrecklichen Ritt nach Mexico, und an die brutale Art, wie er sie danach behandelt hatte. Was hatte er jetzt mit ihr vor? Die Maske der Zivilisation war von ihm abgefallen, als hätte es sie nie gegeben, und er war jetzt wieder sich selbst – ein Wilder – eine Bestie, wie sie ihn früher genannt und was ihn jedesmal erbost hatte. Es war geradezu eine Überraschung, daß er sie noch nicht wie ein primitiver Höhlenmensch an den Haaren hinter sich her schleppte.

Einundsechzigstes Kapitel

Sie hatten endlich angehalten, um sich auszuruhen – um *sie* ruhig zu stellen, als wäre sie ein Pferd, aber weniger wichtig, dachte sie rebellisch; und sie fragte sich, ob sie jemals wieder genug Atem haben würde, um ihm zu sagen, was sie von ihm hielt.

Fast unmerklich war es finster geworden – oder waren es nur die Zweige, die sich über ihnen zu schließen schienen und das Licht und die Geräusche dämpften, bis auf das unaufhörliche Rieseln des Wassers?

«Die Hintertüre zu den Sümpfen», hatte er zuvor gesagt, mit jenem schleppenden, sarkastischen Ton, den er schon früher stets gebraucht hatte und der ihre Nerven reizte. «Der alte Indianerpfad . . .»

Sie waren wie in einen dunkelgrünen Käfig eingeschlossen, dachte Ginny, als sie den Kopf hob.

Als er sie endlich losließ, fiel sie dankbar der Länge nach auf den Boden, der hauptsächlich aus Moos und Schlamm zu bestehen schien. Für kurze Zeit war sie so erschöpft und atemlos, daß sie außerstande war, irgendeinen klaren Gedanken zu fassen. Jeder Knochen und jeder Muskel ihres Körpers schmerzte – und doch einige Augenblicke lang, als sie so dalag und von Schluchzern geschüttelt wurde, empfand sie nur Erleichterung. Erst dann drangen die Gedanken an die unangenehme Wirklichkeit langsam wieder durch ihre Betäubung hindurch. Warum hatte er sie hierhergeschleppt, anstatt sie nach Hause in Sicherheit zu bringen? Sie dachte an Nick Benoit, wie er mit einem Seil um den Hals dastand und würgte und um Gnade schrie, und ein kalter Schauer lief ihr den Rücken hinunter. Hatte sie vergessen können, wie kalt und erbarmungslos Steve sein konnte, und wie grausam? Sie hatte das Gefühl, er hätte sich in einen furchteinflößenden Fremdling verwandelt, den sie

überhaupt nicht wiedererkannte. Er war wieder der Mann, dem sie eines Nachts im Schlafzimmer der kleinen Hacienda gegenübergestanden hatte und der sie mit den bloßen Händen beinahe erwürgt hätte. Hatte er dies auch jetzt vor mit ihr, nachdem er sie mitten in diese feuchte Einöde geschleppt hatte, wo niemand sie, oder was von ihr übrigbleiben würde, finden könnte?
Nick Benoit hatte sich vor Angst geduckt und um Gnade gefleht. Aber sie wollte eher verdammt sein, als dies zu tun! Zum Teufel mit ihm! Sie war seine *Frau!*
Steve Morgan sah das Aufblitzen in Ginnys Augen, und wie ihr schmutziges und tränenüberströmtes Gesicht plötzlich starr wurde und Wut zeigte. Trotz ihres durchnäßten, halbnackten Äußern war sie doch noch fähig, Trotz zu zeigen. Und er begehrte sie noch. Ginny. Die grünäugige Füchsin. Die gefährliche Sirene. Seine verdammte, fatale Leidenschaft, trotz allem was sie getan hatte und was sie war.
Ginny konnte keinen seiner Gedanken in diesen leuchtenden, blauen, spöttischen Augen lesen, die sie von Kopf bis Fuß musterten.
«Nacktheit steht dir ebensogut wie deine ungewöhnliche Schweigsamkeit. Ohne Kleider und mit abgeschnittener Zunge wärest du beinahe eine perfekte Frau!»
Reine Wut verdrängte jetzt die Angst, und sie erhob sich auf Hände und Knie wie ein wildes Tier und verfluchte ihn auf französisch und mit Ausdrücken aus dem mexikanischen Dialekt, die sie als Soldadera aufgeschnappt hatte.
«Wie ich sehe, hast du überhaupt nichts dazugelernt während all der Monate, in denen du dich in Europa herumgetrieben hast – oder vielleicht hast du ganz einfach keinen Mann angetroffen, der weiß, wie man mit Frauen wie dir umgeht.»
«Du glaubst, es zu wissen?»
Ihre Augen blitzten ihn voller Wut und Haß an, aber er grinste nur unverschämt zurück.
«Ich weiß noch nicht, ob du mir diese Mühe überhaupt wert bist, Madam.»
«Madam. Warum . . .»
«Ich könnte dich auch anders nennen, aber das würde dir wahrscheinlich wenig gefallen.»
Diesmal war sie vorsichtig, als sie sich mühsam auf die Knie erhob und ihn anstarrte.
«Ich sehe, daß wir uns nichts mehr zu sagen haben», sagte sie kühl und gab sich dabei Mühe, würdevoll zu bleiben.
«Und wenn du mich genügend beleidigt hast, wirst du mich vielleicht zurückbringen.»

Er hob eine Augenbraue und starrte sie immer noch mit jenem neuen, unergründlichen Ausdruck an, den sie bereits zu hassen begann.
«Zurück wohin? Schließlich bist du immer noch meine Frau, ob uns das paßt oder nicht; und es scheint mir, du hast dir große Mühe gegeben, mich zu finden. Weißt du, Madam, ich frage mich, weshalb.» Der plötzliche, gefährliche Unterton in seiner Stimme ließ sie gegen ihren Willen erblassen.
«Ist es möglich, daß du noch letzte Überreste eines Gewissens hast? Oder wolltest du dich nur vergewissern, an wieviel – oder wie wenig – ich mich noch erinnere, bevor du deine eigenen ränkevollen Pläne in die Tat umsetztest?»
«Ränkevolle Pläne!» Ginny erhob die Stimme. «Du wagst es, mich zu beschuldigen, daß ich Ränke schmiede, während du ...»
«Du tätest besser daran, mir deine hysterischen Lügen und deine Vorwürfe zu ersparen, Ginny. Und da wir gerade bei diesem Thema sind», er machte eine kunstvolle Pause, und dann traf jedes Wort, glatt und leise, wie kleine Explosionen in die plötzliche Leere in ihrem Kopf. «Wie kommt es, daß du es vor einigen Monaten unterlassen hast, mir mitzuteilen, daß du Mutter werden würdest? Hieltest du diese Tatsache, über die sich die meisten Frauen außerordentlich freuen, für zu wenig wichtig und nicht erwähnenswert? Ich hörte, daß du – oder müßte ich sagen wir, da sie ja meinen Namen tragen – Zwillinge bekommen hast. Haben sie Namen? Und wie kommt es, daß du deine Mutterpflichten vernachlässigst, um dich in politische Intrigen einzumischen, die dich nichts angehen?»
Er wußte es also – er wußte es! Und wie lange schon? Warum quälte er sie?
«Was für eine Seltenheit, Madam, daß Ihnen die Worte fehlen. Nun?»
Reine Wut kam Ginny zu Hilfe, obwohl sie darauf bedacht war, den Abstand zu wahren, denn sie erkannte nur allzugut das gefährliche Glitzern seiner zusammengekniffenen Augen.
«Weshalb sollte ich mich rechtfertigen? Warum sollte ich versuchen, dir irgend etwas zu erklären, wo du doch schon beschlossen hast, von mir das Schlimmste zu denken? Ich verließ meine Kinder, ließ sie im Stich, wenn du so willst, weil ich närrisch genug war, mir um dich Sorgen zu machen, ganz besonders, nachdem mir Mr. Bishop einen Besuch abgestattet hatte! Aber du warst immer unvernünftig und ungerecht und ein – ein herzloses Scheusal dazu! Ich hätte wissen sollen, wie du reagieren würdest – daß du, wie immer, die ganze Schuld mir zuschieben würdest. Ich hätte wissen müssen, daß du die Dinge so verdrehen wirst, daß du keine Verantwortung zu übernehmen brauchst. Das war schon immer deine Stärke, Steve

Morgan! Es überrascht mich, daß du dich lange genug aus den Armen deiner Opernsängerin hast losreißen können, um herzukommen und mich zu suchen – oder kamst du wegen Toni Lassiter? Du und sie, ihr habt viele Gemeinsamkeiten! Und – und ...» Ginny atmete tief und keuchend ein, bevor sie fauchte: «Hätte ich doch jetzt nur ein Messer bei mir! Ich würde dieses Mal dein schwarzes, böses Herz bestimmt nicht verfehlen!»

«Weißt du, was schon immer dein größter Fehler war, und immer noch ist, abgesehen von deinem Talent zum Lügen? Du hast nie gelernt, welches der Platz einer Frau ist – und leider auch nicht, welches die Pflichten einer Ehefrau und Mutter sind. Es ist schade, daß ich nicht jene hübsche, kleine Anna Dos Santos geheiratet habe, nachdem ich schon so verrückt war, überhaupt zu heiraten.» Höhnisch fuhr er fort: «Sie ist wenigstens richtig erzogen worden, sie weiß, was sie zu tun hat, während du, Madam, jeden Mann, dem du begegnest, dazu einlädst, dich entweder zu vergewaltigen oder zu verführen. Ich bin sogar zum Schluß gekommen, daß du eine Frau bist, die man regelmäßig prügeln sollte! Mein Fehler war, dir viel zu viel Freiheiten einzuräumen.»

«Mir einzuräumen!» Ginny knirschte mit den Zähnen, und sie erstickte beinahe vor Ärger und Wut. Daß er es wagte, von ihr zu sprechen, als sei sie ein Stück Besitz, das er gegen seinen Willen erworben hatte. Daß er, nachdem er ihr alle Schuld zugeschoben hatte, sie hierher geschleppt und sie ungeachtet ihrer Schmerzen und ihrer Beschwerden, geschlagen und bedroht hatte ...

Er fuhr in demselben höhnisch-sarkastischen Ton weiter, als hätte sie nichts gesagt: «Und wenn ich dir noch eine Chance gebe, so ist es nur, weil ich mich bis zu einem gewissen Grade selber verantwortlich fühle. Aber nur eine einzige, ich warne dich, denn meine Geduld ist ziemlich am Ende!»

Und diesmal raste sie so vor Wut über seine Frechheit, daß sie sprachlos blieb – ihr Mund öffnete sich, und sie schnappte tonlos nach Luft. Sie hätte geschrien, wenn sie es vermocht hätte, um die Soldaten herbeizurufen. Ja, und Matt Carter dazu! Sie hoffte, sie würden ihn, ohne Fragen zu stellen, erschießen.

Sie sieht aus wie eine patschnasse, streunende Katze mit ihren feuerspeienden, grünen Augen, dachte Steve und fragte sich, ob er weit genug gegangen war. Als er dann ihre Entschlossenheit spürte, packte er sie am Handgelenk, gerade als sie herumwirbeln und weglaufen wollte.

So gefangen fiel sie gegen ihn, und einen Augenblick lang schien sie zufrieden, sich gegen seine Brust lehnen zu können; sie keuchte noch vor Wut und Anstrengung, und er dachte, er hätte sie gezähmt.

«Du tust mir weh!» flüsterte sie leise wimmernd, und dann, als sein Griff sich unwillkürlich lockerte, wurde sie zur Wildkatze – sie fauchte voller Wut und fuhr mit den Nägeln gegen seine Augen.
«Du Schuft! Hoffentlich gelingt es mir, dir die Augen auszukratzen!» Und sie hätte es vielleicht getan, hätte er seinen Kopf nicht instinktiv zur Seite gedreht. So gruben ihre Nägel häßliche Streifen auf sein Gesicht bis zum Hals hinunter und hinterließen blutige Spuren, während sie gleichzeitig nach seinem Messer griff.
Er hätte seinem Instinkt gehorchen sollen, sie nie zu unterschätzen! Aber jetzt war er genauso wütend wie sie. Diese kleine, bösartige Hexe!
Ginny fühlte die Wucht seines schweren Schlages auf ihren Arm vom Handgelenk bis zur Schulter hinauf. Sie schrie und schlug mit der freien Hand nach ihm; sie versuchte, ihr Knie hochzubringen, um ihn lähmen zu können.
Und wenn er mich umbringt, dachte sie, als er mit verächtlicher Leichtigkeit ihre beiden Handgelenke ergriff und sie brutal auf den Rücken drehte.
Ihr Schrei ließ ein paar Vögel über ihnen wild aufflattern; das Schlagen ihrer schweren Schwingen war fast so laut wie das Pochen ihres eigenen Herzens.
Solange er mich festhalten muß, kann er mich nicht am Schreien hindern, verdammt noch mal! dachte sie und schrie weiter. Er zog sie so nahe zu sich, daß sie sich nicht mehr rühren konnte – dann traf sie die Kraft seines Mundes stark und schmerzvoll.
Ginny wehrte sich immer noch und versuchte, nach ihm zu treten, aber die Falten ihres zerschlissenen Reitkleides behinderten sie; und schließlich fühlte sie, wie ihre Kräfte schwanden; ihr Kopf fiel zurück, und sie hörte ein summendes Geräusch im Kopf, während sie nach Atem rang.
Als er sie mit einem wütenden Stoß losließ, war sie halb ohnmächtig; sie fiel hin und versuchte vergeblich, sich mit den Armen aufzufangen. Ihre Lippen waren blutig und aufgesprungen, und das Atmen bereitete ihr Mühe.
Irgendwo in der Ferne aber glaubte Ginny einen Ruf gehört zu haben – und darauf einen Schuß, weit weg, aber deutlich. Das Echo verhallte wie schwacher Trommelklang über dem Wasser.
«Es hört sich an, als sei es dir doch noch gelungen, ihre Aufmerksamkeit zu erregen», hörte sie ihn zwischen zusammengepreßten Zähnen hervorstoßen. Dann wurde sie wieder auf die Füße gerissen. Er schüttelte sie, und seine Finger gruben sich dabei tief in ihre Schultern, ihr Kopf flog haltlos hin und her, und das offene Haar raubte ihr die Sicht.
«Was zum Teufel wolltest du damit erreichen? Wenn sie herumzu-

schießen beginnen, ist es sehr wohl möglich, daß auch du von einer verirrten Kugel getroffen wirst, daran hast du wohl nicht gedacht? Verdammt, Ginny ...»
«Laß mich los – laß mich los!» keuchte sie wild. «Warum läßt du mich nicht einfach hier? Lieber nehme ich es mit verirrten Kugeln auf als mit dir!»
Es war kaum zu glauben, aber war da nicht die Spur eines Lachens in seiner Stimme gewesen? Oder war es nur Wut?
«Mein Gott! Daß ich vergessen habe, was für ein Zankteufel du bist!» Und dann begann er sie wortlos wieder hinter sich her zu schleppen; er hielt nur einmal kurz an, um ihr das, was von ihrem Reitkleid übriggeblieben war, wegzureißen, während sie sich weiterhin wehrte und Widerstand leistete.
«Die Kleider kommen dir nur in die Quere – und du wirst ohne sie schneller vorwärtskommen, und vielleicht auch williger, meine Süße!»
Genau wie immer ... und nach einer Weile, als es zu dämmern begann und ihre wütende, rebellische Stimmung sich in Gleichgültigkeit verwandelte, merkte Ginny, daß sie an nichts anderes mehr denken konnte, als daran, einen Fuß vor den anderen zu setzen, während sie tiefer und tiefer in die Sümpfe eindrangen. Jetzt waren überall große Flächen Moos, das über ihr Gesicht und ihren zusammenzuckenden Körper streifte; darüber beugten sich wie böse, alte Hexen unglaublich knorrige Bäume und verbargen den Himmel. Sie hatte sogar vergessen, sich zu fürchten und zu fragen, wohin er sie führen mochte. Was machte das schon aus? Er führte sie ...
Er fand seinen Weg jetzt instinktiv, während Ginny an seinem Gürtel hing und die Füße nachschleifte; er führte sie zu der Insel in den Sümpfen, zu der Teresita ihn einst gebracht hatte.
Wie unberechenbar Steve war! Nachdem er sie so grausam und herzlos behandelt hatte, gab er ihr nun sein Hemd; während eines kurzen Haltes streifte er die viel zu langen Ärmel über ihre schmerzenden, steifen Arme. Schließlich waren sie in einem Gebiet angelangt, wo ihre Füße nicht mehr knöcheltief im Schlamm versanken, und wo es sogar einen notdürftigen, aus Zweigen gefertigten Unterstand gab; dort hinein trug er sie und schüttelte die Decken auf, bevor er sie hinlegte.
Betäubt dachte Ginny, wie still es hier war – die Schwärze der Nacht schien sie ganz zu umfangen. Und dann hörte sie mit der Zeit alle Geräusche des Sumpfes – das schrille Zirpen von Millionen von Grillen und das hohle Quaken der Ochsenfrösche; das sanfte Rieseln von Wasser, das irgendwo floß, und das Ächzen der gebeugten Bäume, die hier überall standen. Nächtliche Geräusche von nächtlichen Kreaturen, flüchtige Laute und leise quietschende

Töne; irgendwo ganz aus der Nähe ließ sie der räuberische Schrei einer Eule zusammenfahren, die auf eine Beute hinunterstieß. Die Sümpfe waren lebendig und wach – und als sich ihre Augen langsam an die pechschwarze Dunkelheit gewöhnten, konnte Ginny plötzlich die Sterne als winzige Pünktchen am nachtschwarzen, samtenen Himmel sehen. So hoch – so weit weg und so kalt und unpersönlich. Was hatte sie irgendwo gelesen? Daß jeder von ihnen ein selbständiger Planet war, eingehüllt in eine leuchtende, weit entfernte Einsamkeit – genau wie sie.
Ihre Gedanken schweiften umher; sie dachte an Hunger, Kälte und Erschöpfung. Nichts schien ihr mehr wirklich, nicht einmal ihre Anwesenheit. Ginny fühlte sich winzig, unbedeutend und verloren. Niemand würde sie vermissen – und niemand würde sie finden. Sie war einsam und verlassen und zu müde, um Angst zu empfinden; nicht einmal, als Steve zurückkam.
Er gab ihr etwas zu trinken, und gehorsam ließ sie das feurige, brennende Getränk die Kehle hinunterrinnen. Selbst wenn es eine Schale voll Gift gewesen wäre, sie hätte es genommen, ohne Fragen zu stellen oder sich Sorgen zu machen.
Sie hatte gefroren, und jetzt war ihr plötzlich warm; sie fühlte die Wärme seiner nackten Haut gegen ihre, wie seine Arme sie umfaßten und festhielten, ohne daß er ein Wort sagte. Die Zeit verging unmerklich, und all die Schranken, die die Vergangenheit und Worte zwischen ihnen errichtet hatten, fielen. Zu viele Worte! Was hatte er eines Nachts gesagt, vor langer, langer Zeit?
«Körperliche Wärme ist das Beste, um dich in einer Nacht wie dieser warmzuhalten, Kleines . . .» Und auch damals hatten sie nichts als eine dünne Decke gehabt, um sich zuzudecken – eine Decke, die irgendwann in der Nacht, viel später, hinunterfiel, als er sie liebte; ein Teil jenes Traumes, in den sie sich verirrt hatte.

Siebter Teil

Die brennende Flamme

Zweiundsechzigstes Kapitel

«Es ist zum Verrücktwerden, wenn Sie die nackte, unbeschönigte Wahrheit wissen wollen, Señor Ortega!»

Es war ungewöhnlich für Oberst Belmont, daß er so offen sprach. Als ein in West Point ausgebildeter Offizier und Diplomat hatte er die harte Schule der Armeepolitik durchlaufen und dabei gelernt, seine Meinung für sich zu behalten und nur das Nötigste zu sagen. Aber in diesem Falle – hatte er doch eben seine sonst so sachliche Frau in einem fast hysterischen Zustand zurückgelassen! Sie hatte gefragt, warum er nichts unternehme, um zu verhindern, daß er selbst und seine Männer zum Gegenstand des Gespötts würden.

«Zu denken, daß ein Mann allein uns so lächerlich machen kann – zu denken, daß du sie noch nicht gefunden hast – keiner von uns ist mehr sicher hier! Meine arme Ginny ... Rodney – tu doch etwas!»

Aber was um alles in der Welt sollte er tun? Auf eine Art waren seine Hände gebunden – wobei er das Persis nicht sagen konnte – sie hätte es nie verstanden!

Renaldo Ortega, von dem man hätte erwarten können, daß er am meisten besorgt und betroffen sein müßte, blieb ziemlich ruhig und vernünftig – wenn auch etwas nachdenklich. Oberst Belmont hoffte, er würde auch jetzt ruhig bleiben und etwas Licht in die geheimnisvollen Ereignisse bringen, die mit dem Telegramm von Jim Bishop aus Washington begonnen hatten. Bishop, der eine geheimnisvolle Organisation leitete, die dem Präsidenten der Vereinigten Staaten direkt unterstand, hatte darum gebeten, Mrs. Morgan und ihren Vetter höflich und rücksichtsvoll zu behandeln und ihnen Gelegenheit zu geben, alle lokalen Größen kennenzulernen. Zuerst hatte Belmont gemeint, die Dame selbst gehöre Mr. Bishops Organisation an, aber dann hatte ihm seine Frau, als eifrige Leserin der Gesellschaftsspalten in den Zeitungen, erklärt, daß Virginia Morgan die Gattin eines kalifornischen Millionärs und die Tochter von Senator William Brandon sei. Wozu war sie hierher gekommen? Wo war ihr Mann? Diese Fragen hatte sich Oberst Belmont von Anfang an gestellt, und sie verwirrten ihn je länger je mehr. Er hatte aber seine Vermutungen für sich behalten. Seine Pflicht war es, die gegebenen Befehle auszuführen und für Frieden zu sorgen. Aber seit dieser – dieser verdammte Indianer aufgetaucht war ... Und jetzt hatte er die unangenehme Aufgabe, Señor Ortega mitzuteilen, daß Mrs. Morgan in größerer Gefahr schwebte, als sie ange-

nommen hatten – daß Manolo neben seinen anderen Verbrechen auch noch einen Mord und eine Vergewaltigung auf dem Gewissen hatte. Wie sollte er es ihm sagen? Aber es blieb ihm angesichts Ortegas festem, fragenden Blick keine andere Wahl, als mit der Wahrheit herauszurücken.
«Leider weiß ich nicht genau, wie es passiert ist. Mrs. Lassiter war, was verständlich ist, ziemlich hysterisch; und Matt Carter, der ins Hauptquartier geritten kam, war reichlich aufgeregt. Mrs. Lassiter hat ein ziemlich weiches Herz, was bestimmte Männer betrifft. Große, gutaussehende und brutale Männer. Sie heuerte diesen Manolo an, ohne viel über ihn zu wissen, weil sie sagte, sie brauche einen guten Aufseher – einen starken Mann, der ihre Interessen vertrete. Und dies war, vergessen Sie das nicht, kurz nachdem ihr früherer Aufseher, dieser Billy-Boy Dozier, plötzlich auffallend schnell verschwunden war. In den Sümpfen verschollen, sagte man, aber ich habe die Geschichte nie geglaubt. Matt Carter platzte nun damit heraus, daß ihn Manolo bei irgendeinem Streit getötet hätte . . . aber das ist etwas, was wir noch nicht beweisen können.»
Renaldo Ortega hörte ungläubig zu, als Oberst Belmont mit der Geschichte herausrückte, die Matt Carter ihm keuchend und grün im Gesicht erzählt hatte.
«Zuerst konnte ich es kaum glauben! Der Mann muß ein Verrückter sein, dessen Geist gestört ist; er ist voller Haß und Mordlust. Er drang frech in Mrs. Lassiters Haus ein, wo sie sich mit ihrem Schwager in einem alten Keller aufhielt, den sie auf Feuchtigkeit hatten absuchen wollen. Soviel ich verstanden habe, hatte er sie des Verrates an ihm angeklagt – weil sie nicht für ihn eingetreten sei. Und dem Richter gegenüber war er sogar noch rachsüchtiger, denn er hatte ihm mit dem Henker gedroht.»
«Sie kennen Richter Benoit – nicht sehr groß und nicht an Gewalttätigkeiten gewohnt. Er wurde niedergeschlagen und dieser – dieser Wilde zwang sich Mrs. Lassiter auf; dann fesselte er sie an das Bett, und sie mußte zusehen, wie ihr Schwager sich langsam zu Tode würgte.»
«Wie bitte?»
Oberst Belmonts Züge wurden härter, und grimmige Linien gruben sich in sein Gesicht.
«Zu Beginn konnte ich diese Barbarei kaum glauben. Er stellte den Richter auf einen Stuhl mit einem Strick um den Hals, der mit einem Henkersknoten an einem Haken in der Wand hing. Er spannte den Strick immer wieder an. Und dann, als er dieses Spielchens überdrüssig war, stieß er den Stuhl beiseite. Und Mrs. Lassiter, die er geknebelt hatte, und der die eigenen Schmerzen fast die Sinne raubten, mußte zuschauen. Ich begreife ihr Entsetzen! Ich

war auch schockiert, und dabei habe ich einige häßliche Dinge erlebt während meiner Karriere. Ein Apache hätte nichts Schlimmeres tun können.»

Renaldo versuchte, sich zu beherrschen. Vernünftig zu denken. Esteban? Nein – bei all seiner Ungezügeltheit und seinem wilden Temperament, zu solchen Gewalttaten war sein Vetter nicht fähig! Und schon gar nicht, nachdem er schließlich sein Gedächtnis wieder hatte.

Renaldo war besorgt gewesen, als er hörte, daß Ginny vermißt wurde; und aus seiner Sorge war Angst geworden, bis die Lösegeldforderung eintraf. Dann hatte er gedacht, es handle sich um einen weiteren von Steves makabren Scherzen. Er hatte seine eigene Frau entführt – nun, die Beziehung zwischen ihm und Ginny war schon immer verrückt gewesen, und beide hatten stets versucht, einander zu übertreffen. Er hatte angenommen, daß den beiden diesmal vielleicht, nach dem üblichen Streit, bewußt würde, daß sie sich liebten. Aber *dies?* Was hatte Steve sich denn vorgestellt? Was wollte er erreichen?

Oberst Belmont hatte mit Toni Lassiter gesprochen, die in einem verdunkelten Raum darniederlag; und mit schwacher, zögernder Stimme hatte sie ihm bestätigt, was Matt Carter gesagt hatte.

«Oh, ich habe alles geprüft. Ich habe die Patrouillen verdoppelt, die ich in die Sümpfe sandte. Und – ich weiß nicht, wie ich Ihnen das sagen soll – einer von ihnen hat berichtet, sie hätten eine Frau mehrmals schreien hören, aber dann schienen die Schreie plötzlich abzubrechen. Und als sie schließlich an die Stelle gelangten, von wo vermutlich die Schreie gekommen waren, fanden sie nichts. Nichts außer . . .» Oberst Belmont räusperte sich, und dann – fast wie ein Zauberer, der einen Hasen aus seinem Hut hervornimmt, warf er ein notdürftig zusammengeschnürtes Paket auf den Tisch zwischen ihnen. «Einer meiner Männer fand es. Erkennen Sie es, Señor?»

«Es ist – oder es war – Ginnys Reitkleid. Dasjenige, das sie getragen hatte, als . . .» gegen seinen Willen stockte Renaldos Stimme. Die Zusammenhänge waren natürlich offensichtlich. Aber, o Gott!

«Sie werden jetzt verstehen, weshalb ich so besorgt bin. Die Frage ist nun, was soll ich unternehmen? Der Sheriff vom Ort hat eine Schar Leute zusammengesucht, und sie werden die Sümpfe absuchen. Aber die Indianer werden ihnen nicht weiterhelfen, denn sie halten diesen Mann für einen der ihren. Und ich habe Angst, daß, wenn meine Leute ihm zu nahe kommen, er . . . ich habe natürlich Mr. Bishop ein Telegramm geschickt. Aber es könnte einige Zeit dauern, bis ich von ihm höre. Und in der Zwischenzeit – sie sehen, in was für einer zwiespältigen Lage ich bin!»

Und jetzt war auch Renaldo in einer zwiespältigen Lage. Wieviel durfte er Oberst Belmont sagen, einem aufrechten Mann, der nur an seine Pflichterfüllung dachte? Und auch wenn er dem Obersten einen Teil der Wahrheit sagte, würde er dann nicht verständlicherweise verärgert sein? Und vor allem, was konnten sie tun? Schuldbewußt dachte Renaldo an Missie, die die Wahrheit noch immer nicht kannte. Und jetzt führte ihr eigener Bruder eine Schar Leute an, die Steve zur Strecke bringen sollten. Er traute Matt nicht, der von Toni vollkommen betört war – und Toni schon gar nicht. Aber wie konnte er das Missie beibringen, oder dem Obersten?

Was weder Renaldo noch der Oberst wissen konnten, war, daß sich Toni selbst zur Hetzjagd gesellt hatte; sie hatte ihre eigenen Gründe.

«Wir müssen sie finden, Matt! Und ihnen das Maul stopfen, Matt! Nach dem was er getan hat . . .»

«Hör zu, Liebling. Ihm schneide ich persönlich das Herz aus dem Leibe. Aber sie – warum müssen wir sie töten? Sie ist eine Frau – und meine Schwester wird ihren Vetter heiraten. Wenn es eine Möglichkeit gibt . . .»

«Aber es gibt keine andere Möglichkeit, Matt – siehst du das denn nicht ein? Sie kann Dinge über uns auspacken – über dich! Sie weiß, daß du sie entführt hast – Nick hat es ihr gesagt; er prahlte damit. Und wenn sie das sagt – das verstehst du doch sicher? Wir müssen sie vor allen anderen finden. Du mußt mir helfen, Matt. Ich – ich vertraue dir! Und du weißt, wie sehr ich dich brauche.»

«Ich werde sie finden», versprach Matt verbissen und verdrängte jeden anderen Gedanken außer Toni, und wie sie gesagt hatte, sie brauche ihn und vertraue ihm. Er kannte einige Indianerpfade, da er ja nur zu lange in den Sümpfen versteckt gelebt hatte. Pa – Missie – er durfte nicht an sie denken. Wie es in der Bibel hieß, wenn ein Mann eine Frau nahm, dann kam sie an erster Stelle, vor allen anderen. Und Toni war seine Frau. Ob sie gut oder schlecht war, er wollte sie. Er würde alles tun, um sie zu halten.

Jetzt gab es also drei verschiedene Suchtrupps, die wie tastende, ausgebreitete Finger einer Hand tief in die Sümpfe vordrangen. Aber die Sümpfe mit all den Nebenarmen erstreckten sich bis zur Grenze nach Louisiana und noch weiter. Wie Matt genau wußte, gab es kein besseres Versteck für jemanden, der nicht gefunden werden wollte. Aber wie weit würde Manolo laufen, und insbesondere mit einer Frau im Schlepptau?

«Bist du verrückt geworden? Wie lange, meinst du, wird es dauern, bis sie dich gefunden haben? Und wenn es soweit ist, dann hoffe ich ...»
«Daß du das Glück haben wirst, Witwe zu werden? Darauf würde ich nicht zählen, meine Liebe.»
Ginny biß sich auf die Lippen, als sie sah, wie in Steves Augen die teuflischen, blauen Lichter zu tanzen begannen. Warum mußte er darauf bestehen, ein gefährliches Spiel zu spielen? Warum spielte er mit ihr?
Er hatte sie während der Nacht gewärmt; er hatte sogar Zärtlichkeit vorgegeben. Aber nur, um sie in falscher Sicherheit zu wiegen, dachte Ginny jetzt und wischte sich wütend eine Haarsträhne aus dem Gesicht. Als der Morgen kam, war er wieder genauso kühl und sarkastisch wie immer zuvor. Sie konnte weder ihn noch seine Beweggründe verstehen, außer dem einen – er wollte ihren Willen brechen; aber sie würde es nicht zulassen! Die Demütigungen und die bitteren, sarkastischen Worte des vergangenen Tages waren in ihr noch genauso lebendig wie die Erinnerungen an die Art und Weise, wie er sie behandelt hatte. Nein, diesmal würde sie ihm nicht vergeben. Sie haßte ihn. Sie sagte es ihm, und er lachte nur.
«Mein Gott – wie vertraut das klingt! Wie viele Male hast du mir das schon gesagt, Ginny?» Seine Augen verengten sich. «Forderst du mich auf, das Gegenteil zu beweisen?»
«Nein!» sagte sie allzu schnell und verriet sich damit. «Warum sollte ich dich denn dazu auffordern? Solange du mein Mann bist, wirst du mich nie zu deiner Sklavin machen. Da ich offensichtlich als Gattin deinen Erwartungen nicht entspreche, warum bist du dann nicht vernünftig und machst dieser dummen Farce ein Ende? Was willst du denn beweisen?»
Mit einer überraschenden Bewegung kauerte er sich neben sie nieder und nahm ihr die Tasse Kaffee aus ihren widerstrebenden Fingern.
«Verdammt, wenn ich es nur wüßte! Warum bist du so weit gegangen, Ginny?»
«Wie meinst du das?»
«Fasse es auf, wie du willst. Was zwingt dich, zu tun, was du tust?»
Sie blickte ihn mürrisch und mißtrauisch an. Welche Beichte wollte er jetzt aus ihr herauspressen? Schreckte er denn vor gar nichts zurück, um sie zur Unterwerfung zu zwingen?
Der Morgen war eine Fortsetzung des Alptraums von gestern; und er überschattete das, was in der Nacht gewesen war, als es ihr schien, als sei die Zeit stehen geblieben. Sie wußte, daß er stärker war als sie – er hatte es bewiesen, und ihr Körper schmerzte noch immer. Es gab keine Stelle auf ihrer Haut, die nicht voller Schram-

men und Flecken war, dachte sie grollend. Und jetzt änderte er seine Taktik und versuchte, sie zu entwaffnen.
Sie sieht aus, wie eine in die Enge getriebene Füchsin, dachte Steve belustigt, und er fragte sich das selbe, das sie ihn vor wenigen Augenblicken gefragt hatte. Was wollte er eigentlich beweisen? Und wann hatten sie die Fähigkeit verloren, miteinander zu sprechen?
Verdammt! Warum wollte sie nicht nachgeben? Warum konnte sie ihr Herz nicht hingeben wie ihren Körper? Das war es, was mit Ginny los war. Sie konnte geben, ohne nachzugeben. Sie war die einzige Frau, deren er nie ganz sicher sein konnte; und genau aus diesem Grunde ließ sie ihn seine Selbstbeherrschung verlieren. Seit je.
Als er in ihr rußiges, zerkratztes Gesicht blickte, mit diesen katzenhaft schrägen Smaragdaugen, das ihn in so vielen Träumen und Alpträumen verfolgt hatte, überkam ihn mit einem Schlag die Erkenntnis, daß er sie liebte. Trotz allem – obwohl er der größte Narr war. Nicht aus Rache war er so weit gegangen, sondern aus Liebe. Und er hatte nicht im Sinn, sie aufzugeben.
Ginny – die für all diese gaffenden Gesichter in Vera Cruz tanzte, wie sie die Augen weit aufriß, als sie ihn erkannte. Ginny – die ein Messer an seine Kehle setzte und mit leiser, sachlicher Stimme fragte: «Du bist mein Mann, Steve. Und du schuldest mir ein paar Rechte . . .» Und das allererste Mal, als er sie genommen hatte, eine Jungfrau, die zitternd in seinen Armen gelegen und geflüstert hatte: «Ich weiß nicht, was ich tun – oder was ich fühlen muß . . .» Sie war ihm unter die Haut gekrochen schon beim ersten Mal, als er sie geküßt hatte, die kleine Hexe! Und wenn er ihr absichtlich weh getan hatte, hatte er sich stets überwinden müssen. Warum mußte er das immer wieder aufs neue entdecken?
Fast unmerklich änderte sich die Art, wie er sie anschaute, und seine blauen Augen wurden dunkler. O Gott, dachte Ginny wütend, warum muß er mir das antun?
Der Kaffee schwappte über und löschte das kleine Feuer, das sie mit soviel Mühe unter seiner spöttischen Aufsicht gemacht hatte.
«Ginny . . .»
Da war ein Augenblick, als er eine Bewegung auf sie zu machte, da hatten sie beide das Gefühl, sie seien eben daran, etwas Neues zu entdecken.
Und schon war dieser Augenblick verdrängt – vom leisen Zwitschern eines Vogels, das von irgendwo links herkam. Steve hielt mitten in der Bewegung inne, und sein Körper spannte sich.
«Was ist?» Ginnys Herz pochte immer noch laut und schwer, und ihre Stimme tönte atemlos.

Er war bereits auf den Füßen – eine schnelle, geschmeidige Bewegung – wie ein Leopard, dachte sie und starrte ihn weiterhin an.
«Ich glaube, wir haben Gesellschaft. Aber noch nicht in unmittelbarer Nähe.» Er schaute sie gedankenverloren an, und sie hatte das Gefühl, er sähe sie gar nicht richtig. «Dieser Ort ist jedenfalls schwierig zu finden. Es gibt nur einen sicheren Pfad, und der ist eng und beschwerlich. Ein Schritt daneben, und . . .»
Er mußte seinen Satz nicht beenden. Ginny erschauerte, als sie daran dachte, daß er sie über eben diesen engen Pfad geführt hatte, und zwar bei Nacht, im schwachen Licht der Sterne, das ihm den Weg wies. Sie erinnerte sich an den zähflüssigen Schlamm, der an ihrem Fuß saugte, als sie mehrere Male ausgeglitten war, und aus ihrem Schaudern wurde ein Zittern. Was könnte schrecklicher sein, als auf diese Art zu sterben; im Schlamm zu versinken und zu fühlen, wie er einem die Kehle, die Augen und die Nasenlöcher verstopfte. Aber er hatte sie indessen sicher hierher gebracht. Warum? Steve – der Fremde und Geliebte, in dessen Armen sie so manche Nacht verbracht hatte. Wütend, zärtlich, verletzend und sanft. Was wollte er wirklich von ihr?
Ihre Augen trafen sich und hielten einander fest; dann aber, als wolle er absichtlich verhindern, daß sich zwischen ihnen ein Gefühl breitmachte, sagte er schroff: «Du bist kaum angezogen für einen Besuch, meine Süße. Geh lieber hinein und warte auf mich. Und ich gebe dir ein Gewehr. Du hast doch nicht vergessen, wie man damit umgeht, oder?»
Sie beachtete den Anflug von Sarkasmus in seiner Stimme nicht.
«Wohin gehst du?»
«Ich wurde noch nie gerne gejagt», sagte er kurz. «Wenn schon, dann bin ich der Jäger.»
«Nein!» sagte sie mit einer Heftigkeit, die sie selbst am meisten überraschte.
«Ginny!» Ein warnender Unterton war jetzt in seiner Stimme. «Ich habe nicht im Sinn, mit dir hier zu streiten!»
«Dann verschwende also deine Zeit nicht. Ich komme mit dir.» Sie wollte sich erheben, und automatisch reichte er ihr die Hand, um ihr zu helfen. Sie klammerte sich an seine Finger und ließ sie nicht mehr los; dieselbe Starrköpfigkeit, an die er sich noch so gut erinnerte. «Steve – begreifst du denn das nicht? Ich habe es satt, immer zurückgelassen zu werden, um zu warten. Du wolltest eine indianische Squaw aus mir machen; folgten nicht die Frauen der Comanchen ihren Männern und kämpften an ihrer Seite, wenn es sein mußte?»
«Du verrücktes, verantwortungsloses, unberechenbares Weib!»

Aber er sagte es weich und fast ungläubig. «Kannst du mir sagen, warum zum Teufel ich dir trauen soll, nach all den Streichen, die du mir schon gespielt hast?»
Sie schüttelte den Kopf. «Nein, das kann ich nicht. Es sei denn – müssen wir uns nicht irgendwann einmal dazu entschließen, uns gegenseitig zu vertrauen? Oder – oder aufzugeben?»
Das war es – die entscheidende Herausforderung, die entscheidende Frage. Und sie, nicht er, hatte sie zwischen ihnen aufgeworfen, mit hochgerecktem, trotzigem Kinn, das er nur zu gut kannte. Ohne ein Wort streckte er die Hände aus und knöpfte sein Hemd, das sie immer noch trug, bis oben zu, wobei seine Finger ihre Haut streiften.
«Steve . . .!»
«Comanchen-Squaws gehen leise und sprechen nur, wenn sie aufgefordert werden. Und sie rennen nicht halbnackt herum. Versuch dir das vor Augen zu halten, du unmögliche Frau!»

Dreiundsechzigstes Kapitel

Am Anfang war es für Missie schwer zu verstehen. Und noch schwerer für Renaldo, es zu erklären.
«Manolo ist dein Vetter? Und ihr – und Ginnys Mann? Aber warum . . .»
«Dahinter steht eine sehr lange Geschichte! Willst du sie wirklich hören, Melissa?»
«Ich liebe es, wie du meinen Namen sagst! Als wäre es Spanisch. Ich liebe auch den Klang deines Namens, Renaldo. Warum siehst du so besorgt aus? Wenn das alles ein großes Geheimnis war, dann ist es doch klar, daß du mir nichts sagen konntest! Aber es tönt wie . . .», sie errötete schuldbewußt, und dann, als er ihre Hand ergriff, lachte sie kurz und fuhr dann weiter, «es tönt wie ein Roman! Die Art, die ich früher die ganze Zeit las. Bist du sicher, daß du es mir erzählen willst?»
«O Dios!» Er ertappte sich dabei, daß er schüchtern ihre Hand drückte. «Natürlich will ich es dir erzählen; das wollte ich schon von Anfang an, nur wußte ich nicht wie.»
Sachlich sagte sie: «Ich dachte, ich sei in ihn verliebt. Aber das war wegen der Geschichten, die mir Renate immer erzählt hat – und die ich auch gelesen habe. Sie sind nicht wahr, keine davon, das weiß ich jetzt.» Sie errötete. «Ich glaube, er hat mir geholfen, das herauszufinden. Bist du mir böse?»
«Du gleichst ihm nicht», sagte Missie und lächelte. «Weißt du was?

Ich bin froh darüber. Er ist wie ein Wirbelwind – aus der Ferne gesehen ist er schön und wild, aber wenn er sich nähert . . .»
Schließlich erzählte er ihr alles, und sie hörte ihm zu. Ihr kleines, schmales Gesicht war dabei beinahe feierlich.
Und dann, als er zu Ende war, sagte sie nüchtern: «Aber ich sehe nicht, was du sonst noch tun kannst! Und ich glaube nicht, daß er den armen Onkel Nick getötet hat. Ich glaube, es war Toni. Und sie will nicht, daß es jemand weiß. Oh – Matt ist so dumm! Wieso mußte er es mit ihr aufnehmen? Übrigens ist sie überhaupt nicht krank, ich sah sie mit Matt in die Sümpfe reiten, und ich fragte mich, was sie vorhatte. Sie hat Matt um den kleinen Finger gewickelt, weißt du. Und ich mache mir Sorgen um ihn, nur kann ich es Pa nicht sagen, auch Hank und Joe nicht – weil ich mich nicht mehr mit Pas altem Fernglas davonmachen sollte. Ich soll mich wie eine Dame aufführen, damit du deine Meinung nicht änderst.»
Renaldo erklärte Missie ausführlich, daß er seine Meinung über sie nicht ändern wolle und würde. Wie könnte er auch? Er liebte sie.
Beide brauchten etwas Zeit, um in die Wirklichkeit und in die Gegenwart zurückzukehren. Und dann erinnerte sich Renaldo, daß Matt doch eigentlich die Truppe des Sheriffs hätte anführen sollen.
«Dieser alte Sheriff, Arnett? Der findet nichts in den Sümpfen, außer vielleicht Alligatoren», meinte Missie verächtlich. «Und die Indianer werden weder ihm noch seiner dummen, alten Truppe weiterhelfen. Sie sind Manolos Freunde. Ich meine – oh – es ist alles so verwirrend! Ich kann mich nicht daran gewöhnen, daß er gar nicht Manolo heißt! Aber die Indianer würden ohnehin nicht helfen; sie kümmern sich nicht um fremde Angelegenheiten. Und wenn Schwierigkeiten im Anzug sind, dann verziehen sie sich nur noch tiefer in die Sümpfe. Nur Matt kennt einen Teil ihrer Geheimpfade. Früher pflegte er . . .»
Sie brach plötzlich ab und riß die Augen weit auf, als sie den Ausdruck in Renaldos Gesicht sah.
«Ich dachte, dein Bruder führt die Schar des Sheriffs an», sagte er angespannt, aber sie schüttelte den Kopf.
«Ich sagte dir doch – ich sah ihn allein mit Toni davonreiten. Sie hatte ein Gewehr bei sich, wie ein Mann. Und Matt hatte ein Jagdgewehr . . .»

Matts Jagdgewehr schien plötzlich an seiner Hand festzufrieren, und der Lauf zeigte nach unten.
«Ich will dich nicht töten, Matthew», sagte die kalte, leise Stimme hinter ihm. Matt, der sie erkannte, erstarrte unwillkürlich und war vor Schreck fast gelähmt.

Es war Toni, in ledernen Reithosen und einem aprikosenfarbenen Hemd, die sich schnell umdrehte.
«Comanche! Comanche, wir suchten dich, wir wollten dich warnen.»
«Bestimmt wolltet ihr das. Und rühr die Pistole nicht an, Toni.» Mit entblößter Brust sah er wirklich wie ein Indianer aus, bis auf seine spöttischen, blauen Augen, die aus einem sonnenverbrannten Piratengesicht leuchteten.
«Aber Liebling, warum sollte ich denn? Du warst zwar gestern sehr garstig, aber ich habe dir verziehen. Ich nehme an, du mußtest abrechnen. Und du nahmst sie als – als Sicherheit mit, oder? Ich habe dich immer für klug gehalten. Und ich habe versucht, das auch Nicky verständlich zu machen, aber er wollte nicht hören. Armer Nicky!»
Toni seufzte, aber ihre feuchten, rosigen Lippen lächelten herausfordernd und leicht schmollend. «Es war wirklich ein Fehler, ihn zu töten, Comanche. Obwohl du deine Gründe hattest. Sheriff Arnett ist mit einer Truppe hinter dir her, und auch Oberst Belmont sucht dich mit seinen Blauröcken. Matt und ich dachten, du solltest gewarnt werden, nicht Matt?»
«Matt, du läßt deine Flinte fallen bevor du dich umdrehst – und zwar langsam.»
Wenn ich ihn nicht erwische, dann erwischt ihn Toni, dachte sich Matt. Die Art, wie sie mit Manolo gesprochen hatte, gefiel ihm nicht; dieser zärtliche Tonfall in ihrer Stimme, als sie ihn «Comanche» und «Liebling» genannt hatte. Sie spielte ein Spiel – sie täuschte natürlich etwas vor. Und es war an ihm, seinen Mann zu stellen und sich um sie zu kümmern; um das zu tun, wozu sie hierher gekommen waren.
«Aber warum denn so mißtrauisch, Liebling», schnurrte Toni, brach aber plötzlich ab und schnappte vor Schreck und Wut nach Luft.
Steve drehte sich nicht um, er wußte, daß Ginny an seine Seite getreten war; und zweifellos kribbelte es ihr in den Fingern vor Begierde, Toni die Augen auszukratzen. Er hatte ihr gesagt, sie solle verborgen bleiben – aber Ginny war ja nie besonders folgsam gewesen.
Genau in diesem Augenblick handelte Matt Carter. Er wirbelte herum und hob seine Flinte hoch. Sie barst in seinen Händen und lähmte sie. Er schaute sich ungläubig um und wunderte sich, daß er noch am Leben war, während Toni schrill ausrief: «Comanche! Nein – töte mich nicht! Es war Matt! Er war immer eifersüchtig auf dich, weil er mich wollte. Aber du weißt ja, daß ich dich wollte, weil du schlau bist, und er – ein dummer Ochse! Das verstehst du

doch, nicht wahr, Comanche? Wir sind beide gleich, du und ich. Du hättest genauso gehandelt wie ich! Warum bringst du ihn nicht um? Und sie damit? Dann müssen wir uns um niemanden mehr Sorgen machen, und wir werden allein sein, du und ich. Wir erfinden eine Geschichte für den Obersten und dann – und dann wird uns halb Texas gehören! Nicky hat zwar mit jenen Engländern einiges verpfuscht, aber ich kann es wieder gut machen. Ich brauche dich, Liebling! Ich hatte schon immer einen starken Mann nötig, das weißt du!» Ihre Stimme wurde noch schriller. «Comanche! Worauf wartest du noch? Töte sie! Es ist die einzige Möglichkeit!»
Es schien, als würden alle wie angefroren warten. Matt Carters Gesicht war unter der Sonnenbräune blaßgrau geworden, als er Toni anstarrte – seine Hände hielt er noch immer vor sich ausgestreckt, als hielte er noch sein zerbrochenes, rauchendes Gewehr.
«Ja – was wirst du tun, *Liebling?*» Ginnys Stimme war voller Sarkasmus; sie stand breitspurig da und starrte Toni an. «Ich glaube, ihr beide habt tatsächlich vieles gemeinsam, wie sie eben sagte. Wirst du mich abknallen? Und den armen, verwirrten Matt Carter auch? Wahrscheinlich wäre es für dich ganz nützlich. Hast du diesen Plan mit deiner Opernsängerin ausgeheckt? Und weiß diese Hure, daß sie eine Rivalin hat?»
«Wovon spricht sie? Stopf ihr das Maul, Comanche, sie ist verrückt! Töte sie! Ich möchte gerne zusehen.»
«Wie würde es dir gefallen, wenn dein blasses Milchgesicht von einem Messer zerschnitten würde? Ramera – billige puta!» fluchte Ginny mit flammenden, grünen Augen.
«Ginny, sei still. Ich dachte, du wolltest dich wie eine Comanchen-Squaw benehmen?»
«Oh!» Ihr Atem zischte zwischen den Zähnen hindurch – und zum Teil war sie auch deshalb wütend, weil Steve seine Augen nicht von Toni abwandte, während er seine Pistole immer noch fast nachlässig in Hüfthöhe hielt.
«Comanche! Wenn du mich willst!»
«Ich will dich nicht, Toni; ich habe dich nie gewollt, wenn ich mir auch seinerzeit genommen habe, was du mir angeboten hast, weil es mir gerade paßte.»
Toni sperrte ihre Bernsteinaugen ungläubig auf, als sie sah, wie seine Lippen sich zu einem spöttischen, unangenehmen Grinsen verzogen, während er in einem gleichgültigen Gesprächston weiterfuhr. «Es gibt nur eine Frau, der es je gelungen ist, mir unter die Haut zu gehen; und ich bin mit ihr verheiratet. Wenn ich mich auch hie und da frage, warum», fügte er zähneknirschend bei.
«Verheiratet? Worüber sprichst du? Doch nicht über sie – ihr Mann ist . . .»

«Steve», sagte Ginny mit kalter, klarer Stimme, «warum verschwenden wir unsere Zeit mit Erklärungen?» Sie war nur mit seinem alten Hemd bekleidet; trotzdem gelang es ihr, hochmütig zu wirken, so teuflisch wild sie auch aussah!
Matts Augen wanderten von einem zum anderen und ruhten am längsten auf dem Mann, den er als Manolo gekannt hatte.
Es war Toni, die mit verzerrtem Gesicht als erste reagierte: «Du dreckiger, gemeiner – hörst du, was sie vorhaben, Matt? Matt! Tu etwas!»
Als er nicht antwortete, wurde ihre Stimme zu einem halbtollen Kreischen, und ihre Lippen entblößten ihre kleinen, spitzen Zähne. «Weißt du nicht mehr, wie man sich als Mann benimmt, Matt? All dies haben sie miteinander ausgeheckt, sie – bring sie um, verdammt, du großer, einfältiger Hornochse, sonst tu ich es!»
«Ich wäre froh, wenn ich einen Vorwand hätte, dieses Gewehr gegen dich zu benutzen», sagte Ginny scharf; und sie sah, wie Toni Lassiters gekrümmte Finger mit Nägeln wie Krallen sich der Waffe näherten.
Verachtungsvoll glitten Steves Augen über Toni hinweg zu Matt hinüber, der mit einem betäubten Gesichtsausdruck wie vom Donner gerührt dastand.
«Willst du gegen mich kämpfen, Matt? Oder gehen wir getrennte Wege?»
Er blinzelte, als hätte der schwache Sonnenstrahl, der eben durch die ineinander verschlungenen Äste über ihnen gedrungen war, ihn geblendet.
«Du wirst nicht weglaufen! Sie müssen *sterben*, Matt!»
«Genauso wie du noch vor einer Minute wolltest, daß er *mich* tötet?»
Toni hatte sich halb umgedreht, um flehend in Matts Gesicht zu blicken und streckte nun die Hand nach ihm aus – oder nach der Waffe, die er im Gürtel trug? Im nachhinein dachte Ginny, alles wäre zu plötzlich, zu schnell geschehen. Sie machte eine unwillkürliche Bewegung zu ihrer eigenen Waffe und fühlte, wie sich Steves Finger fest um ihr Handgelenk schlossen. Und gleichzeitig schlug Matt Carter Toni heftig ins Gesicht; die ganze Kraft seines schweren, haarigen Armes war hinter diesem Schlag.
Der Laut, den Toni von sich gab, war kein Schrei, sondern eher ein hohes, quäkendes Winseln. Ihre Nase und ihr rosiger, schmollender Mund verschwanden unter einem Schwall Blut, als sie rückwärtstaumelte – wie eine Marionette, deren Fäden plötzlich durchtrennt waren, dachte Ginny angeekelt; sie versuchte, die Laute nicht zu hören, diese schrecklichen, tierischen Laute, die die Frau von sich gab, als sie versuchte, wieder zu schreien und dabei am eige-

nen Blut würgte. Dann fiel sie hin mit einem schweren, dumpfen Schlag – ihr sich windender Körper zerdrückte im Fallen die dicht ineinander verwachsenen Wasserhyazinthen und Gräser.
«Steve – o Gott!»
Matt Carter wandte sich um, ganz sachte, seine Augen waren blutunterlaufen und er sah immer noch benommen aus.
«Du überläßt sie mir, ja? Sie ist mein – schlecht oder gut –, sie ist meine Frau!»
«Aber dies ist Sumpfgelände! Der Boden ist wirklich nicht fest genug, und sie ...»
Matt blickte Ginny nicht an. Und er schaute auch Toni nicht an; er schien nicht einmal die Laute wahrzunehmen, die aus ihrem zerschmetterten, blutigen Gesicht kamen. Er hatte den halb irren Blick eines Mannes, der soeben miterlebt hat, wie seine ganzen Luftschlösser in sich zusammenfielen, der aber noch immer nicht von ihnen lassen konnte.
«Du überläßt mir, was mir gehört!» sagte er noch einmal und seine Stimme tönte heiser. «Und ich bürge für das, was mir gehört. Sie tötete Nick – das wußtest du nicht, oder? Sie stieß mit dem Fuß den Stuhl unter ihm weg, während er immer noch weinte und jammerte, und sie stand lachend da, und er – o Gott! Siehst du nicht, wie es war? Sie wollte – sie wollte *dich* dafür büßen lassen. Ich sagte den Soldaten schon, du seist es gewesen. Aber sie mußte zuerst dich und die Frau finden, um sicher zu sein ... Sie ist wirklich schlau für eine Frau! Ein Gehirn, und dazu diese Schönheit – o Gott, sie ist so hübsch, so ...», seine Stimme brach ab, und mit einer Art Knurren sagte er plötzlich: «Geht jetzt. Weil ich sie retten will, begreifst du? Ich werde mich um sie kümmern – niemand wird sie mir wegnehmen.»
«Matt!», man hörte das scheußliche Krächzen, das einmal Toni Lassiters Stimme gewesen war. «Matt, hilf mir! Matt ...»
«Siehst du? Sie braucht mich. Mich braucht sie, sie hat es mir gesagt. Sie meinte diese Dinge gar nicht, die sie in der Wut sagte, ich bin es, den sie will. Du nimmst jetzt deine Frau und gehst weg von hier; und ich will zu meiner Frau schauen.»
Ginny hatte das Gefühl, sie sei im wahrsten Sinne des Wortes zu Stein erstarrt – unfähig etwas zu sagen, oder auch nur, sich zu bewegen. Aber als sich Steve bewegte, ohne ein Wort zu sagen, und Matt, der sich bereits wieder Toni zugewandt hatte, tat als gäbe es sie beide nicht mehr – da begann Ginny sich zu bewegen, aber nur um bald hilflos in Steves Arme gehoben zu werden.
«Nein, Steve nein! Du kannst nicht ...»
«Wann wirst du endlich damit aufhören, mir zu sagen, was ich kann, und was nicht?» Er ging mit langen, wütenden Schritten und

schien gar nicht hinzusehen, wohin er trat und vor Grauen und Ekel begann Ginny zu zittern.

«Verdammt, wann wirst du endlich aufhören, dich in anderer Leute Dinge einzumischen? Wenn ich dich nicht nötig hätte, als Beweis, daß ich Benoit nicht getötet habe, dann würde ich dich in den Sumpf werfen, den Alligatoren zum Fraß!»

«Alligatoren!» Und jetzt wurde ihr wirklich übel. Plötzlich wurde sie sich des gefährlichen Sumpfes bewußt, im Gegensatz zum vergangenen Abend und auch noch am Morgen, als sie sich darauf konzentriert hatte, langsam und sorgfältig aufzutreten und Steve zu folgen.

Trotz des Sonnenlichts irgendwo oben war es ausgesprochen dunkel; nur schwache Strahlen schimmerten durch die dicht ineinander verschlungenen Äste, von denen das Moos herabhing wie graue Spitzen. Die Äste streiften ihr Gesicht, und sogar das Moos schien feucht. Es war jetzt ruhig, als wäre jedes Geräusch vom dicht durcheinanderwachsenden Laub der Bäume und Kletterpflanzen verschluckt worden; es tropfte nur, und tropfte. Winzige Wassertropfen, die langsam, wie ewigdauernde Tränen hinuntertropften.

«Steve?» Ihre Stimme klang wie ein leises, zögerndes Flüstern. «Du meinst doch nicht – er würde doch nicht . . .»

«Wie er sagte, ist sie seine Frau. Was auch immer geschieht, das geht jetzt nur sie beide an. Verstehst du das nicht?»

«Ich – ich weiß nicht. Es war so – so fürchterlich!»

Wie konnte er sich so teilnahmslos geben? Wie . . .? Dann ließ er sie aus seinen Armen niedergleiten, lehnte sie an einen Baumstrunk, um ihre halb ausgesprochene Frage mit einem Kuß zu unterdrücken; und seine Küsse, auf ihrem Mund, auf den Hals und schließlich auf der Rundung ihrer Brüste, waren alles andere als teilnahmslos.

Ihre Arme umklammerten ihn fest, und sie spürte das vertraute Spiel seiner Muskeln unter der Haut und die Wärme seines Körpers gegen den ihren. Er schien vergessen zu haben, daß es Soldaten gab, und die Truppe des Sheriffs, die sie suchten.

Wie weit waren sie gekommen? Wo befanden sie sich? Der Sumpf schien so endlos wie Steves Küsse – so grenzenlos wie die Leidenschaft. Alles war aus Ginny gewichen, außer dem Gefühl, das seine Berührungen – das leichteste Streifen seiner Lippen oder Finger gegen ihre Haut – ihr gaben. Wie im Traum und mit halb geschlossenen Augen spürte sie, wie er die Knöpfe, die er einige Stunden zuvor so ungeduldig zugemacht hatte, wieder öffnete.

«Steve, du bist ungerecht . . .»

«Warum denn ungerecht, du sinnenraubendes, unwiderstehliches Wesen?»

Ginny riß die Augen auf und runzelte die Stirn. Sie versuchte vergeblich, sich seinen liebkosenden Händen zu entwinden.
«Ich verstehe dich nicht! Zuerst kannst du ein richtiger Teufel sein, so daß ich mich frage, ob du überhaupt fähig bist, Gefühle zu haben. Und dann plötzlich wirst du – oh!» Es war fast ein Wimmern. «Was tust du jetzt? Wenn plötzlich jemand auftaucht, einer deiner Indianerfreunde, die wie die Vögel pfeifen, und die ich nie gesehen habe, oder – oder . . .»
«Verdammtes Weib! Ich versuche, dich zu lieben, und alles wozu du fähig bist, ist schwatzen! Kann dich denn gar nichts in ein fügsames, ergebenes Wesen verwandeln?»
Ginny schüttelte eigensinnig den Kopf, und ihre Lippen öffneten sich zu einem leisen Seufzer, als er sie fest zu sich zog und in ihr Haar flüsterte: «Ich nehme an, ich muß dich so hinnehmen, wie du bist, trotz all deiner ärgerlichen Fehler, wie zum Beispiel, daß du beim geringsten Anlaß davonläufst und mich im Stiche läßt! Und seien Sie gewarnt, Madam – da es Ihnen anscheinend zur Gewohnheit geworden ist, in Schwierigkeiten zu geraten, sobald ich den Rücken kehre, denke ich ernsthaft daran, Sie irgendwo einzusperren. Vielleicht in Tonis Verließ, mit einer Kette um den Fuß. Ich muß zugeben, du sahst sehr verführerisch aus, als ich hereinplatzte . . .» Der Ton seiner Stimme wechselte jetzt und wurde rauh und fast heftig, als er den Kopf wandte; blaue Augen blitzten in ihre, während er an ihrem Mund murmelte: «Weißt du, wie groß meine Wut in jenem Augenblick war? Es kostete mich alle Mühe, die Hände von dir zu lassen, du grünäugige Hexe!»
Sie legte ihre Hände um seinen Hals und klammerte sich an ihn, als wäre sie am Ertrinken. Und so war es genau, wenn man einen Mann wie Steve liebte, dachte Ginny gedankenverloren. Wie wenn man unter die Oberfläche gesaugt und von einem mächtigen, unbarmherzigen Strom fortgetragen wird. Sie liebte ihn – es wurde ihr wieder bewußt. Und sie wußte, daß es sinnlos war, gegen die starke Anziehungskraft, die sie zusammengebracht hatte, und die trotz allen Widrigkeiten noch immer wirkte, anzukämpfen. Aber o Gott – wie oft und auf welche Art würde er sie noch verletzen? Sie war sich über nichts mehr klar, außer über sich selbst und die Tatsache, daß sie einen Mann liebte, der sowohl ihr Gatte als auch ein Fremdling war – ihr Liebhaber und ihr Widersacher.
«Es macht nichts . . . es macht nichts!» flüsterte sie innerlich, und Steve spürte ihre plötzliche Hingabe an der beinahe selbstvergessenen Art, wie sie sich an ihn preßte. Aber gehörte sie wirklich ihm? Ihr Körper gab nach, wie er es immer getan hatte. Aber ihre Seele? Wie stand es um *sie*, um das Wesentliche, das Ginny, seine Frau ausmachte – seine sinnenraubende, unberechenbare Geliebte? Es

war so einfach, all diese Fragen zu vergessen, wenn sie wie jetzt in seinen Armen lag, und ihr Mund sich unter seinen Lippen öffnete und sich die Rundungen ihres Körpers ihm hingaben. Einmal eine Wildkatze, die auf sein Blut aus war und dann schon wieder ... Was zum Teufel konnte ein Mann tun mit einer Frau wie dieser? Was blieb anderes zu tun, als sie durch Küsse zum Schweigen zu bringen und dann sie und sich selbst ins Niemandsland des Vergessens gleiten zu lassen?

Vertraut – alles in diesem Augenblick war irgendwie vertraut, außer dem Hintergrund. Und seit sie Steve kannte, hatte er sich nie darum gekümmert, wo und wann sie sich liebten. Wann immer er sie begehrte, hatte er sie genommen – ohne auf Hemmungen Rücksicht zu nehmen, die sie hätte haben können. Und meistens kamen solche Augenblicke dann, wenn sie sich zuvor aufs heftigste gestritten hatten – als gäbe es keine andere Möglichkeit, wieder zusammenzukommen; als könne die ganze Wut, die ganze Ausweglosigkeit nur durch die fast verzweifelte Vereinigung ihrer Körper gelöscht werden.

Einige mutige Sonnenstrahlen, die durch die Blätter drangen, sprenkelten das dunkelgrün dahinfließende Wasser, so daß es stellenweise schwach leuchtete. Hier und dort wurde die ruhige, glänzende Oberfläche von einer Luftblase durchbrochen, die sich langsam auseinanderkräuselte. Ein Alligator? Oder nur ein Katzenwels? Und die uralten Bäume schwebten über allem – urzeitliche Baumgötter, deren dürre, schwarze Äste knorrig aus dem Wasser ragten.

All dies nahm Ginny in sich auf, während Steve ihr ein Bett bereitete, indem er sein Hemd auf dem feuchten Moos ausbreitete. Das wechselnde, grüne Licht hier überall gab ihr das Gefühl, in einem Gewächshaus zu sein – wie jenes bei dem alten Schloß, wo sie die Zwillinge geboren hatte. Durch das Glasdach in den Himmel hinauf zu schauen hatte ihr immer das Gefühl gegeben, sie würde irgendwo tief unter der Meeresoberfläche schweben und wie durch ein Wunder atmen können. Und jetzt hatte sie dasselbe seltsame, schwebende Gefühl, inmitten des strähnigen Mooses, das wie mottenzerfressene Spitzenvorhänge an einem Himmelbett herabhing.

Gott – o Gott! Ihr Kopf bewegte sich und sie hörte sich leise stöhnen. Warum denn an etwas anderes denken als daran, daß seine Lippen und seine Zunge ihren allzu willigen, allzu begierigen Körper liebkosten; und seine Hände, die sie erregten und sie vorbereiteten, und schließlich sein Mund, der sie aufschreien ließ, bevor er endgültig und besitzergreifend in sie eindrang.

Die ungekünstelten Bewegungen ihres geschmeidigen Körpers unter dem seinen erregten ihn wie immer. Und auch ihre Art, leise zu schreien, ihn zu drängen und ihrer Begierde Ausdruck zu geben, und wie schließlich ihre ganze störrische Zurückhaltung von ihr abfiel und sie ganz ihm gehörte, nur ihm, die Frau dem Manne, die Eva dem Adam. Und das war es, was ihre Vereinigung einzigartig machte. Die vollkommene Konzentration auf den anderen – die Empfindung, sie seien im Moment die einzigen Menschen auf der ganzen Welt, die nichts anderes wollten, als einander und sonst nichts.

Vierundsechzigstes Kapitel

Warum mußte es immer ein Nachher geben? Eine Rückkehr von den Höhen der geteilten Leidenschaft und Erfüllung?
Steve hatte sich mit ihr halb zur Seite gedreht, und seine Arme hielten sie immer noch fest, während ihr Kopf an seiner Schulter ruhte.
Während sie so in Steves Armen lag und seinen schnellen Atem wieder langsamer und regelmäßiger werden hörte, versuchte Ginny mit halb geschlossenen Augen die aufkeimenden Zweifel abzuwehren, die sie unruhig machten, daß sie abwägte, zweifelte und sich fürchtete. Was jetzt? Wie würde es diesmal enden?
Ein entferntes Geräusch – Ginny konnte nicht genau sagen, was es gewesen war – ließ jeden Muskel unter ihrer Haut aufzucken.
«Was ist, Ruhelose?» er hatte Spanisch mit ihr gesprochen; ein halbes Flüstern – vielleicht hatte auch er sich erinnert!
Aber nein – sie wollte den sicheren, engen Kreis seiner Arme nicht verlassen; und auch nicht fühlen, wie seine Haut sich von der ihren trennte.
«Ich meinte – ich meinte ich hörte . . .»
«Einen Schuß? Schreie? Das macht nichts, Querida, sie sind noch weit weg.» Seine Stimme beruhigte sie, wie beim ersten Mal, als sie so beisammen gelegen hatten – unter einem Planwagen und mit der Gefahr eines Apachenangriffs im Rücken, was ihre Gefühle und ihr Bewußtsein füreinander noch verstärkte. Er war plötzlich wieder der sonnengebräunte, blauäugige Halunke, der sie, die Jungfrau, zur Frau gemacht hatte.
«Aber Steve . . .»
«Wann wirst du je lernen, zu schweigen, Weib?» Seine Arme umschlangen sie noch enger und widerlegten die plötzliche Strenge seiner Stimme. «Eben erst sprachst du von Vertrauen. Wovor hast du jetzt Angst?»
Irgendwie fand sie den Mut zu antworten: «Vor dir! Und auch *um*

dich, weil du so – so verwegen bist manchmal. Und weil ...» sie neigte den Kopf um in seine Augen zu blicken, und sie waren jetzt hart, wie die dunkle und unbarmherzige Bläue des Himmels von Mexico.
«Weil was, Ginny.»
Sie starrte ihn an und weigerte sich nachzugeben.
«Weil ich dich liebe! Warum denn sonst? Und weil ich weiß, daß das nicht genügt; es muß mehr sein, Steve – begreifst du das denn nicht? Wir werden Fremde füreinander – sogar Feinde, und nur, weil wir nie genug Zeit hatten, einander wirklich kennen und verstehen zu lernen. Ich habe dir Kinder geboren – und es sind deine, Steve – aber weißt du, ich hätte fast ... ich habe – o Gott, ich ertrage es nicht, jetzt daran zu denken. Weil ich immer Angst davor hatte, was du denken würdest, und wie du mir danach weh tun würdest, genauso wie jetzt ...»
«Ginny!» Seine Lippen waren daran, die ihren zu zerdrücken, aber er hielt sich zurück, getroffen von ihren so verzweifelt hervorgebrachten Worten und seiner eigenen Schuld. Er war es gewohnt, mit anderen Frauen umzugehen, nicht aber mit Ginny. Es war zu leicht gewesen, sie zu verurteilen und damit die eigenen Sünden, und ja, auch die eigene Dummheit zu verdrängen, aus der heraus er nicht fähig gewesen war, sie zurückzuhalten. Was er nicht in Betracht gezogen hatte, war die einfache, unentrinnbare Tatsache, daß er sie liebte. Und daß er sie immerfort geliebt hatte, auch in jenen dunklen Tagen, als er gezweifelt und sie fast zu hassen begonnen hatte; auch damals hatte er sie begehrt. Die Vergangenheit hätte ihn lehren sollen. Er war bei ihr, hier und jetzt, weil er nicht die Absicht hatte, sie loszulassen.
Er begegnete ihrem Blick und mußte sich eingestehen, daß er eigentlich im Sinn gehabt hatte, sie ein wenig zu bestrafen – wegen der Schwierigkeiten, die sie ihm eingebrockt hatte. Er hatte sie ein bißchen leiden sehen wollen, bevor er sie zu seinen eigenen Bedingungen zurücknahm. Aber er hatte die Rechnung ohne sie gemacht; gerade durch das Fehlen an Zurückhaltung hatte sie ihn entwaffnet. Und durch ihre Beharrlichkeit, sogar jetzt ...
«Ich will nicht mehr so leben, wie wir früher gelebt haben, Steve.»
Er schwieg nachdenklich und stirnrunzelnd, und Ginny sprach schnell weiter, bevor sie vollends den Mut verlor. «Höfliche, wohlerzogene Fremde, die in großen, luxuriösen Häusern getrennte Zimmer bewohnen und von anderen Fremden umgeben sind. Ich will *dich,* und ich will, daß du *mich* willst, und nicht deine Opernsängerinnen und deine Zigeunertänzerinnen und ...»
Er begann zu lachen und wälzte sich auf sie, um sie zum Schweigen zu bringen.

«Du verrücktes, unersättliches Wesen! Kennst du keine Grenzen in deinen Anforderungen? Was muß ich sonst noch aufgeben, um dein Glück zu erhalten?»
«Nichts», flüsterte sie, während er seine Lippen auf ihren Hals preßte.
«Nichts sonst will ich, außer daß du mir hie und da einmal sagst, daß du mich liebst. Aber nur, wenn du es auch meinst. Nur wenn . . .»
«Verdammt! Wirst du aufhören, mir Vorschriften zu machen? Was meinst du denn, was ich hier mit dir tue, während der Sheriff mit seinen Leuten und die halbe Armee der Vereinigten Staaten hinter mir her sind? Muß ich einen Wortschwall romantischer Formulierungen über dich ergießen, um dich zu überzeugen?»
«Oh – o Steve – ich hatte es vergessen!»
«Ich bin froh, daß es mir gelungen ist, dich etwas vergessen zu lassen.»
Er beachtete die plötzlichen, verängstigten Bewegungen unter sich nicht, und strich ihr mit dem Finger leicht über die Haut. «Mutterschaft steht dir gut. Dein Körper ist genau so fest und schön wie immer. Und das nächstemal wenn du mich zum Vater machst, werde ich dabei sein, wenn dein kleiner, flacher Bauch dick wird . . . Vielleicht gelingt es mir, dem nächsten selbst einen Namen zu geben, du heimtückischer, mißtrauischer Fratz!»
Sie errötete.
«Steve – ich . . .»
«Spar es für später. Hast du den Sheriff und die Soldaten vergessen? Und meinen Vetter, der sich sicher große Sorgen macht? Alles wegen dir, natürlich.» Mit seiner alten Ungeduld war er bereits wieder auf den Füßen und zog sie mit sich hoch.
«Aber sie suchen dich. Was wirst du tun? Wenn sie einfach zu schießen anfangen . . .»
«Warum überläßt du zur Abwechslung nicht auch einmal etwas mir? Du bist viel zu selbständig geworden, Ginny, und ich habe im Sinn, das zu ändern. Sobald du dieses Hemd wieder angezogen hast, halten wir nach ihnen Ausschau. Zweifellos werde ich einige Erklärungen abgeben müssen, aber Renaldo wird mir helfen, und dann . . .»
All ihre zurechtgelegten Argumente verstummten, als er seinen Kopf neigte und seine Lippen ihren Mund streiften. Sie konnte nur noch atemlos und fragend wiederholen: «Und dann?»
«Danach nehme ich dich mit mir – was glaubst du denn, du aufreizende, kleine Verführerin? Und ich werde viel Zeit damit verbringen, zu sagen, wie sehr ich dich liebe, wenn du lange genug still bist, um zuzuhören.»

Ginnys Lippen öffneten sich und schlossen sich dann wieder fest. Wortlos, als wären sie in einem eleganten Salon, streckte sie ihm die Arme entgegen, während er genau so feierlich, mit zuckenden Lippen ihr das moosbefleckte Hemd über die Schultern zog.
Das hohe Sumpfgras zitterte in einer plötzlichen Brise und die Wasserhyazinthen tanzten in langsamen, welligen Kräuseln. Aber wo sie hintraten, ihre Hände fest in denen Steves, war der Boden fest, und das Sonnenlicht wartete jenseits der Bäume.